소 설

삼국지

시대와 역사를 뛰어넘는 재미와 감동! 유비,관우,장비,제갈량 그리고 조조, 대의와 야망을 위해 피와 땀을 흘린
천하를 호령한 영웅 호걸들의 이야기! 무용과 지략으로 이어지는 전투의 서술이 절반 이상을 차지하고 있으며
적당한 속도감의 전개를 가지고 있는 원전의 감동 그대로의 소설 삼국지!

 소설

삼국지 三國志

● 나관중 지음

파주 Books

● 책 머리에

역사 속에서 오늘을 읽는다!

이 책 『소설 삼국지』의 원제목은 『삼국지통속연의』(三國志通俗演義)로, 흔히 줄여서 『삼국지연의』(三國志演義)라고도 하는데, 『수호지』(水湖誌), 『서유기』(西遊記), 『금병매』(金瓶梅)와 함께 중국 4대 기서(奇書)로 꼽히며, 동양 최고의 역사소설로 그 문학적 가치를 인정받고 있다.

진수(陳壽)의 역사서 『삼국지』(三國志)에 서술된 위(魏)·촉(蜀)·오(吳) 3국의 역사에서 취재한 것으로, 3국이 서로 정립하여 패권을 다투는 이야기는 그 스케일이 웅장할 뿐만 아니라 인간의 온갖 지혜와 힘이 총동원되어 치열한 공방전이 되풀이되는 만큼, 옛날부터 중국인들 사이에서 흥미 있는 이야기로 전해져 내려왔다.

이 입으로 전해져 내려온 이야기를 책으로 엮은 것이 원나라 때 그림을 붙여 간행한 『전상삼국지평화』(全相三國志平話)인데, 일종의

강담용(講談用) 대본 같은 것으로 그 문장이 조잡하고 유치했다. 나
관중은 이 평화(平話)를 개작하고 수많은 역사적 사실을 곁들여 오늘
날의 소설 『삼국지』를 탄생시켰던 것이다.

전체의 내용은 크게 전반과 후반으로 나누어지는데, 전반에서는
유비·관우·장비와 제갈량의 활약이 주(主)가 되며, 특히 유비와
손권의 연합군이 조조의 대군을 화공으로 무찌르는 적벽대전(赤壁大
戰)에서 절정에 이른다. 후반에서는 유비 삼 형제가 연이어 죽은 후
제갈량의 독무대가 되고, 제갈량이 여섯 차례에 걸쳐 북벌(北伐)에
오르다 병사(病死)하는 부분이 절정을 이룬다.

소설의 주요 인물은 유비·관우·장비와 제갈량이지만 조조에
관해서도 잘 기술되어 있다. 무용과 지략으로 이어지는 전투의 서
술이 절반 이상을 차지하고 있으며, 이야기의 전개가 적당한 속도

감을 가지고 있을 뿐만 아니라 독자의 흥미를 이끌어가는 수법이 매우 뛰어나 중국의 역사소설 중에서도 가장 훌륭한 작품으로 평가받고 있다.

소설 『삼국지』는 아시아문화 고유의 영웅주의 미학을 내재하고 있으며, 여기에 사적 유대로서의 의리를 한실 중흥이라는 공적 명분과 연결시킴으로써 사실과 허구, 역사와 문학을 관통하는 거대한 세계관을 창출하고 있다. 이 때문에 소설 『삼국지』는 아시아권에서 가장 많이 번역되고 읽힌 책으로 손꼽히고 있는 것이다. 여기에 한 가지 더, 소설 『삼국지』는 '사실이 일곱에 허구가 셋이다.'라는 말에서도 알 수 있듯이 문학적 상상력이 역사적 사실에 우위를 양보하고 있다는 점도 주목할 필요가 있을 것이다. 이 책을 읽은 사람이라면, 적어도 중국사를 공부할 때, 한(漢)의 패망에서 삼국의 정립,

그리고 진(晉)의 건국까지의 내용에 대해선 어느 정도 그림이 그려지지 않을까 해서 하는 말이다.

'역사의 수레바퀴'라는 말이 있다. 수천 년의 시간과 이역만리의 공간을 뛰어넘어 오늘날의 우리 모습을 그대로 조영하고 있는 것을 볼 때, 그 말에 더욱 공감하게 된다. 모쪼록 이 책이 독자 여러분의 가슴에 오래 남을 수 있는 '그 무엇'이 되었으면 한다.

1장.
군웅할거(群雄割據)

2장.
영웅시대(英雄時代)

도원결의(桃園結義) · 13

황건적 토벌 · 22

혼란과 암투 · 43

동탁과 연합군의 싸움 · 55

동탁의 최후와 초선 · 64

조조는 산동을, 유비는 서주를 · 74

때를 기다림 · 85

소패왕(小覇王) 손책 · 96

물고 물리는 싸움터 · 105

여포의 몰락 · 123

영웅 대 영웅 · 134

서주로 돌아온 유비 · 146

관우의 수난 · 155

손권의 등장 · 193

관도대전(官渡大戰) · 203

천우신조(天佑神助) · 215

유비, 공명을 얻다 · 228

두 영웅의 싸움 · 246

강동의 패웅(覇雄) · 257

주유와 제갈량의 지모 대결 · 268

고육지책(苦肉之策) · 285

적벽대전(赤壁大戰) · 301

형주를 둘러싼 싸움 · 319

주유의 최후 · 338

3장.
삼국 정립(三國鼎立)

마초와 조조의 대결 · 355

유비, 봉추를 잃다 · 378

유비의 성도 입성 · 390

드러난 조조의 야심 · 400

조조와 손권의 대결 · 408

좌자와 관로 · 416

정군산 전투 · 431

한중왕이 된 유비 · 444

관우의 죽음 · 453

위왕 조조의 최후 · 474

4장.
천하 통일(天下統一)

유비, 천자의 자리에 · 485

유비의 동오 정벌 · 493

제갈량과 육손의 지략 · 505

이루지 못한 꿈 · 514

제갈량의 남만 정벌 · 523

제갈량, 강유를 얻다 · 539

사마의의 복귀 · 550

위와 촉의 대결 · 556

오장원에 떨어진 별 · 583

폐위된 위의 천자 · 594

야욕과 모반 · 612

촉의 멸망 · 627

사마염의 천하 통일 · 638

1장

구웅할거 (群雄割據)

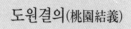

도원결의(桃園結義)

한 고조(漢高祖) 유방(劉邦)이 나라를 일으킨 지도 어느덧 사백여 년이 흘러갔다. 달도 차면 기운다고 했던가. 제국의 하늘 위로 차츰 짙은 먹구름이 드리워졌다.

십상시(十常侍)라 불리는 환관(宦官)들이 득세하여 권세를 희롱하니, 황실은 그야말로 실권 없는 허수아비에 불과한 것이었고 힘없는 백성들은 도탄에 빠져들고 있었다.

환제(桓帝)가 죽고 영제(靈帝)가 즉위하자, 대장군(大將軍) 두무(竇武)와 태부(太傅) 진번(陳蕃)이 영제를 보좌하며 나름대로 정치를 바로잡으려고 노력했지만, 십상시의 거대해진 세력을 꺾을 수는 없었다. 참다못한 두무와 진번이 십상시를 제거하기 위한 계략을 꾸몄으나, 사전에 계획이 누설되는 바람에 오히려 환관들에게 죽임을 당하고 말았다.

일이 이쯤 되자 환관들의 횡포는 더욱 심해져 갔고, 그들을 따르는 관리들의 악랄한 수탈에 백성들의 생활은 날이 갈수록 피폐해졌다. 엎친 데 덮친 격으로 나라 곳곳에 전염병까지 창궐했다. 마치 환관들의 학정에 하늘마저 노한 듯 천재지변과 괴변이 끊이지 않았다.

건녕 2년 4월, 영제가 온덕전(溫德殿)에 나아가 용상에 앉으려 할 때, 별안간 회오리바람이 휘몰아치더니 커다란 푸른 구렁이 한 마리가 용상 위로 날아와 똬리를 틀었다. 또 건녕 4년 2월에는 도읍인 낙양(洛陽)에 심한 지진이 일어났으며 바다에는 해일이 일어 수많은 백성들이 파도에 휩쓸려 목숨을 잃기도 했다. 그뿐이 아니었다. 나라 안의 암탉이 수탉으로 변하는 일이 속출하더니, 십여 길이나 되는 검은 구름이 온덕전을 어둡게 감싸기도 했고, 곳곳의 산이 무너져 내리기도 했다.

의지할 곳 없고 더 이상 잃을 것도 없는 백성들은 걸인이 되거나 도적의 무리가 되는 수밖에 없었다. 나라 방방곡곡에서 도적의 무리가 들끓었으니, 그중에서도 수십만의 무리를 이끌고 거의 전국적으로 그 힘을 떨치고 있는 황건적(黃巾賊)의 세력이 가장 막강했다.

황건적의 두목은 장각(張角)이라는 자로, 한 신선으로부터 받은 『태평요술』(太平要術)이라는 비법을 익혀 바람과 비를 부리는 힘을 얻게 되자 스스로를 태평도인(太平道人)이라 칭하고 태평도(太平道)의 교주가 되어 전국에 퍼져 있는 신도들에게 자신이 만든 노래를 널리 퍼뜨리게 했다.

푸른 하늘은 이미 죽었으니
바야흐로 누런 하늘이 일어서리라
갑자년에 이르면
천하가 크게 길하리라

이 노래는 순식간에 퍼져 나갔고, 도탄에 빠져 있던 백성들은 하루빨리 갑자년이 오기만을 기다리게 되었고 그 세력이 걷잡을 수 없이 커지자, 불안함을 떨치지 못한 영제는 대장군 하진(何進)에게 황건적을 토벌하라는 명령을 내렸다.

이에 장각은 서둘러 군사를 일으켜 자신을 천공장군(天公將軍)이라 칭하고, 둘째인 장보(張寶)를 지공장군(地公將軍), 셋째인 장량(張梁)을 인공장군(人公將軍)이라 부르게 한 뒤, 오십만 명에 달하는 부하들을 36방(方)으로 나누고, 방마다 대방(大方), 중방(中方), 소방(小方)이라는 세부 조직으로 다시 나누었다.

황건적의 엄청난 군세(軍勢)에 사기가 떨어질 대로 떨어진 관군들은 아예 맞서 싸우려고도 하지 않았다. 한 번 기세가 꺾이기 시작한 관군은 황건적이 공격해 오는 곳마다 제대로 한 번 싸워 보지도 못한 채 풍비박산이 나고 말았다. 장각의 무리는 각지의 관청을 습격하여 지방 관속들을 닥치는 대로 죽이고는 곡창을 열고 양곡을 강탈하였고 관군들은 이제 황건적이 온다는 말만 들어도 도망치기에 바빴다.

대장군 하진은 우선 급한 대로 중랑장(中郎將) 노식(盧植), 황보숭(皇甫嵩), 주전(朱儁)을 급파해 각각 세 곳으로 나누어 장각을 에워싸고 공격하도록 했다.

그 무렵 장각의 한 무리가 유주(幽州)를 향해 치달아 오고 있었다. 그 보고를 듣고 놀란 유주 태수 유언(劉焉)은 서둘러 경내 곳곳에 방을 붙이고 널리 군사를 모집하게 했다.

유주 태수가 내걸게 한 방문은 탁군의 탁현에도 나붙었다. 담 벽에 붙은 방문을 보며 웅성거리는 사람들 가운데, 유난히 눈에 띄는 한 젊은이가 있었다.

키는 팔 척이요 얼굴은 관옥처럼 흰데, 길게 찢어진 눈은 자신의 귀를 볼 수 있고 붉은 입술은 기름을 바른 듯 윤이 났다. 팔이 길어 무릎에 닿을 듯했으며, 유난히 큰 귀는 턱까지 쳐져 있었다. 그는 성품이 온화한데다 과묵하여 좀처럼 속마음을 얼굴에 드러내지 않았으며, 마음속에 큰 뜻을 품고 있어 마을의 호걸들과 사귀기를 좋아했다.

그 젊은이가 바로 성은 유(劉)요 이름은 비(備), 자는 현덕(玄德)이란 사람이었다. 유비는 중산정왕(中山靖王) 유승(劉勝)의 핏줄로 경제(景帝)의 현손이었다. 어려서 아버지를 여읜 유비는 가세가 기울자 짚신을 삼고 돗자리를 짜 생계를 꾸려가야 했지만, 홀어머니에 대한 효성이 지극하여 인근에 소문이 자자할 정도였다.

유비의 집은 탁현의 누상촌(樓桑村)에 있었다. 집 앞에는 다섯 길이나 되는 커다란 뽕나무 한 그루가 하늘을 찌를 듯이 높이 솟아 있었다. 이 뽕나무를 멀리서 보면 마치 천자의 수레와 같은 형상이었다. 어린 시절에 유비는 그 뽕나무 아래서 놀다가 천자의 수레 같은 뽕나무를 바라보며 소리친 적이 있었다.

"나는 장차 천자가 되어 이 나무 같은 수레를 탈 테다."

어린아이답지 않은 소리에 어른들은 유비를 꾸짖었으나, 종숙인 유원(劉原)만은 그 말을 그냥 들어 넘기지 않았다.

'저 아이는 장차 큰 인물이 될 것이다.'

유원은 유비의 나이 열다섯이 되자 문무를 겸한 이름난 선비인 노식(盧植)과 정현(鄭玄)에게 학문을 배울 수 있는 길을 터 주었다. 유비는 이 두 스승의 문하에서 공손찬(公孫瓚) 같은 훗날의 영웅을 학형으로 가깝게 사귈 수 있었다.

탁현에 유주 태수 유언의 방이 나붙은 것은, 유비의 나이 스물여

넓일 때였다. 유비는 황건적 무리를 토벌하기 위해 널리 의병을 모집한다는 방을 유심히 보다 어지러운 천하를 생각하며 자신도 모르게 긴 한숨을 내쉬었다. 그때였다. 문득 등 뒤에서 유비를 꾸짖는 우렁찬 목소리가 들려왔다.

"명색이 대장부라면 나라를 위해 목숨을 내던져 싸울 것이지, 어찌 한숨만 쉬고 있단 말인가?"

그 소리에 놀란 유비가 뒤를 돌아다보니, 키가 팔 척이나 되어 보이는 장한이 우뚝 서 있었다. 시커먼 수염이 사방으로 뻗쳐 있는 제비턱에 머리는 표범과 같고, 부릅뜬 고리눈에 우람한 체구에서 내뿜는 기상이 마치 태산과 같았다. 유비는 그의 풍모가 범상치 않음을 보고 목소리를 가다듬어 사내의 이름을 물었다.

"내 성은 장(張)이요 이름은 비(飛), 자는 익덕(翼德)이라 하오. 대대로 탁군에 살면서 약간의 전답을 가지고 있소이다. 하지만 그까짓 잡일보다는 천하의 호걸들과 사귀기를 더 좋아한다오. 그런데 방금 그대가 방문을 보고 한숨을 쉬며 한탄을 하기에 나도 모르게 한마디 했소이다."

마치 질그릇이 깨지는 듯한 거친 목소리였다.

"나는 본시 한나라 황실의 종친으로서 성은 유, 이름은 비라 하오. 황건적이 난을 일으켜 백성을 괴롭히고 있는데, 그 역도의 무리들을 무찔러 백성을 구해야 한다는 생각은 간절하나 내게 그럴 힘이 없으니 답답한 마음에 한숨을 쉰 것이오."

유비가 공손히 예를 갖춰 말했다. 그 목소리는 부드러우면서도 위엄이 깔려 있었다.

"그러시오? 그렇다면 나에게 약간의 재물이 있으니, 뜻을 함께 할 의인들을 모아 대사를 도모해 보는 것이 어떻겠소?"

유비는 그의 말소리가 투박하고 거칠긴 하나 거짓이 없다는 걸 알 수 있었다.

"그렇다면 자리를 옮겨 주막에라도 가서 얘기를 계속하는 것이 어떻겠소?"

"그거야말로 내가 바라던 바요."

그리하여 두 사람은 가까운 마을 주막으로 들어가 술과 고기를 청하고 자리에 마주 앉을 무렵 한 사나이가 성큼성큼 주막 안으로 들어왔다.

"주인장! 술 한 동이 빨리 주시오. 얼른 한 잔 마시고 초모에 응하러 가야겠소."

유비가 그 사람을 보니, 길쭉한 얼굴은 무르익은 대춧빛이요, 삼각 수염이 길게 늘어져 가슴을 덮고 있었는데, 그 가슴이 들판처럼 넓었다. 그리고 봉의 눈에 눈썹이 짙은데다 입술은 붉게 윤이 나며, 키가 구 척이나 되어 보이는 늠름한 체구였다. 범상치 않은 그 풍모를 보고 유비는 몸을 일으켜 자리를 권하며, 자신을 소개한 후에 성명을 물었다.

"내 성은 관(關)이며 이름은 우(羽), 자는 운장(雲長)이라 하오. 원래 하동(河東) 해량(解良) 태생이나, 그곳 토호 놈이 자기 힘만 믿고 양민을 괴롭히기에 때려눕히고 도망쳐 사오 년을 강호를 떠돌다 도적 떼들을 치기 위한 의병을 모집한다기에 응하러 왔소."

관우의 말에 유비가 정중하게 답례를 보내며 말을 받았다.

"나는 오랫동안 누상촌에서 돗자리를 팔며 살아 온 한낱 필부이나, 일찍부터 관공의 존성대명을 들은 바 있습니다. 오늘 이렇게 뵙게 되니 실로 큰 영광입니다."

세 호걸이 한자리에 모이자 서로 몇 마디 주고받지 않았으나 이미 그 뜻이 가슴으로 통했다. 술이 몇 순배 돌고 난 후 장비가 말했다.

"우리 집 뒤에 넓은 도원이 있는데, 지금 꽃이 만발하였소. 내일 그곳에서 천지신명께 제사를 지내고 의형제를 맺은 후, 이곳의 용사들을 모아 큰일을 도모하는 게 어떻겠소?"

"그것 참 좋은 생각이오."

유비와 관우도 한목소리로 찬동했다. 이튿날 세 사람은 도원에 모여 제단을 만들고는 그 둘레에 대나무를 세우고 깨끗한 줄을 두른 다음, 검은 소와 흰말을 제물로 마련했다. 세 사람은 제사 준비가 끝나자 제단 앞의 돗자리에 무릎을 꿇었다.

"저희 세 사람은 비록 성은 다르나, 의를 맺어 형제가 되었습니다. 마음을 함께하고 힘을 합쳐 어려울 때는 서로 돕고 위태로울 때는 구하며, 위로는 나라의 은덕에 보답하고 아래로는 창생을 편안케 하고자 합니다. 비록 같은 해 같은 날에 태어나지는 못했으나, 죽기만은 같은 해 같은 날이기를 원합니다. 만일 우리 중 의리를 저버리거나 은혜를 잊는 자가 있다면, 하늘과 사람이 함께 그를 죽여 주소서."

맹세를 마치고 난 후, 관우의 주장에 따라 유비가 맏이가 되고, 관우가 둘째, 장비가 막내가 되었다. 그러나 천하를 세우려면 마음만 가지고는 되지 않는 법, 거기에는 우선 군사도 필요하고 무기와 군량도 있어야 한다. 술이 몇 순배 돌자 유비가 먼저 입을 열었다.

"우리 세 사람이 힘을 합하면 반드시 대사를 이룰 날이 있을 것이네만, 군사가 없으니 먼저 군사를 모집하기로 하세."

세 사람은 그날로 소를 잡고 술자리를 마련해 마을의 젊은이들을 불러 모았다. 유비와 관우, 장비가 널리 의군을 모집한다는 소문이 나자, 우국충정과 의협심에 불타는 고을의 젊은이들이 모여 그 수가 오백 명이나 되었다. 유비 형제는 기쁨에 차 그들을 군사로 만들기 위해 훈련을 시켰다. 그러나 갑자기 군사가 늘어나고 보니, 가장 곤란한 문제가 군량이었다. 군량을 해결하기 위해서는 황건적에게 괴로움을 겪고 있는 지방에서 황건적을 토벌한 후 세금을 받는 길밖에 없었다. 그러기 위해서는 당장 말과 무기가 필요했다.

"자, 이제 어떻게 해야 할까?"

세 사람이 머리를 맞대고 궁리해 보았으나, 뾰족한 수가 생각나지 않았다. 그러던 어느 날, 부하 한 명이 숨을 헐떡이며 달려와 고했다.

"웬 장사꾼 둘이 하인들을 거느리고 여러 가지 물건을 수십 필의 말에 싣고 이리로 오고 있습니다."

유비는 그 말을 듣자 귀가 번쩍 틔어 소리쳤다.

"하늘이 우리를 도우시는구나."

유비 형제는 급히 그들을 맞으러 나갔다. 두 사람의 말 장사꾼은 중산(中山) 고을의 호상인 장세평(張世平)과 소쌍(蘇雙)이었다. 유비는 그들을 만나 자기들 세 사람이 의거를 일으키게 된 내막과 우국충정을 설명하고 안으로 맞아들였다.

"이제라도 누군가가 천하를 도탄에서 구하지 않는다면, 이 세상은 돌이킬 수 없는 암흑에 빠지고 말 것이오. 지금 천하는 황건적의 말발굽에 짓밟혀 쑥밭이 되고 있소. 이러다가는 백성들의 재산을 모조리 빼앗기게 됨은 물론, 이 나라도 오랑캐들에게 정복되고 말 것이오."

장세평과 소쌍은 유비 형제의 늠름한 위풍과 웅지를 담은 열변에 감탄했다.

"원래 저희는 중산에서 둘째가라면 서러울 만큼 거상이란 소리를 들었습니다. 그러나 아시겠지만 그 지방도 황건적들에게 짓밟혀 이젠 말이 아닙니다. 재산들은 다 약탈당했고, 이젠 거리에서 젊은 여자들은 구경도 할 수 없게 되었습니다. 여기 있는 내 조카 소쌍은 그놈들에게 아내와 딸까지 빼앗겼습니다. 그래서 조카인 소쌍과 더불어 천한 말 장사꾼이 되어 북쪽 지방으로 말을 팔러 가는 참이었습니다. 그런데 남쪽이나 북쪽, 온통 황건적 천지이니, 언제 어디에서 말을 빼앗기고 목숨을 잃을지 모를 일입니다. 언제 빼앗길지도 모르는 말인데 오히려 황건적을 토벌하는 데 쓰시겠다니, 어찌 우리가 장군님의 부탁을 거절할 수가 있겠습니까? 기꺼이 말을 드리겠습니다.”

“이렇게 선뜻 응해 주시니, 그저 감사할 따름이오. 두 분의 높은 뜻을 가슴에 새겨 반드시 그 은의에 보답하겠소.”

유비는 진심으로 고마움을 표했다. 장세평은 말에 실었던 무쇠 천 근과 오십 필의 말, 그리고 금은 오백 냥 등 그의 전 재산을 군비로 헌납했다.

장세평과 소쌍이 중산으로 돌아가자 장비는 즉각 이웃 마을에 있는 대장장이를 불러 유비에게는 쌍고검을, 자신에게는 일 장 팔 척의 사모를 만들어 달라고 주문했다. 그리고 관우를 위해서는 무게가 팔십 근이나 되는 청룡언월도를 만들게 했다.

장정들도 갑옷과 투구, 창, 칼을 만들기 시작하여, 며칠 후에는 무기가 모두 만들어졌다. 마침내 때가 되었다고 생각한 유비는 날을 잡아 무장을 갖춘 후 오백 명의 의군을 거느리고 유주 성으로 달려갔다.

황건적 토벌

이 무렵 유주 탁현으로 정원지(程遠志)가 이끄는 오만여 명의 황건적이 성난 파도처럼 몰려오고 있었다. 황건적들은 탁현의 각 고을을 단숨에 그들의 천하로 만들겠다는 듯 거침없는 기세였다. 이런 때에 유비가 군사를 이끌고 태수 유언을 찾아가니, 유언은 크게 기뻐하며 환영 잔치까지 베풀어 주었다. 그로부터 며칠 뒤 태수 유언은 교위 추정(鄒靖)에게, 유비 등 세 사람의 장수와 함께 군사를 거느리고 출진토록 했다.

명령을 받은 유비가 오백 명의 의군을 이끌고 대흥산 기슭에 이르자, 이미 황건적이 그곳까지 몰려오고 있었다. 황건적들은 모두 풀어헤쳐 산발한 머리에 황색 천을 이마에 동여매고 있었다. 황건적의 무리는 오만의 대군이었으나, 유비의 군사는 오백 명에 지나지 않았다. 양군이 서로 맞서자 유비가 말을 박차며 나서니, 왼쪽에서는 관우가, 오른쪽에서는 장비가 호위했다. 유비가 채찍을 들어 황건적 무리를 가리키며 목소리를 높여 꾸짖었다.

"이 나라를 거스른 도적놈아, 어서 항복하지 못하겠느냐?"

이때 황건적의 부장 등무(鄧茂)라는 자가 유비가 오백여 명의 군사를 이끌고 오는 것을 보고 가소롭다는 듯 큰 소리로 지껄였다.

"하하하! 저토록 적은 군사로 우리를 대적하겠다니, 저놈들이 정신이 나간 것 아닌가!"

유비의 군을 얕잡아 본 등무는 스스로 선두에 나서며 무섭게 짓쳐왔다. 이때 장비가 기다렸다는 듯이 장팔사모를 휘두르며 튀어나갔다.

장비의 호통과 함께 장팔사모가 한 번 번뜩이자 등무는 제대로 손한 번 쓰지 못한 채 외마디 비명을 지르고는 말에서 곤두박질치며 나가떨어졌다. 이것을 본 정원지는 이를 부드득 갈고 쌍검을 휘두르며 달려나왔다.

"저놈의 목은 제가 맡겠습니다."

이번에는 관운장이 무게 팔십 근의 청룡언월도를 비껴들고 정원지를 향해 비호같이 달려나갔다. 장비를 향해 돌진하던 정원지가 난데없이 관운장이 달려나오는 것을 보고 주춤했다. 그때 관운장의 청룡언월도가 휘파람 소리를 내며 번뜩이자 정원지는 비명 한 번 내지르지 못한 채 두 동강이 나고 말았다. 두 장수가 제대로 창칼도 휘둘러보지 못한 채 목이 달아나고 만 것이다. 실로 눈 깜짝할 사이의 일이었다.

이튿날, 청주성으로 몰려오는 황건적을 치기 위해 급히 원군을 보내 달라는 급보가 유비에게 날아들었다. 유비 형제는 승전의 기쁨을 맛볼 새도 없이 오백 명의 군사를 이끌고 청주로 달려갔다. 그 뒤를 교위가 오천 명의 군사를 이끌고 뒤따라갔다. 청주성을 철통같이 에워싸고 있던 황건적들은 원군이 오는 것을 보고 군사 일만 명을 출동시켜 그들을 맞아 싸울 태세를 갖추었다. 그러자 유주의 첫 싸움에서 수만 명을 무찌른 뒤라 장비가 호승심에 복받쳐 앞으로 나섰다.

그러나 적장은 유주에서의 싸움과는 달리 뒤에서 군사만 부렸지 선봉에 나서지는 않았다. 졸개들만 벌떼처럼 몰려올 뿐이었다. 유비 형제는 그들을 맞아 칼로 베고 창으로 찔러 수많은 군사를 죽였다. 오백여 명의 유비 군사가 용감히 싸웠으나 이쪽도 희생된 군사가 많기는 마찬가지였다. 결국 유비의 군은 숫자가 많음을 앞세운 적의 전법에 밀려 삼십여 리나 물러났다.

"적군은 많고 우리 군사는 적으니, 계교를 써서 기병으로 맞서지 않으면 이길 수 없을 걸세."

유비는 사람을 보내 추정에게 응원군 이천 명을 요청했고 응원군은 오래지 않아 당도했다. 유비는 관우, 장비 두 아우에게 일렀다.

"운장은 군사 천여 명을 거느리고 산 오른편에 매복하고, 장비는 천여 명을 거느리고 왼편에 매복하게. 날이 밝으면 나는 나머지 군사를 이끌고 적의 정면으로 나아가 싸우다 쫓겨 올 테니, 징 소리가 울리면 좌우에서 나와 협공해 주게."

관우와 장비에게 계교를 일러 준 뒤, 유비는 날이 밝자 북을 치고 함성을 지르며 도적의 무리를 향해 정면으로 달려들었다. 도적의 무리들은 적의 수효가 여전히 오백여 명에 지나지 않음을 보고 일거에 섬멸해 버릴 작정인 듯 어제보다 몇 배의 대군으로 진군해 왔다. 유비가 그들을 맞아 싸우다 기력이 다한 듯 말머리를 돌려 달아나기 시작했다.

"저놈들이 퇴각한다. 한 놈도 남기지 말고 모조리 죽여라!"

기세가 오른 도적들은 아우성을 치며 유비를 뒤쫓았다. 양쪽 군사들이 쫓고 쫓기어 산허리를 지날 때였다. 유비는 관우와 장비에게 일러 준 대로 급히 징을 울리며 말 머리를 돌려 마주 오는 적에게 역습을 가했다. 이어 요란한 징 소리와 함께 산 좌우에서 관우, 장비의 복병이 천지를 뒤흔들 듯한 함성을 지르며 달려나와 길을 끊었다. 좌우 양군이 무서운 기세로 맹렬히 공격해 오자, 황건적들은 갑자기 당한 일이라 우왕좌왕하며 갈피를 잡지 못했다.

"한 놈도 놓치지 말고 쳐라!"

유비 삼 형제는 도망치는 적의 무리를 추격하여 그대로 청주성의 성벽 아래까지 몰아붙였다. 청주성의 태수 공경은 원군이 황건적을 쳐부수며 성문 아래까지 몰아붙이는 것을 보자 성문을 활짝 열고 마주 달려와 그들을 무찔렀다. 앞뒤 좌우로 적군에 둘러싸인 황건적들은 독 안의 쥐 꼴이 되어 목이 달아나거나 말발굽에 짓밟혔다. 목숨을 건져 달아난 자의 수는 겨우 헤아릴 정도였다.

청주 태수 공경은 유비 형제를 불러 크게 치하했다. 그날 유비는 개선을 축하하는 자리에서 뜻밖에도 스승이었던 노식 선생의 소식을 듣게 되었다. 지금은 중랑장이란 벼슬자리에 올라 광종(廣宗) 땅에서 황건적의 괴수 장각과 싸우고 있다는 것이었다. 의리를 중히 여기는 유비는 이 소식을 듣고 가만히 있을 수가 없었다. 유비는 다시 오백 명의 군사를 이끌고 쉴 새 없이 광종으로 향했다. 옛 제자 유비가 의병을 거느리고 오자 노식은 크게 기뻐했다.

"옛 스승을 도우러 먼 길을 오다니, 이렇게 고마울 데가 어디 있겠나. 역시 하늘이 내 뜻을 저버리지 않았군. 앞으로 나를 도와 황건적을 무찌르는 데 큰 공을 세우도록 하라."

이때 장각의 군사는 십오만이요, 노식의 군사는 오만이었다. 노식은 세 배나 많은 대군에 대항해 싸울 형편이 못 되어 대치만 하고 있던 중이었다. 그러던 어느 날 노식이 유비를 조용히 불러 일렀다.

"이 지방은 지세가 험준하여 진을 치고 있는 적에게 이롭게 되어 있네. 적을 단숨에 섬멸하려다간 자칫 큰 화를 입게 될 우려가 있어 본의 아니게 장기전을 치르게 될 것 같네. 지금은 이곳보다 영천이 더 위급한 지경에 빠졌네. 영천에는 황보숭과 주전 두 장군이 장각의 아우 장보, 장량과 맞서고 있는데, 관군의 형세가 매우 불리한 모양일세. 내가 군사 천 명을 줄 터이니 그곳으로 가 황건적을 소탕하도록 하게."

유비는 스승의 명대로 그날로 오백 명의 의병에다 관군 천 명을 더하여 영천으로 진군했다.

한편 영천에서는 황보숭과 주전이 적과 교전을 벌이고 있었다. 적은 싸움의 형세가 불리해지자 장사로 들어가 잡풀이 무성한 곳에 진채를 내렸다. 황보숭은 적이 풀밭에 진을 치는 걸 보고 주전에게 한 계책을 내었다.

"적이 풀밭에 진을 쳤으니, 화공을 펴는 것이 어떻겠소?"

이에 주전은 모든 군사들에게 영을 내려 각기 마른 풀이나 짚단을 한 묶음씩 마련하라 명하고는 어둠 속에서 매복하게 했다. 이경(二更)이 되자 황보숭과 주전은 모든 군사를 거느리고 적이 있는 풀밭 쪽으로 다가갔다. 그날 밤 따라 거센 바람이 일었다. 칠흑 같은 어둠 속에서 관군이 바싹 적진에 접근해 가자 황보숭과 주전이 명을 내렸다.

"마른 풀에 불을 붙여라."

군사들은 마른 풀과 짚단에 불을 붙여 적진을 향해 던졌다. 때마침 불어오는 거센 바람을 타고 황건적의 진영이 불바다가 되었다. 때를 놓치지 않고 황보숭과 주전이 적의 진영을 향해 일제히 기습

공격을 가했다. 갑작스런 공격에 황건적들은 우왕좌왕하며 어찌할 바를 몰랐다. 허둥대는 적들은 관군의 창칼에 수없이 목이 떨어지거나 불에 타 숨졌다.

황건적의 우두머리 장보와 장량은 간신히 말을 타고 도망가는 도적들 틈에 끼여 산길을 달렸다. 어느 새 날이 훤히 밝아오고 있었다. 장보와 장량이 정신을 차리고 뒤따르는 무리를 보니, 절반도 못 되는 숫자였다. 장보와 장량이 패잔병을 이끌고 허겁지겁 말을 몰며 패주하고 있을 때였다. 돌연 질풍같이 한 떼의 인마가 달려와 도망치는 도적의 길을 끊었다. 붉은 깃발을 바람에 나부끼며 달려오는 군사들의 맨 앞에 서 있는 장수는 붉은 말에 붉은 투구, 붉은 갑옷을 갖추어, 멀리서 보면 마치 타오르는 한 덩어리의 불길 같았다. 말 위의 장수를 보니 아직 어려 보였으나 키가 칠 척은 되어 보였다. 몸은 약간 여윈 편이었고, 흰 살갗에 가늘고 길게 찢어진 두 눈에서는 헤아리기 어려운 예리한 지모가 번뜩이고 있는 듯했다.

그는 패국(沛國) 태생인 조조(曹操)로, 자는 맹덕(孟德)이었다. 이번에 기도위가 되어 오천의 마보군을 거느리고 황보숭 장군의 후진이 되어 장보, 장량을 치러 온 것이었다.

조조는 열여덟에 조정에 출사하여 낭에 부임했다. 젊고 야심에 찬 그는 이 요직을 하늘이 주신 기회로 삼아, 법령을 어긴 사람은 권문세가를 막론하고 엄하게 다스려, 낙양 일대에서 크게 명성을 떨치게 되었다. 조조가 기도위로 황보숭을 도와 황건적을 토벌하라는 명을 받은 것은 바로 이 무렵이었다.

조조가 이날 도망치는 도적들을 맞받아쳐 거둔 전과는 대단했다. 적 만 명의 목을 베고 빼앗은 마필 또한 수만이었다. 유비가 관우, 장비와 더불어 군사 천오백을 거느리고 나타났을 때는 조조가 잔당들의 소탕을 끝낸 무렵이었다. 본군의 총대장 황보숭은 시큰둥한 얼굴로 유비에게 말했다.

"위태로운 것은 우리가 아니라 광종의 노식 장군일세. 그대는 군사를 거느리고 노식 장군을 도와주는 것이 좋겠네."

유비는 휘하의 군사를 이끌고 말머리를 돌릴 수밖에 없었다. 유비가 광종을 향해 말을 몰아 달려가고 있을 때였다. 저편에서는 한 떼의 군마가 호송 수레 한 대를 호위하며 마주 오고 있었다. 놀랍게도 수레 속에 갇혀 있는 사람은 바로 중랑장 노식이 아닌가. 유비는 소스라치게 놀라며 말에서 뛰어내려 수레 쪽으로 황급히 뛰어갔다.

"스승님? 이게 대체 어찌 된 일입니까?"

"현덕이 아닌가? 자네에게 이런 꼴을 보여서 미안하네!"

노식은 입을 열더니, 한숨을 내쉬며 대답했다.

"나는 몇 차례 장각의 본거지를 에워싸고 쳐부수려 했지만 장각이 요술을 부리는 바람에 번번이 실패했네. 그런데 조정에서는 황건적을 소탕하지 못한 죄로 환관 좌풍(左豊)을 칙사로 내려 보냈지 뭔가. 그런데 그자는 전선의 형세를 살필 생각도 않고 내게 은근히 뇌물을 바치라 하더군. 나는 군량도 부족한 판에 바칠 뇌물이 어디 있겠느냐고 정색을 하고 거절했네. 그랬더니 좌풍이 이에 앙심을 품고 돌아가더니, 나를 모함한 모양일세."

유비는 위로의 말도 잊은 채, 창살 너머로 노식의 손을 움켜잡았다. 두 사람의 얘기를 듣고 있던 장비는 불길처럼 화가 치솟아 장팔사모를 번쩍 들며 소리쳤다.

"형님! 이런 기막힌 일이 어디 있소? 죄 없는 은사께서 옥으로 끌려가는 것을 이대로 지켜보고만 있을 작정입니까? 관병들을 싹 쓸어버리고 노식 장군을 구출합시다."

유비는 그런 장비를 향해 호통을 쳤다.

"장비, 무슨 말이냐? 사제의 정을 생각한다면 나도 견디기 어렵지만, 감히 천자의 명을 거역할 수는 없지 않은가. 조정에도 공론이 있을 터인즉, 방자한 짓을 삼가거라."

유비의 호령에 장비는 멈칫거렸다. 일찍이 보지 못한 유비의 무서운 얼굴이었다. 그제야 장비도 장팔사모를 거두었다. 호송하던 관군들도 장비의 서슬에 겁을 먹은 듯 황급히 노식을 호송하여 떠났다.

얼마 후, 유비 형제는 산골짜기를 지나 두 주의 갈림길에 이르렀다. 관우가 먼저 말을 멈추었다.

"여기에서 남쪽으로 가면 광종이고, 북쪽으로 가면 탁현입니다. 그런데 지금 광종으로 가면 뭘 합니까? 이제는 동탁이라는 새로운 중랑장이 부임했다지 않습니까? 차라리 탁현으로 돌아가 앞날을 도모하는 게 어떻습니까?"

유비로서는 아직 이렇다 할 공명도 세우지 못하고 돌아가는 것이 선뜻 내키지 않았다. 그러나 지금 광종으로 가는 것도 의미가 없긴 마찬가지였다.

"운장의 말이 옳다. 군사를 돌려 북쪽을 향하게 하라."

세 사람은 다시 군사를 거느리고 탁현을 향해 묵묵히 말을 몰았다. 유비는 고향에서 의병을 일으켜 떠난 지 여러 달 만에 이렇다 할 공훈도 이루지 못한 채 어머니를 뵙게 되는 것이 면목이 없어 몹시 서글펐다.

유비 형제가 수하를 거느리고 탁현을 향해 행군을 시작한 지 이틀째 되는 날이었다. 갑자기 산 너머에서 요란한 함성이 들려 왔다. 유비가 급히 높은 곳으로 말을 달려 올라가 보니, 한 떼의 관군이 패주하고 있었다. 관군의 뒤편에는 머리에 누런 수건을 동여맨 황건적들이 산과 들을 가득 메운 채 뒤쫓고 있었다. 선두에 '천공장군'이란 깃발이 펄럭이고 있는 것으로 보아, 황건적의 괴수 장각이 직접 군사들을 이끌고 관군을 추격하고 있는 듯했다.

"전군은 즉시 전투태세를 갖추어 진격하라."

유비가 산이 떠나갈 듯이 큰 소리로 명을 내리며 몸소 앞장서 말을 몰았다. 관우가 청룡언월도를 치켜들고 뒤를 따랐고, 장비도 질세라 장팔사모를 휘두르며 나는 듯이 말을 달렸다.

그때 장각은 동탁의 관군을 무너뜨리고 그 기세를 몰아 궁지에 빠진 동탁의 관군을 맹렬하게 추격하고 있던 중이었다. 그러다 느닷없이 나타난 유비의 군사가 기습을 해오니 당황하지 않을 수 없었다. 선봉대가 유비 형제에게 덜컥 무너지니 뒤를 따르던 부대들도 우왕좌왕하며 뿔뿔이 흩어졌다. 그때 패주하던 관군도 뜻밖의 응원군이 나타나 황건적들을 무찌르자 말머리를 돌려 유비의 군과 합세했다. 장각은 기습해 온 무리들의 기세가 강하고 날랜 것을 보자 사태가 위급함을 느껴 싸울 뜻을 잃고 말았다.

그들은 추격을 멈추고 멀리 오십 리나 달아나 버렸다. 유비와 관우, 장비는 그제야 무기를 거두며 하마터면 목숨을 잃을 뻔한 관군의 대장을 만났다. 그는 노식의 후임인 동탁이었다. 동탁은 갑작스레 노식의 후임으로 온 터라 아직 이곳 사정에 어두웠다. 멋모르고 성급히 군사를 이끌고 황건적을 섬멸하기 위해 진격한 나머지 크게 패한 채 도주하던 중 뜻밖에도 유비의 도움을 받게 된 것이었다. 가까스로 참혹한 패배를 면했을 뿐 아니라 오히려 황건적을 격퇴시킨 동탁은 안도의 한숨을 내쉬며 유비에게 물었다.

"낙양에 그대들과 같은 용장이 있다는 말을 일찍이 들어 보지 못했는데, 대체 그대들은 어떤 관직을 가지고 있는가?"

"저희들은 탁군에서 온 의병입니다."

유비의 대답에 동탁은 얼굴빛이 달라졌다.

"뭐, 관직이 없다고? 그러면 시골의 잡군이란 말이군?"

동탁은 콧방귀를 뀌며 경멸하는 기색을 보였다.

"알았네. 물러가게. 그대들의 노고에 대한 보상은 차후 생각해 보답하겠네."

동탁은 하잘것없는 유비에게 구원을 받은 것이 체면에 손상된다는 듯이 말을 마치고 군막 안으로 들어가 버렸다. 동탁의 자는 중영(仲穎)으로, 하동(河東) 태수를 지내고 있으나 천성이 오만하기 짝이 없는 인물이었다. 그의 태도에 부아가 치민 장비가 이를 부드득 갈며 말했다.

"저런 배은망덕한 놈을 보겠나! 제 놈을 살려 준 사람이 누군데 상을 내리지는 못할망정 홀대를 한단 말이오? 내 당장 저놈의 목을 쳐 죽이겠소."

유비가 장비를 달래며 말했다.

"동탁은 황실의 무관이다. 함부로 죽이면 천자의 명을 거역하는 것이 되지 않겠나?"

"그렇다면 나에게 저 녀석의 명령에 따르라는 거요? 난 싫소. 형님들이나 여기 있고 싶으면 편안히 있으시오. 나는 다른 데로 떠나겠소."

장비는 분을 삭이지 못해 투덜댔다. 유비는 그 말에 장비를 얼싸안은 채 간곡히 말했다.

"우리 셋은 의형제가 되어 한날 죽기로 천지신명께 맹세하지 않았던가? 자네만 가고 우리 둘은 남으라니 당치도 않네. 떠나려면 함께 떠나세."

유비가 그렇게 말하자, 그때서야 장비도 화를 누그러뜨리며 말했다.

"그렇다면 잘 알겠소. 떠나려면 어서 함께 떠나시지요. 이놈의 군막에 잠시도 머물고 싶지 않소."

유비는 군사를 이끌고 서둘러 동탁의 진영을 떠났다. 세 사람은 탁군으로 돌아갈까 하다가 마음을 돌려 일단 영천에 있는 주전의 진지를 들러 보기로 했다. 이때 대장군 황보숭은 조조와 함께 황건적을 추격하여 멀리 하남의 곡양과 완성 쪽으로 군사를 이끌고 간 터라, 영천에는 주전만이 머무르고 있었다.

주전은 군사가 적어 근심하고 있던 차에 유비가 군사를 이끌고 오자 반갑게 맞았다.

"유 장군이 선봉을 맡아 주시오. 군사가 모자란다면 관군 천 명을 합세시켜 드리고, 군량과 병장기라면 얼마든지 나누어 드리겠소."

주전이 이처럼 정중히 대하자 감격한 유비가 힘찬 목소리로 대답했다.

"예, 힘닿는 데까지 장군님을 보필하겠습니다."

장보는 팔만의 병력을 이끌고 험준한 산기슭에 진을 치고 있었다. 장보는 주전의 군사가 얼마 되지 않는다는 것을 알고 진지를 구축한 채 공격해 오기를 기다리고 있던 중이었다. 주전이 유비의 군을 선봉으로 삼아 공격해 오자, 장보는 부장 고승(高昇)을 앞장세웠다. 유비가 장비에게 일렀다.

"익덕, 네가 저자를 쓰러뜨려라."

오랫동안 장팔사모를 휘둘러보지 못해 온몸이 욱신거리던 장비였다. 장비는 유비의 말이 떨어지기가 무섭게 사모를 비껴들고 말을 달려나가 고승과 맞부딪쳤다. 창검과 장창이 번쩍이며 어우러졌다. 그러나 어찌 고승 따위가 장비의 적수가 되랴. 외마디 비명 소리와 함께 고승은 장비의 창에 찔려 말 아래로 떨어져 죽고 말았다. 유비가 때를 놓치지 않고 군사를 이끌어 나아가며 외쳤다.

"이때다. 모두 나아가 적을 섬멸하라!"

이어 관우와 장비가 청룡언월도와 장팔사모를 휘두르며 달려나가자 적의 무리들은 뿔뿔이 흩어졌고 전세는 완전히 유비의 군사 쪽으로 기울기 시작했다. 유비는 숨 돌릴 틈도 주지 않고 황건적들을 뒤쫓았다. 그때였다. 갑자기 산골짜기에서 사나운 회오리바람이 일더니 검은 안개가 하늘을 뒤덮었다.

산봉우리에는 머리를 풀어헤친 장보가 검은 옷을 입고 칼을 든 채 주문을 외고 있었다. 장각에게서 배운 요사스런 술법을 쓰고 있는 모양이었다. 천둥 번개와 바람이 한결 더 거세졌다. 그와 동시에 검은 하늘에서 한 떼의 군마와 요괴의 모양을 한 빨강, 노랑의 종이가 마치 다섯 빛깔의 불덩이처럼 쏟아져 내려왔다.

주전의 관병들이 겁에 질려 우왕좌왕 허둥대는 바람에 결국 유비는 황급히 군사를 돌릴 수밖에 없었다. 패군을 이끌고 주전의 진영에 돌아온 유비가 그동안의 일을 말했다. 그러자 주전이 유비에게 계책을 일러 주었다.

"그자가 요술을 부린 것이오. 돼지, 양, 개 등을 잡아 그 피를 산 꼭대기에서 뿌린다면 장보의 요술 따윈 쉽게 깨뜨릴 수 있을 것이오."

다음 날 유비는 주전의 군사 중 약 반수의 병력에게 수백 개의 깃발을 들게 하고 징이며 꽹과리, 북을 울리며 계곡을 향해 진군하는 것처럼 보이게 했다. 다른 한편으로는 관우와 장비에게 각각 군사천을 주어 양이나 개, 돼지의 피와 오물을 마련해 언덕 위에 매복케 했다. 적은 전날의 승리로 기세가 오른 터라 계곡 쪽으로 유비의 군이 다가오자 군사를 거느리고 의기양양하게 싸움을 걸어 왔다. 유비의 군이 뒤쫓자 장보는 어제의 그 산봉우리 위에서 다시 요술을 부리기 시작했다. 하늘에서 검은 안개가 일고 천둥번개가 치고 모래 바람이 거칠게 이는 가운데 하늘에서 무수한 인마가 쏟아져 내렸다.

"두려워 마라. 관우와 장비가 저 요사스런 요술을 깨칠 것이다."

유비가 군사들에게 소리치며 말머리를 돌렸다. 군사들은 동요 없이 대오를 갖추어 유비의 뒤를 따라 계곡을 빠져 달아나기 시작했다. 황건적들은 기고만장하여 군사를 휘몰아 유비의 군을 뒤쫓아 추격하기 시작했다. 유비가 막 계곡을 빠져나갈 때였다. 꽹과리 소리와 북 소리가 함께 울리며 불시에 계곡 위에 매복해 있던 관우, 장비의 군대가 돌진해 오자, 황건적들은 자기들의 눈을 의심할 지경이었다.

관우와 장비의 군사들은 유비의 군을 뒤쫓는 황건적들의 머리 위로 피와 오물들을 쏟았다. 그러자 하늘로부터 떨어지던 요괴와 인마들이 종이와 짚단으로 만든 인형이 되어 땅바닥에 떨어졌다. 뿐만 아니라 한바탕 휘몰아치던 바람도 기운이 점점 약해지더니, 검은 구름이 걷히면서 하늘이 청명하게 개는 것이 아닌가.

황건적들은 크게 놀라지 않을 수 없었다. 그토록 신통력을 발휘하던 대장의 요술이 깨어졌을 뿐 아니라, 관우와 장비의 군사가 절벽 위에서 공격해 왔기 때문이었다. 게다가 도망치는 체하던 유비의 군사도 말 머리를 돌려 공격해 오니, 황건적들은 우왕좌왕하다가 자기들끼리 부딪치며 쓰러졌다. 장보는 술법이 깨어지자 급히 말

머리를 돌려 달아나려 했다. 그러자 유비가 말을 달려가며 장보를 향해 활을 당겼다. 시위를 떠난 화살은 바람을 가르며 장보의 왼쪽 팔뚝에 박혔다. 장보는 화살을 뽑을 틈도 없이 양성으로 달아나 성문을 굳게 닫은 채 다시는 나오지 않았다.

주전은 양성을 에워싸고 공격하는 한편, 사람을 보내 황보숭의 소식을 알아보게 했다. 그러자 곡양으로 황보숭의 소식을 탐지하러 갔던 전령이 와 소식을 전했다.

"황보숭 장군은 싸울 때마다 크게 이기고 동탁은 싸울 때마다 패해, 천자께서는 동탁을 물러나게 하시고 그 자리에 황 장군을 임명하셨습니다. 황보숭 장군이 군사를 이끌고 적의 본거지로 공격해 갔을 때는 이미 장각은 병들어 죽은 뒤였고, 아우 장량이 형을 대신하여 무리들을 이끌고 관군과 맞서고 있었습니다. 황보숭 장군은 조조를 선봉으로 삼아 일곱 차례나 싸워 이긴 후, 마침내 장량의 목을 베었습니다. 이에 천자께서는 황보숭 장군을 거기장군 겸 기주목으로 삼았습니다. 또 황보숭 장군이 노식 장군은 공은 있으되 죄가 없다고 조정에 아뢰어 다시 중랑장으로 복직되었다고 합니다."

주전은 이 보고를 접하자 심사가 몹시 언짢았다. 황보숭과 함께 나란히 조정의 명을 받고 출전했지만, 자기는 아직 뚜렷한 전공도 없이 장보와 대치만 하고 있었기 때문이었다. 주전은 이에 군사들을 독려하여 힘을 다해 양성을 공격하기 시작했다. 그런데 뜻하지 않은 일이 일어났다.

성안에는 엄정이라는 적장이 있었다. 엄정은 대세가 이미 기울었음을 깨닫고 두목 장보의 목을 벤 후, 그 목을 들고 와 목숨을 애걸하며 항복했다. 주전이 엄정의 항복을 받아들여 양성에 입성하니, 주전에게 항복하지 않은 황건적들은 뿔뿔이 흩어져 달아났다. 주전은 여세를 몰아 여러 고을의 잔당들을 소탕한 후 조정에 승전을 알렸다.

장각과 장량, 장보 삼 형제는 관군에게 격퇴당하여 목이 떨어졌으나, 그렇다고 황건적이 완전히 자취를 감춘 것은 아니었다. 황건적의 괴수 장각의 막하에 있다가 관군의 공격을 피한 잔당들이 아직도 수만의 무리를 거느리고 여러 고을을 괴롭히고 있었다. 조홍(趙弘), 한충(韓忠), 손중(孫仲)이 거느리는 잔당들은 아직도 장각의 원수를 갚겠다며 졸개들을 완성으로 집결시키고 있었다.

조정에서는 주전에게 이들 황건 잔당들을 소탕하라고 명했다. 그리하여 조정의 명을 받들고 주전은 군사를 몰아 완성으로 쳐들어갔다. 주전이 군사를 이끌고 오자 황건적의 잔당 조홍은 한충을 내보내 싸우게 했다. 주전은 유비와 관우, 장비 세 사람에게 완성의 서쪽 성문을 치게 했다. 그것을 알 리 없는 한충은 정병을 이끌고 서쪽 성문으로 달려오다가 유비 형제를 보고 크게 놀라 말 머리를 돌렸다. 유비는 기회를 놓치지 않고 그 뒤를 쫓으며 공격했다. 이때 주전은 스스로 철기 이천을 거느리고 동북쪽으로 달려가 공격했다. 갈피를 잡지 못하던 한충의 병사들은 유비 군의 말발굽에 쓰러져 갔다. 다급해진 한충은 성안으로 말을 몰아 퇴각했다. 그러자 뒤따라온 주전의 군사가 성을 철통같이 에워쌌다.

"적은 원군도 없고, 머잖아 군량도 떨어질 것이다."

주전은 성 주위를 물샐 틈 없이 경계하도록 한 후 적의 동태를 살폈다. 잔당들을 무턱대고 받아들였던 한충의 군대는 군량마저 얼마 가지 않아 바닥이 나고 말았다. 게다가 조홍, 손중과도 서로 연락이 끊긴 터라 더 이상 버티기도 어려웠다. 결국 한충은 목숨만은 살려 달라고 사자를 보냈다. 그러나 주전은 큰 호통과 함께 사자의 목을 베어 버렸다.

"죽게 되면 항복을 하고, 힘이 있을 때는 모반을 꾀하는 네놈들을 어떻게 살려 준다는 말이냐. 필요 없다!"

유비는 주전이 사자의 목을 베자 의아스럽게 여겨 물었다.

"옛날 한 고조께서 천하를 얻으신 것은 적에게 항복을 권하고 투항한 적을 너그러이 받아들였기 때문입니다. 장군은 어찌하여 한충의 항복을 받아들이지 않으십니까?"

유비의 물음에 주전이 고개를 좌우로 흔들며 말했다.

"그때와 지금은 상황이 다르오. 옛날 진나라와 항우 때에는 천하가 어지러워 백성들에겐 주인이 없었소. 그래서 적군이라도 항복해 오면 상을 내리고 백성으로 삼아 민심을 수습하고 힘을 길렀던 것이오. 그러나 오늘날에는 천하가 통일되었고, 오직 황건적들만이 모반을 일으키고 있소. 지금 그들의 항복을 받아들인다면, 어떻게 악한 것을 징계할 수 있겠소."

주전의 단호한 태도에 유비가 미소를 지으며 말했다.

"지당한 말씀입니다. 그러나 사방을 철통같이 에워싸고서 항복을 받아들이지 않는다면, 적은 죽기를 작정하고 싸울 것입니다. 만 명이 한마음으로 뭉쳐 죽기를 각오하고 싸우면 당하기 어려운데, 수만의 군사들이 대항한다면 이쪽도 크게 피해를 입을 것은 자명한 이치가 아닙니까? 어떻겠습니까? 동문과 서문은 터놓은 채 남문과 북문으로 공격하면 적은 반드시 성을 버리고 달아나게 될 것입니다."

주전은 유비의 말에 따라 동문과 서문을 터놓은 채 남문과 북문으로 일제히 공격해 들어갔다. 과연 얼마 지나지 않아, 한충이 군사를 거느리고 성을 빠져나가기 위해 동문으로 달아나기 시작했다. 유비가 곧 군사를 몰아 그를 뒤쫓으니, 한충은 난전 속에서 화살을 등에 맞고 말 아래로 떨어졌다. 대장이 말 위에서 떨어지자 적은 어찌할 바를 모르고 사방으로 흩어졌다. 관군은 추격을 멈추지 않고 그들을 뒤따라 섬멸했다. 이때 조홍과 손중이 한충을 돕기 위해 수만 명의 군사를 이끌고 밀어닥쳤다.

조홍, 손중은 완성을 지키던 한충의 목이 떨어진 것을 알고는 크게 노하여 주전의 군대를 덮쳤다. 갑자기 밀어닥친 조홍, 손중의 군사들 앞에, 승리감에 도취해 있던 주전의 군대는 당황하지 않을 수 없었다.

주전은 잠깐 물러서기로 하고 자기의 진중을 향해 말을 달렸다. 적은 주전의 군대를 뒤쫓아 마구 베고 찔러 댔다. 조홍과 손중은 주전의 군을 본진으로 쫓은 후 다시 완성을 되찾고는 성문을 굳게 닫았다. 주전과 유비는 십 리쯤 떨어진 곳에 진을 치고 다시 완성을 탈환할 계획을 짜고 있었다.

그때였다. 돌연 한 떼의 군사가 그들 앞에 밀어닥쳤다. 얼핏 보아 천오백 명쯤 되는 군사로, 대오도 정연하고 보무도 당당했다. 대오의 맨 선두에 위풍도 당당히 들어서는 장수가 있었다. 흰 얼굴에 번듯하게 넓은 이마, 입술은 붉고, 눈썹이 반달처럼 치솟아 있었다. 몸은 호랑이처럼 날렵해 보였지만 허리는 곰처럼 단단해 보이는 것이, 범상치 않은 풍모를 갖추고 있었다. 주전이 앞에 나서서 물었다.

"젊은 장수는 어디서 온 누구인가?"

"저는 오군(吳郡) 부춘(富春)에 사는 손견(孫堅)으로, 자는 문대(文臺)라고 합니다. 군사 천오백을 거느리고 장군을 도우러 왔습니다."

맑고 우렁찬 목소리였다. 손견은 혈통으로 보면 전국시대의『손자병법』(孫子兵法)을 쓴 손자의 후손이다. 조상들은 대대로 오나라에서 벼슬을 하며 부춘에서 살았다.

수년 전, 회계에서 허창이란 자가 반란을 일으켜 스스로 '양명황제'라 칭하니, 그를 따르는 무리가 수만 명에 달했다. 손견은 천여 명의 민병을 모아 이들 도적들을 토벌하고 허창과 그 아들 허소의 목을 베었다. 그 뒤로 '강남에는 뛰어난 장수 손견이 있다.'라는 말을 듣게 되었다.

황건적의 난이 일어나자 이제 스물여덟이 된 손견도 역도들을 치라는 조정의 명을 받들게 되었다. 이에 손견은 황건적을 토벌하기 위해 회수(淮水)와 사수(泗水)의 젊은이들 천오백여 명을 이끌고 주전의 군대에 합세하러 달려오는 길이었다.

주전은 크게 기뻐하며 손견에겐 완성의 남문을, 유비에겐 북문을 공격하게 했다. 주전은 서문을 치되 동문만은 적군이 달아날 수 있도록 퇴로로 터놓아, 밖으로 나오면 무찌를 작정이었다. 손견은 수하 장졸들보다 앞서 순식간에 남문을 향해 말을 달려 단신으로 성벽을 기어올랐다.

"오군의 손견이 여기 왔다. 도적들은 내 칼을 받아라."

적병 속에 뛰어든 손견의 칼이 춤을 추자, 순식간에 적병 이십여 명의 목이 달아났다. 이를 본 조홍이 창을 치켜들고 손견 앞으로 달려나갔지만, 손견은 잽싸게 조홍의 창을 빼앗아 그를 찔러 말 아래로 떨어뜨렸다. 그러고는 조홍의 말을 빼앗아 타고 좌충우돌하며 도적들을 무찔렀다. 그것을 본 손중은 아예 싸울 생각도 잊은 채 혈로를 뚫어 달아날 길만 찾았다. 때맞춰 유비가 손중을 향해 쏜 화살이 막 동문을 빠져나가는 손중의 목을 꿰뚫었다. 손중은 외마디 비명 소리와 함께 몸을 뒤집으며 말 위에서 굴러 떨어지고 말았다.

승기를 잡은 주전이 유비, 손견과 힘을 합쳐 일시에 완성을 공격하여 황건적 수만 명의 목을 베자, 나머지 수만 명은 항복을 했다. 드디어 완성을 되찾고 남양 일대의 십여 고을이 모두 평정되자 황건적은 자취를 감추었다.

조정에서는 주전의 공을 크게 치하하여 거기장군에 봉하고 하남 윤을 제수했다. 이때 주전은 '이번 싸움에 손견과 유비의 공이 크다.'고 상주했다. 그러나 조정에 연줄이 닿아 있던 손견은 별군사마가 되었으나, 유비는 여러 날이 지났음에도 아무런 벼슬도 제수받지 못했다. 유비 일행은 음울한 마음으로 할 일 없이 세월만 보내고 있었다.

그러던 중 유비에게도 중산부(中山府) 안희현(安喜縣)의 현위(縣尉)라는 낮은 관직이 주어졌다. 유비가 임지에 당도하자 안희현의 모든 백성들은 곧 그의 인덕을 존경하게 되었다. 그런데 채 4개월도 되지 않아 조정에서 조서(詔書)가 내려왔다. 황건적을 토벌한 공로로 벼슬에 오른 자를 재심사하여 적합하다고 인정되지 않을 경우에는 관직에서 물러나게 한다는 것이었다.

얼마 후, 군(郡)의 감독관이 심사를 하러 왔다. 유비는 성 밖에까지 나아가 공손히 예의를 갖추었으나, 감독관은 말 위에 앉은 채 채찍을 살짝 흔들어 응답할 뿐이었다. 그 거만한 태도에 관우와 장비는 부아가 치밀었다.

숙소에 이르자, 감독관은 상좌를 차지하고 앉아 뜰에 서 있는 유비에게 물었다.

"그래, 현위는 어디 출신인고?"

"예, 저는 중산정왕의 후손으로, 탁군에서 황건적을 멸한 다음 크고 작은 삼십여 회의 싸움에서 얼마간의 전과를 올려 이 관직에 오르게 되었습니다."

그 말을 들은 감독관은 갑자기 큰 소리로 호통을 쳤다.

"이놈, 감히 황족의 이름을 들먹여 있지도 않은 공적을 내세우려 하는구나. 이번에 조정에서 조서를 내린 것도 바로 네놈과 같은 엉터리 관리를 골라내기 위해서다."

감독관의 시퍼런 서슬에 아무 말도 못 하고 물러나온 유비에게, 물정에 밝은 관리 하나가 말했다.

"아무래도 감독관이 뇌물을 바라는 것 같습니다."

그러나 유비는 감독관에게 뇌물을 바칠 생각이 조금도 없었다. 낌새를 눈치챈 감독관은 현의 관리를 한 명 붙잡아 유비가 백성을 괴롭힌다는 거짓 조서를 만들게 하려고 했다. 유비가 감독관의 숙소로 가 붙잡힌 관리를 풀어 달라고 청원하려 했지만, 만나 보지도 못한 채 쫓겨나고 말았다. 이 소식을 들은 장비는 화를 참지 못하고 감독관의 숙소로 달려갔다.

"백성을 괴롭히는 이 도둑놈아, 내 오늘 하늘을 대신해 네놈의 죄를 묻겠다!"

장비는 감독관이 말을 꺼내기도 전에 그의 머리카락을 움켜쥐고 그 길로 현의 청사 앞까지 끌고 나와 말을 매어 두는 말뚝에 꽁꽁 묶어 버렸다. 그러고는 버드나무 가지를 꺾어 감독관의 양쪽 넓적다리를 힘껏 후려갈기는데, 한 번 휘두를 때마다 버드나무 가지가 부러져 나가고 감독관의 비명 소리와 함께 피 묻은 살점들이 흩어졌다.

청사 앞이 소란스러워 나가 본 유비는 이 모습을 보고 깜짝 놀랐다. 결박당한 감독관은 유비를 보자 눈물까지 흘리며 애원했다.

"아이고, 현덕님! 제발 목숨만 살려 주십시오!"

인정 많은 유비가 장비를 말리자, 옆에서 보고 있던 관우가 나서며 말했다.

"형님, 그 많은 공로를 세웠는데, 겨우 현위 같은 말직에다 군의 감독관에게까지 모욕을 당해야겠습니까? 이런 시궁창 같은 곳은 봉황이 살 곳이 못 됩니다. 차라리 관직을 버리고 고향으로 돌아가 훗날을 도모하는 것이 나을 듯합니다."

사실 유비도 관우와 같은 생각을 하고 있었다. 유비는 관인(官印)을 꺼내 감독관의 목에 걸어 주며 말했다.

"네놈과 같은 백성의 적은 마땅히 죽여 없애는 것이 옳겠지만, 오늘만큼은 살려 주겠다. 그리고 내 관직은 다시 천자께 돌려드리겠다."

유비는 감독관을 묶어 놓은 채 그날 밤 탁군으로 돌아갔다.

뒤늦게 감독관으로부터 보고를 받은 정주 태수는 곧 유비를 잡으려고 탁군으로 군사를 보냈지만, 유비 일행은 이미 가족을 이끌고 대주(代州) 태수 유회(劉恢)에게 몸을 의탁하고 난 후였다.

혼란과 암투

궁중에서 권력을 잡고 있던 십상시는 자기들을 거역하는 자들은 결코 용서하지 않았으며, 심지어 황건적을 격파한 장군들에게도 뇌물을 요구하며 사리사욕을 채웠다. 황보숭과 주전 같은 조정의 중신조차 뇌물을 바치지 않았다는 이유로 결국 물러나야 했고, 십상시 스스로 대장군이나 제후(諸侯)가 되었으므로 나라의 정치는 극도로 문란해지고 다시 각처에서 반란이 일어났다.

그러나 십상시들에 의해 눈과 귀가 막힌 천자는 이러한 사실은 까맣게 모른 채 날마다 연회로 세월을 보냈다.

중평(中平) 6년 4월, 영제의 병이 위독해지자 왕위의 계승 문제로 회의가 열리고, 대장군 하진이 급히 궁궐로 불려 들어갔다. 하진은 본래 돼지를 잡는 백정이었다. 그러던 것이 여동생이 후궁으로 뽑혀 귀인(貴人)이 된 후 황자(皇子) 변(辨)을 낳고 황후가 되는 바람에, 그도 황자의 외삼촌이라 하여 높은 벼슬을 하게 되었던 것이다.

그런데 영제에게는 이 밖에도 왕미인(王美人)이라는 사랑하는 후궁이 있어 황자 협(協)을 낳았다. 하 황후가 이것을 질투하여 왕미인을 독살했기 때문에, 황자 협은 영제의 어머니인 동 태후(董太后)의 궁중에서 자라게 되었다.

동 태후는 오래전부터 황자 협을 황태자로 삼으려 했고, 이를 위해 십상시들과 긴밀한 관계를 유지하고 있었다. 하 황후와 하진이 황자 변을 황태자로 삼으려 한다는 것을 알고 있던 십상시들은, 영제의 병이 더욱 위독해지자 하진을 궁중으로 불러들여 암살해 버릴 음모를 꾸몄다. 이 음모를 알아차린 하진이 반대로 십상시들을 몰살시키려고 하던 차에, 영제가 세상을 떠났던 것이다. 하진은 무장한 근위병 오천을 부하인 원소(袁紹)에게 거느리게 한 후, 대신 삼십여 명만 이끌고 궁중으로 들어가 영제의 영구(靈柩) 앞에서 황자 변을 천자의 지위에 오르게 했다.

동 태후는 십상시들과 짜고 황자 협을 진류왕(陳留王)의 자리에 오르게 하여 한동안 권력을 잡고 있었으나, 하 태후와의 사이가 점점 벌어진 나머지 하진에게 독살되고 말았다. 이러한 때에 원소가 하진에게 말했다.

"이 기회를 놓치지 말고 십상시들을 처치해야 합니다. 여러 곳의 호걸들을 불러 모아 군사를 이끌고 상경하면 그 내시들을 충분히 무찌를 수 있습니다."

하진은 한동안 망설이더니 원소의 말을 따르기로 했다. 조조와 같은 여러 장수들이 반대를 했지만 소용이 없었다. 이 소식을 전해 듣고 가장 기뻐한 것은 동탁이었다. 그는 황건적 토벌에 번번이 패하기만 했으나, 십상시에게 뇌물을 바쳐 죄에서 벗어날 수 있었다. 뿐만 아니라 대장군이 되어 서량(西涼)의 자사(刺史)로서 서북 지방의 이십만 대군을 거느리고 야심을 키우고 있었다. 그는 즉시 대군을 이끌고 낙양으로 출발했다.

전부터 동탁의 인간성을 잘 알고 있던 노식은 그런 동탁의 상경을 반대했다.

"그자는 늑대와 같은 인물입니다. 그런 자를 수도에 들여 놓았다가는 큰 낭패를 볼 것입니다."

그러나 십상시의 몰살에만 마음을 빼앗긴 하진은 이를 받아들이지 않았다.

한편 하진의 움직임을 눈치챈 십상시들은 하진을 궁중으로 불러들여 죽여 버렸다. 선수를 쳤던 것이다. 하진이 죽임을 당했다는 소식을 전해 들은 원소와 조조는 부하들을 이끌고 궁중에 쳐들어가, 십상들은 물론이고 다른 내시들까지 모조리 죽여 버렸다.

이때, 십상시의 우두머리인 장양은 어린 천자와 진류왕을 인질로 삼아 북망산(北邙山)까지 도망갔으나, 뒤쫓아 간 추격대의 함성에 자신의 운명이 다했음을 깨닫고 스스로 강물에 몸을 던져 죽고 말았다.

뒤에 남은 두 소년, 천자와 진류왕은 갈팡질팡하다가 겨우 당도한 어느 농가의 주인에게 구조되어, 뒤따라온 원소와 함께 낙양으로 향했다. 그런데 도중에 동탁이 이끄는 군대와 마주치게 되었고, 동탁은 천자를 호위하며 수도로 향했다. 이때 겁에 질린 천자와는 달리 씩씩하고 의젓한 진류왕의 태도에 감탄한 동탁은, 천자를 폐위시키고 진류왕을 천자로 세우리라 마음먹게 되었다.

궁중에 도착한 동탁은 하진의 부하들을 설득하여 자신의 편에 서게 하고, 또 연회에 대신들을 초대하여 그 자리에서 진류왕을 천자로 추대해야 한다고 주장했다. 사안이 사안인지라 어느 대신도 선뜻 나서려 하지 않는데, 이때 한 사람이 앞으로 나와 큰 소리로 말했다.

"도대체 무슨 소리를 하고 있는 것이오? 지금의 천자는 선제(先帝)의 장남으로서 이렇다 할 과실도 없는데, 어째서 폐위를 주장한단 말이오? 혹시 장군께서 딴 생각을 품고 계신 게 아니오?"

그는 형주(荊州)의 자사 정원(丁原)이었다. 그 말을 들은 동탁은 칼을 뽑아 들고 정원의 목을 베려고 했다. 그때 정원의 뒤에는 위엄이 당당한 장수 하나가 손에 창을 들고 눈을 번뜩이며 서 있었다. 동탁의 참모인 이유(李儒)는 그 장수의 위세를 깨닫고는 동탁에게 훗날 다시 의논할 것을 권했다. 연회가 끝난 후 동탁이 문간에 서 있는데, 조금 전의 그 장수가 말을 탄 채 문밖을 서성거리고 있는 것이었다.

"저 장수가 누구인지 알겠는가?"

동탁이 묻자, 이유가 대답했다.

"저자는 정원의 양자로, 성은 여(呂)요 이름은 포(布), 자는 봉선(奉先)이라 하는데, 그 힘과 무예는 따를 자가 없다고 합니다."

여포의 기세에 눌린 동탁은 그 길로 후원 깊숙이 들어가 몸을 숨겼다.

이튿날, 정원이 군대를 이끌고 동탁에게 도전해 왔다. 동탁은 군사를 이끌고 성 밖에서 이를 격퇴하려 했으나, 말을 몰고 쏜살같이 달려든 여포의 기세에 눌려 참패하고 말았다. 도망쳐 나온 동탁은 측근들을 모아놓고 대책을 논의했다.

"저 여포라는 놈은 보통 놈이 아니다. 저놈을 우리 편으로 만들 수만 있다면 천하에 두려울 것이 없으련만……."

그러자 근위 중랑장인 이숙(李肅)이 말했다.

"그 일이라면 제게 맡겨 주십시오. 여포는 저와 동향 사람으로,

용맹하기는 하지만 지혜가 없고, 이익을 위해서라면 의리도 저버리는 인물입니다. 제가 한번 설득해 보겠습니다."

"자네가 어떻게 설득하려고 하는가?"

"장군님께 적토(赤兎)라는 명마가 있습니다. 그 말은 하루에 천 리를 달린다고 들었는데, 그 말과 함께 금은보화를 주면 그는 반드시 우리 편이 될 것입니다."

적토마는 하루에 천 리를 달리고, 강을 건너거나 산을 오를 때에도 평지를 가는 것과 마찬가지였다. 전신이 타오르는 불꽃처럼 빨갛고, 머리에서 꼬리까지의 길이가 일 장(丈), 발굽에서 갈기까지의 높이가 팔 척으로, 한 번 울면 하늘이 쩌렁쩌렁 울리고 바다도 뛰어넘을 것 같았다. 비록 세상에 둘도 없는 명마지만 천하를 얻기 위해서는 아까울 것 없다고 생각한 동탁은, 이숙에게 적토마와 금은보화를 주어 여포의 진지로 가져가게 했다.

여포는 이미 오래전부터 정원을 군주로 섬기기에는 부족한 인물이라고 생각하고 있었다. 이숙은 여포야말로 천하에 둘도 없는 영웅이라고 추켜세우며, 황금과 진주, 갖가지 보물들을 여포에게 내놓았다.

"이건 동탁 영주님께서 그대의 용맹을 사모하여 특별히 선사하는 선물이오. 여기 이 적토마도 마찬가지라오."

여포는 적토마를 보고는 한눈에 마음을 빼앗기고 말았다.

"동탁 영주께서 내게 이 같은 호의를 베풀어 주시니, 무엇으로 보답해야 할지 모르겠구려."

"나 같은 사람도 근위 중랑장이 되었소. 그대와 같은 영웅이라면 출세는 이미 정해진 것 아니겠소?"

"찾아뵈려고 해도 세운 공로가 없으니, 안타깝구려."

"의향만 있다면 공을 세우는 건 손바닥 뒤집는 것보다 쉬운 일이지요."

여포는 한참을 생각하더니 무겁게 입을 열었다.

"정원을 죽여 그 목을 가지고 동탁 영주에게로 가는 건 어떻겠소. 내 기꺼이 그렇게 하리다."

"그대가 그렇게만 한다면 그 이상의 공로는 없을 것이오. 다만…… 이 같은 일은 망설임이 없어야 할 것이오."

이숙이 돌아간 그날 밤, 여포는 정원의 막사로 들어가 눈 깜짝할 사이에 정원의 목을 베어 버렸다. 그리고 이튿날 그 목을 가지고 동탁에게로 가서 충성을 맹세했다.

여포를 자기 사람으로 만든 동탁은 더 이상 무서울 것이 없었다. 그는 곧 천자를 폐위시켜 홍농왕(弘農王)이라 하고, 진류왕을 천자로 추대했다. 진류왕은 천자로 즉위하여 헌제(獻帝)가 되었으며, 연호를 초평(初平)으로 고쳤다. 이때 그의 나이 아홉 살이었다.

전의 천자인 홍농왕은 어머니 하 태후와 황후 당비(唐妃)와 함께 영안궁(永安宮)에 갇혔다. 그러나 동탁은 이 세 사람을 살려 두면 후에 귀찮은 일이 일어날 우려가 있다고 생각했다. 그리하여 부하에게 명하여 홍농왕을 독살하고 하 태후를 정자 아래로 떨어뜨려 죽인 다음, 당비를 목 졸라 죽이게 했다. 이후 동탁은 스스로 재상이 되어 궁중을 제집 드나들 듯했다.

기병 중랑장인 오부(伍孚)는 동탁의 이러한 잔인하고 난폭한 행동에 분개하여, 언제나 품속에 단도를 몰래 숨기고 다니며 기회를 노렸다. 그러던 어느 날 동탁이 궁중에 들어오는 것을 보고 단도를 빼 들어 동탁을 찌르려고 했지만, 힘이 장사인 동탁의 손에 오히려 제압당하고 말았다.

"누가 너에게 이 같은 짓을 시키더냐?"

동탁의 물음에 오부는 눈을 부릅뜨고 큰 소리로 대꾸했다.

"너의 죄악이 이미 하늘 끝에 닿아, 네 목숨을 벼르지 않는 이가 없다. 너를 두 동강 내어 천하의 구경거리로 만들지 못하는 것이 한이구나."

화가 난 동탁이 그의 목을 베라 명했으나, 오부는 목숨이 끊어질 때까지 욕설을 그치지 않았다. 이후 동탁은 궁중에 출입할 때에는 언제나 무장한 군사들을 잔뜩 거느리고 다녔다.

한편, 천자의 폐위를 반대해 낙양을 떠나 발해(渤海)에 머물러 있던 원소는, 동탁이 권력을 남용한다는 말을 듣고 대신 왕윤(王允)에게 밀서를 보내어 거사를 도모하도록 권고했다. 왕윤 역시 동탁의 척결을 노리고 있었으나 좋은 계략이 생각나지 않아 망설이고 있었다. 그러던 어느 날, 궁중 시종의 방에 충성심이 두터운 대신들만 모여 있는 것을 보고 기회라 여긴 왕윤이 말했다.

"오늘은 내 생일이니, 저녁에 식사라도 함께 합시다."

그날 밤, 왕윤은 자신의 집에 대신들이 모이자 술잔을 몇 차례 돌린 후, 갑자기 얼굴을 두 손으로 가리고 큰 소리로 엉엉 울기 시작했다. 그러자 대신들이 깜짝 놀라 물었다.

"어째서 오늘같이 경사스런 날, 그리 슬피 우는 것이오?"

"사실 오늘은 내 생일이 아니오. 여러분과 의논할 일이 있는데, 아무래도 동탁에게 의심을 사서는 안 되겠기에 그리 둘러댄 것이오. 동탁이 천자를 무시하고 권력을 남용하는 바람에 나라의 운명이 바람 앞에 촛불같이 위태롭게 되었소. 이 일을 생각하니 눈물이 앞을 가리는구려."

이 말을 들은 대신들은 모두 소리를 내어 울었다. 그때 자리에 있던 한 사람이 손뼉을 치며 큰 소리로 웃으며 말했다.

"조정의 대신들이 밤 새워 운다고 무엇이 달라지겠소? 동탁을 눈물 속에 빠뜨려 죽일 거라면 몰라도 말이오."

그는 근위 교위 조조였다. 왕윤은 그의 무례함에 화가 나 소리쳤다.

"그대 역시 조상 대대로 한나라의 녹을 먹고 살아온 처지에, 무엇이 그리 우습다는 게요?"

그러자 조조가 웃음을 멈추고 말했다.

"나는 지금 당장이라도 동탁의 목을 잘라 성문에 내걸 수 있소. 지금 내가 동탁을 섬기고 있는 것은 기회를 노려 그의 목을 베기 위해서였다오. 지금은 동탁도 나를 꽤 신용하고 있으니, 기회는 있는 셈이지요. 왕 공께서 훌륭한 보검을 갖고 계시다는 말을 들었는데, 그것을 내게 빌려 주신다면 내일이라도 당장 동탁의 목을 베어 오겠소."

왕윤은 조조의 말에 크게 기뻐하며, 아무 망설임 없이 보검을 건네주었다.

이튿날 조조는 칼을 허리에 차고 동탁의 거처를 찾아갔다. 거실에 들어가니 동탁은 침대 위에 걸터앉아 있고, 여포가 그 옆을 지키고 서 있었다.

"맹덕, 어찌하여 이렇게 늦은 것인가?"

"말이 늙었는지 걸음이 더딘 바람에 늦고 말았습니다."

그 말을 들은 동탁이 여포를 돌아보며 말했다.

"얼마 전 서량에서 가져온 말이 있었지? 그중 한 필을 골라 맹덕에게 주도록 하게."

여포가 자리를 비우자, 조조는 동탁의 거동을 살피며 가까이 다가갔다. 몸집이 비대한 동탁은 오래 앉아 있지 못하고 옆으로 비스듬히 누워 얼굴을 벽 쪽으로 돌렸다. 조조는 '이때다!'라고 생각하면서 급히 칼을 빼들었다. 그때 동탁의 눈에, 침상에 걸린 거울을 통해 조조가 칼을 빼들고 있는 모습이 들어왔다. 동탁은 재빨리 몸을 돌려 조조를 노려보았다.

"맹덕, 이게 무슨 짓이냐?"

여포는 이미 말을 끌고 문 밖에 와 있었다. 당황한 조조는 얼른 무릎을 꿇고 칼을 동탁에게 내밀며 말했다.

"제가 보검 중에 보검이라는 칠보검 한 자루를 얻었는데, 승상께 드리려고 가져왔습니다."

동탁은 조조에게 칼을 건네받았다. 길이가 한 자 남짓에 칠보로 장식되어 있었으며, 예리한 날에서는 푸른빛이 감돌았다. 틀림없는 명검이었다. 조조는 동탁이 한눈을 파는 사이에 여포에게 칼집을 넘겨주며 말했다.

"승상께서 주시는 명마이니 한번 타보겠습니다."

그러고는 말을 타자마자 뒤도 돌아보지 않고 내달렸다. 동탁이 사실을 알아차렸을 때는 이미 너무 늦은 후였다. 화가 난 동탁은 즉시 조조의 목에 현상금을 내걸고 각처에 방문을 돌렸다.

조조는 고향을 향해 나는 듯이 도망쳤으나, 중모현(中牟縣)이라는 곳에서 초소의 파수병들에게 사로잡히고 말았다. 현령(縣令) 앞에 끌려간 조조는 시침을 떼고 말했다.

"저는 장사꾼으로 성은 황보(皇甫)라고 합니다."

현령은 조조를 노려보더니 부하에게 명령을 내렸다.

"내 전에 낙양에서 그대를 본 적이 있는데, 어찌 발뺌을 하려는 것이냐? 어서 이놈을 옥에 가둬라."

밤이 깊어지자, 현령은 조조를 뒤뜰로 끌어냈다.

"너는 동탁 승상에게 중용되었다고 들었는데, 어찌하여 스스로 무덤을 팠느냐?"

"참새들이 어찌 봉황의 뜻을 알겠는가? 길게 끌 것 없으니, 어서 나를 낙양으로 호송하여 상이나 타거라."

그러자 현령은 좌우의 부하들을 물러가게 하고는, 조조에게 다가와 나직한 목소리로 말했다.

"나를 세상의 벼슬아치들과 똑같이 보지 마시오. 지금까지 훌륭한 군주를 만나지 못해 이러고 있지만, 품은 뜻만큼은 누구에게도 지지 않는다오."

그 말에 마음을 놓은 조조가 한나라를 위해 동탁을 죽이려 했다는 말을 하자, 현령은 손수 조조를 풀어 주고 상석에 앉히더니 큰절을 했다.

"그대는 천하에 둘도 없는 충신이오. 나는 성은 진(陣)이고 이름은 궁(宮), 자는 공대(公臺)라 하오. 그대의 충성심에 크게 감동했소. 나도 관직을 버리고 그대와 함께 행동하리다."

조조는 크게 기뻐하며 진궁의 두 손을 꼭 잡았다. 그리고 그날 밤, 두 사람은 함께 말을 달려 중모현을 벗어났다. 두 사람이 사흘 동안 말을 몰아 성고(成皐)라는 곳에 도착했을 때, 날이 저물기 시작했다. 조조가 숲 속을 가리키며 말했다.

"이 근처에 여백사(呂伯奢)라는 분이 있소. 내 부친과 의형제를 맺으신 분인데, 오늘 밤은 그 댁에서 묵도록 합시다."

두 사람이 집 앞에서 말을 내려 안으로 들어가니, 여백사가 깜짝 놀라며 말했다.

"조정에서 방문을 돌려 너를 잡으려고 하더구나. 네 아버지도 진류(陳留)로 피난을 갔다던데, 어떻게 여기까지 왔느냐?"

조조가 그동안의 일을 상세히 말하자, 여백사는 진궁과 인사를 나누었다.

"그대가 아니었다면 이 조카는 물론이고 조씨 일족이 몰살을 당할 뻔했구려. 누추하긴 하지만 어서 안으로 드십시다. 내 금세 서촌(西村)에 가서 좋은 술을 받아 오리다."

조조와 진궁이 여백사의 집 사랑채에서 한참을 기다리고 있는데, 문득 집 뒤쪽에서 칼을 가는 소리가 들려왔다. 두 사람은 발소리를 죽여 가만히 방 뒤로 돌아가 엿들었다. 그러자 여러 명이 웅성거리는 소리가 들려왔다.

"묶어서 죽이는 게 어떨까요?"

"그게 좋겠군."

이 말을 들은 조조는 진궁과 함께 칼을 휘둘러 남녀를 불문하고 닥치는 대로 목을 베어 순식간에 여덟 명을 죽였다. 그런데 주위를 둘러보니 돼지 한 마리가 묶여 있는 것이 아닌가. 그것을 본 진궁이 탄식하며 말했다.

"맹덕, 우리의 의심이 죄 없는 사람들을 죽게 했구려."

두 사람은 급히 그 집을 나와 말을 타고 떠났다. 얼마 후, 저만치서 여백사가 나귀에 술통을 싣고 오는 것이 보였다.

"아니, 왜 그렇게 서두르는 것인가? 그러지 말고 집으로 가서 하룻밤 묵고 가게. 아들 녀석에게 돼지 한 마리를 잡아 대접하라고 일러두었네."

"쫓기는 몸인지라 한 곳에 오래 머물 수가 없군요."

조조는 여백사의 만류를 뿌리치고 말을 몰아 길을 재촉하다가, 무슨 생각을 했던지 칼을 빼들고 여백사에게로 되돌아갔다. 그러고는 단칼에 여백사의 목을 베어 버렸다. 그 모습을 본 진궁은 깜짝 놀랐다.

"아까는 실수로 사람들을 죽였다고 하지만, 이번엔 어찌 된 일이오?"

"여백사가 집에 돌아갔다가 가족들이 죽어 있는 것을 본다면, 우리를 그냥 놔두겠소? 관청에 고발을 하거나 무리를 이끌고 뒤쫓아온다면 큰 낭패를 볼 거요."

"그렇지만 아무 죄 없는 사람을 죽인다는 건 도리에 어긋나는 일 아니오?"

"한 사람 때문에 천하의 모든 이들이 나에게 반기를 들게 할 수는 없는 일이오."

조조의 말에 진궁은 할 말을 잃었다. 그날 밤, 수십 리를 달린 후 객잔에 머물기로 했다. 조조는 말에게 먹이를 주는 것을 확인하고는 곧 잠이 들었다. 그러나 진궁은 잠을 이루지 못했다.

'나는 조조를 군주로 모실 만한 훌륭한 사람이라고 생각했기에 관직까지 버리고 따라온 것이다. 그런데 이 얼마나 잔인무도한 사람이란 말인가. 살려 둔다면 이 세상의 재앙이 될 뿐이다.'

그러나 칼을 빼들고 조조의 얼굴을 내려보던 진궁은 곧 생각을 바꾸었다.

'나는 나라를 위해 그를 따라 이곳까지 온 것이다. 그리고 지금 그를 죽이는 것 또한 도리에 어긋나는 일 아닌가. 차라리 이대로 내버려두고 내 길을 가는 것이 낫겠다.'

그는 그 길로 객잔을 빠져나와 어둠 속으로 사라졌다.

동탁과 연합군의 싸움

　조조는 고향인 진류로 돌아와 아버지 조숭(曹嵩)에게 낙양에서의 일을 설명한 후, 아버지의 도움을 받아 의병을 모집했다. 그는 가짜 조서를 써서 사방에 보내고, '충의(忠義)'라는 글자를 쓴 흰 깃발을 내세웠다. 며칠이 안 되어 하후돈(夏侯惇)과 그의 사촌 동생 하후연(夏侯淵), 조인(曹仁)과 조홍(曹洪) 형제들이 각각 천 명의 군사를 이끌고 왔다. 조조는 크게 기뻐하며 군사를 훈련하고 갑옷과 깃발 등을 마련하는 한편, 군량을 모았다.

　발해(渤海)에 있던 원소는, 조조가 보낸 가짜 조서를 받고 삼만 명의 군사를 이끌고 찾아왔다. 조조는 다시 동탁 토벌의 격문을 써서 여러 고을에 보냈고, 남양(南陽)의 원술(袁術), 기주(冀州)의 한복(韓馥), 제북(濟北)의 포신(鮑信), 북해(北海)의 공융(孔融), 서주(徐州)의 도겸(陶謙), 서량(西凉)의 마등(馬騰), 북평(北平)의 공손찬(公孫瓚), 장사(長沙)의 손견(孫堅) 등 각처의 인물들이 저마다 군사를 일으켜 적게는 만 명, 많게는 삼만 명의 병력을 이끌고 낙양으로 몰려들었다.

이 중에서 북평의 공손찬이 군사 만오천을 이끌고 덕주(德州)의 평원현(平原縣)에 이르렀을 때, 멀리 뽕나무 숲 속에 노란 깃발을 세운 몇몇 기병들이 보였다. 이들은 유비와 관우, 장비 형제들이었다.

유비는 장비가 감독관을 혼내 준 후 한동안 몸을 감추고 있었으나, 어양(漁陽) 방면에서 반란이 일어났을 때 토벌에 참가하여 공을 세우고 공손찬 등의 추천에 의해 평원현을 다스리는 관리가 되어 있었다. 공손찬은 영웅이 지방의 관리가 되어 있는 것을 한탄하며 동탁을 정벌하는 일에 참가할 것을 권했다. 유비는 그 자리에서 공손찬과 함께 하겠노라고 말했다.

"그때 내가 그놈을 해치웠더라면 이런 귀찮은 일은 없었을 텐데……."

장비가 투덜거리는 것을 관우가 가로막으며 말했다.

"지난 일을 따져서 무엇 하겠나. 출발 준비나 서두르세."

이윽고 각지의 제후들이 모두 모이게 되었다. 조조는 소와 말을 잡고 술을 준비한 다음 회의를 열어, 명문 출신인 원소를 연합군의 맹주(盟主)로 추대했다. 토벌의 선두에 설 것을 자청하고 나선 장사의 손견은 낙양 동쪽에 있는 사수관을 공격하기 시작했다.

낙양에서 매일같이 주연(酒宴)을 베풀고 있던 동탁은, 관문에서 날아온 급보를 듣고 크게 놀랐다.

"걱정 마십시오. 놈들의 목을 베어 성문에 나란히 걸어놓겠습니다."

여포의 이 한 마디에 동탁의 얼굴은 금세 밝아졌다.

"봉선, 너만 있으면 베개를 높이 고이고 잘 수 있겠구나."

이때 여포의 등 뒤에서 큰 소리로 말하는 자가 있었다.

"닭을 잡는 데 어찌 소 잡는 칼을 쓰시려 합니까? 제가 나가서 제후들의 목을 잘라 오겠습니다."

돌아보니, 키가 구 척이고 범의 몸집에 늑대의 허리, 표범의 머리, 원숭이의 팔뚝을 한 화웅(華雄)이라는 자였다. 동탁은 이 말을 듣고 크게 기뻐하며 오만의 군사를 내주었다.

연합군의 제후 중 제북의 포신은, 손견이 선두에서 공을 독식하는 것을 달갑지 않게 여겨 몰래 동생 포충(鮑忠)을 보내어 앞질러 공을 세우게 하려고 했다. 그러나 포충은 싸움을 시작하기가 무섭게 화웅의 칼에 목이 날아가 버렸다.

손견에게는 네 명의 이름난 장수가 있었다. 그중 하나인 정보(程普)가 화웅과 겨루자, 손견은 그 기세를 타고 관문 앞까지 쳐들어갔다. 그러나 관문 위로부터 화살과 돌이 비 오듯 쏟아지자 일단 후퇴하여 전열을 가다듬고, 원술에게 군량을 요청했다.

그런데 원술의 참모 중 하나가 이를 반대하며 나섰다.

"손견은 강동(江東)의 호랑이로, 만일 그가 낙양을 함락시키고 동탁을 죽인다면, 늑대 대신 호랑이를 키우는 격이 될 것입니다."

결국 원술은 그 말을 따라 군량을 보내 주지 않았고, 손견의 군사들은 군량이 떨어져 혼란에 빠지고 말았다. 화웅이 그 틈을 놓치지 않고 한밤중에 손견의 진지를 습격했다. 손견은 적의 포위망을 뚫고 도망쳤으나 부하들은 뿔뿔이 흩어지고, 다만 부장(副將)인 조무(祖茂)만이 손견의 곁을 떠나지 않고 따라왔다. 뒤에서 화웅이 쫓아오는 것을 본 손견이 두 번이나 화살을 쏘았으나 맞지 않았고, 세번째 화살을 쏘려고 하다 활까지 부러뜨리고 말았다. 할 수 없이 활을 버리고 말을 몰았으나, 손견의 투구 위에 쓴 빨간 두건 때문에 금세 적의 표적이 되고 말았다. 그것을 본 조무가 말했다.

"주군, 투구의 빨간 두건이 적의 목표가 되고 있습니다. 어서 벗어서 제게 주십시오."

손견은 조무와 투구를 바꿔 쓰고 좌우로 갈라져 말을 달렸다. 화웅의 군사들은 빨간 두건을 노리고 쫓아왔으므로, 손견은 어렵지 않게 샛길로 도망칠 수 있었다. 조무는 적에게 잡힐 지경에 이르게 되자, 빨간 두건을 타다 남은 민가의 기둥에 걸어 놓고 숲 속으로 몸을 숨겼다.

화웅의 군사들은 빨간 두건을 발견하고는 사방에서 화살을 쏘아 댔으나 곧 계략인 줄 눈치챘다. 화웅이 천천히 다가와 빨간 두건을 집어 들자, 나무 뒤에서 몸을 숨기고 있던 조무가 벼락같이 달려들었다. 하지만 그 역시 화웅의 칼 앞에 목이 달아나고 말았다.

패전의 소식을 전해 들은 원소가 제후들을 불러 말했다.

"먼저 포충이 앞질러 공을 세우려다가 쓰러지고, 지금 다시 손견이 부장인 조무를 잃었소. 이제 어떡하면 좋겠소."

그러나 좌중은 찬물을 끼얹은 듯 조용하기만 했다. 원소가 좌중을 돌아보다, 공손찬의 뒤에 서 있는 세 장수를 발견했다.

"그대들은 누군가?"

그러자 공손찬이 나서며 말했다.

"저와 동문수학한 유주의 유비라는 사람입니다."

"그렇다면 황건적을 무찌른 유현덕이 아니오?"

옆에서 조조가 물었다.

"그렇소."

원소는 유비가 한 황실의 후손임을 알고는 자리를 만들어 함께 앉도록 했다. 이때 한 병사가 달려와 보고했다.

"화웅이 기병대를 이끌고 쳐들어옵니다. 긴 장대에 손견 장군의 빨간 두건을 달고 진지 앞에서 욕을 퍼붓고 있습니다."

그러자 연합군의 장수 한 사람이 나서서 싸웠으나 화웅과 몇 차례 겨루지도 못하고 목이 날아갔다. 이번에는 한복의 부하 장수가 큰 도끼를 들고 나가 싸웠으나 단칼에 쓰러졌다. 모두들 얼굴빛이 달라졌고, 원소는 한탄을 했다.

"내 부하 장수인 안량(顔良), 문추(文醜)가 없는 것이 유감이오. 한 사람이라도 이 자리에 있었으면 화웅쯤은 두려워할 것이 없는데……."

그 말이 채 끝나기도 전에 계단 밑에서 깨진 종소리처럼 큰 소리로 말하는 자가 있었다.

"제가 화웅의 목을 베어 바치겠습니다."

모두가 깜짝 놀라 바라보니, 키가 구 척이고 수염의 길이가 이 척, 봉황의 눈을 하고 얼굴은 익은 대추처럼 검붉은 사람이었다. 원소가 그가 누구인지를 묻자, 공손찬이 대답했다.

"이 사람은 유현덕의 동생 관우입니다."

"관직이 무엇인가?"

"유현덕 밑에서 마궁수(馬弓手)로 있습니다."

이 말을 들은 원술이 큰 소리로 호통을 쳤다.

"감히 궁수 주제에 건방을 떠는구나. 네 눈엔 여기의 장수들이 보이지도 않는단 말이냐?"

조조가 원술을 달래면서 말했다.

"그렇게까지 화낼 건 없소. 이 사람이 큰소리를 치는 걸 보면 믿는 구석이 있지 않겠소? 한번 나가 싸워 보게 합시다."

관우가 말했다.

"만일 이기지 못하면, 제 목을 내놓겠습니다."

조조는 관우에게 따뜻하게 데운 술을 한 잔 가득 따라 주면서 마시고 나가 싸우라고 했다.

"먼저 화웅의 목을 베어 온 후에 마시겠습니다."

관우는 청룡언월도를 들고 말에 올라탔다. 멀리서 북소리가 울려 퍼지고 함성이 천지를 뒤흔들었다. 모두들 얼굴을 마주보는 가운데, 방울 소리를 요란하게 울리면서 관우의 말이 돌아왔다. 관우는 화웅의 머리를 칼끝에 꿰어 들고 들어와 중마당 위에 던지더니, 조금 전에 따라놓은 술을 마셨다. 술은 그때까지도 따뜻했다. 그러자 유비의 뒤에 서 있던 장비가 뛰쳐나오면서 큰 소리로 외쳤다.

"형이 화웅의 목을 베었으니, 이 기회를 놓치지 말고 동탁을 사로잡아야 합니다."

원술이 또다시 화가 나서 호통을 쳤다.

"고작 하급 무사인 주제에 함부로 나서지 마라."

그러자 조조는 원술을 달래는 한편, 유비 형제를 막사로 불러 고기와 술로 세 사람의 노고를 위로했다.

화웅의 목이 잘렸다는 보고를 받은 동탁은 이십만의 군사를 나누어, 한쪽은 이각(李傕)·곽사(郭汜)에게 오만 명의 병력으로 사수관을 지키게 하고, 동탁 자신은 십오만의 병력을 이끌고 이유·여포 등과 함께 호뢰관(虎牢關)을 지켰다. 동탁은 여포에게 삼만의 병력을 주어 관문 밖에 진지를 구축하게 했다.

원소는 십칠 개 연합군 중에서 팔 군을 호뢰관으로 진격하게 했으며, 여포가 이를 맞아 싸웠다. 여포는 머리를 세 갈래로 묶어 자금관(紫金冠)을 쓰고 몸에는 붉은 비단의 백화포(百花袍)를 걸쳤으며, 짐승의 얼굴 무늬가 새겨진 갑옷을 입었고, 활과 화살을 짊어진 채 손에는 커다란 창을 들고, 바람결에 우는 적토마를 탔다.

여포가 여러 차례 연합군 진지에 돌입하여 동서로 창을 휘두르니,

마치 무인지경(無人之境)을 지나가는 것 같았다. 연합군의 장수들이 번갈아 가며 싸웠으나, 번번이 여포의 창에 찔려 죽고 감히 상대할 자가 없었다.

마침내 공손찬이 창을 휘두르며 여포와 싸웠으나, 몇 차례 싸우지도 못하고 도망쳐 버렸다. 여포가 그 뒤를 추격했는데, 그의 적토마는 바람처럼 빨라 하루에 천 리를 달리기 때문에 금세 따라잡았다. 이때 장수 하나가 호랑이 수염을 곤두세우며 장팔사모를 들고 말을 달려 큰 소리로 외쳤다.

"아비를 두 번이나 바꾼 놈아, 꼼짝 말거라. 연인(燕人) 장비가 여기 있다."

여포는 이것을 보자 공손찬을 버리고 장비와 싸웠다. 장비와 여포는 오십여 합이나 싸웠으나 승부가 나지 않았다. 관우가 이것을 보고 말을 몰아 청룡언월도를 휘두르며 여포를 협공했다. 관우와도 삼십여 합이나 싸웠으나 여포는 꿈쩍도 하지 않았다. 그러자 유비가 쌍고검을 뽑아 들고 달려가 옆에서 도왔다.

삼형제가 여포를 에워싸고 마치 주위의 등롱(燈籠)처럼 싸우자, 적과 아군이 모두 넋을 잃고 바라보았다. 천하의 여포도 드디어 힘에 부쳤는지, 유비의 얼굴에 일격을 가하여 유비가 몸을 돌린 찰나에 포위를 뚫고 말을 몰아 도망쳤다.

여포가 도망을 치자 동탁의 군사들은 더 이상 싸울 의욕을 잃고 말았다. 동탁은 이유의 의견에 따라 서쪽에 있는 장안(長安)으로 수도를 옮기기로 했다. 수도를 옮기면 백성들의 민심이 흔들린다고 많은 대신들이 반대했지만, 동탁의 뜻을 꺾을 수는 없었다.

"나는 천하를 움직일 계획을 세우고 있다. 민심 따위는 거론할 게 못 된다. 반대하는 자는 목부터 내놓아야 할 것이다."

동탁은 이튿날 즉시 장안을 떠나기로 했다. 이유는 군자금을 마련하기 위해, 낙양의 부자들을 모두 붙잡아다가 원소의 집에 드나들었다는 트집을 잡아 모조리 목을 베고 그 재산을 몰수했다. 그리고 이각과 곽사는 군사들을 동원해 낙양의 백성들을 모두 몰아내어 장안으로 향하게 했다.

동탁은 출발할 때 낙양의 민가를 모두 불살라 버리고 왕궁에도 불을 질렀다. 그리고 여포에게 명하여, 선제(先帝)나 황후의 무덤을 파서 묻혀 있는 보물을 꺼내게 했는데, 군사들은 관리나 백성들의 무덤까지도 파헤쳤다. 동탁은 금은보화를 수천 대의 수레에 싣고, 헌제와 황후, 궁녀들을 수레에 태워 장안으로 향했다.

연합군은 사수관과 호뢰관에서 즉시 낙양으로 진격하여 성내에 불을 질렀다. 조조는 그 기세를 몰아 동탁의 군사를 추격할 것을 주장했으나, 원소를 비롯한 제후들은 불탄 자리에 군대를 쉬게 하고 더는 움직이려 하지 않았다. 할 수 없이 조조는 만여 명의 군사를 이끌고, 하후돈·하후연·조인·조홍·이전(李典)·악진(樂進) 등을 거느리고 동탁의 뒤를 쫓았다.

동탁은 이유로 하여금 추격을 감시하게 하고, 여포에게는 정예 부대를 이끌고 뒤를 지키게 했다. 조조의 군사가 뒤를 쫓아오자 여포는 부대를 나누어 이들과 싸우게 했다. 좌우에서 이각과 곽사의 부대가 쳐들어오자 조조의 군사는 크게 패하여 뿔뿔이 흩어지고 말았다.

쫓기던 조조는 어느 민둥산 기슭에 이르렀다. 한밤중이었으나 달빛이 대낮처럼 밝았다. 그는 살아남은 군사들을 모아놓고, 솥을 걸어 식사 준비를 시켰다. 그때 사방에서 함성이 터지더니 적의 복병이 일제히 쳐들어왔다.

조조는 허둥지둥 말을 타고 도망치다가 적의 장수가 쏜 화살에 어깨를 맞은 채 그대로 산모퉁이까지 말을 달렸다. 그때 숲 속에 숨어 있던 적병 둘이 좌우에서 조조의 말을 한꺼번에 창으로 찔렀다. 말이 쓰러지는 바람에 조조가 거꾸로 나뒹굴자 적병이 목을 베려고 덤벼들었다. 그때 마침 말을 몰고 달려온 한 장수가 칼을 휘둘러 두 적병을 무찌르고 조조를 구해냈다. 그는 조홍이었다.

"어서 제 말에 오르십시오. 저는 걸어가겠습니다."

"나는 이제 틀렸다. 적이 곧 들이닥칠 테니, 자네야말로 서둘러 이곳을 빠져나가게."

"저 같은 사람은 이 세상에 없어도 괜찮지만, 장군님은 꼭 살아남아 싸워야 합니다."

"자네의 은혜는 잊지 않겠네."

조조가 말에 올라타자 조홍은 투구와 갑옷을 벗어 버리고 말 뒤를 쫓아갔다. 새벽 무렵, 두 사람의 앞을 큰 강이 가로막았고, 뒤에서는 추격병의 함성이 들려왔다.

"이제 끝장이다. 더는 어찌해 볼 도리가 없구나."

조조가 한탄을 하자, 조홍은 그런 조조를 말에서 부축해 내리고 투구와 갑옷을 벗긴 다음, 그를 업고 강을 건너기 시작했다. 건너편 기슭에 거의 닿았을 때, 추격병들이 몰려와 활을 쏘기 시작했다. 조홍은 조조를 업은 채 필사적으로 도망쳤다.

날이 밝을 때까지 삼십 리 남짓 가서 언덕 그늘에 앉아 한숨을 돌리고 있는데, 또다시 함성이 울려 퍼지더니 적군이 몰려왔다. 그러나 다행히 하후돈·하후연 등 수십 명의 기병이 달려와 적을 물리쳤다. 이윽고 조인·이전·악진이 각각 군사를 이끌고 왔으므로, 조조는 살아남은 군사 오백여 명과 함께 하내군(河內郡)으로 돌아왔다.

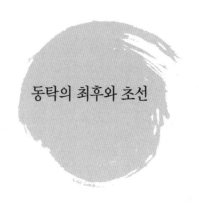

동탁의 최후와 초선

동탁이 낙양에 불을 지르고 장안으로 수도를 옮긴 후, 손견은 제일 먼저 낙양으로 들어가 궁전의 불을 끄고 불탄 자리에 막사를 세웠다. 이때 궁전 옆의 우물에서 오색 빛이 솟아오르는 것을 한 병사가 보고 우물물을 퍼내니, 그 속에서 궁녀의 시체가 하나 나왔다. 그녀의 목에는 비단 주머니가 걸려 있었고, 주머니를 열자 빨간색 작은 상자가 금줄에 묶여 있었다.

상자를 열어 보니, 안에는 보옥으로 만든 옥새가 들어 있었는데, 손잡이에는 다섯 마리의 용이 새겨져 있고 도장에는 '천명을 받아 오래 번성하라'는 의미의 한자가 새겨져 있었다. 이 옥새는 진나라의 시황제(始皇帝) 때 처음 만들어진 뒤, 한의 천자가 대대로 황제의 표지로 물려온 것이었다. 전에 십상시를 토벌했을 때, 장양이 어린 천자를 북망산까지 억지로 끌고 갔었는데, 천자가 다시 궁중에 돌아왔을 때는 이 옥새가 분실된 후였다.

손견은 옥새를 발견한 사실을 누구에게도 말하지 말라고 엄명을 내렸다. 그런데 부하 중에 원소와 동향인 병사 하나가 이 사실을 원소에게 알렸다.

원소는 곧 제후들을 이끌고 손견에게 달려왔다.

"그 옥새는 조정의 보물이오. 그것을 손에 넣었다면 맹주인 나에게 맡겨서 조정에 돌려주는 것이 당연한 일이거늘, 감추고 쉬쉬 하는 것은 무슨 속셈이오?"

"어찌하여 그런 억지를 쓰시오? 내가 만일 그것을 감추고 있다면, 내일 당장 비명에 죽어도 할 말이 없을 것이오."

손견이 하늘을 우러러 맹세하자, 제후들도 그 말을 믿기 시작했다. 그러자 원소는 밀고한 병사를 불러냈다.

"우물에서 옥새를 찾았을 때 이 병사가 있었소, 없었소?"

화가 난 손견은 칼을 빼들고 병사를 내리치려고 했다. 그러자 원소도 칼을 빼들고 외쳤다.

"네 이놈, 입막음을 하려는 것이냐? 날 뭐로 보는 것이냐!"

원소의 뒤에 있던 안량·문추도 일제히 칼을 빼들자, 손견 옆에 있던 정보·황개(黃蓋)·한당(韓堂)도 칼을 빼들고 맞섰다. 다른 제후들이 모두 나서서 양쪽을 말리는 사이, 손견은 재빨리 말에 올라타고 그 자리를 떠났다.

화가 난 원소는 형주 자사 유표(劉表)에게 편지를 보내어 손견이 가는 길을 막고 옥새를 빼앗으라고 명령했다. 손견은 유표의 군사에게 포위되어 고전을 면치 못했으나 황개의 분전으로 간신히 강동에 당도할 수 있었다. 이 때문에 손견은 유표에게 큰 원한을 갖게 되었다.

한편 동탁을 추격하다 크게 패한 조조가 낙양으로 돌아왔으나, 원소를 비롯한 연합군의 제후들은 제각기 야심만 품고 있었을 뿐 아무도 장안을 공격할 엄두를 내지 못했다. 조조는 실망하여 군사를 이끌고 양주(揚州)로 떠났다.

공손찬 역시 더 이상 머물고 싶은 마음이 없었다.

"여보게, 현덕. 원소는 쓸모없는 인간이니, 얼마 안 가서 내분이 일어날 걸세. 우리도 떠나기로 하세."

그리하여 유비 등 세 사람은 평원으로 떠나고 공손찬은 북평으로 떠났다.

원소도 낙양을 떠나 하내군에 군대를 주둔시켰는데, 그만 군량이 떨어지고 말았다. 그러자 기주 지사 한복이 스스로 나서서 이 어려움을 도와주었다. 그런데 은혜를 원수로 갚는다고 했던가, 원소는 물자가 풍부한 기주를 탐내기 시작했다.

그는 먼저 북평의 공손찬에게 편지를 보내어, 기주를 양쪽에서 협공하여 영지를 나누어 갖자고 제의했다. 그리하여 공손찬이 군사를 일으키자, 원소는 한복에게 밀사를 보내어 공손찬이 쳐들어간다고 알렸다. 한복은 지혜가 부족하고 마음이 약한 사람이었으므로 원소에게 도움을 청했다. 원소는 군사를 이끌고 기주에 들어간 뒤, 결국 권력을 잡고 한복을 몰아냈다.

뒤늦게 도착한 공손찬은 원소에게 영지를 나눠 달라고 요구했다. 그러나 이를 받아들일 원소가 아니었다. 분개한 공손찬은 원소에게 선전을 포고했고, 양군은 반하(磐河)의 다리를 에워싸고 진을 치기가 무섭게 싸움을 시작했다.

그러나 싸움은 이미 원소의 승리로 기울어져 있었다. 상황이 불리함을 깨달은 공손찬은 후퇴를 명령하고 말을 돌렸다. 이때 원소의 부하인 문추가 말을 몰아 창을 잡고 공손찬의 뒤를 쫓아왔다. 공손찬의 등줄기로 식은땀이 흘렀다. 그 순간 한 젊은 장수가 나타나 문추와 대결하여 공손찬을 구해 냈다. 키가 팔 척이고, 눈썹이 진하고 눈이 크며, 시원스런 이마에 위풍이 당당한 이 젊은이의 성은 조(趙)고 이름은 운(雲), 자는 자룡(子龍)이었다. 원래 원소의 부하였으나, 원소가 천자에 대한 충성심도 없고 백성을 아끼는 마음도 없음을 알고는 공손찬의 편이 되었던 것이다.

조운은 몰려오는 원소의 군사 가운데로 돌진하여 종횡으로 누비며 적을 무찔렀다. 이때 산모퉁이에서 함성이 일어나더니 한 무리의 원군이 나타났다. 유비 삼 형제가 평원에서 공손찬을 돕기 위해 달려왔던 것이다. 그들이 쏜살같이 몰려와 원소의 진영으로 쳐들어가니, 원소는 당황하여 다리 건너편으로 퇴각했다. 양군은 그 후 한 달 남짓 대결했다. 이 사실을 안 장안의 동탁은 칙사를 보내어 양쪽을 화해시켰다.

이때 유비는 조운을 보자마자 그의 사람됨에 마음을 빼앗겨 버렸다. 그것은 조운도 마찬가지였다. 두 사람은 서로 손을 마주잡고 다시 만날 것을 기약하며 헤어졌다.

남양의 제후인 원술은 사촌 형 원소가 기주를 손에 넣었다는 소식을 전해 듣고는, 말 천 필을 제공해 달라고 요구했다. 그러나 원소가 이 요구를 거절하자 원술은 몹시 분개했고, 이 후 두 사람의 사이는 급격하게 나빠졌다.

원술은 또 사신을 형주로 보내어 유표에게 군량 이십만 석을 빌려줄 것을 요구했으나, 이것도 거절당하자 크게 화가 났다. 이에 원술은 강동의 손견에게 편지를 보내어 '원소와 유표가 손을 잡고 강동을 공격하려 한다. 나는 원소를 칠 것이니, 손공은 유표를 치라.'고 부추겼다. 손견은 이미 유표 때문에 곤욕을 치른 터라 즉시 출병을 준비했다.

한편 이 정보를 얻은 유표는 부하인 황조(黃祖)를 선봉장으로 삼아 번성(樊城)에 나가 싸우도록 했다.

손견에게는 아들이 넷 있었는데, 17세가 된 장남 손책이 종군했다. 손견은 손책과 함께 배를 타고 장강을 거슬러 올라가 황조가 지키고 있던 번성을 함락시킨 후, 단숨에 한수(漢水)를 거쳐 유표가 있는 양양(襄陽)을 포위했다.

성 안에서는 유표의 참모가 여공(呂公)이라는 장수에게, 손견을 성밖에 있는 현산(峴山)으로 유인하여 협공하라고 지시했다. 여공은 저녁 무렵 오백여 명의 군사를 이끌고 성 밖으로 나왔다. 손견은 적의 일대가 현산으로 향했다는 보고를 듣고는, 다른 장수들에게 알리지도 않고 삼십 명의 기병을 이끌고 추격했다. 이때 여공은 미리 산위와 숲 속에 복병을 준비해 놓았다. 손견은 빠른 속도로 뒤쫓아 가며 큰 소리로 외쳤다.

"어디로 도망을 치는 게냐!"

여공은 말을 돌려 몇 차례 칼을 섞더니 산속으로 도망을 쳤다. 손견이 금세 뒤를 쫓았으나 여공의 모습은 어디에도 보이지 않았다. 손견이 주위를 살피며 산을 오르기 시작하자, 갑자기 함성이 들리더니 산꼭대기에서 커다란 바위가 연달아 굴러 떨어지고 숲 속에서 화살이 비 오듯 쏟아졌다. 결국 손견은 머리가 터진 채 죽어 버리고 말았다. 이때 손견의 나이 겨우 서른일곱으로, 헌제 초평 2년 11월의 일이었다.

여공이 삼십 명의 기병을 몰살시키고 신호 화살을 쏘아 올리자, 성안에서 황조 등이 군사를 이끌고 진격해 왔다. 강동의 군사들은 어찌할 바를 몰라 혼비백산했다. 그때 수군을 이끌고 한수에 머물러 있던 손견의 장수인 황개가 달려와 황조를 생포했다. 또한 정보는 손책을 호위하며 혈로를 찾다가 여공과 마주치자 창으로 찔려 죽였다.

날이 밝아 양군은 진지로 돌아갔다. 이때 비로소 부친이 전사한 것을 알게 된 손책은 대성통곡했다. 손견의 시체는 이미 적의 수중에 있었으므로, 손책은 생포한 황조와 부친의 시체를 맞바꾸었다. 그러고는 싸움을 중지하고 강동으로 돌아가 부친의 장례를 치렀다.

수도를 장안으로 옮긴 동탁은 손견이 죽었다는 소식을 듣고는 크게 기뻐했다.

"눈엣가시 같던 놈 하나가 떨어져 나갔구나."

이후로도 그의 횡포는 가라앉을 줄을 몰랐다. 어느 날 동탁이 대신 및 중신들과 더불어 술을 마시고 있는데, 포로 수백 명이 끌려 들어왔다. 동탁은 그들의 손과 발을 자르고 눈알을 빼는가 하면, 혀를 발라 큰 솥에 삶으라고 명령했다. 비명이 하늘을 찌르고 부하들은 무서움에 떨었으나, 동탁은 태연히 먹고 마시면서 이야기를 계속했다.

또 어느 날에는 연회석상에서 여포가 다가와 동탁에게 뭐라고 귓속말을 했다. 동탁은 이 말을 듣고 회심의 미소를 지으며 고개를 끄덕거렸다.

"그랬단 말이지?"

그가 손짓을 하자, 여포가 장온(張溫)이라는 대신을 밖으로 끌어냈다. 그리고 얼마 후 시종이 빨간 쟁반 위에 장온의 목을 얹어서 바쳤다. 동탁이 좌중을 돌아보며 말했다.

"여러분은 놀랄 것 없소. 장온은 전부터 원술과 짜고 나를 암살하려 했소. 오늘 원술이 보낸 편지가 여포에게 잘못 전달되는 바람에 알게 되었다오. 여러분과는 관계가 없는 일이니, 두려워 마시오."

사도 왕윤(王允)은 자기 부중(府中)에 돌아와서도 마음이 편치 않았다. 그는 달빛이 환한 뜰을 거닐면서 하늘을 우러러 탄식했다. 그때 모란을 심은 정자 부근에서 긴 한숨 소리가 들려왔다. 눈여겨보니 그가 딸처럼 사랑하는 가희 초선이었다.

"무슨 걱정이 있는 것이냐?"

"요즘 들어 나으리께서 더욱 근심에 젖어 계신 것을 알면서도 감히 여자의 몸이라 여쭈어 보지 못했습니다. 그런데 오늘따라 심기가 더욱 불편해 보이시니, 저도 모르게 한숨이 나온 것입니다. 만일 제가 할 수 있는 일이 있다면, 평소 받은 은혜의 만 분의 일도 되지는 않겠지만, 목숨을 바칠 각오를 하고 있습니다."

감격한 왕윤은 초선에게 자신의 근심을 모두 털어놓았다.

"폭정을 일삼고 있는 저 극악무도한 동탁을 없애야 할 텐데, 그의 곁에는 늘 천하의 맹장 여포가 버티고 있으니 막막하기 짝이 없구나."

초선은 말없이 듣고만 있다가 두 눈을 반짝이며 말했다.

"그 두 사람 사이를 멀어지게 하면 될 것 아닙니까? 제게 좋은 생각이 있습니다."

그날 밤, 두 사람은 이야기로 날이 새는 줄도 몰랐다.

이튿날 왕윤은 진주를 박은 황금관을 여포에게 보냈다. 여포는 크게 기뻐하며 고맙다는 인사를 하러 왕윤의 집을 찾아왔고, 왕윤은 그를 거실로 안내하여 진귀한 음식을 대접했다. 술이 거나할 무렵, 아름답게 단장한 초선이 나타나 여포에게 술을 따랐다. 여포는 그녀의 아름다움에 넋을 잃고 말았다. 그것을 본 왕윤이 여포에게 말했다.

"이 아이를 장군께 드리지요."

"아니, 이렇게 고마운 일이…… 왕 공의 호의는 평생 잊지 않겠습니다."

기분이 좋아진 여포는 밤새 술을 마시고 다음 날 아침이 되어서야 돌아갔다.

며칠 후에 왕윤은 동탁을 집으로 초대했다. 산해진미를 마련하여 극진히 대접하면서 동탁의 인덕은 옛 성인을 능가한다고 간사를 부렸다. 그렇게 술이 몇 순배 돌자, 왕윤은 동탁에게 바싹 다가가 말했다.

"참, 이 같은 자리에 춤과 음악이 빠질 수 없지요. 집에 있는 가희들을 보여 드리겠습니다."

발을 올리자 피리 소리에 맞춰 아름다운 무희들이 나와 춤을 추기 시작했다. 그중에서도 가장 돋보이는 것은 초선이었다. 동탁은 이름과 나이를 물으며 입을 다물지 못했다.

"선녀가 따로 없구나!"

"이 아이를 태사께 드리려고 합니다."

왕윤의 말에 동탁은 크게 기뻐했다.

"그 뜻이 고맙기 그지없소. 이 은혜를 무엇으로 갚을꼬?"

"이 아이로서는 태사의 곁에서 시중을 드는 것만으로도 더할 나위 없는 행복일 것입니다."

왕윤은 그날로 초선을 동탁의 저택으로 보냈다. 그러자 나중에야 이 사실을 알게 된 여포가 달려와 왕윤에게 다그쳐 물었다.

"초선을 나에게 준다고 약속해 놓고 태사께 보내다니, 이렇게 사람을 놀려도 되는 것이오?"

"승상께선 초선을 그대와 결혼시키겠다며 데리고 가신 것이오."

여포는 왕윤의 말을 곧이듣고 집으로 돌아갔다. 그런데 이튿날이 되어도 승상부에서는 아무런 소식이 없었다. 그제야 동탁이 초선을 가로챈 것을 안 여포는 원한을 품게 되었다.

그러던 어느 날, 동탁의 저택 후원에서 초선과 여포가 만났다. 초선은 원망스런 눈빛으로 여포를 쳐다보며 말했다.

"저는 장군님의 곁에서 섬기려고 했는데, 태사께서 강제로……."

초선은 울음을 터뜨리며 연꽃이 만발한 연못에 몸을 던지려고 했다. 여포는 당황하여 그녀를 붙잡았다. 때마침 후원에 들어서던 동탁이 이 모습을 보고는 화가 치밀어 여포에게 창을 던졌다. 여포는 일단 그 자리를 피하긴 했지만 동탁에 대한 배신감에 치를 떨었다.

며칠 후 왕윤은 초선을 빼앗겨 화가 난 여포를 달래는 척하며 동탁을 죽이도록 부추겼다. 여기에 일전에 정원을 죽이도록 여포를 부추겼던 이숙까지 합세하자, 여포의 결심은 더욱 확고해졌다.

왕윤은 이숙에게 칙서를 들려 동탁에게 보냈다. 천자가 제위를 동탁에게 물려주고 싶어 하니 궁중으로 들어오라는 내용이었다. 이숙에게 칙서를 받은 동탁은 크게 기뻐하며 즉시 수레를 타고 궁중으로 향했다.

궁중에 도착하니 예복 차림을 한 군신들이 쭉 늘어선 채 허리를 굽혀 맞이했다. 이숙은 보검을 찬 채 수레를 따르고 있었다. 동탁이 궁중 문을 넘어서자 왕윤이 큰 소리로 외쳤다.

"역적 동탁의 목을 쳐라!"

순식간에 백여 명의 군사들이 나타나 창으로 동탁을 마구 찔러 댔다. 동탁은 겉옷 속에 갑옷을 입고 있었으므로 겨우 팔꿈치에만 부상을 입었다. 그는 마차에서 굴러 떨어지면서 큰 소리로 여포를 찾았다.

"봉선은 어디 있느냐? 나 좀 살려다오."

그러자 여포가 마차 뒤에서 나타나 동탁의 목을 찌르며 말했다.

"역적을 죽이라는 어명이시다."

동탁의 목에서 붉은 피가 솟구치자 이숙이 재빨리 목을 쳐서 떨어뜨렸다. 이때 동탁의 나이 54세, 헌제 초평 3년 4월의 일이었다. 동탁의 시체는 거리에 내걸려 구경거리가 되었는데, 그 옆을 지나가는 백성들은 그의 시체를 발로 차고 침을 뱉었다.

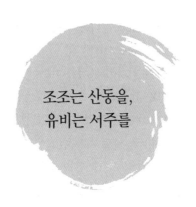

조조는 산동을,
유비는 서주를

　횡포하기 짝이 없던 동탁이 죽임을 당하자, 그 부하인 이각·곽사·장제(張濟)·번주(樊綢) 등은 서쪽으로 도망을 쳤다. 왕윤은 동탁을 도와 온 이들 네 사람의 죄를 용서하려 하지 않았다.

　이각 등은 서량주(西涼州) 일대에 '왕윤이 이 고장의 백성들을 모두 잡아 죽이러 온다.'고 거짓 소문을 퍼뜨렸다. 크게 놀란 백성들이 '가만히 앉아서 죽느니 차라리 먼저 쳐들어가자.'며 결사 항전을 외치며 똘똘 뭉치게 되니, 이각과 곽사는 순식간에 십만의 군사를 모아 장안으로 쳐들어갔다.

　이 소식을 들은 왕윤이 급히 여포를 불러 의논하자, 여포가 큰 소리로 웃으며 말했다.

　"안심하십시오. 그깟 쥐새끼 같은 놈들은 아무 문제도 되지 않습니다."

　여포는 이숙과 함께 군사를 몰고 성 밖으로 나갔다. 그러나 첫 전투는 관군의 패배로 끝났다. 선봉으로 섰던 이숙이 우보에게 대패해 삼십여 리를 후퇴해야 했던 것이다. 화가 난 여포는 이숙을 단칼에 베어 버렸다.

여포는 용기와 무예는 뛰어났으나 지혜가 없었고, 반면에 이각 등은 백전노장답게 치밀한 작전을 세워 산기슭에 진을 치고 산발적으로 공격해 왔다. 여포가 쏜살같이 돌진하자 이각은 산으로 후퇴하여 돌덩이와 함께 화살을 비 오듯 쏘아 댔다. 여포의 군사들은 한 발짝도 전진할 수 없게 되었다. 그때 갑자기 뒤에서 곽사가 쳐들어왔다. 여포가 급히 뒤돌아 싸우려 했으나, 북소리가 울려 퍼지면서 곽사의 군사는 재빨리 후퇴해 버렸다. 할 수 없이 여포가 군사를 철수시키려고 하자 이각의 군사가 또다시 쳐들어왔다. 여포는 화가 치밀어서 견딜 수가 없었다. 이런 일이 며칠씩 계속되자 싸울 수도 싸우지 않을 수도 없게 된 여포는 제풀에 지쳐 갔다.

이렇게 여포가 애를 먹고 있을 때, 장제와 번주의 군사가 장안을 공격하여 도성이 함락될 위기에 놓여 있다는 보고가 들어왔다. 여포는 급히 군사를 몰아 장안으로 향했으나 뒤에서 이각과 곽사의 추격을 받는 바람에 많은 군사를 잃었다.

여포가 장안에 도착해 보니 적이 구름처럼 모여 사방에서 성을 에워싸고 있었다. 결국 성안에 남아 있던 동탁의 잔당들이 성문을 열어 주어 도성은 함락되고 말았다. 간신히 도망친 여포는 원술에게 의지하기로 했으나, 천자의 곁을 지키고 있던 왕윤은 성문 아래에서 이각과 곽사의 손에 죽고 말았다. 이후 이각 등은 천자에게 강요하여 대장군과 제후의 자리에 올라 권력을 잡게 되었다.

그러자 서량 태수 마등(馬騰)과 병주 자사 한수(韓遂)가 십만의 군사를 이끌고 이각·곽사 등의 역적을 토벌하기 위해 장안으로 쳐들어왔다. 마등의 열일곱 살짜리 아들 마초(馬超)까지 활약했으나 이각의 참모 가후가 방비를 굳게 한 채 싸움에 응하지 않았으므로, 연합군은 군량이 떨어져 물러나고 말았다. 이 일로 제후들이 출병을 주저하는 바람에 천하는 한동안 평정을 되찾은 듯이 보였다.

그런데 뜻밖의 일이 일어났다. 황건적의 잔당이 산동의 청주에서 수십만의 군중을 모아 반란을 일으켰던 것이다. 반란군은 연주에 쳐들어가 그곳의 자사를 죽였다. 이때 조정에 복귀한 주전은 조조를 천거했다.

"산동의 황건적을 격파할 수 있는 사람은 조조밖에 없습니다."

조조는 동탁을 정벌하려던 연합군이 분열된 후에 산동에 들어가 북방의 반란군 및 이민족과 싸워 연전연승하여 대군을 거느리고 있었다. 이각은 주전의 의견에 따라 조조를 연주 자사로 임명하고 황건적 토벌을 명했다.

조조는 곧 백여 일 만에 황건적을 토벌하여 연주를 평정했으며, 항복한 자는 남녀를 합쳐 백만 명이 넘었다. 그는 그중에서 용맹한 군사만을 선별해 '청주병'이라 부르고, 다른 사람들은 각각 고향으로 돌려보냈다.

초평 3년 12월, 조조는 진동장군(鎭東將軍)이라 불리며 날로 명성을 쌓았고, 사방의 호걸들이 그 이름을 사모하여 몰려들었다. 그중에는 순욱(荀彧)이나 곽가(郭嘉)와 같은 모사와 우금(于禁), 전위(典韋) 같은 용장도 있었다.

이리하여 산동을 장악한 조조는 아버지 조숭을 모셔 오도록 했다. 이때 조숭은 진류에서 난을 피해 낭야군(瑯琊郡)에 숨어 지내고 있었다. 조숭은 가족과 하인들을 데리고 조조가 있는 연주로 출발했다.

조숭 일행은 도중에 서주를 지나게 되었다. 서주 자사인 도겸(陶謙)은 온후한 사람이었다. 평소에 조조와 가까이 사귀고 싶어 하던 그는, 조조의 부친이 지나간다는 말을 듣고는 직접 마중을 나가 이 틀을 극진히 대접했다. 그리고 도위(都尉) 장개(張闓)에게 군사 오백 을 주어 조숭을 호위하게 했다.

때는 여름이 가고 가을로 접어드는 시기였다. 갑자기 큰 비를 만 난 조숭 일행은 한 절간에서 하룻밤을 묵게 되었다. 조숭은 가족들 을 방 안에서 자게 하고, 장개와 그 병사들은 복도에서 자게 했다. 그런데 복도에 비가 들이쳐 병사들의 옷이 흠뻑 젖게 되었고, 여기 저기에서 불평이 쏟아져 나왔다. 이때 본래 황건적 출신이었던 장 개가 부하들을 불러 놓고 말했다.

"우리는 본래 황건을 썼던 자들로 지금은 할 수 없이 도겸을 따르 고 있지만, 한 번도 제대로 된 대접을 받아 본 적이 없다. 그런데 저 조숭의 수레를 보면, 그 수만 봐도 헤아릴 수가 없을 정도다. 이번 기회에 저들을 모조리 없애 버리고 그 재산을 나눠 갖는 게 어떻겠 느냐?"

모두들 이 의견에 동의하고는, 그날 밤 조숭 일가를 몰살시켜 버 렸다. 이 소식을 전해 들은 조조는 큰 소리로 통곡하다 실신까지 했다. 주위에 있던 신하들이 깜짝 놀라 일으키자, 이를 갈면서 말 했다.

"도겸이 딸려 보낸 군사가 내 부친을 죽였으니, 이 순간부터 도겸 은 나의 불구대천지 원수로다. 서주를 쑥대밭으로 만들고 도겸의 목을 베지 않고서는 이 조조의 원한이 풀리지 않을 것이다."

조조는 군사 삼만을 남겨두어 연주를 지키게 하고 나머지 전군을 이끌고 서주로 쳐들어갔다. 조조의 대군이 지나간 뒤에는 닭은 물 론 개 한 마리조차 남지 않았고, 산의 나무들까지 모조리 베어졌다. 따라서 대군이 지나간 길에는 사람이라고는 그림자도 찾아볼 수 없었다.

하는 수 없이 도겸도 군사를 이끌고 출정에 나섰다. 멀리서 바라보니, 조조의 군사는 소복을 입어 큰 눈이 내린 것처럼 하얗게 가물거렸다. 선두에서 은빛 갑옷을 입은 조조는 말을 몰고 있었다. 도겸은 조조를 향해 큰 소리로 외쳤다.

"저는 귀공과 좋은 관계를 유지하고 싶었는데, 뜻하지 않은 불상사가 일어났습니다. 하지만 그건 절대로 저의 본심이 아니니, 널리 헤아려 주십시오."

"이놈, 내 아버지를 죽이고 무슨 허튼 소리를 하는 것이냐! 어서 저놈을 잡아 내 앞으로 끌고 오너라."

조조의 위세에 눌린 도겸은 허겁지겁 성안으로 도망쳤다. 마침내 양군이 싸우려 할 때, 갑자기 모래 폭풍이 불어와 눈을 뜨기조차 힘겨웠다. 결국 조조는 후퇴를 명령했고, 잠시 시간을 번 도겸은 참모들과 대책을 의논했다.

"조조의 대군을 도저히 감당할 수 없으니, 내 스스로 양손을 묶고 조조의 진지로 가야 할 것 같소. 비록 내 몸은 갈기갈기 찢기더라도, 서주의 백성들을 구할 수만 있다면 더 바랄 것이 없을 것이오."

그러자 부하 중 미축(靡竺)이라는 자가 말했다.

"자사께서는 오랫동안 서주를 덕으로 다스려 백성들 모두가 그 은혜를 입고 있습니다. 조조가 아무리 대군을 이끌고 왔다고는 해도 무조건 성을 내주어서는 안 됩니다. 북해의 공융과 청주의 전해(田楷)에게 구원을 청해, 양군이 연합하여 쳐들어가면 조조라도 퇴각하지 않을 수 없을 것입니다."

도겸은 즉시 서신 두 통을 작성하여 진등(陳登)을 청주로, 미축을 북해로 보냈다.

북해의 태수 공융은 공자의 이십 대 후손으로, 어려서부터 영리하였고 교제가 넓어 도겸과도 가까이 사귀는 친구였다. 그는 서신을 보자마자 즉시 군사를 동원하는 한편, 조조에게 서신을 보내 화해를 권유했다.

그런데 이때 황건적의 잔당인 관해가 수만의 군사를 규합해 북해의 풍부한 식량을 노리고 쳐들어왔다. 적은 사방에서 성을 포위했고, 성은 금세라도 함락될 위기에 처했다. 이 위기의 순간에 창을 든 장수 하나가 적의 포위망을 뚫고 성안으로 들어왔다. 일전에 공융이 그의 노모를 돌봐 준 일이 있는 태사자(太史慈)라는 호걸이었다.

공융은 가까운 평원에 살고 있는 유비에게 원군을 청하려 했는데, 태사자가 그 일을 자원했다. 태사자는 다시 황건적의 포위망을 뚫고 밤낮 없이 달려가 평원에 있는 유비에게 공융의 서신을 바쳤다. 공융의 서신을 읽은 유비는 조용히 혼잣말을 했다.

"공융이 이 유비를 알고 있었는가!"

유비는 관우·장비와 함께 삼천의 정예 부대를 이끌고 북해를 향해 출정했다.

며칠 후 북해에 도착한 유비 삼 형제는 황건적의 두목인 관해와 맞서게 되었다. 관해는 구원병의 수가 너무 적은 것을 보고는 마음 놓고 달려들었다. 그러나 관우의 청룡언월도가 번쩍하는 순간 관해의 몸뚱이는 두 조각이 나서 말 아래로 떨어졌다. 여기에 장비와 태사자가 나란히 창을 들고 쳐들어가니, 황건적들은 혼비백산해 뿔뿔이 흩어지고 말았다.

마침내 유비 삼 형제가 북해성을 구원하자, 공융은 큰 잔치를 벌여 그 공을 치하했다. 이 자리에서 공융은 유비에게 미축을 소개하면서 서주성의 구원을 간곡하게 부탁했다. 유비는 이 청을 받아들였다. 하지만 조조와 맞서기에는 군사가 너무 적었다. 유비는 공손찬에게 이천의 군사와 조운을 빌려 오천의 군사로 서주로 진격했다.

얼마 후 서주성 근처에서 유비와 전해의 구원병이 연합했고, 여기에 공융의 군사까지 합세했다. 그러나 조조의 군세가 너무나 강해 함부로 나서지 못하고 멀리 산기슭에 진을 쳤다.

유비는 서주성 안의 군량이 부족할까 걱정되어 장비와 함께 천의 기병을 이끌고 포위망을 뚫고 나아갔다. 순간 조조의 진중에서 북소리가 나더니 군사들이 성난 파도같이 달려드는데, 선봉장은 우금이었다. 이에 장비가 우금과 맞서 싸우고 유비가 쌍고검을 휘두르며 군사를 몰아 진격하다 보니, 어느새 서주성 아래까지 이르렀다.

성 위에서 이를 지켜보고 있던 도겸은 급히 성문을 열게 하여 유비를 맞아들였다. 곧 큰 잔칫상을 마련하여 유비를 환대하던 도겸은, 유비의 인품과 늠름한 기상에 탄복하게 되었다. 도겸은 미축에게 서주성의 관인을 가져오게 하더니, 그 자리에서 서주를 맡아 달라며 청했다. 유비는 깜짝 놀라 자리에서 벌떡 일어나 말했다.

"저는 대의명분을 위해 이곳에 왔을 뿐입니다. 자사께서는 혹시라도 이 유비가 서주 땅을 탐내어 온 것이라 생각하신 것은 아닌지요. 그런 흉측한 마음을 품었다면, 하늘이 이 유비를 용서치 않을 것입니다."

"의심이 아니라 이 늙은이의 솔직한 심정이오."

도겸이 재차 서주를 맡아 달라고 청했으나, 유비 역시 거듭 사양했다. 그러나 미축이 나서며 말했다.

"지금은 성 밖에 있는 적을 물리칠 계책이 필요한 때입니다. 사태를 수습한 후에 논의하는 것이 나을 듯합니다."

이에 유비는 조조에게 편지를 보내어 도겸과의 화해를 권유했다.

그러나 조조는 결전의 뜻을 굽히지 않았다. 그런데 이때 뜻밖의 일이 일어났다. 여포가 연주를 함락시키고 복양(僕陽)까지 점령했다는 급보가 날아온 것이다. 조조로서는 생각지도 않게 뒤통수를 맞은 격이었다.

여포는 이각 등에게 패하여 도성을 떠나 원술·원소 등에게 의지하고 있다가, 조조가 도겸을 공격하기 위해 연주를 비운 틈을 노려 그곳으로 쳐들어갔던 것이다.

"연주를 잃었으니, 이제 우리는 어디로 간단 말이냐!"

조조가 걱정하고 있을 때 곽가가 말했다.

"주공은 이런 때에 유비에게 선심을 쓰고 군사를 거두어 연주를 회복하셔야 합니다."

조조는 거듭 머리를 끄덕이더니, 곧 유비에게 좋은 말로 답장을 써 보내고는 그 길로 진영을 거두어 연주로 돌아갔다.

누구보다 기뻐한 것은 도겸이었다. 그는 공융, 전해, 관우, 조운 등을 성안으로 초대하여 주연을 크게 베풀었다. 주연이 끝날 무렵, 도겸은 유비를 상좌에 앉힌 뒤 정중하게 말했다.

"나는 이미 늙은데다 두 아들은 변변치 못하니, 나라의 무거운 직책을 감당하기 어렵소. 유현덕은 황실의 후손이며 덕망이 높고 재주가 뛰어난 분이니, 이 서주를 다스리는 데 적임자라고 생각하오."

그러자 유비가 자리에서 벌떡 일어나며 대답했다.

"이 몸이 서주에 온 것은 대의를 지키기 위해서였습니다. 그런 사람이 아무 까닭 없이 서주를 다스린다면, 천하가 저를 의리 없는 사람이라 욕할 것입니다."

옆에서 보고 있던 미축과 공융이 거듭 권했지만, 유비는 뜻을 꺾으려 하지 않았다. 유비가 끝까지 거절하자, 도겸은 서주에서 가까운 소패(小沛)라는 곳에 머물며 서주를 지켜 달라고 부탁했다. 자리에 있던 모든 이들이 적극 권하는 바람에 유비도 어쩔 수 없이 승낙했다. 유비는 관우, 장비와 함께 소패로 가서 군사를 주둔시키고 성곽을 보수하는 한편, 백성들을 다스리는 데에도 성심을 다했다.

한편 연주로 돌아온 조조는 여포와 여러 차례 싸웠으나 승패가 나지 않았다. 여포의 참모는 일전에 조조를 떠난 진궁으로, 계략이 뛰어난 사람이었다. 여포는 진궁의 충고에 따라 수비와 공격에 유리한 복양성으로 군사를 이동시키고, 연주성은 부장인 설난과 이봉에게 지키게 했다.

조조는 야음을 틈타 기습을 노렸지만 오히려 여포의 군사에게 포위되어 위기에 빠졌다가, 부하인 전위의 분전으로 가까스로 목숨을 구했다.

복양성으로 돌아온 여포는, 진궁의 계략에 따라 성안의 부자인 전(田)씨에게 일러, 여포가 복양성을 비우고 여양 땅으로 갔다는 거짓 편지를 조조에게 보내게 했다. 그날 밤, 전씨의 편지를 받고 복양성으로 쳐들어온 조조는 여포의 복병에게 또다시 포위되었으나, 이번에도 전위의 도움으로 간신히 도망쳐 나올 수 있었다.

그런데 이 무렵에 수많은 메뚜기 떼가 나타나 곡식을 먹어치우는 바람에 백성들이 서로 잡아먹는 참극이 속출했다. 양식이 절대 부족하니 군량미가 바닥나는 것은 시간 문제였다. 결국 조조와 여포의 싸움은 군량미의 부족 때문에 중단되고 말았다.

한편 서주에선 도겸의 병세가 더욱 악화되어 사경을 헤매고 있었다. 도겸은 소패에 있는 유비를 불러 서주의 관인(官印)을 주며 말했다.

"제발 서주를 맡아 주구려. 그렇게만 해 준다면 이 늙은이도 마음

놓고 눈을 감을 수 있을 것 같소."

"제가 어찌 이런 큰일을 감당하겠습니까?"

"귀공을 위해 한 사람을 추천하리다. 북해 사람 손건(孫乾)을 종사로 삼으시면 좋을 것이오."

그래도 유비는 관인을 받지 않았다. 마침내 도겸은 유비 앞에서 손을 들어 자기 가슴을 가리켜 보이더니 자는 듯이 숨을 거두었다. 도겸의 장례가 끝난 후 서주의 신하들은 유비에게 관인을 바쳤다. 유비가 이것마저 거절하자, 다음 날 서주의 백성들이 유비 앞에 모여들어 엎드린 채 눈물로 호소했다.

"현덕님이 이곳을 맡으시지 않으면 우리는 발을 뻗고 잘 수가 없습니다."

관우와 장비도 거듭 권하자, 유비도 더 이상 어쩔 수 없음을 깨닫고 서주를 맡기로 했다. 유비는 손건과 미축을 보좌역으로 앉히고 진등을 참모로 삼은 후, 소패에 주둔하고 있던 군대를 성안으로 이동시켰다.

한편 견성에 있던 조조는 이 소식을 듣고 불같이 화를 냈다.

"나는 아직 원수도 갚지 못했는데, 유비는 화살 한 개 쏘지 않은 채 가만히 앉아서 서주를 삼켜 버렸어! 먼저 유비란 놈을 죽이고 나서 도겸의 시체를 파내어 갈기갈기 찢어 아버님의 원한을 풀어 드리겠다."

조조가 다시 서주를 공격하려 하자 순욱이 말렸다. 그리하여 조조는, 먼저 동쪽의 진국(陳國) 지방을 공격하고 나서 여남(汝南), 영천(潁川) 두 곳에 있던 황건적의 잔당을 평정하여 재물을 손에 넣고 군량을 확보했다. 이때 일족 수백을 거느리고 황건적에 대항하고 있던 허저(許褚)라는 용장을 부하로 삼게 되었다.

황건적을 평정하고 났을 때, 연주에 있던 설난과 이봉의 군사가 재물을 약탈하러 다니느라 성안이 텅 비었다는 정보가 들어왔다. 조조는 즉시 연주성을 공격했고, 허저의 활약으로 연주를 쉽게 탈환할 수 있었다. 계속해서 조조는 그 여세를 몰아 여포가 있는 복양성을 공격했다.

여포는 조조의 군사가 쳐들어오는 것을 보고 단신으로 달려나갔다. 이에 조조 군영에서는 허저가 나왔는데, 이십여 합을 어우러져 싸웠는데도 승부가 나지 않았다. 차츰 허저가 밀리기 시작하자 전위가 합세했고, 뒤이어 왼편에서는 하후돈과 하후연이, 오른편에서는 이전과 악진이 일제히 달려들었다. 여섯 명의 장수들이 합공을 하니 천하의 여포라도 대적할 수가 없었다. 여포는 급히 말고삐를 돌려 복양성으로 도망치려 했지만, 어찌 된 일인지 복양성의 성문은 굳게 닫혀 있었다. 성벽 위에 있던 전씨가 배신을 했기 때문이었다.

성을 잃은 여포는 도망치면서 조조의 군대와 여러 차례 싸웠으나 번번이 패하기만 했다. 여포는 할 수 없이 정도현(定陶縣)으로 도망쳤으나, 조조는 끝까지 쫓아가 여포의 군사를 모조리 무찌르고 정도마저 점령해 버렸다. 이리하여 조조는 산동 지방 일대를 손에 넣게 되었다.

때를 기다림

조조와의 싸움에서 패한 여포는 기주의 원소에게 의지하려고 했으나, 원소는 오히려 여포를 치기로 결정하고 군사 오만으로 조조를 지원하고 있었다.

"일이 이렇게 됐으니, 어찌하면 좋겠소?"

"유비가 서주의 자사가 되었다니, 그곳으로 가는 게 좋겠습니다."

여포는 진궁의 말대로 유비를 찾아갔다. 유비는 여포를 극진히 대접했지만, 장비가 그를 싫어했기에 여포는 마음을 붙일 수가 없었다. 결국 유비는 서주에서 가까운 소패를 여포에게 맡겨 지키게 했다.

그 무렵 장안에서는 이각과 곽사가 권력을 휘어잡고 갖은 횡포를 다 부리고 있었다. 이를 참다못한 태위(太尉) 양표(楊彪)와 주전이 헌제에게 진언했다.

"지금 조조는 이십만의 병력과 수십 명의 참모와 장수를 거느리고 있사옵니다. 만일 그를 우리 편으로 끌어들여 저 악인들을 제거한다면, 천하에 이보다 더 다행한 일이 없는 줄 아뢰옵니다."

그 말을 듣고 헌제는 눈물을 흘리며 말했다.

"짐은 오랫동안 두 역적에게 참을 수 없는 모욕을 당해 왔소. 그들을 멸할 수만 있다면 더 바랄 게 없겠소."

그리하여 양표는 조조를 성안에 불러들이기 전에, 먼저 이각과 곽사 두 사람의 사이를 이간시킬 계략을 생각해 냈다. 얼마 후, 양표의 아내가 곽사의 아내를 찾아가 말했다.

"요즘 들리는 소문에 의하면, 곽 장군께서 이각의 부인과 보통 사이가 아니라 하더군요. 서로 배가 맞은 지 오래고 둘이서 깨가 쏟아진다는 말도 들리고……."

그 말을 들은 곽사의 아내는 얼굴이 파랗게 질렸다. 그날 저녁때였다. 이각이 곽사의 집으로 진귀한 술을 보냈다. 곽사가 그 술을 마시려고 하는 순간, 갑자기 아내가 술잔을 빼앗아 개에게 던져 주었다. 개는 술을 몇 번 핥더니 그 자리에서 죽어 버렸다. 술에 독약을 탄 것으로, 이는 질투심 많은 곽사 아내의 소행이었다.

크게 화가 난 곽사는 비밀리에 군사를 무장시키고 이각을 칠 준비를 했다. 그런데 이 일이 이각의 귀에 들어갔고, 이각도 군사를 일으켜 곽사를 치러 갔다. 양쪽의 군사는 장안성 아래에서 접전을 펼쳤는데, 그들은 접전을 벌이면서도 백성들을 약탈하는 것을 잊지 않았다. 천자는 이각과 곽사의 포로가 된 채 이리저리 끌려다녀야 했다. 그러다가 이각은 천자를, 곽사는 장안을 가진 채 서로 맞붙어 싸웠다. 두 도적의 싸움이 오십여 일 계속되니, 산과 들, 거리가 시체로 뒤덮였다.

그때 섬서성의 장제가 대군을 이끌고 와서, 당장 싸움을 멈추지 않으면 모두 쓸어 버리겠다고 위협했다. 이각과 곽사는 서로 간의 오랜 싸움으로 병력이 소진된 상태라 장제의 요구를 들어주지 않을 수 없었다.

장제는 헌제에게 다시 낙양으로 천도하자는 표문을 바쳤다. 헌제가 쾌히 승낙하자, 신하들은 어가를 모시고 낙양을 향해 출발했다. 뒤늦게 이 사실을 안 이각과 곽사는 다시 힘을 합쳐 어가를 추격했다. 천자를 끼고 있지 않으면 천하의 모든 제후들이 자신들을 공격할 것임을 알았기 때문이었다.

이각과 곽사의 추격에 여러 번의 위기와 갖은 고초를 겪은 끝에, 헌제는 마침내 낙양으로 돌아왔다. 그러나 이미 예전의 낙양이 아니었다. 궁전은 불타고 시가지는 황폐했으며, 무너진 흙담만 즐비하게 늘어서 있었다. 헌제는 기도위(騎都尉) 양봉(楊奉)에게 명해 소궁을 수리하게 하여 거처하였고, 문무백관들은 가시덤불 위에서 조례(朝禮)를 드려야 했다.

헌제는 그때까지 쓰던 초평(初平)이라는 연호를 건안(建安)이라 고쳤다. 이 해에 또다시 흉년이 들어, 불과 수백 호에 지나지 않는 낙양의 백성들은 성 밖으로 나가 나무껍질과 풀뿌리를 캐어 먹으며 연명했다.

천자는 곧 산동의 조조를 불러들였다. 이십만 대군을 이끌고 온 조조는, 또다시 쳐들어온 이각과 곽사의 군사들을 크게 무찔렀다.

조조는 천자에게 간언하여, 수도를 허도(許都)로 옮기기로 했다. 그런데 이를 반대하던 양봉이 기병을 이끌고 와 천자의 앞길을 가로막았다. 그때 양봉의 부장 서황이 조조의 부하인 허저와 겨루었는데, 좀처럼 승부가 나지 않았다. 그러자 조조는 사람을 보내어 서황을 설득해 자기편으로 만들었다.

낙양에서 허도로 수도를 옮긴 후, 조조는 대장군 무평후(武平侯)가 되어 모든 권력을 자신의 손에 쥐었음은 물론, 휘하의 장수와 가신들을 중요한 관직에 배정했다. 따라서 조정의 중요한 정무는 모두 조조의 손을 거쳐 천자에게 전해졌다.

이제 조조의 걱정거리는 서주에 있는 유비와 소패에 있는 여포뿐이었다. 그리하여 참모들을 불러 이 문제를 의논하는데, 순욱이 이호경식지계(二虎競食之計), 즉 '두 마리의 호랑이가 먹이를 놓고 서로 싸우는 계책'을 말했다.

조조는 그 날로 천자의 윤허를 얻어 칙사를 파견했다. 칙사는 유비를 서주 자사로 임명한다는 어명과 함께, 조조가 보내는 밀서를 전했다. 유비는 그 밀서를 읽자마자 곧 참모들을 불러 의논했다.

"여포같이 의리를 모르는 놈은 죽여도 나쁠 것 없습니다. 제게 맡겨 주십시오."

장비가 나섰지만, 유비는 고개를 저었다.

"갖은 어려움을 겪으며 우리를 의지하고 온 사람이다. 그런 사람을 죽인다면, 그것도 또한 의리가 아니다."

이튿날 여포가 유비의 자사 취임을 축하하기 위해 찾아왔다. 유비가 고맙다는 인사를 하는데, 갑자기 장비가 칼을 뽑아들고 대청으로 들어섰다. 여포가 깜짝 놀라며 일어서자, 유비는 장비를 꾸짖으며 그 자리에서 물러가게 했다. 유비는 밀실로 여포를 따로 불러 사정을 설명하고, 조조가 보내 온 밀서를 보여 주었다. 여포는 밀서를 보고는 얼굴빛이 사색이 되어 말했다.

"이것은 조조가 우리 두 사람 사이를 이간시키려는 계략이 틀림없소."

"저도 알고 있으니, 걱정하지 마십시오. 이 유비는 그런 식으로 의리를 저버리는 사람이 아닙니다."

여포는 유비에게 거듭 감사하다는 말을 하고는 소패성으로 돌아갔다.

조조는 계략이 성공을 거두지 못하자 다시 순욱을 불러 의논했다. 순욱은 다시 구호탄랑지계(驅虎呑狼之計), 즉 '승냥이를 시켜 범을 몰아내게 하는 계략'을 말했다.

"원술에게 사신을 보내어, 유비가 지금 남양으로 쳐들어가려고 하니 조심하라고 일러 주면, 원술은 화가 나서 유비를 공격할 것입니다. 한편 유비에게는 원술을 토벌하라는 칙명을 내려, 서로 싸우게 하는 것입니다. 그렇게 하면 배신을 밥 먹듯 하는 여포는 경비가 허술한 서주를 손에 넣으려는 야심을 품게 될 것입니다."

이리하여 유비에게 원술을 공격하라는 칙서를 가진 사자가 도착했다. 미축이 말했다.

"이것도 조조의 계략이니, 속아서는 안 될 것입니다."

"나도 이것이 조조의 계략이라는 것은 알고 있소. 하지만 천자께서 내리신 칙명을 어찌 어길 수 있겠소."

천자의 칙명이라면, 비록 조조의 계략이라 하더라도 그대로 실행하겠다는 유비의 결의를 보고 좌중은 잠시 조용해졌다. 이때 손건이 입을 열었다.

"기어이 출병을 하시겠다면, 뒤에 남아서 성을 지킬 사람을 결정해야 할 것입니다."

"제가 이 성을 지키겠습니다."

관우가 먼저 나섰다.

"운장이 남아 성을 지켜 준다면 그보다 더 든든한 일이 없으나, 싸움터에서 대사를 의논하자면 아무래도 곁에 운장이 있어야 할 것 같네."

"그럼 제가 남겠습니다."

장비가 자리를 박차고 일어나며 말했다.

"익덕은 안 돼! 자네는 술만 마시면 함부로 부하를 때리는 버릇이 있는데다가 남의 충고를 들으려고 하지도 않아서 마음을 놓을 수 없네."

"오늘부터 술도 끊고 부하들도 때리지 않겠습니다. 남의 충고도 잘 받아들이지요."

"입만으로 되는 일이 아니네."

그러자 장비가 화를 버럭 내면서 말했다.

"제가 형님과 함께하면서 언제 약속을 어긴 적이 있습니까? 왜 저만 무시하는 것입니까!"

유비는 불안하기는 했으나 따로 성을 맡길 만한 장수가 있는 것도 아니었다. 결국 장비에게 거듭 다짐을 받아두는 한편, 진등에게 뒷일을 부탁하고 삼만의 군사를 거느리고 남양으로 떠났다.

이때 남양의 원술 역시 조조의 밀서를 받아 보고, 대장 기령(紀靈)에게 십만의 군사를 주어 서주로 쳐들어가게 했다. 서주를 향해 가는 기령의 군사와 남양을 향해 가는 유비의 군사가 우이현(盱眙縣)에서 맞닥뜨렸다. 유비는 군사가 적으므로 산을 등지고 물가에 진을 쳤다.

기령이 무게 오십 근에 끝이 세 갈래인 삼첨도(三尖刀)를 휘두르며 유비를 향해 돌진해 오자, 관우가 말을 몰고 달려가 단숨에 삼십여 합을 싸웠으나 승부가 나지 않았다. 이때 기령의 부장 순정(荀正)이 관우에게 달려들어 협공을 펼치려다가, 오히려 관우의 청룡언월도에 목이 달아나고 말았다. 크게 놀란 기령은 회음(淮陰)까지 패주하여, 성을 굳게 지킨 채 감히 공격해 오지 못했다.

한편 장비는 유비가 떠난 후 한동안은 술을 입에 대지 않은 채, 사무적인 일은 진등에게 맡기고 자기는 군무에만 힘썼다. 그러나 참는 데도 한도가 있었다. 어느 날 부하들을 초대해 연회를 연 자리에서 이렇게 말했다.

"형님께서 나더러 술을 금하라 하신 것은 실수가 있을까 염려하셨기 때문이다. 그러나 술을 전혀 안 마실 수도 없는 일이니, 오늘만은 마음껏 마시고 내일부터는 나를 도와 방비에 더욱 열심히 임하라!"

장비는 자리에서 일어나 한 사람 한 사람에게 모두 술을 따라 주었다. 그런데 조표(曹豹)라는 장수 하나가 장비가 내민 술잔을 받지 않았다.

"저는 하늘에 맹세한 일이 있어서 술을 마실 수 없습니다."

"그런 소리를 한다면 어떠한 일이 있어도 꼭 먹여야겠다!"

장비가 거듭 권하자, 조표는 마지못해 한 잔 받아먹었다. 장비는 술을 한 차례 돌리고 나더니, 커다란 대접에 넘치도록 술을 따라 연거푸 수십 잔을 들이켰다. 장비는 어느 정도 취기가 돌자 다시 조표에게 다가가서 술을 권했다.

"이번에는 정말 못 마시겠습니다."

"아까는 마셔 놓고 이번에는 못 마시겠다는 건 또 뭐냐? 어서 마셔라!"

조표가 끝내 마시지 않자, 여느 때처럼 장비의 술버릇이 튀어나왔다.

"감히 내 명령을 어겼으니, 이놈을 끌어내어 곤장 백 대만 쳐라!"

"주군께서 떠날 때 당부하신 일을 잊었소?"

보다 못한 진등이 말렸지만, 이미 술에 취한 장비를 말릴 수는 없었다. 결국 죄 없이 볼기를 맞은 조표는 원한이 뼛속까지 사무쳤다.

조표는 집에 돌아오자마자 곧 소패에 있는 여포에게 편지를 보냈다. 유비는 남양으로 떠났고 장비는 술에 만취되어 있으니, 이 기회에 서주를 손에 넣으라는 것이었다.

편지를 받은 여포는 참모인 진궁과 의논했다. 진궁은 둘도 없는 좋은 기회라며 당장 서주를 치자고 말했다. 여포는 마음을 굳게 먹고 군사를 일으켰다. 소패에서 서주까지는 불과 사십 리의 거리라 그날 밤으로 도착할 수 있었다. 달 밝은 밤이었으나 성안에서는 아무도 알아차리지 못했다. 조표가 성문을 열어 주자, 여포의 군사들이 함성을 지르며 몰려 들어왔다.

"장군님, 여포가 쳐들어왔습니다!"

술에 취해 잠들어 있던 장비는 여포라는 소리에 벌떡 일어났다. 허겁지겁 갑옷을 걸치고 장팔사모를 들고 뛰쳐나갔지만, 아직 취기가 가시지 않아 여포를 당해 낼 자신이 없었다. 장비는 열여덟 명의 기병만을 거느리고 성의 동문을 빠져나왔다.

조표는 장비가 동문을 향해 도망쳤다는 말을 듣고 군사 백여 명을 이끌고 뒤쫓았다. 장비는 조표를 보자 화가 치밀어 단칼에 조표의 목을 쳐 버렸다. 조표가 이끈 백여 명의 군사들도 장비의 장팔사모 앞에 낙엽 구르듯이 뒹굴었다. 몸이 온통 땀과 피로 얼룩진 장비는 그제야 정신이 들었다.

"아아!"

장비는 혼자 깊은 탄식을 내뱉고는 쓸쓸히 유비가 있는 회남 땅으로 향했다.

한편 유비는 그날도 회음에 진을 친 채 대치하고 있었다. 해질 무렵이 되자, 장비와 그의 부장, 그리고 군사들이 패잔병의 비참한 몰골을 하고 유비의 진문 앞에 도착했다. 장비는 말에서 내려 고개를 숙인 채 울먹이며, 조표와 여포가 서로 내통하여 서주를 야습한 경위를 고했다.

"살아서 뵈올 면목이 없습니다. 다만 죄를 빌기 위해 부끄러움을 무릅쓰고 예까지 왔을 뿐입니다."

장비의 말을 듣고 있던 유비가 한숨을 내쉬며 탄식했다.

"성을 얻었다고 기뻐할 것도 없고, 성을 잃었다고 근심할 것도 없다. 하늘의 뜻이 우리에게 있다면 다시 그 모든 것이 돌아오리라."

"형수님은 어디에 계시느냐?"

관우가 고개를 숙인 장비에게 물었다.

"모두 성안에 계실 것입니다."

장비가 기어드는 목소리로 대답하자, 관우가 발을 구르며 호통을 쳤다.

"성을 떠나올 때 술을 삼가라고 그토록 당부하지 않았느냐? 그런데 어찌하여 형님의 가족까지 여포의 손에 맡기고 혼자서 도망쳤더란 말이냐!"

관우의 고함 소리에 고개를 숙인 채 눈물을 글썽이던 장비가 갑자기 칼을 빼들고 제 목을 찌르려 했다. 유비가 이를 보고 깜짝 놀라며 급히 칼을 빼앗았다.

"어서 제 목을 쳐 주십시오. 어찌 살기를 바라겠습니까."

"옛 사람이 이르기를, '형제는 수족과 같고 처자는 의복과 같다.'고 했다. 옷은 해지면 다시 지을 수 있으나, 손발이 끊어지면 어찌 이을 수가 있겠느냐? 우리 셋은 죽기를 같이 하기로 맹세한 사이가 아니더냐? 비록 성과 가솔을 잃었다 하나, 그 일로 어찌 형제의 의를 끊겠느냐?"

유비가 눈물을 흘리며 말하자, 관우와 장비도 목이 메었다.

장비가 서주성을 빼앗기고 회남으로 쫓겨왔다는 소식은 원술에게도 전해졌다. 원술은 뛸 듯이 기뻐하며 여포에게 급히 사람을 보냈다.

"만일 공께서 유비의 후진을 공격하여 함께 물리친다면, 양곡 오만 석, 군마 백 필, 금은 만 냥, 비단 천 필을 주겠소."

여포는 원술의 제의에 두말없이 응하기로 하고 고순에게 오만의 군사를 주어 유비의 후미를 치게 했다.

이 소식을 전해 들은 유비는 급히 우이현을 포기하고 광릉 지방으로 퇴각했다. 고순의 군사가 우이현에 도착한 것은 다음 날이었다. 유비가 군사를 이끌고 도망갔으므로 원술과의 약속은 지킨 셈이었다. 고순은 기령을 만나 약속한 물건을 내놓으라고 채근했다. 그러자 원술이 직접 여포에게 편지를 보냈다.

"비록 군사를 이끌고 갔다고는 하나, 유비를 없애지는 못하였소. 유비는 지금 광릉에 숨어 있으니, 그를 사로잡아 오면 약속한 재물을 드리겠소."

편지를 본 여포는, 원술이 자기를 속였음을 알고 화가 머리끝까지 치솟았다. 여포는 군사를 일으켜 원술을 쳐야겠다고 펄펄 뛰었다. 그러자 진궁이 나서며 그를 말렸다.

"고정하십시오. 원술의 병력은 우리보다 강합니다. 그보다는 패주한 유비를 잘 타일러 이쪽 편으로 끌어들이는 것이 좋습니다. 기회가 오면 군사를 일으켜 유비를 선봉으로 삼아 원술을 치도록 하십시오. 원술을 친 다음 원소를 도모한다면, 천하는 이미 주공의 손아귀에 든 거나 다름없습니다."

진궁의 말을 들은 여포는 귀가 솔깃했다. 그의 말에 따르기로 하고 사람을 시켜 유비에게 서주로 돌아와 달라는 서찰을 보냈다. 그때 유비는 광릉으로 가다 원술의 군의 기습을 받아 군사의 절반을 잃었다. 군량도 부족하여 그나마 남아 있던 군사들도 자취를 감추고 있는 지경이었다. 그때 여포의 사자가 왔다. 유비는 여포가 보낸 글을 보고 매우 기뻐했다. 그러나 관우와 장비는 여포를 달갑게 여기지 않았다.

"그자는 원래 표리부동한 자입니다. 믿어서는 안 됩니다."

"그가 모처럼 호의를 베풀어 나를 부르는 것인데, 어찌 의심하려 드느냐?"

유비가 기어이 서주로 돌아갈 것을 고집하니, 관우와 장비도 하는 수 없이 뒤따랐다. 유비가 서주에 이르자 여포는 유비의 의심을 풀기 위해 그의 가족을 돌려보내 주었다. 유비가 여포를 찾아가 고마움을 표하자, 여포는 입을 열어 변명부터 늘어놓았다.

"나는 결코 서주를 빼앗을 생각이 없었소. 다만 장비가 술에 취해 함부로 사람이 죽도록 매질을 하니 혹시라도 잘못될까 하여 잠시 성을 지키고 있었을 뿐이오."

"저는 이미 서주를 장군에게 양보한 바 있었습니다. 이제 마땅한 성주를 얻었으니 만족할 따름입니다."

여포는 본심과는 달리 짐짓 성을 사양하는 체하였으나, 유비는 그대로 물러나 소패로 돌아오고 말았다. 관우와 장비의 불평이 대단하였으나, 유비는 그들을 달랬다.

"몸을 굽혀 분수를 지키며 하늘이 내린 기회를 기다리세. 천명을 거스르며 무리를 해서는 좋은 결과를 맺을 수 없네."

소패왕(小覇王) 손책

한편, 원술은 여포를 이용해 유비를 크게 물리치자 수하 장수들을 모아 놓고 잔치 자리를 벌이고 있었다. 이때 군사 하나가 들어와 알렸다.

"강동의 손책이 여강 태수 육강을 정벌하고 왔습니다."

원술은 그 소리에 크게 기뻐하며 손책을 불러들여 치하하고 자기 옆자리에 앉혔다. 이때 손책도 어느덧 장성하여 스물한 살의 청년이 되어 있었다.

이날의 잔치에서 원술은 스스럼없이 천하를 논할 정도로 온갖 거드름을 다 피웠다. 손책은 잔치가 끝나기도 전에 자기의 군영으로 돌아왔다. 원술의 오만한 태도에 마음이 상했을 뿐만 아니라, 이제 그가 지난날 선친의 땅이었던 강동을 넘보고 있다고 느끼자 울적한 마음을 달랠 길이 없었다. 손책은 강동의 하늘을 생각하며 절로 깊은 탄식을 내뱉었다.

"어째서 한탄만 하고 계시오? 그토록 생각이 지극하다면, 어찌 선친의 유업을 계승할 용단을 내리려 하지 않는 것이오?"

돌아보니 손견의 부하였던 주치(朱治)였다. 손책이 가슴속에 품었던 말을 털어놓자 주치가 말했다.

"지난날 단양의 태수였던 외숙부 오경(吳璟)이 역경에 처했다고 합니다. 그 핑계를 대고 원술에게 군사를 빌려 반기를 드십시오."

그때 근처 나무 밑을 서성이며 두 사람의 이야기를 열심히 엿듣고 있던 사람이 있었다. 그 사람은 두 사람이 잠시 말을 멈추자 손책 앞으로 모습을 드러냈다.

"자, 무엇을 주저하시오. 선친의 유업을 받들어 일어나시오. 내게 백 명의 용사가 있으니 언제든지 그들을 쓰시오."

그는 원술의 모사인 여범(呂範)으로, 손책과 함께 원술에게 투신해 온 사람이었다. 손책은 그를 청하여 물었다.

"그대도 나와 같은 뜻을 가지고 있소?"

여범은 손책의 불 같은 눈동자를 보며 말했다.

"귀공은 장강을 건너야 하오."

"알겠소. 어찌 남의 땅 작은 연못에 갇혀 무위도식으로 허송세월을 보내겠소?"

"그러나 원술은 결코 군사를 빌려 주지 않을 것이오. 그때는 어찌하실 작정이오?"

"염려 마시오. 내게는 선친께서 물려주신 천자의 옥새가 있소. 그 옥새를 맡기고 군사를 빌려 달라고 하면 거절하지 않을 거요."

손책의 기개를 보고 두 사람은 마음이 흡족했다. 그날 세 사람은 앞으로의 일을 정한 후 헤어졌다.

다음 날, 손책은 원술을 찾아가 통곡을 하며 말했다.

"저는 선친의 원수를 갚지 못해 한이 맺힌 터인데, 이제는 외숙부

오경이 양주의 유요(劉繇)에게 침략을 받아 몸담을 곳도 없는 역경에 처해 있다고 합니다. 또한 곡아에 두고 온 노모와 가솔들이 모두 비운의 구렁텅이에 빠져 있다고 합니다. 바라건대 얼마간의 군사를 제게 빌려 주십시오. 강을 건너가 숙부와 가솔들을 구하고 선친의 영을 위로한 후 다시 돌아오겠습니다."

이렇게 말한 후 손책은 원술에게 옥새가 들어 있는 작은 상자를 공손히 내밀었다. 원술은 그 상자를 보자 감출 수 없는 기쁨으로 만면에 희색을 띠었다.

"이렇게 옥새까지 내놓고 간곡히 청하니 군사 삼천과 말 오백 필을 주겠다. 곡부를 평정한 뒤에 속히 돌아오도록 하여라. 또한 너의 벼슬로는 대군을 지휘하는 데 어려움이 있을 것이다. 천자께 상신하여 너를 절충교위에 진구장군으로 삼을 터이니, 곧 군사를 이끌고 출발하라."

원술은 손책이 청하지도 않은 벼슬까지 내렸다. 손책의 환심을 사 그의 마음이 변하지 않도록 방지하기 위함이었다.

손책은 주치·여범 외에 부친의 장수였던 정보·황개·한당 등을 거느리고 강동으로 향했다. 그들이 말을 달린 지 며칠이 지나, 역양 땅에 이르자 저편에서 한 떼의 군마가 다가왔다. 가까이 다가가 보니, 거동이 날렵해 보이는데다 용모가 수려하며 얼굴은 옥같이 희고 풍채도 당당한 청년이었다.

"아니, 공근이 아닌가. 어떻게 이곳에 왔는가?"

손책이 그제야 반색을 하며 그의 손을 잡았다. 그는 여강 서성 사람으로, 이름은 주유(周瑜)였다. 손책과는 소년 시절부터 죽마고우일 뿐 아니라 형제의 의를 맺은 사이였다. 그는 손책이 군사를 거느리고 강동으로 출발했다는 소식을 듣고 휘하의 군사들을 이끌고 달려온 것이었다.

또한 주유는 장소(張昭)와 장굉(張紘)이라는 재능이 뛰어난 인물들을 천거했다. 손책은 장소를 무군 중랑장으로 삼고, 장굉을 참모 정의교위로 삼아 일군의 위용을 갖추었다.

손책은 숙부 오경을 괴롭힌 양주 자사 유요부터 치기로 했다. 유요는 원래 양주 자사로 수춘(壽春)에 머물렀으나, 원술에게 쫓겨 가동에 와서 곡아를 점령하고 있었다. 손책이 군사를 이끌고 곡아로 온다는 소식은 유요에게도 전해졌다. 유요는 곧 장영(張英)에게 대군을 주어 방비를 맡겼다. 그러나 장영은 황개에게 크게 패해 도망쳐 돌아왔다.

유요와 손책은 고개 하나를 사이에 두고 남과 북으로 진을 쳤다. 그 고개에는 광무제(光武帝)의 사당이 있었는데, 꿈속에서 광무제의 부름을 받은 손책은, 이튿날 정보·황개 등 여러 명의 장수를 거느리고 사당에 참배했다. 참배를 마친 손책이 고개를 넘어 유요의 진지를 정탐해 보려고 할 때, 그 부근까지 나온 유요의 척후병이 손책 일행을 발견했다.

척후병의 보고를 받은 유요는 함정일 것이라 의심하며 섣불리 움직이려 하지 않았다. 그러자 부하 장수 중 하나인 태사자가 유요의 명이 떨어지기도 전에 말을 몰아 달려나갔다.

"게 섰거라, 손책!"

손책과 태사자는 서로 창을 휘두르며 말을 몰아 싸웠으나, 좀처럼 승부가 나지 않았다. 장수들은 모두 놀라 취한 듯이 바라볼 뿐이었다. 손책의 창솜씨가 이토록 뛰어날 줄 몰랐던 태사자는 손책의 뒤에 있는 부하 장수들로부터 손책을 유인해 내야겠다고 생각했다. 태사자는 슬쩍 말을 돌려 숲 속으로 들어갔다.

손책은 그를 뒤쫓으며 그 등을 향해 창을 던졌다. 던진 창은 태사자의 몸을 살짝 스치고 땅에 꽂혔다. 태사자는 등골이 오싹했으나, 말을 박차며 더욱 깊은 숲 속으로 말을 몰았다.

'손책의 사람됨은 일찍이 들은 바 있지만, 소문보다 훨씬 영민하고 용맹한 자다.'

태사자의 속셈을 알 리 없는 손책도 그를 뒤쫓으며 역시 마음속으로 크게 놀라고 있었다.

'이렇게 뛰어난 장수가 유요 따위를 섬기고 있었단 말인가? 꼭 내 사람으로 만들고 말리라.'

마침내 두 사람만 남았다는 것을 확인한 태사자는 돌연 말머리를 돌려 손책에게 창을 휘둘렀다. 번개 같은 공격이었다. 이를 피한 손책의 몸놀림 또한 눈 깜짝할 사이였다. 태사자의 창을 피한 손책이 이번에는 태사자의 가슴을 향해 칼을 내질렀다. 양쪽이 다 상대를 헤아려 싸울 뿐 아니라, 무예 또한 백중세였다. 무려 백여 합이 넘게 싸웠으나 승부는 나지 않고, 쌍방이 비 오듯 하는 땀과 가쁜 숨소리만 내뿜을 뿐이었다.

태사자와 손책이 한참 혈전을 벌이고 있을 때, 북소리와 함성이 일며 유요의 군사가 숲에까지 다다랐다. 그러자 때맞춰 정보와 황개 등의 장수들이 말을 몰고 달려왔고, 주유도 군사를 이끌고 왔다. 이미 해가 기울고 있었다. 게다가 갑자기 먹구름이 몰려오더니 억수 같은 비가 쏟아져 내렸다. 양군은 억수 같은 빗줄기 때문에 제대로 싸울 수가 없어 군사를 물렸다.

다음 날에도 양군의 싸움은 계속되었으나, 승패는 의외로 쉽게 끝나고 말았다. 주유가 방비가 허술해진 틈을 타 곡아성을 공략했던 것이다. 유요는 태사자와 함께 퇴각하여 말릉(秣陵)으로 도망쳤다.

손책이 우레 같은 소리를 내지르며 추격하자, 한 장수가 창을 비껴 들고 나왔다. 적의 부장 우미가 한껏 호기를 부려 창으로 손책을 찌르며 나왔으나, 손책이 번개같이 손을 내뻗어 그의 목덜미를 움켜잡으니 사로잡히는 몸이 되고 말았다. 손책이 우미를 겨드랑이에 꿰차고 유유히 진으로 돌아오는데, 이것을 본 유요 휘하의 부장 번능이 그를 구하고자 달려나왔다.

"이놈 어디를 넘보느냐?"

손책이 목청을 돋우어 고함을 지르자, 그 목소리가 어찌나 우렁찼던지 깜짝 놀란 번능은 그만 말에서 떨어져 즉사하고 말았다. 손책은 또 겨드랑이에 끼고 있던 우미의 가슴팍에 일격을 가하고는 그의 시체를 번능의 시체 위에 던졌다. 그 후 손책은 뒤도 돌아보지 않고 진지로 들어가 버렸다. 과연 역발산기개세(力拔山氣蓋世)의 힘과 용맹이었다. 이 모습을 본 유요는 넋이 나간 채 얼마 남지 않은 군사를 거느리고 형주의 유표에게 몸을 의탁하고자 달아났다.

한편 손책은 연안의 패잔병을 소탕해 가며 계속해서 말릉성으로 진격해 갔다. 손책이 항복할 것을 권하며 성으로 다가가자, 대장 장영은 황급히 활을 겨냥하여 화살을 날렸다. 워낙 가까운 거리였기에 몸을 피할 사이 없이 화살은 손책의 좌측 허벅지에 적중했다. 손책이 신음 소리를 내며 말 위에서 굴러 떨어졌다.

"앗, 주공께서 화살에 맞았다."

손책의 장수들이 일제히 달려가 손책을 부축하여 급히 진영으로 돌아왔다. 그날 밤 손책은 자신이 화살에 맞아 죽었다는 소문을 전군에 퍼뜨렸다. 이 소식은 곧 장영의 귀에까지 들어갔다. 장영은 이 기회를 노리고 손책의 군대를 급습했다. 그러자 사방에서 복병이 일어나더니, 손책이 모습을 드러냈다.

"손책이 여기 있다! 한 놈도 살려 보내지 말라!"

장영이 탄식했으나 때는 이미 늦었다. 여기저기에서 어지럽게 공격을 하니 도무지 정신을 차릴 수 없게 된 장영의 군사들은 뿔뿔이 흩어졌고, 장영도 손책의 칼에 두 동강이 나고 말았다. 손책이 이처럼 용맹을 떨치자, 세상 사람들은 그를 항우와 비견하여 '소패왕(小霸王)'이라 불렀다.

그러나 그때까지도 손책의 군세 앞에 꺾이지 않는 한 세력이 남아 있었으니, 바로 태사자였다. 그 무렵 태사자는 경현성(經縣城)에서 정병 이천여 명을 새로이 수습하고 복수전을 준비하고 있었다. 손책은 경현에 이르렀으나 결코 우세를 자만하지 않고, 신중하게 성 안의 동정을 살폈다. 손책이 군사를 몰아 들이치지 않는 이유 중의 하나는, 태사자를 사로잡아 자기 사람으로 만들고 싶다는 생각 때문이었다.

손책은 성 안에 병사들을 잠입시켜 여기저기 불을 질렀다. 불은 삽시간에 성 안 구석구석까지 번져 갔다. 태사자는 할 수 없이 성을 버리고 동문으로 빠져나왔다. 그렇게 삼십여 리쯤 달리다 보니, 뜻밖에도 한 떼의 군사들이 앞길을 가로막는 것이었다. 태사자는 혼자 분전하며 말을 더욱 빨리 몰았다. 그가 이십여 리를 더 달려 뒤를 보니, 따르는 군사는 보이지 않고 추격군의 함성만 들렸다. 어느 새 그는 혼자가 되었다.

"태사자를 놓치지 마라!"

태사자는 어둠 속에서 들려오는 고함 소리를 듣고 다시 급히 말을 몰았다. 그런데 갈대숲을 맴돌던 태사자의 말이 발을 헛디디며 웅덩이에 빠졌고, 태사자는 곤두박질하며 갈대밭에 나뒹굴었다. 그때였다. 이미 지칠 대로 지친 태사자에게 복병들이 우르르 달려들어

온몸을 꽁꽁 묶어 버렸다.

"분하다!"

손책의 본진으로 끌려가며 태사자는 이를 부드득 갈았다. 이윽고 손책의 본진으로 끌려와 참수를 기다리며 눈을 감고 있는데, 누군가 군사들을 꾸짖는 노한 음성이 들려 왔다.

"너희들은 어찌 이리도 무례하게 장군을 포박하였느냐?"

태사자가 놀라 눈을 떠 보니, 그는 다름 아닌 손책이었다. 태사자는 다시 눈을 감으며 태연히 말했다.

"이렇게 된 바에야 잠시도 수치를 당하기 싫으니, 어서 내 목을 쳐 주시오."

"나는 공의 패전을 보고 쾌재를 부를 생각은 추호도 없소. 공은 자신을 패장으로 비하하나, 그 패인은 그대가 초래한 것이 아니라 유요가 우둔한 탓이었소."

손책은 묵묵히 고개를 떨어뜨리고 있는 태사자에게 다가가 친히 그의 결박을 풀어 주면서 말했다.

"나는 공이 참된 대장부임을 알고 있소. 나와 함께 큰일을 도모하지 않겠소?"

손책은 자신의 전포를 벗어 태사자에게 입혀 주었다. 손책의 정중한 태도에 태사자도 마침내 마음이 움직였다.

"고명(高名)은 일찍부터 들어 알고 있었습니다. 이번에 여러 차례 장군과 싸우다 보니, 실로 당금의 영웅임을 알았습니다. 소인을 거두어 주신다면 힘을 다해 장군을 돕겠습니다."

손책은 태사자의 손을 덥석 잡고 자신의 장막 안으로 데리고 갔다.

이후 손책의 군세는 날로 증강되어 거느리는 군사도 어느 새 수만을 헤아리게 되었다. 손책이 그 세력을 이끌고 선친의 영토였던 강동으로 내려가 백성들을 보살피니, 민심은 자연히 안정되었다. 그리하여 손책은 그의 모친을 비롯한 가솔들을 곡아현으로 데려왔다. 아우 손권(孫權)에게 선성(宣城)을 맡긴 손책은, 다시 군사를 거느리고 오군을 공격하기 위해 남으로 향했다.

손책은 먼저 '동오(東吳)의 덕왕(德王)'이라고 자칭하며 세력을 확장하고 있던 엄백호(嚴白虎)를 멸망시키고, 다시 회계(會溪)로 진격하여 왕랑(王朗)을 격파하니, 이제 강동은 손책에 의해 완전히 평정되었다.

손책은 각처의 요지에 군사들을 배치해 지키게 하고 조정에 이것을 보고했다. 그리고 원술에게 편지를 보내어 맡겨 둔 옥새를 돌려달라고 했다.

물고 물리는 싸움터

그 무렵, 원술은 마음속 깊이 황제가 되겠다는 야망을 품고 군비와 세력 확장에 각별히 힘을 기울이고 있었다. 그런 원술이 옥새를 돌려줄 리는 만무한 일이었다.

"지난날 내가 군마를 빌려 주지 않았더라면 오늘날 손책이 강동 땅을 모두 장악할 수 있었겠는가. 그런데 그 은혜를 갚기는커녕 이제 와서 옥새를 내놓으라니, 정말 무례하기 짝이 없는 놈이다. 이놈을 어찌하면 좋겠는가?"

문무백관들은 모두 원술의 야망을 헤아리고 있었기에 입을 모아 손책을 응징해야 한다고 말했다. 그러자 장사 양대장(楊大將)이 가로막으며 말했다.

"강동을 치자면 험한 장강을 건너야 합니다. 더구나 지금 손책의 군세는 강하고 군량 또한 넉넉합니다. 그보다는 먼저 지난날 까닭 없이 싸움을 걸어온 유비를 제거하고, 아군의 부강을 도모한 후에 손책을 쳐도 늦지 않을 것입니다."

양대장의 말에 원술이 고개를 끄덕였다. 원술은 한윤을 사자로 하여 밀서와 함께 좁쌀 이십만 섬을 여포에게 보냈다. 막대한 군량이 생긴 여포는 크게 기뻐했다. 게다가 원술이 유비를 대신 쳐 준다면 서주는 영영 자기의 손안에 들어오는 것이 아닌가. 여포는 한윤을 융숭하게 대접하며 원술의 뜻을 받아들였다.

한윤이 돌아오자 원술은 지체하지 않고 기령을 대장으로 삼아 십만 대군으로 소패의 유비를 치게 했다. 이 소식을 듣고 깜짝 놀란 유비는 곧 여포에게 서신을 보내 원병을 요청했다.

유비의 간곡한 서신을 받은 여포는 진궁을 불러 의논했다. 원술이 유비를 치더라도 개입하지 않기로 한 여포였다. 그러나 날이 갈수록 여포에게도 한 가닥 의심이 일었던 것이었다. 그런 여포에게 진궁이 해결책을 내놓았다.

"원술이 소패를 취한다면 그 다음으로 이 서주성을 넘보게 될 것입니다. 그렇게 되면 어찌 주군께서 안심하고 잠자리에 들 수 있겠습니까? 그러니 유비를 도와 소패를 지키는 것이 상책입니다."

여포가 소패 땅에 들어가니, 기령의 군과 유비의 군이 한판 맞설 태세로 진영을 벌이고 있었다. 여포는 일단 소패의 서남쪽에 진을 치고 난 후, 기령과 유비 양쪽 진영에 사자를 보내 두 사람을 주연에 초대했다.

유비가 관우, 장비와 함께 여포를 만나 인사를 나누고 있는데, 기령이 도착했다고 알려왔다. 깜짝 놀라 자리를 뜨려고 하는데, 여포가 으스대며 말했다.

"내 그대를 위해 일부러 자리를 만든 것이니, 너무 걱정하지 마시오."

유비는 여포의 본심을 알 수가 없어 불안했다. 그런데 마침 그곳에 들어선 기령 쪽에서도 유비를 보자 깜짝 놀라 돌아가려고 했다. 여포는 벌떡 일어나 기령의 팔을 붙잡고 어린애 다루듯 주저앉혔다.

"장군은 이 기령을 죽이시려는 게요?"

"아니, 그렇지 않소. 이 여포는 본래 싸움을 싫어하오. 그래서 두 사람 모두를 위해 화해를 주선하는 것이오."

여포가 두 사람을 좌우에 앉히고 술자리를 마련했다. 여포의 권유에 못 이겨 몇 순배의 술이 돌자 여포가 입을 열었다.

"두 분께서는 이 여포의 얼굴을 봐서라도 각자 군사를 물리심이 어떻겠소?"

유비는 여포의 황당한 말에 입을 다물고 가만히 지켜볼 뿐이었다. 기령은 뜻밖의 말에 자리를 박차고 일어섰다.

"나는 주군의 명을 받들어 십만 대군을 이끌고 왔소. 저 유비를 사로잡지 못하면 살아서 돌아가지 않을 각오로 이 싸움터에 나온 몸이오. 어찌 그냥 군사를 물린단 말이오?"

장비가 끝내 참지 못해 칼에 손을 얹으며 호통을 쳤다.

"가만히 듣자 하니, 참으로 방자하구나. 비록 우리가 적은 군사이긴 하나, 네놈들 같은 구더기 떼와는 다르다. 일찍이 백만의 황건적을 불과 수백 명으로 무찌른 걸 네놈이 모르고 하는 소리냐?"

당장 칼을 빼어 덤벼들 듯하자 관우가 당황하여 만류했다. 이를 본 여포가 크게 노해 장졸들에게 소리쳤다.

"어서 내 화극을 가져오라!"

여포가 방천화극을 받아 움켜잡자 유비와 기령의 얼굴이 순식간에 흙빛으로 변했다. 관우와 장비도 긴장한 채 그를 지켜보았다. 여포는 방천화극을 꽉 움켜쥐고 좌중을 노려보며 큰 소리로 외쳤다.

"오늘 내가 양편을 불러 싸우지 말라고 하는 것은 하늘의 뜻이니,

그 명을 거스름은 곧 하늘을 거스르는 것이오."

여포는 군졸을 시켜 방천화극을 진문 밖에 세워 놓게 했다.

"여기서 저 진문까지의 거리가 넉넉히 백오십 보는 될 것이오. 내가 활을 쏘아 화극 끝에 달린 곁가지를 맞히면, 하늘의 뜻에 따라 화해하고 돌아가시오. 화살이 빗나간다면 나도 깨끗이 손을 떼고 일체 간섭을 하지 않겠소. 만약 내 말을 거역한다면, 내가 그에게 저 방천화극을 겨누겠소."

여포는 붉은 비단 전포 소매를 걷어 올리고 시위에 화살을 메긴 후 한쪽 무릎을 꿇고 성큼 활줄을 당겨 시위를 놓았다. 화살은 일직선으로 선명한 미광을 그으며 날아가더니, 화극의 작은 곁가지에 정확히 꽂혔다.

"와, 맞았다!"

막사 안팎에서 장수나 병졸 할 것 없이 모두 우레와 같은 함성을 질러댔다. 여포는 껄껄 웃으며 활을 던지고 기령과 유비의 손을 붙들며 말했다.

"자, 약속했으니 두 분은 하늘의 뜻에 따르도록 하시오."

여포는 군사들에게 명하여 다시 술을 가져오게 했다. 커다란 잔에다 술을 따른 후 두 사람에게 권했다. 기령이 시무룩한 목소리로 입을 열었다.

"장군의 말씀을 따르기로 하겠습니다. 그러나 주군께는 뭐라고 말씀을 드려야 할지 참으로 난감합니다."

"내가 글을 써 줄 테니, 너무 근심하지 마시오."

기령이 여포의 서신을 받아 가지고 나가자, 여포가 유비에게 거드름을 피우며 말했다.

"만일 내가 구하지 않았더라면, 공은 위급을 면키 어려웠을 것이오.”

유비는 여포에게 절하여 고마움을 표한 후, 관우·장비와 함께 소패로 돌아갔다.

회남으로 돌아간 기령은 원술에게 전후의 사정을 자세히 고하고 여포의 서신을 전했다. 원술은 펄펄 뛰며 여포의 서신을 찢어 버렸다.

“엉큼한 놈, 그 많은 양곡을 받고도 감히 나를 농락하다니…… 오냐, 내 서주고 소패고 한꺼번에 짓밟아 주리라!”

그러자 난처함으로 고개를 숙이고 있던 기령이 원술에게 조심스레 간했다.

“주군, 고정하십시오. 함부로 군사를 움직였다간 우리의 피해도 적지 않을 것입니다. 그보다는 유비와 여포의 사이를 이간시키는 계책을 쓰는 게 좋을 듯합니다. 마침 여포의 딸이 혼기가 찼다고 하니, 주군께서 여포와 사돈을 맺으면 어떨까 합니다. 성사만 된다면 여포는 주군의 지시를 거역하지 못하고 유비를 죽일 것입니다.”

원술은 이 말을 받아들여 즉시 한윤을 보내 혼인을 교섭하게 했다. 여포는 딸의 장래를 생각하여 이 혼담을 받아들였고, 원술은 곧 예물을 보내왔다. 혼인은 빠를수록 좋다는 진궁의 의견에 따라 서둘러 준비를 갖춘 여포는, 송헌과 위속에게 신부의 호위를 맡게 하며 한윤과 함께 떠나게 했다.

이때 진등(陳登)의 아버지 진규(陳珪)가 달려와 원술의 흉계를 알려주었다.

“이 혼인은 따님을 인질로 삼아 현덕을 쳐서 소패를 차지하려는 계략입니다. 소패가 점령되면 서주도 위태롭게 됩니다. 뿐만 아니라 원술은 황제가 되려는 야심을 품고 있다고 하니, 만일 그것이 사실이라면 장군께서는 역적의 사돈이 되는 것입니다. 그렇게 되면 천하는 장군을 용납하지 않을 것입니다."

여포는 진규의 말을 듣고는 급히 장요를 불러 딸의 신행을 되돌리게 했다. 이로써 여포와 유비 사이의 갈등은 잠시 사라진 듯했다. 그런데 일은 엉뚱한 데서 터지고 말았다. 장비가 산적으로 가장해 여포의 말 백오십 필을 빼앗았던 것이다.

여포는 크게 화를 내며 소패성을 공격했다. 아무것도 모르고 있던 유비가 깜짝 놀라 대적하자, 여포가 말했다.

"배은망덕도 유분수지, 감히 내 말을 빼앗아? 네놈을 곤경에서 구해 준 대가가 겨우 이것이란 말이냐?"

그러자 장비가 장팔사모를 들고 나가 외쳤다.

"네놈의 말을 빼앗은 건 나다! 겨우 말 몇 필 빼앗긴 걸 가지고 웬 호들갑이냐? 네놈이 우리 형님의 서주를 빼앗은 건 까맣게 잊었느냐?"

장비의 악담이 끝나자마자 여포는 분을 참지 못해 방천화극을 움켜쥐고 달려나왔다. 장비 역시 장팔사모를 휘두르며 달렸다. 두 호걸이 맞부딪쳤으니, 그 싸움의 치열함은 말로 다 형언할 수가 없었다. 그렇게 창을 맞대기를 백여 합, 비 오듯 하는 땀은 말 등에 떨어지고, 쌍방의 외침은 구름에 메아리쳤다. 장비가 다칠까 걱정이 된 유비는 징을 쳐 장비를 불러들였다.

"아우가 또 일을 저질렀군. 네가 말을 빼앗은 건 잘못한 일이다."

유비는 곧 빼앗은 말을 되돌려 주며 여포에게 싸움을 중지할 것을 제의했다. 그러자 진궁이 옆에서 여포를 충동질했다.

"지금 유비를 죽이지 않으면 반드시 후환이 있을 것입니다. 서주성의 민심이 유비에게 쏠려 있다는 것을 모르십니까?"

여포는 그 말에 더욱 불끈하여 그대로 숨 돌릴 틈도 없이 소패성을 공격했다. 마침내 더 이상 견딜 수 없게 되자, 유비는 손건·미축 등을 불러 의논했다. 손건이 먼저 입을 열었다.

"이렇게 된 바에는 별 도리가 없습니다. 일단 성을 버리고 허도의 조조에게 의지했다가 때를 엿보는 수밖에 없습니다. 조조는 여포에게 깊은 원한을 가지고 있어, 우리를 물리치지는 않을 것입니다."

역시 다른 뾰족한 방법이 없었다. 유비는 손건의 말에 따르기로 하고 장비에게 선봉을 맡겨 길을 뚫게 했다. 관우에게는 뒤쫓는 여포의 군을 막도록 하고, 자신은 중군이 되어 노약자와 가솔들을 이끌기로 했다.

여포는 유비가 소패성을 버리고 달아나자 더 이상 유비를 뒤쫓지 않았다. 그대로 소패성에 들어가 민심을 안정시키고, 고순에게 소패성을 지키게 한 후 군사를 거두어 서주성으로 돌아갔다.

소패성을 빠져나온 유비는 허도에 이르러 성 아래에 군사를 머물게 한 후, 먼저 손건을 조조에게 보냈다. 손건은 조조에게 유비가 여포에게 소패성을 빼앗기고 쫓겨 오게 된 경위를 자세히 설명하고, 그의 수하로 들어가고 싶다는 유비의 뜻을 간곡하게 전했다. 조조는 이를 좋은 기회로 여기고, 유비 일행을 쾌히 맞아들이기로 했다.

다음 날 유비는 관우, 장비와 군사들을 그대로 성 밖에 머물게 하고 손건과 미축만 데리고 성안으로 들어갔다. 조조는 그들을 빈객의 예로 맞아들인 후, 상좌를 권하며 위로했다.

"원래 여포는 의를 모르는 놈이오. 그대와 내가 힘을 합쳐 여포를 치면 될 것이니, 너무 심려치 마시오."

조조는 잔치를 베풀어 유비를 극진히 대접했다. 유비는 호의에 감사하며 날이 저물 무렵 승상부에서 물러 나왔다. 유비가 물러나자 순욱이 다가와 말했다.

"유비는 보통 인물이 아닙니다. 힘을 더 키우기 전에 없애는 것이 좋겠습니다."

그러나 조조는 순욱의 말에 그냥 고개만 끄덕일 뿐 아무런 대꾸도 하지 않았다. 순욱이 나가자 때마침 곽가가 들어오니, 조조는 그에게도 의견을 물었다.

"그건 안 될 말입니다. 만일 주공께 의탁하러 온 유비를 죽여 버린다면 어진 이를 해쳤다 하여 민심을 잃게 될 것이고, 천하의 지모 있는 인재들은 주공께 의지하지 않을 것입니다. 그때는 누구와 더불어 천하를 평정하시렵니까? 화근 하나를 덜기 위해 사해의 신망을 잃는 우를 범해서는 안 됩니다."

조조는 흐뭇한 미소를 지으며 입을 열었다.

"그대의 말이 실로 내 뜻과 같다. 지금은 한 사람의 호걸이라도 더 필요한 때이니 말일세."

이튿날 조조는 천자께 표를 올려 유비를 예주(豫州) 태수로 주청했다. 그리고 유비에게 군사 삼천과 군량미 만 석을 주어 예주로 떠나게 했다. 유비를 서주에서 멀지 않은 곳인 예주에 머물게 하여, 유비로 하여금 여포를 정벌케 하자는 것이 조조의 속셈이기도 했다. 그런데 조조의 계획이었던 여포의 정벌이 실현되기도 전에, 엉뚱한 사건이 터져 버렸다.

'수년 전 장안에서 반란을 일으켰던 장제의 조카 장수(張繡)가 그 세력을 계승하여 완성(宛城)에서 군대를 모은 뒤, 장차 허도로 쳐들어와 천자를 빼앗으려 한다.'는 급보가 날아든 것이었다.

조조는 여포를 치려던 군사들을 이끌고 곧장 달려가 장수부터 치고 싶었으나, 아무래도 서주의 여포가 마음에 걸렸다. 결국 순욱의 계책에 따라, 여포를 평동장군(平東將軍)에 봉한다는 칙명과 함께 유비와 화해하라는 글을 보낸 조조는, 장수를 정벌하기 위해 십오만의 대군을 이끌고 완성으로 향했다.

장수에게는 가후라는 뛰어난 모사가 있었다. 조조 군의 진영을 본 가후는 도저히 승산이 서지 않는다고 판단했다. 그것은 장수도 마찬가지였다. 장수는 가후를 조조에게 보내 항복의 뜻을 전하게 했다. 조조가 가후를 만나 보니, 항복하러 온 사자임에도 태도가 당당했으며, 청산유수와 같은 언변에 놀라지 않을 수 없었다. 조조는 가후의 인품과 재주에 탄복하여 그를 자기의 모사로 쓰고자 했다.

"그대는 장수를 떠나 나와 함께 대의를 도모할 생각은 없으시오?"

"저는 지난날 이각의 휘하에서 천하에 죄를 지은 데다, 저를 신임해 주는 장수를 버릴 수는 없습니다. 승상의 두터운 정은 잊지 않겠습니다."

가후는 조조의 권유를 완곡히 물리친 후 장수에게 돌아갔다. 다음날은 장수가 가후와 함께 직접 조조를 찾아와 항복했다. 힘들이지 않고 장수의 항복을 받게 되자 조조의 기쁨은 말할 수 없이 컸다. 조조는 두 사람을 후하게 대접한 뒤, 약간의 군사를 거느리고 완성으로 들어갔다.

장수는 날마다 조조를 위해 연회를 베풀었다. 그러던 어느 날 밤, 조조는 밤늦게까지 주연을 즐기다가 침전으로 들어가던 중 따르는 사람에게 넌지시 물었다.

"이 성에는 기녀가 하나도 없느냐?"

이때 조카 조안민이 조조의 심중을 눈치채고 나지막한 목소리로 말했다.

"지난밤에 관사 옆에서 미모가 빼어난 부인을 엿본 일이 있습니다. 알아보니 죽은 장제의 처 추씨라고 합니다."

조조가 데려와 보라고 하자, 조안민은 곧 장제의 처를 데리고 왔
다. 과연 빼어나게 아름다운 여인이었다. 그날 밤 두 남녀는 밤이
새도록 뜨거운 정을 나누었다. 새벽이 되자 추씨는 조조의 품으로
기어들면서 소곤거렸다.

"이곳에서 제가 너무 오래도록 머물면, 필시 장수의 의심을 사게
될 것입니다. 뿐만 아니라 소문이 남의 입에 오르내릴 것이니, 어찌
하면 좋겠습니까?"

다음 날 조조는 추씨와 함께 성 밖의 진영으로 처소를 옮겼다. 그
리고 그의 장막 밖을 전위에게 지키게 하고, 그의 허락 없이는 누구
도 장막에 들지 못하도록 했다. 이후 조조는 장막 안에서 매일 밤낮
을 가리지 않고 추씨의 몸을 탐하느라 허도로 돌아갈 생각도 하지
않았다. 그러니 이 일이 장수에게 알려지지 않을 리가 없었다.

"조조, 이놈! 내 얼굴에 먹칠을 해도 유분수지……."

다음 날이었다. 성 밖에 있는 조조의 진영으로 장수가 찾아와 근
심스런 얼굴로 말했다.

"항복한 뒤라 그런지 군사들 중에 도망가는 자가 많아 걱정입니
다. 이곳 진영 가까이로 군사를 옮기면 어떨까요?"

조조의 허락이 떨어지자, 장수는 지체하지 않고 조조의 진영 근처
에 군사를 넷으로 나누어 주둔시켰다. 그런 다음 술자리를 마련해
전위를 초청했다. 조조의 군막을 지킨 뒤부터 술을 입에 대지 못했
던 전위는 장수와 함께 밤늦게까지 술을 마셨다. 전위는 만취가 되
어서야 자기의 장막으로 돌아왔는데, 수행하는 군사들 틈에 낀 장
수의 부하가 자신의 쌍철극을 몰래 가져간 것도 몰랐다.

한편, 조조는 이날 밤도 여느 때와 마찬가지로 추씨와 함께 술을

마시고 있었다. 그의 취한 귀에도 장막 밖에서 말발굽 소리와 어지럽게 수선거리는 소리가 들렸다. 무슨 일인가 알아보라 하니, 장수의 부대가 순찰을 돌고 있다고 했다. 조조는 마음 놓고 다시 술잔을 기울였다. 이윽고 삼경쯤 되었을 때, 갑자기 장막 밖에서 함성이 일었다. 이번에는 말꼴을 실은 수레에 불이 붙어 여럿이 달려들어 불을 끄고 있다고 했다.

그런데 조금 더 지나자 사방에서 불길이 치솟고 함성과 징 소리가 요란하게 울려 퍼지는 것이 아닌가. 조조는 그제야 깜짝 놀라 자리를 박차고 일어났다.

"전위, 전위는 어디 있느냐?"

술에 취해 곯아떨어졌던 전위도 지독한 타는 냄새와 살기 띤 함성을 듣고 벌떡 일어났다. 그러나 아무리 둘러보아도 쌍철극이 보이지 않았다. 전위가 주위를 두리번거리니, 장수의 기병들이 막사 앞까지 다가와 있지 않은가.

전위는 옆에 서 있는 부하의 칼을 빼들고 달려나가 순식간에 이십여 명을 죽였다. 기병들이 물러서자, 이번에는 보병들이 밀어닥쳤다. 그들이 모두 긴 창을 들고 달려드니, 마치 창의 숲을 이룬 듯했다. 갑옷을 걸칠 새도 없었으므로, 사방에서 쏟아지는 창에 찔려 수십 군데에 상처를 입었다. 그러나 전위는 조금도 물러섬 없이 쳐들어오는 적병들을 닥치는 대로 쓰러뜨렸다. 그 기세에 적병들도 주춤하지 않을 수 없었다.

보병이 물러서자 궁수들이 일제히 활을 당겼다. 전위는 막사 앞에 버티고 서서 빗발치듯 날아오는 화살을 양팔을 휘둘러 막았다. 그때 뒤에서 적군이 던진 창이 전위의 등을 관통하였고, 그는 외마디 비명과 함께 숨을 거두고 말았다.

조조는 그 사이에 말을 몰아 막사의 뒷문을 통해 도망쳐 나왔다. 조카 조안민은 걸어서 뒤쫓아 오다 육수 강가에 이르러 적에게 죽고 말았고, 조조가 탄 말도 적의 화살에 눈을 맞아 죽고 말았다. 그 때 조조의 장남인 조앙(曹昻)이 달려와 자신의 말을 아버지에게 내주고는 자신은 화살에 맞아 죽었다.

장남 조앙의 목숨을 대가로 겨우 사지에서 벗어난 조조는, 소식을 듣고 달려온 부하 장수들을 만나 흩어진 군사들을 다시 수습하게 했다.

이때 하후돈이 이끌었던 청주병들이 장수의 군에게 쫓겨 도망가던 중 혼란을 틈타 인근 고을들을 약탈했다. 그것을 본 우금은 자신의 군사를 이끌어 그들을 소탕하고 백성들을 구해 주었는데, 우금의 칼을 피해 도망친 청주병들이 조조에게 달려와 우금이 반란을 일으켰다고 모함했다.

그러나 우금은, 조조에 대한 해명 같은 것은 사소한 일이라며 적을 무찌르기 위한 대비에만 전념했다. 과연 얼마 지나지 않아 우금의 말대로 장수의 군대가 들이닥쳤지만, 이미 방비를 단단히 해 두고 있던 터라 즉시 반격하여 적을 크게 격파했다. 장수는 패잔병을 이끌고 형주의 유표에게 도망쳤다.

처음엔 우금을 의심했던 조조도 사정을 알고 난 후엔 크게 칭찬하며 우금을 제후에 봉했다. 그러고는 곧 자기 대신 죽은 전위 등을 위해 제단을 크게 만들어 그들의 넋을 위로하며 말했다.

"두 피붙이의 죽음이 전위의 죽음보다 슬프지 않구나. 전위의 죽음을 생각하니, 가슴이 찢어지는 것 같다."

다음 날, 조조는 도읍인 허도로 회군했다.

한편 회남의 원술은 스스로 황제를 자칭하고 수춘(壽春)을 수도로 한 후 중앙과 지방의 관직과 제도를 공표하는 한편, 아내를 황후로, 맏아들을 황태자로 삼았다. 여기에 여포의 딸을 황태자비로 삼아 안팎으로 기틀을 공고히 할 심산이었는데, 이때 찬물을 끼얹는 사건이 터졌다.

여포가 통혼을 작파한데다가 자신이 보낸 사신 한윤까지 조조에게 보내 죽게 했으니, 날벼락도 이런 날벼락이 없었다. 화가 머리끝까지 치민 원술은 장훈(張勳)에게 이십만 대군을 주되 일곱으로 나누어 서주의 여포를 공격하게 하고, 자신은 군사 삼만을 거느리고 형세에 따라 전군을 돕기로 했다.

원술의 대군이 쳐들어온다는 보고에 여포는 간담이 서늘해졌다. 그러자 옆에 있던 진등이 계책을 내놓았다.

"원술의 군사는 오합지졸에 불과합니다. 서로 싸우게 만들면 원술을 사로잡는 것도 문제가 아닙니다. 원술의 대군 가운데 한섬과 양봉은 조조가 무서워 원술에게 의탁한 사람으로, 원술의 푸대접에 불만을 품고 있습니다. 이들을 회유하여 안팎으로 호응하고, 예주의 유비와 동맹하면 원술 따윈 쉽게 무찌를 수 있습니다."

여포는 곧 한섬과 양봉에게 진등을 보내는 한편, 예주의 유비에게 지원을 요청했다.

이윽고 원술의 대군과 맞서기 위해 서주성에서 삼십 리 떨어진 곳에 진을 친 여포는, 그날 밤 한섬과 양봉이 여기저기 불을 질러 큰 혼란에 빠진 원술의 진영에 들이닥쳤다. 날이 밝도록 도망을 치던 장훈은 기령의 구원군이 당도하자 다시 여포와 맞서 싸우려 했으나, 한섬과 양봉의 합공으로 또다시 패하고 말았다. 나중에 원술의 군대까지 합세했지만, 승기를 잡은 여포를 상대하기엔 역부족이었다.

원술이 패잔병을 이끌고 달아나는데, 한 떼의 군마가 나타나 그 앞을 가로막았다.

"감히 천자를 자칭한 역적놈아, 어디로 달아나느냐?"

관우였다. 청룡언월도를 휘두르며 달려오는 관우를 보자, 기겁을
한 원술은 부하들을 살필 겨를도 없이 줄행랑을 쳤다. 대승을 거둔
여포는 서주로 돌아와 관우와 한섬·양봉에게 사례를 표하고 잔치
를 벌여 극진히 대접했다. 이튿날 관우가 군사를 이끌고 예주로 돌
아가자, 여포는 한섬을 기도 현령으로, 양봉을 낭야 현령으로 임명
하여 산동으로 파견했다.

한편 회남으로 돌아온 원술은 분한 마음을 억누를 수 없었다. 복
수를 위해 강동의 손책에게 군대를 빌려 달라고 요청했으나, 손책
의 대답은 싸늘하기만 했다.

"원술은 대역무도한 역적이다. 그러잖아도 내 군사를 일으켜 역
적을 치려 하거늘 감히 원군을 청하다니, 말이 되는 소리냐?"

사신의 보고를 들은 원술은 화가 솟구쳤다.

"애송이 놈이, 감히 짐을 능멸하다니⋯⋯ 내 이놈부터 쳐야겠다."

원술은 즉각 오나라로 출병하려 했지만, 양대장을 비롯한 참모들
이 간곡히 만류하는 바람에 가까스로 분을 참고 때를 기다리기로
했다.

손책은 원술에게 도전장이나 다름없는 답신을 보낸 이후 그가 군
사를 일으킬 경우를 대비하고 있었다. 이때 허도의 조조로부터 사
자가 와 천자의 조서를 전했다. 그를 회계 태수로 봉하는 동시에 즉
각 회남의 원술을 치라는 명이었다. 손책은 심사숙고한 끝에 남북
에서 원술을 협공하자는 답변을 보냈다.

마침내 출병을 결심한 조조는 십칠 만 대군을 이끌고 회남으로 향
했다. 도중에 유비와 여포의 군사가 가세하여 수춘에 이르니, 손책

이 수군을 이끌고 수춘성의 서쪽에 당도해 있었다. 이에 여포는 동쪽에서, 유비는 남쪽에서, 조조는 북쪽에서 공격할 태세를 갖추고 수춘성을 사방에서 에워쌌다.

크게 놀란 원술은 성문을 굳게 닫아건 채 참모들을 불러 대책을 의논했지만, 모두가 막막해 할 따름이었다. 그때 양대장이 의견을 내놓았다.

"이곳 수춘은 여러 해 동안 수해와 가뭄으로 양식이 크게 부족합니다. 이런 때 다시 전쟁을 치르게 되면 백성들의 원망만 살 뿐 아니라, 사방에서 쳐들어오는 적의 공격을 막을 수 없습니다. 그러니 이 성엔 수비병만 남겨 두고 정면 대결은 피해야 합니다. 그동안 폐하께서는 어림군을 거느리고 회수를 건너십시오. 그리하면 우리는 식량난을 피하고 적의 날카로운 기세를 피하는 두 가지 이득을 얻을 수 있습니다."

원술로서는 참을 수 없는 노릇이었으나, 사태가 너무나 위급했다. 원술은 긴 침묵 끝에, 이풍·악취·양강·진기 네 장수에게 군사 십만을 주어 수춘성을 지키게 하고, 자신은 창고에 있는 금은보화 등을 모두 싣고 회수를 건넜다.

조조의 십칠만 대군이 날마다 소비하는 군량은 엄청나서, 성을 포위한 지 한 달이 지나자 군량이 바닥났다. 그러자 조조는 군량의 책임자인 왕후(王后)를 따로 불러 지시를 내렸다.

"오늘부터 작은 되로 바꾸어 군량을 지급하도록 하라."

"그랬다가는 군사들의 불평이 대단할 텐데요."

"내게 생각이 있다."

왕후는 명령대로 군량을 조금씩 나누어 지급했다. 이후 조조가 각 진영의 반응을 은밀히 살피니, 과연 군사들의 원성이 하늘을 찌를 것만 같았다. 조조는 다시 왕후를 불러들였다.

"자네에게 한 가지를 빌려 군사들을 진정시키려 하네."

"무엇을 빌리시겠다는 것입니까?"

"자네의 목을 빌려야겠네."

사색이 된 왕후가 뭐라 말하려는 순간, 갑자기 도수부가 달려들더니 단칼에 목을 쳤다. 왕후의 머리는 긴 장대에 높이 매달렸고, 그 아래에 방문이 하나 나붙었다.

'군량의 책임자인 왕후는 사복을 채우기 위해 고의로 작은 되를 써서 군량을 도적질했다. 이에 군법에 따라 처형했다.'

그제야 군사들은 조조에 대한 원망을 풀었다. 군사들의 분위기가 금세 달라진 것을 본 조조는 즉각 휘하 장수들에게 명을 내렸다.

"오늘부터 사흘 내에 수춘성을 함락하라! 만일 성을 함락하지 못할 경우에는 그대들의 목을 베겠다."

그날 밤 조조는 스스로 성 아래 해자 앞까지 나아가 흙을 나르며 군사들의 사기를 돋우었다. 이때 두 장수가 쏟아지는 화살을 두려워해 잠시 뒤로 물러서자, 조조는 칼을 뽑아 두 장수의 목을 베었다. 이를 본 군사들은 물밀듯 성을 향해 돌진하더니, 마침내 수춘성을 함락시켰다. 조조는 그 여세를 몰아 회수를 건너 원술을 치려고 했지만, 순욱이 간했다.

"아직 우리의 군량 문제가 해결되지 않았습니다. 여기에서 더 진군하면 군사들도 지치고 백성들의 원성도 커질 것이니, 잠시 허도로 돌아가 보리가 익는 내년 봄을 기다리는 것이 어떻겠습니까?"

조조가 이 말을 듣고 망설이고 있을 때, 허도로부터 뜻밖의 소식이 날아왔다. 형주의 유표에게로 도망갔던 장수가 다시 세력을 확장해 남양과 강릉까지 손에 넣었다는 것이었다.

조조는 손책에게 사자를 보내 장강의 양쪽 기슭에 진을 치고 유표를 견제하도록 하고, 자신은 허도로 철수하기로 했다. 출발하기 전 여포와 유비를 불러 화해를 당부하고, 유비에게는 전처럼 소패를 지키게 했다. 여포가 먼저 군사를 거두어 서주로 떠나자, 조조는 은밀히 유비를 불러 말했다.

"공에게 소패를 지키게 한 것은 훗날 여포를 도모하기 위함이니, 진규·진등 부자와 의논하여 기회를 놓치지 않도록 하시오. 나도 힘닿는 대로 돕겠소."

유비와 조조는 잠시 무언의 눈빛을 교환하고는 고개를 끄덕였다.

허도로 돌아온 조조는 다시 군사를 정비하여 장수를 치기 위한 출정길에 올랐다. 건안 3년 4월의 일이었다. 행군하는 길가 좌우로는 벌써 보리가 누렇게 익어 가고 있었다. 하지만 백성들은 군대를 피해 멀리 도망갔고, 아무도 보리를 베려 하지 않았다. 조조는 마을의 원로들에게 의견을 구한 후, 다음과 같은 포고령을 내렸다.

"내가 부득이 진병을 한 것은, 천자의 명을 받들어 백성들을 괴롭히는 역적을 치기 위함이다. 보리밭을 짓밟거나 양민을 괴롭히는 자는 지위의 고하를 막론하고 목을 베겠다. 그러니 백성들은 안심하고 보리를 수확하라."

조조의 말에 백성들은 기뻐하며 조조의 인덕을 칭송했다. 그런데 하필이면 조조가 탄 말이 갑자기 날아오르는 비둘기 소리에 놀라 보리밭으로 뛰어들고 말았다. 그러자 조조가 칼을 빼어 들고 말했다.

"내 자신이 법령을 포고하고 스스로 이를 어겼으니, 어느 군사가 나를 따르겠는가!"

곽가가 나서 조조에게 간했다.

"춘추의 가르침에도 '법이라 하여도 존귀한 데는 미치지 못한다.'고 하였습니다. 승상께서는 대군을 통솔하시는 존귀한 몸으로, 어찌 가벼이 목숨을 끊으려 하십니까?"

조조는 잠시 생각에 잠겼다가 다시 입을 열었다.

"하지만 벌을 받지 않을 수도 없는 일이니…… 그렇다면 부모께서 주신 머리카락을 잘라 단죄의 뜻을 대신하겠다."

그러고는 자신의 머리카락을 한 움큼 잘라 길바닥에 내던지니, 이를 본 군사들은 모두 감동하여 함부로 군령을 어기는 자가 없었다.

한편 장수는 조조가 대군을 이끌고 쳐들어온다는 보고를 받자 유표에게 구원을 청하고는, 남양성으로 들어가 성문을 굳게 닫고 나오지 않았다.

조조는 성 주위를 살펴본 후 동남쪽을 칠 속셈으로 서북쪽 성문 앞에 대군을 집결시켰다. 그러나 장수의 참모 가후는 이 작전을 간파하고, 계략에 걸려든 체하고 조조의 군사들을 성 안으로 끌어들였다. 결국 조조의 군사는 사방에서 벌떼처럼 몰려드는 복병에게 참패를 당하고 물러나야 했다.

퇴각하던 조조가 안중현(安衆縣) 경계에 이르자, 앞에서는 유표의 군대가 진영을 갖춘 채 기다리고 있고 뒤에서는 장수의 추격군이 뒤를 바짝 쫓고 있었다. 조조는 곧 산기슭에 복병을 숨겨 두었다가 마음 놓고 달려든 장수와 유표의 연합군을 크게 격파했다.

장수와 유표는 다시 안중현까지 물러나야 했다. 조조는 이번에야말로 장수와 유표를 섬멸할 작정으로 군사를 수습하고 있었다. 그런데 다시 허도에서 순욱의 놀라운 급보가 전해졌다. 하북의 원소가 조조가 없는 빈틈을 노려 군사를 일으킨다는 소식이었다. 조조는 유표나 장수 따위는 안중에도 없다는 듯이 허도를 향해 행군을 서둘렀다.

여포의 몰락

조조가 허도로 돌아오니, 곽가가 서신 하나를 내밀었다. 공손찬을 치려 하니 군사와 군량을 빌려 달라는 원소의 편지였는데, 그 문투가 마치 아랫사람을 대하듯 교만했다.

"내 이놈을 당장에라도 쳐부수고 싶지만, 힘이 미치지 못하는 것이 유감이다."

이를 알아챈 곽가가 조용히 아뢰었다.

"옛날 한 고조가 항우를 이긴 것은 힘이 강해서가 아니었습니다. 원소란 인물과 승상을 견주어 볼 때, 승상께서 반드시 이길 수밖에 없는 이유가 있습니다……."

곽가가 조목조목 늘어놓는 말은 조조와 원소의 장단점을 한 치의 어긋남도 없이 예리하게 분석한 말이었다. 조조는 이 말을 듣고 잔잔한 미소를 띠며 말했다.

"내겐 너무 과분한 칭찬이오."

그러자 옆에 있던 순욱이 거들었다.

"곽가의 말에는 저도 동감입니다. 원소의 군사가 많다 해도 두려워할 것이 못 됩니다. 그보다는 서주의 여포를 경계해야 할 것입니다. 그러니 우선은 원소가 북쪽의 공손찬을 치게 내버려 두십시오. 그 사이 우리는 여포를 쳐 동남쪽을 평정하고, 그 다음에 원소를 치는 것이 상책입니다."

조조는 곽가와 순욱의 말에 따라 유비에게 편지를 보내는 한편, 원소에게 사자를 보내 대장군 태위(太尉)에 임명한다는 천자의 조서와 함께 공손찬 토벌을 원조하겠다는 내용의 서신을 보냈다. 원소는 곧 공손찬을 치기 위해 출정길에 올랐다.

한편 유비는 여포를 치라는 조조의 서신을 받고, '조조가 먼저 치면 자신이 선봉에 서겠다.'는 답신을 보냈다. 그런데 이 서신이 그만 여포의 손에 들어가고 말았다. 화가 머리끝까지 치민 여포는 즉시 고순(高順)과 장요(張遼)에게 군사를 주어 소패성을 치게 했다. 위기를 느낀 유비는 급히 조조에게 원군을 청하는 한편, 성문을 닫아걸고 굳게 지키게 했다.

유비의 소식을 들은 조조는 하후돈이 이끄는 오만의 선발대를 먼저 보내고, 몸소 대군을 이끌고 뒤따라 출발했다. 얼마 지나지 않아 하후돈은 고순의 군사와 마주쳤는데, 하후돈의 기세에 눌린 고순은 감히 싸워 볼 엄두도 내지 못하고 서둘러 군사를 되돌렸다. 하후돈이 그 기세를 타고 더욱 추격의 고삐를 당기는데, 고순의 진중에서 한 대의 화살이 날아와 하후돈의 왼쪽 눈에 명중했다. 하후돈이 외마디 신음과 함께 화살을 뽑으니, 눈알이 화살에 꽂힌 채 빠져 나왔다.

"부모님의 정기와 피로 이루어진 이 눈을 어찌 버릴 수 있겠는가!"

하후돈은 자신의 눈알을 한입에 삼켜 버리고는, 다시 창을 들고 말을 달려 용감하게 싸웠다. 하지만 소패성은 곧이어 들이닥친 여포의 대군에 의해 함락되었고, 유비는 달아날 수밖에 없었다.

유비로부터 전황을 들은 조조는 조인에게 군사 삼천을 주어 소패성을 공격하라고 명령하고, 자신은 유비와 함께 소관(蕭關)으로 향했다. 서주성에 있던 여포는 소패성이 공격받고 있다는 말을 듣고 급히 군사를 모아 소패성을 지키기 위해 출발했는데, 그전에 군량미와 식솔들은 하비성에 옮겨 놓았다. 서주성이 함락될 것을 대비해서였다.

소패성으로 향하고 있던 여포는 소관이 위급하다는 보고를 받고는, 진등을 소관으로 보내 사정을 알아보게 했다. 그러자 진등은 여포와 소관을 지키고 있던 진궁 사이를 오가며 여포를 함정에 빠뜨리기 시작했다. 여포에게는 진궁이 성을 결사적으로 지키겠다고 하니 조조가 소관을 공격할 때 조조의 등뒤를 급습하라는 계책을 내놓았고, 진궁에게는 여포의 명이라며 성 밖으로 나와 조조와 맞서라고 했던 것이다.

그날 밤, 진궁이 소관성 밖으로 나오자 이 틈을 노린 조조의 군사가 손쉽게 성을 점령해 버렸다. 그것을 알 리 없는 여포는 성 밖에 나와 있는 군대를 급습했다. 다급해진 진궁도 조조의 군사라 여기고 총공격령을 내리니, 달도 없는 캄캄한 밤에 양쪽 군사 간에 치열한 전투가 벌어졌다. 날이 훤히 밝을 무렵에야 같은 편끼리 싸웠다는 것을 깨달은 여포는 서둘러 서주성을 향해 군사를 재촉했다.

그런데 서주성에서 여포를 기다리고 있는 것은 비 오듯 쏟아지는 화살이었다. 유비의 참모인 미축이 이미 성을 장악했던 것이다. 그뿐이 아니었다. 소패성에선 진등이 조인의 군사를 맞아들여 여포와 맞서 싸울 채비를 이미 끝내고 있었다. 이제 여포가 찾아갈 데라곤 하비성뿐이었다.

하비성은 천혜의 요새였다. 여포는 군량도 넉넉한데다 깊은 사수가 성을 둘러싸고 있어 안심하고 있었다. 여포의 느긋함을 보다 못한 진궁이 성 밖을 나가 조조의 군의 보급로를 끊자는 계책을 내놓았지만, 이미 조조의 군에게 잔뜩 혼이 난 여포는 꿈쩍도 하지 않았다. 여포는 또 한 번의 좋은 기회를 헛되이 버리고 만 것이다. 진궁은 하늘을 우러러 탄식했다.

'아아, 이제 우리는 죽어도 묻힐 땅조차 없겠구나!'

그러던 어느 날, 모사 허사와 왕해가 여포를 찾아와 말했다.

"회남의 원술은 지금도 그 세력이 막강하다 합니다. 전에 혼담이 오고 간 일도 있고 하니, 그에게 도움을 청해 보십시오. 만약 그의 구원군만 온다면, 앞뒤에서 공격하여 조조의 군을 쉽게 섬멸할 수 있을 것입니다."

여포는 그 말에 귀가 번쩍 뜨이는 듯했다. 그는 곧 두 사람을 사자로 하여 원술에게 보냈다.

그 무렵 원술은 수춘성에 머물고 있었다. 지난번 조조에게 빼앗겼던 수춘성을 조조가 허도로 돌아가자마자 다시 탈환했던 것이다. 여포의 사자 허사와 왕해가 찾아와 혼사 이야기를 꺼내자, 원술은 화부터 버럭 냈다.

"지난날 나의 사자까지 죽이면서 혼인을 거절하지 않았더냐? 이제 와 무슨 면목으로 원병을 청한단 말이냐?"

그러자 허사가 말했다.

"폐하께서 지난 일 때문에 우리를 구해 주시지 않는다면, 이것은 입술이 밑다 하여 이를 외면하는 격이 될 것입니다."

"여포는 도무지 믿을 수가 없다. 먼저 그 딸을 보내면 그 다음에 출병하겠다고 전하라."

허사와 왕해는 원술이 여포의 말을 물리치지 않는 것만으로도 다행스럽게 여기며, 여포에게 돌아와 그 말을 전했다.

"조조가 성을 에워싸고 있는데, 어찌 딸아이를 보낼 수 있겠느냐?"

여포가 걱정스런 얼굴로 되묻자, 허사가 말했다.

"장군께서 손수 이 포위망을 뚫지 않으면 누가 뚫을 수 있겠습니까?"

허사의 말에 여포도 고개를 끄덕였다.

이튿날 밤 이경 무렵이 되자, 여포는 딸에게 솜옷을 두둑이 입히고 그 위에 다시 갑옷을 입힌 후 자기 등에 업고 단단히 잡아맸다. 이어 방천화극을 치켜들고 적토마에 올라 성문을 연 후 앞장서서 달렸다. 천하의 맹장 여포지만 사랑하는 딸을 등에 업은 몸인지라, 적군의 시선이 두렵지 않을 수 없었다. 이윽고 유비의 진지 가까이 왔을 때, 갑자기 북소리가 크게 울리더니 관우와 장비가 앞길을 가로막고 큰 소리로 외쳤다.

"도둑고양이처럼 어디를 가는 것이냐?"

여포는 등에 업은 딸이 다칠까 염려되어 마음대로 싸우지도 못하고 그렇다고 무리하게 포위를 뚫을 수도 없는지라, 할 수 없이 성으로 되돌아와야 했다. 하비성으로 되돌아온 여포는 깊은 수심에 잠겨 날마다 술만 마셔 댔다.

초조한 것은 조조도 마찬가지였다. 하비성을 공격한 지 두 달이 지났건만 성은 좀처럼 함락될 기미를 보이지 않았다. 북쪽에서는 원소가, 동쪽에서는 유표와 장수가 호시탐탐 기회를 노리고 있으니, 허도를 장시간 비워 놓을 수도 없었다. 근심에 빠져 있는 조조에게 곽가가 말했다.

"저에게 계책이 하나 있습니다. 그대로만 하면 하비성쯤은 문제도 되지 않습니다."

"기수(沂水)와 사수(泗水)의 강물을 끌어다 하비성 안에 쏟아 붓자는 게 아니오?"

순욱이 빙긋이 웃으며 말하자, 곽가가 껄껄 웃었다.

"바로 보았소."

조조도 그 말을 듣자 불현듯 떠오르는 생각이 있었다. 조조는 크게 기뻐하며 즉시 군사를 동원하여 두 강의 둑을 끊어 하비성으로 물길을 돌려놓게 했다. 하비성은 순식간에 물바다가 되어 오직 동문만 물에 잠기지 않았을 뿐, 다른 문들은 모두 물에 잠겼다. 부장 하나가 이 사실을 급히 알렸지만, 술에 취해 있던 여포는 죄 없는 부장만 큰 소리로 꾸짖을 뿐이었다.

"나에게는 명마 적토마가 있어 물 위를 평지 걷듯 한다. 무얼 그리 걱정하느냐?"

그리고는 매일 밤낮없이 아내 엄씨와 초선의 방을 오가며 술만 마셔 댔다. 그러던 어느 날이었다. 매일 주색에 젖어 있던 여포는 문득 거울에 비친 자기의 얼굴을 보고 깜짝 놀랐다. 마지막 하나 남은 하비성을 겹겹이 에워싸인 채 매일같이 술과 여자, 그리고 근심과 한숨으로 날을 보내고 있으니, 천하의 여포라 한들 어찌 몰골이 초라해지지 않을 수 있었겠는가.

"내가 주색에 빠져 몸이 망가졌구나. 오늘부터는 술을 끊어야겠다."

크게 충격을 받은 여포는 당장 성안에 금주령을 내리고, 이를 어기는 자는 지위의 높고 낮음을 가리지 않고 목을 베겠다고 명했다.

여포가 영을 내린 며칠 후, 장수 후성(侯成)의 말 열다섯 필이 하룻밤 사이에 없어졌다. 마구간에서 말을 돌보던 마부 둘이 짜고 빼돌린 말을 유비에게 바쳐 상금을 받으려 했던 것이었다. 이것을 알아챈 후성은 그들을 사로잡아 죽인 후 말을 되찾아왔다.

그러자 주위의 장수들이 후성을 치하하며 축하연을 열자고 했다. 후성에게는 이전에 담가 두었던 술 대여섯 말이 있었다. 말을 되찾은 기념으로 그 술을 마실까 하다가 문득 여포가 내린 금주령이 생각난 후성은, 술을 걸러 우선 대여섯 병을 가지고 여포의 부중으로 찾아갔다.

"장군의 위엄에 힘입어 잃었던 말을 되찾았습니다. 그 일로 여러 장수들이 축하하러 왔으므로 술을 조금 준비했으나, 허락을 받지 않고서는 마실 수가 없었습니다. 먼저 장군께 첫잔을 올린 후 함께 마실까 합니다."

그러자 여포가 버럭 고함을 질렀다.

"내가 술을 끊고 금주령을 내렸거늘, 이러한 때 술을 빚어 하찮은 일로 장수들과 술판을 벌이겠다니, 나에게 거역하겠다는 것이냐?"

여포는 좌우를 둘러보며 후성의 목을 베라고 명했다. 그러자 송헌(宋憲), 위속(魏續) 등 여러 장수들이 달려와 땅에 엎드려 후성의 죄를 용서해 달라고 간청했다.

"내 명을 어겼으니 마땅히 죽어야 하나, 그대들을 보아 목숨만은 살려 둔다. 곤장 백 대를 쳐 그 죄를 대신하라!"

곤장을 맞은 후에야 겨우 풀려난 후성은 자신의 집으로 찾아온 송헌과 위속에게 눈물을 흘리며 말했다.

"공들이 아니었다면 나는 오늘 살아남지 못했을 것이오. 여포가 처첩에 빠져 우리를 티끌처럼 생각하고 있으니, 그것이 안타깝구려."

후성의 말에 위속도 한탄했다.

"조조의 군사는 성을 에워싸고 있고 성은 물에 점점 잠기고 있으니, 우리의 목숨은 이미 죽은 거나 다름없소."

송헌이 두 사람의 말을 듣고 있다가 눈을 빛내며 말했다.

"그대들의 말에 나도 동감이오. 이 기회에 의롭지 못한 여포를 버리고 떠나는 게 어떻겠소?"

송헌의 말을 위속이 받았다.

"그냥 도망치는 것은 장부가 할 짓이 아니오. 그보다는 차라리 여포를 사로잡아 조조에게 넘기는 것이 어떻겠소?"

지금까지 듣고만 있던 후성이 몸을 벌떡 일으키며 말했다.

"공들이 여포를 사로잡을 생각이라면, 나는 여포가 의지하고 있는 적토마를 훔치겠소. 내가 먼저 적토마를 타고 조조에게 가 이 일을 알리겠소."

그날 밤 후성은 마구간에서 적토마를 훔쳐 내어 동문을 향해 달렸다. 동문을 지키고 있던 위속은 문을 열어 후성을 도망치게 하고는 일부러 뒤쫓는 척하며 말을 달리다가 되돌아왔다.

후성은 조조에게 적토마를 바치고는, 송헌과 위속이 성문을 열어 줄 것이라고 말했다.

이튿날 새벽녘이 되자, 북소리와 군사들의 함성이 지축을 흔들며 조조의 대군이 일제히 성을 공격하기 시작했다. 깜짝 놀란 여포는 방천화극을 들고 황망히 성안을 뛰어다니며 성벽을 기어오르는 조조의 군과 열심히 싸웠다. 양군의 시신에서 흘러내린 피로 성벽은 금세 붉게 물들었다.

이윽고 한낮이 되자, 조조의 군도 공격에 지쳤는지 군사를 뒤로 물렸다. 꼭두새벽부터 물 한 모금 마실 틈 없이 싸운 여포는, 조조의 군의 공격이 뜸한 사이 지친 몸을 잠시 문루에 기댄 채 깜빡 잠이 들고 말았다.

이때 그의 동정을 엿보고 있던 송헌이 재빨리 방천화극을 훔쳐 낸 후 위속과 함께 여포의 몸을 밧줄로 꽁꽁 묶었다. 여포가 깜짝 놀라 주위의 군사들을 소리쳐 불렀지만, 송헌과 위속이 휘두르는 칼에 모두 쓰러지고 말았다.

"여포를 사로잡았다!"

위속이 동문을 활짝 열어젖히며 소리쳤다. 그러자 기다리고 있던 하후연과 군사들이 밀물처럼 성안으로 밀려들었다. 대장 여포가 사로잡혔음을 알자 성 안의 군사들은 순식간에 무너지기 시작했다. 고순과 장요는 휘하를 거느리고 서문으로 향했지만, 물이 깊어 빠져 나가지 못하고 조조의 군에게 붙잡히고 말았다. 남문에 있던 진궁은 밀려드는 적을 맞아 죽기를 다해 싸웠으나 서황에게 사로잡히는 몸이 되고 말았다. 해가 기울 무렵, 난공불락을 자랑하던 하비성은 이렇게 조조의 손안에 떨어지고 말았다.

다음 날 아침이 되자, 조조는 성안에 고여 있는 강물이 빠지도록 둑을 다시 막게 하고 방을 붙여 백성들을 안심시켰다. 그런 다음 백문루(白門樓)에 자리를 마련해 놓고 사로잡힌 천여 명의 포로들을 끌어오게 했다. 조조의 곁에는 유비가 관우와 장비의 시립을 받은 채 앉아 있었다.

첫 번째로 여포가 끌려 나왔다. 일 장이 넘는 장대한 기골이었으나 왜소해 보일 만큼 온몸이 밧줄에 꽁꽁 묶여 있었다.

"이토록 욕되게 하지 않아도 되지 않소? 우선 묶은 밧줄을 조금 느슨하게 해 주시오."

조조가 쓴웃음을 지으며 대꾸했다.

"호랑이를 묶을 때는 느슨하게 묶지 않는 법이다."

그때 장수 서황이 진궁을 끌고 왔다.

"진궁, 실로 오랜만일세. 그간 별고 없었는가?"

조조가 입가에 반가움과 냉소가 뒤섞인 웃음을 머금으며 물었다.
진궁이 고개를 쳐들며 답했다.

"보는 바와 같다. 그대의 본성이 돼먹지 않아 그대를 버리고 떠난
것인데, 어찌 아는 체를 하는가?"

"그렇다면 여포를 섬긴 건 어찌된 셈인가?"

"여포는 우매하고 포악스러운 장수이긴 하나 그대같이 간교하거
나 음흉하지 않아, 거짓 정의를 앞세워 황실을 범할 간웅은 결코 아
니다."

진궁은 옆에 웅크리고 있는 여포를 돌아보며 말을 이었다.

"여포가 내 말만 따랐더라면 그대 따위에게 사로잡혀 이러한 욕
을 당하지는 않았을 것이다. 그러나 이제 와 후회한들 무슨 소용이
있겠느냐. 어서 내 목을 쳐라!"

말을 마친 진궁은 스스로 문루 아래로 조용히 내려갔다. 조조의
가슴에 한 가닥 회한이 일었다. 조조가 동탁을 죽이려다 실패하고
달아나던 중 중모현에서 붙들렸을 때 자기를 살려 주고 벼슬을 버
리고 함께 달아났던 그 진궁이, 지금은 패군지장이 되어 조조 앞에
나타난 것이다. 조조가 진궁의 뒤를 따라 내려가며 눈물 어린 눈으
로 그의 뒷모습을 바라보았지만, 진궁은 끝내 뒤를 돌아보지 않은
채 말없이 목을 내밀어 참형을 당했다.

진궁이 떳떳이 죽음을 택한 그 순간, 여포는 유비를 보고 처량한
목소리로 애원했다.

"아우님은 높은 자리에 앉고 나는 층계 아래 무릎을 꿇고 있는데,

나를 위해 한 마디라도 해 주시지 않으려오?"

그 말을 듣자 유비는 가볍게 머리를 끄덕였다. 여포는 유비가 자신의 말을 받아들인 것으로 알고 조조가 다시 문루에 오르자 큰 소리로 말했다.

"승상께서 나를 살려서 부장으로 삼으신다면, 천하대사를 도모하는 데 어려울 게 없지 않겠습니까?"

조조는 옆에 있는 유비를 돌아보며 물었다.

"여포의 뜻을 어찌 생각하시오?"

"승상께서는 지난날 정원과 동탁의 일을 잊으셨습니까?"

유비가 던진 뜻밖의 말에 여포는 얼굴색이 흙빛으로 변했다. 그러더니 집어삼킬 듯이 유비를 노려보며 울부짖듯 소리쳤다.

"이 귀 큰 놈아! 내가 전에 네놈을 살려 준 은혜를 잊었다는 말이냐?"

그러자 그런 여포를 큰 소리로 꾸짖는 소리가 들려 왔다.

"여포야, 부끄럽지도 않느냐. 죽게 되면 당당히 죽을 일이지 무슨 말이 그리 많으냐?"

그는 도부수에게 끌려오는 장요였다.

조조는 여포의 목을 벤 뒤 그의 머리를 네거리에 효수했다. 장요도 함께 죽이려 했으나, 유비와 관우가 간곡히 부탁하니 살려 주지 않을 수 없었다.

"하긴 충성심 하나는 알아주어야 할 것이오."

조조는 백문루 아래로 내려가 직접 장요의 결박을 풀어 주고 자신의 겉옷을 벗어 입혀 준 뒤, 백문루에 자리를 마련해 앉혔다. 조조가 이토록 정중히 대할 뿐만 아니라 유비와 관우가 그를 위해 간곡히 청하자, 장요도 진심으로 항복하고 말았다.

영웅 대 영웅

조조와 유비가 여포를 멸하고 허도로 개선하는 도중이었다. 서주의 백성들이 모두 길가로 나와 엎드려 간청했다.

"부디 현덕 공께서 다시 서주를 다스리게 하여 주십시오."

조조는 잠시 얼굴이 굳어졌으나, 이내 미소를 띠며 말했다.

"유 공은 이번 싸움에서 공이 크신 분이니, 먼저 천자를 알현하고 난 뒤에 서주로 돌아와도 늦지 않으리라."

그 말을 들은 서주 백성들은 함성을 지르며 다시 한 번 조조에게 감사의 예를 올리고 물러났다.

허도로 돌아온 조조는 승상부 가까운 곳에 집을 마련하여 유비를 머물게 하고 천자께 그의 공을 상주했다. 이튿날, 조조는 헌제를 배알하러 가는 길에 유비에게도 권해 함께 수레를 타고 갔다. 유비가 전각 아래 엎드려 헌제를 배알하자, 헌제가 물었다.

"그대의 선조는 누구인가?"

"신은 중산정왕의 후예로서 현손인 유웅(劉雄)의 손자이며, 유홍

(劉弘)의 아들이옵니다."

황실의 족보를 살펴보니 유비가 헌제의 숙부뻘이었다. 헌제는 크게 기뻐하며 유비에게 숙질 간의 예를 갖춘 다음, 조조를 불러 함께 주연을 베풀었다. 그러고는 유비에게 좌장군(左將軍)이라는 관직과 의성정후(宜城亭侯)라는 제후의 작위를 내리니, 이후 조정에서나 백성들에게 '유 황숙(劉皇叔)'이라 불리게 되었다.

그러나 유비가 이렇듯 천자에게 두터운 신임을 받는 것을 달가워하지 않는 사람들도 있었다. 대권을 한 손에 움켜쥐고 있던 조조와 그의 휘하 장수들이었다. 조조가 승상부로 돌아오자, 순욱을 위시한 모사들이 입을 모아 조조에게 간했다.

"천자께서 유비를 숙부라 부르며 신임을 두터이 하는 것은 승상께 이롭지 못한 일이옵니다."

조조는 개의치 않는다는 듯이 가볍게 웃으며 말했다.

"유비가 황숙으로 대접받는 것은 어쩔 수 없소. 그러나 내가 황제의 명을 받드는 이상, 그도 내가 내리는 명을 따르지 않을 수 없을 것이오. 뿐만 아니라 내가 그를 허도에 붙들어 둔 것은, 천자를 곁에서 모시게 한다는 명분을 내세워 그를 내 손아귀에 묶어 두기 위함이오. 그러니 아무 걱정 마시오."

그러자 정욱이 은근히 조조를 충동질했다.

"승상의 위명은 떠오르는 해와 같습니다. 지금이야말로 천하를 손에 넣을 기회가 아니겠습니까?"

조조는 이미 생각한 바가 있다는 듯이 입을 열었다.

"조정에는 아직도 천자의 신임을 받고 있는 신하들이 많이 남아 있소. 기회가 무르익기 전에 경솔히 움직이면 화를 자초할 것이오. 그래서 말인데…… 천자께 사냥을 가자고 하여 그들의 태도를 엿볼 생각이오."

조조는 즉시 사냥 준비를 하도록 이르고 그 길로 입궐해 헌제에게 사냥을 가자고 청했다. 이튿날 헌제는 소요마를 타고 보석을 아로 새긴 보조궁과 촉을 황금으로 만든 금비전을 메고 의장을 갖추어 궁문을 나섰다. 유비와 관우, 장비도 옷 속에 갑옷을 받쳐 입고 활과 화살을 안장에 매단 채 무기를 갖추어 황제의 뒤를 따랐다.

이윽고 궁정 사냥터인 허전(許田)에 이르자, 조조는 십만의 군사를 풀어 둘레가 이백 리에 이르는 사냥터를 둘러싸게 하고, 자신은 천자와 나란히 말을 몰고 그 뒤에는 그의 심복을 뒤따르게 했다. 어느덧 사냥터 한복판에 이르자, 숲 속에서 토끼 한 마리가 튀어 나왔다. 그것을 본 유비가 활에 화살을 메겨 쏘자, 등에 화살을 맞은 토끼가 풀 위에 나뒹굴었다.

"참으로 훌륭하오!"

헌제는 마치 자신이 맞히기라도 한 듯이 기뻐하며 유비를 칭찬했다.

얼마 후 일행이 언덕의 등성이를 돌아가는데, '바스락' 하는 소리와 함께 가시밭을 헤치며 불쑥 한 마리의 사슴이 튀어나왔다. 헌제가 연달아 세 번이나 활을 쏘았지만 화살은 모두 빗나가고 말았다.

"이번에는 승상께서 쏘아 보시오."

헌제가 활과 화살을 조조에게 건네주자, 조조는 천자의 보조궁에 금비전을 메겨 들고 사슴을 향해 쏘았다. 금비전이 사슴의 등에 깊숙이 박히자, 사슴은 외마디 비명과 함께 풀 위로 쓰러졌다.

문무백관들은 금비전이 사슴의 등에 꽂혀 있는 것을 보고 모두가 천자가 쏘아 맞힌 것으로 알았다. 그리하여 저마다 뛰어나와 '천자 폐하 만세!'를 외치는데, 어이없는 일이 벌어졌다. 조조가 말을 몰아 천자의 앞을 가로막더니, 사람들의 환호성을 받으며 얼굴 가득히 웃음을 띠고 활과 금비전을 두 손 높이 쳐들어 화답하는 것이었다. 그 순간 모든 군신들의 얼굴빛이 흙빛으로 변하고 갑자기 만세 소리가 그쳤다.

유비의 등 뒤에서 이 모양을 지켜보던 관우가 봉의 눈을 부릅뜨며 눈썹을 치켜세우더니, 조조를 노려보며 손을 칼집으로 가져갔다. 당장이라도 조조의 목을 벨 듯한 기세였다. 이를 본 유비가 깜짝 놀라며 눈짓으로 말리자, 관우는 유비의 눈짓과 표정을 보고 가까스로 노기를 억눌렀다.

그때 문득 조조가 유비를 바라보았다. 유비는 재빨리 웃음을 지으며 다가가 치하했다.

"승상의 활솜씨는 따를 자가 없을 듯하옵니다."

유비의 칭찬에 조조는 큰 소리로 웃으며 말했다.

"이게 다 천자 폐하의 홍복이 아니겠소."

참으로 오만불손하기 그지없는 말이다. 자기 같은 유능한 사람이 있으니 천자가 복이 많다는 말이 아닌가. 이윽고 사냥이 끝나자 관우가 유비에게 말했다.

"조조는 패도를 행할 간웅입니다. 그 같은 역적을 죽여 나라를 구하려 했는데, 어찌하여 만류하였습니까?"

"아우의 장한 뜻을 몰라서 하는 말이 아닐세. 그러나 그때 조조와 천자 폐하는 말머리를 나란히 하고 있었고, 그 주위로는 조조의 심복들이 에워싸고 있었네. 만약 아우가 한때의 분함을 참지 못하고 경솔히 움직였다가 천자 폐하만 상하게 된다면, 그 죄를 어떻게 감당할 수 있었겠나?"

"형님 말씀이 백 번 지당합니다. 그러나 오늘 저 간웅을 처치하지 못했으니, 언젠가는 나라에 큰 화근이 될 것입니다."

"아직은 기다려야 하네. 그러니 경거망동하지 말게."

한편 헌제는 대궐로 돌아오자마자 분한 나머지 눈물까지 흘리며 복 황후에게 자신의 처지를 호소했다.

그러자 그때 한 사람이 불쑥 들어서면서 말했다.

"폐하께서는 조금도 심려치 마십시오. 제가 믿을 만한 인물 한 사람을 천거하겠습니다."

황제가 놀라 그를 보니, 그는 복 황후의 친정 아비인 복완(伏完)이 었다.

"거기장군(車騎將軍) 동승이라면 능히 큰일을 함께할 수 있을 것입니다."

동승은 헌제의 할머니인 동 태후의 조카로, 전에 있었던 이각·곽사의 난 때 헌제를 구출한 적이 있는 인물이었다. 아무래도 믿을 수 있는 것은 황실의 피를 이어받은 동승뿐이었던 것이다. 복완은 비밀이 새지 않도록 계교를 알려 주고는 조용히 물러났다.

이튿날 천자는 은밀히 동승을 공신각(功臣閣)으로 불러, 한 고조 유방과 유방을 보필한 두 공신인 장량(張良)·소하(蕭河)의 초상 앞에서 나직이 말했다.

"그대도 장량과 소하처럼 짐의 곁에 그려지기를 바라오. 그대가 장안에서 짐을 도와준 은혜는 한시도 잊지 않고 있소. 자, 이 금포와 옥대를 두르시오. 그러면 항상 짐의 곁에 있음과 다름이 없을 터이오."

헌제는 자신이 입고 있던 금포와 옥대를 벗어 하사하며 동승에게 귀엣말로 조용히 말했다.

"집으로 돌아가거든 금포와 옥대를 자세히 살피어 부디 짐의 뜻을 저버리지 말아 주오."

집에 돌아온 동승은 서재로 가 옥대를 자세히 살펴보았지만, 눈에 띄는 특별한 것은 없었다. 동승은 다시 금포를 살펴보았다. 그러나 금포 역시 마찬가지였다. 밤늦도록 금포와 옥대를 번갈아 살피던 동승은 금포와 옥대를 하사할 때의 천자의 말씀과 용안의 표정을 다시 떠올려 보았다.

어느새 밤은 깊어 갔다. 때마침 창틈으로 바람이 불어와 창가에 놓인 촛불의 심지에서 불똥이 튀어 옥대 위로 떨어졌다. 튄 불똥에 옥대가 타 들어갔다. 깜짝 놀란 동승이 손으로 눌러 껐으나, 옥대에는 이미 조그만 구멍이 나 있었다. 그런데 문득 타 들어간 곳에 하얀 천이 보이고 그곳에 군데군데 빨간 핏자국 같은 것이 보였다. 손 칼로 옥대의 꿰맨 자리를 잘라 보니, 그 속에서 흰 비단에 피로 쓴 천자의 밀서가 나왔다.

"충의열사를 규합하여 간사한 무리를 멸하고 종묘사직의 위태 로움을 구하도록 하라."

동승은 천자의 조서를 읽고 난 후 밤새 잠을 이루지 못했다. 아침이 될 때까지 조서를 펼쳐 놓고 조조를 죽일 궁리를 거듭하던 동승은, 절친한 친구인 왕자복(王子服)과 함께 연판장(連判狀)을 만들어 피로 서명했다. 여기에 부대장 충집(种輯), 고문관 오석(吳碩), 장수 오자란(吳子蘭), 서량 태수 마등(馬騰)이 동참하니, 천군만마가 따로 없었다.

이튿날 밤, 동승은 황제의 밀서를 품속 깊이 감추고 유비를 찾아갔다. 처음에는 동승을 의심하여 시치미를 떼던 유비는, 동승의 충심을 알게 되자 본심을 털어놓았다.

"천자의 조서를 받든 이상, 역적을 치기 위해서라면 어떤 고생도 마다하지 않겠습니다."

유비는 붓을 들어 연판장의 일곱 번째에 '좌장군 유비'라고 썼다. 동승과 헤어진 유비는 혼자 생각에 잠겼다.

'드디어 조조를 치기 위해 칼을 빼든 것이 아닌가. 이제부터 그의 날카로운 눈을 속이는 것이 중요하리라.'

그날 이후 유비는 외출을 삼가고 뒤뜰 빈터에 채소밭을 만들어 하루 종일 그곳을 떠나지 않았다. 이유를 알 리 없는 관우와 장비가 입을 모아 말했다.

"형님께서는 천하의 큰일을 제쳐 두고, 어찌하여 농부 흉내만 내고 계십니까?"

"자네들은 그저 보고만 있게."

유비는 그렇게 말할 뿐이었다.

그로부터 며칠 후였다. 관우와 장비가 집을 비운 사이, 갑작스레 허저와 장요가 찾아와 조조의 청함을 전했다. 유비는 내심 불안하기는 했지만, 조조의 부름에 응하지 않을 수도 없었다. 유비가 승상부에 이르자, 기다리고 있던 조조가 유비를 맞았다.

"요즈음 집에서 큰일을 하고 계시다고 들었소."

조조의 말에 유비는 가슴이 뜨끔했다. 당황한 나머지 입을 열지 못하고 있는데, 조조가 유비의 손을 잡고 안채의 뜰로 이끌었다.

"요사이 채소밭을 가꾸신다고요? 그래, 하실 만하오?"

유비는 그제야 한숨을 내쉬며 가슴을 쓸어 내렸다.

"그저 소일 삼아 하는 것입니다."

"실은 매화나무에 매실이 영근 것을 보고 이야기나 나눌까 하여 뵙자고 한 것이오. 마침 담근 술이 잘 익었는지라, 매실을 안주로 하여 귀공과 함께 술잔을 나누고 싶었소."

마음을 놓은 유비는 조조가 이끄는 대로 정자로 올라가 술상을 앞에 두고 마주 앉았다. 술이 몇 순배 돌아가고 두 사람 모두 얼굴에 술기운이 감돌 무렵이었다. 갑자기 하늘이 검은 구름으로 뒤덮이더니, 금세라도 소나기가 퍼부을 것 같았다.

"용이다! 용이 하늘로 오르고 있다!"

술시중을 들던 하인 하나가 놀라 소리쳤다. 그가 가리키는 곳을 보니, 검은 구름이 뒤엉켜 산등성이 위로 떠오르는 모양이 마치 여의주를 물고 승천하는 용과 흡사했다. 갑자기 후두둑거리며 장대같이 굵은 빗방울이 쏟아지기 시작했다.

"공은 용의 조화를 알고 계시오?"

"자세히는 알지 못합니다."

"용은 몸집의 크기를 자유자재로 한다 하오. 커지면 구름을 일으키고 강물을 뒤집으며 바닷물을 말아 올리기도 하고, 또 작아질 때는 먼지 속에도 몸을 숨길 수 있소. 그 솟아오름은 대우주를 종횡하며, 잠길 때는 물 아래 엎드리되 잔물결조차 일으키지 않소. 이제 봄이 완연하니 용도 때를 만나 하늘로 오를 것이오. 용과 마찬가지로 천하의 영웅도 뜻과 시운을 얻어 사해를 종횡함이 이와 같은 이치라오. 공은 천하를 편력하셨으니, 필시 당대의 영웅이 누구인지 알고 계실 것이오. 누가 당대의 영웅입디까?"

"들은 바에 의하면 회남의 원술이 병사에도 정통하고 군사와 군량도 넉넉하다 하니 영웅이라 할 만하지 않습니까?"

유비의 말에 조조가 차디차게 웃으며 말했다.

"그자는 무덤 속의 백골이나 다름없으니, 조만간 이 조조의 손에 잡힐 것이오."

"그럼 하북의 원소나 형주의 유표, 강동의 손책은 어떻습니까?"

"그들은 입에 담을 가치조차 없는 소인배들이오."

조조가 손등을 쓸며 껄껄 웃었다.

"그 밖에는 아는 사람이 없습니다."

"무릇 영웅이란 가슴에 큰 뜻을 품고 머릿속에는 뛰어난 계략을 그득하게 지니고, 우주도 포용하는 호기와 천지를 삼키겠다는 의지를 품은 자를 말하오."

"그런 인물로 누가 있을까요?"

조조는 손가락으로 유비를 가리키고 다시 자기의 얼굴을 가리켰다.

"오늘날 천하의 영웅이라 할 만한 사람으로 그대와 나 말고 또 누가 있겠소?"

이 한마디에 유비는 소스라치게 놀라 손에 들고 있던 젓가락을 바닥에 떨어뜨리고 말았다. 이때였다. 푸른빛 감도는 눈부신 광채가 번뜩이는가 싶더니, 장대 같은 소나기와 함께 뇌성이 크게 일었다. 유비는 천천히 젓가락을 주우며 말했다.

"우렛소리에 놀라 그만 젓가락을 떨어뜨리는 추태를 보였습니다."

조조가 크게 웃으며 말했다.

"대장부가 우렛소리를 두려워하시오?"

"옛 성인들도 사나운 우레와 모진 바람에는 으레 낯빛이 달라진다고 하였습니다."

조조는 다시 한 번 껄껄 웃었다.

'우렛소리가 두려워 벌벌 떤다면 필부에 불과하지 않은가.'

그때 관우와 장비가 칼을 빼어 든 채 후원으로 뛰어들었다. 잠시

집을 비운 사이 유비가 허저와 장요에게 끌려갔다는 말을 듣고 정신없이 달려온 것이었다. 사정을 눈치챈 조조가 환한 미소로 그들을 맞았다.

"두 사람도 이리 올라와 한잔씩 하시게."

이윽고 술자리를 끝내고 돌아오는 길에, 유비가 안도의 한숨을 쉬며 말했다.

"오늘 그 음흉한 자에게 죽을 뻔했구나."

관우와 장비가 영문을 몰라 물으니, 유비가 자세히 대답해 주었다.

"내가 요즘 채소밭을 가꾸는 것은 조조의 의심을 피하기 위해서였는데, 조금 전 조조가 나를 당대의 영웅이라 하지 뭔가. 그 말에 놀란 나머지 젓가락을 떨어뜨리고 말았다네. 다행히 그 순간 천둥번개가 치는 바람에 그 핑계를 대긴 했지만……."

관우와 장비는 그제야 알았다는 듯이 머리를 끄덕였다.

"형님의 깊은 생각에 그저 감탄할 따름입니다."

그리고 잠시나마 유비가 농사일을 하는 것을 보고 마땅치 않게 여겼던 자신들이 부끄러워졌다.

조조는 그 다음 날도 유비를 불렀다. 두 사람이 마주 앉아 술을 마시고 있는데, 원소의 동태를 정탐하던 자가 들어왔다.

"원소가 공손찬을 죽이고 대승을 거두었습니다. 그리고 민심을 잃은 원술이 원소에게 옥새를 바치기 위해 회남을 떠나 하북으로 간다는 소문이 자자합니다."

유비는 전에 자신을 도와준 공손찬의 죽음을 슬퍼하는 한편, 이 기회에 조조의 곁을 벗어나지 못하면 영영 조조의 손아귀에서 놀아날 수밖에 없다고 생각했다. 유비는 곧 목소리를 가다듬어 조조에게 간청했다.

"원술과 원소가 힘을 합친다면 큰 화근이 아닐 수 없습니다. 원술이 회남을 버리고 하북으로 가려면 반드시 서주를 통과할 것입니다. 제게 약간의 군사를 주시면 원술을 사로잡아 승상께 바치겠습니다."

유비가 계책까지 내놓으며 원술을 치겠다고 나서자 조조는 흡족해 하며 선뜻 응낙했다. 다음 날 조조는 유비에게 정병 오만을 주어 떠나게 했다. 유비는 밤낮없이 군사를 재촉하며 행군을 서둘렀다. 그러자 관우가 물었다.

"형님, 이처럼 출정을 서두르시는 이유가 무엇입니까?"

유비는 조용히 웃으며 답했다.

"허도에 있는 동안, 나는 새장 속에 갇힌 새요 그물에 걸린 물고기와 다름이 없었다. 이제 조조의 그늘을 벗어났으니, 물고기가 대해로 돌아가고 새장의 새가 푸른 하늘로 나는 것과 같구나. 어찌 서두르지 않겠느냐."

관우와 장비는 비로소 유비의 뜻을 알아차리고는 고개를 끄덕였다. 한편 곽가와 정욱은 조조가 유비에게 군사를 주어 서주로 떠나보냈다는 사실을 뒤늦게 알고는, 깜짝 놀라 서둘러 승상부로 달려갔다.

"승상께서는 어찌하여 유비에게 군사를 주어 보냈습니까?"

"원술이 원소에게 가는 길을 막기 위해서요."

그러자 정욱이 입을 열었다.

"지난날 유비가 예주 목사로 있을 때, 그를 제거하라고 말씀드린 바 있었으나 승상께서는 듣지 않으셨습니다. 그런데 이제 군사까지 주어 보냈으니, 이는 호랑이에게 날개를 달아준 것이며 용을 바다로 들게 한 격입니다. 나중에 무슨 수로 잡겠습니까?"

곽가도 입을 열어 정욱의 말에 동조했다.

"유비를 죽이지는 않더라도 붙잡아 뒀어야 했습니다. 옛말에 이르기를, '한때 적을 잘못 놓아주면 만세에 걸쳐 그 화가 미친다.'고 하였습니다. 깊이 헤아리시기 바랍니다."

조조는 급히 허저에게 날랜 군사 오백을 주어 유비를 뒤쫓도록 했다. 이튿날, 행렬의 후방에서 흙먼지가 자욱하게 일어나는 것을 보고 유비가 두 아우에게 일렀다.

"저들은 필시 우리를 뒤쫓는 조조의 군사임에 틀림없다. 이곳에 즉시 진을 치고 저들을 맞을 준비를 하라."

오만의 군대는 곧 행군을 중지하고 진을 쳤으며, 관우와 장비는 무기를 든 채 유비 곁에서 호위했다. 이윽고 진영에 당도한 허저가 유비에게 말했다.

"승상께서 긴히 상의할 일이 있으니 즉시 돌아오라고 하셨습니다."

"장수가 일단 출정한 뒤에는 황제의 지휘도 받지 않는 법이오. 이미 천자께 아뢰었고 승상의 허락까지 받은 마당에, 무슨 의논할 일이 있겠소? 장군은 속히 돌아가서 내 말을 잘 전해 주시오."

허저가 돌아와 조조에게 유비의 말을 전하자, 정욱과 곽가가 입을 모아 말했다.

"유비의 속셈이 뻔히 드러났습니다. 지금이라도 군사를 동원해야 합니다."

그러나 조조는 더 이상 추격하려 하지 않았다. 그도 그럴 것이 쉽게 잡혀 올 유비가 아님을 누구보다 잘 알고 있었기 때문이었다.

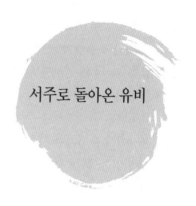

서주로 돌아온 유비

　유비가 서주에 도착하니, 서주 자사 차주(車胄)가 직접 나와 영접하고 성대한 잔치를 베풀어 대접했다. 유비는 오랜만에 집에 돌아가 식구들을 만나보는 한편, 정탐병을 원술에게 보내 동정을 살피도록 했다.

　원소가 곧 서주 근처에 이르렀다는 보고를 들은 유비는 원술을 치기 위해 관우, 장비와 함께 오만의 군사를 거느리고 원술이 지나갈 만한 길목을 지키고 있었다. 얼마 안 있어 원술의 선봉 기령이 군사를 이끌고 그곳에 당도했다.

　오랫동안 싸움터를 떠나 있어 좀이 쑤실 지경이었던 장비는 기령을 보자 참새를 본 솔개처럼 대뜸 말부터 몰아갔다. 기령이 제법 힘을 뽐내며 장비에게 맞섰지만, 십여 합이 채 못 돼 장비의 장팔사모 앞에 목이 달아나고 말았다.

　기령이 맥없이 쓰러지자 원술이 몸소 군사를 거느리고 뛰쳐나왔다. 유비는 채찍을 들어 원술을 가리키며 큰 소리로 꾸짖었다.

"이 대역무도한 놈아, 내 황제의 조서를 받들어 너를 치러 왔으니, 순순히 항복하면 죽음만은 면할 수 있으리라."

"돗자리나 짜던 천한 놈이 누구 앞에서 감히 큰소리를 치느냐. 내 너를 사로잡아 목을 치리라."

원술은 맞받아서 소리치며 군사를 몰아 덤벼들었다. 그러나 유비의 군사가 좌우에서 협공하니, 원술의 군은 더 이상 견뎌 내지 못하고 우왕좌왕하며 무너지기 시작했다. 창에 찔리고 칼에 맞아 쓰러지는 군사는 모두 원술의 군사뿐이었고, 순식간에 시체는 들을 덮고 흘린 피는 내를 이루었다.

자신의 목숨까지도 위급하다고 느낀 원술은 하북행을 단념하고 다시 수춘으로 돌아가기로 작정했다. 그러나 도중에 또다시 도적 떼의 기습을 받게 되자 부득이 강정까지 와, 오도 가도 못 할 지경이 되고 말았다. 남은 군사라고는 겨우 천여 명에 지나지 않았다. 때는 바야흐로 더위가 기승을 부리는 한여름인데다 양식마저 떨어져서 굶어 죽는 자가 속출했다.

가까스로 한 농가의 처마 밑에 당도한 원술이 농부에게 쉰 목소리로 말했다.

"짐에게 꿀물을 다오!"

그러자 농부가 차디차게 웃으며 비아냥거렸다.

"이 판국에 꿀물이 어디 있소? 있는 거라곤 핏물뿐이오."

기진맥진한 가운데도 부아가 치민 원술은 외마디 비명을 지르며 그대로 땅바닥에 쓰러졌다. 그러고는 피를 한 말이나 토하더니, 그대로 죽어 버렸다. 조카 원윤(袁胤)이 원술의 시신과 유족들을 이끌고 여강(廬江)까지 달아났으나, 서구(徐璆)라는 자의 습격을 받아 몰살당하고 말았다. 죽은 원윤의 몸에서 뜻밖에도 옥새를 발견한 서

구는 즉시 허도로 가서 조조에게 바쳤다.

한편 원술이 죽은 것을 알게 된 유비는 조정에 표문을 올렸을 뿐 조조에게 빌린 군사 오만은 돌려보내지 않았다. 조조는 크게 화를 냈지만, 어쩔 도리가 없었다. 곁에서 순욱이 말했다.

"차주에게 밀서를 보내 유비를 암살하라고 이르십시오."

조조는 즉시 차주에게 몰래 사자를 보냈다. 차주는 조조가 보낸 밀서를 받아 보고는 즉시 진등을 불러 의논했다. 진등은 내심 깜짝 놀랐으나, 시치미를 떼고 대답했다.

"지금 유비는 사방으로 흩어진 백성들의 민심을 얻으려고 성 밖에 나가 있습니다. 장군은 군사들을 매복시켜 두었다가 그가 돌아오기를 기다려 단칼에 베어 버리십시오. 나는 성루 위에서 활을 쏘아 뒤따르는 군사들을 무찌르겠습니다."

차주는 기뻐하며 즉시 준비를 서둘렀다. 밤이 되자 진등은 말을 타고 성 밖으로 나가 관우와 장비에게 차주의 계획을 자세히 알려 주었다.

"이런 쥐새끼 같은 놈! 내 당장 성으로 달려가 차주 그놈을 박살 내고 말겠소."

장비가 버럭 화를 내자, 관우가 이를 말리며 말했다.

"저편에서 군사를 매복시켜 놓고 우리를 기다린다니, 밤이 되기를 기다리자. 우리가 조조의 군사로 가장하고 그놈을 성 밖으로 끌어내어 불시에 기습하면, 우리 쪽의 피해도 없을 것 아닌가."

허도에서 서주로 내려올 때 조조의 군사를 거느리고 왔으므로, 조조의 깃발을 앞세워 가장하는 것은 쉬운 일이었다. 밤이 되자 관우는 조조의 깃발을 앞세우고 성문 앞까지 와서 큰 소리로 성문을 열라고 소리쳤다. 차주는 반신반의했지만, 계속되는 독촉에 못 이겨 결국 성문을 열고 밖으로 나왔다. 그러자 관우가 쏜살같이 달려들어 단칼에 차주의 목을 베어 떨어뜨렸다.

관우가 차주의 수급을 들고 유비에게 가서 자초지종을 고하니, 유비가 깜짝 놀라며 말했다.

"큰일을 저지르고 말았구나. 조조가 가만히 있을 리 만무하니, 그것이 걱정이구나."

그러자 진등이 나서며 말했다.

"조조가 두려워하는 것은 원소뿐입니다. 지금 원소는 기주·청주·유주·병주에 걸쳐 세력을 뻗치고 백만 대군과 헤아릴 수 없는 모사와 장수들을 거느리고 있습니다. 그에게 도움을 청하면 될 것입니다."

"본래 나는 원소와 친분이 없는데다 동생인 원술을 죽게 했는데, 그가 날 돕겠는가?"

"정현(鄭玄) 선생께 서신을 부탁하면 어려운 일도 아닐 것입니다."

정현은 원소와 여러 대에 걸쳐 각별한 의를 나누고 있을 뿐만 아니라, 유비의 스승이기도 했다. 유비가 진등과 함께 정현을 찾아가 원소에게 보낼 서신을 간곡히 청하자, 정현은 조용히 응낙하며 그 자리에서 서신을 써 주었다. 유비는 정현의 서신을 손건에게 주며 급히 원소에게 전하게 했다.

정현의 서신을 받아든 원소는 고민에 빠졌다.

'유비는 내 아우를 죽게 만든 자인데 내가 어찌 그를 돕는단 말인가? 그렇다고 정현 선생의 청을 물리칠 수도 없는 일이고…….'

원소는 곧 휘하의 문무백관을 한자리에 모아 놓고 이 일을 의논했다. 출병을 해야 한다는 쪽과 훗날 기회를 노리자는 쪽의 의견이 분분했다. 의견이 어느 쪽으로도 기울어지지 않아 망설이고 있을 때,

허유(許攸)와 순심(荀諶)이 뒤늦게 나타나 입을 모아 말했다.

"지금이야말로 역적 조조를 쳐서 황실의 법통을 세울 때입니다. 주공께서는 속히 군사를 일으키십시오."

마침내 원소는 출병을 결심하고 심배와 봉기에게 군사를 통솔하게 하는 한편, 전풍·순심·허유를 모사로 삼고 안량과 문추를 장수로 삼아, 기마군 십오만과 보군 십오만, 도합 삼십만의 대군을 일으켜 여양을 향해 출진토록 했다. 원소의 군이 출진 준비를 마치자 곽도가 원소에게 진언했다.

"주공께서 군사를 일으켜 조조를 정벌함에 앞서, 조조의 그릇됨과 죄악을 낱낱이 들추는 격문을 만들어 대의명분을 세우십시오."

원소는 문장이 뛰어난 진림(陳琳)에게 격문을 짓게 했다. 진림은 원소의 명을 받자 단숨에 격문을 써 내려갔다. 조조의 할아버지 조등은 환관 십상시처럼 간악하고, 조조의 아버지 조숭은 출세를 위해 환관의 양자로 들어갔으며, 조조는 경솔하고 잔인할 뿐만 아니라 천자를 능멸하고 조정을 유린하는 역적이라는 내용이 흐르는 강물처럼 거침없이 이어졌다.

진림의 격문을 본 원소는 크게 기뻐하며 그 격문을 각 주군에게 돌리게 하고, 각 지방의 관문이나 나루터, 길목 등에 빠짐없이 붙이게 했다. 허도에도 이 격문이 날아들었다. 그 무렵 조조는 심한 두통을 앓고 있었는데, 격문을 읽어 보고는 머리털이 곤두서고 온몸에 식은땀을 비 오듯 흘리더니 두통이 씻은 듯이 나았다. 조조는 자리를 박차고 일어났다.

"누가 이 글을 썼느냐?"

"소문에는, 진림이란 놈이 썼다 합니다."

옆에 있던 조홍이 대답하자, 조조는 껄껄 웃으며 말했다.

"본시 격문이란 무용(武勇)이 뒤따라야 효과를 거둘 수 있는 것이다. 진림의 문장이 대단하기는 하나 원소의 무용이 보잘것없으니 염려할 것 없다."

조조는 곧 유대(劉岱)와 왕충(王忠)에게 오만의 군사를 주어 서주의 유비를 치게 하고, 자신은 이십만 대군을 이끌고 여양으로 진격하여 원소를 무찌르기로 했다.

여양에 이르자 조조는 원소의 대군과 팔십 리의 거리를 두고 영채를 세우되 호를 깊이 파고 보루를 높이 쌓아 방비부터 튼튼히 했다. 먼저 와 진을 치고 있는 원소의 군을 함부로 공격할 수도 없었기 때문이었다. 양군이 서로 먼저 공격해 오기만을 기다리는 사이, 어느덧 두 달이 지나갔다.

그 무렵 원소가 군사를 내몰지 않았던 것은 그 나름의 사정이 있었다. 심배가 군사를 지휘하는 데 대해 허유가 불만을 품고 있었고, 저수도 원소가 자신의 주장을 받아들이지 않은 것을 원망하는 통에 서로 사이가 멀어져 있었던 것이다. 이렇다 보니 불안감을 떨칠 수 없었던 원소는, 대담한 군사 행동을 취할 수가 없었다.

한편 서주성 밖에 진을 치고 있던 유대와 왕충은 서로 선두에 나서길 꺼려하며 한참 동안 시비를 하다가 결국 제비를 뽑아 선두를 정하기로 했다. 결국 제비뽑기에 진 왕충이 하는 수 없이 오천의 군사를 이끌고 서주성으로 진격했다. 여기에 맞서 관우가 삼천의 기병을 인솔하여 싸운 끝에 왕충을 생포했다. 그러자 장비가, 유대는 자기가 생포하겠다며 삼천의 기병을 몰고 뛰쳐나갔다.

그러나 유대는 왕충이 사로잡힌 데다 상대가 장비라는 것을 알자, 진영 안에 틀어박힌 채 굳게 지킬 뿐 싸움에 응하지 않았다. 장비는 유대를 사로잡아 오겠다고 큰소리까지 쳤던 터라 골똘히 궁리를 하다가 느닷없이 군사들에게 영을 내렸다.

"오늘 밤에 기습을 할 것이니, 준비를 단단히 하도록 하라."

그러고는 아침부터 술을 마시기 시작하더니 만취가 된 채 군막을 돌아다니며 주정까지 부리기 시작했다. 마침내 허물이 있는 병사 하나를 가려내어 호되게 매질한 뒤 혀 꼬부라진 말로 호통을 쳐댔다.

"오늘 야습할 때 저놈의 피를 출전의 제물로 삼으리라."

그날 밤이었다. 장비는 은밀히 부하를 시켜 그 병사를 유대의 진영 쪽으로 달아나게 했다.

"장비가 오늘 밤 기습을 할 것이오니, 장군께서는 단단히 준비를 하십시오."

유대는 병사의 온몸에 나 있는 상처들을 보고 그 말을 곧이들었다. 그는 곧 장비의 야습을 역이용할 속셈으로 진영 안을 텅 비우고 곳곳에 군사들을 매복시켰다.

장비는 그 허를 찔러 삼십여 명의 부하에게 적의 진영에 쳐들어가 불을 지르게 하고, 숨어 있던 유대의 군사들이 모습을 나타내자 좌우에 배치한 군사들을 거느리고 일제히 쳐들어갔다. 그제야 속은 것을 깨달은 유대가 우왕좌왕하고 있는 사이에 장비는 말을 몰아 달려가 그의 목덜미를 잡더니 땅바닥에 내동댕이쳤다. 적의 계략에 넘어가 혼란에 빠진 군사들은 그나마 대장마저 장비에게 사로잡혀 버리자 무기를 버리고 항복해 왔다. 장비는 유대와 그 군사들을 데리고 의기양양하게 서주성으로 향했다.

유비는 사로잡혀 온 유대와 왕충을 극진히 대접하며 조조와의 화해를 주선해 달라고 부탁했다. 이제 곧 목이 떨어질 줄로만 알았던 두 사람은 그저 감개무량할 뿐이었다.

"저희 목숨을 살려 주신 은혜를 어찌 잊겠습니까. 기회를 보아 승상께 유 황숙의 참뜻을 전하도록 하겠습니다."

이튿날, 유비는 서주성 밖까지 나아가 두 사람을 전송했다. 그 모습을 지켜보고 있던 관우가 유비에게 말했다.

"틀림없이 조조가 우리를 치러 올 것입니다."

그러자 손건이 말했다.

"서주는 공격받기 쉬우니 오래 있을 곳이 못 됩니다. 군사를 나누어 각각 소패성과 하비성에 주둔시키고 양쪽에서 조조를 막도록 하십시오."

유비는 손건의 말대로 관우에게 하비성을 맡기고, 감 부인과 미부인을 머물게 했다. 그리고 손건·간옹·미축·미방은 서주를 지키게 하고, 자신은 장비와 함께 소패에 주둔했다.

한편, 조조는 유대와 왕충의 보고를 받고는 화가 머리끝까지 치밀어 두 사람의 목을 베려 했다. 그러자 옆에 있던 공융이 조조의 노기를 달래며 말했다.

"원래 두 사람은 유비의 적수가 되지 못하였습니다. 이들을 죽여봤자 다른 장수들의 민심만 잃을 뿐입니다. 그보다는 형주의 유표와 양성의 장수를 우리 편에 끌어들인 후 서주를 도모하는 것이 좋을 줄 압니다."

조조는 공융의 말에 따라 장수와 유표에게 사자를 보냈다. 장수는 참모 가후를 비롯한 휘하의 군사들을 이끌고 순순히 조조에게 항복했다. 하지만 유표는 끝끝내 항복하지 않았다.

한편 허도의 궁중에서는 한바탕 피바람이 불어 닥쳤다. 동승이 황제의 어의인 길태(吉太)와 짜고 조조를 독살하려 하다가, 동승의 하인인 진경동(秦慶童)의 밀고로 참형을 당했던 것이다. 또한 연판장에 서명한 왕자복·충집·오석·오자란과 그 일족 칠백 명이 몰살되었고, 동승의 여동생 동귀비(董貴妃)까지 궁전 문 밖에서 목이 베어졌다.

이후 조조는 수하 군사 삼천여 명을 어림군으로 삼아 궁문을 지키게 하고, 조홍을 그 대장으로 임명했다. 조조가 이토록 철저히 궁중을 방비하니, 그로부터 천자는 철저히 감금당하는 신세가 되고 말았다.

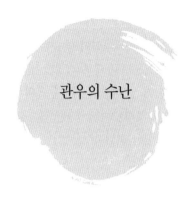

관우의 수난

조조는 참모들을 모아 놓고 말했다.

"동승 일파는 모조리 죽여 버렸지만, 아직 마등과 유비가 남아 있다. 저들도 한패이니, 어떻게 해서든 없애 버려야 할 것이다."

그러자 정욱이 나서며 말했다.

"마등의 군사는 서량에 진을 치고 있기 때문에 쉽사리 무찌르기 어려울 것입니다. 도성으로 유인하여 공격하는 것이 좋을 줄 압니다. 그리고 서주의 유비는 방비를 게을리 하지 않으니, 이 역시 섣불리 건드려서는 안 될 것입니다. 게다가 원소의 군사가 끊임없이 이곳 허도를 노리고 있는 판국입니다. 만일 우리가 유비를 치면, 유비는 원소에게 구원을 청할 것입니다. 그때 원소가 허를 찔러 쳐들어오면 어찌하시렵니까?"

"그렇지 않다. 유비야말로 만만치 않은 인물이다. 지금 쳐부수지 않았다가 후에 세력이 커지면, 그때는 이미 늦고 만다. 원소는 비록 강대하기는 하지만 결단력이 부족한 인물이니, 두려울 것 없다."

그때 곽가가 나서며 말했다.

"원소는 지혜가 부족하고 의심이 많습니다. 게다가 그의 참모들도 서로를 시기하고 있으므로 별로 걱정할 것이 못 됩니다. 유비는 지금 많은 군사를 손에 넣었다고는 하나 거의가 새로 들어온 군사들인지라 오합지졸에 불과합니다. 그러므로 승상께서 쳐들어가시면 단번에 무찌를 수 있을 것입니다."

"내 생각이 바로 그거다!"

조조는 즉시 이십만 대군을 이끌고 서주로 향했다. 이 사실을 알게 된 유비는 하북의 원소에게 손건을 사자로 보내 도움을 청했다.

그런데 바로 이때, 원소의 세 아들 중 가장 총애를 받던 막내가 병으로 사경을 헤매고 있었다. 원소는 얼굴이 핼쑥해진 채 정사를 전혀 돌보지 못했다. 부하인 전풍이, 유비에게서 사자가 왔다고 전하며 간곡히 권했다.

"지금 조조가 군사를 이끌고 유비를 정벌하러 나섰다고 합니다. 허도는 텅 빈 것이나 다름없지요. 이 기회에 의병을 일으켜 쳐들어가면, 위로는 천자의 심려를 덜어 드리고, 아래로는 만백성을 구하게 되는 것입니다. 지금이야말로 절호의 기회이니, 주공께서는 어서 결단을 내리십시오."

"세 아이 중 막내가 가장 똑똑한데, 만일 간호를 게을리 해 죽기라도 한다면 천추의 한이 될 것이다."

원소는 출병을 보류하기로 결심하고 손건에게 말했다.

"돌아가면 유 공에게 이 사유를 말하고, 만일의 경우 일이 더 시급해지면 다시 연락하도록 하시오. 그때는 꼭 돕도록 하겠소."

유비는 손건의 보고를 듣고는 크게 당황하여 두 아우에게 물었다.

"장차 이 일을 어찌하면 좋단 말인가?"

그러자 장비가 제 가슴을 치며 말했다.

"형님, 걱정 마십시오. 조조의 군사는 먼 길을 오느라 지쳐 있을 것입니다. 이곳에 도착하자마자 밤에 기습을 하면 무찌를 수 있을 것입니다."

장비의 말이 일리가 있다고 여긴 유비는 즉시 야습할 준비를 서둘렀다.

한편 조조의 군대가 행군하던 도중, 갑자기 불어온 돌풍에 선두에 섰던 장수의 깃대가 꺾이는 일이 발생했다. 이것을 본 조조는 적의 야습이 있을 징조임을 깨닫고는, 전군을 아홉 부대로 나누어 그중 한 부대만 전진을 시키고 다른 부대들은 곳곳에 복병으로 숨겨 두었다.

그날 밤, 희미한 달빛 아래 유비와 장비는 부대를 둘로 나누어 양쪽으로 쳐들어갔다. 장비는 이것이야말로 절호의 기회라고 생각하면서 기병을 이끌고 조조의 진영으로 돌진했다. 그러나 그곳에서 기다리고 있는 것은 얼마 되지도 않고 엉성하기 짝이 없는 부대였다. 당황한 장비가 주위를 두리번거리고 있을 때, 갑자기 사방에서 횃불이 비치더니 함성이 요란하게 울려 퍼졌다.

장비는 적의 계략에 빠졌음을 깨닫고 급히 진지에서 벗어나려고 했지만, 순식간에 적군에게 에워싸이고 말았다. 장비가 거느리고 있는 군사도 예전에는 조조의 군사였으므로, 도저히 상대가 될 수 없다고 생각하여 모두 무기를 버리고 항복했다. 장비는 전후좌우를 누비면서 서황(徐晃)과 열 차례 남짓 싸웠으나, 뒤에서 악진이 덤벼드는 바람에 하는 수 없이 포위망을 뚫고 도망쳐 버렸다. 이때 장비를 따르는 부하는 십여 명의 기병뿐이었다. 소패로 돌아가려고 했으나 조조의 대군에 의해 퇴로가 차단되고, 서주나 하비성으로 가려고 해도 조조의 대군이 가로막고 있어서, 어쩔 수 없이 망탕산으로 도망쳤다.

한편 유비도 적에게 포위되어 겨우 삼십여 명의 기병을 거느리고 도망쳤으나, 소패성에서는 벌써 불길이 높이 솟아오르고 있었고, 서주와 하비성 쪽에도 조조의 대군이 쏟아져 나오며 길을 막았다. 그때 문득 일이 더 시급해지면 연락을 달라던 원소의 말이 생각나, 잠시 그에게 의지하기로 했다. 그리하여 북방으로 도망치다 다시 적군에게 포위된 유비는, 부하들을 모조리 잃은 채 단신으로 청주성에 도착했다. 청주의 자사인 원소의 장남 원담(袁譚)은 유비를 정중히 맞아 주었으며, 곧 부친인 원소에게 유비가 당도했음을 알렸다.

조조는 그날 밤으로 소패를 함락시키고, 이어서 서주로 진격했다. 미축과 간옹이 최선을 다해 버텨 보았으나 역부족이었으므로, 결국엔 성을 버리고 도망쳤다. 이제 남은 것은 관우가 지키고 있는 하비성뿐이었다. 조조가 다시 하비성을 함락시키기 위해 참모들과 의논하는 자리에서 순욱이 말했다.

"관우는 현덕의 처자를 호위하고 있으므로 이 성을 사수하려 할 터이니, 되도록 빨리 쳐부수어야 합니다. 지체하면 원소에게 기회를 줄 우려가 있습니다."

조조가 말했다.

"나는 전부터 관우의 무예와 인품이 마음에 들었다. 어떻게 해서든 내 사람으로 만들고 싶은데, 무슨 좋은 수가 없을까?"

"관우는 의리를 중히 여기는 사람으로, 절대로 항복하지 않을 것입니다."

곽가가 이렇게 대답했을 때, 장요가 나서며 말했다.

"제가 관우와 잘 아는 사이이니 한번 설득해 보겠습니다."

그러자 정욱이 말했다.

"장요가 관우와 가까운 사이기는 하지만, 제가 보기에는 말만으로는 설득하기 어려울 것입니다. 그러나 관우가 진퇴유곡(進退維谷)에 빠져 허덕일 때 장요가 설득한다면, 그도 반드시 항복할 것입니다."

"그래, 좋은 계책이라도 있는가?"

조조가 눈을 동그랗게 뜨고 물었다.

"유비의 부하 중에 항복한 군사들이 적지 않으니, 그들 중에서 우리가 믿을 수 있는 자들을 골라 도망친 것처럼 하비성에 보내어 관우와 내통하게 합니다. 그리하여 관우를 유인하고, 이쪽에서 일부러 패한 체하여 그를 끌어낸 다음 복병으로 퇴로를 차단하고 나서 설득하는 것이 좋을 줄 압니다."

조조는 이에 동의하고 서주에서 항복한 군사 수십 명을 골라 즉시 하비성의 관우에게 보냈다. 관우는 예전 부하가 도망쳐 온 줄 알고 조금도 의심하지 않았다.

이튿날 하후돈이 앞장서서 오천의 군사를 이끌고 쳐들어왔다. 관우는 처음에는 상대하지 않았으나, 하후돈이 성 밑에서 욕을 퍼붓자 화를 참지 못해 삼천의 군사를 이끌고 성 밖으로 뛰쳐나갔다. 하후돈은 이에 맞서 싸우다가 슬금슬금 뒤로 물러섰다. 관우는 한동안 적을 뒤쫓다가 얼마 후 너무 깊숙이 추격한 것을 깨닫고는 군사를 되돌리려 했다. 그때 함성과 함께 왼쪽에서는 서황, 오른쪽에서는 허저가 군사를 이끌고 퇴로를 차단했다. 관우가 포위를 뚫고 도망치려 했으나, 양쪽 복병이 쏘아대는 화살은 마치 메뚜기 떼가 날아드는 것 같았다.

관우는 힘껏 싸우다 날이 저물자 어느 산자락에 도달하여 군사들을 잠시 쉬게 했다. 그러자 얼마 후에 조조의 군사가 쳐들어와 산기 슭을 에워쌌다. 산꼭대기에 있던 관우는 멀리 하비성에서 불길이 치솟는 것을 보게 되었다. 이것은 거짓 항복한 병사들이 안에서 성문을 열어 주어, 조조의 대군이 성을 함락시킨 후 관우의 마음을 현혹시키기 위해 피워 올린 불길이었다. 걱정이 된 관우는 그날 밤 안으로 여러 차례 산에서 내려오려고 했으나 번번이 수많은 화살이 쏟아져 내리는 바람에 병사들만 무수히 잃었다.

새벽녘이 되어서야 겨우 진영을 정비하고 산을 내려오던 관우의 눈에 한 사람이 말을 타고 올라오는 것이 보였다. 자세히 보니 장요였다.

"감히 네놈이 나와 승부를 겨루려고 찾아온 것이냐?"

장요는 칼을 내던지고 말에서 내렸다.

"그렇지 않소. 옛정을 생각해 일부러 찾아온 것이오."

"그렇다면 그 세 치 혀로 나를 구워삶을 셈이로구나."

"아니오. 전에 그대가 나를 구해 주었으니, 오늘은 내가 그대를 구하려는 것뿐이오."

"그럼 나에게 힘이 되어 주겠다는 겐가?"

"그런 것은 아니오."

"그렇다면 무엇 하러 여기까지 올라온 것인가?"

"유 황숙과 장비 장군도 생사를 알 수 없소. 어젯밤에 승상께서 하비성을 함락시켰으나 백성들은 하나도 다치지 않았고, 유 황숙의 가족 또한 정중히 잘 모시고 있소. 먼저 이것을 그대에게 알리기 위해 온 것이오."

"역시 항복을 권하러 왔군. 내 아무리 절망적인 처지에 있다 하더라도 죽음을 두려워하지는 않는다. 어서 돌아가거라. 나는 곧 산을 내려가 싸움을 결판 짓고 말겠다."

관우의 호통에 장요가 껄껄 웃으며 말했다.

"그대의 말은 천하의 웃음거리밖에 되지 않소."

"나는 충의를 위해 죽는 것이다. 그것이 어찌 웃음거리가 된단 말이냐?"

"당신이 여기서 죽으면 세 가지 죄를 짓게 되는 것이오."

"그건 또 무슨 헛소리냐?"

"옛날 유 황숙이 당신과 의형제를 맺을 때, 같은 날 함께 죽자고 했소. 그런데 지금 당신이 여기서 죽게 되면, 유 황숙이 다시 일어나 당신의 도움을 받으려 해도 불가능한 일이 될 것이오. 이것은 그 서약을 어기는 것으로, 첫 번째 죄가 되오. 그리고 유 황숙은 자신의 가족을 그대에게 맡겼소. 그대가 만일 죽는다면 유 황숙의 신의를 저버리는 것이 되니, 이것이 두 번째 죄가 되오. 또한 그대는 무예가 뛰어나고 고전과 역사를 많이 읽었는데, 유 황숙과 함께 한나라 황실을 돕지 않고 함부로 용맹을 발휘하는 것이 과연 정의라고할 수 있겠소? 이것이 세 번째 죄가 되오."

"그럼 나더러 어떻게 하라는 것인가?"

"지금은 사방 어디를 둘러봐도 승상의 군사뿐이오. 항복하지 않으면 목이 달아나는 수밖에 없소. 그보다는 차라리 승상에게 항복하는 것이 좋을 것이오. 그 후에 유 황숙의 소식이 들려와 어디에 있는지 알게 된다면, 그때 그를 찾아가면 되지 않겠소? 그렇게 하면 첫째로 유 황숙의 가족이 안전할 수 있고, 둘째로 옛날 도원에서의 맹세를 어기지 않게 되며, 셋째로 자신의 목숨도 건지게 되어 후일 유용하게 쓸 수 있는 세 가지 이득이 있소. 그러니 잘 생각해 보시오."

관우는 한동안 골몰히 생각해 보더니, 무겁게 입을 열었다.

"그렇다면 승상께 세 가지 약속을 받아 두고 싶소. 만일 승상이 약속을 지키겠다면, 나도 갑옷을 벗고 항복하겠소. 하지만 내 요구를 거절한다면, 세 가지 죄를 저지르더라도 목숨을 버릴 수밖에 없소."

"승상은 도량이 넓은 분이시니 거절하지 않을 것이오. 그 세 가지 약속이란 게 무엇이오?"

"첫째로, 나는 유 황숙과 함께 한 황실을 돕자는 맹세를 했었소. 이번에도 한나라의 천자에게 항복하는 것이지 결코 조조에게 항복하는 것은 아니오. 둘째로 유 황숙의 가족들에게는 황숙과 같은 봉록(俸祿)을 주어 봉양하기 바라오. 그리고 누구를 막론하고 부인이 거처하는 곳에는 출입을 금지시켜야 하오. 셋째로, 유 황숙의 행방을 알게 되는 즉시, 설사 천리만리 떨어져 있다 하더라도 반드시 찾아가게 해 주오. 이 세 가지 중 어느 하나라도 들어주지 않는다면 항복할 수 없소."

장요가 조조에게 돌아와 이것을 보고하자, 조조는 큰 소리로 웃으며 말했다.

"나는 한나라의 승상이니 한나라란 곧 나를 말하는 것이다. 그러니 첫 번째 조건은 들어줘도 무방하겠지. 두 번째 조건인 봉록은 갑절을 주기로 하겠다. 그러나 세 번째 조건만은 들어줄 수가 없구나."

"유현덕은 관우에게 오직 은혜만을 베풀어 주었다고 합니다. 그러므로 승상께서 현덕 이상으로 은혜를 베풀어 주시면 관우도 감동해서 따르게 될 것입니다."

"그 말이 옳군. 알았네, 세 가지 약속 모두 들어주겠네."

장요는 다시 산으로 올라가 관우에게 조조의 뜻을 전했다. 그러자 관우는 산에서 내려와 하비성에 가서 유비의 부인에게 사정을 말하고, 조조에게 가서 항복했다.

이튿날 조조는 허도로 돌아왔다. 허도에 돌아오자마자 조조는 관우에게 특별히 집 한 채를 주어 살게 하고, 자주 연회를 베풀어 극진히 대접했다. 그리고 비단과 금은보화를 관우에게 보내고, 열 명의 미녀로 하여금 관우의 시중을 들게 했다. 그러나 관우는 그 물건들을 모두 유비의 부인에게 맡기고, 미녀들은 부인의 하녀로 일하게 했다. 조조는 이것을 보고 점점 더 관우가 탐이 났으나, 관우는 조금도 기쁜 얼굴을 보이지 않았다.

어느 날 조조는 관우가 입고 있는 초록색 비단옷이 너무 낡은 것을 보고는 고급 비단으로 옷을 한 벌 지어 주었다. 관우는 이것을 받아 속에 입고, 그 위에 본래의 옷을 걸쳤다. 그것을 본 조조가 말했다.

"운장은 참으로 검소한 사람이오."

"검소한 것이 아닙니다. 전의 옷은 유 황숙이 주신 것이라, 이것을 걸치고 있으면 형님의 얼굴을 보는 것 같은 느낌이 듭니다. 승상께 새 옷을 받았다고 해서 형님의 모습을 잊을 수는 없습니다. 그래서 그냥 입고 있을 뿐입니다."

"참으로 의사(義士)시오."

입으로는 그렇게 칭찬했지만, 조조의 마음속은 언짢기 그지없었다.

관우의 수염은 길고 멋있었다. 조조는 얇은 비단으로 수염을 싸는 주머니를 만들어 선물했다. 어느 날 관우가 궁중에서 천자를 알현할 때, 천자가 그의 가슴에 비단 주머니가 달려 있는 것을 보고 무엇이냐고 물었다.

"신의 수염이 좀 길기 때문에 승상께서 이 속에 넣으라고 주머니를 주셨습니다."

관우가 주머니에서 수염을 꺼내 보이니 수염이 아랫배에 닿을 정도였다. 천자는 크게 감탄하며 말했다.

"내 일찍이 본 적이 없는 아름다운 수염이구려."

그 후부터 사람들은 관우를 미염공(美髥公)이라고 불렀다.

어느 날 조조는 관우의 말이 여윈 것을 보고는 그 이유를 물었다.

"제 몸이 무거워선지 말이 힘겨워하는 것 같습니다."

그 말을 들은 조조는 곧 말 한 마리를 끌어오게 했다.

"이 말을 알아보겠소?"

자세히 보니, 전신이 피워놓은 숯불처럼 빨갛게 윤기가 흐르고 있었다.

"이건…… 여포가 타고 있던 적토마가 아닙니까?"

"그렇소."

조조는 말과 함께 보석으로 치장된 안장을 관우에게 주었다. 관우가 두 번 절하며 감사함을 표시하자, 조조가 물었다.

"내가 가끔 미녀와 금은보화를 그대에게 주었는데, 그때는 한 번도 고맙다고 말한 적이 없었소. 그런데 오늘은 말 한 마리를 주었다고 이렇게 기뻐하니, 그대는 사람보다도 가축을 더 귀히 여기는가 보오."

"이 말은 하루에 천 리를 달린다고 들었습니다. 이 말만 있으면 형님의 거처를 아는 즉시 당장에라도 찾아갈 수 있을 것 아닙니까?"

순간 조조는 아차 하고 후회하며, 곧 장요를 불러 말했다.

"내가 아무리 운장을 후대해도 그는 언제나 떠날 생각만 하고 있으니, 어떻게 된 건가?"

장요가 관우를 만나 본심을 물었다. 그러자 관우가 말했다.

"물론 승상의 후대는 잘 알고 있네. 그렇지만 유 황숙의 은의(恩義)는 함께 죽기로 맹세한 사이라 어길 수가 없네. 언제까지고 이곳에 머물러 있을 수는 없는 일 아닌가? 그렇지만 어떻게든 승상을 위해 공을 세운 뒤 떠날 생각이네."

장요의 보고를 들은 조조는 한숨을 내쉬었다.

"주인을 바꿔도 근본을 잊지 않으니, 천하의 의사(義士)다."

그러자 옆에서 순욱이 말했다.

"운장이 공을 세우고 가겠다면 그에게 공을 세울 기회를 주지 않으면 되는 것입니다. 그러면 그는 결코 떠날 수 없을 것입니다."

조조는 말없이 고개만 끄덕였다.

한편, 원소에게 몸을 맡긴 유비는 언제나 번민이 끊이지 않았다. 그 모습을 본 원소가 물었다.

"유 공은 어찌하여 늘 수심이 가득한 얼굴을 하고 있는 것이오?"

"두 아우는 소식을 알 길이 없고 처자는 조조의 손에 잡혀 있으며, 나라에 보답하기는커녕 가정 하나 제대로 거느리지 못하는 신세니, 어찌 마음이 편할 수 있겠습니까?"

"나도 전부터 허도를 칠 생각이었소. 마침 봄이 되었으니, 싸우기 좋은 때가 되었소."

그리하여 조조를 격파할 의논이 시작되었다. 그런데 전풍이 지구전(持久戰)을 주장하며 출병을 반대하고 나섰다. 원소가 결정을 내리지 못하자, 유비가 찾아가 말했다.

"전풍의 말은 붓대에 의지하는 선비의 의논입니다. 저들은 싸움을 싫어하여 평안한 나날을 보내면서 봉록이나 타 먹을 생각만 합니다. 조조는 천자를 우습게 아는 역적입니다. 만일 장군이 그를 쳐부수지 않는다면 대의에 어긋나는 일이요, 이는 천하의 웃음거리가 될 것입니다."

"유 공의 말이 백 번 지당하오."

원소는 안량을 앞세우고 백마현(白馬縣)으로 진격했다. 대군이 여양현에 도착했을 때, 동군 태수인 유연(劉延)이 급히 허도에 보고를 올렸다. 조조는 서둘러 출군을 준비했다. 이것을 안 관우가 조조를 찾아왔다.

"승상, 출병하시면 저를 선봉에 세워 주십시오."

"운장이 수고할 필요는 없을 것 같소. 싸우다 필요하면 그때 부탁을 하리다."

조조는 십오만 대군을 세 부대로 나누고, 스스로 오만의 군사를 이끌고 앞장섰다. 백마현에 당도해 야산 위에 진을 치고 바라보니, 멀리 넓은 평야에 안량이 이끄는 선발 부대 십만이 진을 치고 있었다. 조조는 여포 휘하의 맹장이었던 송헌(宋憲)을 내보냈다.

송헌은 기꺼이 창을 들고 말을 몰아 나갔다. 안량은 칼을 들고 맨 앞줄에 버티고 있다가 큰 소리를 내지르며 말을 몰고 나가, 불과 세 차례 싸운 끝에 송헌을 찔러 말에서 떨어뜨렸다. 그것을 본 송헌의 친구 위속(魏續)이 창을 들고 말을 몰아 나갔다. 위속이 안량에게 욕설을 퍼부었지만, 안량은 말없이 말을 몰아 단칼에 위속의 목을 베어 버렸다.

"누가 저놈의 목을 가져오겠느냐?"

화가 난 조조가 소리치자, 서황이 달려나갔다. 그러나 서황 역시 안량과 이십여 차례 싸우다가 본진으로 도망쳐 왔다. 장수들은 모두 벌벌 떨 뿐이었다. 정욱이 나서며 말했다.

"안량을 상대할 사람은 운장뿐입니다."

"그는 공을 세우면 언제고 떠날 사람이 아닌가?"

"유비가 살아 있다면 아마 원소에게 의탁하고 있을 것입니다. 만일 운장이 원소의 장수를 무찌르면, 원소는 유비를 의심하여 죽여버릴 것입니다. 유비가 죽으면 운장은 갈 곳이 없어집니다."

조조는 기꺼이 관우를 데려오도록 했다. 관우가 도착하자, 조조는 산 위에서 적진을 가리키며 말했다.

"하북의 군세가 대단하지 않소?"

"제 눈에는 들판의 개떼로 보입니다."

"저 아래 칼을 들고 말에 올라탄 자가 바로 안량이오."

관우는 한참을 바라본 후 말했다.

"제 눈에는 '이 목을 내놓겠다.' 는 표찰을 달고 있는 것처럼 보입니다."

말을 끝내기가 무섭게 적토마에 올라탄 관우는 청룡언월도를 들고 두 눈을 부릅뜬 채 쏜살같이 적진으로 뛰어갔다. 하북의 군세는 성난 파도처럼 좌우로 갈라지며 한복판에 길을 냈고, 그 사이로 관우가 날아갈 듯이 뛰어들었다. 관우를 본 안량이 소리를 지르려고 했지만, 미처 손쓸 여지도 없이 관우의 청룡언월도에 목이 나가 떨어졌다.

관우가 급히 말에서 내려 안량의 목을 잘라 말의 목에 동여매고, 말 등에 뛰어올라 적진을 향해 돌진하니, 마치 무인지경을 가는 것 같아 하북의 군사들은 모두 넋을 놓고 말았다. 이 틈을 노려 조조의 군사들이 쳐들어가자 십만의 대군이 그대로 무너져 도망치기에 바빴다. 관우가 산 위에 올라와 안량의 목을 내밀자, 조조는 입을 다물지 못했다.

"장군의 무예는 정말 귀신같구려!"

"저 같은 건 아무것도 아닙니다. 제 동생 장비는 백만의 적군을 헤치고 대장 죽이기를 주머니의 물건 꺼내듯 합니다."

관우의 말에 깜짝 놀란 조조는 주위의 장수들을 둘러보며 말했다.

"앞으로 장비라는 자를 만나면 함부로 싸우지 말라."

한편 안량이 죽었다는 보고를 들은 원소는 깜짝 놀랐다. 그것도 얼굴이 붉고 수염이 긴 장수에게 단칼에 죽었다는 말은 믿을 수가 없었다.

"그게 누구더냐?"

그러자 참모 저수(沮授)가 대답했다.

"유현덕의 동생 관운장이 틀림없습니다."

원소는 화가 머리끝까지 치밀어 유비를 죽일 듯이 노려보았다. 그러나 유비는 얼굴빛 하나 바꾸지 않고 말했다.

"저는 서주 싸움에서 패한 이후로 운장의 생사조차 모르고 있습니다. 또한 얼굴이 붉고 수염이 긴 자가 반드시 운장이라고 단정할 수도 없지 않습니까?"

원래 마음이 약한 원소는 옳은 말이라 하여 오히려 저수를 꾸짖었다. 그러고는 안량의 원수를 갚기 위해 회의를 열었는데, 한 장수가 기다렸다는 듯이 나섰다.

"안량과 저는 형제나 다름없었습니다. 이 원한은 반드시 갚겠습니다."

키가 팔 척이고 해태같이 괴상한 얼굴을 한, 하북의 명장 문추(文醜)였다. 원소는 그에게 십만의 군사를 내주어 조조를 정벌케 했다. 그러자 유비 역시 출전을 자원했다. 원소는 기꺼이 승낙하여, 문추가 칠만의 군사를 이끌고 먼저 출발하고, 유비는 삼만의 군사를 이끌고 뒤따르게 했다.

한편 조조는 관우가 안량의 목을 자른 후로 더욱 그를 존경하였고, 조정에 상주하여 한수정후(漢壽亭侯)에 봉했다.

문추가 황하를 건너 연주 부근까지 쳐들어왔다는 보고를 받은 조조는, 일부러 군량미를 실은 수송대를 먼저 보냈다. 문추의 군사가 수송대에 덤벼들어 군량과 수레 등을 약탈하고 다시 말을 빼앗으려고 대열이 흩어졌을 때, 산 위에서 진을 치고 있던 조조의 군사가 일제히 공격하기 시작했다. 문추의 군사는 큰 혼란에 빠졌다. 혼자 분전하던 문추는 조조의 군사를 감당할 수 없음을 깨닫고는 마침내 말머리를 돌려 도망쳤다. 산 위에 있던 조조가 그를 가리키며 외쳤다.

"문추는 하북의 명장이다. 누가 생포해 오겠느냐?"

말이 떨어지기가 무섭게 장요와 서황이 나란히 달려나갔다. 그러나 장요는 문추가 쏜 화살에 얼굴을 맞아 말에서 떨어졌고, 서황은 큰 도끼를 휘두르며 달려들었으나 도리어 역습을 받아 도망쳐 왔다. 그 뒤를 문추가 뒤쫓으니, 서황은 죽은 목숨이나 다를 바 없었다.

그때 갑자기 십여 명의 기병이 깃발을 휘날리면서 달려나왔다. 선두에 선 장수는 관우였다.

"네 이놈, 나와 한번 겨뤄 보자!"

그렇게 삼십여 합을 겨루다가 문득 겁이 난 문추는 말을 돌려 강기슭으로 도망쳤다. 그러나 적토마를 탄 관우는 금세 문추를 따라잡아 단칼에 목을 내리쳤다. 이때 조조의 군사가 일제히 쳐들어가니, 하북의 군사는 대부분이 강물에 빠져 죽었다.

유비의 군사가 도착해 보니, 강 맞은편에 한 떼의 기마병이 여기저기 뛰어다니고, 깃발에는 '한수정후 관운장'이라는 일곱 자가 씌어 있었다. 유비는 마음속으로 천지신명에게 감사했다.

'운장은 역시 조조의 밑에 있었구나.'

유비는 어떻게 해서든 관우를 만나려고 했으나, 물밀듯이 쳐들어오는 조조의 군사에게 밀려 할 수 없이 뒤로 물러났다.

원소는 이번에도 관우가 문추를 죽였다는 말을 듣고, 유비에게 욕설을 퍼부으며 당장 목을 베라고 명령했다. 그러자 유비는 정색을 하고 원소에게 말했다.

"조조는 저를 원수 대하듯 합니다. 제가 영주님과 힘을 합치는 것이 두려운 나머지 관우를 내세워 안량과 문추를 치게 한 것입니다. 이로써 화가 치민 영주님의 손을 빌려 저를 죽이려는 계략임을 어찌 모르신단 말입니까. 잘 생각해 보시기 바랍니다."

원소는 옳은 말이라 생각하여 다시 생각을 바꾸었다. 유비는 원소에게 감사를 표하며 말했다.

"믿을 만한 자에게 밀서를 주어 운장에게 제 소식을 전하면, 운장은 반드시 이곳으로 와 우리를 도울 것입니다. 그때 함께 조조를 멸하여 안량과 문추의 원수를 갚으면 될 것입니다."

"운장만 내 편이 된다면 안량·문추의 열 배는 힘이 될 것이오."

원소는 무양(武陽)까지 후퇴하여 진영을 정비했다.

조조는 하후돈에게 관도(官渡)를 지키게 하고, 자신은 허도로 개선하여 관우의 전공을 치하했다. 그때 여남(汝南) 지방에서 황건적의 잔당인 유벽과 공도 등이 약탈을 일삼고 있다는 보고가 들어왔다.

관우가 토벌에 나서겠다고 하자 조조는 오만의 군사를 내주었다. 여남 경계까지 전진하여 진을 쳤는데, 그날 밤 적의 정탐꾼 두 놈이 잡혀 왔다. 관우가 보니 그중의 한 사람은 아는 얼굴로, 바로 손건이었다. 관우는 주위의 사람들을 물러가게 한 다음 그에게 물었다.

"서주에서 패한 후 오랫동안 행방을 몰랐는데, 이렇게 만나니 반갑구나."

"그때 겨우 도망친 이후 여남 지방을 헤매다가 다행히 유벽에게 의지하게 되었습니다. 장군께선 어찌하여 조조의 밑에 계신 겁니까? 사모님께서는 무사하신지요?"

관우가 자초지종을 설명하자 손건이 말했다.

"소문에 들으니, 유 황숙께선 원소에게 의지하고 계신 모양입니다. 그리고 유벽과 공도는 원소와 손을 잡고 조조를 치려고 합니다. 저는 장군께서 이리로 진군하신다는 말을 듣고 정탐꾼으로 가장하여 연락을 취하러 온 것입니다. 이번 싸움에서 유벽과 공도는 일부러 진 체하고 도망칠 터이니, 장군께서는 어서 사모님과 함께 유 황숙을 찾아가십시오."

"형님이 원소에게 가 계시다면 당연히 찾아가 뵈어야겠지. 그런데 내가 원소의 장수 둘을 죽인 것이 마음에 걸리는데…… 형님께서 곤욕을 치르시는 건 아닌지 걱정일세."

"그럼 제가 먼저 가서 형편을 살펴보겠습니다."

"형님을 한 번이라도 뵐 수 있다면 죽어도 괜찮겠지만, 일단 허도로 돌아가 조조에게 작별 인사부터 해야겠네."

관우는 그날 밤 몰래 손건을 돌려보냈다. 이튿날 관우가 군사를 이끌고 쳐들어가자, 과연 유벽과 공도는 일부러 패한 체하고 여남을 비워 주었다.

관우는 허도로 개선하자마자 유비의 부인을 찾아가 유비가 하북에 살아 있다는 소식을 몰래 전했다. 그런데 이 소식이 조조의 귀에까지 전해졌다. 불안해진 조조는 장요를 시켜 관우의 마음을 떠보게 했다.

"장군과 유 황숙 사이와 장군과 나 사이는 어떻게 다르오?"

장요가 찾아와 묻자, 관우가 당연하다는 듯이 대답했다.

"그대와 나는 친구 사이지만, 형님과 나는 친구이자 형제이자 또한 군신 사이기도 하네. 어떻게 비교가 될 수 있는가?"

"유 황숙이 하북에 있다고 들었는데, 그리로 가시겠소?"

"도원의 맹세를 어떻게 어기겠는가? 그대는 내 말을 그대로 승상에게 전해 주게."

장요는 조조에게 돌아와 관우가 한 말을 그대로 전하자, 조조가 말했다.

"그래도 그를 붙잡아 둘 방법이 있다."

얼마 후 관우에게 원소의 부하인 진진(陳震)이라는 자가 찾아와 한 통의 편지를 전했다. 펴 보니 유비의 필적이었다.

너와 나는 복숭아밭에서 의형제를 맺고 같은 날 죽기로 맹세했는데, 너는 어찌하여 약속을 저버렸느냐? 네가 만일 명예와 지위를 원한다면 기꺼이 내 목을 줄 테니, 그것을 가지고 출세하기를 바란다. 편지로는 내 마음을 다 전할 수 없으니 안타깝구나. 답장을 기다린다.

편지를 다 읽고 난 관우는 소리 내어 울면서 말했다.

"내가 형님을 생각하지 않은 날이 단 하루도 없었네. 다만 어디에 계신지를 몰랐을 뿐이지, 명예와 지위에 눈이 어두워 옛날의 맹세를 잊은 것은 아니라네."

"유 황숙께서도 장군님을 몹시 그리워하고 계십니다. 어서 가 뵙도록 하십시오."

"인간으로 하늘 아래 태어나 마음이 한결같지 않다면 어찌 군자라고 할 수 있겠는가. 내가 처음 이곳에 왔을 때에도 떳떳했으니, 떠날 때에도 떳떳해야겠네. 편지를 써 줄 테니 형님께 전해 드리게. 나는 조조에게 작별 인사를 하고 난 후 형수님을 모시고 형님을 찾아가겠네."

관우는 유비에게 답장을 써서 진진에게 주고, 승상부에 가서 조조를 만나려고 했다. 그런데 조조는 이것을 미리 알아차리고 '면회 사절'이라는 푯말을 문에 걸어 놓은 채 만나주지 않았다. 할 수 없이 집으로 돌아온 관우는 언제든 떠날 수 있도록 준비하는 한편, 조조로부터 받은 물건들을 모두 집 안에 놓아두고, 주위 사람들에게도 절대 손대지 말라고 당부했다.

그러나 그 이튿날도, 그 다음 날도 몇 번이나 조조를 찾아갔으나 도저히 만날 수가 없었다. 할 수 없이 장요와 의논하려고 찾아갔으나, 그도 병을 핑계로 만나 주지 않았다. 관우는 부득이 작별을 고하는 편지를 써서 조조에게 보낸 후 지금까지 여러 차례 받은 재물들을 모두 싸서 창고에 넣고, '한수정후'라는 인감도 관저에 걸어놓았다. 그리고 유비의 부인을 수레에 태우고, 자신은 적토마를 타고 청룡언월도를 손에 든 채 성문을 빠져나왔다.

조조는 관우의 편지를 읽고 깜짝 놀랐다. 편지에는 관우가 수레와 짐 외에 이십여 명의 권속을 데리고 북쪽으로 떠난다는 사연이 적혀 있었다. 그때 채양(蔡陽)이라는 장수가 조조 앞에 나서며 말했다.

"제가 기병 삼천을 거느리고 뒤쫓아가 관우를 생포해 오겠습니다."

"옛 주인을 잊지 않고 처음부터 끝까지 떳떳이 행동하는 관우야말로 진짜 대장부다. 그대들도 본받도록 하라."

채양이 겸연쩍어 물러서자, 정욱이 다시 나섰다.

"그렇다 하더라도 승상께 인사도 없이 떠난 것은 무례하기 짝이 없는 일입니다. 게다가 그가 원소의 편에 선다면 호랑이에게 날개를 달아주는 격이니, 차라리 그를 죽여 후환을 없애는 편이 좋을 줄 압니다."

"일단 그와 약속한 이상 신의를 지키지 않을 수 없다."

이번에도 조조는 풀죽은 목소리로 고개만 가로젓더니, 장요를 불러 말했다.

"그래도 작별 인사는 해야 하니, 어서 가서 운장에게 잠시만 기다려 달라고 전해 주게."

관우가 타고 있는 적토마는 하루에 천 리를 달리는 말이지만 수레와 짐을 호위하느라 여행길은 더디기 그지없었다. 성을 나와 삼십여 리쯤 가고 있을 때, 뒤에서 큰 소리로 부르는 소리가 들려왔다.

"운장, 잠깐만 기다리시오."

돌아보니 장요였다. 관우는 수레와 권속들에게 먼저 가라고 이르고는 적토마의 고삐를 돌려 물었다.

"그대는 나를 막으려고 온 것인가?"

"그렇지 않소. 승상께서 장군이 떠났다는 말을 듣고 작별 인사를 하기 위해 이리로 오고 계시오. 나는 그 사실을 전하려고 서둘러 온 것이오."

"설사 승상의 군대가 온다고 해도 내 뜻은 꺾이지 않을 것이오."

관우는 말을 다리 위에 세우고 앞을 바라보았다. 멀리서 조조가 수십 명의 기병을 이끌고 쏜살같이 달려오는 것이 보였다. 그리고 허저 · 서황 · 우금 · 이전 등이 그 뒤를 따르고 있었다.

조조는 관우가 청룡언월도를 든 채 말을 다리 위에 세운 것을 보고는, 장수들에게 말을 길 양쪽에 세우도록 명령했다. 관우는 그들이 무장을 하지 않은 것을 보고 비로소 마음을 놓았다. 조조가 다가와 말했다.

"운장, 무엇 때문에 이렇게 급히 떠나는 것이오?"

관우가 말 위에서 몸을 굽히며 말했다.

"전에 말씀 드린 바와 같이 형님께서 하북에 있다는 소식을 들은 이상 급히 가야겠습니다. 여러 번 승상부를 찾아갔으나 뵐 수가 없었기에, 무례인 줄은 알지만 서신으로 작별 인사를 대신했습니다."

"나는 신의를 중히 여기는 사람이오. 그대와의 약속은 반드시 지키겠소."

그러면서 갖고 온 황금을 여비로 주려 했으나 관우는 정중히 거절했다. 조조는 껄껄 웃으며 말했다.

"그대는 천하에 둘도 없는 의사(義士)요. 내가 붙잡아 둘 수 없는 것이 유감스럽기 짝이 없구려. 이 비단옷으로라도 작별의 섭섭함을 표시하고 싶으니, 이것만은 받아 두시오."

한 장수가 말에서 내려 옷을 내놓자, 관우는 말 위에 탄 채 청룡언월도를 내밀어 그 옷을 받았다.

"고맙게 받겠습니다. 다음에 또 뵐 때가 오겠지요."

관우는 조조에게 고개를 한 번 숙여 보이고는 말 머리를 돌려 북쪽을 향해 길을 재촉했다.

그날 저녁 관우 일행은 어느 민가에 들어가 하룻밤 묵어가기를 청했다. 주인은 머리와 수염이 모두 새하얀 노인으로, 한눈에 관우의 비범함을 알아보고 물었다.

"장군의 성함을 여쭤도 되겠습니까?"

"나는 유 황숙의 동생 관우라 하오."

"그럼 안량과 문추의 목을 단칼에 베었다는 그분이 아니십니까?"

"그렇소."

노인은 기뻐하며 집 안으로 맞아들여 극진히 대접했다.

"제 성은 호(胡), 이름은 화(華)라 부릅니다. 환제 때 의랑 벼슬까지 하다가 지금은 할 일 없이 세월만 보내고 있습니다. 제 아들 호반(胡班)이 형양(滎陽) 태수 왕식(王植) 밑에서 속관(屬官)을 지내고 있는데, 만일 그 근처를 지나신다면 편지를 한 통 써 드리겠습니다."

관우로서는 마다할 이유가 없었다. 이튿날 관우 일행은 호화에게 작별 인사를 하고 낙양으로 길을 떠났다. 이윽고 동령관(東嶺關)이라는 관문에 이르렀는데, 이 관문은 공수(孔秀)라는 장수가 수백 명의 병사를 거느리고 지키고 있었다. 관우가 고개를 올라가니, 공수는 관문 앞까지 나와 물었다.

"장군, 어디로 가십니까?"

"승상께 휴가를 얻어 하북으로 형님을 찾아가는 길이네."

"하북의 원소는 승상의 적이니, 그곳에 가신다면 승상의 증명서를 갖고 계시겠군요."

"급히 떠나는 바람에 증명서를 갖고 오지 않았네."

"그러시다면 저희가 급히 사람을 보내 승상께 여쭤 보고 오겠습니다."

"그러면 내 갈 길이 너무 늦어지는데……."

"꼭 통과하시려면 부인들은 인질로 두고 가십시오."

그 말에 화가 난 관우가 청룡언월도를 뽑아 들자, 공수는 재빨리 관문으로 도망치며 북을 울렸다. 그리고는 군사를 모아 투구와 갑옷으로 무장을 하고 관문을 내려왔다.

"이래도 우기겠소?"

관우는 청룡언월도를 휘두르며 공수에게 달려들었다. 공수가 창을 들고 맞섰으나 두 마리의 말이 엇갈리면서 공수의 머리가 땅으로 떨어졌다. 그것을 본 병사들은 일제히 말 앞에 무릎을 꿇고 엎드렸다. 관우 일행은 그 앞을 지나 낙양을 향해 길을 재촉했다.

이 사실이 낙양 태수 한복(韓福)에게 전해지자, 그는 곧 부하 장수들을 불러 의논했다.

"관우의 용맹은 안량과 문추 같은 맹장도 쓰러뜨릴 정도니, 힘으로는 도저히 당해 낼 수 없을 것이다. 그렇다면 계략을 써서 생포할 수밖에 없다."

그러자 장수 맹탄(孟坦)이 말했다.

"제게 좋은 계책이 있습니다. 가시나무 울타리로 관문을 막고, 관우가 오면 제가 싸우는 척 유인할 테니, 그때 일제히 활을 쏘아 사로잡는 것입니다. 그 후 허도로 압송하면 승상께서 큰 상을 내릴 것입니다."

그때 마침 관우 일행이 도착했다는 보고가 들어왔다. 한복은 천 명의 기병을 관문 앞에 나란히 세운 후 관우를 맞았다.

"거기 오는 자는 누구냐?"

"나는 한수정후 관우요. 이곳을 지나가게 해 주시오."

"승상의 증명서를 갖고 있소?"

"급히 떠나느라 가지고 오지 못했소."

"나는 승상의 명령에 따라 이곳을 지키고 있소. 따라서 승상의 증명서가 없다면 아무리 그대라 할지라도 통과시킬 수 없소."

그러자 관우가 화가 나서 말했다.

"동령관의 공수도 그렇게 말하다 목이 달아났다. 목숨이 아깝지 않느냐?"

"뭣들 하느냐! 저놈을 잡아라!"

그러자 맹탄이 말을 몰아 두 자루의 칼을 휘두르며 관우에게 덤벼들었다. 그는 서너 번 싸우다가 말을 돌려 도망치려 했지만 관우의 말은 적토마였다. 금세 따라잡은 관우의 칼에 맹탄의 머리가 떨어져 나갔다. 그 순간 한복이 쏜 화살이 관우의 왼쪽 팔꿈치에 적중했다. 관우는 화살을 입으로 빼어 버린 후 한복에게 달려들어 칼로 머리에서 어깨까지 내리쳤다. 그러자 감히 관우의 앞을 막으려는 자가 없었다.

상처를 대강 동여맨 관우는 그 밤으로 기수관까지 갔다. 기수관의 장수는 변희(卞喜)라는 사람으로, 사슬낫의 명수였다. 그는 관문에서 가까운 진국사(鎭國寺)라는 절에 이백여 명의 복병을 숨겨 놓고, 그곳으로 관우를 유인한 다음 술잔을 던지는 것을 신호로 일제히 관우에게 덤벼들기로 했다. 만반의 준비를 마친 변희는 관문 밖까지 나가 관우를 맞아들였다.

"일찍부터 장군의 명성을 듣고 흠모해 왔습니다. 유 황숙께 돌아가신다니, 장군의 깊은 신의를 알고도 남습니다."

마음을 놓은 관우가 공복과 한수의 목을 자른 이야기를 들려주자, 그는 당연하다는 듯이 말했다.

"어쩔 수 없었던 일이라고 생각합니다. 제가 승상을 뵙고 사정을 상세히 말씀 드리겠습니다."

관우는 아무런 의심 없이 변희를 따라 진국사로 향했다. 진국사에는 삼십여 명의 승려가 있었는데, 그 가운데는 관우와 동향인 보정(普淨)이라는 승려도 있었다. 변희의 계략을 알아챈 보정은 관우가 옆을 지날 때 눈짓으로 신호를 보냈다. 관우는 그 뜻을 알아채고 옆에 있는 자에게 칼을 지니게 하고 자기 곁을 떠나지 말라고 지시했다. 변희는 관우를 법당에 마련한 연회석으로 안내했다. 연회석으로 들어서며 관우가 물었다.

"그대가 나에게 베푼 호의는 진심에서 우러난 것인가, 아니면 딴 생각이 있는 것인가?"

변희가 우물쭈물하는 사이에 관우는 벽에 친 장막 안에 복병이 숨어 있음을 간파하고 큰 소리로 호령했다.

"네 놈이 감히 나를 속이려 하느냐!"

계략이 드러나자 변희는 큰 소리로 외쳤다.

"어서 이놈을 잡아라!"

좌우에 숨어 있던 병사들이 우르르 달려들었으나, 관우가 뽑아 든 칼에 모조리 목이 달아났다. 변희는 재빨리 몸을 피해 복도로 도망을 쳤다. 관우가 뒤쫓아 가자 변희는 숨겨 두었던 사슬낫을 찾아 휘둘렀다. 그러나 어찌 관우의 상대가 될 수 있으랴. 변희는 관우의 단칼에 비명도 지르지 못하고 쓰러졌다. 관우는 보정에게 고맙다는 인사를 하고 유비 부인이 타고 있는 수레를 호위하면서 형양으로 향했다.

형양 태수 왕식은 한복과 절친한 사이였으므로, 관우가 오면 원수를 갚으리라 벼르고 있었다. 관우가 도착하자 왕식은 관문 밖에까지 나와 웃는 얼굴로 그를 맞아들였다.

"장군, 먼 길을 오시느라 수고가 많았습니다. 부인께서도 수레에 시달려 얼마나 피곤하시겠습니까? 우선 성안에서 하룻밤 푹 쉬십시오."

왕식은 관우 일행을 객사로 안내한 다음, 부하 호반을 불러 말했다.

"관우는 무예가 뛰어난 자다. 자네가 오늘 밤에 천 명의 군사를 이끌고 그의 숙소를 에워싼 다음, 북이 세 번 울리면 일제히 불을 질러서 모조리 태워 죽여라. 나도 군사를 이끌고 뒤를 봐 주겠다"

호반은 곧 군사를 이끌고 잘 마른 장작들을 몰래 객사 주변에 쌓아 만반의 준비를 했다. 그러다가 문득, 관우가 어떤 사람인지 궁금해진 호반은 가만히 창가로 가 안을 들여다보았다. 관우는 왼손으로 수염을 쓰다듬으면서 등불 아래 책상에 기대어 책을 읽고 있었다.

"아! 신선의 모습이 따로 없구나!"

호반의 입에서는 자기도 모르는 사이에 감탄의 소리가 흘러나왔다. 관우가 이 말을 듣고 외쳤다.

"누구냐?"

"저는 형양 태수의 부하 호반이라고 합니다."

"그렇다면 허도성 밖에 사는 호화의 아들이 아니냐?"

"그렇습니다."

관우는 호화가 써 준 편지를 꺼내어 호반에게 건네주었다. 편지를 읽고 난 호반은 한숨을 쉬면서 말했다.

"하마터면 의사 한 분을 죽일 뻔했습니다."

호반은 왕식의 계략을 알리고 빨리 성 밖으로 몸을 피하라고 일렀다. 성문을 열고 관우 일행이 멀리 사라지는 것을 보자 호반은 객사에 불을 질렀다.

이윽고 관우 일행이 도망친 것을 알게 된 왕식은 군사를 이끌고 뒤쫓아 갔으나 오히려 관우의 칼에 맞아 그 자리에서 죽고 말았다. 관우는 호반에게 감사한 뒤 활주(滑州)의 경계에 이르렀다.

자사 유연이 성 밖까지 마중을 나와 있었다. 관우는 전에 안량과 문추를 이 근처에서 쳐부수고, 유연을 곤경에서 구해 준 적이 있었다. 유연이 말했다.

"지금 황하 나루터의 관문을 지키고 있는 장수는 하후돈의 부하인 진기(秦琪)로, 장군을 건네주지 않을 것입니다."

관우는 유연에게 배를 빌려 달라고 부탁했으나, 유연은 자신에게 화가 미칠까 두려워 내주지 않았다. 관우는 하는 수 없이 수레를 몰아 황하 나루터에 이르렀다. 그러자 진기가 군사를 이끌고 나타나 물었다.

"거기 오는 사람은 누구시오?"

"한수정후 관우라네."

"어디로 가시오?"

"하북에 계신 형님을 찾아가는 길일세."

"승상의 증명서가 있습니까?"

"나는 승상의 지시를 받지 않으므로 증명서 같은 건 없네."

"나는 하후돈 장군의 명령에 따라 이 나루터를 지키고 있소. 그대에게 날개가 달렸다고 해도 건너가게 할 수 없소."

"내가 오는 도중에 길을 막는 자들의 목을 모조리 베어 버렸다는 것을 모르느냐?"

"이름도 없는 졸개들 몇을 죽인 것을 가지고 너무 기고만장해 하지 마시오."

"네놈 따위가 안량·문추와 견줄 수 있느냐?"

이 말에 화가 치민 진기가 칼을 들고 관우에게 덤벼들었다. 말이 서로 어긋나면서 관우가 내리친 칼에 진기의 목이 땅에 떨어졌다.

황하를 건너자 벌써 원소의 영지였다. 이제까지 관우가 지나온 관문은 다섯 군데고, 목을 베어 버린 장수는 모두 여섯이었다. 관우는 말 위에서 한숨을 쉬며 말했다.

"도중에 사람을 죽인 것은 부득이한 일이었지만, 조조가 이것을 안다면 배은망덕한 사람이라고 생각할 테지."

그때 기병이 하나 달려오는 것이 보였다. 자세히 보니 손건이었다. 손건은 여남에서 관우와 헤어진 뒤 하북의 원소를 찾아갔으나, 휘하의 장수들이 서로 질투하고 원소 자신도 의심이 많고 변덕스러운 사람이었으므로, 유비와 의논한 끝에 여남의 유벽에게 의지하기로 했다. 이것을 관우에게 알리기 위해 달려왔던 것이다. 그리하여 관우는 길을 바꾸어 여남으로 향했다.

도중에 하후돈이 부하의 원수를 갚기 위해 이백여 명의 기병을 거느리고 뒤쫓아 왔으나, 뒤이어 장요가 말을 몰고 달려와서 조조의 명령을 전했다. 조조는 관우가 관문의 장수들의 목을 베었다는 보고를 받고, 더 이상 불상사가 있어서는 안 되겠다는 생각에 관우를 보내주라고 명령을 내린 것이다.

"승상을 만나거든 내가 미안하다고 전해 주시오."

장요와 작별 인사를 나눈 관우는 일행을 이끌고 다시 길을 재촉했다.

며칠이 지나 와우산(臥牛山) 산기슭을 지나던 중, 황건적의 잔당으로 지금은 산적 두목이 된 배원소(裵元紹)와 주창(周倉)이라는 호걸을 만났다. 두 사람은 졸개들과 함께 관우의 부하가 되기를 원했으나, 전부 데리고 갈 수 없는 처지였으므로 주창만 데리고 가기로 하고, 나머지 사람들은 배원소를 우두머리로 하여 와우산에 남겨 둔 채 후에 맞으러 오기로 했다.

또 다시 며칠을 여행한 끝에 한 산성 앞에 다다랐다. 관우는 그 고장 사람을 불러 산성에 대해 물었다.

"저것은 고성(古城)이라고 하는데, 몇 달 전에 장비라는 장군이 수십 명의 기병을 거느리고 쳐들어와서 현의 관리를 몰아내고 성을 차지했습니다. 이후 군사를 모집하고 군마를 사들이는 한편 군량도 마련하여 지금은 오천여 명의 병사를 거느리고 있으므로, 이 근처에서는 감히 대적할 자가 없습니다."

이 말을 들은 관우는 크게 기뻐했다.

"서주에서 헤어진 후 반년 동안 생사를 모르고 있었는데, 여기에 있었다니……"

관우는 손건을 먼저 성에 보내 형수 일행을 맞으러 오게 했다. 장비는 손건의 말을 듣더니 곧 갑옷을 걸치고 창을 든 채 천여 명의 군사를 거느리고 성문 밖으로 나왔다. 관우는 장비가 뛰어나오는 것을 보자 기쁨에 넘쳐 마주 달려나갔다. 그런데 장비는 눈을 부릅뜨고 우레 같은 소리를 지르며 관우를 향해 창을 휘둘렀다. 관우는 깜짝 놀라 외쳤다.

"익덕, 왜 이러는 것이냐? 도원의 맹세를 잊었단 말이야?"

그러자 장비가 호령했다.

"너같이 의리도 모르는 놈이 무슨 낯짝으로 내 앞에 나서는 것이냐!"

"내가 의리를 모르다니, 그게 무슨 소리냐?"

"형님을 배반하고 조조에게 항복하여 벼슬까지 한 주제에 나를 속일 셈이냐? 군말 말고 내 창이나 받아라!"

"그건 네가 잘못 알고 있는 것이다. 정 못 믿겠다면 여기 계신 형수님께 직접 여쭤 보거라."

유비의 부인은 이 말을 듣자 수레 문을 열고 나와 장비에게 이때까지의 자초지종을 들려주었다. 하지만 장비는 화를 가라앉히지 못했다.

"형님, 속아서는 안 됩니다. 충신은 죽는 한이 있더라도 욕된 짓은 하지 않습니다. 대장부가 어찌 두 주인을 섬길 수 있단 말입니까?"

그러자 손건이 옆에서 거들었다.

"관 장군님께선 일부러 장군을 찾아오신 것입니다."

"네놈까지도 허튼 소리를 하는 게냐? 이놈이 일부러 나를 찾아왔다면, 그건 나를 잡으러 온 것이 분명하다."

관우가 다시 말했다.

"만일 내가 너를 잡으러 왔다면, 군사를 이끌고 왔을 게 아니냐?"

그러자 장비가 손을 들어 관우의 등 뒤를 가리키며 말했다.

"봐라! 저것이 군사가 아니고 무엇이냐?"

관우가 되돌아보니, 과연 먼지를 뿌옇게 일으키면서 수백의 군사가 몰려오고 있었다. 바람에 나부끼는 깃발을 바라보니 분명 조조의 군사였다. 장비는 더욱 펄펄 뛰면서 창을 휘둘렀다.

"이래도 변명을 하겠느냐?"

"익덕, 잠깐만 기다려 보게. 내가 저 장수를 네 눈앞에서 베어 내 결백함을 증명하겠네."

"그게 사실이라면 내가 북을 세 번 치는 동안에 저 장수의 목을 베어 오거라."

조조의 군사는 어느새 그 얼굴이 보일 정도로 가까이 와 있었다. 앞장선 장수는 다름 아닌 채양이었다. 관우가 조조를 떠나올 때 뒤쫓아 가려다가 조조에게 책망을 들은 자로, 관우가 황하 나루터에서 목을 벤 진기의 숙부이기도 했다.

채양은 조카의 원수를 갚기 위해 필사적으로 덤벼들었으나, 관우의 청룡언월도가 번쩍하자 목이 땅바닥에 떨어져 버렸다. 다른 병사들은 이것을 보고 뿔뿔이 흩어져서 도망쳐 버렸다. 관우는 채양의 깃발을 든 병사 하나를 사로잡았다. 장비는 이 병사로부터 관우가 허도에 있을 때의 모습을 자세히 듣고 겨우 납득하게 되었다.

이때 갑자기 성안으로 병사 하나가 뛰어 들어와 보고했다.

"남문 밖으로 정체를 알 수 없는 십여 명의 기병이 달려오고 있습니다."

장비가 급히 남문으로 달려가 보니, 활과 화살을 가진 기병이 장비를 보고는 급히 뛰어내리는 것이었다. 미축과 미방 형제였다. 이들 형제는 서주에서 조조에게 패한 후에 고향으로 피난하여 유비의 행방을 찾아 돌아다니다가, 우연히 장씨 성을 가진 장군이 고성을 빼앗아 차지하고 있다는 소문을 듣고 찾아왔던 것이다. 장비는 이들과의 재회를 기뻐하며 성안으로 들어가, 관우 일행과 더불어 그동안 있었던 일들에 대해 밤새 이야기를 나누었다.

이튿날 관우는 손건과 함께 여남으로 향했다. 유벽과 공도가 마중을 나왔으나, 유비는 이미 그곳을 떠나고 없었다. 유벽의 병력이 너무 적어 하북의 원소에게로 돌아갔다는 것이었다. 두 사람은 일단 고성으로 돌아와 장비에게 성을 지키도록 부탁하고 다시 하북으로 가려고 했다. 떠나기 전 관우가 주창을 불러 물었다.

"와우산의 배원소에게는 어느 정도의 병력이 있는가?"

"병사의 수는 오백여 명이고 말은 육십 필 정도 있습니다."

"우리는 지름길을 통해 형님에게 갈 테니, 자네는 와우산에 가서 병사들을 이끌고 길목에서 기다리고 있게."

주창은 기꺼이 말을 몰아 와우산으로 향하고, 관우와 손건은 불과 이십여 명의 기병을 거느리고 하북으로 향했다. 그들은 하북 경계에 이르러 일단 기다리기로 했다. 원소의 두 장수 안량과 문추를 죽였으므로 섣불리 나섰다가는 무슨 일이 있을지 모르기 때문이었다. 관우는 장원 한 채를 발견하고 하룻밤 묵어가기를 청했다. 이때 지팡이에 의지한 노인이 나와 자신의 이름은 관정(關定)이라고 하면서 안방을 내주었다.

손건은 혼자 기주로 가서 유비를 만나 지금까지의 경위를 말했다. 관우와 장비가 모두 잘 있다는 말에 유비는 눈물까지 흘리며 기뻐했다. 유비는 자기와 마찬가지로 원소에게 의지하고 있는 간옹을 불러 기주를 탈출할 방법을 의논했다.

다음 날 유비는 원소를 찾아가 말했다.

"유표는 형주, 양양 등 아홉 고을을 근거로 하여 군사가 강하고 군량도 풍부합니다. 그와 손을 잡으면 조조를 무찌를 수 있을 것입니다."

"나도 그렇게 생각하고 사신을 보낸 적이 있으나, 번번이 거절당하였소."

"그와 저는 종씨이므로, 제가 가서 설득하면 거절하지 못할 것입니다."

"유표만 끌어들인다면 유벽보다는 훨씬 힘이 될 거요."

원소는 유비에게 출발을 준비하도록 했다. 유비가 물러나자 간옹이 원소에게 다가와 말했다.

"유비가 이곳을 떠난다면, 이번에야말로 돌아오지 않을 것입니다."

"그럼 어떻게 하는 게 좋겠나?"

"제가 함께 가서 힘을 합쳐 유표를 설득하는 한편, 유비를 감시하겠습니다."

원소는 좋은 의견이라 생각하여 간옹에게 동행을 명령했다. 그러자 이번에는 곽도가 원소에게 말했다.

"유비는 전에도 유벽을 설득한다고 말했지만 속셈은 따로 있었습니다. 이번에 또다시 유표를 설득하러 간다지만 이번에야말로 돌아오지 않을 것입니다."

"자네는 무슨 일이든 의심이 너무 많아. 그래서 간옹을 함께 보낸 것 아닌가."

곽도는 한숨을 내쉬면서 원소 앞에서 물러났다.

한편 유비는 손건을 먼저 관우에게 보내고 나서, 간옹과 함께 손건에게 작별 인사를 한 후 말을 몰고 유유히 성을 나섰다. 경계까지 오자 손건이 마중을 나와 관정의 장원으로 안내했다. 관우는 장원 문 밖에서 기다리고 있다가 유비가 오는 것을 보고는 달려가 유비의 손을 잡고 눈물을 흘렸다.

장원의 주인인 관정에게는 두 아들이 있었는데, 차남인 관평(關平)은 무예가 뛰어났다. 관정은 관평으로 하여금 관우를 섬기게 하고 싶다고 말했다.

"나이가 몇이지?"

유비가 묻자, 관평이 대답했다.

"열여덟입니다."

"마침 운장에게 자식이 없으니 양자로 삼으면 되겠군. 게다가 성도 같으니, 이런 인연이 또 어디 있겠는가."

관정은 크게 기뻐하며, 곧 관평에게 명하여 관우를 아버지로, 유비를 큰아버지로 부르게 했다.

다음 날 아침, 원소의 추격을 우려한 유비 일행은 서둘러 길을 떠났다. 관우가 앞장서서 와우산으로 향하는데, 갑자기 주창이 수십 명의 부상자를 데리고 나타났다.

"제가 와우산에 도착하기도 전에 어떤 장수가 혼자 말을 타고 나타나 배원소를 단칼에 찔러 죽이고 산의 성채를 빼앗았습니다. 제가 동료들을 불러 모으려고 했더니, 지금 여기 있는 자들만 오고 다른 자들은 두려워 얼씬도 하지 않았습니다. 저는 화가 나서 그 장수와 대결했으나, 번번이 패하여 세 군데나 상처를 입고 가까스로 빠져나왔습니다."

주창의 말을 들은 유비가 그 장수의 이름을 물었다.

"몹시 사나웠는데, 이름은 모르겠습니다."

그리하여 관우가 말을 몰아 앞장서고 유비가 그 뒤를 따랐다. 유비 일행이 와우산에 도착하자, 주창이 산기슭에 대고 큰 소리로 욕설을 퍼부었다. 잠시 후 한 장수가 전신에 갑옷을 걸치고 창을 든채 산에서 내려왔다. 그것을 본 유비가 재빨리 앞으로 나가 큰 소리로 외쳤다.

"그대는 자룡이 아닌가?"

장수는 유비를 보자 말에서 곤두박질치듯 뛰어내려 길바닥에 엎드렸다. 바로 조운이었다.

"주인 공손찬은 원소에게 죽임을 당했습니다. 그 후 서주에 가서 장군을 뵈려고 했으나 조조에게 패하여 원소에게 의지하고 계신다는 말을 듣고 여러 번 찾아가려고 했지만, 원소가 달갑게 여기지 않을 것 같아 여기저기 방황하고 있었습니다. 그러던 중 얼마 전 이곳을 지나는데 배원소가 제 말을 빼앗으려 하기에 쳐 죽이고, 이 산에 잠시 머물기로 했던 것입니다. 이렇게 뵙게 되어 참으로 다행입니다."

유비도 크게 기뻐하며 말했다.

"처음 자룡을 만났을 때부터 귀한 인물이라고 생각했는데, 이렇게 만나게 되니 기쁘기 그지없구려."

조운은 평생의 소원이 이루어지기라도 한 듯 기뻐하며 부하들을 이끌고 유비를 따라 고성으로 향했다. 장비와 미축·미방 등은 성 밖으로 마중을 나와 오랜만에 다시 만난 기쁨을 나누고, 헤어진 후의 일들에 대해 서로 이야기했다. 유비는 소와 말을 잡아 천지신명께 제사를 올려 재회를 감사하고, 군사들의 노고를 위로하기 위해 연회를 베풀었다.

이렇게 하여 유비·관우·장비 삼 형제가 다시 만나게 되고, 손건·간옹·미축·미방 등의 참모와 조운·관평·주창 등의 장수를 거느리게 되었으며, 보병과 기병을 합쳐 오천의 군사를 거느리게 되었다. 이후 유비는 유벽과 공도가 맞으러 오자 함께 여남으로 이동하여, 그곳에서 다시 군사를 모집하고 군마를 사들여 세력을 확장하기 시작했다.

2장

영웅시대 (英雄時代)

손권의 등장

뒤늦게 유비에게 속은 것을 안 원소는, 대노하여 직접 토벌에 나서려고 했다. 이때 곽도가 말했다.

"유비는 방치해도 괜찮습니다. 조조야말로 강적이니, 그부터 제거해야 합니다. 형주의 유표는 두려워할 상대가 못 되며, 강동의 손책이야말로 삼강(三江)을 다스리고 여섯 고을에 걸쳐 위력을 떨치고 있으며 모사와 무장을 많이 거느리고 있습니다. 손책과 손을 잡고 남북으로 조조를 협공해야 합니다."

원소는 그 말에 따라 진진을 사자로 하여 손책에게 보냈다.

손책은 강동 지방을 평정하여 병력이 강하고 군량도 풍부했으며, 건안 4년에는 여강(廬江)과 예장(豫章)에까지 그 세력을 확대하고 있었다. 이 소문을 들은 조조는 한숨을 쉬며 말했다.

"그놈은 사자 새끼 같아서 겨루기가 쉽지 않을 게야."

조조는 조인의 딸을 손책의 막내 동생 손광(孫匡)과 결혼시켜 사돈을 맺었다. 이때 손책은 대사마(大司馬) 벼슬을 달라고 했으나, 조조가 응하지 않았으므로 큰 원한을 품고 허도를 공격할 기회만 노리고 있었다.

이때 오군(吳郡) 태수 허공(許貢)이라는 자가 몰래 조조에게 사자를 보내어, 손책을 지방에 두면 후환이 두려우니 도성에 불러들이는 것이 좋겠다는 내용의 편지를 전하려 했다. 그런데 사신이 그 편지를 가지고 장강을 건너려고 하다가 그곳을 지키고 있던 장수에게 붙잡혀 손책에게 호송됐다. 편지를 본 손책은 불같이 화를 내며 허공을 데리고 오게 하여 부하를 시켜 죽였다.

이 일로 허공의 집에 가객으로 있던 세 사내가 원수를 갚기 위해 기회를 노렸다. 어느 날 손책이 사슴 사냥을 하고 있을 때, 갑자기 이들이 나타나 활을 쏘고 창으로 찔러 손책의 얼굴과 넓적다리에 큰 상처를 입혔다. 세 사내는 손책의 부하에게 죽임을 당했으나 손책의 상처도 심했다. 명의 화타(華陀)의 제자가 치료했으나 잘 낫지를 않았다.

"화살 끝에 독약을 발라 그 독이 뼛속까지 스며들고 있습니다. 백일 동안 잘 조리하면 위험은 없을 것이나, 만일 화를 내어 자극하면 완치하기 어려울 것입니다."

그런데 이 무렵 도성에 몰래 보낸 밀사가 돌아와 보고했다.

"조조는 영주님을 대단히 두려워하여 사자 새끼 같다고 말한답니다."

손책은 만족한 미소를 머금고 물었다.

"조조의 참모들도 나를 두려워하던가?"

"곽도만은 다르게 말하고 있었습니다."

"그놈이 뭐라고 하던가?"

"곽도가 조 승상에게 하는 말이, '손책은 두려워할 상대가 못 됩니다. 경솔하고 성급하며 지모가 없습니다. 후일에 반드시 이름도 없는 졸개들의 손에 죽음을 당하게 될 것입니다.' 라고 했습니다."

이 말을 들은 손책은 소리부터 버럭 질러댔다.

"그놈이 제 딴에는 내 마음을 꿰뚫어 보았다고 생각할 테지. 내 반드시 허도를 쳐부수고 그놈의 혓바닥을 뽑아 개에게 던져 주고 말 테다."

손책은 상처도 낫지 않았는데 출병을 의논하려고 했다. 장소가 이 것을 만류하며 말했다.

"의원이 백 일 동안 조리해야 한다고 했는데, 화가 난다고 천금 같은 몸을 함부로 다뤄서는 안 됩니다."

이때 원소가 보낸 사자 진진이 도착했다. 진진은 원소가 손책과 동맹을 맺고 남북으로 조조를 협공하고 싶어 한다는 내용을 상세히 전했다. 손책은 크게 기뻐하여 즉시 장수들을 모아 성루에서 큰 연 회를 베풀며 진진의 노고를 치하했다.

그런데 술을 마시는 중에 갑자기 장수들이 뭐라고 수군거리더니 몇 사람씩 짝을 지어 아래로 내려갔다. 손책이 영문을 몰라 그 까닭 을 묻자, 측근 하나가 대답했다.

"선인(仙人) 우길(于吉)이 지금 성루 아래를 지나고 있다고 합니다. 그래서 장수들이 예를 갖추러 내려간 것입니다."

손책이 아래를 내려다보니, 한 선인이 학의 깃털로 만든 겉옷을 걸치고 손에는 명아줏대로 만든 지팡이를 짚고 길 한복판에 서 있 었다. 그 주위에는 많은 사람들이 향을 피우고 엎드려 절을 올리고 있었다. 손책은 이유 없이 부아가 치밀었다.

"요망한 늙은이로다. 당장 저 요물을 붙잡아 오너라."

"저분은 동방에 살고 있는데, 오회(吳會)를 왕래하면서 주술과 물로 만병을 고친다고 합니다. 세상 사람들은 그를 신선이라 부르고 있으니, 함부로 대해서는 안 됩니다."

그러자 손책은 더욱 화를 내면서 호통을 쳤다.

"어서 붙잡아오지 못할까! 명령을 어기는 자는 목을 벨 테다!"

부하들은 할 수 없이 성 아래로 내려가 선인 우길을 데리고 왔다.

"이 미친놈아, 어찌하여 사람들을 현혹하느냐?"

손책의 호령에도 우길은 태연하기만 했다.

"제가 어느 날 산 속 깊이 약초를 캐러 갔다가 우연히 샘가에서 흰 명주에 붉은 글씨가 씌어 있는 두루마리를 손에 넣었습니다. 거기에는 병을 고치는 주문이 씌어 있었습니다. 저는 이것으로 하늘을 대신하여 덕을 세우고 널리 만인을 구제하였으나, 조금도 그 대가를 받은 적이 없습니다. 그런데도 사람들을 현혹했다고 하십니까?"

"네놈은 사람들로부터 아무것도 받지 않았다고 하는데, 그 옷과 음식은 어디서 얻었느냐? 네놈은 황건적 장각과 한패가 아니더냐? 너를 살려둔다면 반드시 세상의 후환이 될 것이다."

손책은 역사에게 명하여 우길의 목을 베게 했다. 그러자 장소가 만류하며 말했다.

"우길 선인은 강동에 온 지 수십 년이 되었지만, 그동안 아무 잘못도 하지 않았습니다. 죽이시면 안 됩니다."

손책은 자리에 있던 모든 이들이 입을 모아 만류하고 진진까지 말리자, 우길을 일단 감옥에 가두라고 명했다. 손책이 처소로 돌아오자, 모친이 우길에 대한 이야기를 들었는지 손책에게 말했다.

"그 사람은 사람들의 병을 고쳐 줬을 뿐 아니라 모두들 존경하고 있으니, 함부로 해쳐선 안 된다."

"그놈은 요물에 지나지 않습니다. 이상한 주술을 부려 사람들을 현혹하려 하기 때문에 살려둘 수 없습니다. 어머니는 세상 사람들의 허튼 소리에 귀를 기울이지 마십시오."

이튿날 장소 등 수십 명의 장수들이 탄원서를 내어 우길의 석방을 간청했으나, 손책은 전혀 받아들이려 하지 않았다.

"그대들은 명색이 배웠다는 사람으로서 어찌하여 이만한 이치도 분간하지 못하는가? 이상한 주술을 쓰는 놈치고 변변한 놈을 보았더냐? 나는 우길을 쳐서 미혹을 뿌리 뽑겠다."

그러자 참모 여범이 말했다.

"우길 선인은 바람을 일으켜 비가 오게 하는 능력이 있다고 합니다. 요즘 가뭄이 계속되고 있으니, 비가 오게 하여 값을 치르게 하는 것이 어떻겠습니까?"

"그렇다면 그 요물이 무슨 짓을 하는지 한번 두고 보겠다."

이리하여 감옥에서 끌려 나온 우길은 곧 몸을 깨끗이 씻고 옷매무새를 고친 다음 스스로 새끼줄로 몸을 묶고 이글거리는 햇볕 아래 나섰다. 그는 거리의 구경꾼들이 길을 메운 가운데서 이렇게 말했다.

"나는 하늘에 청해 석 자의 비를 내리게 하여 만인의 고난을 건지겠소. 그러나 죽음을 면치는 못할 것이오."

손책은 오시(午時)까지 비가 오지 않으면 우길을 화형에 처하라고 명령하고, 잘 마른 장작을 쌓아 올려 화형 준비까지 시켰다. 정오가 가까웠을 무렵 갑자기 회오리바람이 불어왔다. 바람이 지나가자 구름이 하늘을 뒤덮기 시작했다.

"벌써 오시가 지났는데도 구름뿐이고 비는 오지 않는구나. 요물이 틀림없다."

손책은 우길을 장작더미 위에 올려놓고 사방에서 불을 붙이게 했다. 불길이 바람을 타고 활활 타오르기 시작했을 때, 갑자기 한 줄기 검은 연기가 하늘 높이 치솟는가 했더니, 요란한 우렛소리와 함께 번개가 잇달아 치면서 장대 같은 비가 쏟아져 내렸다. 순식간에 거리 전체가 물바다로 변하고, 강물이 넘쳐 났다. 우길은 장작더미 위에 반듯하게 누워 큰 소리로 주문을 외웠다. 그러자 구름이 걷히고 비가 멎더니 다시 해가 쨍쨍 내리쬐었다.

그러자 관리들이 앞다투어 달려가 우길을 장작더미 위에서 내려 놓고 새끼줄을 풀어 주었다. 그리고는 그 앞에 엎드려 절을 올렸다. 손책은 관리들조차 옷이 더러워지는 것도 개의치 않고 흙탕물 속에 엎드려 있는 것을 보고 크게 화를 냈다.

"비가 오고 안 오는 것은 천지의 조화다. 요물의 운이 좋아 때마침 비가 온 것을 가지고 어찌하여 속아 넘어가는 것이냐?"

손책은 허리에 차고 있던 보검을 빼어 옆에 있던 역사에게 우길의 목을 치라고 명령했다. 관리들이 한사코 말렸으나 소용이 없었다.

"너희들이 우길과 한패가 되어 흉계를 꾸미는 것이냐?"

손책은 역사에게 명령하여 단칼에 우길의 목을 베게 했다. 그러자 한 줄기 푸른 기운이 솟아올라 동북쪽으로 나부끼며 사라졌다. 손책은 그의 시체를 거리에 걸어 놓고 수상한 주술을 행하는 자들에게 본보기로 보였다.

이날 밤, 비바람이 세차게 몰아치더니 새벽녘에는 우길의 시체가 온데간데없이 사라져 버렸다. 시체를 지키고 있던 병사가 이것을 손책에게 보고하자, 손책은 화가 나서 그 병사의 목을 베려고 했다. 이때 갑자기 한 남자가 대청 앞에서 조용히 걸어오는 것이 보였다. 바로 우길이었다. 손책은 화가 치밀어 칼을 들고 목을 치려다가 그 자리에 쓰러졌다. 그리고 옆에 있던 부하들이 바로 침실로 옮기자 겨우 정신을 되찾았다. 이 소식을 들은 모친이 달려와 말했다.

"아무 죄도 없는 선인을 죽였기 때문에 이런 변을 당하는 걸세."

그러자 손책이 웃으며 말했다.

"저는 어렸을 때부터 아버님을 따라 출정하여 적을 수없이 죽였지만, 그 때문에 재난을 받은 일은 한 번도 없습니다. 그 요물을 없앴으니 이제 화근도 없어질 것입니다. 재앙의 원인이 된다니, 말도 안 됩니다."

그날 밤, 손책이 안방에서 자고 있는데, 갑자기 싸늘한 바람이 불더니 촛불이 꺼질 듯 가물거리다가 다시 살아났다. 그 불빛에 우길의 모습이 침상을 향해 서 있는 것이 보였다.

"나는 수상한 짓을 하는 놈을 없애고 천하를 평온하게 하겠다고 서약했다. 왜 망령이 되어 나타나는 것이냐?"

손책이 큰 소리로 욕을 퍼부으며 머리맡에 놓아둔 칼로 후려치자 그 모습이 사라졌다. 이 말을 들은 모친은 더욱 걱정스러워, 도교의 사원에 가서 액막이 법사(法事)를 하도록 손책에게 일렀다.

손책도 모친의 분부는 거역할 수 없어 마지못해 가마를 타고 도교의 사원으로 갔다. 사원의 도사(道士)들이 마중을 나와 손책에게 향을 피우고 기도하도록 권했다. 그는 향은 피웠으나 기도는 하지 않았다. 그런데 향불의 연기가 사라지지 않고 한곳에 엉겨서 삿갓 모양이 되더니, 그 위에 우길이 단정히 앉아 있는 것이 아닌가. 손책은 화가 나서 욕을 퍼부은 다음 본당에서 나왔다. 그러자 이번에는 우길이 문어귀에 서서 손책을 노려보고 있었다. 손책은 옆에 있는 자들에게 물었다.

"너희들에게는 저 요물이 보이지 않느냐?"

하지만 누구의 눈에도 우길의 모습은 보이지 않았다. 화가 난 손책은 칼을 뽑아 우길을 향해 던졌다. 그런데 그 칼에 맞아 푹 고꾸라진 자가 있었다. 자세히 보니, 그는 전날 우길의 목을 베었던 역사로, 칼끝이 머리에 박혀 눈, 코, 입 할 것 없이 얼굴이 온통 피투성이가 되어 죽어 있었다.

이윽고 손책이 그 사원을 나서려고 하는데, 우길이 또다시 사원 정문으로 들어서는 것이 보였다.

"이 사원은 요물의 소굴이다."

손책은 오백 명의 병사를 불러 사원을 무너뜨리게 했다. 병사들이 지붕에 올라가 기와를 아래로 떨어뜨리려 하자, 우길이 지붕 위에서 기와를 집어 던지는 것이 보였다. 손책은 화가 나서 본당에 불을 지르게 했다. 불길이 솟아오르자 그 속에서 또 우길의 모습이 보였다.

손책은 급히 저택으로 돌아왔다. 그런데 대문 앞에 또 우길이 서 있는 것이 아닌가. 그는 발길을 돌려 삼만의 기병을 성 밖에서 야영하게 하고, 그날 밤은 진중에서 잤다. 그런데 막사 안에서도 또 머리카락을 산발한 우길의 모습이 나타났다. 손책은 막사 안에서 밤새 호통을 쳤다.

이튿날 손책은 집으로 돌아와 모친을 만났다. 모친은 그의 까칠한 모습을 보고 깜짝 놀라며 물었다.

"아니, 얼굴이 왜 그런가?"

그 역시 거울에 비친 자신의 모습을 보고 깜짝 놀랐다. 옆에 있는 측근에게 자신의 모습이 어떤지 물어보려 하는데, 또다시 우길의 모습이 거울 속에 보였다. 손책은 거울을 가리키며 큰 소리로 외쳤다.

"이 요물아, 이 악마야!"

그러자 전에 입었던 상처가 다시 벌어지고 눈앞이 깜깜해지더니,

그는 그 자리에서 쓰러지고 말았다. 모친이 그를 침대에 눕히자, 잠시 후 의식을 찾은 그가 말했다.

"이제 다시 일어나기는 어렵겠습니다! 손권과 참모들을 불러 주세요."

곧 장소를 비롯한 참모들이 모이자, 그는 가느다란 목소리로 말했다.

"지금 비록 천하가 어지럽지만, 오(吳)·월(越)의 백성과 삼강의 토지를 손에 넣으면 일을 충분히 해 나갈 수 있을 테니, 동생을 잘 받들어 주게."

손책은 말을 마치자 숨을 거두었다. 이때 그 나이 겨우 스물여섯이었다.

손권은 태어나서부터 턱이 네모지고 입이 컸으며, 눈은 파랗고 수염은 자색이었다. 손책의 형제들은 모두 재기가 뛰어났는데, 특히 손권은 제왕이 될 상이라고 사람들이 말했다.

그는 형의 유언에 따라 강동의 주인이 되었으나 형을 잃은 슬픔에 잠겨 제대로 정사를 돌보지 못하고 있었다. 그때 파구(巴丘)를 방비하고 있던 주유가 돌아왔다. 주유는 손책의 유언을 듣고는 손권에게 충성을 서약하며 말했다.

"재능이 뛰어나고 원대한 안목을 가진 인사를 찾아 도움을 받으시면, 강동은 안정될 것입니다."

"돌아가신 형님의 유언에 따르면, 나라 안의 일은 장소에게, 나라 밖의 일은 그대에게 맡기라고 하셨소."

"장소는 현명하고 식견이 있으므로 나라의 큰일을 맡을 수 있을 것입니다. 하지만 저는 우매하여 이 무거운 소임을 감당하기 어렵습니다. 저보다 크게 쓰실 수 있는 인물을 추천하려고 합니다."

주유는 이렇게 말하고 임회군(臨淮郡) 동천현(東川縣)에 사는 성은 노(魯)요 이름은 숙(肅), 자는 자경(子敬)이라는 인물을 추천했다.

손권은 곧 노숙을 불러들였다. 두 사람은 곧 서로 뜻이 통해 하루 종일 담론해도 끝이 없었다. 때로는 밤을 세워가면서 천하의 경륜을 논하기도 했다. 노숙은 다시 한 사람을 추천했다.

성은 제갈(諸葛)이요 이름은 근(瑾), 자는 자유(子瑜)라고 하며, 낭야군(瑯琊郡) 양도현(陽都縣) 사람이었으나 난을 피해 강동에 와 있는 박식한 재사였다. 손권이 곧 그를 불러들이자, 그는 이렇게 말했다.

"지금은 원소를 멀리하고 조조와 손을 잡는 것이 좋을 줄 압니다. 나중에 기회를 보아 원소에게 손을 쓰십시오."

손권은 이 말에 따라, 원소가 보낸 사자 진진을 돌려보내고, 원소와는 교제를 끊겠다는 내용의 서신을 보내게 했다.

한편 조조는 손책이 죽었다는 말을 듣고 강동을 공략하려 했다. 그러나 손책이 전에 도성으로 보낸 장굉이 만류하므로 뜻을 바꾸어, 천자에게 상주하여 손권을 토로장군(討虜將軍)으로 봉하고 아울러 회계군의 태수로 임명했다. 그리고 장굉에게 관인을 주어 강동으로 돌려보냈다.

이에 손권은 크게 기뻐하며 장굉을 높이 등용하여 장소와 함께 정사를 보도록 했다. 장굉도 한 인물을 추천했다. 말수가 적고 술을 입에 대지 않는 매우 공정한 인물로, 성은 고(顧)요 이름은 옹(雍), 자를 원탄(元嘆)이라고 불렀다.

이후 손권의 위세는 강동에 널리 퍼졌으며, 날로 인망이 높아져 갔다.

관도대전(官渡大戰)

강동으로 돌아온 진진은 원소에게, 손책이 죽고 그 뒤를 손권이 이었으며 조조가 그에게 장군의 칭호를 보내어 자기편으로 끌어들였다고 보고했다. 크게 화가 난 원소는 칠십만 대군을 거느리고 다시 허도를 공격하기 위해 관도를 향해 떠났다. 조조는 칠만 군사를 이끌고 이와 맞서 싸우기 위해 진격하고, 순욱을 허도에 남겨 두어 지키게 했다.

원소가 출발할 무렵 옥중에 있는 전풍이 출병을 반대했는데, 조조의 군대와 대치한 뒤에는 저수가 지구전을 주장하며 공격에 반대했다.

"전풍이 우리 군의 사기를 꺾어 놓았기에 조조를 무찌르고 돌아가면 목을 베려고 했는데, 자네까지 그런 말을 하는가?"

크게 노한 원소는 저수를 진중에 감금했다. 그리고 칠십만 대군의 진영을 정비하게 했는데, 그 둘레만 해도 구십 리가 넘었다. 원소의 참모 심배(審配)는 양쪽에 쇠뇌를 든 군사 만 명을 복병으로 숨겨 두고, 활을 든 군사 오천을 가운데에 매복시켰다. 그리하여 석화시 쏘는 것을 신호로 해서 일제히 쏘도록 했다. 원소는 황금 투구와 갑옷을 걸친 다음 구슬띠로 허리를 졸라매고 앞장섰으며, 그 양쪽에 장합(張郃)·고람(高覽)·한맹(韓猛)·순우경(淳于瓊) 등의 장수가 나란히 섰다. 조조의 진영에서는 조조를 중심으로, 허저·장요·서황·이전 등이 그 앞뒤를 에워쌌다. 조조는 원소를 가리키며 호령했다.

"내 일찍이 천자에게 상주하여 네놈을 장군으로 봉했건만, 어찌하여 반역을 꾀하느냐?"

그러자 원소도 큰 소리로 응수했다.

"네놈은 한나라의 승상이라고는 하지만, 사실은 동탁보다 더한 역적이다. 그 주제에 누구에게 반역을 운운하느냐?"

격분한 조조가 소리쳤다.

"누가 나가 저놈의 목을 베어 오겠느냐?"

말이 채 끝나기도 전에 장요가 말을 몰고 달려 나갔다. 원소 진영에서는 장합이 말을 달려 나와 맞서 싸웠다. 두 장수가 오십여 합이나 계속 싸웠으나 좀처럼 승부가 나지 않자, 허저가 검을 휘두르면서 말을 몰아 정면으로 덤벼들었다. 그러자 고람이 창을 들고 맞서, 네 장수의 싸움이 시작되었다. 그래도 여전히 승부가 나지 않았다.

조조는 하후돈과 조홍에게 각각 삼천의 군사를 이끌고 적진을 격파하라고 명령했다. 심배가 이것을 보고 곧 신호인 석화시를 쏘았다. 그러자 양쪽 옆에서 쇠뇌를 일제히 쏘아 대고 중앙의 궁수들은 한꺼번에 진지 앞까지 전진하여 세차게 활을 쏘았으므로, 조조의 군사는 뿔뿔이 흩어져 관도까지 후퇴해야 했다.

심배는 또 조조의 진지 근처에 오십 개의 흙산을 쌓아 올리고, 그 위에 높은 망루를 세운 다음 궁수들을 동원하여 망루 위에서 맹렬히 활을 쏘게 했다. 조조의 군사는 이것이 두려워 방패로 머리 위를 가리거나 땅바닥에 엎드렸고, 원소의 군사들은 이 모습을 보고 환성을 질러 댔다.

조조가 대책을 세우기 위해 고심하고 있을 때, 모사 유엽(劉曄)이 한 장의 도면을 꺼내며 말했다.

"돌을 쏘는 발석거(發石車)로 망루를 부수면 됩니다."

조조는 곧 밤낮을 가리지 않고 발석거 수백 대를 만들어 흙산 망루 정면에 배치했다. 그러고는 적이 또다시 활을 쏘기 시작했을 때 발석거를 가동시켰다. 그러자 돌덩이들이 공중을 날아 망루를 하나씩 덮쳤고, 망루 위의 궁수들은 나뭇잎 떨어지듯 떨어져 내렸다. 마치 벽력 같은 소리를 냈으므로, 원소의 군사들은 이 수레를 '벽력거(霹靂車)'라고 부르며 두려워하여 감히 망루에 올라가 활을 쏘려고 하지 않았다.

그러자 심배는 또 하나의 계략을 생각해 냈다. 그것은 병사들에게 땅굴을 파게 하여 조조의 진지까지 이르게 하는 것으로, 이것을 '굴자군(掘子軍)'이라고 불렀다.

이것을 알게 된 조조가 다시 유엽을 찾자, 유엽이 웃으며 말했다.

"그것은 이미 낡은 전법입니다. 진지 주위에 도랑을 깊이 파고 그 안에 물만 가득 채워 두면 그만입니다."

조조는 즉시 도랑을 파게 했다. 그러자 원소의 군사들은 이 도랑에 막혀 더 이상 파고 들어갈 수가 없게 되었다.

조조가 관도를 수비하기 시작한 것이 8월이었는데, 9월 말에 이르자 병사들은 지쳐 가고 군량도 부족해지기 시작했다. 이것은 원소 쪽도 다를 바가 없었다. 칠십만 대군의 군량을 해결할 일이 막막했던 것이다. 원소는 장수 한맹에게 군량의 보급을 명했으나, 조조의 장수 서황이 습격하는 바람에 군량이 모두 불타 버리고 말았다. 불안해진 원소는 둔량처(屯糧處)인 오소(烏巢)로 군사를 더 보내어 조조의 기습에 대비하게 했다.

한편 조조는 군중에 군량이 떨어지자, 허도로 사자를 보내어 순욱에게 빨리 군량을 보내도록 명령했다. 그런데 사자는 진지를 나와 삼십 리도 채 못 가서 원소의 부하인 허유(許攸)에게 붙잡히고 말았다.

허유는 조조와 동향 사람이라는 이유로 원소에게 몹시 푸대접을 받아오던 장수였다. 그는 이 기회에 크게 공을 세워 보겠다는 생각에, 조조의 밀서와 사자를 원소에게 직접 데리고 가 자세히 보고한 뒤, 조조가 자리를 비워 방비가 허술한 허도를 기습할 때라고 말했다. 그러나 의심이 많은 원소는 이 편지도 적의 속임수일지 모른다며 받아들이지 않았다. 마침 그때, 허유가 백성들로부터 뇌물을 받아 사복(私腹)을 채우고 있다는 보고가 들어왔다. 격분한 원소는 허유를 큰 소리로 꾸짖었다.

"네놈이 제 뱃속 채우느라 정신이 없더니, 이젠 되지도 않는 수작을 부려 내 눈을 흐려 놓는구나. 내 마땅히 네 목을 베어 군의 본보기로 삼아야 하겠지만, 당분간 네놈의 목숨을 맡아 두기로 하겠다. 썩 나가거라. 네놈의 얼굴은 두 번 다시 쳐다보기도 싫다!"

허유는 하늘을 우러러 탄식했다.

'아아, 아둔한 인물은 별수가 없구나! 네가 나를 그렇게까지 무시한다면 나도 생각이 있다!'

그날 밤 허유는 심복 몇 사람을 데리고 아무도 모르게 진지를 벗어나 조조의 진영으로 달려갔다. 조조는 허유를 반갑게 맞으며 극진히 대접했다. 그는 허유에게 사정을 자세히 듣고는 크게 놀랐다.

"원소가 만일 그대의 계책대로 공격했다면, 우리는 크게 패했을 것이오. 그래, 어떻게 하면 원소를 물리칠 수 있겠소?"

허유는 잠시 생각하더니 얼굴을 들어 물었다.

"지금 승상의 군량은 얼마나 남아 있습니까?"

"일 년 치는 될 것이오."

"그렇지 못할 것입니다."

"사실은 반년 치밖에 없소."

허유는 얼굴빛을 바꾸더니, 자리에서 벌떡 일어났다.

"승상께서 저를 믿지 못하신다면, 이만 물러나겠습니다."

그러자 조조가 그의 소매를 붙잡으며 말했다.

"화내지 말고 앉으시오. 실은 석 달 치 군량밖에 없소."

허유는 그 말을 듣고는 껄껄 웃으며 말했다.

"세상 사람들이 승상을 간웅이라고 하더니, 과연 틀린 말이 아니었습니다."

조조는 따라 웃으며 그의 귓가에 대고 속삭였다.

"전쟁에는 으레 속임수가 따르게 마련이오. 사실 진중에는 이달 치의 군량밖에 없소."

그러자 허유가 의미 있는 눈빛을 띠며 말했다.

"농담하지 마십시오. 군량은 이미 동이 났지 않습니까?"

조조는 가슴이 뜨끔하여 아무 말도 하지 못했다. 그러자 허유는, 조조가 순욱에게 보낸 밀서를 꺼내 보였다.

"승상께서 순욱에게 보낸 사자를 붙잡아 이 밀서를 빼앗았습니다."

조조는 그 소리를 듣고는 허유의 손을 덥석 잡으며 청했다.

"그대는 나를 믿고 찾아온 것이니, 내게 좋은 계교를 일러 주시오."

"원소의 군량은 오소에 비축되어 있습니다. 지금 그곳을 지키고 있는 장수 순우경은 술고래로 유명한 자라, 방비도 제대로 하지 못할 것입니다. 승상의 정병을 골라 원소의 군으로 위장하여 파견하고, 혹 경비병을 만나면 장기 장군의 명으로 군량을 지키러 가는 길이라고 대답하라 이르십시오. 그렇게 해서 군량을 깨끗이 불살라 버리면, 원소의 군사는 사흘도 못 가서 큰 혼란에 빠질 것입니다."

조조는 크게 기뻐하며 허유를 후히 대접하고, 곧 정예 오천 명을 뽑아 원소의 군으로 위장시켰다. 그리고 적의 기습에 대비해 순우·가후·조홍 등은 허유와 함께 본진을 지키게 하고 하후돈과 하후연·조인·이전 등은 좌우의 복병으로 남게 했다. 이윽고 장요와 허저를 선발대로 앞세우고 서황과 우금에게 뒤를 따르게 한 다음, 조조는 중간에서 장수들을 지휘하며 야음을 이용해 적지로 행군을 개시했다.

한편 원소의 진중에 감금되어 있던 저수는 이날 밤 하늘을 쳐다보다가, 문득 태백성(太白星)이 유(柳)와 귀(鬼)의 성좌를 중간으로 역행하여 그 빛이 견우와 북두의 성좌를 침범하고 있는 것을 발견하고 원소에게 면회를 청했다.

"이것은 적군이 우리의 후방을 기습할 징조입니다. 오소에 있는 군량을 조심하십시오."

그러나 원소는 저수를 책망했다.

"죄인 주제에 허튼 소리로 사람을 미혹시키지 말거라."

이때 조조의 군사는 원소의 진지 근처를 무사히 지나 오소에 도착했다. 조조는 병사들에게 명령하여 주위에 불을 지르게 하고 북소리를 울리면서 일제히 쳐들어갔다. 순우경은 만취가 되어 자고 있다가 함성에 벌떡 일어났으나, 곧 사로잡히고 말았다. 그는 귀와 코, 손가락까지 잘린 채 원소에게 보내졌다.

원소는 오소에 불이 났다는 보고를 듣고 장수와 참모들을 불러 대책을 논의했다. 그러자 장합이 앞에 나와 말했다.

"제가 고람과 함께 가서 오소를 구하겠습니다."

그러자 곽도가 이견을 제시했다.

"그건 안 됩니다. 군량을 습격한 것으로 보아 조조가 직접 나선 것이 분명합니다. 따라서 그의 본진은 텅 비어 있을 것이니, 그곳부터 공략하는 것이 옳을 줄 압니다."

원소는 장합과 고람에게 오천의 군사를 주어 관도를 공격하게 하고, 장기에게는 만의 군사를 주어 오소를 구원하게 했다. 그러나 장기의 군사는 순우경을 무찌른 조조의 군사와 싸워 크게 패했고, 장기는 장요의 칼에 목이 날아가고 말았다. 또한 장합과 고람은 조조의 본진에 대기하고 있던 하후돈 · 조인 · 조홍 등에게 세 방면에서 협공을 당하고 뒤에서 조조의 군사에게까지 공격을 받자 혼비백산하여 도망쳐 버렸다.

이때 귀와 코가 잘린 순우경이 돌아왔다. 그가 술에 취해 적에게 기습당한 것을 알아차린 원소는 화가 치밀어 그 자리에서 그의 목을 자르게 했다. 이것을 본 곽도는, 결과적으로 자기가 조조의 본진을 공격할 것을 주장하다 실패하게 된 것이므로, 장합과 고람이 패하여 돌아올 것이 두려운 나머지 원소에게 그들을 모함했다.

"장합과 고람도 관도에서 크게 패한 모양인데, 이제 보니 조조와 내통을 하고서 계획적으로 져 준 것이 분명합니다."

이 말에 크게 격분한 원소는 곧 사자를 보내어 두 장수를 불러오게 했다. 그러자 곽도는 아무도 모르게 장합과 고람에게 사자를 보내어 알렸다.

"주공께서 그대들을 죽이려 하는 것 같으니, 당분간 돌아오지 마시오."

두 사람이 뜻밖의 기별을 듣고 크게 놀라는데, 때마침 원소가 보낸 사자가 당도했다. 고람은 사자의 말도 듣지 않고 그 자리에서 목을 베어 버렸다.

"아니, 이게 무슨 짓인가?"

장합이 깜짝 놀라 묻자, 고람이 노여운 어조로 말했다.

"원소가 남의 참소만 믿고 우리 같은 충신을 죽이려고 드는데, 어떻게 팔짱만 끼고 앉아 죽음을 기다리란 말인가. 원소는 머지않아 멸망하고 조조의 천하가 될 것이니, 차라리 조조에게 깨끗이 항복하는 편이 낫겠네."

그 말을 들은 장합이 고개를 끄덕였다.

"나도 진작부터 그런 생각을 하고 있었네. 천하의 대세는 이미 기울어진 지 오래일세."

두 사람은 군사를 거느리고 그 길로 조조를 찾아가 투항의 백기를 들었다. 조조는 두 장수를 얻고 크게 기뻐했다.

원소의 진영에서는 두 장수가 배반했을 뿐만 아니라 오소의 군량까지 잃자 군사들의 사기가 크게 떨어졌다. 조조는 이 기회를 노려 야습을 감행했다. 불의의 기습을 당한 원소의 진영은 글자 그대로 암흑 속에서 아비규환을 이루었다. 군사들은 미처 싸울 생각조차 못하고 도망을 치기에 바빴고, 원소 자신도 갑옷도 입지 못한 채 말을 타고 도망쳤다. 원소가 황하를 건넜을 때에는 그를 따르는 기병이 불과 팔백여 명밖에 되지 않았다.

조조의 군사는 대승을 거두어, 원소의 군대가 버리고 간 말과 무기를 비롯해 수많은 노획물을 얻었다. 그런데 그 노획물 속에서 한 묶음의 편지가 나왔다. 평소 원소와 내통하고 있던 조정의 고관과 장수들의 밀서였다.

"이럴 수가 있나! 이런 놈들은 모두 잡아서 극형에 처해야 합니다."

주위의 장수들이 모두 분개해 외치자, 조조가 미소를 지으며 말했다.

"원소의 세력이 천하를 뒤덮었을 때에는 나 역시 어떻게 할까 하고 고민했었소. 나조차 그러했는데, 하물며 보통 사람들이야 더 말해 무엇 하겠소."

조조는 그 편지들을 자기 손으로 불태우고, 일체 불문에 붙여 버렸다.

원소의 진중에 감금되어 있던 저수는 도망치지 못하고 생포되어 조조의 앞에 끌려왔다. 조조는 전부터 저수를 알고 있던 터라 반갑게 맞았지만, 저수는 고개를 저으며 말했다.

"이 저수는 항복할 수 없으니, 어서 목이나 베시오."

조조는 저수를 자기 사람으로 만들고 싶었기에 매우 후하게 대접했다. 그러나 저수가 말을 훔쳐 타고 원소를 찾아가려고 하자, 크게 노한 조조는 그를 죽이도록 명령했다. 저수는 참형을 당하면서도 얼굴빛 하나 변하지 않고 태연히 말했다.

"신하가 주군을 찾아가는데 무엇이 잘못됐단 말이냐."

조조는 저수를 죽이고 나서 탄식하며 말했다.

"저런 충신을 내 곁에 두지 못하고 죽여야 하다니, 하늘이 원망스럽구나!"

조조는 저수의 장례를 성대히 치러 황하의 나루터에 안장하고,

'충렬저군지묘(忠烈祖君之墓)'라는 비석을 세워 주었다.

원소는 팔백 명가량의 기병을 이끌고 기주로 향했다. 하루는 깊은 산 속에서 야영을 하는데, 어디선가 울음소리가 들려왔다. 귀를 기울이니, 그것은 패잔병들이 모여 형제와 부모를 잃은 슬픔을 못 이겨 울면서 넋두리하는 소리였다.

"만일 주군이 전풍의 말을 들었더라면, 이 지경이 되지는 않았을 거야."

그 울음소리를 듣고 있던 원소는 참패의 쓰라림이 뼈에 사무치는 것만 같았다.

"전풍의 말을 듣지 않았기 때문에 싸움에 지고 수많은 군사를 잃었다. 이번에 돌아가면 차마 얼굴을 들 수 없겠구나."

이튿날 마중을 나온 봉기(逢紀)에게 이 말을 했더니, 평소 전풍과 사이가 좋지 않던 봉기가 전풍을 모함했다.

"전풍은 옥중에서 우리가 패했다는 소식을 듣고는 손뼉을 치면서 '내가 예상했던 대로 됐구나.'라며 크게 기뻐했다고 합니다.

"뭐라고, 나를 비웃었다고? 살려 둬서는 안 되겠구나!"

원소는 사자를 먼저 보내어 전풍을 죽이라고 명령했다. 그러자 이렇게 될 것을 예상하고 있던 전풍은 스스로 목을 매어 죽었다. 전풍이 죽었다는 소문이 퍼지자, 듣는 사람들 모두가 눈물을 뿌리며 그의 죽음을 애석해 했다.

원소는 기주에 돌아와서도 마음이 산란하여 정사가 손에 잡히지 않았다. 그에게는 아들이 셋이 있었는데, 장남 원담(袁潭)은 청주(靑州)를, 차남 원희(袁熙)는 유주(幽州)를 지키고 있었고, 막내 원상(袁尙)은 그가 특히 사랑하여 곁에 두고 있었다. 이 밖에 조카 고간(高幹)이 병주를 지키고 있었다.

원소가 관도에서 크게 패했다는 소식을 듣고 장남 원담이 군사 오만을 거느리고 왔고, 원희가 군사 육만을, 그리고 고간이 군사 오만을 이끌고 왔다. 그리하여 원소는 다시 한 번 조조와 싸우기 위해 네 주의 군사를 모아 도합 삼십만의 병력을 이끌고 창정(倉亭)에 진을 쳤다. 조조 역시 전군을 이끌고 진격하여 성 앞에서 큰 소리로 원소에게 외쳤다.

　"원 장군, 이미 계략도 힘도 다했을 텐데, 어찌 항복하지 않는 것인가? 목에 칼이 들어간 후에는 후회해도 늦을 것이네."

　원소는 화가 머리끝까지 치밀었다.

　"누가 나가서 저놈의 입을 틀어막겠느냐!"

　그러자 원상이 부친 앞에서 무예를 뽐내기 위해 양손에 도끼를 휘두르며 말을 몰고 나갔다. 그러자 조조의 진영에서 서황의 부장 사환(史渙)이 비호같이 달려나왔다. 두 장수가 서로 어우러져 사오 합을 겨루다가 원상이 갑자기 말 머리를 돌려 달아나기 시작했다. 사환이 그의 뒤를 맹렬히 쫓아가는데 원상이 별안간 몸을 돌려 화살을 쏘아 사환의 왼쪽 눈에 명중시켰다. 사환은 어이없게도 말에서 떨어져 죽었다.

　원소는 아들이 승리하자 기를 흔들어 불러들였고, 이와 때를 같이 하여 수만의 군사가 일제히 진격했다. 그 통에 조조의 군사는 참패에 참패를 거듭했다. 비록 사기는 많이 저하되었다 하더라도 장비에 있어서나 수에 있어서 원소의 하북군이 단연 우세했던 것이다.

　조조는 참모들과 장수들을 모아 놓고 작전을 의논했다. 그러자 정욱이 십면매복(十面埋伏)의 계략을 주장했다.

　"아군을 황하 기슭까지 후퇴시킨 후 열로 나누어 매복시키고 원소를 강기슭까지 유인합니다. 아군은 퇴로가 없으므로 결사적으로 싸워 반드시 승리를 거둘 것입니다."

"음, 배수의 진을 치자는 말이구려."

조조는 그 계략에 따라 모든 군사를 열로 나누어 강변에 매복시켰다. 이 작전은 훌륭히 들어맞아 강기슭까지 유인된 원소의 군사는, 조조의 군사에게 반격을 당해 도망치다가 좌우의 복병에게 치명타를 입었다. 그 바람에 원소의 군사는 아우성만 칠 뿐 제대로 싸우지 못했다.

원소는 아들 삼 형제만 데리고 황급히 도망을 쳤다. 하지만 얼마 못 가서 또다시 좌우의 복병이 맹공을 가하는 바람에 둘째 아들 원희는 깊은 상처를 입었고, 조카 고간도 중상을 입어 더 이상 싸울 수 없는 지경에 이르렀다. 허둥지둥 말을 몰아 창정에 이르니, 사람과 말 모두 지칠 대로 지쳤다. 잠시 쉬려 하는데, 뒤에서 다시 조조의 대군이 쳐들어오고 좌우에서 복병이 나타나 길을 막았다.

원소는 힘껏 싸워 간신히 포위망을 뚫었으나, 이날 밤에 군사의 대부분을 잃었다. 원소는 세 아들을 부둥켜안고 대성통곡을 하다가, 정신을 잃고 그 자리에 쓰러졌다. 큰아들 원담이 부축해 일으켰으나, 원소는 코와 입으로 계속해서 피를 쏟았다.

"지금까지 적과 수십 번을 싸웠으나 이런 곤경은 처음이구나. 하늘이 나를 저버린 모양이다. 이후 너희들은 각자 본래의 자리로 돌아가 힘을 길러라. 그리고 반드시 조조와 자웅을 겨뤄야 한다."

그리하여 원담·원희·고간은 각자 자신의 주로 돌아가고, 원소는 원상 등과 함께 기주로 돌아가 병을 치료하면서 군사의 지휘는 원상과 심배, 봉기에게 맡겼다.

천우신조(天佑神助)

여남에 있던 유비는 유벽과 공도의 군사 수만 명을 거느리며 다시 세력을 키워 가기 시작했다. 그러다 조조가 원소를 치기 위해 하북으로 출정한 것을 알고는, 그 기회에 허도를 공략하기로 했다. 유비는 유벽에게 여남을 지키게 하고, 자신은 관우·장비·조운 등과 함께 군사를 이끌고 출전했다.

숙적 원소의 대군을 물리치고 허도로 개선하려던 조조는, 유비가 허도를 노리고 출정했다는 소식을 듣고는 크게 놀랐다. 조조는 급히 조홍에게 황하 기슭의 방비를 맡기고 스스로 대군을 이끌고 여남을 향해 말을 달렸다.

조조가 유비를 맞으러 여남 땅으로 향하던 중 양산에 이르렀다. 그때 유비도 군사를 거느리고 허도로 향하던 중 양산에 당도해 조조의 대군과 맞닥뜨렸다. 유비는 조조가 너무나도 신속히 회군해 왔으므로 당황하지 않을 수 없었다. 지평선 저편에서 새까맣게 들판을 뒤덮으며 조조의 군이 진격해 오자, 유비도 북소리를 울리며 나아갔다. 조조가 유비를 큰 소리로 부르며 질타했다.

"지난날의 은의를 저버린 배은망덕한 놈아, 내 너를 극진히 대우했거늘 어찌하여 내게 칼을 겨누느냐?"

그러자 유비가 조조의 질타에 차분히 대꾸했다.

"너는 한의 승상이라 하나 사실은 나라의 역적이다. 나는 황실의 종친으로서 천자의 뜻에 따라 역적을 치러 왔다."

유비는 지난날 천자가 내린 조서를 꺼내 줄줄 외웠다. 조조는 격분하여 허저에게 나가 싸우게 했다. 그러자 유비의 뒤에 서 있던 조운이 창을 휘두르며 말을 몰았다. 창과 칼이 부딪칠 때마다 불꽃이 일고 말굽 아래에는 흙먼지가 일었다. 두 장수의 싸움이 삼십여 합이나 어우러졌으나 승부가 나지 않았다. 그때 관우가 동남쪽에서 나는 듯이 쳐들어왔고, 이에 질세라 장비가 서남쪽에서 군사를 이끌고 달려왔다. 관우와 장비가 양쪽에서 군사를 이끌자, 이번에는 유비의 본진에서 크게 함성이 일며 군사들이 내달았다.

조조의 군사는 오랜 싸움과 먼 길을 달려왔기에 지쳐 있었으므로, 유비의 군이 삼면에서 총공세를 펴니 더 이상 견디지를 못하고 흩어졌다. 조조는 무너지는 군사들에게 퇴각 명령을 내려 멀리 물러났다. 진영으로 돌아온 유비는, 첫 싸움에서 이긴 걸 기뻐하며 말했다.

"첫 싸움에서 조조를 물리쳐 다행이다. 그러나 그는 워낙 꾀가 많은 자이니, 신중히 맞서지 않으면 안 될 것이다."

이튿날, 조운이 조조의 진영으로 가 싸움을 걸었다. 그러나 어쩐 일인지 조조의 군사들은 꼼짝도 않고 진영만 지키고 있을 뿐이었다. 이렇게 십여 일이 지나 유비가 이상하게 생각하고 있는데, 아니나 다를까 일은 엉뚱한 곳에서 벌어지고 있었다. 그날 여남에서 군량을 호송해 오던 공도가 조조의 매복군에 포위되었다는 보고가 날아들었다. 유비는 급히 장비를 불러 공도를 돕게 했는데, 또다시 하후돈이 후방으로 돌아 여남을 공격하고 있다는 보고가 들어왔다. 유비는 탄식하며 관우에게 여남을 구하도록 했다.

그 후 반나절도 지나지 않아 하후돈이 벌써 여남성을 점령했으며, 유벽은 성을 버리고 달아났고 관우는 적에게 포위되었다는 보고가 들어왔다. 유비가 당황하고 있을 때 또다시 공도를 구하러 갔던 장비마저 적에게 포위당했다는 보고가 들어왔다. 유비는 크게 당황했다. 관우와 장비를 구하기 위해 군사를 움직였다간 조조의 군사가 뒤를 추격해 올 것이 염려되었기 때문이었다. 유비 혼자서 조조와 그의 장수를 당해 내기란 여간 힘든 일이 아니었다.

유비는 군사들을 배불리 먹인 다음 진영을 굳게 지키다가, 날이 어두워지자 보군을 앞세웠다. 기병은 그 뒤를 따르게 하고 뒤이어 유비도 진영을 나섰다. 진영에는 군사 일부를 남기고 북소리를 울리게 하여 군사가 주둔하고 있는 것처럼 꾸몄다. 유비가 군사를 거느리고 몇 리를 가자 작은 산이 나타났다. 홀연 산 위에서 수많은 횃불이 나타나더니 함성이 일었다.

"유비야, 어디로 달아나는 게냐? 승상께서 기다리신 지 오래다!"

달아날 길만 찾고 있는 유비에게 조운이 말했다.

"주군은 염려 마시고 저만 따라오십시오."

창을 휘두르며 말을 달려 길을 여니, 유비도 쌍고검을 뽑아들고 뒤를 따랐다. 조조 군 쪽에서 허저가 말을 달려오는 것을 조운이 맞아 싸우자, 이번에는 우금과 이전마저 합세하여 위급하기 짝이 없었다. 유비는 간신히 그 자리를 벗어나, 점점 멀어지는 추격병의 함성 소리를 들으며 산속의 오솔길로 혼자 도망쳤다.

어느새 먼동이 터 오는데, 갑자기 산모퉁이에서 한 떼의 군마가 나타났다. 자세히 보니, 유벽이 패주한 기병 천 명과 현덕의 가족을 호위하여 여남에서 도망쳐 오는 길이었다. 손건·간옹·미방도 함께 있었다. 그러나 재회의 기쁨은 오래 가지 않았다. 십 리도 채 못가서 장합이 이끄는 기병대와 맞닥뜨렸던 것이다. 유비가 뒤로 물러서려 하자, 이번에는 뒤에서 고람이 기병대를 몰고 달려들었다. 유비는 하늘을 우러러 탄식했다.

"이제는 끝이구나. 욕된 죽음을 당할 바에야 차라리 이 자리에서 목숨을 끊는 것이 낫겠다!"

칼을 들어 스스로 목을 찌르려고 하자, 유벽이 달려들어 유비의 팔을 잡았다.

"제가 죽음으로써 이 길을 열겠습니다."

유벽이 달려나갔으나 불과 삼 합 만에 고람의 칼에 맞아 말 아래로 굴러 떨어졌다. 쌍고검을 쥔 유비의 손이 흔들렸다. 그때 갑자기 고람의 기병대 뒤쪽이 무너지기 시작하더니, 조운이 바람같이 달려와 고람을 단번에 창으로 찔러 죽였다.

조운은 이어서 맞은편에 있는 장합의 기병대에 달려들어 닥치는 대로 쓰러뜨려 버렸다. 이것을 본 장합이 그 기세에 놀라 말을 돌려 달아나는데, 때마침 관우가 관평·주창과 함께 군사 삼백여 명을 이끌고 나타나 장합의 기병대를 물리쳤다.

조조의 군을 물리쳐 한숨을 돌린 유비 일행은 험한 산 밑에 진영을 세웠다. 유비는 위험에 빠진 장비가 걱정되어 즉시 관우를 보냈다. 얼마 후 유비는 산 밑 진영에서 두 아우를 다시 만날 수 있었다. 유비가 불과 천 명도 안 되는 패잔병을 이끌고 간신히 도착한 곳은 한강(漢江)이었다. 유비의 입에서 한탄이 절로 나왔다.

"모두들 뛰어난 재능을 갖고 있으면서도 불행히 이 못난 유비를 만나 빛을 보지 못하고 있구려. 나는 이제 무운이 다해 송곳 하나 세울 만한 땅도 없는 신세가 되었으니, 그대들은 훌륭한 주인을 찾아가 공명을 후세에 길이 남기도록 하게."

"무슨 말씀을 그리 하십니까? 옛날 한 고조는 항우(項羽)와 천하를 겨루어 번번이 패했으나, 최후의 일전에서 승리하여 한나라 사백 년의 기틀을 열었습니다. 이기고 지는 것은 병가(兵家)의 상사(常事)이거늘, 어찌 큰 뜻을 버리려 하십니까?"

관우의 말에 손건도 거들었다.

"여기서 멀지 않은 곳에 형주의 유표가 있습니다. 그곳은 군사도 강하고 군량도 산더미처럼 쌓여 있습니다. 그는 주군과 같은 한나라 황실의 후손이니, 그를 의지하는 것이 어떻겠습니까?"

유비는 즉시 손건을 형주로 보냈다. 손건의 이야기를 들은 유표는 기꺼이 유비를 맞이하여 후히 대접했다. 이때가 건안 6년 가을의 일이었다.

한편, 조조는 유비가 형주의 유표에게 의지하고 있다는 사실을 알고는, 즉시 군사를 동원하여 형주를 치려고 했다. 그러나 복수전을 노리고 있는 원소를 소홀히 할 수는 없는 일이었다. 하는 수 없이 조조는 일단 군사를 거두고 허도로 돌아가 때를 기다리기로 했다.

다음 해 봄에 조조는 원소를 무찌르기 위해 스스로 대군을 이끌고 관도로 행했다. 원소의 셋째 아들 원상이 대적했으나, 조조의 선발 대장인 장요에게 크게 패했다. 이 소식을 들은 원소는 지병이 악화되어 한 말이나 되는 피를 토하고 죽었다.

원소가 죽자 유언에 따라 원상이 그 뒤를 이었다. 그러나 청주에서 달려온 장남 원담이 이를 인정하지 않자, 두 사람은 서로 자리 계승을 놓고 싸우게 되었다. 심배와 봉기가 원상의 편에 서고, 곽도와 신평이 원담의 편에 서니, 부하들도 두 패로 갈라져 서로 다투게 되었다. 이래 가지고는 조조에게 도저히 대항할 수가 없었다.

그러던 중 조조에게 호박이 넝쿨째 굴러들어오는 일이 벌어지기 시작했다. 청주성에 있던 원담이 원상을 공격하면서 조조에게 연합을 요청했던 것이다. 성주들이 이러니 원씨 형제들의 모사와 장수들은 속속 조조에게 투항해 왔다.

조조의 군사는 업군(業郡)을 점령하고 한단(邯鄲)을 공략하고는 드디어 기주를 포위했다. 평원으로 원담을 치러 갔던 원상은 급히 군사를 이끌고 돌아왔으나, 조조의 군에게 대패하여 중산군(中山郡)으로 도망쳤다. 참모인 심배가 분투했지만 결국 기주성은 조조에게 함락되고 말았다.

이때 사로잡힌 심배는 조조의 회유에 응하지 않고 스스로 죽음을 택했다. 곧이어 진림(陳琳)이 잡혀오자, 조조가 크게 화를 내며 말했다.

"네가 일찍이 원소를 위해 격문을 썼을 때, 어찌하여 나의 조상과 부친까지 능멸하였느냐?"

"당겨진 화살은 쏠 수밖에 없는 것 아니겠소?"

그 말을 듣고 좌우의 측근들이 진림을 죽이라고 권했지만, 조조는 그의 재주를 아껴 자신의 종사로 삼았다.

한편 원담은 원상이 중산으로 패주했다는 소식을 듣고는 즉시 추격했다. 그러자 원상은 유주로 도망가 둘째 형 원희에게 몸을 맡겼다. 원담은 원상의 군사를 모두 자기 손에 쥐고 기주를 다시 탈환하려고 했으나, 오히려 조조의 공격을 받아 하북의 남피(南皮)에서 전사했다.

조조는 다시 유주로 진격했다. 원상과 원희는 성을 버리고 요서

(遼西)의 오환족(烏桓族) 왕에게 몸을 의탁했으나, 오환족 역시 조조의 군에 정벌되었다. 원상과 원희는 다시 동북의 요동 태수인 공손강(公孫康)에게 몸을 맡기려고 했다. 운이 좋으면 공손강을 죽이고 그 땅을 빼앗을 심산이었다. 하지만 조조를 두려워한 공손강은 원상과 원희를 죽이고 그 목을 조조에게 보내 화의를 맺었다.

원씨 일족을 모두 없앤 조조는 여세를 몰아 사막을 건너 흉노족까지 공격하여 북방을 토벌했다.

형주의 유표에게 몸을 의탁한 유비는 융숭한 대접을 받으며 한가한 나날을 보내고 있었다. 그러나 이것도 오래 가지 못했다. 유비의 야심을 조심하라는 채모와 부인 채씨의 말에 유표도 마음이 흔들렸던 것이다. 결국 유표는 유비를 신야현(新野縣)으로 보냈다. 건안 12년 봄에 신야에서 감 부인이 아들 아두(阿斗)를 낳으니, 이 아이가 바로 훗날 유비의 뒤를 잇는 후주 유선(劉禪)이다.

어느 날이었다. 신야에 있던 유비가 유표의 초청을 받아 후당에서 술을 마시며 대화를 나누던 중, 갑자기 눈물을 떨어뜨리며 길게 탄식했다.

"세월은 점점 흘러 늙어 가는데, 아무런 업적도 이루어 놓은 게 없으니 한심하기 짝이 없습니다."

그 말을 듣고 유표가 말했다.

"아우님은 허도에 있을 때 조조와 영웅론을 펼친 일이 있었다지요? 그때 조조가 말하길 당대의 영웅은 아우님과 자기뿐이라고 한 말을 잊었소? 천하의 조조도 아우님을 만만히 보지 않는데, 어찌 공적을 세우지 못할까 염려하시오?"

그러자 유비가 취한 김에 마음속에 있는 말을 털어놓았다.

"제게 군사를 움직일 땅만 있다면, 천하의 녹록한 무리쯤이야 염려할 것이 없지요."

유표는 아무 말이 없었다. 유비는 곧 자신이 경솔했음을 깨닫고, 취한 것을 핑계 삼아 자리에서 물러갔다. 유비를 인자한 사람으로 알고 있던 유표는 이 일로 유비에 대해 경계심을 갖게 되었다.

얼마 후 유비는 채모의 간계에 빠져 단신으로 단계(檀溪)를 건너 남장(南漳) 땅까지 흘러 들어가게 되었다. 그런데 하늘의 도움인지, 이곳에서 수경(水鏡) 선생이라 불리는 사마휘(司馬徽)를 만나게 되었다.

수경 선생의 초당에서 유비가 인사를 마치고 자초지종을 고하자 그가 말했다.

"귀공의 높은 이름은 전부터 듣고 있었소. 그런데 어떻게 이런 곳까지 쫓겨 오게 되었소?"

"운이 나빠 역경에서 헤어나지 못하고 있습니다."

"그럴 리가 있겠소. 장군이 좌우에 훌륭한 인물을 두지 못하고 있기 때문이오."

"저는 부덕하지만, 문사로는 손건·미축·간옹이 있고, 무사로는 관우·장비·조운이 있습니다."

"관우·장비·조운은 만인을 상대할 장수지만 그들을 부릴 만한 자가 없소. 손건·미축·간옹은 백면서생에 불과해 세상을 건질 그릇이 못 되오."

"그렇다면 어떤 인물이 좋겠습니까?"

"복룡(伏龍)과 봉추(鳳雛) 두 사람 중에 한 사람만 얻어도 천하를 평정할 수 있을 것이오."

"복룡과 봉추라니, 누구를 말씀하시는 겁니까?"

수경 선생은 손뼉을 치며 크게 웃기만 할 뿐 더 이상 아무런 말도 하지 않았다. 이튿날 조운이 수백 명의 부하들을 이끌고 유비를 찾으러 왔기에 함께 신야로 돌아왔다. 하지만 유비의 마음속에서는 복룡과 봉추에 대한 생각이 끊이지 않았다.

그러던 어느 날, 외출했던 유비에게 노래를 흥얼거리며 다가오는 사람이 있었다. 머리에는 갈건을 쓰고 베옷을 입었으며, 몸에는 검은 띠를 둘렀고 검은 신을 신고 있었다.

천지가 온통 뒤집어지는데
혼자서 막기는 어렵구나.
그대 누구를 찾고 있는가,
나에 대해서는 알지도 못하네.

노랫소리를 들은 유비는 이 사람이 혹시 복룡이나 봉추가 아닌가 하고 집으로 데려와 그 이름을 물었다.

"저는 영천(潁川) 사람으로, 성은 단(單)이요 이름은 복(福)이라고 합니다. 유 황숙께서 현인을 찾는다 하시면서 저를 찾지 않으시기에, 한 곡조 불러 공의 주목을 끌었습니다."

유비는 단복과 오랜 담소를 나눈 끝에 그를 군사(軍師)로 삼고, 군대를 훈련시키도록 했다.

한편, 조조는 흉노족을 토벌하고 허도로 돌아온 이후 늘 형주를 칠 생각을 하고 있었다. 그는 동생 조인에게 군사 삼만을 주어 번성으로 보냈다. 이때 원소의 부하였던 여광과 여상 형제가 선봉을 자원하니, 조인은 정병 오천을 주어 신야를 치게 했다. 그러나 승리는 단복의 용병술이 유감없이 발휘된 유비의 군에 돌아갔다.

여광과 여상이 패하여 돌아오자 조인이 군사 이만오천을 직접 이끌고 나섰다. 그는 유비의 진영 앞에 새로 진을 친 다음, 군사들을 시켜 크게 외치게 했다.

"유비는 보아라! 내가 어떤 진을 쳤는지 알기나 하겠느냐?"

단복이 높은 곳에서 굽어본 후 유비에게 말했다.

"저것은 팔문금쇄진(八門金鎖陣)이라고 합니다. 팔문이란 휴(休)·
생(生)·상(傷)·두(杜)·경(景)·사(死)·경(驚)·개(開) 문을 말하는데,
생문(生門)을 좇아 경문(景門)·개문(開門)으로 들어가면 길하고, 상문
(傷門)·경문(驚門)·휴문(休門)으로 들어가면 해를 입으며, 두문(杜
門)·사문(死門)으로 들어가면 반드시 패합니다. 그런데 조인의 팔문
배치는 겉으로는 정확한 듯하지만 중심에 힘이 빠져 있습니다. 동
남쪽의 생문(生門)으로 쳐들어가 서쪽의 경문(景門)으로 나오면 적진
은 쉽게 깨지고 말 것입니다."

단복의 계책대로 조운이 기병 오백을 거느리고 동남쪽을 치니, 조
인의 진영은 혼란에 빠졌다. 조인은 그 길로 번성으로 퇴각했다.

그날 밤, 조인은 패배를 만회하기 위해 번성을 비운 채 유비의 진
영을 급습했다. 그러나 그의 작전을 꿰뚫은 단복은, 조운에게 역습
준비를 갖추게 하는 동시에 무방비 상태인 번성을 점령하도록 했
다. 결국 조인은 단복의 작전에 휘말려 번성까지 빼앗긴 채 허도로
돌아갔다.

조인은 조조 앞에 나아가 땅에 엎드려 패자의 벌을 청했다.

"이기고 지는 것은 병가의 상사라 하지 않더냐. 그런데 누가 유비
를 보좌했느냐?"

"단복이라는 사람입니다."

"단복이 어떤 인물이지?"

조조가 좌우를 돌아보자 정욱이 말했다.

"단복은 진짜 이름이 아닙니다. 서서(徐庶)가 그의 본명이며 자는

원직(元直)입니다. 남의 원수를 갚아 주기 위해 살인을 저질렀기 때문에 가명으로 산다고 하는데, 수경 선생 사마휘와도 친분이 두텁다고 합니다."

"서서의 재능은 그대와 비교해 어떠한가?"

"저보다 열 배는 뛰어난 인물입니다."

"아까운 사람을 유비에게 빼앗겼구나. 호랑이에게 날개를 달아 준 셈이야."

"승상께서 그를 필요로 하신다면, 그를 끌어들이는 것은 쉬운 일입니다."

"어떻게 불러온단 말인가?"

"서서는 효성이 지극한 사람입니다. 어려서 부친을 여의고 지금은 노모만 모시고 있습니다. 그 모친을 여기로 불러들인 뒤, 편지를 써서 보내면 반드시 찾아올 것입니다."

조조는 즉시 서서의 모친을 허도로 데려온 뒤, 극진하게 대접하며 아들에게 편지를 쓰게 했다. 그러나 서서의 모친은 유비가 훌륭한 인물이며 아들이 주인을 잘 만났다고 생각하고 있었다. 그래서 편지를 쓰기는커녕 오히려 조조에게 역적이라 욕하며 벼루까지 내던졌다.

조조가 눈을 부릅뜨며 당장 끌어내어 참하려 하자, 정욱이 급히 말리며 간했다.

"승상께서 서서의 노모를 죽인다면 불의한 짓을 했다는 지탄을 받을 뿐만 아니라, 앙심을 품은 서서는 유비를 도와 원수를 갚으려 할 것입니다. 우선은 참고 살려 두십시오. 그동안 제가 계책을 꾸미며, 서서가 제 발로 오게 만들겠습니다."

조조는 고개를 끄덕이며 서서의 노모를 살려 주었다. 그 후 정욱은 서서의 노모를 별채에 모시고 극진히 봉양하며 환심을 샀다. 그러고는 몰래 노모의 필적을 흉내 내어 가짜 편지를 한 통 만들어 서서에게 보냈다.

노모의 편지를 받아본 서서는 눈물이 비 오듯 했다. 결과는 정욱의 예상대로였다. 서서는 곧 유비에게 가서 사실을 털어놓고 훗날 다시 만나기를 기약했다. 그러자 유비가 한탄하며 말했다.

"부모와 자식의 사이야말로 하늘이 내린 인연이오. 내 걱정은 말고 어서 가서 노모를 뵙도록 하시오. 혹시 인연이 닿아 훗날 다시 가르침을 받을 기회가 있다면 천만 다행이겠소."

손건이 유비에게 말했다.

"서서는 천하의 모사인데다 우리의 실정을 잘 알고 있습니다. 그런 사람을 조조에게 보낸다면 우리가 위태로워집니다. 보내서는 안 됩니다. 서서를 보내지 않으면 조조는 반드시 노모를 죽일 것입니다. 그렇게 되면 서서는 어머니의 원수를 갚기 위해서라도 조조를 무찌르기 위해 더욱 힘쓸 것입니다."

"그건 옳지 못한 일이네. 남의 손을 빌려 어머니를 죽게 하고 내가 그 자식을 이용한다면, 이것은 인(仁)에 어긋나고 의(義)에서 벗어난 일일세. 내 차라리 죽을지언정 그런 짓을 할 수 없네."

유비는 서서와 이별주를 마시며 밤을 꼬박 새웠다. 날이 밝아오자 두 사람은 나란히 말을 몰아 성문을 나섰다. 그리고 성 밖에 마련한 전별 자리에서 다시 한 번 술을 나누고 작별을 애석해 했다. 서서가 드디어 떠나게 되자 유비는 헤어지기 싫어 말을 타고 십 리 밖까지 전송했다. 그리고 다시 십 리를 더 갔으나, 여전히 작별이 아쉽기만 했다.

"선생이 가고 나면 나는 대체 어찌해야 하오?"

유비는 말 위에서 서서의 손을 잡고 눈물을 흘렸다.

"마음이 삼단처럼 흩어져 한 마디 말씀 드릴 것을 잊었습니다. 양양성에서 이십 리쯤 떨어진 융중(隆中)에 제갈량(諸葛亮)이라는 현인이 있습니다. 자를 공명(孔明)이라고 하는데, 부디 찾아 주십시오."

"얼마 전 수경 선생이 복룡과 봉추 가운데 한 사람만 얻어도 천하를 평정할 수 있다고 했소. 그분이 혹시 그 복룡이나 봉추 중 한 분이 아니오?"

"봉추란 양양의 방통(龐統)을 말하는 것이고, 복룡이 바로 제갈공명입니다."

서서는 제갈량에 대한 말을 마치고 유비와 헤어져 다시 길을 재촉했다.

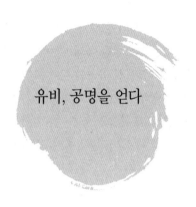

유비, 공명을 얻다

유비는 관우와 장비, 그리고 몇 명의 참모들을 데리고 제갈량을 찾아 융중으로 향했다. 도중에 산기슭에서 노래를 부르며 밭을 가는 농부들을 만나 길을 물었더니, 그 산 남쪽의 높은 구릉이 와룡산이요 와룡산 앞쪽의 숲 속에 있는 초가집이 와룡 선생의 집이라고 했다.

얼마 후 초가집 앞까지 온 유비는 말에서 내려 사립문을 두드렸다. 그러자 동자 하나가 나와 누구냐고 물었다.

"한나라 좌장군 의성정후 여주 목사 황숙 유비가 선생님을 뵙고 싶어 왔다고 전하거라."

"그렇게 긴 이름은 외울 수가 없습니다."

"그럼 유비가 찾아왔다고 전하거라."

"선생님께서는 오늘 아침에 출타하셨습니다."

"어디로 가셨느냐?"

"모르겠습니다."

"언제쯤 돌아오신다고 하셨느냐?"

"그것도 모르겠습니다. 사나흘 걸릴 때도 있고, 열흘 남짓 걸릴 때도 있습니다."

유비는 낙심했다. 그러자 성질 급한 장비가 말했다.

"없다면 그냥 돌아갑시다."

관우도 거들었다.

"다음에 사람을 먼저 보내 알아본 뒤에 다시 오지요."

하는 수 없이 유비는 동자에게 왔다는 말을 전하게 한 뒤 발길을 돌렸다.

그 후 며칠이 지나, 부하로부터 공명이 돌아왔다는 보고를 받았다. 유비는 다시 관우와 장비를 데리고 융중으로 향했다. 때는 엄동설한이라 추위가 심하고, 잿빛 구름이 하늘을 뒤덮고 있었다. 얼마 안 가서 북풍이 세차게 불며 눈발이 흩날리기 시작했다.

이윽고 제갈량의 초가집에 당도한 유비가 동자에게 물었다.

"오늘은 선생님이 계시냐?"

"네, 지금 책을 읽고 계십니다."

유비는 곧 동자를 따라 안으로 들어갔다. 중문에 이르니, 문 안쪽에서 시를 읽는 소리가 들려왔다. 시 읽기가 끝나기를 기다렸다가 유비가 공손히 말을 걸었다.

"일찍이 서원직의 말을 듣고 찾아왔더니 계시지 않았습니다. 이렇게 뵙게 되니, 큰 영광으로 알겠습니다."

그러나 시를 읽은 사람은 제갈량이 아니라 그의 동생 제갈균이었다.

"저희들은 삼 형제인데, 큰 형님 제갈근은 지금 강동의 손권 밑에서 모사로 있고, 공명은 바로 저의 작은 형입니다."

"와룡 선생께선 어디 가셨나요?"

"가는 곳이 일정치 않으니, 저로서도 알 수가 없습니다."

유비의 입에서 저절로 탄식의 한숨이 터져 나왔다.

"이렇게도 인연이 없단 말인가!"

제갈균이 차를 대접하는데, 장비가 퉁명스럽게 말했다.

"그 선생이 없다면 이제 그만 돌아갑시다. 눈발이 점점 거세지고 있는데……."

유비는 장비를 나무라고, 벼루와 붓을 빌려 편지를 써 놓고 나왔다. 유비는 우울한 심정으로 펑펑 쏟아지는 함박눈을 맞으며 와룡산을 내려올 수밖에 없었다.

이듬해 봄, 유비는 다시 제갈량을 찾아가기 위해 준비를 서둘렀다. 그러자 장비는 물론이고 관우까지도 탐탁지 않게 여겼다.

"두 번이나 찾아갔으면 그것으로 예는 충분한 것입니다. 제갈량이 형님을 만나지 않으려고 일부러 피하는 것이 분명합니다. 배운 것 없이 명성만 높아져서 그런 것 아니겠습니까?"

장비는 한술 더 떴다.

"이번에는 형님이 나설 것 없습니다. 제가 오랏줄로 묶어서 끌고 오리다."

유비는 장비를 호되게 야단치며 말했다.

"주나라 문왕이 강태공을 찾아간 이야기도 모르느냐? 문왕은 이미 천하의 삼 분의 이를 손에 넣고도, 위수에서 낚시질을 하고 있는 강태공이 언제까지나 뒤를 돌아보지 않자, 해가 지도록 서서 기다렸다. 문왕도 이처럼 현인을 공경했는데, 너는 어찌 이리도 무례하단 말이냐? 넌 여기 남아 있거라!"

이리하여 세 사람은 다시 융중으로 떠났다. 와룡산의 초가집에서 반 마장쯤 떨어진 곳에서 유비는 말에서 내려 걸어갔다. 마침 맞은편에서 제갈균이 다가오는 것이 보였다.

"형님은 댁에 계십니까?"

"어젯밤에 돌아왔으니, 만나보실 수 있을 것입니다."

제갈량의 집 앞에 이르러 문을 두드리니, 동자가 나와 말했다.

"선생님께선 지금 초당에서 낮잠을 주무시고 계십니다."

"그럼 잠시 기다리고 있으마."

유비는 관우와 장비를 문 밖에서 기다리게 하고 조용히 안으로 들어갔다. 제갈량은 침대 위에 반듯이 드러누워 잠들어 있었다. 유비는 댓돌 아래에서 공손히 두 손을 마주잡고 서서 기다렸다. 그 모습을 본 장비는 화가 치밀어 관우에게 투덜거렸다.

"저 오만한 선생 좀 보라고요. 형님이 저렇게 공손히 서 계시는데, 자빠져 자는 척만 하고 있다니! 내가 이 집에 불을 질러버릴 테니, 그때도 안 일어나나 한번 봅시다!"

관우가 당황하여 말렸다. 제갈량은 침대에서 잠깐 몸을 뒤척이며 깨어날 듯했으나, 이내 벽을 향해 잠들어 버렸다. 보다 못한 동자가 깨우려 하는 것을 유비가 말렸다. 다시 한 식경이 흘러 잠자리에서 일어난 제갈량이 동자를 불러 물었다.

"손님이라도 오신 게냐?"

"네, 유 황숙께서 오랫동안 기다리고 계셨습니다."

"진작 깨우지 그랬느냐. 옷을 갈아입고 나가야겠다."

또 반 식경이 흐르고 나서야 단정한 옷차림의 제갈량이 모습을 드러냈다. 키가 팔 척에 얼굴은 관옥처럼 희고 머리에 건을 썼으며, 몸에는 하얀 학창의를 입어 정말로 선인처럼 보였다.

유비가 공손히 몸을 굽혀 인사를 올리자, 제갈량도 점잖게 인사를

했다. 이윽고 동자가 가져온 차를 마신 다음, 제갈량이 먼저 입을
열었다.

"지난번 남기신 편지를 보고 장군께서 나라와 백성을 생각하는
마음을 잘 알 수 있었습니다. 다만 이 사람이 나이도 어리고 재주가
없어서 물으시는 말씀을 감당할 수 없는 것이 한입니다."

"수경 선생과 서원직의 말이 어찌 거짓일 수 있겠습니까? 여러모
로 가르침을 받고자 합니다."

"밭이나 가는 사람이 어찌 천하의 일을 논할 수 있겠습니까? 사마
휘와 서서가 사람을 잘못 천거한 것입니다."

"세상을 경영할 만한 재주를 품었으면서도 숲 속의 샘물 아래서
헛되이 늙는 것은 대장부의 도리가 아닙니다. 천하의 백성을 염려
하시어, 이 유비를 인도해 주십시오."

제갈량은 그제야 비로소 입가에 웃음을 띠고 물었다.

"그러시다면 먼저 장군의 뜻을 알고 싶습니다."

유비가 바싹 다가앉으며 말했다.

"한 황실은 이미 기울어 역적들이 천하를 짓밟고 있는 이때, 이
유비가 천하에 대의명분을 펴려고 합니다. 그러나 지혜가 부족하여
어찌할 바를 모르고 있습니다. 어리석은 저를 가르치고, 도탄에 빠
진 백성들을 건져 주십시오. 간절히 바라오니, 거절하지 말아 주십
시오."

유비는 제갈량에게 머리를 조아리면서 간청했다. 그러나 제갈량
은 고개를 가로저었다. 그러자 유비가 눈물을 흘리며 말했다.

"선생이 세상에 나가지 않으시겠다면, 천하의 백성은 어찌 되겠
습니까?"

소매로 눈물을 씻는데 옷깃이 금세 흠뻑 젖었다. 제갈량은 유비의

지극한 정성에 감동하지 않을 수 없었다.

"장군께서 버리지 않으신다면, 부족하나마 힘이 되어 드리겠습니다."

유비는 즉시 관우와 장비를 불러들여 제갈량에게 절을 하도록 했다. 잠시 후 제갈량이 동생 제갈균을 불러 말했다.

"세 번이나 찾아 주신 은혜를 저버릴 수 없었다. 너는 집안을 잘 보살피거라. 내 뒷날 돌아와 논밭을 갈며 숨어 살리라."

이튿날 제갈량은 유비와 함께 신야로 내려왔다. 이때가 건안 12년으로, 유비의 나이 마흔일곱, 제갈량의 나이 스물아홉이었다.

한편, 조조는 원소를 무찌른 후에 손권에게 사자를 보내, 손권의 아들에게 관직을 줄 테니 허도로 보내라고 지시했다. 아들을 인질로 삼아 손권을 마음대로 주무르려는 속셈이었다. 이를 거절하면 조조의 대군이 쳐들어올 위험이 있었지만 손권은 단호히 거절했다. 조조는 이때부터 강동을 정벌하려고 작정했으나, 북방이 아직 안정되지 않은 터라 남방에까지 손쓸 여유가 없었다.

건안 8년, 손권은 수군을 이끌고 강하의 장수 황조(黃祖)를 공격하여 장강 한복판에서 싸웠다. 황조는 크게 패했으나, 부하 감녕(甘寧) 덕택에 간신히 도망칠 수 있었다. 감녕은 본래 장강 일대를 휩쓸던 해적의 두목이었다. 황조는 감녕의 덕분에 목숨을 건졌는데도 해적 출신이라고 해서 그를 중용(重用)하지 않았다. 감녕은 이것을 원망하여 손권에게 항복하고 말았다. 손권은 십만 대군을 이끌고 한꺼번에 강하를 공격했고, 감녕은 황조의 목을 베었다. 건안 13년의 일이었다.

손권은 황조가 죽었다는 소식을 들으면 형주의 유표가 반드시 원수를 갚으러 출전할 것이므로, 그때를 기다려 공격하기 위해 이미 공략한 강하를 포기하고 강동으로 회군했다.

유비는 강동에 보냈던 첩자로부터 손권의 군사가 황조를 물리쳤다는 보고를 듣자, 제갈량을 불러 의논했다. 그때 유표가 사자를 보내왔다. 의논할 일이 있으니 형주로 와 달라는 것이었다. 제갈량이 말했다.

"이것은 황조의 원수를 갚을 방도를 의논하려는 것이 분명합니다."

유비는 제갈량과 장비에게 오백 명의 기병을 이끌게 하여 형주로 향했다. 유표는 전에 양양에서 있었던 채모의 행동에 대해 사과하더니, 과연 황조의 원수를 갚을 방책을 의논했다. 유비는 이미 제갈량으로부터 강동의 출전은 절대로 받아들여서는 안 된다는 주의를 들은 터였다.

"황조는 난폭한데다 사람을 쓸 줄 몰랐기 때문에 이런 불행을 당하게 된 것입니다. 지금 남방으로 쳐내려갔다가 조조가 북에서 쳐들어오면 어떻게 하시겠습니까?"

"이제 나는 늙고 병들었으니, 아우님이 곁에서 도와줄 수 없겠소? 내가 죽은 다음에는 아우님이 이 형주를 맡도록 하고……."

"형님, 무슨 말씀을 그리 하십니까? 저같이 부족한 사람이 어찌 그런 큰일을 맡을 수 있겠습니까."

숙소에 돌아오자 제갈량이 유비에게 물었다.

"유표가 형주를 물려주겠다고 했는데, 어찌하여 받아들이지 않으셨습니까?"

"그는 나를 잘 보살펴 주었소. 위태로운 때를 기화(奇貨)로 어떻게 형주를 달라고 할 수 있겠소."

제갈량은 한숨을 내쉬며 말했다.

"주공은 너무 인정이 많으십니다."

그때 유표의 장남 유기가 찾아왔다. 그는 계모인 채 부인과 사이가 좋지 않아 언제 목숨을 잃을지 알 수 없는 형편이었다.

"숙부님, 제발 저를 가엾게 여겨 도와주십시오."

유비는 대답하기를 피한 채 제갈량을 찾아가 보라고만 일러주었다. 유기는 제갈량을 찾아가 계모와의 관계를 이야기하며 거듭 도움을 청했다.

"제발 좀 도와주십시오."

"이곳을 떠나는 것이 살아남는 길이오. 황조가 전사한 후에 강하를 지킬 만한 사람이 없는데, 그곳을 수비하겠다고 자청하는 것이 어떻겠소?"

유기는 곧 유표의 허락을 받아 삼천의 군사를 이끌고 강하를 수비하기 위해 떠났다.

이때 조조는 삼공(三公)의 제도를 폐지하고 승상으로서 모든 것을 겸임하며 조정의 권력을 한 손에 장악하는 한편, 모개(毛玠)·최염(崔琰)·사마의(司馬懿) 등 문관을 채용했다.

사마의는 하내(河內)의 온현(溫縣) 사람으로, 자는 중달(仲達)이었다. 영천의 자사였던 사마준(司馬儁)의 손자요 경조윤(京兆尹)인 사마방(司馬防)의 아들이었으며, 주부(主簿)인 사마랑(司馬朗)의 동생이었다.

조조는 참모와 장수들을 모아 놓고 남방 정벌을 의논했다. 이때 유비의 군사(軍師)가 된 제갈량의 이야기가 나왔다. 순욱과 서서는 제갈량을 두려운 인물이라고 말했으나, 하후돈만은 두려워할 것이 없다고 주장했다.

한편, 제갈량을 맞아들여 관우와 장비는 달갑게 여기지 않았지만, 유비는 요지부동이었다.

"내가 공명을 얻은 것은 물고기가 물을 얻은 것과 같다."

제갈량은 신야에서 민병 삼천 명을 모아 밤낮으로 전법을 가르치며 훈련을 시키고 있었다. 그때 갑자기 조조의 장수 하후돈이 십만 대군을 이끌고 쳐들어오고 있다는 보고가 들어왔다. 이윽고 유비가 관우와 장비를 불렀다.

"하후돈이 쳐들어왔으니, 어떻게 하는 것이 좋겠는가?"

그러자 장비가 말했다.

"형님, 공명을 내세우면 되지 않습니까?"

"지모에는 공명, 무용에는 너희 둘이 내 힘이다. 서로 의가 상해서는 안 된다."

관우와 장비가 물러가자, 유비는 제갈량을 불러 의논했다. 제갈량이 말했다.

"운장과 익덕 두 분이 제 지시를 따르지 않을까 염려됩니다. 주공께서 저의 군략(軍略)을 사용하시려면 칼과 관인을 빌려 주십시오."

유비는 자기의 칼과 관인을 제갈량에게 내주었다. 제갈량은 장수들을 모아 놓고 명령을 내렸다.

"박망성(博望城)의 왼쪽에는 예산(豫山)이 있고 오른쪽에는 안림(安林)이라는 숲이 있어, 사람과 말을 숨겨 두기에 적합하오. 운장은 천 명의 군사를 이끌고 안림 뒤의 골짜기에 숨어 있다가 남방에 불길이 오르면 즉시 출격하여 박망성의 식량 창고에 불을 지르도록 하오. 관평(關平)과 유봉(劉封)은 오백 명의 군사를 이끌고 박망성 언덕 뒤에 숨어 있다가 첫 번째 북이 울리고 적군이 쳐들어오면 불을 지르고, 자룡은 앞장서되 적과 싸워 이기려고 하지 말고 패한 체 도망쳐 나오도록 하오."

관우가 물었다.

"우리는 모두 싸우러 나가는데, 군사(軍師)께서는 무엇을 하실 겁니까?"

"나는 이 성을 지키겠소."

장비가 껄껄 웃고 나서 말했다.

"우리는 싸우러 나가는데, 군사는 집 안에서 평안히 앉아 있겠다이 말이오? 참 태평스럽소."

제갈량이 말했다.

"나는 칼과 관인을 갖고 있소. 명령을 어기는 자는 목을 베겠소."

유비가 말했다.

"전략은 본진에서 세우고 승리는 천 리 밖에서 거둔다는 말을 모르는가? 아우들은 명령에 복종하게."

관우와 장비를 비롯한 모든 장수들은 제갈량의 명령을 받기는 했지만, 마음속으로는 의심을 품고 있었다. 제갈량이 유비에게 말했다.

"주공은 예산 기슭에 진을 치고 계십시오. 내일 저녁때 적이 반드시 쳐들어올 테니, 그때는 진지를 버리고 도망치십시오. 그랬다가 횃불이 타오르면 곧 되돌아와 공격하십시오. 저는 미축·미방 등과 함께 성을 지키겠습니다. 손건·간옹은 축하연 준비를 하고 대기하게 하십시오."

이 말에는 유비까지도 의심을 품었다.

한편 하후돈과 우금은 군사를 이끌고 박망성에 도착해서, 정예병을 골라 앞장서게 하고, 나머지 군사는 모두 군량을 호위하도록 했다. 가을바람이 서늘하게 불어왔다. 사람과 말이 길을 재촉하는데, 전방에 흙먼지가 뿌옇게 이는 것이 보였다. 척후병이 말했다.

"저 앞에 보이는 것이 박망산이고 그 뒤가 나천구(羅川口)입니다."

하후돈은 말을 몰아 적을 바라보다가 갑자기 껄껄 웃었다.

"서서가 승상 앞에서 제갈량을 천인(天人)이나 되는 것처럼 칭찬한 것을 생각하니, 우습기 짝이 없다. 저 포진(布陣)이 무슨 꼴이냐. 겨우 이 정도의 기병을 앞세워 우리 군사와 싸우겠다니, 강아지를 호랑이 앞에 내세우는 격이다. 이미 승상 앞에서 장담한 대로, 반드시 유비와 제갈량을 사로잡아 보이겠다."

말을 마치고 채찍을 가하자, 저쪽에서 조운이 나섰다. 두 필의 말이 엇갈리면서 몇 차례 싸우지도 않는데 조운이 도망쳤다. 하후돈이 그 뒤를 쫓아갔다. 십 리 남짓 도망친 조운은 말 머리를 돌려 다시 몇 차례 싸우다가 또다시 도망쳤다. 그것을 본 부장 한호(韓浩)가 급히 달려와서 말했다.

"조운이 우리를 유인하는 것 같습니다. 필시 복병이 숨어 있을 것입니다."

"이 정도의 적이라면 사방에 복병이 숨어 있어도 두려울 것이 없다."

하후돈은 한호의 말을 귀담아 듣지 않고 박망산 자락까지 단숨에 진격했다. 그때 갑자기 석화시 소리가 울리더니, 유비가 군사를 이끌고 돌진해 왔다. 하후돈이 웃으면서 한호에게 말했다.

"이것이 복병이구나. 오늘 밤 안으로 신야에 쳐들어가지 못하면 군사를 파하지 않겠다."

하후돈은 군사를 몰고 더욱 앞으로 나아갔다. 유비와 조운은 계속 후퇴했다. 날이 저물어 검은 구름이 하늘을 온통 뒤덮었고, 낮부터 불어 대던 바람이 밤에는 더욱 기승을 부렸다. 하후돈은 선발대를 몰고 진격을 거듭했다. 길이 점점 좁아지고 양쪽에 갈대만 울창한 것을 보고 이전이 우금에게 말했다.

"이제부터 남쪽은 길이 험한데다 산과 강이 좁고 나무가 울창해서, 만일 적이 불로 공격해 오면 꼼짝없이 당할 수밖에 없소."

"과연 그렇군. 나는 선두에 가서 진격을 멈추게 할 테니 자네는 후방을 정지시키게."

이전은 곧 말을 돌려 큰 소리로 외쳤다.

"뒤에 오는 대열은 멈춰 서라!"

그러나 군사들의 대부분이 이미 좁은 길에 들어선 후였다. 우금은 말을 몰아 하후돈을 쫓아갔다.

"길이 험하고 좁은데다 갈대와 나무가 울창합니다. 적이 불로 공격해 올 것을 경계하십시오."

하후돈은 그제야 상황을 알아차리고는, 말을 세우고 진격을 중지하라고 명령했다. 그의 명령이 채 끝나기도 전에 갑자기 후방에서 함성이 일어나더니, 갑자기 불길이 치솟았다. 양쪽 갈대숲에도 불이 옮겨 붙어 순식간에 사방이 불바다로 변했다. 때마침 바람이 세차게 불어와 불길은 더욱 사나워졌다.

하후돈의 군대가 아수라장이 되어 수많은 사상자를 내고 있을 때 조운이 쳐들어왔다. 하후돈의 군사는 불과 연기 속에서 갈팡질팡하며 도망치려 했으나, 불길이 이는 아래쪽에서 한 떼의 적이 또 나타났다. 앞장선 장수는 관우였다. 군량을 실은 수레에도 불길이 번지고 있어 그것을 건지기 위해 달려갔으나, 그곳에선 장비가 군사를 이끌고 나타났다. 하후돈은 간신히 목숨만 건져 도망쳤고, 그의 군사는 불바다 속에서 떼죽음을 당하고 말았다.

유비는 새벽녘에 군사를 철수시켰다. 관우와 장비는 내심 크게 놀랐다.

"신산귀모(神算鬼謀)라는 말이 이를 두고 하는 말 같구나."

얼마 후에 미축과 미방이 병사들과 함께 한 대의 작은 수레를 호위하고 나타났다. 수레 속에 단정히 앉아 있는 사람은 제갈량이었다.

한편 하후돈이 대패해 허도로 돌아오자, 격분한 조조는 유비·유표·손권을 정벌하기 위해 오십만 대군을 이끌고 출전했다. 이때 천자의 고문관 공융(孔融)은, 대의(大義)에 벗어나는 싸움이므로 이길 리가 없다고 조조를 말렸다. 조조는 공융을 꾸짖어 물러가게 했는데, 공융은 승상의 관저에서 나오면서 하늘을 쳐다보고 길게 한숨을 쉬며 한탄했다.

"불의한 자가 의로운 자를 치니 패할 수밖에 없지."

이 말을 전해 들은 조조는 크게 화를 내며 공융 일족의 목을 모조리 베어 버렸다.

이때 형주의 유표는 병이 더욱 심해지자 신야에 있는 유비를 불러들였다.

"나는 병으로 죽게 되었소. 유기는 병약한데다 재능도 없어 뒤를 이어도 다스려 나가기가 어려울 것이오. 내가 죽은 후에 아우님이 이 형주를 다스려 주시오."

유비는 눈물을 흘리면서 말했다.

"제 힘이 미치는 데까지 유기를 돕겠습니다."

이렇게 말할 때, 조조가 대군을 이끌고 쳐들어왔다는 보고가 날아들었다. 유비는 급히 신야로 돌아왔다.

유표는 유비에게 장남 유기를 도와 형주의 자사가 되어 달라는 유언장을 쓰려고 했으나 채 부인이 화를 내며 못 쓰게 했다. 이때 유기는 강하에 있다가 부친의 병이 위독하다는 말을 듣고 문병하러 돌아왔다. 그가 집에 들어서자 채모가 앞을 가로막고 말했다.

"그대는 부친의 명령으로 강하의 수비라는 막중한 임무를 맡고 있네. 마음대로 임지를 비웠다가 만일 강도의 군사가 쳐들어오면 어떻게 하려나? 자사께서는 도리어 그 때문에 화가 나서 병이 더 심해질 걸세. 이것은 효도의 길이 못 되니, 빨리 돌아가게."

결국 유표는 큰 소리로 아들 유기를 부르다가 숨을 거두었다. 채부인은 채모와 의논하여 가짜 유언장을 만들어 자기가 낳은 차남 유종(劉琮)을 형주의 후계자로 정했다. 그런데 유종과 채씨 일족에게는 조조의 오십만 대군보다도 오히려 강하에 있는 유기와 신야의 유비가 골칫거리였다. 참모들 중 괴월(蒯越)이 말했다.

"형주 양양의 아홉 고을을 조조에게 바치는 것이 상책입니다. 조조는 반드시 주공을 후히 대접할 것입니다."

유종은 드디어 항복을 결심하고 조조에게 사자를 보냈는데, 그 사자가 돌아오는 길에 관우에게 붙잡혔다. 유비는 이 소식을 듣고 깜짝 놀랐다. 그때 유기가 보낸 이적이 와서 권했다.

"일이 이렇게 된 이상 양양으로 쳐들어가 유종을 죽이고 형주를 취하십시오."

제갈량도 이에 찬성했으나, 유비는 듣지 않았다.

"형님은 유사시에 아들을 보살펴 달라고 말했소. 그런데 그 아들을 죽이고 땅을 빼앗는다면, 저승에 가서 무슨 낯으로 형님을 대하겠소."

이러던 중, 조조의 군사가 이미 박망성에 쳐들어왔다는 급보가 들어왔다. 제갈량은 또다시 불로 공격할 작전을 세우고, 우선 신야의 주민들에게 곧 번성으로 피난 가라는 포고령을 내렸다. 그러고는 장수들에게 명령을 내렸다. 관우에게는 천 명의 군사에게 각각 포대 하나씩을 나누어 주어 백하(白河)에 몸을 숨기고 지시에 따르게 하라고 했다.

"포대에 돌과 진흙을 가득 채워서 백하의 물을 막았다가 내일 새벽녘에 개천 아래서 사람의 목소리와 말 우는 소리가 들리면 즉시 포대를 치워 물을 흘려보내고, 하류로 가서 공격하시오."

다음에 장비에게는 천 명의 군사를 이끌고 박릉(博陵)의 나루터에 숨어 있으라고 한 뒤 명령했다.

"그곳은 물의 흐름이 느리므로, 적은 물 공격을 받으면 반드시 이곳으로 후퇴할 것이오. 그때 지체 없이 공격하시오."

또한 조운에게는 삼천 명의 군사를 이끌게 하고 명령했다.

"갈대나 마른 장작 등을 신야의 관청에서 가까운 민가 옆에 쌓아 놓고 유황이나 염초(焰硝) 따위의 발화물(發火物)을 감춰 두시오. 내일 저녁때는 강한 바람이 불어올 것이고, 바람이 불면 적군은 성내로 돌아가 잠자리를 구할 것이니, 전군 삼천 명의 군사를 넷으로 나누고 남·북·서의 삼 문에 각각 오백 명씩 배치하여 불화살로 성을 공격하시오. 그러나 동문만은 열어 놓아 적이 도망치게 하고, 한 부대 천오백 명의 군사는 동문 밖에 숨겨 놓았다가 도망치는 적을 등 뒤에서 추격하게 하시오. 새벽에는 전군을 모아 관우·장비 두 장수와 함께 번성으로 오시오."

제갈량은 다시 미방과 유봉을 불러, 이천 명의 군사를 이끌고 반은 푸른 기를, 나머지 반은 붉은 기를 갖게 하여 신야성 30리 밖에 있는 작미파(鵲尾坡)에 진을 치게 하고, 처음에는 푸른 기와 붉은 기를 뒤섞어 정렬시키라고 명령했다.

"적군이 쳐들어오면 붉은 기의 대열은 왼쪽으로, 푸른 기의 대열은 오른쪽으로 이동시키시오. 적은 그것을 이상히 여겨 추격하지 않을 것이니, 그때 각각 군사를 숨겨 놓았다가 적의 패주병을 공격하시오. 그 후 백하 상류로 가서 관운장을 도우면 될 것이오."

제갈량은 군사의 배치를 마치자, 유비와 함께 산 위에 올라가 형세를 내려다보고 있었다.

조인과 조홍은 십만의 군사를 이끌고 선발대로 출발했으며, 그 전방에는 허저가 삼천 명의 철갑 기병을 이끌고 앞장서서 산과 들을 메우며 신야로 쳐들어왔다. 정오경에 작미파에 도착해 보니, 고갯길에 푸른 기와 붉은 기를 세운 적병이 있었으나, 그 수는 알 수 없었다. 허저가 전진하자 푸른 기와 붉은 기가 금세 양쪽으로 갈라섰다.

"복병인가?"

허저는 행군을 정지시키고 혼자 말을 되돌려 달려가서 조인에게 이것을 보고했다. 조인이 말했다.

"이건 의병(疑兵)이라는 거요. 복병은 아닌 게 분명하니, 어서 진격하도록 하시오!"

허저가 고개로 되돌아와 군사를 이끌고 쳐들어가니, 이미 적병은 한 사람도 보이지 않았다. 해는 서산으로 저물고 있었다. 허저가 다시 진격하려고 할 때, 산 위에서 갑자기 북과 음악 소리가 들려왔다. 바라보니, 산꼭대기에서 깃발이 나부끼고 커다란 양산 아래서 유비와 제갈량이 마주 앉아 술을 마시고 있었다.

허저는 화가 나서 산으로 공격해 올라가려고 했다. 그때 산꼭대기에서 통나무와 큰 돌덩이가 마구 굴러 떨어졌다. 당황하여 주저하고 있는데, 뒤쪽에서 갑자기 함성이 들려왔다. 허저는 어떻게 해서든지 적진으로 진격하려고 했으나, 이미 해가 져 어두웠으므로 더이상 손을 쓸 수가 없었다.

그때 조인도 군사를 이끌고 당도했다. 먼저 성을 빼앗고 나서 병사들을 쉬게 하려고 성 밑에 가 보니, 성문이 열려 있었다. 일제히 쳐들어갔으나 대항하는 자가 없었다. 성안에는 사람의 그림자조차 없었다. 조홍이 말했다.

"적은 이제 쓸 계략이 없어져서 주민들을 데리고 도망친 것이 분명하다. 오늘 밤은 이곳에서 쉬고 내일 아침 일찍 떠나도록 하자."

병사들은 지칠 대로 지치고 배도 고팠으므로, 앞을 다투어 민가로 들어가 식사 준비를 시작했다. 이윽고 바람이 강하게 일기 시작했다. 성문을 지키던 군사가 황급히 달려와 불이 났다고 보고했다. 조인이 말했다.

"저녁 식사를 준비하면서 불조심을 하지 않은 모양이구나. 소란 떨지 말고 불부터 끄거라."

그러나 말을 마치기도 전에 남문·북문·서문이 모두 불바다가 되었다. 조인은 불길 속에서 도망칠 길을 찾아보았다. 다행히 동문만은 불이 붙지 않았다는 말을 듣고 급히 달려갔다. 앞을 다투어 빠져나가려는 군사들이 서로 떠미는 바람에 밟혀 죽는 자가 헤아릴 수 없이 많았다.

간신히 불길을 피해 안도의 한숨을 내쉬고 있을 때, 다시 뒤에서 갑자기 함성이 일어나며 조운의 군사가 쳐들어왔다. 정신없이 도망을 치는데, 이번에는 미방이 이끄는 군사와 마주쳐 한바탕 곤욕을 치렀다. 조인은 간신히 도망쳤으나, 또다시 함성이 일어나더니 이번에는 유봉의 군사가 추격해 왔다.

새벽녘이 되자 사람도 말도 지칠 대로 지치고, 군사들은 머리와 이마 등에 화상을 입은 채 백하의 기슭에 이르렀다. 다행히 물이 깊지 않아 사람과 말이 함께 내려가 물을 마셨다. 병사들은 저마다 왁자지껄 떠들어 대고 말도 크게 울었다.

백하 상류에 있던 관우는 하류에서 사람과 말이 떠들썩하는 소리가 들리자, 곧 명령을 내려 포대를 일제히 치우게 했다. 그러자 갑자기 물이 불어나 조인의 군사는 물살에 휩쓸려 수없이 죽어 갔다. 조인이 장수들과 함께 물살이 느린 곳을 찾아 헤매면서 박릉의 나루터까지 왔을 때, 갑자기 함성이 들리더니 한 떼의 군사가 길을 가로막았다. 앞장선 장수는 장비였다. 장비가 허저와 싸우는 사이에 조인이 도망쳐 버리자, 허저도 싸울 의욕을 잃고 달아났다.

유비와 제갈량은 강을 건너 전군을 번성으로 이동시켰다. 간신히 도망친 조인은 불과 물의 공격을 받은 경위를 조조에게 보고했다.

"제갈량, 그놈이 잘도 노는구나!"

화가 난 조조는 대군을 모두 신야로 이동시키고, 여덟 방면으로 나눠서 번성을 공격할 준비를 했다.

두 영웅의 싸움

유비는 제갈량과 의논하여 번성을 포기하고 양양을 손에 넣기로 했다. 신야에서 따라온 백성들과 번성의 백성들이 입을 모아 말했다.

"우리는 목숨을 잃는 한이 있어도 따라가겠습니다."

백성들은 노인은 부축하고 어린이는 품에 안아 남녀를 불문하고 길게 늘어서서 강을 건넜으며, 양쪽 기슭에서는 고향을 떠나는 슬픔에 울음소리가 그치지 않았다. 간신히 강을 건너 양양에 다다르니, 성문이 굳게 닫혀 있었다. 유비가 큰 소리로 외쳤다.

"조카 유종은 어서 문을 열어 주게."

그러자 채모와 장윤(張允) 등이 성문 망루 위에서 군사에게 명령하여 활을 쏘게 했다. 유비는 이들과 싸우면 백성들의 희생이 많을 것을 염려하여 양양에 입성하는 것을 단념했다.

"강릉은 형주의 요지입니다. 먼저 그곳을 점령하는 것이 좋겠습니다."

제갈량의 말에 유비는 다시 백성들을 데리고 강릉으로 향했다. 그때 한 병사가 말을 타고 달려와 보고했다.

"조조의 대군이 벌써 번성을 점령했습니다. 배와 뗏목을 준비하는 것을 보니, 곧 강을 건너 쳐들어올 모양입니다."

그러자 장수들이 입을 모아 말했다.

"십만의 백성들을 이끌고 가면 하루 종일 걸어도 십 리밖에 가지 못합니다. 이래 가지고는 언제 강릉에 도착할지 알 수 없고, 조조의 군사가 쳐들어오면 맞서기도 어렵습니다. 차라리 백성들을 뒤에 남겨 두고 길을 재촉하는 것이 어떻겠습니까?"

"그건 안 되오. 큰일을 이루려면 무엇보다도 백성이 근본이어야 하오. 백성들이 나를 따라나섰는데 버리고 갈 수는 없소."

유비는 수많은 백성들을 거느린 채 천천히 나아갔다. 제갈량이 말했다.

"조조의 군사가 곧 추격해 올 것입니다. 운장을 강하로 보내 유기에게 원군(援軍)을 청해야 합니다."

유비는 이에 동의하여 관우와 손건에게 편지를 들려 강하로 보냈다. 이들이 오백 명의 군사를 이끌고 강하로 떠나자, 유비는 장비에게 후방을 경비하게 하고 조운에게는 가족을 호위하게 했다.

한편 번성을 차지한 조조는 양양에 있는 유종을 불러들였다. 유종은 마음이 내키지 않아 채모와 장윤을 대신 보냈다. 조조를 만난 두 사람의 말과 행동에는 아부하는 태도가 역력히 나타났다. 조조가 형주의 군비에 대해 묻자, 채모가 솔직하게 털어놓았다.

"기병이 오만, 보병이 십오만, 수군(水軍)이 팔만으로, 도합 이십팔만입니다. 군량은 1년분이 있고, 거의 강릉에 저장되어 있습니다. 선박은 크고 작은 것 모두 합쳐서 칠천 척이며, 저희 두 사람이 이끌고 있습니다."

조조는 유종을 형주의 자사로 책봉하도록 천자에게 상주하겠다고 약속하고 채모를 수군의 대도독(大都督)으로, 장윤을 부도독으로 임명했다. 조조의 군사는 북방 출신이어서 수상전(水上戰)에 익숙하지 못했으므로 두 사람을 등용했던 것이다.

이윽고 조조는 유종의 공손한 영접을 받으며 양양으로 입성했다. 그리고 괴월과 왕찬을 대장으로 삼고, 유종을 멀리 청주의 자사로 임명하여 즉시 출발하라고 명령했다. 놀란 유종이 형주에 머물기를 원했으나, 조조는 허락하지 않았다. 유종은 할 수 없이 모친인 채부인과 함께 청주로 향했다. 조조는 우금에게 명하여 오백 명의 기병을 이끌고 그 뒤를 쫓아가 모자를 한꺼번에 죽여 버리게 했다.

양양을 손에 넣은 조조는 유비가 강릉을 점령하기 전에 그를 무찌르기 위해, 각 부대에서 철기병(鐵騎兵) 오천을 뽑아 스스로 말을 몰아 밤낮으로 추격했다.

유비는 십 만의 피난민에 삼천가량의 군사를 이끌고 강릉으로 향하고 있었다. 강하의 유기에게 원군을 청하러 갔던 관우가 돌아오지 않았으므로, 제갈량은 유봉과 함께 오백 명의 군사를 이끌고 강하로 떠났다.

유비 일행은 당양현(當陽縣)에 이르러 경산(景山) 기슭에서 야숙했다. 늦가을이라 찬바람이 뼛속까지 스며들었고, 저녁때에는 주민의 울음소리가 산과 들에 가득 찼다.

다음 날 새벽 갑자기 서북쪽에서 함성이 울리더니, 조조의 군사가 일제히 쳐들어왔다. 유비는 즉시 말을 몰아 본진의 정병(精兵) 이천을 이끌고 적을 맞아 죽음을 각오하고 싸웠다. 그러다가 유비는 위기를 맞았는데, 장비가 달려와 한 가닥 혈로를 열어 동쪽으로 도망칠 수 있었다.

먼동이 터서 주위를 돌아보니 따라온 기병은 백여 명뿐이고, 피난민과 미축·미방·간옹·조운 등은 보이지 않았다. 유비가 한탄하고 있는데, 얼굴에 여러 군데 상처를 입은 미방이 비틀거리면서 나타나 말했다.

"조운이 우리를 배반했습니다."

"자룡은 의리를 중히 여기는 사람이다. 적에게 넘어갈 리가 없다."

"그가 조조에게 가는 것을 두 눈으로 분명히 보았습니다."

"내가 찾아보겠소. 만약 그 말이 사실이라면 단칼에 찔러 죽여 버리겠소."

장비가 외치더니, 그 길로 이십여 명의 기병을 이끌고 장판교(長坂橋)로 말을 몰았다.

돌아보니 다리 동쪽에 숲이 있었다. 장비는 한 가지 꾀를 생각해 내어, 나뭇가지를 잘라 이십여 필의 말 꼬리에 붙잡아 매고 숲 속을 뛰어다니게 했다. 흙먼지가 뿌옇게 일었다.

"이만하면 오백 명 정도로는 보일 테지."

장비는 창을 옆에 끼고 다리 위에 섰다.

한편 조운은 경산 기슭에서 조조의 군사를 맞아 정신없이 싸웠다. 그러나 날이 밝아 돌아보니 유비는 보이지 않고, 유비의 가족도 온데간데없었다.

'주공께서 감(甘) 부인과 미(麋) 부인, 그리고 어린 아들을 나에게 맡겼는데, 뿔뿔이 흩어져 행방을 알 수 없으니 무슨 낯으로 주공을 만나러 간단 말인가.'

이렇게 생각한 조운은 겨우 남은 삼십여 명의 기병을 이끌고 사방을 찾아 헤매었다. 피난민들이 비탄에 빠져 울부짖는 소리가 천지를 뒤흔들었고, 피투성이가 된 채 도망치는 자도 수없이 많았다. 조운은 말을 몰아 찾아다니다가 숲 속에 쓰러져 있는 간옹을 발견했다. 조운이 물었다.

"감 부인과 미 부인을 보지 못했소?"

"수레도 호위병도 잃어버린 채 아드님을 데리고 달아나는 것을 보았소. 나는 적의 장수에게 등을 찔려 말을 빼앗기고 이곳에 죽은 척하고 쓰러져 있었소."

조운은 말 한 필을 간옹에게 주고 병사 두 사람을 시켜 간옹을 돌보게 한 다음, 다시 말을 몰았다. 그때 다급히 조운을 부르는 자가 있었다.

"장군님! 제가 적의 화살을 맞고 쓰러져 있을 때 보았는데, 감 부인이 피난민과 함께 남쪽으로 가셨습니다."

조운은 곧장 남쪽으로 말을 달렸다. 수백 명의 피난민들이 앞을 다투어 달아나고 있었다.

"감 부인! 어디 계십니까?"

조운은 피난민을 향해 외쳤다. 그러자 뒤처져 가던 감 부인이 그를 발견하고 울음을 터뜨렸다. 조운도 눈물을 글썽이며 말했다.

"부인을 잘 보위하지 못한 것은 저의 죄입니다. 미 부인과 아드님은 어디 계십니까?"

"도중에 헤어지고 말았어요."

그 순간 갑자기 난민들의 고함 소리가 들리더니, 또다시 한 떼의 적군이 나타났다. 바라보니 미축이 적에게 사로잡혀 말 위에 묶여 있었다. 조운은 크게 소리를 지르며 적의 장수를 단칼에 찔러 죽이고 미축을 구해 낸 다음, 말 한 필을 빼앗아 감 부인을 태우고 적진을 헤치면서 장판교까지 왔다.

다리 위에는 장비가 창을 들고 서 있었다. 그는 방금 돌아온 간옹의 입에서 조운이 배반하지 않았다는 이야기를 듣고 있었다. 조운은 미축에게 감 부인을 주공께 모셔 갈 것을 부탁하고 미 부인과 아두를 찾기 위해 몇 사람의 기병을 데리고 다시 적진으로 향했다.

이윽고 적장 하나가 기병 십여 명을 이끌고 덤벼들었다. 조운은 단칼에 그를 찔러 말에서 떨어뜨렸다. 이 장수가 등에 멘 칼을 보니 손잡이에 '청강(靑釭)'이라는 글자가 씌어 있었다.

본래 조조는 두 자루의 보검(寶劍)을 갖고 있었다. 한 자루는 '의천(倚天)'이라고 부르고, 다른 한 자루는 '청강'이라고 불렀다. 의천은 자신이 갖고 청강은 측근인 하후은(夏侯恩)에게 들고 다니게 했다. 이 칼은 쇠도 나무처럼 벨 수 있는 명검으로, 조운이 쓰러뜨린 장수가 바로 하후은이었던 것이다.

조운은 이 칼을 들고 다시 적의 포위를 뚫고 쳐들어갔는데, 좌우를 돌아보니 자기편 군사들은 다 없어지고 혼자뿐이었다. 그러나 물러서지 않고 이리저리 달리면서 사람들을 만날 적마다 미 부인을 보았느냐고 물었다. 겨우 한 농부가 말했다.

"미 부인은 왼쪽 다리를 창에 찔려 걷지도 못한 채 아기씨를 안고 저 토담 아래 앉아 계십니다."

조운이 뛰어가 보니, 타 버린 민가의 무너진 토담 밑에 미 부인이 아두를 안고 땅바닥에 엎드려 울고 있었다. 조운은 말에서 내려 무릎을 꿇었다.

"장군을 만나게 되어 아두는 목숨을 건지게 되었어요. 이 아이는 주공께서 귀히 얻은, 하나밖에 없는 자식이니 잘 보호하여 주공께 데려다 주십시오. 그렇게만 해 준다면 나는 죽어도 한이 없어요."

"부인께서 재난을 당하게 된 것은 모두 제 탓입니다. 어서 말에 오르십시오. 제가 앞장서서 적을 무찌르겠습니다."

"그건 안 됩니다. 장군에게 말이 없으면 이 아이도 위험합니다. 어서 이 아이를 안고 돌아가십시오. 나 같은 건 방해만 될 뿐입니다."

조운이 아무리 권해도 부인은 말을 타려고 하지 않았다. 사방에서 또 함성이 들려왔다. 미 부인은 아두를 땅바닥에 내려놓더니, 옆에 있는 깊은 우물에 몸을 던져 버렸다. 조운은 적에게 부인의 시체가 발견되지 않도록 토담을 무너뜨려 우물을 메워 버렸다. 그리고 아두를 갑옷 속에 품고 말을 몰아 그곳을 떠났다.

어느새 적은 토담을 에워쌌다. 조운은 적장을 창으로 찔러 죽이고 적의 포위망을 빠져나왔다. 그러자 또 한 떼의 기병이 앞을 가로막았다. 장수는 장합이었다. 조운은 십여 합을 싸워보았으나 좀처럼 승부를 낼 수 없자 도망쳤다. 곧 그의 앞뒤를 네 명의 장수가 에워쌌다. 그들은 본래 원소의 부하로, 조조에게 항복한 자들이었다. 조운은 '청강'을 뽑아 닥치는 대로 적을 무찔렀다. 한 번 내리칠 때마다 마치 무를 자르듯 투구까지 송두리째 잘려 나갔다.

조조는 경산 위에서 이것을 내려다보고 있다가 좌우의 참모들에게 물었다.

"저자는 누구인가?"

그가 조운이라는 것을 알고는 다음과 같이 명령을 내렸다.

"호랑이 같은 장수로다. 반드시 생포해서 부하로 삼겠다."

덕분에 조운은 목숨을 건졌고 아두도 무사했다. 조운은 열 겹, 스무 겹으로 둘러싼 포위망을 빠져나와 적의 군기(軍旗) 두 개를 쓰러뜨리고 적의 장수 오십 명의 목을 베었다. 간신히 장판교까지 왔을 때는 그와 말 모두 지칠 대로 지쳐 있었다. 그러나 아직 함성이 들리고 적장이 쫓아오고 있었다.

장비가 다리 위에 말을 타고 창을 들고 있는 것을 보자 조운이 큰 소리로 말했다.

"장비, 나를 도와주시오!"

"빨리 가오. 뒷일은 내게 맡기고……."

조운이 다리를 건너 이십 리 남짓 말을 달리니, 유비가 나무 그늘에서 쉬고 있었다.

"저의 죄는 백 번 죽어 마땅합니다. 미 부인께서는 상처가 심해 말을 타려고 하지 않으시더니, 우물에 몸을 던지셨습니다. 할 수 없이 토담을 헐어 매장했습니다. 아드님은 조금 전까지도 제 품속에서 울고 계셨는데……."

조운은 흐느껴 울면서 말했다. 그의 갑옷을 헤쳐 보니, 아두는 새근새근 잠들어 있었다.

"무사하여 무엇보다도 다행입니다."

조운은 기뻐하며 양손으로 아두를 들어 유비에게 바쳤다. 그러나 유비는 아들을 받아 땅바닥에 내동댕이쳤다.

"이놈 때문에 뛰어난 장수 한 사람을 잃을 뻔했구나."

조운은 얼른 아두를 안아 올렸다. 그는 그렇게까지 부하를 사랑하는 유비의 은혜에 크게 감격했다.

한편 조운을 추격해 온 적장이 장판교에 이르니, 장비가 창을 들고 다리 위에 버티고 서서 호랑이 같은 수염을 곤추세우고 눈을 부릅뜨고 있었다. 그리고 다리 동쪽 숲에 흙먼지가 나는 것을 보니, 병사들이 많이 있는 것 같았다. 조조의 장수들이 잇달아 추격해 왔으나, 이것을 보고는 제갈량의 계략일지도 모른다는 생각에 아무도 가까이 가려고 하지 않았다.

이윽고 뒤에서 푸른 비단 양산과 흰 털로 장식한 깃발이 도착한 것이 보였다. 장비는 조조가 직접 출전한 것이 틀림없다고 생각하여 큰 소리로 말했다.

"나는 연인(燕人) 장비다. 나와 겨룰 자가 있거든, 앞으로 나오너라!"

그 목소리가 우레와 같아 조조의 군사들은 모두 벌벌 떨었다. 조조도 얼른 비단 양산을 감추게 하고 측근에게 말했다.

"전에 관우의 말에 의하면, 장비는 백만 군중을 제치고 적장(敵將)의 목을 자르는 것이 주머니 속에서 물건을 꺼내는 것보다도 쉽다고 했다. 함부로 덤비지 마라."

장비는 눈을 부릅뜨고 다시 큰 소리로 말했다.

"연인 장비가 여기 있다. 겨룰 자가 없느냐?"

조조는 그 기백에 눌려 쩔쩔맸다. 장비는 적의 후미가 도망치려는 낌새를 보이자 창을 들고 다시 큰 소리로 외쳤다.

"싸울 테냐? 도망칠 테냐? 태도를 분명히 해라."

그 기세에 조조 옆에 있던 하후걸(夏侯傑)이 혼비백산(魂飛魄散)하여 말에서 곤두박질쳤다. 그러자 조조를 비롯한 장수들도 일제히 말 머리를 돌려 서쪽으로 도망쳐 버렸다. 병사들 중에는 창을 땅바닥에 던져 버리고 투구를 떨어뜨리는 자가 수두룩했으며, 사람은 썰물이 빠지듯 말은 산이 무너지듯 서로 밀고 밀리면서 모두 도망치고 말았다.

장비는 적이 한꺼번에 퇴각하자 뒤쫓지 않고 장판교를 허물어 버리고는 유비에게로 돌아왔다. 그러자 유비가 말했다.

"다리는 허물지 말 걸 그랬다. 조조는 병법에 통달해 있으므로 반드시 추격해 올 것이다."

"그놈은 내 한마디 호령에 몇십 리나 도망쳤어요. 추격해 오지 않을 것입니다."

"아니, 다리를 허물지 않았다면 복병이 있을까 봐 진격해 오지 않을 것이나, 다리를 허물어 버렸으니 그는 우리 쪽이 약하다고 생각할 것이다. 적은 백만 대군이다. 장강과 한수를 메우고도 남을 군세인데, 다리 하나쯤 끊었다고 해서 넘어오지 못하겠느냐?"

유비는 이렇게 말하고는, 강릉으로 가는 것을 단념하고 좁은 길을 택해 한진(漢津)의 나루터를 거쳐 면양(沔陽)을 향하여 달렸다. 유비 일행이 한진의 나루터 근처에 이르렀을 때, 뒤에서 흙먼지가 일더니 북소리가 하늘에 진동하고 함성이 대지를 흔들었다. 앞에는 큰 강이 가로놓여 있고 뒤에는 적이 추격해 오니, 유비는 도망칠 곳이 없었다.

"지금이야말로 유비는 우물 안에 든 물고기요, 올가미에 걸린 호랑이다. 여기서 붙잡지 못하면 물고기를 바다에 놓아주고 호랑이를 산에 풀어놓는 격이다. 각자 힘껏 싸워라."

조조의 명령에 장수들은 용기백배했다. 그런데 이때 갑자기 산 뒤쪽에서 북소리가 울리더니, 한 떼의 기병이 뛰쳐나왔다.

"여기서 기다리고 있는 걸 몰랐느냐?"

청룡언월도를 들고 적토마를 탄 장수가 외쳤다. 그는 천하가 다 아는 관우였다. 그는 강하(江夏)에서 만 명의 기병을 빌려왔는데, 당양(當陽) 장판교에서 유비가 고전한다는 말을 듣고 출동했던 것이다.

"이번에도 공명의 계략에 걸렸구나."

조조는 관우를 보자 전군에 후퇴 명령을 내렸다. 관우는 유비를 만나 한진의 나루터에 도착했다. 마침 배가 준비되어 있어 한시름 놓을 수 있었다. 그때 장강의 남쪽 기슭에서 북소리가 울리더니, 배들이 개미 떼처럼 까맣게 몰려왔다. 깜짝 놀라 바라보니, 가까운 뱃머리에 은빛 투구에 갑옷을 걸친 무사가 버티고 서서 외쳤다.

"숙부님, 마중 나왔습니다!"

그는 강하에서 온 유기였다. 유비는 크게 기뻐하며 유기의 손을 덥석 잡았다. 그때 또다시 장강의 서남쪽에서 배를 타고 휘파람을 불면서 다가오는 자가 있었다. 뱃머리에 앉아 있는 사람은 푸른 두건을 두르고 도복(道服)을 걸친 제갈량이었다. 그 뒤에는 손건이 서 있었다.

제갈량은 강하에 도착한 후에 유비가 강릉까지 못 가고 반드시 좁은 길로 해서 한진으로 피신할 것으로 짐작하고는, 먼저 관우를 한진으로 상륙시키고 이어서 유기를 떠나게 한 다음 자기는 나머지 배를 이끌고 도착했던 것이다. 유비는 크게 기뻐하며 배들을 정비하고 조조를 무찌를 방법을 의논했다.

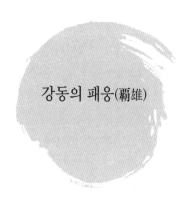

강동의 패웅(覇雄)

갑자기 나타난 관우의 군사들 때문에 유비에 대한 추격을 단념한 조조는, 군사를 진격시켜 강릉을 점령하고 장수들과 의논했다.

"지금 유비는 이미 강하에 가 있소. 그가 강동의 손권과 손을 잡고 세력을 확장하지 않을까 걱정이오."

순유가 말했다.

"손권에게 사자를 보내, 함께 유비를 사로잡아 형주의 땅을 나눠 갖자고 청하는 것이 좋을 줄 압니다."

조조는 이에 동의하여 사자를 강동으로 보내는 한편, 기병·보병·수군(水軍)을 합쳐 팔십삼만을 백만 대군이라 떠들어대며 수륙 양면에서 장강을 따라 동쪽으로 향했다.

한편, 강동의 손권은 시상군(柴桑郡)에 군사를 모아 놓고 있었다. 그러다가 조조가 양양을 함락시키고 유종을 살해하였으며 다시 강릉을 점령했다는 소식을 듣자, 참모들을 불러 대책을 협의했다. 그러자 노숙이 나서며 말했다.

"형주는 이곳과 가깝고 요새도 견고합니다. 만일 형주를 손에 넣으면 제왕이 될 기틀이 마련될 것입니다. 그런데 유표는 죽고 유비도 패하여 도망쳤습니다. 제가 유표를 조문한다는 명목으로 강하에 가서, 함께 힘을 합쳐 조조를 무찌르자고 유비를 설득하겠습니다."

한편, 강하에 도착한 제갈량은 유비에게 말했다.

"조조의 세력은 대단히 강대하기 때문에 우리 힘만으로는 도저히 대적할 수 없습니다. 강동의 손권에게 도움을 청할 수밖에 없습니다. 그래서 남북에서 대결하게 하고, 우리는 그 중간에서 이득을 취하는 것이 좋을 줄 압니다."

"강동에는 지자(智者)가 많소. 이쪽의 뜻대로 되겠소?"

제갈량이 웃으면서 말했다.

"조조는 지금 백만 대군을 이끌고 장강과 한수 사이에 진을 치고 있습니다. 손권도 이것을 두려워하여 이곳 형편을 알아보기 위해 사람을 보낼 것입니다."

이때 노숙이 조문하러 왔다. 제갈량이 유기에게 물었다.

"지난번 손책이 죽었을 때, 이쪽에서 조문하러 사람을 보낸 적이 있습니까?"

"강동과 우리는 부친을 죽인 원수 사이로, 조문할 계제가 못 됩니다."

노숙은 유기에게 조의를 표한 다음, 유비를 만나 조조에 대해 여러 가지로 물었다. 유비는 제갈량이 시킨 대로 아무것도 모른다고 대답했다.

"공명 선생의 계략으로 두 번이나 불로 공격하여 조조에게 큰 타격을 주었다는데, 그것도 모르고 계십니까?"

"그 이야기는 우리 군사께 물어보시오."

유비가 제갈량을 불러 둘을 대면시켰다. 노숙이 말했다.

"선생의 소문을 전부터 듣고 있었습니다. 뵙게 되어 영광입니다. 먼저 전국(戰國)의 정세에 대해 묻고 싶습니다."

"나는 조조의 계략을 잘 알고 있습니다. 다만 힘이 미치지 못해 잠시 난을 피하고 있을 뿐이지요."

"우리 강동은 여섯 고을을 차지하고 있고, 군사는 사기가 충천하며 군량도 충분합니다. 뿐만 아니라 현자를 존경하여 호걸들이 구름 떼처럼 모여 있습니다. 유 황숙을 위하신다면 강동과 힘을 합쳐서 조조를 무찌르는 것이 어떨까요?"

"유 황숙과 손 장군은 그리 가까운 사이가 아닌 줄로 알고 있습니다."

"선생의 형님은 지금 강동의 참모가 되어 선생과 만나기를 고대하고 있습니다. 함께 저희 주공 앞에서 대사를 의논하는 것이 어떻겠습니까?"

이리하여 제갈량은 유비의 허락을 받아 노숙과 함께 배를 타고 시상현으로 향했다. 배가 닿자 노숙은 제갈량을 숙소에서 쉬게 하고 혼자서 손권을 만났다. 손권은 마침 문무백관을 모아 놓고 의논하는 중이었다. 그 전날 조조가 보낸 사자가 서신을 가지고 왔는데, 그 서신에는 다음과 같이 씌어 있었다.

"장군과 강하에서 함께 유비를 격파하고 그 영토를 나누어 오랫동안 화친을 도모하고 싶으니, 답장 바라오."

노숙은 그 서신을 보고 난 후 손권에게 물었다.

"주공의 뜻은 어떠하십니까?"

"아직 결정을 내리지 못했소."

그러자 장소가 말했다.

"조조는 백만 대군을 이끌고 천자의 이름을 빌어 사방을 정벌하고 있으므로, 그를 대적하는 것은 왕명에 따르지 않는 것이 됩니다. 뿐만 아니라 우리가 조조를 막을 수 있는 발판은 장강인데, 조조는 이미 형주를 점령하여 수군을 손에 넣었습니다. 그렇다면 장강의 요충지를 적과 아군이 나눠 가진 격이 되며, 이러한 대세에 저항할 수는 없습니다. 항복하는 것이 안전한 방법이라고 생각합니다."

다른 참모들도 모두 장소의 의견이 합당하다고 입을 모았다. 그러나 손권은 생각에 잠긴 채 아무 말도 하지 않았다. 이윽고 손권이 자리에서 일어나자, 노숙이 그 뒤를 따랐다.

"그대는 어떻게 생각하오?"

"방금 여러 사람들이 한 말은 주공의 입장을 생각하지 않은 것입니다. 그들은 조조에게 항복해도 무방하지만, 주공은 그렇지 않습니다. 가령 저 같은 사람이 조조에게 항복한다면 주(州)나 도(都)의 관직을 맡을 수 있을지 모르지만, 주공께서 항복하게 되면 제후 자리 하나밖에 차지할 수 없을 텐데, 그것으로 만족하시겠습니까?"

손권은 한숨을 내쉬며 말했다.

"나도 그렇게 생각하고 있었소. 그러나 조조는 원소를 무찌르고 형주까지 손에 넣었소. 그 세력을 어찌 당해 내겠소?"

"마침 강하에서 공명 선생을 데리고 왔습니다. 그에게 조조의 형편을 물어보시는 것이 어떻겠습니까?"

이튿날 노숙은 제갈량을 손권에게 안내하기에 앞서 거듭 당부했다.

"주공께 조조의 병력이 강대하다는 말은 하지 마십시오."

제갈량이 웃으면서 말했다.

"나는 임기응변(臨機應變)으로 말씀을 드리겠습니다. 절대로 걱정은 끼치지 않겠습니다."

제갈량이 손권의 본진에 와 보니, 장소 이하 이십여 명의 참모들이 위엄 있게 앉아 있었다. 제갈량은 한 사람씩 차례로 인사를 하고 나서 자리에 앉았다.

"조조는 지금 백만의 군사에 천 명의 장수를 거느리고 용과 호랑이처럼 강하를 단숨에 삼키려고 합니다. 선생은 어떻게 할 작정입니까?"

그는 회계(會稽) 사람 우번(虞翻)이었다.

"조조가 원소의 개미 떼처럼 많은 군사를 손에 넣고 유표의 오합지졸을 거느리게 되었지만, 그것은 설사 몇백만이 되더라도 두려워할 것이 못 됩니다."

우번은 비웃으면서 말했다.

"당양에서 패해 하구로 도망친 후, 할 수 없이 남의 도움을 청하는 처지에 적을 두려워하지 않는다고 큰소리만 치니, 사람을 속이는 것밖에 되지 않소."

"우리는 정예의 군사지만 겨우 몇천 명이니, 백만 폭도를 당하지 못하는 것은 당연한 일입니다. 그래서 물러나 하구를 지키면서 때를 기다리는 것입니다. 그런데 이곳 강동의 군사는 정예고, 군량도 충분한데다 장강이라는 요해처까지 있는데도, 무릎을 꿇고 항복하도록 영주께 권하는 것은 비겁한 일입니다. 우리 주공은 조조 따위는 결코 두려워하지 않습니다."

우번은 아무 대꾸도 하지 못했다. 그때 좌중에서 또 한 사람이 물었다.

"선생은 조조를 어떻게 생각하고 있습니까?"

그는 패군(沛郡)의 설종(薛綜)이었다.

"조조는 한(漢)의 역적입니다."

제갈량이 대답하자 설종이 말했다.

"그것은 잘못된 생각입니다. 하늘이 정한 한의 운명은 벌써 다해 가고 있습니다. 조조는 이미 천하의 삼 분의 이를 소유했고, 민심도 그에게 쏠리고 있습니다. 유 황숙이 하늘의 뜻을 무시하고 항거하려고 하는 것은, 마치 달걀로 바위를 치는 격이며 패하지 않는 것이 이상한 일입니다."

제갈량은 그를 꾸짖어 말했다.

"한나라의 신하라면 간신을 쳐부수는 것이 도리 아니오? 조조는 조상 대대로 한나라의 봉록을 받았으면서 그 은혜에 보답하기는커녕 반역하였기 때문에, 세상 사람들이 모두 미워하고 있소. 하늘의 뜻이 그의 편이라는 것은 말도 안 되오. 그는 천자를 천자로 알지 않는 인간이오."

그때 갑자기 밖에서 들어오면서 큰 소리로 말하는 사람이 있었다.

"제갈량은 참으로 당대의 기재(奇才)입니다. 여러분이 변론으로 꺾으려고 하는 것은 손님에 대한 실례가 아닌가요? 조조의 대군이 국경까지 밀려왔는데, 적을 물리칠 생각은 하지 않고 입씨름만 하고 있습니까?"

그는 영릉(零陵) 사람 황개(黃蓋)로, 자는 공복(公覆)이며 현재 강동의 군량계를 담당하고 있었다. 황개가 제갈량에게 말했다.

"침묵이 금이라는 속담이 있습니다. 우리 주공께 고견(高見)을 들려주시지 않고 어찌 이들과 왈가왈부하고 계십니까?"

"이분들이 당면한 임무를 중요하게 생각하지 않고 잇달아 질문을 던지니, 답변하지 않을 수 없었습니다."

황개가 노숙과 함께 제갈량을 안내하여 중문까지 왔을 때 제갈근과 마주쳤다.

"이곳 강동까지 왔으면서 어째서 나한테 오지 않았느냐?"

"공무를 마치고 찾아뵈려고 했습니다."

"그럼 주공을 만나뵌 후에 오너라."

제갈량이 손권이 있는 당상에 이르니, 손권은 자리에서 일어나 맞았다. 제갈량은 절한 다음에 자리에 앉아 유비의 뜻을 전했다. 쳐다보니 손권은 눈이 푸르고 수염은 자색이며, 위풍이 당당한 인물이었다.

'이 자에게는 강한 약을 써야겠구나……'

생각이 거기까지 미친 제갈량은 손권이 조조의 병력에 대해 묻자, 거침없이 대답했다.

"보병과 기병, 수군을 합쳐서 백만가량 됩니다."

"그건 과장이 아니오?"

"과장이 아닙니다. 조조는 연주에 있을 때 벌써 사오십만의 군사를 거느리고 있었습니다. 원소를 무찌르고 사오십만의 병력을 손에 넣은 데다 중원(中原)에서 모집한 군사가 삼사십만입니다. 지금은 형주의 병력 이삼십만을 합쳐 백오십만가량 됩니다. 백만이라고 말씀드린 것은, 여기 계신 분들이 놀랄까 봐 걱정했기 때문입니다."

"장수는 얼마나 되오?"

"지모가 훌륭하고 무용이 뛰어난 자만 이천은 될 것입니다."

"조조는 형주를 정복한 후에 더욱 큰 야심을 품고 있소?"

"지금 장강 기슭에 진을 치고 군선(軍船)을 갖추고 있으니, 이것이 강동을 치려는 계획이 아니고 무엇이겠습니까?"

"그럼 그와 싸워야 하오, 싸우지 말아야 하오?"

"그것에 대해 생각한 것이 있는데, 들어주시겠습니까? 만일 오월

(吳越)의 병력으로 조조의 군사와 싸울 생각이라면, 빨리 조조와 손을 끊는 것이 좋습니다. 그렇지 않다면 여러 사람의 의견에 따라 군사를 이끌고 신하로서 조조를 섬기십시오."

손권은 아무 말도 하지 않았다. 제갈량은 말을 이었다.

"이처럼 사태가 긴박할 때 결단을 내리지 않으면 재앙이 눈앞에 닥치게 됩니다."

"그럼 유비는 어찌하여 항복을 하지 않았소?"

"옛날 제(齊)의 전횡(田橫)은 장사(壯士)에 불과했으나 의를 지켜 수치를 당하지 않았습니다. 저희 유 황숙으로 말씀 드리면, 황실의 일족으로 그 인품이 뛰어나 사람들의 존경을 한 몸에 받고 계십니다. 어찌 조조에게 몸을 굽힐 수 있겠습니까?"

손권은 제갈량의 말을 듣자 얼굴빛이 변하면서 자리에서 벌떡 일어나 안으로 들어가 버렸다. 노숙이 제갈량의 무례를 탓하자, 제갈량은 껄껄 웃으며 말했다.

"조조를 단숨에 무찌를 계책이 있건만, 묻지를 않기에 말하지 않은 것뿐이오."

노숙에게서 이 말을 들은 손권은 잠시 후 제갈량이 머물고 있는 후당으로 찾아왔다. 제갈량이 말했다.

"비록 유 황숙이 싸움에 패하기는 했지만, 관우가 이끄는 정병이 만, 유기가 강하에서 이끄는 병력만도 만은 됩니다. 조조는 대군을 거느리고 있지만, 경기병(輕騎兵)은 하루에 삼백 리나 되는 먼 길을 달려왔으므로 모두 지쳐 있습니다. 게다가 북쪽 지방 사람들은 수전(水戰)에 익숙하지 못합니다. 그리고 형주의 백성들이 비록 조조를 따르고는 있지만, 그것은 본심이 아닙니다. 지금 만일 장군께서 유 황숙과 힘을 합친다면, 반드시 조조를 무찌를 수 있을 것입니다."

그 말을 들은 손권이 크게 기뻐하며 말했다.

"선생의 말을 들으니 내 가슴의 응어리가 풀리는 것 같소. 이제 결심했소. 즉시 군사를 일으켜 조조를 멸하려 하오."

이 말을 들은 장소가 다시 손권을 찾아와 말했다.

"공명의 말재주에 이끌려 함부로 군사를 일으키는 것은, 그야말로 장작을 지고 불 속에 뛰어드는 격입니다."

한참을 고심하던 손권은, '나라 안의 정치에서 결정하기 어려운 일이 있을 때에는 장소와 의논하고, 나라 밖의 일은 주유와 의논하라.'는 손책의 유언이 생각났다. 그래서 곧 사자를 파양호(鄱陽湖)로 보내 주유를 불러들였다.

주유는 파양호에서 수군을 훈련시키고 있다가 즉시 시상현의 본진으로 향했다. 노숙이 마중을 나와 지금까지의 경위에 대해 말하자, 주유는 제갈량부터 만나보기로 했다.

얼마 후 노숙이 제갈량을 소개하며, 주유의 의중을 물었다.

"싸우면 패할 가능성이 많고, 항복하면 안전하오."

주유의 대답에 노숙은 깜짝 놀라 반문했다.

"이 강동 땅을 조조에게 호락호락 넘겨줄 작정이오? 손책 장군의 유언에 따라 군사는 장군에게 맡기고 있는데, 겁쟁이들의 주장을 따르려고 하오?"

제갈량은 팔짱을 낀 채 두 사람의 이야기를 들으면서 차갑게 웃고 있었다.

"선생, 어찌하여 웃고만 계시오?"

주유가 탓하자 제갈량이 대답했다.

"제게 계략이 하나 있습니다. 조조에게 예물로 나라를 드릴 필요도 없고 강을 건너 싸울 필요도 없습니다. 다만 한 척의 조각배에 두 사람만 태워 보내면 됩니다. 조조가 이 두 사람을 손에 넣으면, 백만 대군의 갑옷을 벗기고 깃발을 말아 강북으로 돌아갈 것입니다."

"두 사람이라니, 대체 누구 말입니까?"

주유가 물었다.

"내가 융중에 있을 때 조조는 장하((漳河)의 기슭에 동작대(銅雀臺)라는 망루를 지었다고 합니다. 그런데 그가 강동 교공(喬公)의 두 딸이 달도 얼굴을 가리고 꽃도 낯을 붉히는 미녀라는 말을 듣고 두 가지 맹세를 했다고 합니다. 하나는 천하를 평정하여 제왕이 되는 것이고, 또 하나는 강동의 대교(大喬)와 소교(小喬)를 손에 넣어 동작대에서 만년을 즐기는 것이랍니다. 이 소원을 이루면 죽어도 한이 없다고 말했다고 합니다. 지금 백만의 군사를 이끌고 강동을 노리고 있는 것도 사실은 이 두 딸이 탐나기 때문입니다."

"그 말에 어떤 증거가 있습니까?"

"조조가 셋째 아들 조식에게 시를 짓게 했는데, 동작대를 읊은 노래에서, '대교와 소교를 동남(東南)에 두고 아침저녁으로 어울리기를 즐기나니'라고 읊조렸습니다."

주유는 이 말을 듣자, 자리에서 벌떡 일어났다.

"이 역적놈이, 감히 우리를 우롱하다니!"

"아니, 아녀자 둘을 가지고 뭘 그리 흥분하시는지요?"

"대교는 돌아가신 손책 장군의 부인이고, 소교는 내 아내요."

"아, 그건 미처 몰랐습니다."

"나는 손책 장군으로부터 뒷일을 부탁받았소. 수치를 무릅쓰고 조조에게 항복할 의사는 조금도 없소. 아까 한 말은 일부러 해 본 것이오. 공명 선생, 함께 조조를 무찌르지 않겠소?"

이튿날 아침에 손권은 문무백관을 모아 놓고 회의를 열었다. 주유가 조조의 편지를 보고 나서 화를 내며 말했다.

"이 늙은 역적놈이 감히 우리 강동을 얕보는군 그래."

그리고 장소가 항복을 주장하자, 주유는 계속 싸우자고 주장했다.

그때 손권이 자리에서 벌떡 일어나 말했다.

"나는 저 늙은 역적과 화해할 수 없다. 나도 주유의 말에 동감이다."

"저는 주공을 위해 혈전을 각오하고 있습니다. 목숨을 내걸고 싸우겠습니다. 이제는 주공의 결단만 남아 있습니다."

손권은 허리에 차고 있던 칼을 뽑아 들고 눈앞의 책상 모서리를 잘라냈다.

"모두들 잘 들어라. 앞으로 조조에게 항복하자고 주장하는 자는 이 책상과 같이 될 것이다."

그리고 그 칼을 주유에게 주어 대도독으로 임명하고, 정보를 부도독으로, 노숙을 찬군교위로 임명했다.

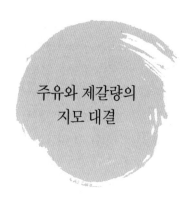

주유와 제갈량의
지모 대결

주유는 숙소로 돌아오자, 곧 제갈량을 불러 의논했다.

"오늘 회의에서 조조와 싸우기로 결정했습니다. 조조를 쳐부술 계획을 알고 싶습니다."

"그대의 주공께선 아직 결단을 내리지 못했습니다. 지금은 계획을 세울 때가 아닙니다."

"결단을 내리지 못했다니, 무슨 말입니까?"

"조조의 군사가 많아 도저히 이기지 못할 것이라고 걱정하고 계십니다. 그 불안을 제거하지 않고서는 큰일을 이룰 수 없습니다."

주유가 즉시 손권에게 가 보니, 과연 제갈량의 말대로였다. 주유가 말했다.

"조조의 대군이 백만이라고 하지만 본래 병력은 십오만 정도에 지나지 않으며, 그것도 오랫동안 전투를 치러 지쳐 있습니다. 원소에게 얻은 병력도 삼십만이라고 하지만 아직 진심으로 따르고 있는 것이 아니니, 수가 많아도 두려울 것이 없습니다. 저에게 오만의 병력만 주시면 쉽게 무찌를 수 있습니다."

손권은 그제야 마음을 놓았다. 그러나 주유는, '제갈량은 주공의 마음속을 환히 들여다보고 있다. 훗날 강동의 화근이 될 것이 분명하니, 일찌감치 없애야 한다.'고 내심 생각했다. 주유가 노숙에게 자신의 생각을 털어놓자, 노숙이 말했다.

"제갈근이 그의 형이니, 제갈근을 통해 우리 쪽에서 일하도록 설득하면 어떨까요?"

이튿날 주유는 본진에 문무백관을 모아 놓고 출전 명령을 내렸다. 한당·황개를 선발대 장수로 임명하고, 본대의 군선(軍船) 오백 척을 이끌고 즉시 출발하여 삼강구(三江口)에 진을 치고 별도의 명령이 있을 때까지 기다리게 했다. 장흠·주태를 제2대, 능통·반장을 제3대, 태사자·여몽을 제4대, 육손·동습으로 하여금 제5대를 인솔하게 하고, 여범·주치에게 사방의 경비를 맡게 하여, 전군이 수륙으로 진격해서 날짜를 정해 만나게 했다.

이튿날, 주유는 제갈근을 불러 말했다.

"동생 제갈량이 제왕을 도울 만한 재능을 갖고 있으면서 유비와 같은 사람을 섬기고 있는 것은 당치도 않습니다. 선생이 동생에게 유비를 버리고 우리 쪽에서 일하라고 설득해 주지 않겠습니까?"

제갈근은 즉시 말을 타고 제갈량의 숙소로 향했다. 오래간만에 만난 형제는 두 손을 마주 잡고 그동안 지내온 이야기를 주고받았다. 제갈근이 먼저 옛날 백이(伯夷)·숙제(叔齊)의 이야기를 끄집어내면서 말했다.

"나와 너는 형제지만 섬기는 주인이 달라 자주 만날 수도 없구나. 함께 일하다가 같이 죽은 백이·숙제를 생각하면 부끄러운 일이야."

제갈량은 곧 주유가 시켰다는 것을 알아챘다.

"형님과 저는 모두 한나라 사람입니다. 유 황숙은 한나라 왕실의 후손입니다. 형님이 강동을 버리고 유 황숙을 섬기게 되면, 한나라의 신하로 충성할 수도 있고, 또 나와 함께 부모의 산소도 지키며 효도할 수도 있습니다. 그렇게 하시는 것이 어떻겠습니까?"

제갈근은 동생을 설득하러 왔다가 오히려 동생에게 설득을 당하게 되었다. 힘없이 돌아가 주유에게 보고하자, 주유는 더욱 제갈량을 미워하며 죽일 뜻을 굳혔다.

이튿날 주유는 정보·노숙 등과 함께 군사를 이끌고 출발하면서 제갈량도 동행하게 했다. 군선은 돛을 달고 상류로 거슬러 올라가, 삼강구에서 오륙십여 리쯤 떨어진 곳에서 닻을 내렸다. 주유는 강 기슭에서 가까운 서산 기슭에 진을 치도록 한 뒤 제갈량을 불렀다.

"전에 조조의 군사가 적고 원소의 군사가 많았는데도 조조가 오히려 원소를 이긴 것은, 허유의 계략에 따라 먼저 오소(烏巢)의 군량을 불살랐기 때문입니다. 지금 조조의 군사는 팔십삼만이고 우리는 겨우 오륙만밖에 없으니, 어떻게 막을 수 있겠습니까? 반드시 적이 군량을 운반하는 길을 차단해야 합니다. 첩자에게 탐지하게 했더니, 조조의 군량과 마초는 모두 취철산(聚鐵山)에 저장되어 있다고 합니다. 선생은 오랫동안 한강 근처에서 살았기 때문에 지리에 밝을 줄 압니다. 나도 천 명의 군사를 이끌고 도울 테니, 수고스럽지만 관우·장비·조운을 데리고 밤 사이에 취철산을 공격하여 적의 군량을 차단해 주십시오."

제갈량이 기꺼이 승낙하고 출발하자, 노숙이 주유에게 물었다.

"어째서 제갈량을 보내십니까?"

"나는 그놈을 죽이고 싶지만 남의 웃음거리가 되어서는 곤란하오. 그래서 조조의 손을 빌려 없애고, 후에 말썽이 일어나지 않게 하려는 거요."

노숙은 제갈량에게 가서 혹시 눈치를 채고 있지 않나 살펴보았으나, 제갈량은 조금도 두려워하지 않고 마구를 손질하면서 떠날 준비를 하고 있었다.

노숙이 말했다.

"이번 싸움에 승산이 있습니까?"

제갈량은 웃으면서 대답했다.

"나는 수상전, 도보전(徒步戰), 마상전(馬上戰), 차전(車戰) 할 것 없이 어디에서나 이길 자신이 있소. 강동 사람인 주유나 노공은 한 가지 싸움에만 능하지만, 나는 그렇지 않소."

"한 가지만 능하다니요?"

"강동 어린이들의 동요를 보면, '복병을 가지고 관문을 잘 지키기는 자경(子敬), 물에서 잘 싸우기는 주랑(周郞)'이라고 노래하고 있지 않습니까? 당신은 육상전에 능하고 주유는 수상전에 능하지만, 다른 데서 싸우는 것은 서툴지 않습니까?"

노숙이 이 말을 주유에게 전하자, 주유는 노발대발했다.

"뭐, 내가 육상전에 서툴다고? 말도 안 되는 소리오. 당장 만 명의 기병을 거느리고 취철산의 군량을 차단해 보이겠소."

노숙은 이 말을 제갈량에게 전하자, 제갈량이 웃으면서 말했다.

"주 도독이 나에게 적의 군량을 차단하라고 부탁한 것은, 조조의 손으로 나를 죽이려는 속셈이었을 것입니다. 지금은 서로 하나로 마음을 합쳐야 할 때입니다. 서로 해치는 일이 있어서는 안 됩니다. 조조는 본래 적의 군량 길을 차단하는 것이 장기이므로 엄중히 방비하고 있을 것입니다. 주유가 가도 십중팔구 사로잡히고 말 것입니다. 지금은 다만 수상전으로 적의 사기를 떨어뜨리고 다시 좋은 계략으로 물리쳐야 합니다. 주 도독에게 잘 전하십시오."

노숙이 다시 이 말을 주유에게 전하자, 주유는 깜짝 놀라 고개를 치켜들면서 말했다.

"그의 지혜는 무섭소. 지금 없애 버리지 않으면 후에 두고두고 동오에 화근이 될 것이오."

그러나 노숙이 말리는 바람에 일단 보류했다.

한편, 유비는 유기에게 강하를 지키게 하고 자신은 군사를 이끌고 하구로 향했으나, 강동의 군사가 출동하는 것을 멀리서 바라보고 번구(樊口)에 진을 쳤다.

제갈량이 강동에 간 지 오래되었는데 아무 소식이 없자, 유비는 미축을 강동에 보내 형편을 알아보게 했다.

그런데 미축을 만난 주유가 이렇게 말했다.

"여러 가지 의논할 일이 있으니 유 황숙께서 직접 와 주셨으면 좋겠소."

미축이 이것을 전하러 돌아간 뒤에 주유가 노숙에게 말했다.

"유비 역시 마음을 놓을 수 없는 인물이오. 이번 기회에 불러내어 죽여 버려야 하오. 나라를 위해서 하는 일이오."

그리고 곧 비밀 지령을 내렸다.

"유비가 오거든 미리 무사 오십 명을 천막 안에 숨겨 두었다가, 내가 술잔을 던지는 것을 신호로 하여 일제히 달려들어 죽여 버리게 하라."

미축의 보고를 들은 유비는 관우와 부하 이십여 명을 거느리고 배를 타고 강동으로 향했다.

주유는 유비를 본진으로 안내하여 상좌에 모시고 술을 내어 접대했다. 제갈량은 유비가 왔다는 말을 듣고 본진에 와서 보니, 주유의 얼굴에는 살기가 어려 있었고 천막 양쪽에 무사들이 숨어 있었다. '이거 큰일났구나!' 싶어 유비를 바라보니, 태연한 얼굴로 이야기를 나누면서 조금도 두려워하는 기색이 없었다. 아니나 다를까 유비의 뒤엔 관우가 칼을 들고 서 있었다. 제갈량은 그제야 한시름 놓고 먼저 강변으로 가서 유비를 기다리기로 했다.

주유는 몇 차례 술을 권하고 난 뒤 일어나서 술잔을 던지려고 했으나, 유비의 뒤에 서 있는 관우를 발견하고는 깜짝 놀라 식은땀을 흘렸다.

'전에 안량과 문추의 목을 벤 사나이군……'

이윽고 유비는 자리에서 일어나 주유에게 인사를 하고 관우와 함께 제갈량이 기다리고 있는 강변으로 갔다. 유비는 제갈량을 보고 기뻐하며 말했다.

"나와 함께 번구로 돌아가도록 하오."

제갈량이 대답했다.

"저는 호랑이 입 안에 있어도 태산처럼 안전합니다. 장군은 군선(軍船)과 병마(兵馬)를 준비하고 기다려 주십시오. 11월 스무날이 지나면, 자룡에게 조각배를 타고 이 남쪽 기슭으로 마중을 나오도록 지시해 주십시오. 날짜를 잊지 마십시오!"

유비가 이유를 묻자, 제갈량이 대답했다.

"동남풍이 불기 시작하면 반드시 돌아가겠습니다."

유비 일행이 배를 타고 떠난 지 얼마 안 되어, 조조에게서 사자가 왔다. 주유는 사자가 내놓은 편지를 펴 보지도 않고 발기발기 찢어 버리고는 사자의 목을 베어 버렸다.

조조는 크게 화를 내며 즉시 채모·장윤 등 형주에서 항복한 장수들을 앞세워 군선을 출격시켰다. 건안 13년 11월 초하루의 일이 었다.

이날은 바람이 일지 않아 파도도 없었다. 북군의 대수병이 삼강구에 진격하자, 남군의 수병들은 이미 대기하고 있었다. 뱃머리에 앉아 있던 장수가 큰 소리로 외쳤다.

"나는 감녕이다. 싸울 용기가 있는 놈은 나오너라!"

채모는 동생 채훈에게 진격을 명령했으나, 감녕이 쏜 화살에 맞아 채훈은 그 자리에서 쓰러졌다. 감녕은 선대(船隊)를 한꺼번에 진격시켜 석궁(石弓)을 맹렬히 쏘아 대었으므로, 북군은 당해 내지 못했다. 남군은 다시 오른쪽에선 장흠이, 왼쪽에선 한당이 쳐들어갔다. 조조의 병력은 태반이 서주나 청주의 군사로, 수상전에 익숙하지 못했다. 그들은 배가 흔들리면 몸을 가누지 못하고 비틀거렸다. 감녕은 이들을 모조리 물리치고 돌아왔다.

패전한 조조는 채모와 장윤에게 수군의 재건을 명령했다. 두 장수는 수군을 훈련시키는 한편, 장강 일대에 이십사 개의 수문(水門)을 만들어 큰 배들로 밖을 에워싸게 하고 작은 배들은 그 안에 두어 자유롭게 내왕하게 했다. 밤이 되면 배마다 등불이 켜져 하늘과 수면이 밝게 빛났다. 강기슭에도 삼백여 리의 진지를 구축하여 불길에서 오르는 연기가 그치지 않았다.

주유는 멀리서 이것을 바라보고 깜짝 놀랐다. 그는 이튿날 노숙·황개 등을 데리고 배로 조조의 진지에 몰래 접근하여 동태를 살폈다.

"이것은 수전을 아주 잘 아는 자의 소행임에 틀림없소. 수군의 도독이 누구요?"

"채모와 장윤입니다."

"그 두 놈을 먼저 처치하지 않고는 조조를 무찌를 수 없소."

이때 조조의 군사가 주유의 배를 발견하고 추격하려 했지만, 주유의 배는 나는 듯이 사라졌다. 조조는 곧 주유의 군사를 무찌를 계략을 장수들에게 물었다. 그러자 이름은 장간(蔣幹), 자는 자익(子翼)이라고 하는 장수가 말했다.

"저와 주유는 동문수학한 사이입니다. 강동에 가서 세 치의 혀로 그를 항복시키겠습니다."

"그대가 정말 주유와 친하단 말인가?"

"그렇습니다. 제가 가면 반드시 성공할 것입니다."

장간은 한 척의 조각배를 타고 곧장 주유의 진지로 향했다. 주유는 장간이 찾아왔다는 말을 듣고 장수들을 돌아보며 웃으면서 말했다.

"세객(說客)이 왔군."

그러고는 작은 소리로 장수들에게 무언가를 지시했다. 이윽고 옷매무시를 바로잡은 주유는 부하 수백 명을 거느리고 나왔다. 장간은 푸른 옷을 입은 소년 하나만 데리고 나타났다.

"공근, 오래간만이네. 그동안 잘 있었나!"

"자익, 오느라고 수고했네. 조조를 위해 세객으로 왔군."

장간은 핵심을 찔려 은근히 놀랐다.

"자네와 오랫동안 헤어져 있었으므로 옛이야기나 나누려고 왔네. 세객이라니 천만에……."

"나는 옛날 예언자만은 못하지만, 가야금 소리를 들으면 가락의 뜻은 아네."

"자네가 옛 친구를 그렇게 생각한다면 나는 돌아가겠네."

주유는 웃으면서 그의 팔을 잡고 말했다.

"아니네, 약간 마음에 걸렸을 뿐이야. 그럴 의사가 없었다면 서둘러 돌아갈 거야 없지 않나."

주유는 장간을 본진으로 데리고 들어가 자리를 권하고 강동의 호걸들을 불러들여 한 사람씩 소개한 후, 군악을 곁들인 큰 주연을 베풀었다.

"이 사람은 나와 동문수학한 옛 친구요. 강북에서 왔지만 조조의 세객은 아니니, 의심하지 않아도 되오."

주유는 이렇게 말하고 허리에 찬 칼을 빼어 태사자에게 넘겨주었다.

"이 칼을 가지고 주연의 사회를 맡아 주게. 오늘 잔치는 옛 친구를 위로하는 자리니, 조조나 강동의 군사에 대해 한마디라도 입 밖에 내는 자가 있으면 목을 베어 버리게!"

겁에 질린 장간은 감히 입도 뻥긋하지 못했다.

"대군을 거느리게 된 후로 술을 한 방울도 입에 대지 않았으나, 오늘만큼은 옛 친구를 만났으니 마음껏 마셔야겠네."

주유는 껄껄 웃으며 즐거운 듯이 술을 마시기 시작했다. 이윽고 술에 거나하게 취하자, 주유는 장간의 손을 잡고 본진 밖으로 나왔다. 병사들은 모두 완전 무장을 한 채 창을 들고 서 있었다.

"보게, 위용이 대단하지 않은가?"

"호랑이가 따로 없군."

진지 뒤에는 군량과 마초가 산더미같이 쌓여 있었다. 주유가 다시 장간에게 말했다.

"우리의 군량을 보게. 이거면 일 년은 끄떡없을 것이네."

"군사는 용감하고 군량도 충분하다는 말이 거짓이 아닐세."

주유는 기분이 좋아 껄껄 웃고 나서 말했다.

"대장부가 자기를 알아주는 주군을 만나 군신의 의리를 지키면서 형제와 같은 은의를 맺었고, 진언(進言)은 반드시 실천에 옮겨지며 계략은 틀림없이 채택되네. 이제는 소진이나 장의가 다시 태어나 청산유수로 설득한다 해도 내 마음을 움직이진 못할 걸세."

주유는 이렇게 말하고 다시 껄껄 웃었다. 장간은 얼굴이 새파랗게 질려 있었다. 주유는 다시 장간을 본진으로 데리고 와서 장수들과 술을 나누었다.

"강동에는 영웅호걸들이 득실거리고 있네. 오늘의 연회를 군영회(群英會)라고 부르기로 하세."

어느새 밤이 깊자, 주유는 자리에서 일어나 칼을 휘두르면서 노래를 부르더니 혀 꼬부라진 소리로 장간에게 말했다.

"오랫동안 함께 하지 못했는데, 오늘 밤에는 같이 자지 않겠나?"

밤이 깊어 잔치가 끝나자, 주유는 술에 만취한 체하고 침상에 누웠다. 옷도 벗지 않고 혁대도 풀지 않은 채 거꾸로 누워 침상에다 마구 토해 댔다. 장간은 잠시도 눈을 붙이지 못했다. 자정을 알리는 북소리가 들려와 일어나 보니, 타다 남은 등잔불이 아직도 환히 비치고 있었다. 주유는 우레 같은 소리를 내며 코를 골고 있었다. 가만히 주위를 살펴보니, 책상 위에 많은 편지가 쌓여 있었다. 그중 하나를 들어 보니, '채모 · 장윤 올림'이라고 씌어 있었다.

우리가 조조에게 항복한 것은 녹(祿)을 탐내서가 아니라 부득이 했기 때문이었습니다. 지금 북군의 진중을 포위하고 있으므로, 기회를 보아 조조의 목을 베어 바치려고 합니다. 후에 또 보고를 드리겠습니다.

장간은 채모와 장윤이 내통한 사실을 알고 급히 그 편지를 옷 속에 숨겼다. 다른 편지도 보려고 하다가 주유가 몸을 뒤척이는 바람에 급히 불을 끄고 침상으로 돌아왔다. 장간은 뜬눈으로 밤을 새웠다. 새벽이 가까울 무렵 인기척이 나며 한 사람이 들어와 말했다.

"도독, 깨어나셨습니까?"

주유는 꿈에서 깨어난 사람처럼 그에게 물었다.

"내 침상에 잠들어 있는 게 누구냐?"

"자익 선생과 함께 주무셨는데, 잊으셨습니까?"

주유는 후회하는 듯이 말했다.

"나는 좀처럼 술에 취하는 법이 없는데, 어젯밤에는 인사불성이었네. 취중에 실언은 없었나?"

"예, 그런데 강북에서 사람이 왔습니다."

"소리가 너무 크구나!"

주유는 장간에게 다가와 몸을 흔들어 보았으나, 깊이 잠들었는지 미동조차 하지 않았다. 주유는 조용히 침실 밖으로 나왔다. 장간은 귀를 기울여 엿들었다.

"장윤 · 채모 두 도독이 말씀하시길, 급히 손쓸 수는 없지만……."

그 다음에는 목소리가 낮아 들리지 않았다. 얼마 후에 주유는 다시 침실로 돌아왔다.

"자익!"

그러나 장간은 아무 대꾸도 하지 않고 이불을 뒤집어쓴 채 잠든 체했다.

'주유는 세심한 자다. 날이 밝아 편지가 보이지 않으면 나를 죽일 게 분명하다.'

장간은 날이 밝기도 전에 일어나 주유를 불러 보았다. 이번에는 주유가 쿨쿨 자고 있었다. 장간은 가만가만 침실 밖으로 나와 소년을 불러 진중의 문을 나섰다. 파수병이 물었다.

"선생님, 어디로 가십니까?"

"내가 있으면 도독의 군무에 방해가 될 것 같아 일찍 떠나려고 하네."

장간은 배를 타고 급히 강북으로 돌아와 조조를 만났다.

"자익, 어땠나?"

"주유의 마음은 철석같아 도저히 움직일 수 없었습니다."

조조는 화를 내면서 퉁명스럽게 말했다.

"실패했단 말인가? 적의 웃음거리만 되었군."

"설득은 하지 못했지만, 긴히 드릴 말씀이 있습니다."

장간은 좌우의 사람들을 물러나게 한 다음, 편지를 꺼내 조조에게 보이고 자초지종을 보고했다. 조조는 화가 머리끝까지 치밀어 채모와 장윤을 불러들였다.

"수군을 몰아 진격하는 게 어떻겠나?"

"아직 훈련이 충분하지 못합니다."

조조는 노기가 등등하여 말했다.

"훈련이 충분하면 내 목을 주유에게 바치겠구나."

채모와 장윤은 이 말이 무슨 뜻인지 전혀 알지 못한 채 그저 당황하여 벌벌 떨기만 했다. 조조는 역사에게 명하여 둘의 목을 베게 했다. 얼마 후에 두 사람의 목을 가져오고 난 후에야, 비로소 주유의 계략에 속았다는 것을 알아차렸다.

조조는 채모·장윤의 후임으로 모개·우금을 수군의 도독으로 임명했다. 주유는 이 사실을 첩자에게서 듣고 크게 기뻐했다.

"마음에 걸리는 것은 그 두 사람뿐이었다. 그들이 없어졌으니 이젠 걱정 없다."

주유는 이번의 계략도 제갈량이 알고 있을 것으로 생각하고 노숙을 제갈량에게 보내 묻게 했다. 과연 제갈량은 모든 것을 꿰뚫어 보고 있었다.

"그놈을 살려 둬서는 안 되겠군. 반드시 죽여야겠소."

주유의 말에 노숙이 대꾸했다.

"공명을 죽이면 조조의 비웃음을 살 뿐이오."

"죽어도 원망을 하지 못하도록, 그럴싸한 구실만 만들면 되는 것이오."

"구실이라니요?."

"지금은 묻지 마오. 내일이면 알게 될 테니까……."

이튿날 주유는 제갈량과 장수들을 본진에 모아 놓고 회의를 했다. 제갈량이 회의장에 들어서자, 주유가 물었다.

"드디어 조조의 군사와 싸울 때가 다가왔는데, 수전에서 가장 필요한 무기가 무엇인지 아시오?"

"물 위에서 싸울 때에는 활과 화살이 제일 필요하겠지요."

"나도 그렇게 생각하고 있었소. 그러나 우리 진중에는 화살이 턱없이 부족하오. 선생이 십만 개의 화살 제조를 감독해 주셨으면 하는데……."

"도독의 부탁이라면 거절하지 않겠습니다. 그런데 십만 개의 화살을 언제까지 만들어야 합니까?"

"열흘 안에 만들 수 있을까요?"

"적이 언제 쳐들어올 지 알 수 없는데, 열흘이나 걸려서야 되겠습니까? 사흘이면 충분합니다."

"군대에서 농담은 통용되지 않습니다."

"물론입니다! 사흘 이내에 만들어 바치지 못하면 기꺼이 엄벌을 받겠습니다."

제갈량이 물러간 후에 주유가 노숙에게 말했다.

"후훗, 그는 죽음을 자청한 거요. 스스로 기한을 앞당겨 사흘 안에 화살 십만 개를 만들겠다고 사람들 앞에서 약속했으니 말이오. 사흘 안에 화살 십만 개를 만든다는 게 말이나 되는 소리요? 이제 군령에 따라 그의 목을 베는 일만 남았구려."

노숙은 곧 제갈량을 찾아갔다. 그러자 제갈량이 태연한 얼굴로 말했다.

"자경, 배 이십 척만 빌려 주시오. 그리고 배에는 각각 삼십 명의 군사를 태우고, 배마다 푸른 천막을 치고 짚단을 천 개가량 양쪽으로 쌓아 주시오. 이것만 준비되면 화살 걱정은 하지 않아도 될 것입니다."

노숙은 제갈량의 의도를 알지도 못한 채 그대로 준비해 주었다.

첫째 날, 제갈량은 한가로이 책을 읽으며 하루를 보냈다. 둘째 날도 마찬가지였다. 드디어 사흘째 되는 날 밤, 제갈량이 노숙을 배로 불러들였다.

"무슨 일로 부르셨습니까?"

"이제 화살을 가지러 갈 텐데, 함께 가시겠소?"

"화살이 어디에 있습니까?"

"그건 묻지 마시오. 가보면 압니다."

그리하여 이십 척의 배를 밧줄로 매어 연결시키고 북쪽 기슭을 향해 떠났다. 그날 밤에 장강 위에는 안개가 자욱하여, 노숙에게는 마주 앉은 제갈량의 모습도 보이지 않았다.

제갈량은 배에서 노숙과 술을 마셨는데, 새벽이 가까워질 무렵, 배는 조조 수군의 진지 가까이까지 가 있었다. 제갈량은 뱃머리를 서쪽으로 돌려 이십 척의 배를 일자로 늘어서게 하고 갑자기 북을 치면서 함성을 질렀다. 노숙은 깜짝 놀랐다.

"아니, 공명 선생! 조조의 대군이 한꺼번에 쳐들어오면 어찌하려고 이러시오?"

제갈량은 웃으면서 말했다.

"조조도 이 깊은 안개 속에서는 싸울 엄두를 내지 못할 겁니다. 천천히 술이나 마시다가 안개가 걷히면 돌아가도록 합시다."

한편 조조의 진지에서는 북소리와 함성에 깜짝 놀란 조조가 모개와 우금 두 장수에게 황급히 명령을 내렸다.

"이 깊은 안개 속에 갑자기 쳐들어온 걸 보니, 복병이 있는 것이 분명해. 함부로 움직여서는 안 된다. 활과 석궁으로 응수하라."

그리고 장요와 서광을 불러 각각 3천 명의 사수를 이끌고 강기슭에 나가 쏘도록 지시했다. 모개와 우금은 수군의 사수를 진지 앞에 세우고 활을 쏘아 응전하게 했다. 이윽고 육상에서 사수가 도착하여 약 만여 명의 군사가 강을 향해 화살을 비 오듯 쏘아댔다.

제갈량은 배를 저어 뱃머리를 동쪽으로, 고물을 서쪽으로 돌려 적진에 더욱 접근하여 화살을 맞으면서 계속해서 북을 울리고 함성을 지르게 했다.

이윽고 날이 밝아 안개가 걷힐 무렵, 제갈량은 급히 뱃머리를 돌렸는데, 이십 척의 배에 세워놓은 짚단과 휘장에는 화살이 무수히 꽂혀 있었다. 제갈량은 병사들로 하여금 일제히 외치게 했다.

"조 승상, 화살은 고맙게 받겠소!"

그리고 일시에 고함을 지르고 나서 급류를 타고 재빨리 돌아왔다.

조조는 이 소리를 듣고 추격하려고 했으나, 이미 때를 놓쳐 분개할 뿐이었다. 제갈량이 노숙에게 말했다.

"배마다 화살이 약 오륙천 개는 될 거요. 강동 사람의 손을 빌리지 않고 이제 십만여 개의 화살을 얻게 되었습니다. 내일이라도 이 화살로 조조의 군사를 쏘아댈 수 있으니, 얼마나 편리합니까?"

"선생은 참으로 귀신같은 분이구려. 오늘 안개가 이렇게 많이 낄 것을 어떻게 알았습니까?"

"싸움을 하는 장수가 천문(天文)이나 지리에 밝지 못하면 어떻게 진형(陣形)이나 병법을 제대로 운용할 수 있겠습니까? 나는 사흘 전부터 짙은 안개가 낄 것을 미리 알고 있었지요. 그래서 사흘을 기한으로 잡은 거요. 공근은 열흘 이내에 만들게 하고, 일꾼과 재료를 얻지 못하게 하여 나를 죄에 빠트리려고 일을 꾸몄지요. 그렇지만 나의 목숨은 하늘에 달려 있습니다. 공근이 아무리 나를 죽이려고 해도 헛수고요."

노숙은 크게 감탄했다. 배가 강기슭에 도착하자, 주유가 보낸 오백 명의 병사가 기다리고 있었다. 제갈량이 화살을 세어 보니, 십만 개가 훨씬 넘었다. 그는 그것을 모두 본진으로 운반하게 했다. 멀리서 이 모습을 본 주유가 한숨을 내쉬었다.

"과연 공명은 귀신같아. 나는 도저히 따를 수 없군……."

그리고 제갈량을 문까지 마중하여 본진에 돌아가 술을 나누었다. 주유가 말했다.

"어제 영주로부터 빨리 진군하라는 전갈이 왔습니다. 좋은 계략이 있으면 가르쳐 주십시오."

"나 같은 사람에게 무슨 묘략이 있겠습니까?"

"얼마 전 조조의 수군 진지를 보니, 대단히 잘 정비되어 있어 선불리 공격할 수가 없습니다. 내가 한 가지 계략을 생각해내었는데, 어떨지 판단해 주십시오."

"잠깐만 기다려 주십시오. 나도 한 가지 계략이 생각났습니다. 서로 손바닥에 글자를 써서 맞는지 알아보는 것이 어떻겠습니까?"

주유는 재미있는 생각이다 싶어 곧 붓과 벼루를 가져오게 하여 제갈량이 보지 않게 손바닥에 글자를 쓰고 나서 붓을 제갈량에게 넘겨주었다. 제갈량도 손바닥에 글자를 쓰고 나서 서로 손을 들어 보이고 껄껄 웃었다. 왜냐하면 주유가 손바닥에 쓴 글자도 '화(火)'자이고, 제갈량이 손바닥에 쓴 글자도 '화'자였기 때문이다. 두 사람은 다 크게 웃고 나서 다른 사람에게 발설하지 않기로 다짐했다.

고육지책(苦肉之策)

조조는 채모와 장윤을 잃은 데다 십만 개가 넘는 화살까지 쓸데없이 낭비하고는 몹시 분해 했다. 이때 순유가 진언했다.

"강동에서는 주유와 제갈량이 계략을 세우고 있으므로 쉽게 무찌르기 어려울 것 같습니다. 누가 강동에 거짓 항복하여 첩자로서 내통하게 하는 것이 어떻겠습니까?"

"나도 그 생각을 해 보았지만, 마땅한 인물이 없어서……."

"전에 죽은 채모의 사촌인 채중(蔡中)과 채화(蔡和)가 적임자라고 생각합니다."

조조는 그날 밤 몰래 두 사람을 불러, 거짓으로 강동에 항복하여 적의 동태를 보고하도록 명령했다. 두 사람은 오백 명의 병사를 이끌고 배를 타고 강동으로 향했다.

그들은 강동에 도착하여 주유 앞에 엎드려 말했다.

"사촌인 채모가 죄도 없이 조조에게 처형당했습니다. 저희를 받아 주신다면, 조조를 물리치는 선봉이 되겠습니다."

주유는 대단히 기뻐하며 두 사람에게 상을 주고 즉시 선봉대의 장수로 임명하는 한편, 몰래 감녕을 불러 말했다.

"저 두 사람은 처자를 두고 왔소. 진짜로 항복한 것이 아니라 조조가 보낸 첩자가 분명하오. 나는 적의 계략을 거꾸로 이용할 작정이니, 그리 알고 동태를 잘 살피도록 하오."

어느 날 밤, 주유의 숙소로 노장 황개가 불쑥 나타났다. 주유가 말했다.

"이 밤중에 갑자기 찾아 주신 걸 보니, 틀림없이 좋은 계략이 있는 게지요?"

"적은 다수인데 우리는 소수이니, 장기전에는 견디지 못할 것입니다. 불로 공격하는 것이 좋지 않을까요?"

"누가 그것을 권했나요?"

"제 생각입니다. 누가 가르쳐 준 게 아닙니다."

"나도 사실은 그렇게 생각하고 있었소. 그래서 채중·채화가 거짓 항복한 것을 알면서도 일부러 살려 두고 있는 것이오. 다만 유감스러운 것은 우리 쪽에서 적진으로 거짓 항복을 하러 가겠다는 인물이 없는 것이오."

"제가 그 역을 맡겠습니다."

"그렇게 하려면 크게 변을 당하지 않고서는 적이 믿지 않을 텐데요."

"저는 손견 장군 때부터 큰 은혜를 입고 있었습니다. 그 어떤 봉변을 당한다 해도 후회하지 않겠습니다."

황개는 이렇게 말하고 밖으로 나갔다.

이튿날 주유는 장수들을 본진에 모이게 하고, 제갈량도 그 자리에 참석하게 했다. 주유가 먼저 말을 꺼냈다.

"조조는 백만의 대군을 이끌고 삼백여 리에 걸쳐 진을 치고 있소. 하루에 무찌를 수는 없는 일이오. 지금부터 여러 장수들에게 각각 석 달 치의 군량을 줄 터이니, 그것으로 적을 막도록 하시오."

그러자 황개가 앞으로 나와 말했다.

"삼 개월은커녕 삼십 개월분의 군량을 주어도 소용이 없을 것입니다. 이달 중으로 적을 무찌르지 못한다면, 전에 장소가 말한 대로 갑옷을 벗고 창을 던져 적에게 항복하는 편이 나을 것입니다."

주유는 금세 얼굴빛이 변해 노기를 띠고 말했다.

"나는 주공의 명령으로 군사를 지휘하고 있으며, 다시 항복을 운운하는 자가 있으면 목을 베라는 지시를 받고 있다. 양군이 대진하고 있는 이때 말을 함부로 해서 아군의 사기를 떨어뜨리다니, 네 목을 베지 않으면 기강을 바로잡을 수 없다."

황개도 화를 내며 큰 소리로 외쳤다.

"나는 손견 장군을 보필한 후로 오늘까지 동남(東南)을 종횡으로 뛰어다니면서 삼 대째 주군을 섬겨왔다. 너 같은 애송이가 웬 큰 소리냐?"

주유는 더욱 화가 치밀어 목을 베라고 명령했다. 그러자 옆에서 감녕이 말했다.

"황개 장군은 우리나라의 구신(舊臣)입니다. 너그럽게 용서해 주십시오."

다른 장수들도 일제히 무릎을 꿇고 황개를 살려 달라고 간청했다. 그러자 주유가 노기를 삭히지 못한 얼굴로 말했다.

"목을 베야겠지만 여러 장수들의 얼굴을 보아 죽음만은 면하게 해 주겠다. 곤장으로 등을 백 대 쳐라."

장수들이 다시 탄원했으나 주유는 앞에 놓인 탁자를 걷어차며 모두 물러가게 하고, 옥졸에게 명하여 황개의 옷을 벗기고 그 자리에서 곤장을 세게 치게 했다. 오십 대를 친 후 장수들이 다시 탄원하고 나서야 주유는 곤장 치는 것을 멈추게 하고 말했다.

"이래도 나를 얕잡아 보겠느냐? 나머지는 보류해 두겠다."

주유가 횡하니 안으로 들어가자, 여러 장수들이 황급히 황개를 부축하여 일으켰다. 황개의 등허리는 살갗이 벗겨지고 살점이 찢어져 피가 낭자했다. 막사로 돌아와서도 여러 차례 의식을 잃으니, 문병을 온 자들은 저마다 눈물을 흘렸다.

노숙도 문병하고 돌아오는 길에 배에 있는 제갈량을 찾아가서 말했다.

"오늘 주유 도독이 황개를 벌할 때, 우리는 아랫사람이라 감히 나서지 못했지만 선생은 어찌하여 구경만 하고 말 한마디도 하지 않았습니까?"

"그대는 알아차리지 못했소? 공근이 오늘 황개를 벌한 것은 계략이었습니다. 내가 말린들 무슨 소용이 있었겠소."

노숙은 이 말을 듣고서야 비로소 알아차렸다. 제갈량이 말했다.

"고육지계(苦肉之計)를 사용하지 않고서는 조조의 눈을 속일 수 없소. 황개는 적진에 거짓 항복을 하는 역할을 맡게 되었는데, 채중과 채화에게 진짜로 보여 적에게 보고하도록 한 거요. 주 도독에겐 내가 이 계략을 알고 있었다는 말은 하지 마오."

노숙이 본진으로 돌아오니, 주유가 물었다.

"장군은 날 어떻게 생각하오?"

"마음이 편치 않습니다."

"공명은 나를 어떻게 생각하고 있소?"

"그도 도독이 너무했다고 말했습니다."

주유는 웃으면서 말했다.

"이번에야 그의 눈을 속일 수 있었군."

"무슨 뜻입니까?"

"사실 오늘 황개 장군을 벌한 것은 계략이었소. 조조의 눈을 속이고 거짓 항복을 시키기 위해선 고육지계를 쓸 수밖에 없었소."

노숙은 마음속으로 제갈량의 명찰(明察)을 실감했으나, 입 밖에 내지는 않았다.

황개는 막사에 누워 있으면서 장수들이 문병을 와도 입을 열지 않고 길게 한숨을 내쉴 뿐이었다. 이윽고 참모인 감택(闞澤)이 문병을 오자, 그는 옆에 있던 사람들을 물러가게 했다. 감택이 말했다.

"장군은 도독에게 원한이 있습니까?"

"그런 건 없소."

"그렇다면 변을 당한 것은 고육지계가 아닌가요?"

"그걸 어떻게 알았소?"

"공근 도독의 태도를 보고 틀림없다고 짐작했습니다."

감택은 자를 덕윤(德潤)이라고 부르는 회계(會稽) 사람으로, 변설에 능하고 담대했다. 손권의 부름을 받아 참모가 되었으며, 황개와는 특히 친한 사이였다. 황개는 그의 변설과 담력을 신뢰하여 흉금을 털어놓으며 조조에게 항복한다는 편지를 갖고 갈 것을 부탁했다. 감택은 기꺼이 응했다. 감택은 그날 밤 어부로 가장하여 혼자 배를 타고 조조의 수군 진지로 떠났다. 하늘에서는 별들이 반짝이고 있었다.

이윽고 감시병이 감택을 붙잡아 조조에게 끌고 갔다.

"오나라 참모인 그대가 이곳엔 웬일로 왔는가?"

조조의 심문에 감택이 대답했다.

"황개는 삼 대째 오나라에 봉직한 구신인데도 여러 장수들 앞에서 주유에게 치욕을 받아 울분을 이기지 못한 나머지, 승상께 항복하여 원한을 풀겠다고 했습니다. 저는 그와 혈육과 같은 사이므로 그의 편지를 가지고 왔습니다."

이렇게 말하고 감택은 주머니에서 편지를 꺼내어 공손히 전했다. 조조는 편지를 여러 번 되풀이해서 읽다가 갑자기 탁자를 치고 눈을 번뜩이며 큰 소리로 외쳤다.

"황개가 고육지계를 쓸 모양이구나. 내가 속을 줄 아느냐?"

그러고는 감택을 끌어내어 목을 베라고 명했다. 부하들이 감택을 에워싼 후 끌고 가려 하자, 감택은 얼굴빛 하나 바꾸지 않고 하늘을 향해 껄껄 웃었다.

"네놈의 계략을 알아차리고 목을 베겠다는데, 감히 나를 비웃는 게냐?"

"네놈을 비웃는 게 아니다. 황개가 사람을 잘못 본 것을 비웃는 거다."

"사람을 잘못 보다니, 그게 무슨 말이냐?"

"죽이고 싶으면 어서 죽여라. 그걸 물어 무엇 하느냐!"

"네놈이 죽어도 한이 없도록 가르쳐 주지. 진짜 항복하는 편지라면 투항할 날짜를 분명히 썼을 텐데, 그게 빠져 있다. 어때, 변명의 여지가 있느냐?"

이 말을 듣고 감택은 다시 껄껄 웃었다.

"투항할 날짜를 정했다가 그날 갑자기 일이 생겨 이를 어기면, 발각될 게 뻔하지 않느냐? 기회를 보아 단행하는 일에 기일을 약속할 수 있다고 생각하느냐? 이만한 이치도 모르다니, 과연 무식한 자로구나. 황개가 네놈을 잘못 보았다는 것은 그런 뜻이다."

조조는 이 말을 듣자 갑자기 태도를 바꾸어 자리에서 내려와 지금까지의 무례를 사과하고 말했다.

"두 사람이 이곳에 와서 큰 공을 세운다면, 누구보다도 높은 작위(爵位)를 주겠소."

얼마 후에 한 사나이가 들어와서 조조의 귀에 대고 뭐라고 소곤거렸다. 조조가 말했다.

"편지를 내놔 봐."

그 사나이가 꺼낸 편지를 읽는 조조의 얼굴에 미소가 가득 번졌다. 감택은 마음속으로, 이것은 틀림없이 채중·채화가 황개가 심한 매를 맞은 것을 알리는 편지이며, 이제 자신의 항복을 진짜로 받아들일 것이라고 생각했다. 과연 조조는 감택에게 다시 한 번 강동에 돌아가 황개와 만반의 준비를 한 후에 내통하도록 부탁했다.

감택은 즉시 강동으로 돌아가 황개에게 보고한 다음, 감녕의 진지에 갔다.

"장군께서 어제 황개 장군을 구하려다가 오히려 주 도독에게 수치를 당한 것을 보고 몹시 가슴 아팠습니다."

감녕은 웃기만 할 뿐 아무 대답도 하지 않았다. 그때 채중과 채화가 나타났다. 감택이 감녕에게 눈짓을 했다. 감녕의 그 뜻을 알아차리고 말했다.

"주 도독은 자기 재능만 내세우며 늘 우리를 무시하오. 나는 창피를 당해 강동 사람들의 얼굴을 대하기가 겁나오."

과연 괘씸하게 생각하는 것 같았다. 감택이 감녕이 귀에 대고 뭐라고 소곤거리자, 감녕은 아무 말 없이 고개를 숙이고 크게 한숨을 내쉴 뿐이었다. 채중과 채화는 이 두 사람이 낙심하는 모습을 보고 말했다.

"장군, 무엇을 망설이고 있습니까? 그리고 선생도 불평이 많으신 모양이군요."

"우리의 괴로운 심정을 당신들이 어찌 알겠소?"

"혹시 오(吳)를 배반하고 조조에게 항복하려는 것 아니오?"

감택은 금세 얼굴빛이 달라졌다. 감녕은 칼을 빼들고 자리에서 일어났다.

"큰일이 탄로 난 이상 목을 베어 입을 막아야겠다."

채화와 채중이 당황하여 말했다.

"두 분께서는 걱정 마십시오. 우리도 흉금을 털어놓지요."

"어서 말해 보게"

"우리 두 사람은 승상의 계략에 따라 거짓으로 항복했습니다. 두 분께서 항복할 뜻이 있으시다면, 미리 연락을 취해 놓겠습니다."

"그게 정말인가?"

"어찌 감히 거짓말을 할 수 있겠습니까?"

두 사람은 입을 모아 말했다.

"황개 장군에 대해서도 이미 승상께 알렸습니다."

감택이 말했다.

"나는 황개 장군을 위해 승상에게 편지를 전했네. 그리고 오늘은 감녕 장군을 만나 항복을 권했네."

그러자 감녕이 말했다.

"대장부로서 현명한 군주를 섬길 기회를 만났는데, 어찌 망설이겠소. 순순히 항복하겠소."

이리하여 네 사람은 밤새 술을 나누면서 이야기를 주고받았다. 이튿날 채중은 조조에게 밀서를 보내어 감녕도 내통하려 한다는 것을 보고했다. 감택도 편지를 써서 몰래 조조에게 보냈다. 그 편지에는 이렇게 씌어 있었다.

"황개 장군은 좀처럼 탈출할 기회를 찾지 못하고 있습니다. 그러나 뱃머리에 푸른 깃발을 세우고 가는 자가 있으면 그가 황개 장군인 줄 아십시오."

조조는 채중과 채화가 보낸 밀서와 감택이 보낸 밀서를 잇달아 받았지만, 아직도 의혹이 풀리지 않아 참모들을 모아 놓고 의논했다.

"강동에서 감녕이 주유로부터 치욕을 당해 투항하고 싶다고 하며, 황개도 심한 벌을 받고 감택을 보내어 항복하겠다고 했소. 그러나 섣불리 믿을 수 없으니, 누가 주유의 진지에 가서 확실한 정보를 알아 오지 않겠소?"

그러자 장간이 나섰다.

"다시 한 번 기회를 주신다면, 반드시 공을 세우겠습니다."

조조는 기꺼이 승낙하고 곧 떠나게 했다. 주유는 장간이 또 왔다는 말을 듣고 말했다.

"내 계략의 성공 여부는 이자에게 달려 있다."

주유는 노숙을 불렀다.

"방사원(龐士元)에게 부탁할 일이 있는데……."

방사원은 양양 사람으로 이름은 방통(龐統), 자는 사원(士元)이라고 부르며, 전에 수경 선생이 유비에게 말한 복룡·봉추 중 봉추가 바로 이 방통을 가리키는 말이었다. 그는 전란을 피해 강동에 머물고 있었다.

주유는 방통을 직접 만난 적은 없지만 노숙을 통하여 조조를 무찌르는 방법에 대해 들은 적이 있었다. 그때 방통은 이렇게 말했다.

"조조를 무찌르려면 불로 공격하시오. 그러나 강물 위에서 한 척의 배에만 불이 붙으면 다른 배들은 뿔뿔이 흩어질 것입니다. 그러므로 화공(火攻)에 성공하려면 연환(連環)의 계략을 사용하여 적의 배를 하나로 연결시켜야 합니다.”

주유는 노숙을 시켜 방통에게 연락을 취하게 하고, 장간이 들어오자 얼굴을 붉히면서 갑자기 호령했다.

“자익, 나를 얕보아도 정도가 있지 않나?”

장간이 웃으면서 말했다.

“자네와는 옛날부터 형제처럼 가까운 사이가 아닌가? 오늘은 흉금을 털어놓고 이야기를 하려고 왔는데, 왜 그렇게 화부터 내는가?”

“네놈은 남의 편지를 훔쳐 내어 조조에게 갖다 바치고 채모와 장윤을 죽게 해서 내 계략을 망치게 했다. 이번에는 또 무슨 흉계를 꾸미려고 왔나? 옛정이 아니었으면 단칼에 목을 자르겠지만, 목숨만은 살려 두겠다. 그러나 조조를 칠 때까지는 돌려보내지 않겠다.”

그리고 곁에 있는 부하에게 명령했다.

“서산 암자(庵子)에 가둬 놔라.”

부하들은 장간을 말에 태워 서산의 조그마한 암자에 가두고 두 사람의 병사로 하여금 지키게 했다. 장간은 불안하여 잠을 자지 못했다. 그날 밤에는 별들이 유난히 반짝였다. 감시병이 잠든 사이에 장간이 살짝 밖으로 나와 거닐고 있는데, 어디선가 책 읽는 소리가 들려왔다.

소리 나는 쪽으로 가까이 가 보니, 바위 옆에 불이 켜진 조그마한 초가집이 있었다. 고개를 숙여 들여다보니, 한 사내가 칼을 벽에 걸어 놓고 등불 아래서 큰 소리로 병서를 읽고 있었다. 보통 사람이 아니라고 생각한 장간이 문을 두드리니, 사내가 문을 열고 맞아들였다. 인품과 골격이 보통 사람으로 보이지 않아 이름을 물었다.

"성은 방이요 이름은 통, 자는 사원이라고 부르오."

"그럼 봉추 선생이 아니십니까?"

"그렇소."

"전부터 존함은 듣고 있었습니다. 어찌하여 이런 벽지에 살고 계십니까?"

"주유는 자신의 작은 재주만 앞세워 사람을 몰라보오. 그래서 여기에 묻혀 있는 것이오. 그러는 그대는 뉘시오?"

"나는 장간이라고 부릅니다."

방통은 그와 마주 앉아 이야기를 시작했다. 장간이 말했다.

"선생의 재능이라면 어느 곳으로든지 가실 수 있습니다. 만일 조조를 도울 의향이 계시다면, 제가 주선해 드리겠습니다."

"나도 언제까지나 이 강동에 머물러 있으려고 생각하지는 않았소."

방통은 이렇게 말하고 장간의 말을 받아들였다. 그리하여 두 사람은 그날 밤으로 산에서 내려와, 미리 강기슭에 숨겨 두었던 장간의 조각배를 타고 쏜살같이 강북으로 향했다.

조조는 방통이 왔다는 말을 듣고 직접 마중을 나가 막사로 안내했다. 인사를 마친 후, 조조는 방통과 나란히 말을 타고 높은 언덕 위에 올라가 육상의 진지를 보여 주었다.

"산을 따라 숲을 세로로 끼고 앞뒤가 연결되어 있고, 각각 출입문이 마련되어 있으며 드나드는 길이 교묘히 구부러져 있으니, 옛날의 손자(孫子)·오자(吳子)나 사마양저(司馬穰苴)와 같은 병법가가 다시 태어난다고 해도 이 이상의 진지는 마련할 수 없을 것입니다."

방통이 감탄했다.

"지나친 찬사로군요. 앞으로 많은 가르침을 바라오."

조조는 다음에 수군의 진지를 보여 주었다. 남쪽으로 이십사 개의 수문이 있고 큰 군선으로 에워싸여 있으며, 그 안으로는 작은 배가 질서정연하게 내왕했다.

"승상의 용병을 보니, 과연 소문이 틀리지 않습니다."

조조는 무척 기뻐하여 막사에 돌아와 술을 마시면서 병법을 논의했다. 방통은 술에 취한 체하고 물었다.

"진중에 훌륭한 의사가 있습니까?"

"그건 왜 묻소?"

"수군에 환자가 많을 것 같아서 그럽니다."

조조의 군사는 모두 북쪽 출신이었으므로, 수상(水上)에 익숙하지 못해 구토증을 일으켜 죽는 자들이 많았다. 조조는 전부터 이것을 걱정하고 있었으므로, 방통에게 물었다.

"어떻게 하면 좋겠소?"

"큰 강은 물결이 세차고 풍파가 그치질 않습니다. 북국 사람들은 물에 약해 병이 자주 날 것입니다. 만일 크고 작은 배를 연결하여 삼십 척이나 오십 척을 하나로 묶고 그 위에 넓은 판자를 깔면, 사람은 물론이고 말도 달릴 수 있을 것입니다."

조조는 즉시 대장장이를 모아 큰 못과 고리를 만들게 해서 배들을 연결시켰다. 방통은 다시 조조에게 말했다.

"제가 보기에는, 강동의 호걸들 중에 주유의 행동에 원한을 품고 있는 자들이 적지 않습니다. 저는 세 치의 혀로 그들을 설득하여 모두 항복하게 하려고 합니다. 그리하면 주유는 고립되어 반드시 사로잡히고 말 것이고, 유비쯤은 문제도 되지 않을 것입니다."

조조는 크게 기뻐하며 이 일에 성공하면 천자에게 상주하여 방통을 삼공의 자리에 앉히겠다고 말했다.

방통은 작별 인사를 하고 강동으로 돌아오기 위해 강기슭에서 배를 타려고 했다. 이때 도복(道服)을 입고 죽관(竹冠)을 쓴 한 사내가 불쑥 나타나 방통의 손을 붙잡았다.

"대체 자네는 간덩이가 얼마나 큰가? 황개는 고육지계를 사용하고 감택은 거짓 항복의 편지를 갖고 오더니, 자네는 연환의 계략을 가르쳐서 한 사람도 남기지 않고 불살라 죽일 작정인가? 자네들의 계략에 조조는 완전히 넘어갔지만, 나만큼은 속이지 못하네."

방통은 가슴이 철렁했다. 뒤돌아보니 옛 친구인 서서였다. 그제야 한시름 놓고 주위를 돌아 보니 아무도 보이지 않았다.

"자네가 만일 이 계략을 남에게 알리면, 강동 팔십일 주의 백성들 목숨을 자네가 죽인 것이 되네."

그러자 서서가 웃으며 맞받았다.

"이곳에 있는 팔십삼만의 목숨은 어떻게 되나?"

"원직(元直), 자네는 진심으로 내 계략을 캘 참인가?"

"나는 유 황숙의 은혜를 잊은 적이 없을 뿐 아니라, 조조는 내 모친을 죽였네. 그 후로 나는 평생 조조를 위한 계략을 세우지 않기로 맹세했네. 자네들의 계략을 알아내서 뭐 하겠나. 다만 조조의 부하로 있는 몸이라 싸움에 지면 곤욕을 치를까 걱정이네. 어떻게 빠져나갈 방법이 없겠나?"

방통은 서서의 귀에 대고 뭐라고 소곤거렸다. 그러자 서서는 기쁜 표정으로 고맙다고 말했다. 방통은 서서와 헤어져 배를 타고 강동으로 돌아왔다.

서서는 그날 밤 자기 수하들을 몰래 각 진지로 보내 유언비어를 퍼뜨리게 했다. 이튿날 진중에서는 몇 사람씩 모여 수군거렸다.

"서쪽 양주에 있는 한수와 마등이 반란을 일으켜 허도로 쳐들어온다던데……."

이 소문은 조조의 귀에도 들어갔다. 조조는 깜짝 놀라 참모들을 불러 의논했다.

"내가 이번 남부 정벌에 나서며 한 가지 마음에 걸렸던 것이 바로 한수와 마등이었소. 이 소문은 확실하지는 않지만, 방비가 허술해서는 안 될 것이오."

그러자 서서가 나서며 말했다.

"승상을 섬기게 된 후로 한 번도 공을 세우지 못해 안타깝게 생각하고 있었습니다. 삼천 명의 기병을 주신다면, 당장 산관(散關)으로 가서 밤낮으로 요해를 지키겠습니다."

조조는 기꺼이 승낙했다.

"원직이 가 준다면 걱정이 없겠네."

조조는 삼천 명의 기병을 주어 떠나게 했다. 이것이 방통이 서서에게 일러 준 계략이었다.

겨우 마음을 놓은 조조는, 말을 몰아 강기슭의 육상 진지를 돌아보고 다시 수군의 진지도 돌아보았다. 그리고 큰 배에 올라, 가운데에 '수(帥)' 자를 쓴 깃발을 세우고 배 위에 천 개의 활과 석궁을 숨겨 놓았다. 며칠 후, 수군 도독 모개가 본진으로 와 보고했다.

"크고 작은 배들을 모조리 사슬로 연결하고, 깃발과 무기도 모두 준비하였습니다."

조조는 수군의 중앙에 있는 큰 배에 올라 장수들을 모아 놓고 명령을 내렸다.

"수군과 육군은 각각 오색 깃발로 표시한다. 수군의 가운데 황색 깃발은 모개와 우금, 선발대의 붉은 깃발은 장합, 후진의 검은 깃발은 여건(呂虔), 왼쪽의 푸른 깃발은 문빙(文聘), 오른쪽의 흰 깃발은 여통(呂通)이 각각 거느리고, 육상의 기병과 보병에서 선발대의 붉은 깃발은 서황, 후진의 검은 깃발은 이전, 왼쪽의 푸른 깃발은 악진, 오른쪽의 흰 깃발은 하후연이 맡도록 하라."

수륙 양군의 총예비대로는 하후돈과 조홍이 유군(遊軍)이 되어 연락을 취하고, 감시와 위생은 허저와 장요가 맡고, 그 밖의 장수들도 각각 전열에 가담했다.

명령을 내리자 수군의 진중에서는 북을 세 번 치고, 각각의 군선이 항행 연습을 시작했다. 이윽고 서풍이 불기 시작하자, 배는 곧 돛을 올리고 파도를 헤치며 나아갔다. 과연 배는 평지를 달리는 것처럼 흔들림이 없었다. 조조는 망루에서 이것을 바라보고 돛을 내려 차례로 진지로 돌아가게 했다. 그는 장병들의 수고를 위로한 후에 참모들에게 말했다.

"봉추의 묘계야말로 하늘이 도운 것이다. 배를 쇠사슬로 연결해 강을 평지와 같이 만들었구나."

정욱이 말했다.

"배를 사슬로 연결하면 흔들림은 막을 수 있지만, 만일 적이 불로 공격해 오면 도망칠 길이 없습니다. 어떻게 하는 것이 좋겠습니까?"

조조는 껄껄 웃으면서 말했다.

"자네는 만사에 신중하지만, 생각이 얕아서 탈이야."

순유가 말했다.

"정욱의 말이 지당합니다. 그런데 승상은 어찌하여 웃고 계십니까?"

"불로 공격하려면 바람의 힘을 빌어야 하네. 지금은 한겨울이라 서풍과 북풍만 불고 동풍과 남풍은 불지 않지. 우리는 서북쪽에 진을 쳤지만 적은 남쪽 기슭에 진을 치고 있으니, 그쪽에서 불을 지르면 자기들만 태울 뿐이야. 그렇기 때문에 두려워할 것이 없다는 걸세. 만일 10월이라면 나도 충분히 대비를 했을 것이네."

그 말을 들은 장수들은 모두 그 자리에 엎드려 말했다.

"승상의 지략은 도저히 헤아릴 수 없습니다."

이때 주유는 장수들을 거느리고 산 위에서 적진을 바라보고 있었다. 강북의 군선은 아름다운 깃발을 나부끼면서 질서정연하게 움직였다. 주유가 말했다.

"북군의 배는 벌판의 갈대보다도 많고 조조에게는 뛰어난 참모도 많으니, 어떤 계략으로 무찌르면 좋겠는가?"

그때 갑자기 조조의 진지에서 돌개바람이 일어나더니 중앙의 노란 깃발이 부러져 물속에 떨어지는 것이 보였다. 주유는 껄껄 웃고 나서 말했다.

"저것은 적에게 불길한 징조로다."

그런데 바람이 다시 미친 듯이 불어오더니 주유 옆에 서 있던 깃대가 그의 얼굴을 후려쳤다. 그와 동시에 주유는 외마디 비명을 지르면서 거꾸로 쓰러져 입에서 시뻘건 피를 토했다. 장수들이 깜짝 놀라 곧 부축해 일으켰으나, 그는 정신을 잃고 말았다.

적벽대전(赤壁大戰)

　주유가 산꼭대기에 서서 잠시 적의 동태를 살피다가 갑자기 피를 토하며 쓰러지자, 측근들은 크게 당황해 본진까지 부축해 갔다.

　"강북에서는 백만의 적이 호시탐탐 우리를 노리고 있는데 도독마저 이 지경이 되었으니, 적이 쳐들어오면 어떡하나?"

　저마다 한마디씩 하며 손권에게 보고하는 한편, 의사를 불러들였다. 노숙은 걱정이 되어 제갈량에게 의논하러 갔다. 제갈량이 웃으면서 말했다.

　"도독의 병은 내가 고쳐 드리지요."

　노숙은 곧 제갈량과 같이 주유에게 문병을 갔다. 주유는 머리까지 이불을 뒤집어쓴 채 누워 있었다. 노숙이 물었다.

　"좀 어떠십니까?"

　"가슴이 답답하고 가끔 어지럽소."

　"약은 드셨습니까?"

　"숨이 막혀 넘어가질 않소."

제갈량이 베갯머리에 앉자, 주유는 측근의 부축을 받으며 자리에서 일어나 앉았다. 얼굴은 창백하고 괴로운 듯이 신음 소리를 내고 있었다.

"병은 마음에서 온다고 하니, 먼저 마음을 안정시켜야 합니다. 마음이 안정되면 자연히 나을 것입니다."

"마음을 안정시키려면 어떤 약을 써야 하오?"

"좋은 약이 있지요."

제갈량은 붓과 종이를 가져오게 하더니, 무언가를 쓱쓱 써 내려 갔다.

조조를 무찌르기 위해서는

불로 공격해야 하는데

모든 준비가 다 되었지만

다만 동풍이 불지 않는구나.

제갈량은 다 쓰고 나서 종이를 주유에게 주면서 말했다.

"이것이 병의 원인입니다."

주유는 그것을 보고 깜짝 놀랐다.

'공명은 내 마음속을 훤히 들여다보고 있구나. 이제는 털어놓을 수밖에 없다.'

이렇게 생각한 주유는 빙그레 웃으며 말했다.

"선생, 내 병의 원인을 안 이상, 무슨 약을 쓰는 것이 좋을지도 말씀해 주시오."

"나는 전에 스승으로부터 '기문둔갑(奇門遁甲)'이라는 천문학의 가르침을 받아, 바람을 일으키고 비를 내리게 하는 방법을 알고 있습니다. 그러니 우선 높이 구척의 '칠성단(七星壇)'을 세 겹으로 쌓아 올리고, 백이십 명에게 깃발을 주어 그것을 에워싸게 하십시오. 그러면 내가 그 단 위에 올라가 하늘에 기원하여 사흘 밤낮 동안 동남 풍이 불게 하겠습니다."

"사흘 밤낮까지는 필요 없소. 다만 하룻밤만 동남풍이 세차게 불어 준다면 일은 끝나는 거요. 그러나 지체는 마오."

"11월 스무날에 바람이 일게 하여 그 이튿날 그치게 하지요."

주유는 크게 기뻐하여 자리를 털고 일어나더니 즉시 오백 명의 건장한 병사들을 보내어 남병산에 단을 쌓게 하고, 다시 백이십 명에게 깃발을 주어 단을 지키면서 제갈량의 지시를 따르라고 명령했다.

제갈량은 노숙과 함께 남병산에 가서 산세를 돌아본 후, 병사들에게 동남쪽의 적토(赤土)로 단을 쌓게 했다. 둘레 이십사 장(丈), 높이 삼 척의 단을 세 개 쌓으니, 그 높이는 구 척이 되었다.

제갈량은 11월 스무날에 몸을 깨끗이 씻고 나서 도복을 갈아입고, 머리를 마구 흩뜨린 채 맨발로 성큼성큼 걸어서 단 위로 올라갔다. 그는 방향을 정한 다음 향을 피우고 대접에 물을 떠놓고, 하늘을 우러러 정성 들여 기도한 다음 단에서 내려와 휴식을 취했다. 그날 제갈량은 단 위에 세 번 올라가 기도하고 세 번 내려와 휴식을 취하면서 열심히 기도했으나, 바람이 불어올 기미는 좀처럼 보이지 않았다.

이 무렵에 주유는 정보·노숙 등의 장수를 본진으로 불러 동남풍만 불면 즉시 출전할 만반의 준비를 갖추고 있었다.

황개는 화공용(火攻用) 군선 이십 척의 준비를 마쳤다. 뱃머리에는 커다란 못을 잔뜩 박고 배 안에는 갈대와 마른 풀을 쌓고 어유(魚油)를 뿌린 다음, 그 위에 유황·염초와 같은 인화물을 얹어 푸른 기름

종이를 씌워 놓았다. 선두에는 청룡(靑龍)을 그린 장군의 기를 세워 놓고, 고물에는 전마선을 매어 놓았다. 그러고는 본진에서 공격 명령이 떨어지기를 고대하고 있었다.

감녕과 감택은 채중과 채화를 불러 수군의 진중에서 날마다 술을 먹이며 항복한 군사가 한 사람도 상륙하지 못하도록 조치하는 한편, 그 주위를 동오(東吳)의 군대로 물샐틈없이 둘러싸고, 역시 본진의 진격 명령을 기다리고 있었다.

주유는 각 진지의 군사들에게 말했다.

"모두 들어라. 군선과 병기, 돛과 노 등을 정비하여 명령을 내리면 즉각 출동하도록 만반의 준비를 하라!"

군사들은 이 말을 듣고 저마다 주먹을 불끈 쥐며 진격 명령이 내리기를 기다렸다. 이윽고 날이 저물었으나, 하늘은 구름 한 점 없이 맑게 개고 산들바람조차도 일지 않았다. 주유가 노숙에게 말했다.

"공명은 허풍쟁이요. 이 한겨울에 동남풍이 불어올 까닭이 없지 않소."

"그렇지만 공명은 결코 거짓말을 할 사람이 아니라고 생각합니다."

그런데 밤이 깊어지자 갑자기 바람 소리가 들리더니 깃발이 나부끼기 시작했다. 주유가 진지에서 나와 바라보니, 서북쪽으로 나부끼던 깃발이 금세 동남쪽으로 심하게 나부꼈다.

"그놈은 귀신도 곡할 정도로 신기한 술수를 쓰고 있다. 정말 무서운 자야. 살려 두면 우리 오나라의 재앙이 될 것이 분명하니, 당장 죽여 버려야겠다."

주유는 정봉(丁奉)과 서성(徐盛) 두 장수를 불러 명령했다.

"각자 백 명의 군사를 이끌고 서성은 배로, 정봉은 육로를 거쳐 남병산 칠성단에 가서 무조건 제갈량의 목을 베어 가지고 오너라!"

정봉이 이끄는 기병이 먼저 칠성단에 도착했다. 장병들이 기를 들고 바람 속에 서서 제단을 지키고 있는 것이 보였다. 정봉은 말에서 내려 칼을 들고 단상으로 올라갔으나, 제갈량의 모습은 보이지 않았다. 단을 지키고 있는 장병에게 제갈량은 어디에 있느냐고 물었다.

"조금 전에 단에서 내려가셨습니다."

정봉은 급히 단에서 뛰어내려 여기저기 찾아다녔다. 그때 서성의 배가 도착했다. 두 사람이 강기슭에서 만났을 때 한 군사가 말했다.

"어젯밤에 배 한 척이 이 기슭에 매어 있었는데, 아까 선생이 머리를 흩뜨린 채 배를 타고 상류로 갔습니다."

두 사람은 곧 수륙으로 갈라져 뒤쫓아갔다. 서성의 배는 돛을 달고 있어서 금세 제갈량의 배에 접근했다. 서성은 뱃머리에 서서 큰 소리로 외쳤다.

"공명 선생, 되돌아오십시오. 도독께서 부르십니다."

그러자 제갈량이 배 뒤편에 서서 껄껄 웃었다.

"도독에게 전해 주게. 전투에 소홀함이 없게 하라고 말이야. 나는 하구로 돌아가네. 훗날 또 만나세."

"잠시 머물러 주십시오. 중대한 이야기가 있습니다."

"나는 이미 도독이 나를 해치러 올 것을 알고 있었네. 그래서 조운에게 미리 맞으러 오게 했으니, 쫓아와도 헛수고네."

서성은 제갈량의 배가 돛을 달지 않은 것을 보고 열심히 뒤쫓아갔다. 드디어 가까이 접근했을 때, 조운이 뱃머리에 버티고 서서 활을 당기며 큰 소리로 외쳤다.

"나는 상산(常山)의 조운이다. 명령을 받고 선생을 맞으러 왔는데,

네놈은 언제까지나 뒤쫓아올 셈이냐? 당장 쏘아 죽이고 싶지만, 두 나라의 친분을 해치지 않기 위해 우선 내 솜씨만 보여 주겠다."

화살이 서성의 배의 돛줄을 끊어 버리자 돛이 물속으로 떨어져 배가 기우뚱했다. 조운은 돛을 높이 달고 순풍을 받아 재빨리 물 위를 미끄러져 갔다.

서성 등의 보고를 받은 주유는 제갈량을 더욱 무서운 사나이라고 생각했으나, 지금은 우선 조조를 물리쳐야 한다는 노숙의 의견에 따라 장수들을 불러 명령을 내렸다.

한편, 하구에서 기다리고 있던 유비에게 제갈량과 조운이 배를 타고 도착했다. 제갈량이 물었다.

"전에 부탁한 병마와 군선은 준비가 되었습니까?"

"그건 벌써 준비되어 있소. 군사의 지시를 기다리고 있을 뿐이오."

제갈량은 곧 조운·장비·미축·미방·유봉·유기를 불러 작전을 지시했다. 각자 양자강을 건너 숲 속과 산기슭에 복병을 숨겨두고 조조가 퇴각할 때 불을 지르라는 것이었다. 그들은 명령을 받고 출발했다.

그런데 제갈량은 그들의 옆에 있던 관우는 거들떠보지도 않았다. 지시를 기다리던 관우가 참다못해 말했다.

"나는 형님을 따라 전투에 참가한 후로 한 번도 남에게 뒤진 일이 없소. 지금 대적(大敵)을 앞에 두고 나한테만 소임을 맡기지 않는 것은 어찌 된 일이오?"

제갈량이 웃으면서 말했다.

"기분이 상하셨구려. 나는 그대에게 제일 중요한 임무를 맡기려고 했는데, 좀 언짢은 일이 있어서 보류하고 있다오."

"언짢은 일이라니요?"

"그대는 전에 조조에게 후한 대접을 받은 적이 있어서 그에게 고마움을 느끼고 있소. 지금 조조가 싸움에 패하여 그대 앞으로 도망치게 되면, 그대는 용서하여 그냥 보낼 것이오."

"의심이 좀 지나치구려. 조조가 나를 후히 대해 준 건 사실이지만, 나는 이미 안량과 문추의 목을 자르고 또 백마에서 포위를 뚫어 이미 그 은혜를 다 갚았소. 다시는 조조를 놓치지 않을 것이오."

"만에 하나라도 놓치면 어떻게 하겠소?"

"군율에 따라 처벌해 주시오."

관우가 굳게 맹세했으므로, 제갈량은 그에게 조조를 유인하는 소임을 맡겼다.

한편, 조조는 진중에서 황개로부터 소식을 고대하고 있었다. 그런데 동남풍이 점점 세차게 불어오자 정욱이 말했다.

"동남풍이 불기 시작하는데, 이것은 우리에게 불길한 일입니다."

조조는 웃으면서 대수롭지 않게 여겼다.

"그야 동지(冬至)에는 잠시 그럴 수도 있지."

이때 갑자기 동남쪽에서 한 척의 작은 배가 나타나더니, 황개가 밀서를 보내왔다.

"주유의 경계가 엄하여 빠져나올 수 없었으나, 오늘은 파양호에서 군량을 실어와 그 감시역을 맡게 되어 겨우 기회를 잡았습니다. 어떻게 해서든지 강동의 장수를 베어 그 목을 선물로 드리고 항복하고 싶습니다. 오늘 밤 세 번째 북이 울릴 무렵에 청룡기를 세운 배가 갈 것입니다. 이것이 항복하는 군량선입니다."

조조가 크게 기뻐하여 장수들을 이끌고 수군의 큰 배를 타고 가서 황개의 배가 도착하기를 기다리기로 했다.

한편 강동의 주유는 날이 저물자 채화를 불러내어 목을 베고 즉시 진군 명령을 내렸다. 황개는 앞에서 세 번째 배에 올라탔는데, 가슴에 흉패(胸牌)를 달고 예리한 칼을 들고 있었다. 기에는 '선봉 황개'라고 커다란 글씨가 씌어 있었다. 배는 순풍에 돛을 달고 적벽으로 향했다.

동풍이 점점 세차게 불어와 크게 파도치는 가운데, 조조는 큰 배 위에서 멀리 양자강 쪽을 바라보고 있었다. 이윽고 달이 떠올라 수면을 비추었다. 마치 수만 마리의 금빛 뱀이 파도 사이에서 희롱하고 있는 것 같았다. 그때 갑자기 한 병사가 앞을 가리키면서 말했다.

"저기 한 무리의 배가 달려오고 있습니다."

조조가 높은 망루에 올라 바라보고 있는데, 다시 보고가 들어왔다.

"배마다 청룡 깃발을 세우고, 큰 기에는 '선봉 황개'라고 씌어 있습니다."

"황개가 항복하는 것은 하늘이 도왔기 때문이다."

조조는 크게 기뻐했다. 배는 점점 가까이 다가왔다. 그것을 지그시 바라보고 있던 정욱이 말했다.

"저 배에는 틀림없이 흉계가 숨어 있습니다. 아군의 진지에 접근하게 해서는 안 됩니다."

"그걸 어떻게 알 수 있나?"

"군량을 싣고 있다면 당연히 배가 깊숙이 가라앉아야 하는데, 저 배는 물 위에 가볍게 떠 있습니다. 게다가 오늘 밤엔 동남풍이 심하게 불고 있습니다. 무슨 흉계가 있다면 막기 어렵습니다."

조조는 그제야 '아차' 했다.

"저 배를 정지시켜라!"

문빙이라는 자가 작은 배에 올라타 손을 들어 자기편을 부르자, 즉시 십여 척의 배가 뒤따랐다. 문빙은 뱃머리에 버티고 서서 큰 소리로 외쳤다.

"승상의 명령이다. 강남의 배는 그 자리에 멈춰라!"

말을 마치기도 전에 문빙은 왼쪽 팔꿈치에 화살을 맞고 쓰러졌다. 그러자 조조의 배는 뿔뿔이 흩어져 도망쳤다.

남군의 배는 조조의 진지 바로 앞까지 몰려왔다. 황개가 칼을 한 번 휘둘러 신호를 하자, 앞에 있던 배에서 일제히 불을 뿜었다. 때마침 불어온 바람은 불길을 부채질하였고, 불이 붙은 배는 쏜살같이 달려 연기가 하늘을 뒤덮었다. 이십 척의 배가 불길을 내뿜으면서 조조 수군의 진지로 쳐들어왔다. 조조의 배는 쇠사슬에 연결되어 있어서 달아날 수도 없었다.

그때 양자강에서 석화시 소리가 울려왔다. 석화시 소리를 신호로 사방에서 배들이 불길을 내뿜으면서 몰려오더니, 강 전체에 불길이 번져 온통 불바다가 되었다.

조조가 육상의 진지를 돌아보니, 여기저기에서 연기가 피어오르고 있었다. 그때 황개가 작은 배에 올라타 불바다 속을 빠져나오고 있었다. 조조가 위험을 느끼고 강기슭으로 뛰어내리려고 했을 때, 장요가 작은 전마선을 몰고 와서 조조를 태웠다. 조조가 타고 있던 큰 배는 이미 불이 붙어 활활 타오르고 있었다.

황개는 붉은 갑옷을 걸친 장수가 큰 배에서 작은 배로 옮겨 타는 것을 보고는 조조가 틀림없다고 생각하여, 칼을 들고 큰 소리로 외쳤다.

"조조, 네 이놈! 어딜 도망가느냐, 황개가 여기 있다."

그러나 황개의 배가 거의 따라잡으려는 순간 장요가 쏜 화살에 어깨를 맞아, 황개는 물속에 거꾸로 떨어지고 말았다.

조조는 간신히 육지로 도망쳤다. 한편 강물에 떨어진 황개는 수영의 명수였으므로, 갑옷을 걸친 채 헤엄쳐서 우군의 도움을 받아 상처를 치료했다.

조조의 수군은 모조리 불의 공격을 받았다. 함성이 천지를 뒤흔드는 가운데 왼쪽에선 한당·장흠의 두 부대가 적벽의 서쪽으로 쳐들어오고, 오른쪽에서는 주태·진무의 두 부대가 적벽의 동쪽으로 쳐들어왔다. 가운데로는 주유·정보·서성·정봉 등의 선단(船團)이 쳐들어와 불길을 더욱 세차게 뿜어 댔다. 조조의 군사는 창에 찔리고 화살에 맞고 불에 타서 물귀신이 된 자가 헤아릴 수 없었으며, 백만의 대군이 거의 몰살을 당하고 말았다. 세상 사람들은 이 전투를 '삼강(三江)의 수전(水戰), 적벽의 몰살'이라고 말했다.

감녕은 채중을 길잡이로 하여 조조의 진중에 깊숙이 쳐들어가, 먼저 채중의 목을 자르고 불을 질렀다. 여몽은 불길이 이는 것을 멀리서 바라보고는 십여 군데에 불을 질러 감녕의 공격을 도왔다. 반장·동습도 각각 불을 지르고 함성을 올리면서 북을 쳤다.

조조는 장요와 함께 백여 명의 기병을 이끌고 사나운 불길 속을 도망쳐 갔으나, 사방 어느 곳을 보아도 불이 타오르지 않는 곳이 없었다. 그때 마침 수군의 도독 모개가 문빙을 구하러 십여 명의 기병을 데리고 왔다. 조조가 그들에게 퇴로를 찾으라고 명령하자, 장요가 말했다.

"저 오림 근처는 대단히 넓습니다. 그리로 가시는 것이 좋겠습니다."

조조가 그 방향으로 말 머리를 돌렸을 때, "조조야, 꼼짝 마라!" 하는 소리와 함께 연기 속에서 여몽의 깃발이 나타났다. 조조는 장요를 내세워 여몽을 막게 하고 급히 달아나려고 했으나, 앞쪽 골짜기에서도 횃불을 환히 밝힌 부대가 달려나오며 외쳤다.

"능통(凌統)이 여기 있다."

앞뒤가 막힌 조조는 새파랗게 질려 버렸다. 그때 갑자기 옆길에서 한 떼의 병사가 나타났다.

"승상, 걱정 마십시오. 서황이 여기 있습니다."

이리하여 양군이 한바탕 싸운 끝에 간신히 혈로를 열었다. 장요와 서황은 조조를 수호하면서 남으로 향했다. 도중에 우군인 마연(馬延)과 장의(張顗) 두 장수를 만나 조금이나마 마음이 놓였다. 그런데 그곳에서 십 리도 채 못 가서 또 한 떼의 군사가 나타났다. 앞장선 장수가 큰 소리로 외쳤다.

"나는 동오의 감녕이다."

그의 단칼에 마연의 목이 날아갔다. 이것을 보고 활을 쏘면서 덤벼드는 장의에게, 감녕은 다시 한 번 호령을 하며 칼을 휘둘렀다. 그때 신호의 불길을 보고 태사자가 돌진해 왔다. 결국 조조는 남이릉으로 도망칠 수밖에 없었다. 서쪽을 향해 달리는 도중에 장합을 만난 조조는, 그에게 뒷일을 부탁하고 급히 말을 몰았다.

새벽녘이 되어서야 불길로부터 멀어진 조조는 비로소 한시름 놓았다.

"여긴 어디냐?"

"오림의 서쪽 의도(宜都)입니다."

사방에 온통 나무가 우거져 있었다. 산은 험하고 물살이 거셌다. 조조는 말 위에서 하늘을 쳐다보며 껄껄 웃었다. 장수들이 물었다.

"승상, 어찌하여 웃으십니까?"

"주유도 술수가 얕고, 제갈량도 기세가 부족해서 웃는 것이다. 나라면 이 근처에 복병을 숨겨 두었을 걸세……."

이 말이 끝나기도 전에 길 양쪽에서 북소리가 나며 불길이 하늘로
치솟았다. 조조가 깜짝 놀라 말에서 굴러 떨어질 뻔할 때, 산 중턱
에서 또 한 떼의 군사가 쳐들어왔다.

"나는 조운이다. 군사의 명령에 따라 이곳에서 기다린 지 오래
다."

서황과 장합이 필사적으로 방어하는 동안에 조조는 불길을 헤치
고 도망쳤다. 조운은 더 이상 뒤쫓지 않고 깃발과 무기만 빼앗았다.
조조는 간신히 위험에서 벗어나게 되었다.

날이 밝기 시작했으나 여전히 먹구름이 땅 위를 뒤덮고 있었고,
동남풍이 세차게 불어왔다. 그러다 갑자기 장대 같은 비가 퍼붓기
시작했다. 조조는 갑옷 속까지 몽땅 젖었으나 비를 맞으면서도 행
군을 계속했다. 군사들은 배고픔과 추위에 떨었다. 조조는 군사들
을 가까운 마을로 보내 먹을 것과 장작을 빼앗아 오게 했다. 밥을
짓고 있을 때 뒤에서 또 한 떼의 군사가 달려와 한순간 깜짝 놀랐으
나, 다행히 이전과 허저가 이끄는 본대(本隊)였다.

이윽고 남이릉으로 통하는 가도를 지나 호로구(葫蘆口)까지 왔지
만, 배고픔에 지친 군사들 중 낙오자가 생기고 말도 지칠 대로 지쳐
길가에 푹푹 쓰러졌다. 결국 조조는 선두를 정지시켰다. 군사들은
마을에서 약탈해 온 쌀로 밥을 짓고, 말고기를 구워 먹었다. 모두들
비에 젖은 옷을 벗어 바람에 말리는가 하면, 말도 안장을 벗기고 풀
을 먹게 했다.

조조는 숲 속에 앉아 하늘을 쳐다보면서 또 껄껄 웃었다. 장수들
이 이구동성으로 물었다.

"아까 승상께서 웃으실 때 조운이 뛰쳐나와 많은 인마가 쓰러졌

는데, 어째서 또 웃으십니까?"

"제갈량이나 주유 놈이 지혜가 모자라는 것이 우습다. 나라면 이
곳에 복병을 숨겨 두었다가 지칠 대로 지친 적을 무찌르게 했을 텐
데……."

이 말을 채 마치기도 전에 앞뒤에서 동시에 함성이 일어났다. 조
조는 미처 갑옷도 걸치지 못하고 말에 뛰어올랐으나, 다른 사람들은
풀을 뜯고 있는 자기 말을 찾지 못해 허둥지둥 야단이었다. 갑자기
사방에 불길이 오르더니, 산기슭에서 한 떼의 군사가 뛰쳐나왔다.
앞장선 장수는 장비였다. 그는 창을 옆에 끼고 큰 소리로 외쳤다.

"조조야, 꼼짝 마라!"

조조의 장수와 군사들은 장비의 모습을 보자 모두 겁에 질렸다.
오직 허저만이 말에 올라 장비와 싸우고 장요·서황이 양쪽에서 쳐
들어갔다. 양군이 불꽃 튀는 싸움을 하는 동안에 조조는 도망치고,
다른 장수들도 위기를 벗어났다. 간신히 장비의 진격을 물리쳤으나
부상자가 많이 생겼다.

조조의 앞에 두 갈래의 길이 나타났다. 다 남군(南郡)으로 통하였
으나, 평평한 길은 오십 리 남짓 돌아야 했다. 한쪽은 화용(華容)으로
통하는 지름길이지만 험하여 넘기가 어려웠다. 조조는 사람을 보내
산 위에서 형세를 살피게 했다.

"지름길에서는 군데군데 연기가 오르고 있습니다. 평평한 길은
아무 기척도 없습니다."

조조가 화용으로 통하는 지름길로 가라고 명령하자, 여러 장수들
이 말했다.

"연기가 오르는 곳에는 틀림없이 적병이 있을 것입니다. 그런데
어찌하여 그 길을 택하십니까?"

"병서에 허(虛)는 곧 실(實), 실은 곧 허라고 한 것을 모르느냐? 제 갈량은 얕은 지혜로 몇 명의 군사를 보내 산모퉁이에 연기를 피워, 우리 군사가 그 지름길로 가지 못하게 한 것이다. 그는 평평한 길가에 복병을 대기시키고 있는 게 틀림없어. 나는 그 계략을 알아차린 거야."

장수들은 옳은 말이라고 감탄했다. 이때 병사들은 굶주림에 허덕이고 말은 지칠 대로 지쳐 있었다. 화상을 입은 자는 지팡이에 의지해서 걸어가고, 화살을 맞은 자는 비틀거리면서 발길을 옮겼다. 엄동설한이라 그 고통은 말로 다할 수 없었다. 이윽고 선두가 멈췄다.

"앞으로는 고갯길에 접어들게 되는데, 아침에 내린 비로 진창이 깊이 생겨서 말이 발을 떼어 놓을 수가 없습니다."

조조는 화가 치밀어 호통을 쳤다.

"행군할 때에는 산이 있으면 길을 내고, 강이 있으면 다리를 놓고 전진하는 법이다. 이 정도의 진창을 지나가지 못하다니, 무슨 수작이냐. 늙은이와 부상병은 뒤로 물러서고 젊고 기운이 있는 자는 흙과 나뭇가지와 풀 등을 날라다가 길을 메워라."

조조는 적의 추격이 두려워 장요·서황·허저 등에게 명하여, 백명의 기병으로 하여금 일손이 더딘 자는 목을 베어 버리게 했다. 이때 굶주림과 피로 때문에 쓰러져 죽은 자가 부지기수였다. 조조는 점점 화가 치밀었다.

"죽고 사는 건 운명인데, 뭘 그리 울고불고 하는 게냐? 울부짖는 자도 목을 베어 버려라."

이리하여 간신히 그 험한 고갯길을 넘기는 했으나 살아남은 자는 불과 삼백여 명뿐이고, 그나마 투구와 갑옷을 제대로 걸친 자는 하나도 없었다.

조조는 빨리 형주로 가서 쉬기 위해 길을 재촉했다. 몇 십리 전진했을 때, 조조는 갑자기 또 말 위에서 회초리를 들고 껄껄 웃었다. 장수들이 물었다.

"어찌하여 웃으십니까?"

"사람들은 주유와 제갈량이 지혜가 뛰어나고 계략이 많다고 하지만, 내가 보기에는 무능한 자들이다. 이 근처에 한 떼의 복병이 있다면, 우리는 모두 손을 들고 항복할 수밖에 없을 거다……."

이 말을 마치기도 전에 석화시 소리가 들리더니, 좌우에서 오백여 명의 병사가 칼을 빼들고 쳐들어왔다. 앞장선 장수는 청룡언월도를 들고 적토마를 탄 관우였다. 조조의 군사는 넋을 잃고 서로 마주 쳐다볼 뿐이었다.

"이렇게 된 이상 목숨을 걸고 맞서 싸울 수밖에 없다."

조조는 이렇게 말했으나, 그의 말은 지쳐 있고 장수들도 싸울 생각을 않고 있었다. 정욱이 말했다.

"저는 관우의 기질을 잘 알고 있습니다. 윗사람에게 교만하지 않고 아랫사람에게는 동정이 많으며, 강자에게 아부하거나 약자를 학대하지 않고, 남의 곤경을 구해 주는 그의 인의(仁義)는 천하에 널리 알려져 있습니다. 더구나 승상은 옛날 그에게 큰 은혜를 베풀었으니, 그것을 상기시키면 이 어려움에서 벗어날 수 있을 것입니다."

조조는 고개를 끄덕이며, 곧 말을 달려 앞으로 나가, 몸을 굽히고 관우에게 말했다.

"작별한 후로 별고 없으셨소?"

"나는 군사의 명령에 의해 승상을 기다리고 있었소."

"나는 싸움에 패하여 벌써 도망칠 힘도 잃었소. 장군, 옛날의 정을 한번 생각해 주지 않겠소?"

"옛날에 승상의 은혜를 입은 것은 사실이지만, 안량과 문추의 목을 베고 백마의 고난에서 구해 은혜를 갚은 것으로 알고 있소. 오늘은 사사로운 정을 공적인 일과 혼동할 수 없소."

"다섯 관문에서 여섯 장수의 목을 베었을 때의 일을 기억하오? 대장부는 신의를 존중해야 하는 줄 알고 있소."

이 말을 듣고 관우는 한동안 고개를 숙이고 아무 말도 하지 않았다. 본래 그는 의(義)를 태산보다도 중하게 아는 사람이었으므로, 전에 다섯 관문의 장수들을 죽였을 때 자기의 소행을 눈감아 준 조조의 은혜를 상기했다. 게다가 조조의 군사가 갈팡질팡하는 가련한 광경을 보자, 마음이 흔들리지 않을 수 없었다. 그리하여 말 머리를 돌리고 부하들에게 명령했다.

"길을 열어 줘라!"

조조는 그 순간 장수들과 함께 재빨리 도망쳐 버렸다.

조조는 위기를 면하여 어느 골짜기 입구에 다다랐으나, 뒤따라온 기병은 겨우 이십칠 명뿐이었다. 그날 저녁 남군에 도착했을 때, 앞에서 횃불을 든 한 떼의 군사가 나타났다.

"드디어 올 것이 왔구나!"

그러나 그들은 뜻밖에도 조인(曹仁)의 군사들이었다. 조조는 기뻐서 어쩔 줄을 몰랐다. 함께 남군에 입성하니, 얼마 후에 장요도 나타났다. 그 뒤 잇따라 살아남은 부하들이 모여들었으나, 부상자가 많았다.

조조는 밤중에 문득 하늘을 쳐다보며 통곡했다. 장수들이 이상하게 여기자, 조조는 말했다.

"곽가(郭嘉)가 없는 것이 슬프다. 만일 곽가가 살아 있었더라면, 나에게 이런 실수를 하게 하지는 않았을 텐데……."

조조는 가슴을 치며 한탄하더니, 곽가의 자(字)를 불러댔다.

"슬프구나 봉효(奉孝), 분하구나 봉효, 애석하구나 봉효!"

이튿날 저녁에 조조는 조인을 불러 남군의 방비를 명하고, 위급할 때 펴 보라고 하면서 한 권의 계략서를 주었다. 그리고 양양은 하후돈에게 지키게 하고 합비(合肥)는 장온을 대장으로, 악진·이전을 부장으로 임명하여 지키게 하는 등 여러 가지 조치를 취한 후, 자기는 칠백여 명의 기병을 이끌고 허도로 돌아갔다. 조인은 조홍을 파견하여 이릉을 지키게 하고, 남군과 호응하여 주유의 공격에 대비했다.

관우는 오백여 명의 기병을 이끌고 하구의 유비에게로 돌아왔다. 유비의 군사는 적의 말과 무기, 군량을 빼앗아 기세가 올라 있었다. 오직 관우만이 한 사람의 포로도, 한 필의 말도 사로잡지 못한 채 빈손으로 돌아온 것이었다.

제갈량은 유비와 당상에서 축하연을 벌이고 있다가 관우가 돌아왔다는 말을 듣고 급히 술잔을 비우고 마중을 나왔다. 관우는 시무룩하여 말이 없었다.

"장군, 어찌하여 아무 말도 없습니까? 내가 성 밖까지 마중을 나가지 않아 화가 나셨군요."

제갈량은 옆에 있는 사람을 책망했다.

"왜 진작 알려 주지 않았느냐?"

그러자 관우가 말했다.

"이 목숨을 내놓으려고 왔습니다."

"혹시 조조가 그 지름길을 지나가지 않았습니까?"

제갈량이 물었다.

"분명히 그 길을 지나갔으나, 내가 무능하여 놓치고 말았습니다."

"그럼 적의 대장은 사로잡았겠지요?"

"아무도 사로잡지 못했습니다."

"운장이 옛날의 은혜를 생각하여 일부러 조조를 놓아주었을 테지요. 군율 앞에서는 인정이란 있을 수 없소. 운장은 반드시 조조를 치겠다고 서약하지 않았소?"

제갈량은 관우의 죄를 용서할 수 없다고 하며 군사를 시켜 목을 베려고 했다. 그러자 유비가 황급히 말렸다.

"옛날 우리 세 사람이 의형제를 맺을 때, 같은 날 죽기로 맹세했소. 운장의 죄는 용서하기 어렵지만, 그가 죽으면 나와 장비도 살아 있을 수 없소. 이번만 목을 베는 것을 보류하고, 후일에 공을 세워 그것으로 보상하게 하는 것이 어떻겠소?"

그리하여 제갈량도 관우의 죄를 용서했다.

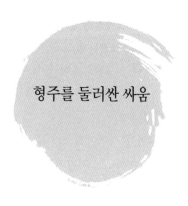

형주를 둘러싼 싸움

주유는 조조의 대군을 적벽에서 크게 무찌르고 난 후 다시 남군을 치려고 했다. 주유가 이 문제를 가지고 노숙 · 정보 등과 전략을 논의하고 있을 때였다.

"유 황숙께서 손건(孫乾)을 축하의 사자로 보내왔습니다."

주유는 손건을 맞아들여 인사를 마치고 물었다.

"유 황숙은 지금 어디에 계시오?"

"지금은 공안에 계십니다."

주유는 깜짝 놀라 물었다.

"제갈량도 함께 있소?"

"그렇습니다."

"그대는 먼저 돌아가오. 내가 곧 답례를 가겠소."

주유는 선물을 받고 손건을 돌려보냈다. 그러자 노숙이 물었다.

"도독께서는 어찌하여 그렇게 놀라셨습니까?"

"유비가 공안에 진을 친 것을 보니 남군을 칠 모양이오. 우리가 많은 인마(人馬)를 동원하고 엄청난 군량을 소비한 끝에 이제 남군을 손에 넣을 날이 눈앞에 다가왔는데, 그놈이 이것을 빼앗으려 하다니 말도 안 되오. 이 주유의 눈에 흙이 들어가기 전에는 용납할 수 없소."

"그럼 어떻게 하시렵니까?"

"내가 직접 가서 담판을 지어야겠소. 이쪽 말을 받아들이면 괜찮지만, 거역한다면 먼저 유비부터 처치해야겠소."

그리하여 주유는 노숙과 함께 오천의 경기병을 데리고 곧장 공안으로 향했다.

한편 손건은 유비에게 돌아가 주유가 직접 답례를 온다고 보고했다. 유비가 제갈량을 돌아보자, 제갈량이 웃으면서 말했다.

"그 정도의 약소한 선물에 일부러 직접 답례를 올 이유가 없습니다. 반드시 남군 때문일 것입니다."

"만일 군사를 이끌고 오면 어떡하지요?"

"염려하실 것 없습니다."

제갈량은 이렇게 말하고는, 유강구에 군선을 나란히 정렬시키고 육상에는 기병을 정렬시켰다. 얼마 지나지 않아 주유와 노숙이 강동의 군사를 이끌고 도착했다. 유비와 제갈량은 이들을 맞아들여 주연을 베풀었다. 술잔이 몇 차례 돌아간 다음에 주유가 입을 열었다.

"유 황숙께서 이곳으로 군대를 이동시킨 것은, 남군을 치기 위해서가 아닙니까?"

"나는 도독이 남군을 손에 넣으려고 한다는 말을 듣고 도우러 왔소. 만일 도독이 손에 넣지 않는다면, 내가 손에 넣겠소."

주유는 웃으면서 말했다.

"우리 동오(東吳)에서는 전부터 형주 일대를 장악하려고 생각하고 있었습니다. 남군은 이미 손에 넣은 거나 마찬가지입니다."

"전투의 승패는 장담할 수 없소. 조조는 북방으로 돌아갔으나, 조인에게 남군을 지키게 하고 있소. 무슨 계략이 있는 게 분명하오. 게다가 조인은 무용이 뛰어난 사람이라, 그 성을 쉽사리 공략하기는 어려울 것이오."

"만일 공략하지 못하면, 그땐 유 황숙 마음대로 하십시오."

주유는 남군을 손에 넣는 것쯤은 식은 죽 먹기라고 생각했다. 그래서 장흠을 선봉으로, 서성과 정봉을 부장으로 임명하여 오천의 정예 부대를 이끌고 한강을 건너 남군을 치게 했다.

남군의 조인은 조홍에게 이릉을 지키라고 지시하여 서로 도울 태세를 취한 후, 도량을 깊이 파고 돌로 담을 높이 쌓아 방비를 철저하게 했다. 그때 오나라의 군대가 쳐들어왔다.

"성을 굳게 지키고 싸우지 않는 것이 최선의 방책이다."

조인이 말했으나, 대장 우금이 진격하자고 나섰다.

"적이 성 밑까지 쳐들어왔는데 싸우지 않는 건 비겁합니다. 더구나 우리 군은 패배한 직후라 사기를 북돋아 줄 필요가 있습니다. 제게 오백 명의 군사를 주시면 힘껏 싸우겠습니다."

우금은 이렇게 말하고 출전했다. 정봉은 우금과 부딪치자 네다섯 차례 싸운 끝에 일부러 도망쳤다. 우금은 오백 명의 병사를 이끌고 그 뒤를 쫓았다. 그러자 정봉이 오천 명의 군사를 동원하여 순식간에 이를 포위해 버렸다.

성 위에서 이것을 바라본 조인은 수백 명의 용감한 기병을 이끌고 성 밖으로 나와 칼을 휘두르면서 오나라의 포위망을 뚫고 우금을 구출했다. 오나라의 장흠이 달려왔으나, 조인의 군사에게 참패하고 말았다. 주유는 이 보고를 받고 화가 나서 조인과 결전을 하려고 했으나, 감녕이 말했다.

"도독께서 경솔히 나서면 안 됩니다. 조인은 동생 조홍에게 이릉을 지키게 하여 서로 협공할 태세를 취하고 있습니다. 먼저 이릉을 무찌르고 나서 남군을 공략하는 것이 좋겠습니다."

주유는 옳은 말이라고 생각하여 감녕에게 삼천의 군사를 이끌고 이릉을 치라고 명령했다. 감녕은 즉시 조홍을 몰아내고 이릉을 점령했다. 그러나 이것은 적의 함정에 빠진 것이었다. 조인의 부하인 조순과 우금의 군사가 그날 저녁에 구원하러 달려와, 조홍의 군사와 합세하여 성을 포위해 버렸다.

깜짝 놀란 주유는 스스로 대군을 이끌고 감녕을 구출하기 위해 이릉으로 향했다. 도중에 이릉에서 남군으로 통하는 지름길로 한 떼의 군사를 보내어, 그 좁고 험한 길에 나무를 베어 쓰러뜨려 적의 퇴로를 막아 버리라고 했다.

이튿날, 이릉에 도착한 주유는 조홍의 군사를 사방에서 공격했다. 그러자 감녕도 성안에서 출격했다. 조홍은 남군에 이르는 지름길로 도망쳤으나, 나무가 쓰러져 있어 말이 지나가지 못했으므로 모두 말을 버리고 도망쳤다. 주유는 이 기세를 몰아 남군까지 추격했다.

조인은 도망쳐 온 조홍과 의논하다, 전에 조조가 허도로 돌아가면서 준 계략서가 있음을 생각해 냈다. 급할 때 펴 보라고 한 것이었다. 조인과 조홍은 이 봉투를 열어 다 읽어 본 후 마주보면서 웃었다.

한편 남군의 성 밖까지 추격해 온 주유가 망루에 올라가 사방을 돌아보니, 성 안의 군대가 세 방면의 문으로 갈라져서 빠져나가고 있었다. 성벽 위에는 깃대만 나란히 꽂혀 있을 뿐 인기척이 없었다.

그리고 빠져나가는 병사들은 모두 짐을 메고 있었다.

주유는 '조인이 탈주할 계획인 모양이다.' 라고 생각했다. 즉시 전군을 양분하여 전방의 군사는 승리를 거두면 추격하고 종을 울릴 때까지 후퇴하지 말라고 명령을 내리고, 후방의 군사는 정보를 대장으로 임명하고 주유 자신이 앞장서서 성을 공격하기로 했다.

쌍방의 군사가 진지를 정돈한 후 북소리가 울려 퍼지자, 조홍이 먼저 말을 몰아 도전해 왔다. 주유가 깃발 아래서 회초리를 들고 "누가 나가 싸워라!" 하고 외치자, 오나라의 진지에서 한당이 말을 몰아 조홍과 대결했다. 삼십여 차례 싸운 끝에 조홍이 말 머리를 돌려 도망쳐 버렸다.

그러자 조인이 나서서 큰 소리로 도전했다.

"주유는 나오너라!"

그러자 오의 진영에서 주태(周泰)가 말을 몰아 뛰쳐나왔다. 조인은 십여 합을 겨루다가 도망쳤고, 그것을 본 조인의 군사는 뿔뿔이 흩어진 채 달아나기에 바빴다. 주유는 스스로 군사를 이끌고 남군의 성 밑까지 추격했다. 조인의 군사는 성 안으로 들어가려 하지 않고 서북쪽으로 도망쳤다. 한당과 주태가 전방의 부대를 이끌고 힘껏 추격해 갔다. 성문은 활짝 열려 있고 성 위엔 사람 그림자 하나 보이지 않았다. 주유는 성을 점령하라고 명령했다. 수십 명의 기병이 말을 몰아 쳐들어가고, 주유가 그 뒤를 쫓아 성 안으로 들어갔다.

그때 쇠북소리와 함께 양측에서 활과 석궁이 빗발치듯 날아왔다. 앞을 다투어 뛰어든 병사들이 모두 함정에 빠지게 되자 주유는 허겁지겁 말머리를 돌렸다. 그러나 때는 이미 늦었다. 어디선가 날아온 화살 하나가 주유의 가슴에 박혔고, 주유는 말 위에서 거꾸로 곤두박질쳤다. 그러자 성 안에 숨어 있던 우금이 뛰쳐나와 주유를 사로잡으려고 했다. 다행히 서성과 정봉의 분전으로 주유는 간신히 목숨을 건질 수 있었다.

성 안에서 뛰쳐나온 적군 때문에 오나라 군사들은 서로 밟고 쓰러져 도랑이나 함정에 빠지는 자가 많았다. 그때 조인과 조홍이 되돌아와 공격했으므로, 오나라의 군대는 크게 패하고 말았다.

정봉과 서성이 주유를 부축하여 본진으로 돌아와 가슴에 박혀 있는 화살촉을 빼내고 상처를 치료했으나, 주유는 통증이 심해 음식도 제대로 먹지 못했다. 종군 의사가 말했다.

"이 화살에는 독이 묻어 있어서 쉽사리 낫지 않을 것입니다. 화를 내시면 자극을 받아 상처가 다시 깊어지니, 항상 조심하셔야 합니다."

정보가 주유 대신 군의 지휘를 맡았다. 그는 전군에 명을 내려, 각자의 진지를 굳게 지키고 함부로 싸우지 말라고 명했다. 사흘 후에 우금이 군사를 이끌고 도전해 왔으나, 정보는 이에 맞서려 하지 않았다. 우금은 해가 질 때까지 욕설만 퍼붓다가 돌아갔다. 이튿날에도 출동하여 다시 욕설을 퍼부었으나, 정보는 주유가 화를 내다 병이 도질까 두려워 이것을 보고하지 않았다.

사흘째가 되자, 우금은 진지 앞까지 와서 큰 소리로 외쳤다.

"주유는 어디 있느냐? 이 우금이 상대해 주겠다!"

정보는 장수들과 의논하여, 한동안 군사를 철수시킨 후 주유의 상처가 나으면 다시 작전을 세우기로 했다. 그런데 주유는 극심한 통증에 시달리면서도 의식은 분명했다.

어느 날, 조인이 스스로 대군을 이끌고 북을 치고 함성을 지르면서 쳐들어왔다. 정보는 여전히 상대하지 않았다. 그러자 주유가 주위의 장수들을 불러 물었다.

"저 북소리는 어디서 울려 오는 게냐?"

"진중에서 병사들이 훈련하는 소리입니다."

"거짓말 마라! 날마다 적군이 몰려와 욕지거리를 퍼붓는 걸 내가 모를 줄 알았느냐? 정보는 도대체 무얼 하고 있단 말이냐? 어서 정보를 불러와라."

곧 정보가 불려와 말했다.

"도독의 상처가 심해 자극을 받으면 위험하다는 의사의 말을 듣고, 적이 도전해 와도 보고하지 않았습니다."

"맞서 싸우지 않는 것은 무슨 까닭이오?"

"도독의 상처가 나은 후에 다시 작전을 세우는 것이 좋겠다고 생각했습니다."

주유는 이 말을 듣고 침상에서 벌떡 일어나 소리쳤다.

"대장부가 주군으로부터 봉록을 받고 있다면, 싸우다 죽어 말가 죽으로 시체를 싸는 것이 당연하오. 나 하나 때문에 국가의 대사를 소홀히 해도 된단 말이오?"

장수들의 만류에도 불구하고 주유는 곧 갑옷을 걸치고 말에 올라탔다. 그는 수백 명의 기병들을 이끌고 진지 앞으로 나가 멀리 있는 적의 동태를 살폈다. 그곳에서는 조인이 말 위에서 채찍을 휘두르며 큰 소리로 외치고 있었다.

"이놈, 주유야! 아직 살아 있었구나!"

"조인, 이 주유의 얼굴을 똑똑히 보아라!"

주유가 말을 몰고 달려 나가자, 조인은 군사들을 시켜 주유에게 욕설을 퍼붓게 했다. 군사들은 입을 모아 큰 소리로 적을 향해 욕을 퍼부었다.

크게 노한 주유는 부하 장수에게 나가 싸우라고 명령하고는, 갑자기 외마디 소리를 지르며 피를 토하더니 말에서 떨어졌다. 장수들이 부축하여 본진으로 돌아오자, 주유가 낮은 소리로 말했다.

"이건 내 계략이다."

이윽고 주유가 죽었다는 소문이 진지에 돌기 시작했다. 그리고 이 소문은 조인의 귀에도 들어갔다. 조인은 그날 밤 기습을 하여, 이미 시체가 된 주유의 목을 베어 가지고 허도로 돌아가려고 했다. 그는 즉시 군사를 이끌고 북소리를 신호로 하여 주유의 본진으로 곧장 쳐들어갔다. 그런데 적진 앞에 이르렀는데도 사람 그림자 하나 찾아볼 수 없고, 깃발과 창만 세워져 있는 것이 아닌가. 그제야 계략에 빠진 것을 알고 급히 후퇴하려고 하는데, 사방에서 주유의 군사가 쳐들어왔다.

조인의 군사는 대패했다. 조인은 십여 명의 기병을 이끌고 조홍에게로 도망쳐 왔으나, 조홍의 군대도 뿔뿔이 흩어진 후였다. 날이 밝을 때까지 싸움을 계속하다가 간신히 남군 근처로 이동했으나, 다시 또 한 떼의 군마가 앞길을 막았다. 조인은 남군으로도 가지 못하고 양양으로 발길을 돌렸다.

주유와 정보는 군사를 이끌고 남군의 성 밑까지 진격했다. 그런데 성문이 굳게 닫힌 채 성벽 위에는 깃발이 가득 세워져 있었고, 성루에서 장수 하나가 아래를 내려다보고 있었다.

"도독, 성은 이미 내가 차지했소. 나는 상산의 조운이오."

조운은 제갈량의 계책에 따라 미리 성 밖에 숨어 있다가, 조인이 주유를 야습하기 위해 군사를 이끌고 나가자 곧바로 공략했던 것이다.

크게 노한 주유는 즉시 감녕을 불러 수천 명의 기병을 이끌고 형주로 쳐들어가라고 명령하고, 또 능통을 불러 수천 명의 기병을 이끌고 양양을 치라고 명령했다. 그리고 이 두 성을 점령하고 난 후에 군사를 돌려 남군을 공략해도 늦지 않다고 생각하고 전략을 논의하고 있는데, 전령이 달려왔다.

제갈량이 조인의 군사로 가장하여 형주성을 지키고 있던 군사를 원병으로 끌어내고, 장비를 시켜 형주를 점령했다는 보고였다. 주유가 이 보고에 놀라고 있을 때, 또 다른 전령이 뛰어와 보고했다. 양양성은 하후돈이 지키고 있었으나 제갈량의 가짜 편지에 속아 조인을 구원하기 위해 성을 비운 사이 관우가 그 성을 점령했다는 것이었다.

이리하여 남군과 형주, 양양의 세 성은 모두 유비의 휘하에 들어갔다. 이 보고를 들은 주유는 외마디 소리를 지르며 그 자리에 쓰러져 버렸다. 얼마 후 의식을 되찾은 주유가 부드득 이를 갈며 말했다.

"제갈량의 목을 베기 전에는 직성이 풀리지 않는다. 어떻게 해서든 남군을 빼앗고야 말겠다."

그러자 노숙이 만류했다.

"그건 무모한 일입니다. 아직 조조와의 싸움이 끝나지 않은 마당에 유비와 싸우다 조조에게 뒤통수를 맞는다면, 그 손실은 더욱 클 것입니다. 만에 하나 조조와 유비가 힘을 합쳐 쳐들어오면 어떻게 하시겠습니까?"

"우리는 조조의 군사를 격파하느라 그 많은 군마를 잃고 군량을 소비했지만, 아무것도 얻지 못했소. 그런데 제갈량 그놈이 가만히 앉아서 남의 몫을 가로챘으니, 어찌 참을 수 있단 말이오?"

"도독, 조금만 참으십시오. 제가 현덕을 만나서 도리를 밝히겠습니다."

노숙은 곧 남군으로 향했다. 그런데 유비는 이미 형주에 가 있었다. 노숙은 다시 형주로 가서 유비를 만났다.

"전에 조조는 백만 대군을 이끌고 강남을 치겠다고 말했지만, 사실은 유 황숙을 무찌를 심산이었다는 것은 알고 계실 것입니다. 그런데 우리 오나라가 다행히 조조의 군사를 격퇴하여 황숙을 구했습니다. 그러니 형주의 아홉 고을은 모두 우리 오나라에 속하는 것이 당연합니다. 그런데 황숙께서는 계략을 사용하여 형주와 양양을 모두 빼앗아 버렸습니다. 이것은 어찌 된 연고입니까?"

그러자 유비를 대신해 제갈량이 대답했다.

"사리를 잘 아시는 분이 어찌 그런 말씀을 하시오? 본래 형주와 양양의 아홉 고을은 동오의 땅이 아니라 형주의 자사였던 유표 공의 땅입니다. 그리고 우리 주군은 유표 공의 동생뻘이 되시는 분입니다. 유표 공은 돌아가셨지만, 아드님이 생존해 계십니다. 숙부가 조카를 도와 형주를 지키는 것이 어찌 부당하다는 것입니까?"

"유기가 형주를 복구한다면 당연한 일이겠지만, 그는 지금 강하성(江夏城)에 있지 않습니까?"

"아니, 이곳에 있습니다. 만나보시겠습니까?"

제갈량은 곧 사람을 시켜 유기를 데려오게 했다. 그러자 얼마 안 있어 병색이 역력한 유기가 두 시종을 따라 나타났다. 노숙은 한동안 아무 말도 못 하고 있다가 체념하듯 말했다.

"만일 유기 영주가 이곳에 있지 않게 되면, 그때는 반드시 형주를 동오에 돌려주십시오."

"그렇게 하지요."

노숙은 본진으로 돌아가 주유에게 회담 내용을 설명했다. 그러자 주유가 가슴을 치며 말했다.

"유기는 아직 나이가 어리니, 죽기를 기다릴 수도 없지 않소? 형주를 되찾는 일은 더 이상 시간을 끌 수 없소."

"안심하십시오. 유기는 병이 중하여 낯빛이 창백하고 자주 피를 토한다고 하니, 반년도 못 가서 죽고 말 것입니다. 그때 형주를 달라 하면 유비도 다른 구실을 댈 수 없을 것입니다."

그때 갑자기 손권이 보낸 사자가 뛰어 들어왔다.

"합비성이 포위되었습니다. 적이 너무 강해 싸울 적마다 번번이 패하고 말았습니다. 도독께서는 급히 군사를 이끌고 합비성으로 돌아가십시오."

주유는 할 수 없이 전투를 중단하고, 정보로 하여금 군사를 이끌고 합비로 가 손권을 돕도록 지시했다.

한편, 유비는 형주·남군·양양의 세 성을 휘하에 넣고 앞으로의 장기 계획에 대해 제갈량과 의논하고 있었다. 그때 전에 양양의 연회석상에서 유비를 구해 낸 이적이 와서 마량(馬良)이라는 현자를 추천했다. 마량은 양양(陽襄) 의성(宜城) 사람으로, 자는 계상(季常)이라고 했다. 마량은 형제가 다섯이었는데, 다른 형제들도 재능이 뛰어나고 학식이 깊은 재사였다.

유비와 인사를 나눈 후, 마량이 말했다.

"양양은 사방에서 적의 침범을 받고 있으므로 오랫동안 지키기가 어렵습니다. 유군(幼君) 유기를 불러 이곳에서 병을 치료하면서 옛 신하를 불러들여 지키게 하고, 또한 조정에 상주하여 형주의 자사로 삼아서 민심을 안정시키도록 하십시오. 그렇게 하고 나서 남쪽 네 고을을 공략하여 재물과 군량을 비축하는 것이, 형주를 오래 보존하는 방책인 줄 압니다."

남쪽의 네 고을이란 무릉(武陵)·장사(長沙)·계양(桂陽)·영릉(零陵)이었다. 유비는 크게 기뻐하면서 물었다.

"이 네 고을은 어디서부터 공격하는 것이 좋겠는가?"

"상강(湘江)의 서쪽에 있는 영릉이 제일 가깝습니다. 이곳을 먼저 공략해야 합니다. 다음에는 무릉, 그 다음에는 상강의 동쪽에 있는 계양을 공략하고, 맨 나중에 장사를 치는 것이 좋을 줄 압니다."

유비는 즉시 제갈량과 의논하여 선발대로 장비를 내세우고 후방에 조운의 복병을 교묘히 사용하여 적을 유인해서 격파한 뒤, 적이 이쪽 계략을 역이용하려고 들자 다시 그 허점을 찔러 영릉을 함락시켰다.

장비는 계양의 공략에 출동하고 싶었지만, 조운에게 양보해야만 했다. 그래서 다음 무릉 공략에 앞장섰다. 적은 그 기세에 눌려 내통하는 자가 생겼고, 결국은 대장의 목을 베고 항복했다.

조운과 장비가 각각 공을 세웠다는 말을 들은 관우는, 마지막으로 남은 장사의 공략에 나서게 해 달라고 유비에게 간청했다. 그러자 제갈량이 말했다.

"장사의 태수 한현(韓玄)은 보잘것없는 사나이라고 들었지만, 황충(黃忠)이라는 장수는 그렇지 않소. 본래 유표를 섬기는 중랑장(中郎將)이었으나, 지금은 한현을 섬기고 있소. 나이는 예순이 가까워 머리와 수염이 백발이지만, 만 명의 군사가 무더기로 쳐들어가도 힘겨운 상대요."

"늙어 빠진 장수 하나쯤은 문제없습니다. 저에게 오백 명의 군사만 있으면 충분합니다. 반드시 황충과 한현의 목을 베어 오겠습니다."

관우는 이렇게 말하고 오백 명의 기병을 이끌고 곧 장사로 쳐들어갔다. 한현의 부하가 맞섰으나 관우의 단칼에 두 동강이 났다. 그다음에는 황충이 도전하였다. 관우와 백여 차례나 싸웠으나 승부가 나지 않았다. 그래서 둘 다 일단 뒤로 물러섰다가 이튿날 다시 대결했다. 이번에도 오륙십 차례 싸웠으나 승부가 나지 않았다.

관우는 일부러 말을 몰아 도망치기 시작했다. 관우는 황충이 뒤쫓아오는 것을 기다렸다가, 갑자기 뒤돌아서서 청룡언월도로 황충이 탄 말의 다리를 후려쳤다. 말이 앞다리가 꺾이면서 쓰러지자, 황충도 말에서 나가 떨어졌다. 관우는 양손으로 말을 들어올리며 말했다.

"목숨만은 살려 주마. 다른 말을 타고 덤벼라."

황충은 곧 다른 말에 올라타고 성으로 물러났다. 한현이 말했다.

"장군의 활은 백발백중이 아니오. 어째서 활을 쏘아 죽이지 않았소?"

"내일 전투에서는 꼭 쏘아 죽이겠습니다."

한현은 한 마리의 청마(靑馬)를 주었으나, 황충은 마음속으로 생각했다.

'관우처럼 도량이 넓은 사나이는 보기 드물다. 그는 나를 죽이지 않았다. 내일 그와 싸우면 나도 그를 죽일 수 없다. 하지만 만일 그를 쏘아 죽이지 않으면 태수의 명령을 어기는 것이 되니, 어찌 하면 좋단 말인가?'

이튿날 새벽에 관우가 도전하여 황충과 싸웠다. 관우는 이틀을 싸워도 황충을 이기지 못해 초조한 나머지 사나운 기세로 덤벼들었다. 삼십여 차례쯤 싸우고 나서 황충은 일부러 도망쳤다. 관우가 뒤쫓아갔다.

황충은 어제의 인정을 생각하여 일부러 딴 곳을 겨냥하여 활을 쏘았다. 관우가 다시 추격하자, 황충은 두 번째도 딴 곳을 겨냥하여 활을 쏘았다. 마침내 관우가 다리까지 접근하니, 황충이 다리 위에서 시위를 당겼다. '횡' 하는 소리가 나더니 화살은 관우의 투구 끝에 명중했다. 관우는 깜짝 놀라 진지로 돌아왔다. 그는 황충의 무술이, 옛날에 백 보 떨어진 버드나무 잎사귀를 쏘아 맞혔다는 고인(古人)의 솜씨 못지않은 것과, 어제의 은혜에 보답하려는 것임을 알아차렸다.

황충이 성으로 돌아가자, 한현은 좌우의 신하에게 명하여 황충을 체포하게 했다.

"사흘 동안 보고 있었다. 엊그제는 승부가 나지 않았고, 어제는 말에서 떨어졌지만 목이 잘리지 않았다. 오늘은 두 차례나 일부러 다른 곳을 쏘다가 세 번째 화살로 투구의 끝을 맞혔다. 이는 적과 내통하고 있는 증거가 아니고 무엇이더냐? 네놈의 목을 베지 않으면 나중에 화근이 될 것이다."

한현은 부하에게 성문 밖에 가서 황충의 목을 베라고 명령했다. 주위의 장수들이 목숨만을 살려 주라고 간청했지만 막무가내였다.

"목숨을 살려 주자는 놈은 같은 죄인이다."

드디어 목을 베려고 하는데, 갑자기 한 장수가 칼을 들고 뛰어와 황충의 목을 베려는 자들의 목을 베고 큰 소리로 외쳤다.

"황충이야말로 장사를 지킬 큰 방패다. 만일 황충을 죽인다면, 그것은 장사의 백성들의 목숨을 끊는 것과 마찬가지다. 한현이야말로 인도(人道)를 무시하는 잔인한 사나이다. 자, 나를 따를 자는 없느냐?"

얼굴은 대추 열매처럼 붉고 눈은 별처럼 빛나는 그 사람의 이름은 위연(魏延), 자는 문장(文長)이라고 하였다. 본래 유표의 부하로, 이때는 한현의 밑에서 말단 장수로 묻혀 있었으나 전부터 유비를 사모하는 사람이었다. 그 자리에서 그를 따라 나서는 자가 수백 명에 이르렀다. 위연은 단칼에 한현을 베어버리고 그 목을 가지고 관우에게 항복했다.

이윽고 장사에 도착한 유비와 제갈량에게 관우는 항복한 황충과 위연을 소개했다. 유비는 기꺼이 이들을 맞았으나, 제갈량은 미간을 찌푸리며 말했다.

"주인의 녹(祿)을 먹으면서 그 주인을 죽이는 것은 불충(不忠)입니다. 남의 땅에 살면서 그 땅을 타인에게 바치는 것은 불의(不義)입니다. 내가 위연의 관상을 보니, 뒤통수가 튀어나온 것이 반골(叛骨)이 있습니다. 언젠가는 필히 반역할 상으로, 지금 목을 자르지 않으면 나중에 화가 됩니다."

부하를 시켜 위연의 목을 베려고 하자, 유비가 만류했다.

"이 사람을 죽인다면 함께 항복한 자들이 모두 불안해할 것이오. 그러니 용서해 주도록 하오."

그러자 제갈량이 위연에게 말했다.

"그대의 목숨은 잠시 맡아 두겠소. 만일 흑심을 품고 다른 짓을 한다면, 언제든지 내가 그 목을 가져가겠소."

위연은 고개를 숙이고 물러갔다. 유표의 조카 유반(劉磐)에게 장사군을 다스리게 한 유비는 형주로 개선했다. 그리하여 형주 관내 아홉 고을의 절반이 그의 휘하에 들어갔으며, 이 무렵부터 군량이 넉넉해지고 각처의 현자들이 모여들었다.

한편, 주유는 시상에 돌아와 상처의 치료를 받으며 감녕에게 파릉군을 지키게 하고, 능통에게 한양군을, 여모에게 강하군을 지키게 했다. 그리고 이 세 지역에 군선을 배치하여 만일의 경우에 대비하게 하고, 그 밖의 군사는 정보가 이끌고 합비현으로 향하게 했다. 손권은 적벽 싸움 이후 줄곧 합비에서 조조의 군사와 싸웠다. 그러나 열 차례 이상이나 싸웠으나 아직 승부가 나지 않아, 성 가까이 진을 치지 못하고 오십 리 떨어진 곳에 주둔해 있었다. 그때 정보의 군사가 도착했다. 손권은 크게 기뻐하며 주연을 베풀어 장병들을 위로하고, 합비성을 공략할 작전을 세웠다.

이때 장요가 사자를 파견하여 도전장(挑戰狀)을 보내왔다. 손권은 그 편지를 보고 몹시 화를 냈고, 새벽녘에 전군이 진지를 나와 합비성을 향해 진격했다. 황금 투구와 갑옷을 걸친 손권은 송겸(宋謙)·가화(賈華) 두 장수를 좌우에 거느리고 있었다. 적진에서도 세 장수가 앞장을 섰다. 중앙은 장요, 왼쪽은 이전, 오른쪽은 악진이었다.

장요가 먼저 손권에게 덤벼들었다. 그러자 손권의 뒤에서 한 장수가 활을 들고 뛰쳐나왔다. 태사자였다. 태사자와 장요는 불꽃을 튀기면서 칠팔십여 차례 싸웠으나, 승부가 나지 않았다. 조조의 진영에서 이전이 악진에게 말했다.

"저기 저 황금 투구를 쓴 자가 손권으로, 저놈을 생포하면 적벽에서 잃은 팔십삼만 아군의 원수를 갚는 것이네."

악진이 말을 몰아 옆에서 손권에게 덤벼들었다. 이것을 송겸과 가화가 나와 막자, 악진은 말 머리를 돌려 도망쳤다. 송겸이 창을 들고 뒤쫓아갔으나, 이전이 쏜 화살에 맞아 말에서 거꾸로 떨어져 죽었다. 때맞춰 조조의 대군이 함성을 지르며 쳐들어오니 혼란에 빠진 오나라 군사는 뿔뿔이 흩어지고, 손권도 장요에게 쫓겨 위기에 빠졌으나 간신히 본진으로 도망쳤다.

태사자는 합비성에 불을 질러 송겸의 원수를 갚으려고 했다. 장요는 경계를 게을리 하지 않고 있다가, 성안에서 불길이 오르자 적의 계략을 역이용하려고 일부러 성문을 열어 놓았다. 태사자는 성문이 열린 것을 보자 말을 몰아 제일 먼저 뛰어들었다. 그러자 성벽 위에서 석화시가 울리더니 화살이 비 오듯 날아왔다. 태사자는 급히 말 머리를 돌렸으나, 이미 여러 군데에 화살을 맞았다. 이때 이전과 악 진까지 합세해 오나라 군사는 또다시 크게 패하였다.

손권은 간신히 태사자를 구출하고 군사를 철수시켜 배를 타고 윤 주까지 돌아왔으나, 태사자는 중태였다.

"대장부가 난세에 태어난 이상 삼 척의 칼로 큰 공을 세워야 하는 데, 그 뜻을 이루지 못하고 어찌 눈을 감겠는가."

큰 소리로 외치고 나서 태사자는 숨을 거두었다. 그의 나이 마흔 하나였다. 손권은 크게 슬퍼하며 성대히 장례를 치렀다.

이 무렵, 지병이 악화된 유기가 드디어 세상을 떠나고 말았다. 이 소식을 전해 들은 유비는 몹시 슬퍼했고, 제갈량의 의견에 따라 관 우에게 양양의 방비를 명했다. 이윽고 오의 손권은 노숙을 조문사 (弔問使)로 형주에 보냈다. 유비와 제갈량은 그를 정중히 맞아들였 다. 인사가 끝나자 노숙이 먼저 유군 유기가 세상을 떠나면 형주를 내주겠다는 약조의 이야기를 꺼냈으나 제갈량이 이를 조목조목 반 박하고 나섰다.

"주유 따위를 어찌 두려워하겠습니까? 그러나 선생의 면목이 없 게 된다면 당분간 형주를 빌리기로 하고, 다른 곳에 성과 땅이 마련 되면 곧 오나라에 돌려드리도록 하지요."

"공명 선생은 어디를 공략한 후에 형주를 돌려주시겠다는 겁니 까?"

"중원(中原) 땅은 지금 바로 손댈 수는 없습니다. 익주의 유장(劉璋) 이 우매하므로, 우리 영주는 그 쪽을 노리고 있습니다. 만일 익주가 우리 손에 들어오면, 그때 형주를 돌려드리지요."

노숙이 이에 동의하자, 유비는 손수 계약 문서를 작성하고 자기와 제갈량의 도장을 찍어 그에게 주었다. 노숙은 시상군에 가서 주유에게 보고했다. 계약 문서를 본 주유는 또다시 제갈량에게 말려들었다고 발을 구르며 분해했다. 좋은 방법이 없을까 하여 머리를 짜내고 있을 때, 유비의 감 부인이 세상을 떠났다는 소식이 들려왔다.

"옳지, 빨리 사람을 형주에 보내 유비를 사로잡고 형주를 되찾읍시다."

"좋은 방법이 있습니까?"

"아내를 잃은 유비는 반드시 후처를 둘 것이오. 우리 영주에게는 여동생이 한 분 있지 않소. 그분은 무용(武勇)이 뛰어나 남자도 당하기 어려우며, 항상 허리에 칼을 차고 방 안에 갖가지 무기를 놓아두고 있소. 나는 주공께 말씀 드려 서면으로 형주에 혼담을 제기하려고 하오. 그리하여 혼담을 구실로 유비를 남서(南徐)까지 불러내는 거요. 물론 여동생은 보내지 않고 그를 잡아 감옥에 가둔 후, 형주와 유비를 바꾸자고 흥정하는 거지요."

손권은 이 계략을 듣고 크게 기뻐하며 여범을 사신으로 보냈다. 여범은 형주에 가서 유비를 만나 정식으로 혼담을 꺼냈다. 유비가 말했다.

"내 나이 벌써 쉰이 되어 머리는 백발이 다 되었소. 손 장군의 여동생은 묘령의 처녀일 것이니, 나와 어울리지 않소."

"그분은 여자지만 남자보다 더 용감한 성품이라, 평소 천하의 영웅이 아니면 남편으로 삼지 않겠다고 말해 왔습니다. 황숙의 명성은 사해에 널리 퍼져 있으니, 잘 어울리는 배필입니다. 나이 차이는 문제가 되지 않습니다."

유비는 주연을 베풀어 여범을 환영하고 숙사에 묵게 한 다음, 제갈량과 의논했다.

"조금 전에 점을 쳐 보니 대길(大吉)이었습니다. 이 혼담을 받아들이십시오."

"주유가 나를 죽이려는 계략을 꾸미고 있는 것 같은데, 가볍게 나서도 괜찮겠소?"

"주유의 계략이 분명하지만, 저한테도 생각이 있습니다. 혼인도 성사시키고 형주도 빼앗기지 않도록 하겠습니다."

제갈량은 손건을 강남에 보내 혼담을 추진하게 하고, 다시 조운을 불러 비단 주머니 세 개를 주며 말했다.

"이 속에 세 가지 계략이 씌어 있으니, 난감한 때가 닥치면 순서대로 펴 보시오."

건안 14년 10월, 유비는 열 척의 배를 이끌고 조운을 호위대장으로 하여 오백여 명의 부하를 거느리고 형주를 떠나 남서로 향했다. 형주는 제갈량이 지키기로 했다.

주유의 최후

유비는 이윽고 남서주에 도착했다. 배가 연안에 닿자 조운이 말했다.

"군사께서 주신 세 가지 계략 중에서 먼저 첫 번째 주머니를 열어 보겠습니다."

주머니를 열어 보니, 교국로(喬國老)를 만나보라고 적혀 있었다. 교국로란 미녀 이교(二喬)의 부친이었다. 교국로는 유비에게 혼담 이야기를 듣자 곧 손권의 모친 태 부인을 찾아가서 축하의 인사를 했다. 태 부인은 딸의 혼담에 대해 전혀 모르고 있었다. 깜짝 놀라 손권을 불러 물으니, 손권이 대답했다.

"이것은 주유의 계략입니다. 유비를 유인하여 형주를 되찾으려는 것입니다. 만일 이쪽의 요구를 듣지 않을 경우엔, 유비를 죽여 버리면 그만입니다. 진짜 혼담이 아니니 걱정하지 마십시오."

이 말을 듣자 태 부인은 버럭 화를 내면서 큰 소리로 말했다.

"주유 놈은 팔십일 주의 도독으로 있으면서도 형주 하나 공격할 지혜가 없어 남의 딸을 인질로 삼겠다는 것이냐? 만일 유비를 죽인다면, 내 딸은 시집도 가기 전에 생과부가 되지 않느냐? 하나뿐인 여동생의 앞날을 망칠 셈이냐?"

옆에서 교국로가 부추겼다.

"설사 이 계략으로 형주를 손에 넣는다고 하더라도 천하의 웃음거리가 될 것입니다."

손권은 할 말이 없었다. 태 부인이 말했다.

"내일 내가 감로사(甘露寺)에서 유 황숙을 만나야겠네. 그 사람이 내 마음에 들지 않으면 자네들 마음대로 하게. 만일 마음에 들면, 딸을 주겠네."

이튿날 유비는 비단옷에 갑옷을 걸치고 감로사로 향하였다. 조운은 오백 명의 군사를 데리고 유비를 따라나섰다. 태 부인은 유비를 보자 첫눈에 마음에 들어 말했다.

"이 사람이야말로 흠 잡을 데 없는 사윗감이군요."

이윽고 조운이 칼을 들고 들어와 유비에게 속삭였다.

"방금 복도를 돌아보니 방마다 무사가 숨어 있는 것 같습니다. 태 부인께 이 사실을 말씀 드리십시오."

유비는 태 부인을 붙잡고 눈물을 흘리면서 호소했다.

"복도에 무사가 숨어 있는 것은, 저를 죽이려는 계략임에 틀림없습니다."

태 부인은 크게 화를 내면서 손권을 책망했다. 손권은 자기가 모르는 일이라고 말하면서, 여범을 불러 물어보았다. 여범도 자기는 모르는 일이라고 말하면서 다른 장수에게 책임을 돌렸다. 그러나 사실은 손권이 여범에게 지시하여, 삼백 명의 무사를 절의 복도에 숨겨 두었다가 유비를 죽일 계획이었다. 태 부인은 장수의 목을 베라고 책망했으나, 유비가 이를 말렸다. 무사들은 고개를 숙이고 슬금슬금 물러갔다.

　유비가 뜰로 나왔다. 뜰에는 커다란 바위가 있었다. 유비는 조운이 갖고 있던 칼을 빼들고 하늘을 향해 기도했다.

　'만일 형주로 돌아가 패권을 잡을 수 있다면, 이 바위는 두 동강이 날지어다.'

　입 속으로 이렇게 말하고 칼을 힘껏 내리치자, 불꽃이 튀면서 바위가 두 동강이 나 버렸다. 이것을 본 손권이 물었다.

　"유 황숙, 그 바위에 무슨 원한이라도 있습니까?"

　"내 나이 쉰이 가깝도록 나라를 위해 역적을 제거하는 데 성공을 거두지 못하여 언제나 유감스럽게 생각해 왔는데, 지금 이곳에 와서 혼담을 이루게 되었으니 무엇보다 다행한 일입니다. 그래서 하늘을 향해 조조를 무찌르고 한(漢)의 왕실을 부흥하게 해 달라고 기원하고는 이 바위를 내려쳤더니, 과연 소원이 이루어졌습니다."

　"나도 하늘에 기원하여 조조를 무찌를 수 있다면, 이 바위는 다시 두 동강이 되겠군요."

　손권은 칼을 빼들고 이렇게 말하면서 마음속으로 '만일 형주를 다시 손에 넣어 오나라를 흥성하게 할 수 있다면, 이 바위는 두 동강이 날지어다.' 하고 기도했다.

　손권이 칼로 힘껏 내려치자 바위는 역시 두 동강이 났다. 이 바위는 '십자문(十字紋)의 한(恨) 바위'라 하여 오늘날까지 남아 있다고 한다. 두 사람은 칼을 버리고 자리에 돌아와 다시 술잔을 나누었다. 유비가 객사로 돌아오자, 손권이 말했다.

　"교국로에게 부탁하여 혼례를 서두르는 것이 좋겠습니다."

　며칠이 지나 성대한 혼례식이 거행되었고 두 사람 사이의 정은 날로 깊어 갔다. 손권에게는 표주박에서 망아지가 나온 격으로, 뜻밖의 일이었다. 어떻게 하는 것이 좋겠느냐고 주유에게 편지를 보내자, 곧 답장이 왔다.

유비를 오랫동안 오나라에 머물게 하는 한편, 관우·장비·제갈량과의 유대가 멀어지게 하여 그들의 마음이 산란할 때 군사를 이끌고 쳐들어가라는 것이었다. 장소도 이 계책에 찬성했다.

손권은 곧 동쪽 저택을 수리하고는 화초와 나무를 심고 호화가구를 마련하여 유비와 여동생을 살게 했다. 그리고 무희와 명창 수십 명을 새로 늘리고, 금은과 보옥, 비단과 명주 등을 마련해 주었다. 과연 유비는 색(色)에 빠지고 노래에 현혹되어 형주로 돌아갈 것을 잊고 있었다.

조운도 오백 명의 병사와 동쪽 저택에서 살았으나, 하루하루가 권태로워 성 밖에 나가서 활쏘기와 말타기로 세월을 보냈다. 그러나 그 해가 다 저물어 가는데도 유비는 태평이었다. 조운은 문득 전에 제갈량이 준 세 개의 주머니를 생각해 내었다. 지금이야말로 두 번째 주머니를 펴 볼 때였다. 그 속에는 과연 묘책이 들어 있었다. 그는 즉시 유비가 살고 있는 저택으로 달려가서 말했다.

"방금 군사께서 보낸 사자가 와서, 조조가 적벽의 한을 풀기 위해 오십만의 군사를 이끌고 쳐들어온다는 보고를 하였습니다. 한시바삐 형주로 돌아오시기를 바라고 있습니다."

"아내와 의논해 보겠소."

유비는 안에 들어가 손 부인을 보자 눈물이 글썽하여 입을 열지 못했다.

"무슨 걱정거리라도 있으신가요?"

"혼자 타국에 몸을 담아 부모에게 효도도 하지 못하고 조상의 제사도 올리지 못하고 있으니, 이런 불효가 어디 있겠소. 설이 가까워 오니 그것이 마음에 걸리오."

"시치미 떼지 마십시오. 다 듣고 있었습니다. 형주로 돌아가고 싶으신 거지요?"

"벌써 들었다면 숨길 필요가 없군요. 내가 돌아가지 않으면 형주를 빼앗겨 세상 사람들의 웃음거리가 될 거요. 그러나 막상 떠나려고 하니, 그대가 걱정되는구려."

"당신의 아내가 된 이상 어디든 함께가겠어요."

"그렇지만 어머님과 손 장군이 허락하지 않을 거요."

"어머니께는 애원해서라도 승낙을 받도록 하겠습니다."

"어머님께서는 허락해 주실지 모르지만, 손 장군이 승낙하지 않을 거요."

손 부인은 한참 생각에 잠기더니 말을 했다.

"설날에 강가에 가서 조상에게 제사를 올리겠다고 말씀드리고, 그 길로 떠나 버리는 것이 어떨까요?"

건안 15년 정월 초하룻날, 손권이 문무백관과 함께 신년 축하연을 열고 있을 때, 손 부인은 어머니 태 부인을 만나 강변으로 조상에게 제사를 지내러 가야겠다고 말하고는 성 밖으로 나왔다. 그리하여 미리 오백 명의 병사를 거느린 채 기다리고 있던 조운을 만나, 남서(南徐)를 떠나 길을 재촉했다.

손권은 이날 술에 만취하여 깊은 잠에 빠져 있었다. 눈을 뜬 것은 이튿날 새벽이었다. 그는 유비가 달아났다는 말을 듣고는 즉시 진무와 반장에게 명하여 오백 명의 정병을 뽑아 뒤쫓게 했다. 정보가 말했다.

"진무나 반장을 보내서는 붙잡을 수 없을 것입니다."

"그들이 감히 내 명령을 어기겠는가?"

"죄송하지만, 손 부인은 어렸을 때부터 무예를 즐긴 터라 그 용맹한 기상을 장수들도 모두 두려워하고 있습니다. 그들이 추격한들 어찌 손 부인 앞에서 유비를 붙잡겠습니까?"

손권은 더욱 격노하여 허리에 찬 칼을 빼들고, 장흠과 주태 두 장수에게 명령했다.

"이 칼을 가지고 가서 여동생과 현덕의 목을 베어 와라. 명령을 어기면 같은 죄로 처단할 테다."

장흠과 주태는 즉시 천 명의 군사를 이끌고 출발했다.

한편 유비 일행이 쉬지 않고 말을 달려 겨우 시상군의 경계까지 왔을 때, 뒤에서 흙먼지가 뿌옇게 이는 것이 보였다. 당황한 유비가 조운에게 물었다.

"추격병이 나타났다. 어떻게 하지?"

"주공께서는 먼저 가십시오. 뒤는 제가 막겠습니다."

그러나 산기슭을 돌았을 때, 한 떼의 기병대가 앞길을 가로 막았다.

"유비는 말에서 내려와 항복하라. 우리는 주 도독의 명령으로 여기서 기다리고 있었다."

주유의 부하인 장수 서성과 정봉이었다. 앞길은 막히고 뒤에는 추격병이 쫓아와, 유비는 진퇴양난에 빠졌다. 이때 조운이 말했다.

"안심하십시오. 군사께서 주신 주머니 속의 세 가지 묘계 중에서 두 개는 이미 열어 보았으나, 아직 하나가 남아 있습니다. 지금이야말로 나머지 하나를 열어 볼 때인 것 같습니다."

유비는 그것을 읽고 난 후 손 부인의 수레로 다가가서 눈물로 호소했다.

"지금까지 하지 못했던 말을 모두 털어놓겠소."

"어서 말씀하십시오."

"손 장군과 주유는 서로 의논하여 당신을 미끼로 나를 불러들여 형주를 손에 넣으려는 계략을 꾸몄소. 내가 죽으면 당신은 어떻게 하겠소? 내가 위험을 무릅쓰고 오나라에 온 것은 당신이 남자도 따르지 못하는 기상을 갖고 있다기에 나를 도와줄 것으로 믿었기 때문이오. 지금 손 장군은 군사를 보내 뒤쫓고 있고, 주유는 복병을 보내 앞길을 막고 있소. 이 곤경에서 나를 구할 수 있는 사람은 당신뿐이오. 내 청을 들어주지 않는다면, 나는 당신의 수레 앞에서 자결할 수밖에 없소."

"오라버니가 나를 여동생으로 생각하지 않는다면 저도 오라버니로 여기지 않겠습니다. 이 곤경에서 반드시 벗어날 수 있을 겁니다."

손 부인은 수레의 발을 걷어 올리고 나와 서성과 정봉을 책망했다.

"너희들이 감히 나를 해치려는 것이냐?"

두 사람은 허둥지둥 말에서 내려와 수레 앞에 몸을 굽혔다.

"아니올시다. 다만 주 도독의 명령으로 이곳에 진을 치고 유비를 기다리고 있었을 뿐입니다."

"주유 그놈이? 무엄하구나. 유 황숙은 나의 남편이다. 나는 이미 어머님과 오라버니에게 형주로 가겠다고 말씀 드렸으니, 너희들이 나설 자리가 아니다."

"부인, 화내지 마십시오. 다만 주 도독의 명령으로……."

"너희들이 두려워하는 것은 주유뿐이고, 나는 두렵지 않단 말이냐? 주유 하나쯤은 나도 처리할 수 있다."

손 부인의 기세에 눌려 서성과 정봉이 어물어물하는 사이에 유비 일행은 길을 열고 빠져 나갔다. 그러나 오륙십 리도 가지 못해 진무와 번장이 뒤쫓아와 서성·정봉 등과 함께 함성을 지르며 달려왔다. 손 부인은 조운과 함께 추격병을 기다리고 있다가 말했다.

"진무와 반장이 무슨 일로 여기까지 왔소?"

"영주님의 지시입니다. 부인과 유 황숙께서는 되돌아가시기 바랍니다."

"어머님의 허락을 받고 형주로 가는 길인데, 무엇 때문에 가로막는 게냐? 너희들이 작당하여 나를 죽이려는 게냐?"

네 장수는 이 말을 듣고 서로 얼굴을 마주 쳐다볼 뿐이었다. 그런데 잡아야 할 유비는 보이지 않고, 조운이 눈을 부릅뜨고 미간을 찌푸리면서 금세 덤벼들 기세였다. 네 사람은 뒤로 물러나 손 부인의 수레를 보내고 말았다. 그때 회오리바람처럼 장흠과 주태의 군사가 몰아닥쳤다.

"유비는 어디로 갔느냐?"

"놓쳤소."

"왜 붙잡지 못했나?"

네 장수가 서로 손 부인에게 꾸지람을 들은 이야기를 하자, 장흠이 말했다.

"주군께서는 그것을 염려하여 이 칼을 주셨다. 이걸로 여동생과 유비의 목을 베라고 하셨다."

그리하여 서성과 정봉은 주유에게 급히 보고하기 위해 되돌아가고, 나머지 네 장수는 군사를 이끌고 추격을 계속했다.

한편 유비 일행은 시상군에서 멀리 떨어진 유랑포(劉郞浦)라는 곳에 이르렀다. 도중에 강가에서 나룻배를 찾았으나 양자강만 유유히 흘러내릴 뿐 한 척의 배도 눈에 띄지 않았다. 그때 갑자기 뒤에서 흙먼지가 일기 시작했다. 유비가 언덕에 올라가 바라보니, 기병대가 새까맣게 몰려오고 있었다.

"매일 계속된 여로로 사람과 말이 모두 지쳐 있는데, 또 추격해 오는구나. 이젠 죽을 수밖에 없는가."

그때 강가에 이십여 척의 돛단배가 나란히 닻을 내리고 있는 것이 보였다. 조운이 말했다.

"하늘이 우리를 도왔습니다. 자, 어서 배에 오르십시오. 빨리 저쪽 기슭으로!"

유비·손 부인·조운, 그리고 오백여 명의 군사가 배에 뛰어오르자, 배 내실에서 두건을 두르고 도복을 걸친 사람이 올라와 껄껄 웃었다.

"주공, 반갑습니다. 공명이 여기서 기다리고 있었습니다."

장사꾼의 모습을 하고 배에 타고 있었던 것은 형주의 수군이었다. 이윽고 네 장수가 뒤쫓아와 육지에서 활을 마구 쏘아대었으나, 배는 이미 기슭을 떠나 순풍에 돛을 달고 상류로 향하였다.

그때 갑자기 뒤에서 함성이 들려왔다. 뒤돌아보니 수많은 군선이 몰려오고 있었는데, 가운데 '수(帥)'라고 쓴 깃발을 나부끼면서 주유가 선두에 서고 왼쪽에서는 황개가, 오른쪽에서는 한당이 무서운 기세로 배를 몰아 따라잡으려고 했다. 제갈량은 뱃머리를 돌려 북쪽 강기슭에 배를 대고 상륙했다. 그러자 주유도 상륙하여 뒤쫓아 왔다.

"여기가 어디냐?"

"저쪽은 황주의 경계입니다."

병사가 이렇게 대답했을 때 북소리가 울리더니, 산속에서 한 떼의 군사들이 나타났다. 앞장선 장수는 관우였다. 주유는 혼비백산하여 말 머리를 돌려 도망쳐 버렸다. 그때 왼쪽에서 황충, 오른쪽에서 위연이 군사를 이끌고 쳐들어왔으므로, 오의 군세는 와르르 무너지고 말았다.

주유는 강기슭으로 돌아가 급히 배에 올라탔다. 이때 제갈량은 강기슭에 있는 군사들에게 큰 소리로 외치게 했다.

"천하에 이름난 주랑(周郞)의 묘계, 꼴 좋구나!"

모두들 폭소를 터뜨렸다. 주유는 화가 머리끝까지 치밀어 명령했다.

"다시 한 번 육지에 올라가 놈들과 싸워라!"

그러자 황개와 한당이 말렸다.

"지금은 때가 아닙니다."

주유는 '이래서는 영주를 뵐 낯이 없다.'는 생각에 외마디 소리를 지르며 배 위에 쓰러지고 말았다. 아물어 가던 상처가 다시 터져 버렸던 것이다. 장수들은 급히 주유를 부축하여 시상으로 돌아갔다. 제갈량은 그들을 추격하지 않고 무사히 형주로 돌아와 장수들에게 상을 주었다.

주유가 대패했다는 보고를 들은 손권은, 크게 화를 내며 정보에게 명하여 전군을 이끌고 형주를 공략하려고 했다. 그러나 장소가, 심복을 보내 조조와 유비 사이를 이간시키면 나중에는 형주를 빼앗을 수 있을 것이라며 만류했다.

이 무렵에 조조가 업군(業郡)에 쌓은 동작대가 완성되었다. 이 대는 옛날 조조가 원소를 멸한 후에 구리 참새를 땅 속에서 파내어 장하 기슭에 세운 것으로, 중앙이 소위 동작대이고 왼쪽은 옥룡대(玉龍臺), 오른쪽은 금봉대(金鳳臺)라고 불렀는데, 세 대의 높이는 십 장이나 되었으며 위에는 두 개의 다리가 놓여 있고 금빛과 초록빛이 아름답게 빛났다.

조조는 문무백관을 모아 낙성(落成)을 축하하는 큰 잔치를 베풀었다. 무관들은 활쏘기를 겨루고, 문관들은 조조를 찬양하는 시를 지었다. 기분이 좋아진 조조는 술을 몇 잔 기울이고 나서 붓과 벼루를 가져오게 했다.

"나도 시를 하나 지어야겠군."

이때 오나라의 사자 화흠이 나타났다. 손권은 여동생을 유비와 결혼시켰으며, 유비를 형주의 자사로 임명하기를 바란다는 취지의 보고였다. 이 말을 듣자 조조는 당황하여 손발을 떨더니, 붓을 땅바닥에 떨어뜨렸다.

"화살이 빗발치는 싸움터에서도 흔들리지 않으시던 분이 어찌하여 이처럼 놀라십니까?"

정욱이 물었다.

"유비가 형주를 얻은 것은 용을 바다에 내보낸 것과 마찬가지네. 어찌 놀라지 않겠나?"

"승상께서는 화흠이 사자로 온 본뜻이 무엇인지 알고 계십니까?"

"본뜻이라니?"

"손권은 오래 전부터 유비를 경계해 왔습니다. 군사를 이끌고 쳐들어가고 싶지만, 승상께서 그 기회에 쳐들어올까 봐 두려워하고 있습니다. 화흠을 사자로 보낸 것은 유비의 마음을 달래어 승상의 출병을 막고 서로 견제하기 위해서입니다."

"옳은 말이오."

"오나라의 기둥은 주유입니다. 승상께서 주유를 남군의 태수로, 정보를 강하의 태수로 임명하시고, 화흠을 조정에 머물게 하여 크게 쓰시면, 주유와 유비는 더욱 앙숙이 될 것입니다. 그리하여 서로 싸움을 붙여 놓고 나서 공략하면, 한꺼번에 두 적을 무찌를 수 있지 않겠습니까?"

조조는 이에 동의하여 곧 주유와 정보를 태수로 임명했다. 남군의 태수로 임명된 주유는 점점 복수심에 불타, 다시 노숙을 유비에게 보내어 형주의 반환을 요구했다. 노숙이 말을 꺼내자, 유비는 양손으로 얼굴을 가리고 울기 시작했다. 노숙이 깜짝 놀라 물었다.

"무슨 일이십니까?"

유비는 계속 울기만 했다. 이때 제갈량이 나타나 말했다.

"전에 형주를 빌렸을 때, 분명히 익주를 손에 넣으면 돌려주겠다고 약속했습니다. 그러나 잘 생각해 보니 익주의 유장(劉璋)은 한조(漢朝)의 후손으로, 우리 영주와는 형제 사이요. 만일 군사를 일으켜 공략하게 되면, 세상 사람들로부터 어떤 욕을 먹어도 할 말이 없게 됩니다. 그렇다고 해서 익주를 손에 넣지도 않고 형주를 돌려준다면, 우리는 몸 둘 곳이 없어지지요. 또 언제까지나 형주를 돌려주지 않는다면, 처남인 손 장군에게 얼굴을 들 수 없게 됩니다. 그래서 이러지도 저러지도 못해 우리 주공께서는 애를 태우고 계십니다."

제갈량의 해명은 유비의 마음속을 그대로 대변했으므로, 유비는 더욱 가슴이 쓰라려 소리 내어 울었다. 노숙은 인정이 많은 사람이었으므로, 그런 유비를 보자 그 이상 형주를 돌려 달라는 말을 하지 못하고 시상으로 돌아갔다. 주유는 노숙의 보고를 받고 발을 구르면서 분해했다.

"자경, 자네는 또 고스란히 공명의 꾀에 넘어갔소. 내게 좋은 생각이 있으니, 자경이 다시 한 번 형주에 가 줘야겠소."

"좋은 생각이라니요?"

"양가(兩家)가 사돈이 되었으니 한집안이나 마찬가지요. 차마 촉나라를 치기가 난처하다면, 우리가 군사를 일으켜 익주를 공략하여 신부의 지참금 대신 드릴 터이니, 형주는 돌려 달라고 말하오."

"익주를 공략하려면 멀리 원정을 나서야 하므로 쉬운 일이 아닐 텐데요."

"자경은 왜 그리 고지식하오? 내가 정말 익주를 칠 것으로 생각하오? 익주를 치겠다는 구실로 오의 대군이 형주를 지나게 되면, 유비가 반드시 영접하러 나올 게 아니오? 그때 성을 함락시켜 단숨에 형주를 빼앗는 거요."

노숙은 즉시 형주로 떠났다. 제갈량은 주유의 계략을 간파하고 있었으나, 시치미를 떼고 노숙의 제의를 받아들였다.

"이번엔 내 술수에 말려드는구나!"

주유는 의기양양했다. 그는 이제 상처도 거의 아물었으므로 수륙 오만의 군사를 이끌고 형주로 향했다. 배가 하구에 도착하자, 유비 쪽에서 마중을 나와 환영 준비가 다 되었다고 전했다. 주유는 더욱 흐뭇했다.

그런데 형주에 도착해 보니, 배 한 척도, 사람 하나도 마중을 나오지 않고, 양자강은 조용하기만 했다. 감시병이 보고했다.

"형주의 성벽 위에는 두 개의 백기(白旗)가 꽂혀 있고, 사람이라고는 그림자도 보이지 않습니다."

주유는 이상한 생각이 들어 우선 배를 강기슭에 대고, 감녕·서성·정봉 등의 장수와 함께 삼천 명의 기병을 이끌고 형주성으로 향했다. 성 밑까지 갔으나, 조용하기만 하고 아무 인기척도 없었다. 주유는 말고삐를 잡고 병사에게 성문을 열라고 외치게 했다.

"누구요?"

"오나라의 주 도독이 친히 행차하셨다."

말이 채 끝나기도 전에 박자목(拍子木)이 딱딱 울리더니, 백기가 사라지고 적기(赤旗)가 세워졌다. 그리고 성벽 위에 창과 칼을 손에 든 병사들이 나타났다. 망루 위에 조운이 나타나 물었다.

"주 도독은 무엇 하러 왔소?"

"내가 황숙을 위해 익주를 치러 온 것을 아직 모르고 있소?"

"제갈량 군사는 도독의 계략을 간파하고 이 조운을 이곳에 세워 둔 것이오."

이 말을 듣고 주유는 말을 몰아 되돌아가려고 했다. 이때 '영(令)' 자가 쓰인 기를 든 병사가 뛰어와서 보고했다.

"척후병이 알아낸 바에 따르면, 사방에서 적군이 몰려오고 있다고 합니다. 관우는 강릉에서, 장비는 자귀현에서, 황충은 공안에서, 위연은 잔릉에서 몰려오고 있어 그 수를 헤아릴 수 없다고 합니다."

이 말을 들은 주유는 외마디 소리를 지르고는, 상처가 찢어져 말위에서 거꾸로 떨어졌다. 옆에 있던 부하가 배로 부축해 갔다. 이때 한 병사가 산 하나를 가리키며 소리쳤다.

"현덕과 공명이 저 산 위에서 즐거운 듯이 술을 마시고 있습니다."

주유는 점점 화가 치밀었지만, 달리 어떻게 할 방책을 찾지 못했다. 그때 손권의 사촌 동생 손유(孫瑜)가 원병을 이끌고 달려왔다. 주유는 마음을 가라앉히고 진격했으나, 상류 쪽에서 적이 길을 막고 있다는 보고를 듣자 또다시 심한 분노에 떨었다. 그때 사자가 제갈량의 편지를 가지고 왔다.

"우리를 위해 익주를 공략하려고 하는 모양인데, 익주는 군사가 강하고 요새가 견고하여 공격하기 어려울 것이오. 더구나 조조가 적벽에서 패한 후로 보복할 기회를 노리고 있으니, 원정을 떠난 사이에 조조의 군사가 쳐들어오면 강남은 쉽게 무너져 버릴 것이오."

주유는 편지를 다 읽고 크게 한숨을 내쉬었다. 그러고는 종이와 붓을 가져오게 하여 손권에게 보내는 유서를 쓴 후, 장수들을 모아 놓고 말했다.

"나라에 충성을 다하려고 했으나 내 수명이 다한 것 같소. 각자 영주를 잘 받들어 대업을 성취하기 바라오."

주유는 하늘을 우러러 탄식했다.

"하늘은 이 주유를 낳고 어찌하여 제갈량까지 낳았는가?"

드디어 숨을 거두니 그의 나이 서른여섯, 건안 15년 12월 초사흗 날이었다.

3장

삼국 정립 (三國鼎立)

마초와 조조의 대결

손권은 주유가 죽었다는 말을 듣고 대성통곡했다.

"공근이 죽었으니, 이제 나는 누구를 의지한단 말인가!"

그리고는 주유의 유언에 따라 노숙을 도독으로 임명하여 병마를 지휘하게 하는 한편, 주유의 장례를 성대히 치렀다.

한편 제갈량은 형주에서 밤하늘을 쳐다보다가 장성(將星)이 땅에 떨어지는 것을 보고 말했다.

"주유가 죽었군."

이튿날 아침에 유비에게 보고하고 사람을 시켜 알아보게 했더니, 과연 그러했다.

제갈량은 조운과 함께 오백 명의 군사를 이끌고 시상으로 조문을 갔다. 주유의 부하 장수들은 제갈량을 죽이려고 노렸으나, 조운이 곁을 떠나지 않고 호위하자 섣불리 손을 쓰지 못했다. 제갈량은 갖고 온 조의품을 주유의 영전에 놓은 다음 술을 따랐다. 그리고 무릎을 꿇고 조문을 읽고 난 후, 땅에 엎드려 소리 내어 울었다.

노숙은 연회를 열어 제갈량을 대접했다. 연회가 끝나 제갈량이 작별 인사를 마치고 배에 오르려는데, 강기슭에 서 있던 죽관(竹冠)을 쓴 사내 하나가 제갈량의 옷소매를 잡아당겼다.

"네 이놈, 주랑을 골탕 먹여 죽게 하고 뻔뻔스럽게 조문을 오다니, 이 오나라에 사람이 없다고 깔보는 게냐?"

제갈량이 깜짝 놀라 돌아보니, 다름 아닌 방통이었다. 두 사람은 얼굴을 마주하고 껄껄 웃었다. 그리고 함께 배에 올라 서로 흉금을 털어놓고 이야기했다. 제갈량은 한 통의 편지를 써 주며 말했다.

"손권은 아마 그대를 크게 써 주지 않을 거요. 뜻이 맞지 않으면 형주에 와서 유 황숙을 돕지 않겠소? 그대의 학문이라면 큰 힘이 될 것이오."

한편 손권은 주유의 이야기가 나오기만 하면 눈물이 글썽해졌다. 노숙은 자기가 평범한 인간으로서 주유의 후임을 감당하기 어렵다고 생각하고는 방통을 추천했다. 그러자 손권이 말했다.

"나도 그 이름은 전부터 듣고 있었소. 한번 불러와 보오."

곧 방통이 불려 왔다. 눈썹이 진하고 코는 뾰족하며 검은 얼굴에 수염이 숭숭한, 풍채가 형편없는 사내였다. 손권은 영 내키지 않는 얼굴로 건성으로 물었다.

"선생은 어떤 학문을 공부했소?"

"이렇다 할 학문은 없고, 다만 임기응변으로 꾸려 나가고 있습니다."

"그럼 그대의 학문은, 공근과 비교해 어떠하오?"

"저의 학문은 공근과는 전혀 다릅니다."

손권은 주유를 누구보다도 신뢰하고 있었으므로, 그 말을 듣고는 마음이 상했다.

"일단 물러가 계시오. 조만간 다시 부르겠소."

방통은 한숨을 쉬며 물러났다. 노숙이 손권에게 물었다.

"어찌하여 방사원 같은 인재를 등용하지 않으십니까?"

"그놈은 미치광이오. 등용해서 뭘 하겠소."

"적벽 대전 때, 그가 연환계를 사용한 것을 알고 계시지 않습니까?"

"아, 그때에는 조조가 스스로 제 발등을 찍은 것이지 그의 공이 아니오. 나는 그런 자는 쓰고 싶지 않소."

노숙은 방통처럼 유능한 인물을 썩히는 것이 아까워 그에게 형주의 유비에게로 갈 것을 권하고 추천장을 써 줬다. 방통은 곧 유비를 찾아갔다. 그런데 유비 역시 그의 초라한 풍채에 실망한 나머지 별로 달가워하지 않았다.

"형주도 어느 정도 안정되어 이렇다 할 자리가 없소. 여기서 동북쪽으로 백삼십 리가량 떨어진 곳에 뇌양(未陽)이라는 현이 있는데, 마침 그 자리가 비어 있으니 잠시 현령을 맡아 주지 않겠소?"

방통은 내심 섭섭하였으나 제갈량도 옆에 없는지라 참고 뇌양현에 부임했다. 그러나 공무도 보지 않고 소송도 처리하지 않은 채 아침부터 밤중까지 술만 마셔댔다.

이 보고를 받은 유비가 장비에게 감사를 명했다. 장비는 손건과 함께 뇌양현의 현령 거처를 찾아갔다. 현령 방통은 그날도 술에 취해 있었다. 장비는 크게 호통을 쳤다.

"부임한 지 백 일이 지나도록 날마다 술만 마시고 일을 게을리 하니, 어찌 된 일인가?"

방통이 웃으면서 대답했다.

"겨우 백 리 안팎의 조그마한 현의 공무를 집행하는 데 무슨 시간이 필요하겠습니까? 장군, 잠시 기다려주시오. 내 지금이라도 당장 일을 처리해 보일 테니까."

그는 즉시 관원을 불러 백여 일 동안 쌓인 공무를 지금 곧 처리 하겠다고 말했다. 관원들은 저마다 손에 서류를 들고 당상 위에 모이 고, 재판을 제기한 피고들은 돌계단 아래 모여들었다.

방통은 귀로 소송 내용을 들으면서 입으로 판결을 내리고, 손에 든 문서에 필요 사항을 써 넣었다. 그는 사리를 분명히 가려내어 조 금도 착오가 없었다. 그리하여 반나절도 못 되어 백여 일 동안 미룬 공무를 모두 처리했다. 그것을 본 장비는 깜짝 놀라 자리에서 내려 와 말했다.

"선생께서 이렇듯 큰 재주를 가진 분인 줄 미처 모르고 실례를 범 했습니다. 형님께는 제가 추천하도록 하겠습니다."

이때 방통은 비로소 노숙이 써 준 추천장을 꺼내 보였다.

"형님을 만났을 때 어째서 이 추천장을 꺼내 보이지 않았습니 까?"

"이것을 꺼내 보이면 연줄에 의지하는 놈으로 보일 게 아닙니 까?"

장비는 형주에 돌아와 유비에게 방통의 재능에 대해 상세히 보고 했다. 유비는 깜짝 놀랐다. 그리고 노숙의 추천장을 보면서 후회하 고 있는데, 때마침 제갈량이 나타나 말했다.

"그가 가슴속에 쌓아 둔 학문은 저의 열 배는 될 것입니다."

유비는 곧 방통을 불러 자신의 무례를 사과했다. 유비는 이때 비 로소 깨닫게 되었다.

"옛날에 사마휘와 서서가, 복룡과 봉추 둘 중에서 한 사람만 얻어 도 천하를 평정할 수 있다고 말한 적이 있소. 이제 두 사람을 다 얻었으니, 한의 왕실도 다시 일으킬 수 있겠구려."

그리하여 유비는 방통을 부군사(副軍師) 중랑장으로 임명하여 제갈량과 함께 군사를 지휘하고 훈련시키게 했다. 건안 16년 5월의 일이었다.

한편 허도의 조조는 유비가 두 군사를 참모로 하여 머지않아 북으로 쳐들어올지 모른다는 정보를 받고, 참모들과 함께 강남의 정벌을 의논했다. 순유가 먼저 입을 열었다.

"주유가 죽은 지 얼마 되지 않았으므로 먼저 손권을 무찔러야 합니다. 유비는 그 다음입니다."

조조가 말했다.

"원정군을 일으키면 마등이 서량에서 허도로 쳐들어오지 않을까 걱정이오."

"칙명(勅命)을 내려 마등을 정남장군(征南將軍)으로 임명한다 하고 허도에 불러들인 다음 죽여 버리면 그만입니다."

조조는 이에 동의하고 즉시 사자를 서량에 보내어 마등을 불러들이기로 했다.

마등은 한의 장군 마원(馬援)의 후손으로, 키가 팔 척에 얼굴 생김이 용맹스러웠지만, 품성이 너그러워 많은 사람들에게 존경을 받고 있었다. 영제 말년에 강족의 반란이 자주 일어나자, 마등은 민병을 이끌고 공을 세워 정서장군(征西將軍)으로 임명되었으며, 진서장군(鎭西將軍) 한수와는 의형제를 맺고 있었다. 칙명을 받은 마등은 장남 마초와 의논했다.

"나는 옛날 동승과 함께 천자의 비밀 칙명을 받고 유비와 힘을 합쳐 역적 조조를 쳐부수려고 했으나, 불행하게도 동승은 죽고 유비는 여러 번 패하였다. 요즘 유비가 형주를 차지했다기에 옛날의 뜻을 이뤄 보려고 하는데, 뜻밖에 조조가 부르니 어떻게 된 건지 모르겠구나."

"조조가 천자의 명을 받아 아버님을 부르는 이상, 가시지 않으면 칙명을 어기는 것이 됩니다. 차라리 이 기회를 노려 거사하시면 오랜 뜻을 이룰 수 있을 것입니다."

그러자 마등의 조카 마대(馬岱)가 말했다.

"조조가 무슨 흉계를 꾸미고 있는지 알 수 없는데 섣불리 나섰다가는 어떤 해를 당할지 모릅니다."

그러나 마등은 장남 마초에게 서량을 지키라고 당부한 후, 차남 마휴(馬休)와 마철(馬鐵), 조카 마대를 데리고 허도로 향했다.

조조는 문하시랑(門下侍郎)인 황규(黃奎)를 불러 마등의 행군 참모(行軍參謀)로 임명했다. 그런데 황규는 전부터 역적 조조를 암살하려고 기회를 노리고 있었다.

황규는 마등을 만나자 자기의 뜻을 밝히고 은밀히 의논했다. 그들은 조조가 서량의 군사를 사열(査閱)하러 나타났을 때 처치하기로 계획을 세웠다. 그런데 이것을 조조에게 몰래 알려 준 자가 있었다. 그리하여 암살 기도는 실패로 돌아가고 마등, 마휴, 마철 세 사람과 황규는 목이 잘리게 되었으며, 마대만 간신히 탈출하여 서량으로 도망쳤다.

한편, 서량에 있던 마초는 간신히 탈출하여 온 마대의 보고를 듣고는 깜짝 놀랐다. 당장 부친의 원수를 갚겠다며 출병을 준비하고 있을 때, 유비의 사자가 편지를 가지고 찾아왔다. 이에 힘을 얻은 마초는 서량의 태수 한수와 힘을 합쳐 이십만 대군을 이끌고 장안으로 쳐들어갔다.

장안은 한의 수도이니만큼 성곽이 견고하고 도랑이 깊어 쉽사리 공략할 수 없었다. 이때 마초의 심복인 방덕(龐德)이 계략을 발휘했다. 일단 후퇴하여 적의 군기가 해이해진 것을 노린 후, 병사들을 성안에 침투시켜 성의 안팎에서 한꺼번에 공략했던 것이다. 마침내 장안성이 함락되었다.

조조는 조홍과 서황에게 동관(潼關)의 수비를 명하며, 열흘 동안만 무사히 지켜내면 자기가 대군을 이끌고 도우러 가겠다고 전했다.

조홍과 서황이 동관을 지키고 있을 때, 마초는 병사 중에서 말을 잘하고 목소리가 우렁찬 자를 뽑아, 관문 아래 가서 심한 욕설을 퍼붓게 했다. 성급한 조홍이 노발대발하여 군사를 이끌고 나서려고 하자, 서황이 적의 흉계에 말려들지 말라고 타일렀다. 그러나 이후에도 마초의 진지에서는 밤낮을 가리지 않고 번갈아 나타나 욕설을 퍼부었고, 그때마다 조홍이 뛰쳐나가려고 하는 것을 서황이 타일러 저지했다.

구 일이 지나 관문 위에서 바라보니, 서량의 군사는 피로한 모습으로 풀밭 위에 누워 뒹굴고 있었다. 조홍은 이것을 보자 삼천의 정병을 이끌고 출격했다. 그러자 서량의 군사는 말도 창도 버리고 도망쳐 버렸다. 조홍은 이들을 끝까지 추격했다.

서황은 조홍이 출격했다는 말을 듣고는 깜짝 놀라 급히 뒤쫓아가서 조홍을 향해 되돌아오라고 외쳤다. 이때 뒤에서 갑자기 함성이 들리더니 마대가 쳐들어왔다. 설상가상으로 앞에서는 북소리를 울리며 마초와 방덕의 부대가 쳐들어왔다. 조홍과 서황은 앞뒤로 포위되어 관문을 버리고 도망쳐 버렸다.

원군을 이끌고 달려온 조조는 이튿날 진용을 정비하고 서량의 군사와 대치했다. 바라보니 서량의 군사는 모두가 용감한 병사였다. 그중 얼굴은 분을 바른 것처럼 희고, 입술은 연지를 바른 것처럼 붉은, 나무랄 데 없이 훌륭한 장수 하나가 기다란 창을 들고 서 있었다. 바로 마초였다. 그 양쪽에 방덕과 마대가 버티고 서 있었다.

조조는 마음속으로 감탄하며 큰 소리로 외쳤다.

"그대는 명장의 후손이면서 어찌하여 조정에 대항하려 하는가?"

마초는 이를 갈면서 큰 소리로 욕을 퍼부었다.

"역적 조조야, 천자를 무시한 네 죄는 헤아릴 수 없이 많다. 게다가 나의 부친과 동생들을 죽였으니 불구대천의 원수다. 네놈을 생포하여 몸뚱이의 살점을 모두 뜯어내고 말겠다."

그는 말을 마치기도 전에 창을 들고 덤벼들었다. 조조의 뒤에 있던 장수가 잇따라 나가 싸웠으나 당해 내지 못했다. 마초는 뒤돌아서서 자기편을 향해 손짓을 했다. 서량의 병사들이 일제히 쳐들어오자 조조의 진지는 와르르 무너지고 말았다. 마초, 방덕, 마대는 백여 명의 기병을 거느리고 본진까지 쳐들어가 조조를 사로잡으려고 했다.

"붉은 갑옷을 걸친 놈이 조조다!"

서량의 병사들이 이렇게 말하자, 조조는 붉은 갑옷을 벗어버렸다. 그러자 서량의 병사들이 다시 외쳤다.

"수염이 긴 놈이 조조다!"

조조는 당황하여 허리에 찬 칼을 뽑아 자기의 수염을 잘라버렸다. 그가 수염을 자르는 것을 본 한 병사가 재빨리 마초에게 알리자, 마초가 말했다.

"수염이 짧은 놈을 잡아라. 그놈이 조조다!"

이 말을 듣자 조조는 깃발을 찢어 목을 감싸고 도망쳤다. 뒤에서 한 떼의 기병이 쫓아왔다. 뒤돌아보니 은빛 갑옷을 걸친 장수가 바로 마초였다.

"조조, 어디로 도망치는 게냐?"

조조는 깜짝 놀라 말채찍을 땅 위에 떨어뜨렸다. 금세 뒤쫓아간 마초가 뒤에서 창을 던졌다. 조조가 급히 숲 속으로 뛰어드는 바람에 마초가 던진 창은 나무에 박혔다. 창을 급히 빼냈을 땐, 조조는 이미 그 곳을 빠져나간 뒤였다.

진지로 돌아온 조조는 패잔병을 모아 보루를 굳게 지키게 하고 경솔히 나가 싸우지 말라고 지시했다. 어느 정도 진영이 갖춰지자, 조조는 위수의 북쪽 기슭으로 건너가 뒤에서 마초를 치려고 했다. 이것을 알아차린 마초는 강을 건너가는 조조의 군사를 습격했다.

"은빛 갑옷의 장군이 나타났습니다."

그러자 조조의 병사들은 앞을 다투어 배에 올라타려고 했다. 조조가 침착하라고 소리를 질렀지만 아무 소용이 없었다. 적군의 말 우는 소리가 함성과 뒤섞여 점점 가까이 들려오자, 허저가 언덕을 뛰어 내려오면서 말했다.

"적이 가까이 왔습니다. 승상, 어서 배에 오르십시오."

허저가 조조를 끌다시피 하여 배가 있는 곳으로 데리고 갔을 때, 배는 강기슭에서 일 장가량 떨어져 있었다. 허저는 조조를 등에 업고 훌쩍 뛰어 배에 올랐다.

군사들은 물속으로 뛰어들어 뱃전에 매달리면서 앞을 다투어 오르려고 했다. 배가 한쪽으로 기우뚱거리자, 허저는 허리에 찬 칼을 빼어 들고 닥치는 대로 후려쳤다. 뱃전에 매달렸던 팔들이 잘리면서 병사들이 떨어져 나가자, 배가 움직이기 시작했다.

강기슭에서는 화살이 비 오듯 날아왔고, 배에 탄 조조의 병사들은 화살에 맞아 잇따라 물속으로 떨어졌다. 허저는 혼자 오른손으로는 노를 젓고 왼손으로는 말안장으로 조조에게 날아드는 화살을 막았다.

마초는 주야로 공격을 퍼부었고, 조조는 위수에 토성을 쌓고 이에 대항했다.

어느 날 조조는 허저만 데리고 진지 앞에 나와 큰 소리로 마초를 불렀다. 마초는 말을 몰아 창을 들고 나타나 외쳤다.

"네 부하에 호치라는 놈이 있다고 들었는데, 어느 놈이냐?"

허저가 큰 소리로 외쳤다.

"호치 허저가 여기 있다. 어디 한번 덤벼 보거라."

허저의 두 눈은 이상한 빛을 띠고 있었으며 위풍이 당당했다. 조조의 진지에서 허저가 칼을 휘두르면서 달려나오자, 마초는 창을 들고 대적했다. 두 사람은 백여 합이나 싸웠으나 승부가 나지 않았다. 말이 지쳐 있었으므로 두 사람 다 진지로 되돌아가 말을 바꿔 타고 다시 겨뤘다. 이번에도 100여 합을 싸웠으나 승부가 나지 않았다. 그러자 조조는 허저가 상하기라도 할까 걱정이 되어 부하인 장수들에게 일제히 나가 싸우라고 명령했다. 그리하여 양군이 뒤섞여 혼전을 벌였는데, 조조의 군사는 혼란에 빠져 부상자가 적지 않았다.

마초는 위수에 되돌아와 한수에게 말했다.

"지금까지 무예가 뛰어난 자를 많이 보아 왔지만, 허저와 같은 자는 처음입니다. 과연 호치더군요."

조조는 마초가 점점 자만심이 더해 간다는 것을 알고는, 서황의 부대를 몰래 하서로 보내 앞뒤에서 협공할 계획을 세웠다. 마초는 이것을 알고 한수와 대책을 의논했다. 이때 한 장수가 말했다.

"이렇게 된 이상 공략한 땅의 일부를 조조에게 돌려주어 화의를 맺고, 잠시 휴전하여 겨울을 지내고 봄에 다시 대책을 강구하는 것이 어떻겠습니까?"

한수는 이에 찬성했다. 마초는 망설였으나 다른 장수들도 화의를 권했다. 그래서 사자를 조조의 진지에 보내어 화의의 편지를 전하게 했다.

조조는 곧 강화(講和)에 동의한다는 답장을 보내고 자기 병력을 후퇴시키는 체했다. 답장을 받은 마초는 적의 계략에 넘어가지 않기 위해 한수와 교대로 출병하여, 한수가 조조의 본진으로 향하면 자기는 서황의 진지로 향하고, 한수가 서황의 진지로 향하면 자기는 조조의 본진으로 향해 양면으로 대비하고 있었다.

이튿날 조조는 장수들을 거느리고 진지를 나와 앞장서서 말을 몰았다. 서량의 병사들은 조조의 얼굴을 보려고 저마다 앞으로 나왔다. 조조가 큰 소리로 외쳤다.

"너희들이 이 조조를 구경하러 왔구나. 나도 인간이다. 눈이 넷, 입이 둘 있는 것이 아니다. 다만 지모가 남보다 뛰어날 뿐이다."

그의 당당함에 병사들은 두려움을 금할 수 없었다.

조조는 사람을 보내어 한수를 불러내어 둘이 이야기하고 싶다고 전했다. 한수는 곧 진지를 나섰으나, 조조가 갑옷을 걸치고 있지 않은 것을 보자 자기도 갑옷을 벗고 가벼운 차림으로 말에 올랐다. 두 사람은 말 머리를 맞대고 대화를 나누었다. 조조가 말했다.

"나는 장군의 부친과는 구면이고 아저씨처럼 따랐지요. 그리고 장군과 똑같이 임관되었는데, 이제 세월이 많이 흘렀소. 장군은 올해 몇 살입니까?"

"마흔입니다."

"옛날 도성에 있을 때만 해도 서로가 젊었는데, 벌써 중년이 되었구려. 다시 천하가 태평성대를 누릴 수 있는 날은 언제일런지……."

조조는 이렇게 옛날을 추억할 뿐, 전쟁에 대해서는 한마디도 언급하지 않고 웃는 얼굴로 헤어졌다. 돌아온 한수에게 마초가 물었다.

"조조의 진지 앞에서 무슨 이야기를 했습니까?"

"옛날 도성에서 지낼 때의 이야기만 했네."

"전쟁 이야기를 꺼내지 않았을 리가 없을 텐데요."

"조조가 먼저 말하지 않는데 내가 먼저 말하기도 이상스럽지 않나?"

마초는 마음속으로 이상하게 생각했으나, 아무 말도 하지 않고 나왔다.

한편 조조가 진지에 돌아오자 가후가 다시 하나의 계략을 생각해 냈다. 조조는 한수에게 한 통의 편지를 썼다. 그는 일부러 말을 애매하게 얼버무리고 중요한 대목은 지워 버리거나 바꿔 써서 단단히 봉한 후 밀사로 하여금 한수에게 전하게 했다.

이 소식은 마초의 귀에도 들어갔다. 마초는 수상하게 생각하여 한수에게 편지를 보여 달라고 했다. 한수가 보여 준 편지는 여기저기 지워져 있었다. 마초가 이상히 여겨 물었다.

"이 편지는 어찌하여 여기저기 지워져 있습니까?"

"글쎄, 받아 보니 이렇게 되어 있더군. 까닭은 나도 잘 모르겠네."

"혹시 숙부께서 일부러 지워 버리신 것이 아닙니까?"

"지금 나를 의심하는 것인가? 조조가 잘못 보냈을 수도 있지 않은가."

"조조처럼 간계가 있고 빈틈없는 자가 이런 실수를 할 리가 없습니다."

"나를 믿지 못하겠거든 내일 진지 앞에서 조조와 이야기를 나눌 테니, 그때 진중에서 뛰쳐나와 단번에 찔러 죽여 버리게."

이튿날 한수는 부하 장수 다섯 명을 이끌고 진지를 나서고, 마초는 진지 뒤에 숨어서 동정을 살펴보았다.

한수는 사람을 보내어 조조와 둘이서 이야기하고 싶다고 제의했다. 조조는 조홍을 불러 뭐라고 지시했다. 조홍은 즉시 몇 명의 기병을 이끌고 나와 한수에게 다가서는 말 위에서 몸을 굽히고 말하였다.

"어제 승상께서 장군께 하신 말씀을 명심하여 실수가 없게 하시오."

마초는 이 말을 듣고 몹시 화가 나서 창을 들고 달려가 한수에게 대들었다. 다섯 장수가 이를 가로막고 마초를 달래서 진지로 돌려보냈으나, 마초의 분노는 좀처럼 가라앉지 않았다.

"마초가 웬일이오?"

한수는 다섯 장수들과 의논했다. 한 장수가 말했다.

"마초는 평소 자기의 무용을 자랑하여 주군을 무시하고 있었습니다. 설사 조조와 싸워 이기더라도 그는 그 공로를 혼자서 차지하려고 할 것입니다. 제 생각에는 차라리 조조에게 항복하는 것이 좋을 것 같습니다."

"나는 마등과 의형제를 맺은 사이다. 그것을 어찌 헛되이 돌릴 수 있겠느냐?"

"일이 이렇게 된 이상 할 수 없지 않습니까?"

그리하여 마음이 흔들린 한수는 할 수 없이 조조에게 항복했다. 조조는 크게 기뻐하며 한수를 서량의 태수로 임명하고 다른 장수들에게도 각각 직위를 주었다.

한수는 다섯 장수와 함께 마초를 칠 계획을 세우기 시작했다. 이 소식을 들은 마초는 격분하여 칼을 빼들고 밀담하고 있는 장소로 뛰어가 칼로 한수를 내리쳤다. 한수가 당황하여 한 손으로 칼을 잡는 바람에 그의 왼손이 잘려져 나갔다. 그러자 다섯 장수가 칼을 빼들고 덤벼들었다. 마초는 막사 밖으로 뛰쳐나와 다섯 장수와 혈전을 벌였는데, 두 장수를 쓰러뜨리자 나머지 세 장수는 도망쳐 버렸다. 마초가 다시 한수를 찾아 죽이려고 했으나, 벌써 자취를 감춰 버린 뒤였다.

이윽고 조조의 대군이 쳐들어오자 마초는 방덕·마대와 겨우 천여 명의 기병을 이끌고 서북으로 도망쳤다.

조조는 장안의 수비를 하후돈에게 맡기고 허도로 개선했다. 헌제는 성 밖까지 나와서 조조를 맞아들였다. 이후 조조는 나라 안팎에서 위세를 떨치게 되었다.

당시 한중(漢中)에는 장로(張魯)라는 자가 살고 있었다. 그의 조부 장릉(張陵)은 서천(西川) 곡명산(鵠鳴山)에서 이상한 도(道)에 관한 책을 써 백성들을 미혹시켜 많은 사람들에게 존경을 받았다. 장릉이 죽자 그 아들 장형(張衡)이 그 도를 전파하여, 도를 배우고 싶어 하는 사람들로부터 쌀 다섯 말씩을 받았으므로, 세상에서는 이들을 '미적(米賊)'이라고 불렀다. 장형이 죽자 장로가 그 뒤를 이어받았다.

이렇게 하여 장씨가 한나라에 할거(割據)한 지 삼십 년이 가까웠지만 지세가 험악하여 조정의 손길이 미치지 못하자, 장로에게 진남중랑장(鎭南中郞將)의 벼슬을 주어 한녕(漢寧)의 태수로 임명하고 그 공물을 바치게 했다.

조조가 서량의 마등을 죽이고 그 아들 마초를 물리친 여세를 몰아 한주에 쳐들어온다는 소문이 퍼졌다. 장로는 이에 대항하기 위해 남린(南隣)의 서천 사십일 주를 공략하여 아성(牙城)으로 삼으려고 했다.

서천, 즉 익주의 자사 유장은 유언의 아들로, 한나라 왕실의 일족이었지만, 전에 장로의 어머니와 동생을 죽인 적이 있어 한중과는 불구대천의 원수 사이였다.

유장은 본래 소심하고 비겁하여 장로가 북방에서 쳐들어온다는 보고를 받고는 두려워 어쩔 줄을 몰랐다. 그러자 참모 중 하나가 나서며 말했다.

"염려 마십시오. 제가 세 치의 혀를 움직여 장로가 이 서천을 넘보지 못하게 하겠습니다."

그는 익주의 보좌관인 장송(張松)으로, 자를 영년(永年)이라고 불렀다. 나면서부터 이마가 툭 튀어나오고 머리는 비뚤며 납작코에 뻐드렁니를 가지고 있었다. 키는 오 척이고 목소리는 깨진 종소리 같았다.

"제가 허도로 가서 조조를 만나 그에게 군사를 일으켜 한중을 공략하고 장로를 무찌르도록 설득하겠습니다. 그러면 장로는 우리 익주를 넘보지 못할 것입니다."

유장은 기꺼이 황금과 진주 등 헌상물(獻上物)을 주어 장송을 허도로 보냈다. 이때 장송은 몰래 그려 둔 서천의 지도를 갖고 갔다.

허도에 도착하여 장송은 숙소를 잡고 매일같이 승상부(丞相府)에 가서 조조와의 면회를 신청했으나, 조조는 마초를 격파한 후로 날마다 주연에 파묻혀 정치를 잊고 있었다. 장송은 사흘 만에 조조의 측근에게 뇌물을 주고 겨우 면회할 수 있게 되었으나 오히려 뜻밖의 봉변과 푸대접에 화가 난 나머지 발길을 돌려 덕망이 높은 형주의 유비가 어떤 사람인지 만나보기로 했다.

장송이 형주 가까이 왔을 때 오백여 명의 기병을 거느린 한 장수가 말했다.

"장 선생이 아니십니까? 조운이 이곳에서 기다리고 있었습니다."

저녁때 형주 경계까지 오니, 정사(亭舍)의 문 앞에 백여 명이 나란히 서서 북을 치며 영접하고 관우가 그를 숙소로 안내했다. 그날 밤에는 관우와 조운이 주연을 베풀어 그를 환영했다. 이튿날 유비와 제갈량, 방통 세 사람이 도중까지 마중을 나왔다. 유비가 말했다.

"대부(大夫)의 명성은 전부터 들어 만나보고 싶었소. 시골성이지만 잠시 머물도록 하오."

형주성에서도 주연이 베풀어졌다. 사흘 동안이나 주연이 계속되었으나, 서천에 대한 것은 한 마디도 화제에 오르지 않았다. 이윽고 장송이 형주를 떠나려고 하자, 성 밖의 정사(亭舍)에서 송별연을 열어 주었다. 장송은, '유비에게는 옛날 요순(堯舜)의 인품이 있다. 지금이야말로 서천을 빼앗을 계략을 세워야 한다.'고 생각했다.

장송은 익주에 돌아와 법정·맹달과 밀담한 후에, 유장을 만나 조조와는 이야기가 원만히 이루어지기는커녕 오히려 조조가 우리 서천을 정복하려는 야심을 품고 있다는 것과 장로나 조조의 공격에서 서천을 지키기 위해서는 형주의 유비와 손을 잡아야 하는데, 그러기 위해서는 법정과 맹달을 사자로 보내야 한다고 주장했다.

유장이 이에 동의하여 두 사람을 사자로 보내려고 할 때, 황권(黃權)과 왕루(王累)가 반대했다. 그러나 유장은 이들을 책망하고 법정에게 편지를 가지고 유비에게로 가라고 지시했다.

유장의 편지를 받은 유비는, 촉의 기름진 땅이 탐나긴 했지만 동족인 유장의 땅을 빼앗아 천하의 신의를 잃어서는 안 된다는 생각 때문에 좀처럼 결단을 내리지 못하고 있었으나, 방통은 어쨌든 권력을 잡고 천하를 평정하고 나서 유장에게 후히 보답하면 신의를 잃지 않게 될 것이라고 설득했다.

이에 유비는 제갈량을 불러 관우 · 장비 · 조운과 함께 형주를 지킬 것을 부탁하고, 자신은 방통 · 황충 · 위연 등과 함께 오만의 보병과 기병을 이끌고 서천으로 향하였다. 도중에 맹달이 오천의 병사를 데리고 마중을 나왔다. 유장도 부성(涪城)까지 나와 영접하려고 했으나 황권은 머리를 땅에 대고 피를 흘리며 유장의 옷자락을 입에 물고 만류했다. 유장은 화를 내며 옷자락을 당기고는 자리에서 일어났다. 그 바람에 황권의 앞니 두 개가 빠져 버렸다. 유장이 주위의 장수에게 황권을 밖으로 끌어내라고 명하니, 황권은 대성통곡을 하면서 끌려 나갔다. 유장이 떠나려고 하는데, 또다시 큰 소리로 외치는 자가 있었다. 바로 이회(李恢)였다.

　"군주에게 충언하는 신하가 있고 부친에게 충고하는 자식이 있으면 불의에 빠지지 않는다고 들었습니다. 황권의 충언에 따르십시오. 유비로 하여금 서천에 발을 들여놓게 하는 것은, 마치 호랑이를 문 앞에 맞아들이는 것과 같습니다."

　유장은 부하 장수에게 이회도 밖으로 끌어내라고 했다. 유장이 말을 몰아 유교문(榆橋門)을 나서려고 할 때, 병사 하나가 달려와 말했다.

　"왕루가 자기 몸을 밧줄로 결박하고 성문 위에 매달려, 한손엔 충언을 쓴 글을 들고 또 한 손엔 칼을 들고는, 만일 영주께서 충언에 따르지 않는다면 스스로 밧줄을 끊어 땅 위에 떨어져 죽겠다고 합니다."

　유장은 그 글을 가져오게 하여 읽어 보았다.

　"옛날 초의 회왕(懷王)은 신하의 충언을 듣지 않고 무관(武關)의 회맹(會盟)에 갔다가 진(秦)에 사로잡히고 말았습니다. 이제 영주께서는 경솔히 유비를 부성에 맞아들이려고 하지만, 아마도 가시면 돌아오지 못할 것입니다."

유장은 버럭 화를 내면서 말했다.

"나는 인자(仁者)를 만나러 간다. 형제의 결의에 어울리는 만남이다. 나를 너무 무시하는구나."

이 말을 들은 왕루는 큰 소리로 한탄하고 스스로 밧줄을 끊어 땅위에 떨어져 죽었다.

유장은 삼만의 기병을 이끌고 부성으로 가서 유비를 만났다. 두 사람은 인사를 마치고 서로 격의 없이 이야기를 주고받았다. 유장은 진지로 돌아와 부하들에게 말했다.

"황권이나 왕루의 의심은 부질없는 것이었다. 유비는 과연 인의를 존중하는 분이다."

한편 유비는 진지로 돌아와 방통에게 말했다.

"유장은 참으로 성실한 사람이오."

건안 17년 정월, 부성에서 잔치가 열렸다. 유비와 유장은 서로 정답게 이야기를 나누었는데, 그들은 친형제처럼 다정했다. 주흥이 무르익었을 때, 방통은 법정과 의논하고 위연을 불러 마루에서 검무를 추다가 기회를 보아 유장을 죽여 버리라고 지시했다.

"이 술자리는 흥이 없어 안 되겠습니다. 제가 심심풀이로 검무를 보여드리겠습니다."

위연이 이렇게 말하고 검무를 시작하자, 유장의 속관(屬官)인 장임 (將任)이라는 자가 칼을 뽑아 들고 나와 말했다.

"검무에는 상대가 필요할 것입니다. 제가 검무의 상대역을 맡지요."

두 사람은 나란히 칼을 휘두르면서 춤을 추었으나, 장임은 자주 유비를 쳐다보았다. 이것을 보고 방통은 뒤에 있는 유봉에게 눈짓을 했다. 그러자 유봉도 자리에서 일어나 칼을 빼들고 춤을 추기 시작했다. 이것을 본 유장 쪽에선 냉포(冷苞)·등현(鄧賢)이 각각 칼을 빼들고 춤을 추기 시작했다.

"우리가 모두 춤을 추어 무료를 달래 드리겠습니다."

유비는 크게 놀라 허리에 찬 칼을 뽑아 들고 자리에서 벌떡 일어나 소리쳤다.

"여기는 연희 장소다. 무엇 때문에 검무를 하는 게냐? 모두 칼을 버려라. 버리지 않는 자는 이 자리에서 목을 베겠다!"

유장도 책망했다.

"형제끼리 이야기를 나누는 것이니, 칼은 필요 없다."

그러자 모두 물러갔다. 유비는 본진으로 돌아와 방통에게 다시는 그런 짓을 해서는 안 된다고 주의를 주었다.

한편 유장의 부하 장수들은 입을 모아 말했다.

"유비는 모르지만, 그 부하들은 우리 서천을 한꺼번에 삼키려고 하고 있습니다."

그러나 유장은 귀담아 듣지 않았다. 그때 갑자기 장로가 가맹관에 쳐들어왔다는 보고가 날아들었다. 유장은 곧 유비에게 방어를 부탁하고, 유비는 즉시 이를 받아들여 군사를 이끌고 가맹관으로 향하였다.

촉의 장수들은 관문마다 굳게 지켜 유비가 변심할 경우에 대비할 것을 권고했다. 유장은 처음에는 좀처럼 동의하지 않았으나, 장수들의 강력한 권고에 못 이겨 백수(白水)의 대장 양회(楊懷)와 고패(高沛) 두 사람에게 명하여 부수관을 지키게 하고 자신은 성도로 돌아갔다.

유비는 가맹관에 도착하여 병사들의 행동을 엄격히 제한하고 여러 가지 혜택을 베풀어 백성들의 환심을 샀다.

한편 오나라 손권은 유비의 출병 소식을 듣고 이 기회에 형주를 치려고 생각했다. 그런데 형주에는 여동생 손 부인이 출가해 있었다. 그래서 먼저 장수 한 사람을 보내 모친 태 부인의 병이 위독하다고 속여 손 부인을 데려오게 했다. 그리고 일곱 살 난 아두를 인질로 함께 데려오게 했다. 그러나 나중에 이 사실을 안 조운과 장비가 뒤쫓아가서 아두를 도로 데리고 왔다.

손 부인이 돌아오자 손권은 형주를 공략할 의논을 시작했다. 그때 갑자기 조조가 사십만 대군을 이끌고 적벽의 원수를 갚기 위해 쳐들어온다는 보고가 날아들었다. 손권은 형주의 공략을 뒤로 미루고, 조조의 군사를 막기 위해 유수강(濡須江) 어귀에 토성을 쌓았다.

이윽고 조조의 군사가 유수강에 도착하여 양자강으로 흘러드는 강어귀 근처를 바라보니, 일대에는 깃발이 수없이 세워져 있었다. 곧 유수의 토성에서 오의 군사가 뛰어나와 공격해 왔다. 말을 몰아 앞장선 무사는 푸른 눈동자에 자색 수염을 기른 손권이었다. 조조의 군사들이 지레 겁을 먹고 후퇴하자, 허저가 말을 몰아 칼을 휘두르면서 이를 저지했다.

그리하여 한 달 남짓 양군이 대진했는데, 여러 차례 교전하여 이기기도 하고 지기도 하는 동안에 해가 바뀌었다. 결국 오랜 전장 생활에 지친 조조는 대군을 이끌고 허도로 돌아왔다.

한편 가맹관에 주둔해 있던 유비는 조조가 손권을 공격했다는 소식을 듣고 방통을 불러 의논했다.

"형주는 제갈량이 있으니 안전합니다. 영주께서는 유장에게 다음과 같은 편지를 보내는 것이 어떻겠습니까? '조조의 공격을 받은 손권이 형주에 원병을 청했다. 손권과 우리는 운명을 같이하는 처지이므로 돕지 않을 수 없다. 장로는 자기를 지키는 것이 고작이니까 감히 경계를 넘어서 침입하지는 못할 것이다. 이제부터 형주에 돌아가서 손권과 힘을 합쳐 조조를 무찌르려고 하는데, 병력이 부족하고 군량도 적다. 동족의 정분을 생각하여 정병 사만과 군량 십만 석을 빌려 주기 바란다.' 이렇게 말입니다."

유비는 이에 동의하여 사자를 성도에 보냈다. 유장의 부하인 양회와 황권은, '유비는 두 마음을 품고 있으니 인마(人馬)와 군량을 내주어서는 안 된다.'고 주장했다.

유장도 그들의 주장에 동의하여 늙은 병사 사천 명과 쌀 만 석, 옷감 오천 필과 병기를 대여하겠다는 내용의 답장을 보냈다. 유비가 제의한 수의 십 분의 일이었다. 유비는 화가 나서 답장을 갈기갈기 찢어 버렸다.

"이제 어떻게 하는 것이 좋겠소?"

유비가 방통에게 묻자, 그는 세 가지 계략을 말했다.

"지금 곧 정병을 선발해서 밤낮으로 진격하여 성도를 강습하면, 한꺼번에 평정할 수 있을 것입니다. 이것이 상계(上計)입니다. 양회와 고패는 촉의 명장으로 지금 부수관을 지키고 있습니다. 영주께서 형주로 돌아가신다면 두 사람 다 전송을 나올 것입니다. 그 작별하는 자리에서 이들을 죽여 부성을 함락시키고 다음에 성도를 공략합니다. 이것이 중계(中計)입니다. 그리고 백제성(白帝城)까지 후퇴했다가 형주로 돌아가 서서히 그 다음의 계략을 짜는 것, 이것이 하계(下計)입니다. 만일 지금 주저하여 이곳에서 움직이지 않는다면, 반드시 궁지에 몰려 도망칠 길도 막히게 됩니다."

"상계는 너무 성급하고, 하계는 너무 더디오. 중계가 가장 적합하겠소."

그리하여 유비는 유장에게, 관우가 조조 군사에게 공격을 받아 어려운 처지에 있으므로 도우러 가야 한다는 요지의 편지를 보냈다. 성도에 있던 장송은 유비가 정말 형주로 돌아가는 줄 알고 한 통의 편지를 썼다.

"지금 형주로 돌아가시면 안 됩니다. 곧 군사를 이끌고 촉으로 진격하십시오. 제가 안에서 도와드리겠습니다. 기다리고 있겠습니다."

이 편지를 보내려고 하는데, 마침 장숙(張肅)이 찾아왔다. 장송은 편지를 얼른 옷소매에 감추고 인사를 했다. 그런데 두 사람이 술을 나누는 동안에 그 편지를 그만 바닥에 떨어뜨리고 말았다. 장숙의 부하가 이 편지를 주어 주연이 끝난 다음에 장숙에게 보였다. 장숙은 깜짝 놀라 유장에게 이 사실을 보고했다. 유장은 격노하여 장송을 붙잡아 반역자라며 목을 베어 버렸다.

부수관을 지키고 있던 양회와 고패는 형주로 돌아가려는 유비를 전송하러 왔다. 두 장수는 각자 단도를 품속에 감추고, 양고기와 술을 마련하여 이백 명의 병사로 하여금 유비의 진지로 옮기게 하고 말했다.

"이번에 형주로 돌아가신다는 말을 듣고 뵈러 왔습니다."

"두 분은 관문을 지키느라고 수고가 많소."

유비는 이들에게 술을 권한 후 은밀히 할 이야기가 있다며 이백 명의 병사들을 막사 밖으로 내보낸 뒤 외쳤다.

"이놈들을 잡아라!"

두 사람은 꼼짝도 하지 못하고 생포되었다. 몸을 수색하니 품속에서 단도가 나왔다. 방통이 군사를 불러 그 둘의 목을 베었다.

이때 황충과 위연은 이백 명의 병사들을 모두 생포했다. 유비는 이들에게 술을 대접하고 항복을 받았다. 그리고 이날 밤, 유비는 이백 명의 병사들로 하여금 관문 아래서 이렇게 외치게 했다.

　"대장이 급한 볼일로 돌아왔다. 성문을 열어라!"

　성안의 병사들은 동료의 목소리를 듣자 즉시 성문을 열었다. 이리하여 유비는 부성을 쉽게 손에 넣을 수 있었다.

유비, 봉추를 잃다

유장은 양회와 고패 두 장수가 죽임을 당하고, 부수관이 습격을 당하여 점령되었다는 보고를 받고는 크게 당황했다.

황권이 말했다.

"오늘 밤에 군사를 이끌고 낙현의 요해를 점령하면, 설사 유비에게 정병과 맹장이 있다고 하더라도 지나갈 수 없을 것입니다."

그리하여 유괴 · 냉포 · 장임 · 등현 등에게 명령하여 오만의 대군을 이끌고 낙현으로 진격하게 했다. 낙현은 북방에서 성도로 통하는 요해로, 성도의 관문이라고 할 수 있었다. 네 장수는 서로 의논한 끝에 냉포와 등현은 성에서 육십 리 떨어진 곳에 진을 치고, 유괴와 장임은 성을 지키기로 했다.

유비 쪽에서는 노장 황충이 선봉에 서기를 자원했다. 그러자 위연이 말했다.

"냉포와 등현은 익주의 명장으로 혈기가 왕성해 노장군으로서는 당하기 어려울 것입니다. 제가 선봉에 서겠습니다."

황충은 크게 화를 내면서 말했다.

"나에게 늙었다고? 감히 나와 자웅을 겨루겠다는 건가?"

"그렇다면 지금 이 자리에서 겨뤄 이긴 쪽이 선봉에 서기로 하지요."

황충은 병사에게 칼을 가져오게 했다. 유비가 당황하여 이를 저지하자, 옆에서 보고 있던 방통이 말했다.

"바로 눈앞에 냉포와 등현의 두 진지가 있으니, 두 사람이 각자 군사를 이끌고 쳐들어가 하나씩 빼앗도록 하시오. 먼저 적장을 죽이는 것이 제일 큰 공로가 될 것이오."

두 장수가 명령을 받고 출진하자, 유비는 방통을 부성에 남겨두고 유봉·관평과 함께 오천의 군사를 이끌고 뒤따라갔다.

황충은 진지에 돌아와 네 번째 북이 울리면 식사를 하고, 다섯 번째 북이 울리면 준비를 마치고, 새벽이 되면 출발하여 왼쪽 산골짜기로 진격하라고 명령했다.

위연은 이 말을 듣고 군사들에게 두 번째 북이 울리면 식사를 하고, 세 번째 북이 울리면 출발하여 새벽에 등현의 진지까지 진격하라고 명령했다. 그런데 위연은 밤중에 몰래 출발하여 절반쯤 왔을 때, '등현의 진지를 무찌르는 것만으로는 공을 세우는 것이 되지 않는다. 차라리 냉포의 진지를 먼저 공략하고 그 기세를 몰아 등현의 진지까지 점령하자.'는 생각이 들어 왼쪽 산길로 진격하라고 명령했다. 새벽녘에 냉포의 진지에 접근하여 잠시 휴식을 취하고, 말과 무기들을 점검하게 했다.

냉포의 진지에서는 이 정보를 일찌감치 입수하여 대기하고 있었다. 석화시가 울리자 기병이 진격해 왔다. 위연은 냉포와 삼십여 차례나 싸웠는데, 촉의 군사는 양쪽으로 갈라져서 위연의 부대 후면을 습격했다. 밤새 행군하여 지쳐 있던 병사들은 대항하지도 못하고 후퇴하기 시작했다. 위연은 자기 부대가 흐트러지자 말 머리를 돌렸다. 오십 리가량 도망쳤을 때 산모퉁이에서 북소리가 울리면서 갑자기 등현의 부대가 나타났다.

"네 이놈 위연, 빨리 말에서 내려 항복하라."

위연이 말에 채찍을 가해 부랴부랴 도망을 치는데, 갑자기 말의 앞발이 꺾이는 바람에 말에서 떨어지고 말았다. 그러자 뒤쫓아온 등현이 창을 던지려고 했다. 그 순간 횡하고 화살이 날아오더니 등현이 말에서 곤두박질쳤다. 냉포가 등현을 구출하려고 뛰어들자, 고갯길을 뛰어 내려온 한 장수가 큰 소리로 외쳤다.

"노장 황충이 여기 있다."

냉포는 잔뜩 겁을 먹고 도망쳤다. 이번에는 촉의 군사가 혼란에 빠졌다. 황충의 부대는 위연을 구출하고 등현을 살해한 다음 적진까지 추격했다. 냉포가 자기 진지로 돌아가려고 하자 진지의 깃발이 변해 있었다. 자세히 살펴보니 황금 갑옷에 비단 옷을 입은 대장은 유비였고, 왼쪽에는 유봉, 오른쪽에는 관평이 서 있었다.

"네놈의 진지는 빼앗겼다. 이제 어디로 갈 테냐?"

냉포는 산모퉁이의 지름길을 지나 낙성으로 돌아가던 중에 복병을 만나 생포되었다. 위연이 패전을 회복하기 위해 이곳에 복병을 배치했던 것이다.

유비는 황충을 칭찬하는 한편 위연에게는, '명령을 어긴 죄는 면할 수 없지만 냉포를 생포한 공로가 있어 용서할 테니, 앞으로는 함부로 나서지 말라.'고 일렀다.

유비는, 항복한 익주의 병사 중에서 확실히 항복하기를 원하는 자는 군대에 편입시키고, 항복을 원치 않는 자는 돌려보내겠다고 말했다. 그러자 병사들은 유비의 너그러운 은덕에 크게 감격했다. 냉포는 결박을 풀어 주고 석방시켰다.

유장은 등현이 죽었다는 소식을 듣고는 참모들을 모아 놓고 대책을 의논했다. 아들 유순이 낙성을 지키러 가겠다고 나서자, 유장의 장인인 오의(吳懿)가 두 사람의 장수와 이만의 인마를 뽑아 유순을 돕기로 했다. 유순의 군대가 낙성에 이르자, 유괴가 영접하여 정세 보고를 하고, 석방되어 돌아온 냉포가 계략을 말했다.

"이 근처는 부강(涪江)의 기슭으로, 전방의 진지는 산기슭이기는 하지만 저지대입니다. 부강의 둑을 끊어 일시에 강물을 흘려보내면, 적군은 모조리 물귀신이 될 것입니다."

한편 유비는 황충과 위연에게 각각 진지를 지키게 하고 자신은 부성으로 돌아갔는데, 그 무렵 방통의 숙사에 한 손님이 찾아왔다.

키가 팔 척이고 용모가 뛰어난 사람이었는데, 머리카락은 짧게 깎아 산발을 하고 옷차림은 초라했다. 방통은 누구냐고 재차 물었으나 아무 대꾸도 하지 않고, 뚜벅뚜벅 걸어 들어와 마룻바닥에 벌렁 드러누우며 말했다.

"중요한 말을 하려고 왔소."

술상이 나오자 사나이는 벌떡 일어나 사양치 않고 주는 대로 먹고 마시더니 다시 드러누웠다. 방통은 적의 첩자가 아닌가 하여 법정을 불러오게 했다. 법정이 급히 달려와 이야기를 듣고 말했다.

"혹시 팽양(彭羕)이 아닐까?"

법정이 들어서자, 사나이가 벌떡 일어나 말했다.

"효직(孝直), 그동안 별고 없었나?"

효직은 법정의 자였다. 법정은 사나이의 얼굴을 마주 보자 손뼉을 치면서 크게 웃었다.

"팽양, 이게 웬일인가!"

법정은 팽양을 유비에게 소개했다.

"이 사람은 자를 영언(永言)이라 부르는 촉의 호걸입니다. 유장에게 직언을 했다가 그의 기분을 상하게 하여, 머리카락을 잘리고 노예가 되었기 때문에 이런 차림을 하고 있습니다."

팽양은 황충과 위연이 있는 진지에 대해 말했다.

"이 보루는 부강 근처에 있습니다. 만일 강둑이 끊기면 꼼짝없이 몰살을 당하고 맙니다."

유비는 옳은 말이라고 생각해 곧 황충과 위연에게 알렸다.

냉포는 비바람이 심한 밤에 오천 명의 군사에게 괭이와 쟁기를 들려 강기슭을 따라 전진해서는 미리 계획한 대로 둑을 무너뜨리려고 했다. 그때 갑자기 뒤에서 함성이 들려왔다. 적이 알아차린 것을 알고 곧 되돌아가려고 하는데, 앞뒤에서 적이 쳐들어왔다. 결국 냉포는 위연의 칼 아래 목이 베이고 말았다.

이때 마량이 형주의 제갈량으로부터 한 통의 편지를 가지고 왔다.

"제가 밤에 천문으로 점을 쳐 보니 금년이 계해년(癸亥年)이라 강성(罡星)이 서쪽에 떠 있고, 또 천상(天象)을 관찰해 보니 태백성(太白星)이 낙성 쪽에 떠 있습니다. 이것은 장군의 신상에 흉한 일이 많고 길한 일이 적을 징조입니다. 자중하시기 바랍니다."

유비는 마량을 먼저 돌려보내면서 자기도 형주에 가서 이에 대해 충분히 의논하겠다고 일렀다. 방통은 자기가 익주를 공략하여 공을 세울 것을 제갈량이 질투하여 이런 편지를 보냈다고 생각하고 유비에게 말했다.

"저도 강성이 서쪽에 떠 있는 것은 알고 있습니다. 그러나 그것은 서방의 촉을 공략하는 길조이지 흉조가 아닙니다. 또 태백성이 낙성 쪽에 떠 있다는 홍조는 적장 냉포의 목을 벤 것을 나타내고 있습니다. 주저하지 말고 급히 군사를 진격시키십시오."

방통이 계속하여 출격을 권했으므로 유비는 군사를 이끌고 진격했다. 황충과 위연이 마중을 나와 보루로 안내했다. 방통이 법정에게 물었다.

"여기서 낙성까지는 얼마나 먼가?"

법정이 땅바닥에 그림을 그려 가면서 설명했다. 유비가 장송에게서 받은 지도를 펴 놓고 비교해 보니 조금도 틀리지 않았는데, 산의 북쪽에는 가도(街道)가 있어 낙성의 동문으로 통하고 있었고, 남쪽의 좁은 길은 낙성의 서문으로 통하고 있었다. 방통이 말했다.

"저는 위연을 앞세워 남쪽 좁은 길로 진격하겠습니다. 영주께서는 황충을 앞세우고 북쪽 가도로 진격하십시오."

그러자 유비가 말했다.

"나는 어렸을 때부터 말 타기에는 익숙했소. 내가 좁은 길로 갈 터이니, 군사는 가도로 해서 동문을 공격하시오. 내가 서문을 공격할 테니까."

"아닙니다. 가도에는 대항하는 적병이 많을 것입니다. 주공께서는 대군을 이끌고 응전하십시오. 제가 좁은 길로 가겠습니다."

"내가 꺼리는 것은 공명이 보낸 편지요. 군사는 부성을 지키는 것이 어떻겠소?"

방통은 껄껄 웃고 나서 말했다.

"그 편지는 나로 하여금 공을 세우지 못하게 하려고 보냈을 것입니다. 아무 걱정 마십시오."

이튿날 새벽에 황충과 위연이 앞장서고, 유비와 방통이 그 뒤를 따라가면서 작전을 의논하고 있는데, 방통이 탄 말이 갑자기 난폭하게 날뛰어 방통을 떨어뜨렸다. 유비는 급히 말에서 뛰어내렸다.

"어찌하여 이런 고약한 말을 타고 다니오?"

"이 말을 오랫동안 타고 다녔지만, 이런 일은 처음입니다."

"싸움터에서 이런 일이 일어나면 큰일이오. 내 백마는 잘 훈련되어 있으니, 이놈을 타도록 하오. 그 말은 내가 탈 테니까."

이리하여 유비는 방통과 말을 바꿔타기로 했다. 방통은 유비에게 감사해하고, 좌우로 갈라져서 진격했다. 유비는 방통의 뒷모습을 보면서 어쩐지 마음이 개운치 않았다.

한편 산속의 좁은 길이야말로 요해라고 생각한 적장 장임은 삼천 명의 병사를 이끌고 좁은 길에 잠복해 있었다. 위연의 부대가 지나가는 것을 두고 보는데, 그 뒤로 백마를 탄 사람이 지나가고 있었다. 저자가 바로 유비가 틀림없다고 한 병사가 말했다.

방통이 줄곧 전진하면서 문득 위를 쳐다보니, 양쪽에 산이 바짝 다가서 있고 때마침 초가을이라 나무가 울창하였다. 방통은 갑자기 마음이 불안하여 병사에게 물었다.

"이곳이 어디냐?"

항복한 촉의 병사가 대답했다.

"이 고개는 낙봉파(落鳳坡)라는 곳입니다."

방통은 깜짝 놀랐다.

'내 호는 봉추(鳳雛)인데, 이곳의 이름이 낙봉파라니…… 내 운명도 여기서 끝이로구나.'

이렇게 생각하고 있는데, 갑자기 사방에서 화살이 빗발치듯 날아왔다. 그리하여 방통은 무수한 화살을 맞고 죽으니, 그의 나이 겨우 서른다섯이었다.

유비는 방통이 죽었다는 소식을 전해 듣고 소리 내어 슬피 울었다. 그리고 관평에게 한 통의 편지를 써 주며 형주에 가서 제갈량을 모셔 오라고 일렀다.

한편, 제갈량은 형주에서 칠석날 밤에 서쪽 하늘에서 갑자기 별 하나가 떨어져 됫박만한 크기로 사방을 비추는 것을 보았다. 그는 '앗!' 하고 깜짝 놀라 손에 들고 있던 술잔을 떨어뜨리고는 말했다.

"아, 이 얼마나 슬픈 일인가!"

그러고는 양손으로 얼굴을 가리고 울음을 터뜨렸다.

며칠 후에 제갈량이 관우와 이야기를 나누고 있는데, 관평이 나타나 방통이 전사했다는 소식을 전했다. 제갈량은 소리 내어 울고 다른 사람들도 모두 눈물을 흘렸다. 이윽고 제갈량이 말했다.

"영주께서는 부성에서 진퇴양난에 빠져 있소. 내가 가지 않으면 안 되오."

관우가 말했다.

"군사가 가시면 형주는 누가 지킵니까?"

"이 편지에는 누구라고 분명히 씌어 있지 않지만, 관평에게 편지를 전하게 한 것은 운장 당신이 이 중대한 임무를 맡아 주기를 바랐기 때문일 것이오. 옛날 도원에서 맺은 의형제의 서약을 상기하여 힘이 닿는 데까지 이 땅을 지켜야 하오. 책임은 무겁지만 꼭 맡아 줘야겠소."

관우는 즉시 수락했다. 제갈량은 잔치를 베풀고 관인(官印)을 넘겨 주었다.

"대장부로서 중책을 맡은 이상 죽을 때까지 이곳을 떠나지 않겠습니다."

제갈량은 관우가 입 밖에 낸 '죽음'이라는 말을 듣고 마음이 언짢아 물었다.

"만일 조조가 쳐들어오면 어찌하겠소?"

"힘으로 막겠습니다."

"그럼 만일 조조와 손권이 한꺼번에 쳐들어오면 어떻게 하겠소?"

"적을 분리시켜 막겠습니다."

"그렇게 하면 형주가 위험하오. 북으로 조조를 막고, 동으로 손권과 화해하오. 이 말을 잊지 마오."

"명심하겠습니다."

제갈량은 문관으로는 마량·이적·상랑·미축, 무장으로는 미방·요화·관평·주창 등에게 관우를 도와 형주를 지키게 했다.

한편, 장비에게 만의 정병을 이끌고 파주·낙성의 서쪽으로 향하게 하고, 자기는 조운을 선봉으로 내세우고 간옹·장완(蔣琬) 등과 함께 만오천의 병력을 이끌고 양자강을 거슬러 올라가 역시 낙성으로 향하였다. 제갈량은 떠날 때 장비에게 당부했다.

"익주에는 호걸들이 많으므로 함부로 싸우지 말아야 하오. 또한, 도중에 군사들이 민가를 약탈하여 인심을 잃는 일이 없도록 하고, 어디 가든지 백성들을 사랑하도록 하오. 또 군사들을 함부로 때리지 마오. 되도록이면 빨리 낙성에서 만나고 싶소."

장비는 제갈량의 말을 명심하고 말을 몰아 길을 떠났다. 그는 도중에 항복해 오는 자가 있으면 기꺼이 받아들이고 조금도 해치지 않았다.

파군(巴郡)의 태수 엄안(嚴顔)은 익주의 명장으로, 이미 늙었지만 기력은 쇠퇴하지 않아 활 쏘기와 칼 쓰기가 젊은이 못지않은 강자였다. 그는 장비가 쳐들어왔다는 말을 듣고는, 도랑과 성벽을 굳게 지키며 상대하지 않았다. 장비는 군사 하나를 성안에 사자로 보냈다.

"빨리 항복하라. 만일 항복하지 않으면 곧 성으로 쳐들어가 남녀

노소 할 것 없이 모두 베어 버릴 테다."

"이런 무례한 놈이 다 있나. 이 엄안이 적에게 항복할 것으로 생각하다니. 네 입으로 장비에게 내 말을 그대로 전해라."

화가 난 엄안은 군사의 귀와 코를 잘라서 장비에게 돌려보냈다. 장비는 노발대발하며 이를 갈고 눈을 부라리면서 수백 명의 기병을 이끌고 성 밑까지 쳐들어갔으나, 성벽 위에서는 욕설만 퍼부었다. 장비는 약이 바싹 올라 몇 번이나 줄사다리 위에까지 뛰어올라가 도랑을 넘으려고 했지만, 번번이 화살이 비 오듯 날아와 되돌아서야 했다. 날이 저물 때까지 아무도 성안에서 응전하지 않자, 장비는 화가 가라앉지 않은 채 진지로 돌아왔다.

이튿날 아침 일찍 다시 도전하니, 엄안이 성의 망루에서 활로 장비의 투구를 쏘아 맞혔다. 장비는 화가 치밀어 소리쳤다.

"이 늙다리야, 네놈을 잡아서 살점을 뜯어내고야 말 테다."

사흘째도 장비는 성 밖을 빙빙 돌면서 도전했다. 이 성은 산성으로 주위가 산에 접해 있었다. 장비가 산에 올라가 성안을 내려다보니, 병사들은 무장을 하고 대열도 짓고 있었지만, 밖으로 나올 기미는 조금도 보이지 않았다. 따라서 이날도 장비는 하루 종일 욕설만 퍼부었을 뿐 헛되이 돌아왔다.

한참을 고심하던 장비는 문득 하나의 계략을 생각해 냈다. 그는 병사들을 사방에 보내 나무와 풀을 베어 오게 하고 산길을 살펴보게 했다.

엄안은 장비의 모습이 보이지 않자, 이상하게 생각하여 십여 명의 군사로 하여금 나무를 하는 장비의 군사와 같은 옷차림으로 변장하고 몰래 성을 빠져나가 속에 가서 동태를 살피게 했다. 장비는 군사들이 산에서 돌아오자 진중에서 발을 구르며 욕을 해댔다.

"저 늙다리 엄안이 내 기분을 잡치고 있다."

"장군, 파군으로 빠지는 길을 찾아냈습니다."

"왜 진작 말하지 않았나?"

"오늘에서야 겨우 찾아냈습니다."

"그렇다면 더 늦추지 말고 곧 떠나야 한다. 오늘 밤에 곧 떠나야 해. 두 번째 북이 울리면 식사하고, 세 번째 북이 울리면 출발하라. 말목의 방울을 떼고 쥐도 새도 모르게 떠나야 한다. 내가 앞장설 테니, 너희는 나를 따르거라."

위장하고 풀을 베러 갔던 첩자들은 이 말을 듣고 성안에 돌아와 엄안에게 보고했다. 엄안은 기뻐하며 곧 출격 준비를 시켰다. 밤이 되자 전군이 몰래 성에서 빠져나와 사방으로 흩어져서 대기하고 있었다.

자정이 지날 무렵에 장비가 앞장을 서서 창을 들고 말을 몰아 몰래 전진하는 것이 보였다. 그 뒤에는 짐수레가 길게 뒤따르고 있었다. 엄안은 이것을 보자 일제히 북을 울리게 했다. 사방의 복병이 덤벼들어 짐수레를 빼앗으려고 했다. 그때 바로 뒤에서 요란한 징소리와 함께 한 떼의 병사가 쳐들어왔다.

"이 늙다리야, 꼼짝 마라. 기다린 지 오래다."

엄안이 깜짝 놀라 뒤를 돌아보니, 선두의 장수는 표범의 머리에 둥근 눈, 제비의 아래턱에 호랑이의 수염을 하고, 일장 팔 척의 창을 들고 새까만 말을 타고 있었다. 바로 장비였다.

엄안은 가슴이 철렁하였으나 어쩔 수 없이 응수했다. 십여 차례 싸우고 나서 장비는 일부러 허점을 보여 엄안이 후려치는 칼을 슬쩍 피하면서 엄안의 갑옷을 붙잡아 그대로 땅바닥에 내동댕이쳤다. 그러자 곧 군사들이 달려들어 엄안을 밧줄로 묶어버렸다. 아까 앞장서서 전진한 것은 가짜 장비였다. 촉의 병사들은 거의 다 무기를 버리고 항복했다.

파군의 성을 공략한 장비 앞에 엄안이 끌려왔다. 장비는 마루에 앉아 있었는데, 엄안은 무릎을 꿇으려고 하지 않았다. 장비는 눈을 부라리고 이를 갈면서 호통을 쳤다.

"이놈, 이래도 항복하지 않을 테냐?"

엄안은 조금도 두려워하지 않고 오히려 윽박질렀다.

"네놈들은 정의를 어기고 우리 익주를 침범했다. 익주에는 목을 베인 장수는 있어도 항복하는 장수는 없다."

장비는 더욱 화가 나서 그의 목을 베라고 지시했다. 엄안은 여전히 외쳤다.

"이놈아, 목을 베려면 얼른 베거라. 왜 그렇게 화만 내고 있는 게냐!"

그러자 장비는 갑자기 빙그레 웃으면서, 좌우에 있는 부하들을 물러가게 한 다음 손수 그 밧줄을 풀어 주고 그 앞에 머리를 숙였다.

"방금 저지른 무례를 용서해 주십시오. 노장군이야말로 호걸입니다."

엄안은 그 너그러운 도량에 감동되어 드디어 항복했다. 또한 자신의 부하들도 모두 불러내어 항복하게 했으므로, 장비는 한 번도 싸우지 않고 낙성에 다다를 수 있었다.

유비의 성도 입성

　제갈량과 장비가 수륙 양면에서 낙성을 향해 진격하고 있다는 보고를 받은 유비는, 황충과 위연을 좌우에 거느리고 밤에 세 곳에서 장임을 협공했다. 장임은 대비하고 있지 않았으므로 야습을 받게 되자 당황하여 낙성으로 도망쳤다.

　유비는 약간 후퇴하여 진을 치고 성을 포위하여 삼일 밤낮을 계속해서 공격했다. 그래도 장임은 좀처럼 상대하지 않다가 유비의 군사가 지치기를 기다려 성안에서 일제히 공격을 개시했다. 유비의 군사는 참패했다. 유비는 말을 몰아 산속의 샛길로 도망쳤다. 그때 앞에서 뽀얗게 먼지를 일으키며 한 떼의 군사가 가로막았다.

　"하늘이 나를 버리는가!"

　절망에 빠진 유비가 하늘을 바라고 탄식하는데, 달려오는 장수가 손을 흔드는 것이 아닌가. 자세히 보니 장비였다. 유비는 장비가 험한 산길을 재빨리 전진해 온 것이 뜻밖이었다.

　"도중에 있는 마흔다섯 군데의 보루를 무사히 지나온 것은, 여기 있는 이 엄안의 덕분입니다."

장비는 엄안을 용서하게 된 경위를 이야기하고 유비에게 인사하 도록 했다. 유비는 크게 기뻐하며 입고 있던 황금 갑옷을 벗어 선물 로 주었다. 이윽고 성안의 군사들이 공격해 오자, 장비는 곧 반격하 여 적의 장수 둘을 항복시켰다.

이튿날 장임이 수천 명의 군사를 이끌고 깃발을 휘날리면서 함성 을 지르며 도전해 왔다. 장비는 장임에게 덤벼들었다. 장임이 도망 치자 곧바로 뒤쫓아갔다. 그때 오의의 군사가 출격하여 뒤를 차단 하고 장임이 되돌아서서 반격을 가했다. 장비는 앞뒤로 협공을 당 해 진퇴양난에 빠졌다. 이때 한 떼의 군사가 강기슭에서 쳐들어왔 다. 앞장선 장수가 창을 들고 말을 몰아 오의를 생포하고 적병을 무 찔렀다. 그는 조운이었다.

장비와 조운이 오의를 끌고 진지에 돌아오니, 이미 제갈량도 도착 해 있었다. 오의가 순순히 항복하자, 제갈량이 물었다.

"낙성을 지키는 군사가 얼마나 되는가?"

"유장의 아들 유순과, 그를 보필하는 장수 유괴 · 장임이 있습니 다. 유괴는 보잘것없지만, 장임은 용맹한데다 지혜도 뛰어납니다."

"음…… 먼저 장임을 처지하고 나서 낙성을 쳐야겠군."

낙성의 동쪽엔 금안교(金雁橋)라는 다리가 있었다. 제갈량은 그 다 리의 남북 일대의 강기슭에 갈대가 무성한 것을 보고는, 위연 · 황 충 · 장비 · 조운을 불러 복병을 잠복시키게 했다. 그리고 제갈량은 수레를 탄 채 백여 명의 기병을 이끌고 장임을 성에서 유인해 냈다.

장임은 제갈량이 이끄는 군사들의 초라한 모습을 보고 말 위에서 비웃었다. 그러고는 '제갈량의 용병(用兵)은 귀신같다던 평판은 헛 소문이었구나.' 라고 생각하며 손에 든 창으로 뒤를 향해 신호를 했다. 그러자 수천 명의 군사가 일제히 공격해 왔다. 제갈량은 수레를 버리고 말에 올라타 다리를 건너 도망쳤다.

장임이 출격하여 금안교를 지나자, 왼쪽에서 유비, 오른쪽에서 엄안의 군사가 쳐들어왔다. 장임은 그제야 계략에 넘어간 것을 알아차리고 급히 되돌아가려고 했으나, 이미 다리가 끊어진 뒤였다. 다시 북쪽으로 도망치려고 하니, 조운의 군사가 산기슭에 진을 치고 있었다.

장임은 강변을 따라 남쪽으로 곧장 도망쳤다. 갈대숲에 이르렀을 때, 갑자기 위연의 병사가 숲 속에서 나타나 창을 들고 일제히 공격해 왔다. 이어서 역시 갈대숲에 숨어 있던 황충의 부대가 칼을 휘두르면서 쳐들어와 말 다리를 마구 후려치는 바람에, 기병들은 말에서 떨어져 모두 생포되었다.

장임은 수십 명의 기병을 거느리고 산길로 도망치다가 장비의 병사와 마주쳤다. 뒤로 되돌아가려고 하는데, 장비가 큰 소리로 외치자 군사들이 일제히 공격하여 장임을 생포했다. 장비가 장임을 이끌고 본진으로 돌아오자, 유비가 장임에게 말했다.

"촉의 여러 장수들은 모두 항복했는데, 어찌하여 그대는 항복하지 않았는가?"

장임은 눈을 부라리면서 외쳤다.

"충신은 두 주인을 섬기지 않는다."

"그대는 천시(天時)를 알지 못하는군. 항복하면 살려 주겠다."

"나는 절대로 항복하지 않는다. 빨리 목을 베어라."

유비는 그 충성심을 귀히 여겨 차마 죽이지 못했다. 그러자 장임은 고함을 지르면서 갖은 악담을 늘어놓았다. 제갈량은 주군의 이름을 더 이상 더럽혀서는 안 되겠다는 생각에서 그를 끌어내어 목을 베었다. 유비는 그의 충성심에 감탄하여 시체를 금안교 옆에 안장하고 그를 추모했다.

이튿날 엄안과 오의 등 항복한 촉의 장수들을 앞세워 낙성에 쳐들어가자, 성안에서 내통한 한 장수가 성을 지키고 있던 유괴를 쓰러뜨리고 성문을 열어 항복했다. 유비의 군사가 낙성으로 들어서자, 유순은 서문을 통해 성도로 도망쳤다.

유비는 낙성을 손에 넣게 되자 조운과 장비에게 명하여 각자 군사를 이끌고 지방의 주(州)와 고을을 돌며 민심을 가라앉히게 하는 한편, 법정에게 편지를 쓰게 하여 유장에게 항복을 권하게 했다.

그러나 격분한 유장은 편지를 찢어 버린 뒤 말했다.

"은혜를 저버리고 의에 거역한 법정 놈이 이제는 영주를 팔아 출세를 노리고 있구나."

사자를 쫓아 보낸 뒤 즉시 처남인 비관(費觀)에게 명하여 삼만의 군사를 이끌고 면죽을 수비하게 했다. 면죽은 낙성이 함락된 후에 성도에 이르는 요해가 되었다.

이때 익주의 자사 동화가 유장에게, 한중의 장로에게 도움을 청할 것을 진언했다. 이에 유장은 곧 편지를 써서 한중으로 사자를 보냈다. 하지만 장로는 신통한 반응을 보이지 않았다. 유장은 다시 황권을 사자로 보냈다. 황권은 촉과 한중이 같은 배에 탄 공동 운명체임을 역설하고, 도와준다면 이십 주를 답례로 주겠다고 말했다. 장로는 욕심이 앞서 황권의 제의를 수락했으나 이때 갑자기 층계 아래에서 말하는 자가 있었다.

"제게 얼마간의 군사를 빌려 주신다면 유비를 생포하고, 또 유장에게는 영지의 일부를 받아 영주께 바치게 하겠습니다."

그는 마초였다. 마초는 조조와의 싸움에서 패한 후 장로에게 얹혀 살아왔다. 장로는 마초에게 이만의 군사를 내주었다. 마초는 동생 마대, 한중의 장수 양백과 함께 가맹관을 향해 출발했다.

한편 낙성에 있던 유비는 제갈량의 의견에 따라 황충과 위연을 앞세워 면죽으로 진격했다. 면죽의 장수 비관은 이엄(李嚴)에게 명하여 응전하게 했다. 황충이 이엄과 사오십 차례 싸웠으나 승부가 나지 않았다. 이것을 보고 있던 제갈량은 징을 울려 군사를 일단 후퇴시키고 황충에게 계략을 가르쳐 주었다. 그리고 이튿날 이엄을 산기슭으로 유인하여 항복하게 했다.

유비는 이엄을 후히 대접하였고, 그의 설득으로 비관도 항복하게 하여 면죽에 입성하였다. 그리하여 성도로 진격할 의논을 하고 있는데, 가맹관에 마초가 쳐들어왔다는 급보가 날아들었다. 유비가 크게 놀라자, 제갈량이 말했다.

"마초는 만만치 않은 상대입니다. 장비나 조운 이외에는 상대할 수 없을 것입니다."

"공교롭게도 자룡은 군사를 이끌고 출전하여 아직 돌아오지 않고 있소. 익덕을 급히 보내도록 하지요."

그러자 제갈량이 말했다.

"주공께서는 모른 체하십시오. 제가 익덕을 격려하겠습니다."

장비는 마초가 가맹관으로 쳐들어왔다는 말을 듣고는 황급히 달려왔다.

"제가 마초와 싸우겠습니다."

제갈량은 못 들은 체하고 유비에게 말했다.

"마초가 지금 가맹관에 쳐들어왔는데, 나가서 싸울 사람이 없습니다. 형주로 사자를 보내어 관운장을 불러들여야겠습니다."

그러자 장비가 말했다.

"군사는 어찌하여 나를 무시하십니까? 나는 전에 혼자서도 조조의 백만 대군을 막아냈습니다. 마초와 같은 놈은 조금도 걱정할 것 없습니다."

"장군, 당양(當陽)에서 다리를 무너뜨렸을 때에는 조조가 계략을 모르고 있었기에 망정이지, 만일 알았더라면 장군은 무사하지 못했을 거요. 지금 마초의 무용은 천하에 알려져 있소. 운장도 반드시 이길 것이라고 장담할 수 없소."

"내가 나가겠습니다. 마초를 이기지 못하면 기꺼이 군법에 따라 처벌을 받지요."

장비가 말했다. 그러자 제갈량이 다시 말했다.

"그럼 나가 싸우도록 하오. 주공께서도 출전하십시오. 저는 이 면죽성을 지키면서 자룡이 오는 것을 기다렸다가 다른 계략을 세우겠습니다."

위연도 출전을 원했으므로 제갈량은 위연에게 척후(斥候)에 필요한 기병 오백 명을 주어 앞장서게 했다. 장비가 가운데 위치하고, 유비는 후미에 자리잡고 가맹관을 향해 출발했다.

위연이 관문 아래까지 가서 양백과 마주쳐 십여 차례나 싸운 끝에 양백이 패주했다. 위연이 기세를 몰아 뒤쫓아가니, 마대의 군사가 앞을 가로막았다. 위연은 그가 마초인 줄 알고 칼을 휘두르면서 덤벼들었다. 십여 차례 싸운 끝에 마대가 도망치자, 위연은 놓칠세라 뒤쫓아갔다. 그러자가 마대가 뒤돌아 쏜 화살이 위연의 왼쪽 팔꿈치에 맞았다. 위연은 말 머리를 돌려 도망쳤다.

이번에는 마대가 뒤쫓아 관문 앞까지 왔을 때, 한 장수가 우레 같은 소리로 외치면서 말을 몰아 관문을 뛰쳐나왔다. 장비였다.

"너는 웬 놈이냐? 먼저 이름부터 대고 덤벼라!"

"나는 서량의 마대다."

"마초가 아니었냐? 너는 내 상대가 안 되니 돌아가서 마초를 불러와라. 연인(燕人) 장비가 여기 있다고 전해라."

마대는 화가 치밀어 말했다.

"무시하지 마라."

마대가 창을 들고 덤벼들었으나, 장비를 당해 내지 못하고 곧 도망쳤다. 장비가 뒤쫓아가려고 하자, 유비가 뛰어와 저지하며 관문으로 데리고 왔다.

"너는 너무 성급하다. 오늘 밤에는 푹 쉬고 내일 마초와 결판을 내도록 해라."

이튿날 새벽녘에 관문 아래서 북소리가 울리더니 마초의 군사가 쳐들어왔으나 쉽게 승부는 나지 않았고, 오후가 되자 마초의 군사가 피로해 하는 기색이 보였다. 장비는 창을 들고 말을 몰면서 큰소리로 외쳤다.

"연인 장비를 알아보겠느냐?"

마초가 말했다.

"우리 집은 대대로 공후(公侯)의 피를 이어받고 있다. 함부로 까불지 마라."

장비는 화가 머리끝까지 치밀었다. 두 사람은 말을 몰아 창을 들고 백여 합 이상 싸웠으나 승부가 나지 않았다.

이튿날 장비가 다시 싸우려고 할 때 제갈량이 도착했다.

"마초는 호랑이와 같은 장수입니다. 장비와 필사적으로 겨루면 한쪽이 치명상을 입을 것은 뻔한 일입니다. 그래서 조운과 황충에게 면죽을 지키게 하고 이렇게 밤을 새워 달려왔습니다. 제가 계략을 써서 마초를 항복하게 하지요."

유비가 그 계략을 물으니, 제갈량이 말했다.

마침내 제갈량의 뜻대로 마초는 이회와 함께 관문으로 가서 유비에게 항복했다. 유비는 이들을 영접하여 귀빈으로 후히 대접했다. 마초는 엎드려 말했다.

"이제 명군을 만나니, 먹구름이 걷히고 푸른 하늘을 바라보는 느낌입니다."

유비는 가맹관을 굳게 지키게 하는 한편, 군사를 이끌고 면죽에 입성했다. 조운과 황충이 영접했으나, 그때 촉의 두 장수가 군사를 이끌고 쳐들어왔다는 보고가 날아들었다. 조운이 곧 말을 몰아 진격하자마자 금세 두 장수의 목을 베어 가지고 돌아왔다. 마초가 유비에게 말했다.

"영주께서는 출전하실 것 없습니다. 제가 유장을 불러내어 항복시키겠습니다. 만일 끝내 항복하지 않는다면, 동생 마대와 함께 성도를 빼앗아 바치겠습니다."

한편, 촉의 패군이 익주로 도망쳐서 유장에게 보고하자, 유장은 깜짝 놀라 성문을 굳게 닫고 나서려고 하지 않았다. 그때 마초가 왔다고 하여 유장이 성벽 위에 올라가 내려다보니, 마초와 마대가 성밑에서 외쳤다.

"영주님께 드릴 말씀이 있습니다."

무슨 말이냐고 묻자, 마초는 말 위에서 채찍을 들어 가리키면서 말했다.

"저는 본래 군사를 이끌고 이곳 익주를 구하러 왔으나, 장로는 양송의 모략을 곧이듣고 오히려 저를 죽이려고 했습니다. 그래서 저는 유 황숙에게 항복했습니다. 영주님도 영지를 바치고 항복하십시오. 백성을 더 이상 괴롭혀서는 안 됩니다. 만일 응하지 않는다면,

저는 이 성을 격파할 것입니다."

유장은 깜짝 놀라 얼굴이 흙빛이 되어 그 자리에 쓰러졌다. 부하들에게 부축을 받아 겨우 정신을 되찾은 유장이 말했다.

"나의 불찰이오. 이제 와서 후회한들 무슨 소용이 있겠는가! 성문을 열고 항복하여 성안의 백성들을 구해야겠소."

이튿날 유비의 참모인 간옹이 사자로 왔다. 유장은 성문을 열어 맞아들이라고 일렀다. 간옹은 수레에 탄 채 주위를 노려봤다. 유장의 부하가 그 무례를 탓하자 간옹은 당황하여 수레에서 내려 사과하고, 유장을 만나 유비는 도량이 넓어 영주를 해칠 의도가 전혀 없음을 역설했다. 유장은 간옹의 수레를 함께 타고 가서 항복했다. 유비는 진중에서 나와 유장을 영접했다. 그는 유장의 손을 붙잡고 눈물을 흘리면서 말했다.

"내가 인의를 저버린 것은 아니지만, 이렇게 된 것은 대세에 밀려 어쩔 수 없었습니다."

그러고는 함께 진중에 가서 관인과 문서를 넘겨받고, 말을 나란히 몰아 성안으로 들어갔다.

유비가 성도에 들어서자 백성들은 향을 피우고 꽃과 초를 준비하여 환영했다. 유비는 성의 당상에 마련된 높은 자리에 앉아 촉의 장수와 관원들을 맞아들였고 이때 제갈량이 말했다.

"이제 서천은 평정되었습니다. 한 나라에 두 주인이 있을 수 없으니, 유장을 형주로 보내시지요."

유비가 대답했다.

"촉을 손에 넣은 지 얼마 되지도 않았는데 유장을 멀리 보낼 수는 없소."

"유장이 나라를 잃은 것은 무기력했기 때문입니다. 주공께서 인을 내세워 결단을 내리시지 못한다면, 이 땅을 오래 보존하기 어려울 것입니다."

유비는 옳은 말이라고 생각하여 성대한 연회를 베풀고, 유장을 진위장군(振威將軍)으로 삼아 처자와 일족을 거느리고 그날로 형주의 공안현으로 옮기게 했다. 이후 유비는 스스로 익주의 자사가 되어 항복한 문무백관에겐 후한 상을 내리고 작위를 주었으며, 제갈량 · 관우 · 장비 · 조운 · 황충 · 위연 · 마초등과 그 밖의 장수, 모든 부하들에겐 승진과 은상(恩賞)으로 노고를 치하했다.

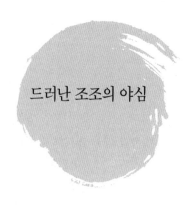

드러난 조조의 야심

동오의 손권은, 유비가 서천을 손에 넣고 유장을 공안으로 쫓아 버린 것을 알게 되자 장소와 고옹을 불러 의논을 했다.

"전에 유비는 우리에게 형주를 빌리면서 서천을 손에 넣으면 돌려주겠다고 약속했소. 그런데 이제 파촉 사십일 주를 얻었으니, 사자를 보내어 반환을 독촉하고 만일 돌려주지 않을 경우에는 대군을 일으켜 쳐들어가야겠소."

"우리 오나라는 평온을 찾은 지 얼마 되지 않았으므로, 군사를 동원해서는 안 된다고 생각합니다."

장소의 말에 고옹이 거들었다.

"유비에게 형주를 반환하게 할 계략이 서 있습니다. 지금 유비가 의지하는 사람은 제갈량뿐인데, 그의 형 제갈근은 지금 오의 관원입니다. 그 일족을 모두 감옥에 가두고, 제갈근을 동생에게 보내어 유비에게 형주를 반환하도록 권고하게 하는 것입니다. 만일 반환하지 않으면 일족의 목숨이 끊긴다고 하면, 제갈량도 형제의 우애에

못 이겨 반드시 일을 성사시킬 것입니다."

"제갈근은 충성스런 사람이오. 그의 처자를 감옥에 넣을 수는 없소."

"계략이라고 말하면 반드시 따를 것입니다."

손권의 명령을 받은 제갈근은 그 후 며칠이 지나 성도에 도착했다. 유비는 이 말을 듣고 제갈량에게 물었다.

"그대의 형이 무엇 때문에 왔소?"

"형주를 되찾으러 왔을 것입니다."

"어떻게 대답할까요?"

제갈량은 유비의 귀에 대고 한참 속삭였다.

제갈량은 성 밖에서 형을 맞아들여 자기 집으로 가지 않고 객사로 안내했다. 인사가 끝나자, 제갈근은 소리 내어 울었다.

"형님, 왜 이러십니까?"

"내 처자와 일족의 목이 달아나게 됐네."

"그건 형주를 돌려주지 않기 때문이 아닙니까? 저 때문에 형님의 일족이 갇혀 있다니, 큰일이군요. 그렇지만 형님, 너무 걱정하지 마십시오. 형주를 돌려드리지요."

제갈근은 크게 기뻐하며 곧 제갈량과 함께 유비를 만나 손권의 편지를 보였다. 유비는 그 편지를 읽고 나서 화를 내며 말했다.

"손권은 내가 형주에 없는 동안에 여동생을 속여 데려갔소. 나는 서천의 군사를 동원하여 강남으로 쳐내려가 그 한을 풀려고 하는데, 이제 와서 형주를 돌려 달라는 것이오?"

제갈량은 울면서 땅에 엎드려 말했다.

"만일 돌려주지 않으면 형의 일족은 모두 죽임을 당합니다. 제 얼굴을 보아 형주를 동오에 돌려주십시오."

유비는 제갈량의 청을 받아들이지 않으려 했으나, 제갈량이 너무 애절하게 간청했으므로 마음을 돌렸다.

"그러면 이렇게 된 이상 군사의 체면을 보아 형주를 반으로 갈라 장사 · 영릉 · 계양 세 고을을 주겠소."

그러자 제갈량이 말했다.

"그럼 운장에게 편지를 보내어 세 고을을 돌려주도록 지시해 주십시오."

유비는 제갈근에게 편지를 써 주며 말했다.

"형주에 가면 부드러운 말로 동생을 잘 타일러 주시오. 동생은 성미가 과격하여 나도 두려워하고 있소. 잘 알아서 처신하시오."

제갈근은 곧 형주에 가서 관우를 만나 유비의 편지를 보여주며 말했다.

"유 황숙께서 세 고을을 동오에 돌려주겠다고 말씀하셨습니다. 즉시 돌려주시기 바랍니다."

말이 끝나기가 무섭게 관우의 얼굴빛이 달라졌다.

"나는 형님과 도원에서 의형제를 맺고 한의 왕실을 돕기로 맹세했소. 형주는 본래 한의 땅이므로 한 치의 땅도 넘겨줄 수 없소. 장수는 외지에 있을 때에는 군주의 명령을 따르지 않을 수도 있다고 들었소. 비록 형님의 지시라 해도 나는 돌려줄 수가 없소."

"지금 손권은 저의 처자와 일족을 옥에 가두어 두고 있습니다. 만일 형주를 반환해 주시지 않는다면, 그들은 몰살당하게 됩니다. 장군, 제발 자비를 베풀어 주십시오."

"그건 거짓 계략이오. 내가 속아 넘어갈 줄 아오?"

"그건 너무 무정한 말씀입니다."

관우는 칼자루를 쥐고는 호통을 쳤다.

"닥치시오. 이 칼에는 인정이 없소!"

제갈근은 창피한 나머지 허둥지둥 작별을 고한 후 배를 타고 다시 서천으로 돌아와 유비를 만난 자리에서, 관우가 자기를 죽이려고 했다고 울면서 호소했다. 그러자 유비는 말했다.

"동생은 성미가 과격하여 좀처럼 상종하기가 어렵소. 일단 돌아가시오. 내가 동천과 한중을 공략하면 관우를 그곳 태수로 보내고 형주를 돌려드릴 테니."

제갈근은 할 수 없이 동오에 돌아와 손권에게 보고했다.

손권은 모두가 제갈량의 계략이 아닌가 하고 의심했지만, 아무튼 유비가 세 고을을 돌려주기로 했다고 하자 관원을 그 세 고을에 부임시켜 동태를 살펴보기로 했다.

그런데 장사·영릉·계양으로 부임했던 관원들이 관우에게 쫓겨 되돌아왔다. 손권은 노발대발하며 노숙을 불러내 질책했고, 노숙은 한 가지 계략을 제시했으나 이마저도 노련한 관우의 꾐에 빠져 무위로 끝나고 말았다.

손권은 크게 화가 나서 전군을 이끌고 형주를 치기 위해 의논했다. 이때 갑자기 조조가 삼십만 대군을 이끌고 쳐들어온다는 보고가 들어왔다. 손권은 깜짝 놀라 형주로의 출격을 보류하고, 군사를 합비와 유수로 옮겨 조조를 막기로 했다.

그런데 조조가 오를 치기 위해 막 나서려고 할 때, 참모인 부간(傅幹)이 편지를 보내 이를 만류했다.

"천하를 다스리려면 무위(武威)와 문덕(文德)을 겸비해야 합니다. 승상께서는 천하의 난동을 대부분 무력으로 평정했지만, 아직도 오와 촉은 왕명에 복종하지 않고 있습니다. 오에는 장강의 요해가 있고 촉에는 높은 산의 보루가 있어, 무위만으로는 쉽사리 이길 수 없습니다. 잠시 문덕을 쌓고 군사를 쉬게 한 후에 때를 기다렸다가 움직이는 것이 좋을 줄 압니다."

조조는 편지를 읽고 나서 남정을 중단하고, 학교를 세우고 학자들을 불러들였다. 한편 시중(侍中) 왕찬(王粲)을 비롯해 두습(杜襲)·위개(偉凱)·화흡(和洽)은 서로 의논하여 조조를 위나라 왕으로 추대하려고 했다. 그러나 중서령(中書令) 순유(荀攸)가 말렸다.

"그건 안 됩니다. 승상은 이미 위공(魏公)에 올라 신하로서 최고의 지위에 계십니다. 왕위에 올라서는 안 됩니다."

그러자 조조가 크게 화를 내면서 말했다.

"그대도 순욱과 같은 꼴이 되고 싶은가?"

순유는 이 말에 분통이 터진 나머지 울화병에 걸려 십여 일 만에 세상을 떠났다. 그의 나이 쉰여덟이었다. 조조는 후히 장례를 치르게 하고 위왕에 오르는 문제는 보류했다.

어느 날 조조가 칼을 찬 채 궁전에 들어가니, 헌제와 복 황후(伏皇后)가 함께 앉아 이야기를 나누고 있었다. 복 황후는 조조를 보자 자리에서 얼른 일어나고, 헌제는 두려운 나머지 몸을 떨었다. 조조가 말했다.

"손권과 유비는 모두 패권을 잡으려고만 할 뿐 조정을 공경하지 않습니다. 어떻게 하는 것이 좋겠습니까?"

"그건 위공이 알아서 하오."

조조는 불끈하여 말했다.

"폐하, 그렇게 말씀하시면 곤란하지 않습니까? 만일 남이 들으면, 신이 폐하를 소홀히 하는 줄 알겠습니다."

"경이 짐을 도와주겠다면 다행한 일이지만, 그렇게 하지 못하겠다면 차라리 천자의 자리를 내놓겠소."

이 말을 듣자 조조는 눈을 부라리며 헌제를 노려보다가 물러났다. 좌우에 있던 중신들이 말했다.

"근자에 나도는 소문에 의하면, 위공이 스스로 왕위에 오르려고 하는 모양입니다. 얼마 후에는 천자의 자리를 빼앗으려고 할 것입니다."

이 말에 헌제와 황후는 울음을 터뜨렸다. 황후가 말했다.

"제 아버님 복완은 전부터 조조를 없애고자 했습니다. 제가 몰래 편지를 보내 일을 서두르도록 하겠습니다."

"전날 동승이 일을 꾸미다가 탄로 나서 오히려 큰 변을 당했소. 이번에 또 말이 새어 나가면 우리도 그렇게 될 것이오."

"그렇지만 이렇게 가시 방석에 앉은 심정으로 하루하루를 보내느니, 차라리 일찍 죽는 편이 낫겠습니다. 신하 중에서 충성심이 가장 강하여 믿을 수 있는 사람은 목순(穆順)입니다. 그에게 편지를 전하게 하십시오."

그리하여 곧 목순을 병풍 뒤로 불러들여 황후의 밀서를 복완에게 전하도록 부탁했다. 복완은 딸의 친필을 보고 답장을 써 주었다.

"역적 조조에게는 심복이 많아 당장 손을 쓸 수가 없습니다. 그러나 강동의 손권과 서천의 유비가 도성으로 쳐들어오면, 조조는 스스로 나가 싸울 것입니다. 그때 조정의 충신과 모의하여 일을 성사시키는 것이 좋겠습니다."

목순은 이 편지를 상투 속에 감추고 궁중으로 향했다. 그런데 어느새 이것을 알아차리고 조조에게 고해 바친 자가 있었다. 조조는 궁중 문에서 목순이 나타나기를 기다리고 있었다. 이윽고 목순이 다가왔다.

"어디 갔다 오나?"

조조가 묻자, 목순이 대답했다.

"황후께서 병으로 누우셔서 의원을 부르러 갔다 옵니다."

"그래, 의원은 어디 있나?"

"곧 올 겁니다."

조조는 부하들에게 그의 몸을 샅샅이 뒤지게 했으나 아무 것도 나오지 않았다. 그때 갑자기 바람이 불어와 목순의 모자가 땅에 떨어졌다. 조조가 불러 세워 모자를 잘 살펴보았으나 역시 아무것도 눈에 띄지 않았으므로 다시 돌려주었다. 그러나 목순이 모자를 양손으로 받아 약간 뒤로 비스듬히 쓰자, 조조는 이상하게 생각하여 머릿속을 살펴보았다. 그러자 복완의 편지가 나타났다. 펴보니, 손권·유비와 합세하여 자기를 죽이려는 내용이 씌어 있었다.

조조는 화가 머리끝까지 치밀어 목순을 밀실로 끌고 가서 족쳤으나, 목순은 끝내 자백하지 않았다. 그날 밤 삼천 명의 병사로 복완의 집을 수색을 했더니, 황후의 친필 편지가 나왔다. 조조는 노발대발하며 복씨 일족을 모조리 묶어 옥에 가두었다.

이튿날 조조는 아침 일찍 군사 삼백 명을 궁중에 보내 황제의 옥새를 빼앗아 오게 했다. 헌제는 일이 탄로 난 것을 알고는, 놀라고 두려운 나머지 까무러칠 지경이었다. 황후는 잠자리에서 막 일어나, 일이 발각된 것을 알고 거실의 이중벽 속으로 몸을 숨겼다.

이윽고 상서령(尙書令)인 화흠이 병사 오백 명을 이끌고 내전으로 들어가, 벽 속에 숨어 있는 황후의 머리채를 잡아 끌어내었다.

"목숨만 살려 주시오."

"우는 소리는 위공 앞에 가서 하시오."

황후는 머리가 흐트러진 채 맨발로 끌려갔다. 조조는 좌우의 무사에게 때려죽이라고 명령하고는, 궁중에 가서 복 황후가 낳은 두 황자도 독살시켜 버렸다. 그날 밤 복완과 목순의 일족 이백여 명이 모두 거리로 끌려가 처형을 당하자, 조정은 물론 백성들도 크게 놀랐다. 건안 19년 11월의 일이었다.

헌제는 복 황후가 참사한 후로 연일 식음을 전폐했다. 그러자 조조가 말했다.

"폐하, 심려하실 것 없습니다. 신은 두 마음을 품고 있지 않습니다. 신의 딸은 귀인(貴人)으로서 폐하를 모신 지 오래입니다. 어질고 덕이 있으며 효성이 지극하오니, 황후로 맞아 주시기 바랍니다."

헌제는 싫어도 승낙하지 않을 수 없었다. 그리하여 건안 20년 1월 초하루, 조조의 딸 조 귀인을 정식으로 황후에 봉한다는 칙서를 발표했다. 신하들 중에 이의를 제기하는 자는 한 사람도 없었다.

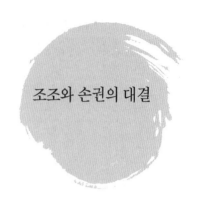

조조와 손권의 대결

조조의 위세는 날로 더해 갔다. 그는 대신들을 모아 오와 촉을 공략할 의논을 했다. 가후의 의견에 따라 하후돈과 조인을 불러들였다. 하후돈이 말했다.

"먼저 한중의 장로를 멸하고 그 기세를 몰아 촉을 치면, 단숨에 무너뜨릴 수 있을 것입니다."

조조는 이에 하후돈과 장합에게 명하여 각각 경기병 삼천씩을 이끌고 뒤로 돌아 양평관 후면에서 기습을 감행했다. 그리하여 양평관은 조조의 손에 넘어가고 말았다.

조조는 다시 남정(南鄭)까지 군사를 진격시켜 진지를 구축해 남정의 장로와 본래 마초의 부하였던 방덕에게 항복을 받아냈다. 장로가 말에서 내려 항복하자 조조는 크게 기뻐하며 후히 대접하고, 그를 진남장군(鎭南將軍)으로 임명했다. 이리하여 한중은 모두 평정되었다.

한편 서천의 백성들은 조조가 동천을 점령했다는 말을 듣고 서천으로 쳐들어올까 봐 두려움에 떨고 있었다. 유비는 제갈량을 불러 의논했다. 제갈량은 조조를 물리칠 계략을 말했다.

"조조가 군사를 나눠 합비에 주둔시키고 있는 것은 손권을 두려워하기 때문입니다. 지금 만일 강하·장사·계양 이 세 고을을 오에 돌려주고 언변이 좋은 사람을 보내 이해득실을 따져 오로 하여금 합비를 습격하게 하면, 조조는 반드시 군사를 남으로 이동시킬 것입니다."

유비는 이적을 사자로 임명하여 먼저 형주로 보내 관우에게 사정을 말하고 나서 오로 향하게 했다. 이적은 손권을 만나서 말했다.

"전에 제갈근께서 세 고을을 인수하러 오셨을 때에는 군사가 계시지 않아 뜻을 이루지 못했습니다. 이번에 세 고을을 반환한다는 내용의 서면을 가지고 왔습니다. 형주·남근·영릉도 반환하고 싶지만, 조조가 동천을 빼앗아 관운장이 머물 곳이 없기 때문에 그럴 수 없다고 했습니다. 지금 합비의 적진은 엉성합니다. 그 사이에 우리 주군께서 동천을 손에 넣게 되면 곧 형주 전체를 반환할 것입니다."

손권은 이적을 우선 숙소에 묵게 하고 참모들과 의논했다. 장소가 말했다.

"이것은 유비가 조조에게 서천을 빼앗길까 봐 두려워 꾀한 계략입니다. 그러나 조조가 한중에 있는 기회를 노려 합비를 공략하는 것도 좋은 전략입니다."

손권은 이에 따라 이적을 촉으로 돌려보내고, 곧 스스로 십만 대군을 이끌고 출전했다. 오의 군사는 양자강을 건너 화주(和州)를 공략하고 환성(皖城)으로 쳐들어갔다. 성 뒤에서 화살과 돌이 빗발치듯 날아오는 가운데 선봉에 나선 감녕이 쇠사슬을 팔에 걸고 성벽을 기어 올라갔다. 그가 퍼붓는 화살을 피해 단칼에 환성의 장수를 쓰러뜨리자, 병사들도 일제히 성벽으로 기어올라 환성을 공략했다.

손권은 다시 여몽 · 감녕 · 능통 등 여러 장수들을 거느리고 합비로 진격했다.

조조 쪽의 장수인 장요는 합비에서 환성을 돕기 위해 달려오다가, 도중에 환성이 함락되었다는 말을 듣고 군사를 되돌려 합비로 돌아가 이전 · 악진 두 장수와 함께 손권의 군사와 싸웠다.

앞장선 여몽과 감녕이 함께 쳐들어오자, 악진은 패하여 도망쳤다. 이진에 있던 손권은 선발대가 이겼다는 소식을 듣고 군사를 몰아 소요진(逍遙津) 북쪽에 이르렀다. 이때 갑자기 석화시 소리가 들리더니 왼쪽에서 장요의 부대, 오른쪽에서 이전의 부대가 돌격했다. 능통이 결사적으로 싸우는 동안에 손권 · 여몽 · 감녕 등은 간신히 도망쳤으나, 병력의 태반을 잃게 되었다. 이 전투는 강남 백성들을 공포에 떨게 하여, 장요의 이름만 들어도 울던 아기가 울음을 그칠 정도였다.

손권은 많은 전사자를 내어 울적한데다가 장수들이 자중하라고 진언하니, 스스로도 크게 수치를 느꼈다. 그는 이 패전을 경험 삼아 군병을 이끌고 유수로 돌아가 수륙의 병력을 정비하고, 강남에서 군사를 다시 징집했다.

손권이 소요진에서의 패전의 보복을 꾀하고 있다는 소식을 들은 장요는, 합비의 병력이 소수였으므로 많은 적의 습격에 대비하기 위해 한중에 사자를 보내어 조조에게 원병을 청했다. 조조는 한중을 하후연과 장합에게 지키게 하고, 스스로 사십만 대군을 이끌고 유수를 향해 진격했다.

손권은 동습과 서성 두 장수로 하여금 군선 오십 척을 이끌고 유수강 어귀에 숨어 있게 하고, 진무로 하여금 군사를 이끌고 양자강 연안을 순시하게 했다. 그때 장소가 말했다.

"조조가 먼 길을 행군해 온 지금이야말로 출격에 적합한 기회입니다."

손권은 참모들에게 물었다.

"조조는 먼 길을 달려왔다. 제일 먼저 나가 싸워 그의 콧대를 꺾을 장수는 누구냐?"

"제가 선봉에 서겠습니다."

능통이 나서자, 손권이 말했다.

"병력은 얼마나 필요한가?"

"삼천 명이면 충분합니다."

그러자 감녕이 나서며 말했다.

"삼천 명이나요? 저는 백 명의 기병이면 충분합니다."

능통은 화가 났다. 이리하여 두 사람은 손권 앞에서 언쟁을 벌였다. 감녕은 전에 능통의 부친을 죽인 원수였다.

"상대방은 수가 많소. 얕보아서는 안 되오."

손권은 먼저 능통에게 삼천의 병력을 이끌고 출전하라고 명령했다. 능통은 적의 선봉인 장요와 싸웠으나 승부가 나지 않았다. 손권은 능통의 신변을 걱정하여 여몽에게 교대하여 싸우게 하고, 능통을 진지로 불러들였다. 감녕은 능통이 돌아온 것을 보자, 손권에게 말했다.

"제가 오늘 밤에 백 명의 기병을 이끌고 조조의 본진을 습격하고 돌아오겠습니다. 사람 하나, 말 한 필이라도 잃으면 공을 없던 것으로 돌리겠습니다."

손권은 곧 기병 백 명을 선발하여 감녕에게 주고, 술 오십 병, 양고기 오십 근을 군사들에게 나누어 주었다. 감녕은 진지로 돌아와 백 명의 기병을 나란히 앉히고는, 먼저 은잔에 술을 따라 두 잔을 거푸 마신 뒤 일동에게 말했다.

"오늘 밤 주공의 명령에 따라 적진을 기습한다. 마음껏 마시고 힘껏 싸우기 바란다."

이 말을 듣고 군사들은 저마다 서로 얼굴을 마주 보았다. 모두들 마음이 내키지 않는 얼굴을 하자, 감녕은 칼을 빼들고 호통을 쳤다.

"대장인 내가 목숨을 아끼지 않는데, 너희들이 무엇을 망설이느냐?"

감녕의 얼굴빛이 달라진 것을 보자, 군사들은 입을 모아 말했다.

"나가서 힘껏 싸우겠습니다."

감녕은 백 명의 군사들과 술을 마시기 시작했다. 회식을 마치고 두 번째 북이 울리자, 그들은 투구에 흰 거위 깃털을 꽂고 갑옷을 걸친 후 말을 몰아 조조의 본진으로 달려갔다. 그러고는 적의 가시나무 울타리를 뽑아 버리고 징과 북을 울리면서 본진을 향해 쏜살같이 진격했다.

조조의 본진은 수비가 철통같았으나, 감녕은 불과 백 명밖에 안 되는 기병을 이끌고 함성을 지르면서 좌우로 쳐들어갔다. 조조의 병사들은 당황한 나머지 적병의 수도 모른 채 큰 혼란에 빠져 허둥지둥했다. 감녕의 군사는 닥치는 대로 칼을 휘둘러 적을 무찔렀다. 양쪽 진지에서는 북소리가 요란하게 울려 퍼지고 횃불이 별처럼 빛났으며, 함성이 천지를 진동시켰다.

감녕은 진지의 남문으로 쳐들어갔으나 감히 대적하는 자가 없었다. 이윽고 감녕의 군사는 한 사람도 다치지 않고 유수의 진지로 돌아왔다. 조조의 군사는 복병이 두려워 추격하지 않았다. 막사 앞에서 백 명의 기병이 북을 울리고 피리를 불면서 '만세'를 부르고 환호성을 올리자, 손권은 스스로 마중을 나와 감녕의 손을 잡고 위로하며 많은 상을 주었다. 손권은 장수들에게 말했다.

"조조에게 장요가 있다면, 나에겐 감녕이 있다. 서로 좋은 적수가 될 것이다."

어느 날 장요가 병사를 이끌고 도전해 왔다. 능통은 감녕이 공을 세웠기에, 자신도 공을 세우기 위해 장요와 싸우기를 원했다. 손권이 이를 허락하자, 능통은 오천의 병사를 이끌고 유수를 떠났다. 손권도 스스로 말을 몰아 왼쪽에는 감녕, 오른쪽에는 능통을 거느리고 진지로 진격했다. 장요 쪽에서도 왼쪽에 이전, 오른쪽에 악진을 거느리고 말을 몰았다.

먼저 능통이 칼을 들고 말을 달려 적진 앞으로 나서자, 장요는 악진에게 응전을 명령했다. 두 사람은 오십여 차례나 싸웠으나 승부가 나지 않았다.

이것을 본 조조는 은밀히 조휴에게 능통의 말에 활을 쏘라고 일렀다. 조휴가 쏜 화살은 정확하게 말의 가슴을 명중시켰고, 능통은 말과 함께 땅바닥으로 나가떨어졌다. 악진이 재빨리 창을 들어 능통을 찌르려는 순간, 악진의 얼굴에 화살이 박혀 말 위에서 곤두박질했다. 양군은 일제히 출격하여 각각 장수를 구출하여 진지로 돌아와 징을 울려 전투를 마쳤다.

능통이 진지로 돌아와 손권에게 인사를 올리자, 손권이 말했다.

"활을 쏘아 임자를 구출한 것은 감녕이오."

능통은 감녕 앞에 엎드려 감사의 예를 올리고, 그 후부터 사이좋게 지내면서 위태로울 때에는 서로 목숨을 걸고 돕기로 맹세했다.

한편 조조는 악진의 상처를 손수 치료해 주고 이튿날 군사를 다섯으로 나누어 유수로 쳐들어갔다. 조조 자신이 본대를 이끌고, 왼쪽 일진은 장요, 이진은 이전, 오른쪽 일진은 서황, 이진은 방덕으로 하여금 이끌게 해 각각 만의 군사를 이끌고 양자강 기슭으로 쳐들어갔다.

이때 오의 동습과 서성 두 장수는 배의 망루에서 조조의 군사가 쳐들어오는 것을 보고 있었다. 적의 기세에 눌려 군사들이 불안한 얼굴을 하고 있자, 서성은 호통을 쳤다.

"군주의 녹을 먹고 목숨을 군주에게 바치기로 맹세한 이상, 적을 두려워해서야 말이 되겠느냐!"

그러고는 수백 명의 군사를 이끌고 작은 배로 강을 건너 이전의 군사와 대결했다.

동습은 배에서 북을 치고 함성을 질러 사기를 북돋우려고 했다. 그러나 갑자기 돌풍이 일고 파도가 치솟아 배가 뒤집힐 것 같았다. 당황한 군사들이 거룻배를 버리고 앞을 다투어 도망치려고 하자, 동습이 외쳤다.

"우리는 군주의 명령을 받아 적과 싸우고 있다. 배를 버리고 도망치다니, 이 무슨 꼴이냐?"

그러고는 도망치려던 군사 십여 명의 목을 그 자리에서 베어 버렸다. 그러나 바람이 더욱 세차게 불어와 배가 뒤집히는 바람에 동습은 강물에 빠져 죽었다. 그 동안에 서성은 이전의 군사를 무찌르고 있었다.

손권이 주태와 함께 그들을 구원하러 왔으나, 금세 조조의 대군에게 포위되었다. 주태는 또다시 적의 포위망을 뚫어 손권을 위기에서 구출하고 다시 서성도 구출했으나, 전신에 무수한 상처를 입었다. 오의 진무도 구원하러 달려왔다가 방덕과 마주쳐 불꽃 튀기는 싸움을 했으나, 산기슭의 숲으로 쫓기던 중 나뭇가지에 소맷자락이 걸리는 바람에 방덕의 칼에 죽임을 당하고 말았다.

조조는 손권이 포위망을 뚫고 도망치자 군사를 이끌고 말을 달려 강기슭에서 활을 쏘아 댔다. 오나라 쪽에서는 화살이 동이 나 군사들이 어쩔 줄 모르고 있는데, 저쪽 강기슭에서 수군이 배를 타고 몰려왔다. 앞장선 장수는 손책의 사위인 육손이었다. 그는 십만의 군사를 이끌고 손권을 돕기 위해 달려온 참이었다. 육손은 화살을 퍼부으며 조조의 군사가 뒤로 물러서는 것을 노려 단숨에 상륙하여 적을 물리쳤다.

손권은 이 싸움에서 동습과 진무를 잃고 한 달 남짓 대진했으나 조조를 이길 수가 없었다.

장소와 고옹이 말했다.

"조조의 세력은 막강하여 힘으로는 당해 내기 어렵습니다. 만일 전쟁을 오래 계속하면 많은 희생만 내게 될 것입니다. 지금은 일단 화해하여 백성을 평안하게 하는 것이 가장 상책인 줄 압니다."

그러자 손권은 사자를 보내어 조조에게 화의를 제의하며, 해마다 공물을 바칠 것을 약속했다.

조조도 강남을 단시일에 함락하기는 어렵겠다고 생각하여 손권의 제의에 동의하고, 손권이 군사를 철수시키면 자기도 철수하겠다는 뜻을 전했다.

손권은 조조의 답장을 받고 장흠과 주태 두 장수만 유수구의 수비를 위해 남겨 놓고 다른 군사들은 모두 배를 타고 말릉으로 철수하게 했다. 조조도 조인과 장요만 합비에 남겨 두고 나머지 군사를 이끌고 허도로 철수했다.

좌자와 관로

건안 21년, 조조가 합비에서 수도로 돌아오자 시중인 왕찬은 시를 읊어 그 은덕을 찬미하며 조조를 위왕으로 추대하자고 하였다. 그러나 상서인 최염(崔琰)이 끝까지 반대했다.

"그대는 순욱의 참변을 모르고 있소?"

주위의 군신들이 입을 모아 말하자, 최염은 노발대발하면서 말했다.

"천자 폐하를 섬기는 신하들이 어찌 이럴 수 있단 말인가! 틀림없이 이변이 일어날 걸세. 이제 마음대로 하게."

최염과 사이가 나쁜 자가 조조에게 밀고를 하자, 조조는 화가 머리끝까지 치밀어 최염을 붙잡아 옥에 가두었다. 최염은 호랑이와 같은 눈을 번뜩이고 교룡(蛟龍)과 같은 수염을 떨면서 '한의 천하를 빼앗은 역적놈'이라고 욕설을 퍼부었다. 조조는 이 말을 듣고 감옥에서 최염을 곤장으로 쳐서 죽게 했다.

건안 21년 5월, 여러 신하들은 조조의 작위를 왕으로 봉하도록 헌제에게 상주했다. 헌제는 즉시 조조를 위왕으로 책봉했다. 조조는 일부러 세 번이나 서면으로 사양하다가, 사퇴를 허락하지 않겠다는 칙서가 세 번 전달되자 비로소 위왕의 작위를 받아들였다. 그는 천자와 같은 옷차림을 하고, 천자와 같이 황금으로 장식한 육두마차를 탔다. 또한 출입할 때는 호위병을 따르게 했으며, 업군에 왕궁을 세우고 세자(世子)를 두기로 했다.

조조의 정실인 정 부인에게는 아들이 없었고 첩인 유씨가 조양(曹昂)을 낳았으나, 그는 장수를 정벌할 때 완성에서 전사했다. 그리고 또 다른 첩 변 씨가 네 아들을 낳아 첫째를 비(丕), 둘째를 창(彰), 셋째를 식(植), 넷째를 웅(熊)이라고 불렀다. 그래서 조조는 정 부인을 폐하고 변씨를 왕비로 삼았다.

셋째 조식은 자를 자건(子建)이라고 불렀는데, 대단히 영리하여 붓을 들면 즉석에서 문장을 일사천리로 써 나갔다. 그래서 조조는 조식을 세자로 삼고 싶어 했다.

이것을 눈치 챈 장남 조비는 세자로 책봉되지 않을까 염려하여 가후에게 좋은 방법이 없겠느냐고 물었다. 가후는 그에게 방법을 알려 주었다.

어느 날, 조조가 출정할 때 네 아들이 전송을 나왔다. 조식이 먼저 부친의 공덕을 찬양했는데, 입에서 나오는 말이 그대로 문장이 될 정도였다. 그런데 조비는 부친과 작별할 때 다만 눈물을 흘리며 고개를 숙일 뿐이어서 좌우의 사람들이 모두 눈시울을 적셨다. 그래서 조조는, 조식이 똑똑하기는 하지만 성실함은 조비를 따르지 못한다고 생각했다.

조비는 또한 부친의 측근들을 포섭하여 자기의 덕을 칭찬하게 했다. 계속 망설이면서 마음을 정하지 못하던 조조는, 결국 가후를 불러 물었다.

"세자를 책봉하려 하는데, 누가 좋겠는가?"

그런데 가후는 아무 대답도 하지 않았다. 조조가 그 이유를 묻자 가후가 대답했다.

"지금 마음에 걸리는 것이 있어서 바로 답변하기가 곤란합니다."

"무슨 생각을 했는가?"

"원소와 유표의 부자(父子)에 대해 생각하고 있었습니다."

조조는 껄껄 웃고 나서 곧 장남인 조비를 세자로 세웠다.

이 해 10월, 조조는 궁전이 완성되자 사자를 각처에 보내 진귀한 꽃과 과일 나무를 모아다가 뜰에 심게 했다. 오에 갔던 사자가 손권을 만나 위왕의 뜻을 전하자, 그는 위왕의 환심을 사려고 곧 커다란 귤 사십 상자를 온주에서 업군으로 보냈다.

도중에 인부들이 피로하여 산기슭에서 쉬고 있는데, 사팔뜨기에다 절름발이이며 백등(白藤)의 관에 푸른 옷을 걸친 도사가 나타나 말했다.

"허허, 모두들 수고하는군. 이 늙은이가 메다 줄까?"

모두들 매우 기뻐했다. 그리하여 도사는 한 사람 한 사람의 짐을 오리씩 메어 주었는데, 그가 진 짐은 모두 가벼워 보여 인부들은 이상하게 생각했다. 도사는 헤어질 때 운송 감독인 관원에게 말했다.

"나는 위왕과 동향 친구로 이름은 좌자(左慈)요 자는 원방(元放), 도호(道號)는 오각(烏角) 선생이라고 하네. 업군에 도착하면 이 좌자의 안부를 전해 주게."

그러고는 어디론가 사라졌다. 사자가 업군에 도착하여 귤을 바쳤다. 그런데 조조가 그 귤을 쪼개 보니 속이 텅 비어 있었다. 조조는 이상하게 생각하여 사자에게 물어보았다. 사자는 좌자의 이야기를 했다. 그래도 조조는 납득이 가지 않아 고개를 갸우뚱거리고 있는데, 문지기가 좌자라는 도사가 면회를 왔다고 알려왔다. 조조가 불러들이자, 사자가 말했다.

"도중에 만난 사람이 바로 이분입니다."

조조는 호통을 쳤다.

"네놈이 괴상한 술수로 나한테 오는 과일의 알맹이를 몽땅 빼먹었구나."

좌자는 미소를 지으며 천만의 말씀이라고 대꾸했다. 좌자가 귤을 집어 쪼개니 모두 알맹이가 들어 있었다. 그러나 조조가 쪼개면 속이 텅 비어 있는 것이었다.

조조는 더욱 놀라 좌자에게 자리를 권하며, 요구하는 것이 무엇이냐고 물었다. 좌자는 술과 고기를 요구했다. 조조가 좌우의 부하에게 명하여 술과 고기를 가져다주자, 좌자는 술 다섯 말을 마시고도 취하지 않고 양 한 마리를 먹고도 배가 차지 않는 얼굴이었다. 조조는 어이가 없어 물었다.

"그대는 무슨 술수를 알고 있기에 이렇게 되었는가?"

"저는 서천 가릉의 아미산(峨嵋山) 속에서 삼십 년 동안 도술을 배웠습니다. 어느 날 석벽(石壁) 속에서 제 이름을 부르는 소리가 들리기에 사방을 둘러보았으나, 아무것도 눈에 띄지 않았습니다. 이런 일이 며칠 계속되고 나서 갑자기 우렛소리가 요란하게 울리더니 석벽이 깨어지고, 그 속에서 『둔갑의 천서(天書)』세 권이 나왔습니다. 상권에는 천둔(天遁), 중권에는 지둔(地遁), 하권에는 인둔(人遁)이라고 씌어 있었습니다. 천둔으로 구름 위에 올라가 바람을 타고 창공을 날고, 지둔으로 산을 파서 둘 사이를 지나고, 인둔으로 천하를 돌아다니면서 몸을 감추거나 변신하거나 칼을 날려 사람의 목을 자를 수 있습니다. 대왕은 최고의 지위에 올랐으니, 이제 은퇴하여 나와 함께 아미산에 들어가 수도하는 것이 어떻겠습니까? 세 권의 천서를 모두 드리겠습니다."

조조가 말했다.

"나도 전부터 퇴조기(退潮期)에 접어들면 은퇴할 생각을 해왔지만, 조정에 이렇다 할 인물이 없네."

좌자는 빙그레 웃고 나서 말했다.

"익주의 유비는 황제의 후손이니, 그에게 자리를 물려주는 것이 어떻겠습니까? 그렇지 않으면 제 칼이 대왕의 목을 그대로 두지 않을 겁니다."

"이놈은 유비의 첩자다!"

조조는 크게 화를 내며 좌우의 부하에게 좌자를 체포하라고 명했다. 그러나 좌자는 그저 소리 내어 웃을 뿐이었다. 조조는 무사 십여 명에게 좌자의 목을 베게 했다. 그러나 무사가 칼을 힘껏 내려쳐도 좌자는 꾸벅꾸벅 졸 뿐 상처 하나 나지 않았으며, 감각이 없는 것처럼 보였다. 조조는 화가 나서 커다란 형틀을 그의 목에 씌운 다음, 쇠못을 박고 쇠사슬을 달아 옥에 가두고 엄중히 감시하게 했다. 그러나 형틀도 쇠사슬도 좌자의 몸에서 빠져 아래로 떨어지고, 그는 아무 상처도 입지 않은 채 바닥에 누워 있었다. 칠 일 동안 옥에 가두고 먹을 것을 주지 않아도 좌자는 단정히 앉아 있었으며, 그의 얼굴은 불그스름하니 윤기가 감돌았다.

조조는 어떻게 된 것이냐고 물었다.

"나는 수십 년을 먹지 않아도 괜찮소. 그런가 하면 하루에 양을 천 마리쯤 먹어 치울 수도 있소."

좌자가 대답하자, 조조는 더 이상 어떻게 해 볼 방법이 없었다. 이

틑날 신하들을 왕궁으로 불러 성대한 잔치를 벌였는데, 좌자가 나막신을 신고 나타났다. 모두들 깜짝 놀라는 것을 보고 좌자가 말했다.

"대왕, 세상에는 진귀한 음식이 많소. 오늘 산해진미로 배불리 먹고 마시지만, 이곳에 없는 음식도 많이 있소. 이곳에 없는 것을 말하시오. 내가 마련해 주겠소."

조조가 말했다.

"나는 용의 간을 먹고 싶네."

"뭐, 그까짓 것은 문제없소."

좌자가 붓으로 흰 벽에 용을 한 마리 그리고 옷소매로 쑥 문지르자, 용의 배가 갈라졌다. 좌자는 용의 배에서 피가 흐르는 간을 꺼내 주었다. 조조는 믿어지지 않는 얼굴로 물었다.

"옷소매 속에 숨겨 두었소?"

그러자 좌자가 말했다.

"이 엄동설한에 초목은 메말라 있소. 그렇지만 대왕이 원한다면 무슨 화초든지 보여 주겠소."

"모란이 보고 싶네."

"그것 역시 쉬운 일이오."

좌자는 커다란 화분을 가져오게 하여 자리 위에 올려놓고 물을 뿌렸다. 그러자 얼마 후에 싹이 트고 두 송이의 모란꽃이 피었다. 모두들 감탄하여 좌자를 상좌에 앉히고 식사를 함께 했는데, 그는 뜰 안의 연못에서 천 리 밖 송강(松江)의 농어를 몇십 마리나 낚아 올리기도 하고 주발 가득히 생강을 채우기도 했다.

좌자는 매우 신기해하는 조조에게 탁상의 술잔을 들어 귀한 술을 가득 따라 권하면서 말했다.

"대왕, 드십시오. 그러면 천 년은 살 수 있을 것이오."

조조가 말했다.

"그대가 먼저 마시게."

좌자는 관(冠)에서 옥비녀를 뽑아 잔에 따른 술을 둘로 나눠서 절반을 마신 뒤, 나머지 절반을 조조에게 권했다.

조조가 그것을 마셔 보니 맛이 맹물 같았으므로, 좌자를 호되게 꾸짖었다.

좌자는 갑자기 술잔을 공중으로 던졌다. 그러자 술잔이 흰 비둘기가 되어 궁전 주위를 빙빙 돌면서 날아다녔다. 모두들 깜짝 놀라 바라보는 동안에 좌자의 모습이 어디론가 사라져 버렸다.

조조는 좌자의 얼굴을 그리게 하여 백성들에게 알리고 체포령을 내렸다. 그리하여 사흘 사이에 성 안팎에서 한쪽 눈이 사팔뜨기이며 한쪽 다리를 절고, 백등관에 푸른 옷을 걸치고 나막신을 신은 노인 수백 명이 붙잡혀 왔다.

조조는 이들에게 돼지와 양의 피를 뿌려 성의 남쪽 연병장으로 호송하게 한 뒤, 스스로 무사 오백 명을 이끌고 나가 한 사람도 남기지 않고 목을 베었다. 그러자 사람들의 목에서 각각 푸른 연기가 하늘 높이 솟아올라 한 곳으로 모이더니, 좌자의 모습으로 변했다. 그러고는 하늘을 향해 학을 불러 타고 구름사이로 올라가며 말했다.

"교활한 영웅은 금세 망할 것이다."

조조가 장수들에게 활을 쏘게 하자 갑자기 폭풍이 불어와 모래와 돌이 날아들더니, 목이 잘린 시체가 모두 벌떡 일어나 조조에게 덤벼들었다.

조조는 깜짝 놀라 그 자리에 쓰러졌다. 얼마 후에 바람이 그쳤을 때는 시체가 하나도 보이지 않았다. 좌우의 신하들이 조조를 부축하여 궁전으로 돌아갔으나, 이때부터 조조는 병상에 눕게 되었다.

조조의 병은 아무리 약을 써도 낫지 않았다. 하루는 허도에서 문병을 온 허지(許芝)라는 자가 점(占)의 명수인 관로(管輅)에 대해 자세하게 이야기를 했다.

관로는 평원 사람으로, 얼굴이 못생기고 술을 좋아했으며 짓궂은 일을 많이 했다. 어렸을 때부터 별 쳐다보기를 좋아하여 잠을 설치기까지 했는데, 그의 부모도 그것을 말리지 못했다. 이웃의 아이들과 함께 놀 때에도 지면에 천문(天文)의 그림을 그리고, 일월성신(日月星辰)의 분포를 적어 넣는 것이 버릇이었다. 어른이 된 후에는 주역(周易)에 정통하여 바람의 방향에 따라 점을 치고 관상도 잘 보았다. 그에게 점을 치면 예언이 적중했다.

어느 날 관로가 교외를 산책하고 있는데, 한 젊은이가 밭을 갈고 있었다. 길가에 서서 한참을 보고 있던 관로는 젊은이에게 이름과 나이를 물었다. 젊은이가 대답했다.

"조안(趙顔)이라고 부릅니다. 나이는 열아홉입니다. 선생님은 누구십니까?"

"나는 관로라고 부르네. 자네의 눈썹 사이에 죽을 상(相)이 나타나 있어. 사흘 안에 반드시 죽게 될 걸세. 자네는 얼굴은 잘 생겼지만 수명이 짧아 안됐군."

조안은 집에 돌아와 부친에게 관로의 말을 들려주었다. 부친은 즉시 관로를 뒤쫓아 가 땅바닥에 엎드려 부탁했다.

"제발 제 아들을 살려 주십시오."

"그것은 천명이라 어떻게 할 도리가 없소."

"저에게는 하나밖에 없는 아들입니다. 제발 살려만 주십시오."

관로는 친자(親子)의 정을 측은히 여겨 조안에게 말했다.

"자네는 맑은 술 한 병과 마른 사슴 고기를 가지고 내일 남산으로 가게. 거기 큰 소나무 아래 있는 바위 위에 앉아서 바둑을 두고 있는 사람이 있을 걸세. 남쪽을 향해 앉은 사람은 흰 옷을 걸치고 못생긴 얼굴을 하고 있을 거고, 북쪽을 향해 앉은 사람은 붉은 옷을 걸치고 잘생긴 얼굴을 하고 있을 것이네. 그 두 사람이 바둑에 열중하고 있을 때, 점잖게 그들에게 술과 사슴 고기를 권하게. 그들이 다 먹고 마시면 울면서 목숨을 연장시켜 달라고 애원하게. 그러면 아마도 들어줄 걸세. 그러나 내가 시켰다는 말을 절대로 입 밖에 내어서는 안 되네."

이튿날 조안은 술과 사슴 고기를 가지고 남산으로 올라갔다. 오륙십 리쯤 가니, 과연 커다란 소나무 아래 있는 바위 위에 앉아 바둑을 두는 두 사람이 있었다. 그들은 바둑에 열중하여 뒤돌아보지도 않았다. 조안이 무릎을 꿇고 술과 사슴 고기를 권하자, 그들은 바둑을 두면서 금세 다 먹고 마셔 버렸다.

조안이 땅에 무릎을 꿇고 눈물을 흘리면서 목숨을 연장시켜 달라고 애원하자, 두 사람은 깜짝 놀라 돌아보았다.

붉은 옷을 걸친 자가 말했다.

"이건 관로가 가르쳐 준 것이 틀림없어. 그렇지만 우리 두 사람이 뇌물을 받은 이상 도와줘야지."

그러자 흰 옷을 걸친 자가 호주머니에서 수첩을 꺼내 살펴보고는 조안에게 말했다.

"넌 열아홉 살인 올해 죽게 되어 있다. 그렇지만 일 자를 구 자로 바꿔 주겠다. 이제 네 수명은 아흔아홉 살이다. 돌아가서 관로에게 말하거라. 다시는 하늘의 비밀을 누설하지 말라고. 그렇지 않으면 반드시 천벌을 받을 것이라고 말이야."

붉은 옷을 입은 자가 붓을 꺼내어 글자를 써넣자, 향기로운 바람이 불어오더니 두 사람은 학이 되어 하늘로 날아갔다.

조안이 돌아와 어떻게 된 것이냐고 묻자, 관로가 설명해 주었다.

"붉은 옷을 걸친 쪽은 남두성이고, 흰 옷을 걸친 쪽은 북두성이야."

"북두성은 별이 아홉 개라고 들었는데, 어떻게 한 사람이 북두성이 될 수 있습니까?"

"흩어지면 아홉이지만 합치면 하나가 돼. 북두성은 죽음을 상징하고, 남두성은 삶을 상징하지. 이제 수명이 연장되었으니, 걱정할 것 없네."

허지는 이 이야기를 하고 나서 이렇게 덧붙여 말했다.

"부친과 아들이 감사해했으나, 그 후부터 관로는 하늘의 비밀을 발설하는 것이 두려워 함부로 점을 치지 않습니다. 그는 지금 평원에 살고 있으니, 대왕께서 길흉을 점치고자 하시면 그를 불러들이십시오."

조조는 기꺼이 평원으로 사람을 보내 관로를 불러들였다. 조조는 좌자의 이야기를 들려준 뒤 점을 쳐 달라고 부탁했다. 관로가 말했다.

"그것은 사람의 눈을 속이는 환술(幻術)입니다. 걱정하실 것 없습니다."

이 말을 들은 조조는 마음이 가라앉는 것이, 병이 한결 나아진 것 같았다. 다음으로 천하의 정세에 대해 점을 쳐 달라고 부탁했다.

"삼팔종횡(三八縱横)에 누런 돼지가 호랑이를 만나고, 정군(定軍)의 남쪽에 상처를 입고 한쪽 다리가 꺾이리라."

다시 위의 국운을 점쳐 달라고 하자, 관로는 말했다.

"왕도는 새로워지고 자손이 존귀를 누리게 될 것입니다."

조조가 그 까닭을 상세히 묻자, 관로가 말했다.

"하늘이 정한 운수는 막연하여 미리 알아낼 수 없습니다. 나중에 징조가 보일 것입니다."

조조가 그를 천문을 관장하는 관원으로 채용하겠다고 말하자, 관로는 대답했다.

"저는 운명이 사납고 인상도 좋지 않습니다. 또한 죽은 자의 영혼은 지배할 수 있지만, 살아 있는 자들의 단속은 할 수 없습니다. 그 직위는 저한테 어울리지 않습니다."

"내 관상은 어떠한가?"

"신하로서 최고의 지위에 올랐으니, 새삼 관상을 보실 필요가 없는 줄 압니다."

조조가 재삼 물었으나, 관로는 웃기만 할 뿐 대답하지 않았다. 그래서 문무백관의 관상을 일일이 보이자, 관로가 웃으며 대답했다.

"모두 치세(治世)의 명인들입니다."

조조가 여러 가지 길흉을 물었으나, 관로는 자세한 대답을 하려고 하지 않았다.

조조는 동오와 서촉의 점을 치게 했다. 그러자 관로의 점괘는 동오에서는 한 장수를 잃게 되고, 서촉에서는 군사가 국경을 침범할 것으로 나왔다.

조조는 믿지 않았는데, 그때 갑자기 합비에서 '동오의 육구(陸口)를 수비하던 노숙이 죽었다.'는 보고가 들어왔다.

조조는 깜짝 놀라 한중으로 사람을 보내어 동태를 살피게 했다. 며칠이 못 되어 유비가 장비와 마초를 보내 하판(下辨)에서 관문을 노리고 있다는 급보가 날아들었다. 조조는 격노하여 스스로 대군을 이끌고 한중으로 다시 진격하기 위해 관로에게 점을 치게 했다. 관로는 말했다.

"대왕, 경솔하게 움직이지 마십시오. 내년 봄에 허도에 화재가 일어날 것입니다."

조조는 관로의 예언이 모두 적중했으므로 경솔히 진격하지 않고 업군에 주둔하며, 조홍으로 하여금 군사 오만을 이끌고 하후연과 장합을 도와 동천을 지키게 했다. 그리고 하후돈에게는 군사 삼만을 이끌고 허도를 경비하게 하여 만일의 경우에 대비하는 한편, 장사(長史) 왕필(王必)을 기병대장으로 임명하여 허도의 동화문 밖에 주둔하게 했다.

당시 조정의 관원 중에 경기(耿紀)라는 자가 있었다. 그는 조조가 왕위에 올라 천자의 수레를 타고 다니는 것을 보고 울화통이 터져 건안 23년 1월, 친구인 위황(韋晃)과 몰래 의논하여 평소에 조조를 타도하려는 마음을 먹고 있는 김의(金禕)를 동지로 삼았다. 김의가 말했다.

"먼저 왕필을 죽이고 그의 병력을 빼앗아 천자를 수호하게 한 뒤, 유 황숙의 도움을 얻으면 조조를 무찌를 수 있을 걸세."

김의에게는 심복이 두 사람 있었다. 그들은 전년에 동승의 밀칙(密勅) 사건 때 조조에게 죽임을 당한 길평의 아들들로, 장남은 길막(吉邈), 차남은 길목(吉穆)이라고 불렀다. 두 사람은 부친이 피살되었을 때 멀리 도망하여 난을 면했으며, 근래에 몰래 허도에 돌아와 있었다. 김의가 이 두 사람을 불러 계획을 이야기하자, 이들은 크게 감동하여 눈물을 흘렸다.

이들 다섯 사람은 하늘을 우러러 맹세한 다음, 각자 집으로 돌아와 만반의 준비를 하고 약속한 날을 기다리고 있었다.

경기와 위황 두 사람은 각자 하인 삼사십 명이 사용할 무기를 준비했다. 길막 형제도 삼백 명가량의 인원을 동원하여 사냥을 간다는 핑계로 계획을 세우고 있었다. 준비를 마치자 김의는 왕필을 찾아가서 말했다.

"위왕의 위세로 천하를 평정하고 있는 이때, 대보름도 가까워졌소. 성안에 등불을 밝히고 평화의 기쁨을 나누는 것이 좋을 줄 아오."

왕필은 이에 동의했다. 정월 대보름이 되자 하늘은 맑게 개고 달이 밝았다.

여섯 갈래의 큰 거리와 세 군데의 시장에는 형형색색의 등롱(燈籠)이 장식되고, 궁중의 호위병들도 이날 밤만은 경비를 소홀히 했다.

왕필은 근위장교들과 진중에서 술을 마시고 있었다. 두 번째 북이 울리자 갑자기 진중에서 '불이야!' 하는 고함 소리가 일어났다. 진중에서 반란이 일어난 것을 알아챈 그가 급히 말을 몰아 남문을 빠져나가려고 하는데, 운 나쁘게도 경기와 마주쳤다. 경기가 쏜 화살에 어깨를 맞아 떨어질 뻔했으나, 간신히 서문을 향해 말을 달렸다. 뒤에서 누가 추격해 왔다. 왕필은 말을 버리고 도망쳤다. 김의의 집 앞에 이르러 급히 대문을 두드렸다. 김의는 하인들을 데리고 진중으로 쳐들어갔으므로, 집에 남아 있는 것은 여자들뿐이었다. 집에 있던 사람들은 왕필이 대문을 두드리자, 김의가 돌아온 줄 알았다. 아내가 대문으로 다가서서 물었다.

"왕필을 처단했어요?"

왕필은 깜짝 놀라 비로소 김의도 공모자임을 깨닫고, 급히 조휴의 집으로 가서 김의·경기 등이 반란을 일으켰다고 보고했다.

조휴는 즉시 천여 명의 병사를 이끌고 성을 수비했다. 성 안에서는 사방에서 불길이 오르더니 오봉루에까지 옮겨 붙었다. 천자는 궁중 깊숙이 피신하고, 조조의 심복들은 필사적으로 성문을 지키고 있었다. 성 안 곳곳에서 '역적 조조를 잡아 죽이고 한의 왕실을 보호하자.' 라는 소리가 들렸다.

하후돈은 조조로부터 허도를 경비하라는 명령을 받고는 삼만의 군사를 이끌고 성에서 오십 리 밖에 주둔하고 있다가, 이날 밤 멀리 성 안에서 불길이 일자 즉시 대군을 이끌고 달려와 수도를 포위하고 일부 군사를 성안으로 들여보내 조휴를 구출하고 새벽까지 싸우게 했다.

경기 · 위황 등은 김의와 길씨 형제가 피살되었다는 말을 듣고 도와주는 사람도 없이 혈로를 열어 성문에서 뛰쳐나왔으나, 하후돈의 대군에게 포위되어 붙잡히고 말았다. 그리고 수하의 백여 명은 죽임을 당했다. 하후돈은 성 안으로 들어가 불을 끄고 다섯 집의 일족은 노소를 막론하고 모두 체포한 다음, 조조에게 보고했다. 조조는 명령을 내렸다.

"경기 · 위황 등 다섯 집의 일족은 노소를 막론하고 모두 시장에서 목을 베라. 조정의 관원들은 모두 업군에 모여 처분을 기다려라."

하후돈은 경기 · 위황 두 사람을 시장으로 끌고 갔다. 경기는 목쉰 소리로 외쳤다.

"이놈 조조, 내가 살아서는 네놈을 죽이지 못했지만, 죽으면 병마의 귀신이 되어 죽여 버리고 말 테다."

도수부가 칼로 그의 입을 후려치자 피가 쏟아져 나왔으나, 경기는 숨이 끊어질 때까지 저주를 그치지 않았다. 위황도 얼굴을 땅에 박고 끝없이 조조를 저주하고 이를 갈면서 죽었다.

하후돈은 다섯 집의 일족을 몰살시키고 나서 관원들을 업군으로 호송했다. 조조는 연병장 왼쪽에다 붉은 기, 오른쪽에다 흰 기를 세우고 명령을 내렸다.

"경기 · 위황 등이 난동을 부려 허도에 불을 질렀을 때, 너희들 중에는 불을 끄러 나간 자도 있고 문을 굳게 닫아걸고 밖에는 얼씬도 하지 않은 자도 있을 것이다. 불을 끄러 나간 자는 붉은 기 쪽에 서고, 불을 끄러 나가지 않은 자는 흰 기 쪽에 서라."

관원들은 생각 끝에 불을 끄러 나간 자는 무죄가 될 줄 알고 거의 붉은 기 쪽에 가서 서고 삼 분의 일가량만이 흰 기 쪽에 가서 섰는데, 조조는 붉은 기 쪽에 선 사람들을 모두 체포했다. 그들은 저마다 죄가 없다고 말했으나, 조조는 오히려 화를 내며 말했다.

"너희들은 그때 불을 끄기 위해서가 아니라, 사실은 역적의 편을 들려고 나갔던 것이다."

그들을 모두 장하 기슭으로 끌어내어 처형시키니, 죽은 자의 수가 삼백여 명에 달했다. 흰 기 아래 서 있는 자들에게는 상을 주어 허도로 돌려보냈다.

왕필은 화살에 맞은 상처가 악화되어 숨을 거두었다. 조조는 그의 장례를 성대히 치르게 하고, 조휴를 근위대장(近衛隊長)으로 임명했다. 그 밖의 부하들에게는 각각 상을 내리고 조정의 관원도 새로 임명했다. '관로의 점괘에 들어 있던 화재란 이것이었구나.' 하고 그에게도 상을 주려 했으나, 관로는 받으려고 하지 않았다.

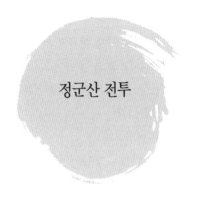

정군산 전투

　조홍은 군사를 이끌고 한중으로 가서, 장합·하후연에게 명하여 요해를 지키게 하고 자기는 진격하여 적과 싸우기로 했다. 이때 장비는 뇌동(雷同)과 함께 파서(巴西)를 지키고 있었다.

　마초의 선발대가 조홍의 군사와 맞부딪쳐 장수 하나를 잃고 패하여 도망쳤다. 마초가 부하에게 명령했다.

　"산골짜기를 지켜라. 절대로 진격해서는 안 된다."

　조홍은 마초가 출격하지 않는 것은 아마도 계략이 있기 때문일 것이라고 생각하여, 남정까지 군사를 철수시켰다. 장합이 그 까닭을 물었더니, 조홍이 말했다.

　"마초가 나타나지 않는 것을 보니, 아마도 계략이 따로 있는 모양이오. 내가 업군에 있을 때 유명한 점쟁이 관로가 말하기를, 이곳에서 장수 한 사람을 잃을 것이라고 했소. 그 말이 마음에 걸려 경솔하게 진격하지 않는 것이오."

　장합이 껄껄 웃었다.

"장군은 오랫동안 산전수전 다 겪었는데도 그런 점쟁이의 말에 현혹되십니까? 제가 휘하의 군사를 이끌고 파서를 공략하겠습니다."

"파서를 지키는 장비는 보통 놈이 아니오."

"장비를 두려워하는 자가 많지만, 제 눈에는 어린애로 보입니다. 반드시 생포하고 말겠습니다."

"만일 실패하면 어떡하겠소?"

"군율에 따라 처벌을 받아도 좋습니다."

장합은 수하의 병력 삼만을 나눠서 세 군데 요해에 성채를 쌓게 했다. 암거채(巖渠寨)·몽두채(蒙頭寨)·탕석채(蕩石寨)가 그것이었다. 장합은 이 세 성채에서 절반씩 출병시켜 이를 합쳐서 파서로 진격하게 하고, 나머지 절반은 성채를 지키게 했다.

이것을 알아낸 척후병이 재빨리 파서에 보고했다. 장비는 뇌동에게 정병 오천을 주어 진격하게 하고, 스스로도 만의 군사를 이끌고 진격하였다. 그리하여 낭중(閬中)에서 삼백 리가량 갔을 때, 장비는 장합의 군사와 마주쳤다. 장비와 장합이 겨루어 삼십여 차례 싸웠을 때, 장합의 군사 배후에서 갑자기 함성이 일어났다. 장합이 퇴각하자, 그 앞길에서 뇌동이 이끄는 복병이 일제히 덤벼들었다. 양쪽으로 협공을 당한 장합의 군사는 크게 패하였다.

장비와 뇌동은 밤새 출격하여 곧장 암거산까지 쳐들어갔다. 장합은 세 성채를 분담하여 지키게 하고, 장대나 돌을 준비할 뿐 일체 응전하지 않았다.

이튿날에는 뇌동이 산기슭까지 진격하여 도전했으나, 장합은 여전히 상대하지 않았다. 뇌동이 병사에게 명하여 산에 오르자, 위에서 장대와 돌을 마구 던지므로 뇌동은 곧 퇴각하고 말았다. 그때 탕석과 몽두의 성채에서 적이 총공세를 펴, 뇌동의 군사는 크게 패하였다.

그 다음 날에는 다시 장비가 도전했으나, 장합은 여전히 상종하려고 하지 않았다. 장비가 군사들에게 갖은 악담을 퍼붓게 하자, 장합쪽도 산 위에서 야유만 할 뿐이었다.

장비는 손쓸 여지가 없었다. 그럭저럭 오십여 일이 지나갔다. 장비는 산 밑에 진을 치고 날마다 술에 취해 산기슭에 앉아서 적에게 욕설만 퍼부었다.

이것을 전해 들은 유비가 걱정이 되어 제갈량과 의논했다. 제갈량은 웃으면서 그것은 장합을 무찌르기 위한 계략일 것이라고 말하고, 위연에게 명하여 성도(成都)의 명주(名酒)를 세 대의 차에 싣고, 누런 깃대에 '군중(軍中) 공용술'이라고 써서 진중 위문품으로 장비에게 가져다주라고 했다.

장비는 이 선물을 고맙게 받은 후, 위연과 뇌동에게 좌우익을 담당하게 하고 본진에 붉은 깃발이 서는 것을 신호로 일제히 진격하라고 명령했다. 그리고 군사들에게는 북을 치면서 마냥 술을 마시라고 일렀다.

이것을 첩자가 곧 장합에게 보고했다. 장합이 산꼭대기에서 멀리 바라보니, 장비는 본진의 장막 아래서 술을 마시고, 군사 두 사람과 그 앞에서 씨름을 하며 소란을 피우고 있었다.

"장비 놈이 사람을 무시해도 정도가 있지."

장합은 화가 치밀어 그날 밤 산에서 내려가 기습을 한다고 명령하고는, 탕성·몽두 두 성채의 군사도 모두 출동시켜 좌우의 진지를 담당하게 했다.

이날 밤 장합은 은은한 달빛 아래 산에서 군사를 이끌고 내려가 곧장 적진 앞으로 내달렸다. 횃불이 환히 비치는 가운데 진중에서 술을 마시고 있는 장비의 모습이 또렷이 보였다. 장합은 앞장서서 큰 소리로 외치고 북을 치면서 곧장 본진으로 쳐들어갔다.

그런데 장비는 여전히 잠자코 앉아 있었다. 장합은 말을 몰아 장비 앞에 이르러 창으로 푹 찔러 그 자리에 쓰러뜨렸다. 그러나 그것은 장비가 아니라 장비의 모습을 한 허수아비였다. 당황하여 말 머리를 돌리려고 하는데, 장막 뒤에서 폭죽(爆竹) 소리가 연달아 나더니 한 장수가 나타나 앞길을 가로막으며 둥근 눈을 크게 뜨고 우레 같은 소리를 질렀다. 그가 바로 장비였다. 장비는 창을 들고 말을 몰아 장합을 공격했다.

두 장수는 횃불 아래서 사오십 합을 싸웠다. 장합은 두 성채에서 도우러 올 원군을 기다리고 있었으나, 그 군사들은 위연과 뇌동에게 격퇴되고 성채도 빼앗기고 말았다. 이윽고 산 위에 불길이 솟아오르자, 장합은 눈 깜짝할 사이에 세 성채를 잃고 와구관(瓦口關)으로 도망쳤다. 장비가 이 대승을 성도에 보고하자, 유비는 크게 기뻐했다.

장합은 와구관까지 철수했으나, 삼만의 군사 중에서 이만을 잃었으므로 사람을 보내어 조홍에게 구원을 청했다. 조홍은 화를 내면서 말했다.

"내 말을 듣지 않고 무리하게 군사를 진격시켜 성채를 잃고 나서, 무슨 염치로 도와 달라는 건가?"

조홍은 원병도 보내지 않은 채 장합에게 출격을 명령했다.

장합은 할 수 없이 계략을 써서 관문 앞에 복병을 숨겨 놓고 스스로 진격하여 뇌동과 대결하다가 일부러 패하여 도망쳤다. 뇌동이 뒤쫓아 오자 복병이 일제히 칼을 휘둘러 그 퇴로를 막고, 장합은 말 머리를 돌려 뇌동을 찔러 죽였다.

장비는 도망쳐 온 군사들의 보고를 듣고 스스로 말을 몰아 도전했다. 이번에도 장합은 일부러 도망쳤다. 계략을 알아차린 장비는 출격하지 않고 진지로 돌아와, 위연과 의논해 적의 계략의 역(逆)을 찔러 뇌동의 원수를 갚기로 했다.

이튿날 장비가 군사를 이끌고 진격하자, 장합의 군사가 이에 대적했다. 십여 합을 싸우고 나서 장합은 일부러 패하여 도망쳤다. 장비는 기병과 보병을 이끌고 뒤쫓아 갔다. 장합은 응전하면서 도망쳐 장비를 충분히 유인하여 골짜기 입구까지 끌어냈을 때, 전열을 정비하여 장비와 대적했다. 장합은 복병이 뛰쳐나와 장비와 대결하기를 기다리고 있었으나, 뜻밖에도 복병은 위연의 정병에게 추격당하고 있었다. 위연이 산길을 가로막고 불을 지르자 나무에 불이 옮겨붙어 연기가 자욱했으므로, 복병이 뛰쳐나갈 수가 없었던 것이다.

장비는 이때를 노려 총공격을 감행했다. 장합은 크게 패하여 간신히 혈로를 열어 와구관을 도망쳤다. 그리고는 남은 군사들과 함께 성문을 굳게 닫고 밖에는 얼씬도 하지 않았다.

장비는 문득 등나무 덩굴을 휘어잡으면서 산비탈의 샛길을 기어오르는 몇 사람의 농부를 발견했다. 그들을 불러서 물었더니, 산을 넘으면 와구관 뒤쪽으로 통하는 샛길이 있다고 했다. 장비는 위연으로 하여금 본대를 이끌고 관문 정면으로 쳐들어가게 하고, 자기는 오백 명의 경기병을 인솔하고 농부들의 안내를 받아 산길을 행군했다.

이리하여 장합은 앞뒤로 협공을 당해 간신히 산모퉁이를 돌아 도망쳐서 목숨은 건졌지만, 따르는 자는 십여 명밖에 되지 않았다. 장합은 남정에 입성하여 조홍에게로 갔다. 조홍은 노발대발하면서 호령했다.

"내가 그렇게 말렸는데도 출전하여 적에게 대군을 잃고 자기 목숨만 건져 가지고 뻔뻔스럽게 돌아오다니, 부끄러움도 모르느냐!"

그러고는 부하에게 목을 베라고 지시했다. 그러자 행군사마(行軍司馬)인 곽회(郭淮)가 말렸다.

조홍은 이에 동의하여 장합으로 하여금 오천의 군사를 이끌고 가맹관으로 진격하게 했다.

한편 가맹관을 지키고 있는 장수는 맹달과 곽준(藿峻)이었다. 장합이 쳐들어온다는 말을 듣고 곽준은 관문을 굳게 지키자고 주장했으나, 맹달은 응전을 주장하여 군사를 이끌고 관문으로 뛰쳐나갔다. 그러나 그는 장합과 싸워 그게 패하고 돌아왔다. 곽준은 말을 몰아 이것을 성도에 보고했다.

유비가 제갈량을 불러 의논하자, 제갈량은 당상에 모여 있는 장수 둘에게 말했다.

"가맹관의 정세는 중대하오. 낭중에서 익덕을 불러들여 장합과 겨루게 할 수밖에 없소."

법정이 말했다.

"장비 장군은 와구관을 지키고 낭중을 장악하고 있는데, 그곳도 중요합니다. 그를 불러들일 것까지는 없을 줄 압니다. 이 본진의 장수 중에서 장합을 무찌를 만한 사람을 택하십시오."

제갈량이 웃으면서 말했다.

"장합은 위의 명장이라 쉽사리 무찌를 수 없소. 장비 이외에는 당해 낼 자가 없소."

그때 앞으로 나서며 격한 목소리로 외치는 자가 있었다.

"군사, 어찌하여 우리를 무시합니까? 내가 장합의 목을 베어 오겠습니다."

노장 황충이었다.

"당신의 무용은 잘 알고 있지만, 그 나이에 장합을 상대하기란 어려울 것이오."

"내 비록 나이는 먹었지만, 전신에 천 근의 힘이 있소. 그런데 장합 따위와 상대가 안 된다는 것입니까?"

제갈량이 말했다.

"장군은 나이가 이미 일흔에 가깝소. 노년이 아니라고는 아무도 말할 수 없을 것이오."

황충은 총총히 당상에서 내려와, 벽에 세워 둔 기다란 칼을 집어 들어 가볍게 휘두르고, 벽에 걸린 큰 활을 단숨에 부러뜨려 힘을 과시했다. 제갈량이 말했다.

"장군이 출전한다면 부장(副將)은 누가 좋겠소?"

"노장 엄안, 나와 함께 출전하지 않겠나? 만일 실수가 있으면, 먼저 이 백발이 다 된 머리를 내놓겠네."

유비는 크게 기뻐하며 두 사람을 장합과의 결전에 내보냈다. 조운은 늙은 두 장수의 출전에 불안을 느끼고 말렸으나, 제갈량은 개의치 않고 두 사람을 가맹관으로 출격시켰다.

관문 밖에 나타난 두 사람을 본 맹달과 곽준은 제갈량이 어찌하여 두 늙은이를 출전시켰는지 납득이 가지 않았다. 적장인 장합도 이튿날 군사를 이끌고 도전하러 왔다가, 황충을 보고는 비웃었다.

"네놈은 그 나이에 부끄러운 줄도 모르고 출전했느냐?"

황충은 화가 치밀어 큰 소리로 호통을 쳤다.

"이 애송이가 나를 늙었다고 얕보는 게냐? 내 나이는 많지만, 내 칼은 아직 젊다."

그러고는 말을 몰아 장합에게 덤벼들었다. 이십여 합을 싸웠을 때, 뒤에서 갑자기 함성이 들렸다. 엄안이 옆길로 돌아 적의 배후를 찔렀던 것이다. 장합의 군사는 앞뒤에서 협공을 당하여 퇴각했다. 밤에도 계속된 추격으로 장합의 군사는 팔구십 리나 퇴각했다. 이에 격노한 조홍이 장합을 벌하려고 하자, 곽회가 다시 말렸다.

"너무 엄하게 하면 장합은 촉에 항복합니다. 구원하러 장수를 보내어 두 마음을 품지 못하게 하는 것이 좋을 줄 압니다."

그리하여 조홍은 하후돈의 조카 하후상(夏候尙)과 항복한 장수 한호에게 오천 명의 구원군을 이끌고 출전하여 전투를 돕게 했다. 한호는 전에 황충과 위연이 장사에서 죽인 한현의 동생이었다. 한호는 형의 원수를 갚기 위해 벼르고 있었다.

한편 황충 쪽에서는 날마다 척후병을 내세워 적의 움직임을 탐지하게 했는데, 엄안이 말했다.

"앞길에 천탕산(天蕩山)이라는 산이 있는데, 조조가 거기에 군량과 말먹이를 쌓아 두었습니다. 그곳을 공략하여 손에 넣으면 한중을 공략할 수 있을 것입니다."

황충은 이에 동의하고는, 엄안에게 휘하의 병사를 이끌고 가서 공략하게 했다.

그리고 자신은 하후상과 한호가 쳐들어왔다는 말을 듣고 군사를 이끌고 진지를 나섰으나, 두 사람을 상대하여 십여 합을 싸우다가 퇴각했다. 두 사람은 이십 리 남짓 추격하여 황충의 진지를 빼앗았다. 황충은 따로 진지를 구축했으나 이튿날 몇 차례 싸우다가 다시 패주했다. 두 사람은 또 이십 리 남짓 추격하여 황충의 진지를 빼앗았다.

장합은 뒤의 진지에서 앞으로 나와, 황충의 패주에는 무슨 계략이 숨어 있을 것이라고 말했다. 하후상은 그를 책망하고 물러나게 했다. 두 사람은 다음 날과 그 다음 날에도 계속해서 황충을 추격했다. 맹달은 은밀히 서신을 보내어 유비에게 보고했다.

"황충은 다섯 번 싸워서 다섯 번 패하고, 지금은 관문까지 후퇴했습니다."

유비가 당황하여 제갈량에게 물었더니, 제갈량은 웃으며 말했다.

"그것이야말로 노장군의 교병(驕兵)의 계략일 것입니다."

조운이 납득하지 못했으므로, 유비는 유봉을 구원병으로 보냈다. 황충은 그날 밤에 오천의 군사를 이끌고 관문으로 곧장 쳐들어갔다. 하후상과 한호는 방심하고 있었으므로 갑옷도 걸치지 못하고 말에 안장도 얹지 못한 채, 허둥지둥 도망쳤다.

세 진지를 빼앗은 황충은 계속해서 새벽녘까지 적을 추격했다. 유봉이 군사들이 지쳐 있으니 잠시 휴식을 취하자고 권했으나, 황충은 '호랑이 굴에 들어가지 않고는 호랑이를 잡을 수 없다.'는 속담을 말하며 추격을 계속했다. 이리하여 장합의 군사도 도망쳐 온 아군을 보자 기가 꺾여 진지를 버리고 퇴각하여 한수의 강기슭에 이르렀다.

장합·하후상·한호 등은 하후덕이 지키고 있는 천탕산까지 밤새 걸어가 그곳에 몸을 의지했다. 그런데 황충은 거기까지 쳐들어왔다.

그러자 한호가 군사를 이끌고 공격해 왔다. 황충이 단칼에 한호를 베어 말에서 떨어뜨리자, 촉의 군사는 함성을 지르면서 산을 향해 공격했다. 장합과 하후상이 이에 응전하려고 했을 때, 갑자기 산 뒤에서 함성이 들리더니 불길이 하늘을 붉게 물들였다. 하후덕이 군사를 이끌고 불을 끄려고 하자, 노장 엄안이 나타나 칼을 휘둘러 하후덕을 베어 말에서 떨어뜨렸다.

미리 산기슭에 숨어 있던 엄안은 하후덕의 목이 잘리자 산을 등지고 쳐들어갔다. 앞뒤로 협공을 당한 장합과 하후상은 할 수 없이 천탕산을 포기하고, 정군산(定軍山)을 지키는 하후연의 진지로 도망쳤다.

황충과 엄안은 승리의 소식을 성도에 알렸다. 유비는 여러 장수들과 함께 매우 기뻐했다. 법정이 말했다.

"전에 조조는 장로를 항복시켜 한중을 손에 넣었으나, 그 기세를 몰아 파촉을 평정하려고 하지 않고 하후연과 장합에게 한중을 지키게 한 뒤 자기는 대군을 이끌고 북으로 돌아갔습니다. 이것은 내부에 반란이 일어날 기미가 보였기 때문이라고 생각됩니다. 그런데 지금 장합은 패주하여 천탕산을 포기했습니다. 만일 주공께서 이 기회에 스스로 대군을 이끌고 정벌에 나서면, 한중을 쉽사리 평정할 수 있을 것입니다. 한중을 평정한 후에는 군사를 훈련시키고 군량을 저축하여 적의 허점을 노려 역적을 무찌르고, 돌아와 스스로를 충분히 지킬 수 있습니다. 이것이야말로 하늘이 내린 기회이니, 놓쳐서는 안 됩니다."

유비와 제갈량은 옳은 말이라고 고개를 끄덕였다. 그리하여 조운과 장비를 선발대로 내세우고 유비와 제갈량은 군사 십만을 이끌고 길일을 택하여 한중으로 진격하기로 했다. 그리고 각처에 통고하여 방비를 엄중히 하게 했다. 건안 23년 7월의 일이었다.

한편 천탕산을 빼앗긴 장합과 하후상은 정군산의 하후연을 만나 장수 하후덕과 한호가 전사하고 유비가 촉의 대군을 이끌고 한중으로 쳐들어오고 있다고 보고하면서, 곧 위왕에게 알려 구원을 청해야 한다고 말했다. 하후연은 곧 사람을 보내 조홍에게 알리고, 조홍은 말을 몰아 허도에 가서 조조에게 이것을 보고했다.

조조는 크게 놀라 문무백관을 모아 놓고 의논한 끝에, 즉시 사십만 대군을 이끌고 조조 자신이 출정하기로 했다. 건안 23년 7월 그

름의 일이었다.

조조는 장안에 도착하자, 군사를 세 부대로 나누었다. 전군(前軍)은 하후돈이, 중군(中軍)은 조조 자신이, 후군(後軍)은 조휴가 맡았다. 세 부대는 연이어 출발했다.

이윽고 대군이 남저에 도착하자, 조홍이 출영하여 장합의 패전에 대해 보고했다. 조조는 그것은 그의 죄가 아니며 승패는 병가(兵家)의 상례라고 말했다. 한편 정군산을 지키고 있는 하후연에게는 편지를 보내어, 전투는 오직 용기에만 의지해서는 안 되는 것이니 그대의 '묘재(妙才)'를 보여 달라고 부탁했다. '묘재'란 하후연의 자(字)이기도 했다.

이 편지를 받은 하후연은 감격하여 어떻게 해서든지 전공을 세워야겠다고 마음먹고 하후상에게 삼천 명의 군사를 이끌고 정군산의 본진에서 나와 적을 유인하라고 지시했다.

한편, 황충과 법정은 정군산 기슭에서 자주 도전했으나 하후연은 진지를 굳게 지킬 뿐 이에 응전하지 않았다. 그런데 갑자기 산 위에서 적군이 쳐들어왔다는 보고를 받게 되었다. 황충이 출격하려고 하자, 부장인 진식(陳式)이 선봉에 나설 것을 제의했다. 진식은 공격해 온 하후상과 싸우다가 일부러 패하여 도망치는 그를 쫓아갔다. 그러자 양쪽 산에서 장대와 돌이 쏟아져 전진할 수 없게 되었다. 되돌아가려고 하는데 하후연이 군사를 이끌고 뛰쳐나와, 진식은 생포되고 말았다.

황충은 당황하여 법정과 의논했다. 법정이 말했다.

"하후연은 성격이 급하고 지모가 모자랍니다. 군사를 조금씩 전진시키면서 가는 곳마다 진지를 구축하여 그를 유인해 냅시다."

황충은 이에 따라 병사들을 격려하면서 날마다 조금씩 전진해 진지를 구축했다. 그러자 하후연은, 이것은 적의 계략이라는 장합의 말을 무시하고 하후상에게 명하여 수천 명의 군사를 이끌고 황충의 진지까지 공격하게 했다. 황충은 말을 몰아 이에 응전하여 하후상과 싸우다가 곧 그를 생포하여 진지로 돌아왔다. 하후연은 곧 사자를 황충의 진지로 보내, 포로인 진식과 하후상을 교환하자고 제의했다. 황충은 이를 승낙했다.

이튿날 양군은 산 가운데 있는 평지에 나와 진을 쳤다. 황충과 하후연은 각각 진지의 정면 깃발 아래 나섰다. 황충은 하후상을, 하후연은 진식을 데리고 있었다. 두 포로는 갑옷을 입지 않고 평복의 얇은 옷만을 입고 있었다. 북소리를 신호로 진식과 하후상은 각각 자기편 진지로 돌아갔다.

하후상이 진지의 입구에 도착했을 때, 황충이 쏜 화살이 그의 등에 꽂혔다. 하후상은 화살이 꽂힌 채 도망쳤다. 하후연은 화가 치밀어 말을 몰아 황충에게로 달려들었다. 황충은 그가 약이 오르기를 기다리고 있었으므로, 말을 달려 그와 싸우기 시작했다.

이십여 차례 싸웠을 때, 위의 진지에서 돌아오라는 신호로 징소리가 울렸다. 당황하여 돌아간 하후연이 어찌하여 징을 울렸느냐고 물었더니, 산기슭에 촉나라 깃발이 몇 군데 꽂혀 있는 것으로 미루어 복병이 있는 것이 틀림없다는 대답이었다. 이것은 제갈량의 명령으로 유봉과 맹달이 적을 미혹시킨 것이었다.

하후연은 정군산에서 진지를 굳게 지켰다. 정군산 서쪽엔 높이 솟아오른 산이 있었는데, 이 산의 진지는 하후연의 부장이 지키고 있었으며, 병력은 몇백 명에 불과했다. 황충은 법정의 의견에 따라 밤중에 이 산을 공격하여 점령했다.

하후연은 맞은편 산을 적의 손에 빼앗기자 화가 나서, 장합이 말리는 것도 듣지 않고 군사의 태반을 출동시켜 맞은편 산을 포위하고 도전했다. 황충은 좀처럼 움직일 기미를 보이지 않았다. 하후연의 군사들은 아침부터 정오까지 계속하여 욕설을 퍼부어도 상대편에서 반응이 없자, 스스로 지쳐 말에서 내려와 쉬는 자도 있었다.

이때 법정이 붉은 기를 흔들자 북소리가 일제히 울려 퍼지고 함성이 일어나더니, 황충이 말을 몰아 앞장서서 산에서 내려왔다. 천지가 무너질 듯한 기세였다. 하후연이 명령할 틈도 주지 않고 황충은 재빨리 본진까지 쳐들어가, 우레 같은 소리를 지르며 칼을 내리쳤다. 하후연은 머리에서 어깨에 걸쳐 두 동강이 나 버렸다.

이리하여 하후연의 군사는 참패하고 말았다. 황충과 진식은 정군산을 공략했다. 장합은 도망쳤으나, 갑자기 한 떼의 군사가 나타나 퇴로를 막았다. 그러고는 앞장선 장수가 큰 소리로 외쳤다.

"상산의 조자룡이 여기 있다."

장합이 깜짝 놀라 정군산으로 되돌아가려고 하는데, 자기편의 무리가 도망쳐 와서 정군산은 유봉과 맹달에게 빼앗겼다고 말했다. 장합은 더욱 놀라 패잔병을 데리고 한수의 기슭에 진을 치고 즉시 말을 달려 조조에게 보고했다.

조조는 하후연이 죽었다는 소식을 전해 듣고 소리 내어 울었다. 그리고 이때 비로소 관로의 예언이 적중한 것을 알아차렸다. '삼팔종횡(三八縱橫)'이란 거안 24년을 가리키고, '누런 돼지가 호랑이를 만난다.'는 것은 기해(己亥)년 정월을, 그리고 '정군(定軍)의 남쪽'은 정군산(定軍山) 남쪽을 가리키며, '상처를 입고 한쪽 다리가 꺾이리라'는 말은 하후연과 조조가 육친의 사촌 사이임을 가리킨 것이다. 조조는 사람을 시켜 관로를 찾아오게 했으나, 그는 이미 어디로 갔는지 알 수 없었다.

한중왕이 된 유비

황충이 하후연의 목을 베어 유비에게 돌아와 그것을 바치자, 유비는 크게 기뻐하여 그를 정서대장군(征西大將軍)에 임명하고 축하연을 열었다. 그때 '조조가 이십만의 대군을 이끌고 하후연의 복수를 하러 왔으며, 현재 장합은 미창산(米倉山)에서 한수의 북산 기슭으로 식량을 옮기고 있다.'는 급보가 날아들었다. 제갈량이 말했다.

"조조는 대군을 거느리고 있으므로 군량의 부족을 걱정하여 아직 군사를 진격시키지 않고 있을 것입니다. 누가 적의 진지에 깊숙이 쳐들어가 군량을 불사른다면, 조조의 기가 꺾일 것입니다."

이번에도 황충이 꼭 가고 싶다고 자청했다. 제갈량은, 조운과 함께 군사를 이끌고 출두하여 무엇이든지 의논하여 행동하라고 일렀다. 황충과 조운은 서로 자기가 앞장서겠다고 다투다가 결국 제비를 뽑아 황충이 앞장서게 되었다.

황충은 밤중에 병사들에게 사기를 북돋아 주고, 네 번째 북이 울릴 때 진지에서 나와 북쪽 기슭까지 진격했다. 아침 해가 떠오를 때 바라보니, 적의 군량이 산더미처럼 쌓여 있었다. 소수의 병사가 감시하고 있었으나, 촉나라의 군세를 보고는 일찌감치 도망쳐 버렸다. 황충은 기병을 모두 말에서 내리게 한 다음 군량 위에 장작을 쌓고 불을 지르려고 했다. 이때 장합의 부대가 나타나 난투전이 벌어졌다. 조조는 곧 서황을 보내 장합의 부대를 구원하게 했다. 서황의 부대는 곧 황충의 군사를 포위해 버렸다.

정오가 되어도 황충이 돌아오지 않자, 조운은 삼천 명의 기병을 이끌고 구원하러 갔다. 도중에 길을 막는 위의 장수들을 무찌르고 북산 기슭까지 와 보니, 장합과 서황의 부대가 황충을 포위하고 있었다. 조운이 한마디 불호령을 하고 나서 말을 몰아 창을 휘두르면서 포위망을 뚫으니, 마치 무인지경(無人之境)을 가는 것 같았다. 그가 창을 휘두르는 모습은 배꽃이 춤추는 것 같고, 흰 눈송이가 몸을 에워싸고 흩날리는 것 같았다. 장합과 서황은 간담이 서늘할 뿐이었다. 조운은 황충을 구출하고 싸우면서 돌진했다. 아무도 가로막지 못했다.

산꼭대기에서 바라보던 조조는, 싸우고 있는 그가 상산의 조운이라는 것을 알고는 함부로 싸우지 말라고 당부했다. 그러나 조운이 황충을 구출하여 진지로 돌아가는 것을 보자, 갑자기 화가 치밀어 스스로 좌우에 정병을 이끌고 뒤쫓아 갔다.

촉의 진지에 이르렀을 때는 이미 날이 저문 뒤였다. 돌아보니, 진지에는 깃발도 없고 북소리도 들리지 않았다. 조운 혼자만이 말을 타고 밖에 나와 서 있고, 성문은 활짝 열려 있었다. 장합과 서황이 전진을 망설이자, 조조는 진격을 재촉했다. 전군은 일제 함성을 지르면서 진지로 쳐들어갔다.

그러나 조운은 전혀 움직이려고 하지 않았다. 이것을 보자 조조의 군사는 슬금슬금 뒤로 물러섰다. 이때 조운이 창을 한번 휘두르자 도랑 속에서 군사들이 일제히 활을 쏘아 댔다. 벌써 주위가 컴컴하여 촉나라 군사가 얼마나 되는지 알 수 없었으므로, 조조가 먼저 말 머리를 돌렸다.

그러자 촉나라 군사들이 함성을 지르고 북을 울리면서 공격해 왔다. 조조의 군사가 아수라장이 되어 한수의 기슭까지 왔을 때는, 강물에 빠져 죽은 자가 수두룩했다. 조운과 황충은 계속 추격했다.

조조가 패주하는데 갑자기 유봉 · 맹달의 군사가 미창산에 쳐들어와서 불을 질러 군량과 말먹이를 모조리 태워 버렸다. 조조는 군량을 저장한 북산을 포기하고 허겁지겁 남정까지 철수했다.

유비는 이 승전보를 듣고 크게 기뻐하며 조운을 호위장군(虎威將軍)이라고 호칭하고, 장병들의 노고를 위로하기 위해 큰 잔치를 베풀었다. 그때 다시 조조가 대군을 이끌고 한수로 쳐들어오고 있다는 보고가 들어왔다. 유비는 한수의 서쪽 기슭에서 응전하기로 했다.

조조의 선봉에 나선 서황은 한수까지 와서 강을 건너 배수진을 치려고 했다. 그런데 이 근처의 지리에 밝은 부장 왕평(王平)이 강을 건너는 것을 반대했다. 서황은 왕평의 만류를 듣지 않고 강을 건너 진을 쳤다. 그리고 아침부터 저녁때까지 도전했는데, 촉의 군사는 반응이 없었다.

저녁때가 되어 맥이 풀린 서황이 후퇴하려고 하자, 촉의 진영에서 북소리가 요란하게 울리더니 황충이 왼쪽에서, 조운이 오른쪽에서 각각 군사를 이끌고 공격해 왔다.

서황은 크게 패하여 많은 군사들이 물귀신이 되었다. 간신히 도망쳐서 진지로 돌아온 서황은, 왕평이 도우러 오지 않은 것을 원망하여 죽일 생각을 했다.

그날 밤, 왕평은 진지의 막사에 불을 지르고 한수를 건너 조운의 군사에게 항복했다. 왕평은 유비에게 한수 부근의 지리에 대해 상세히 설명했다.

"왕평 덕택에 한중은 분명히 내 손 안에 들어오게 될 거요."

유비는 크게 기뻐하며, 그를 편장군(偏將軍)에 임명하여 안내를 맡게 했다.

조조는, 서황은 도망치고 왕평은 항복했다는 보고를 받고 격노하여 한수의 진지를 탈환하기 위해 스스로 대군을 이끌고 쳐들어왔다.

한편 유비는 한수를 건너 강기슭에 진을 쳤다. 조조가 도전장을 보내오자, 제갈량은 내일 승부를 가리자는 답장을 보냈다. 이튿날 양군은 오계산(五界山) 기슭에 진을 쳤다.

양측에 용이나 봉황이 그려진 깃발을 세운 조조는, 말을 타고 그 깃발 아래 나서서 북을 세 번 쳐 유비를 불러냈다. 유비는 유봉과 맹달을 거느리고 나섰다. 조조는 채찍을 쳐들고 욕설을 퍼부었다.

"은의(恩義)를 저버리고 조정에 대적하는 역적 유비 놈!"

이에 유비가 쏘아붙였다.

"나야말로 대한(大漢)의 후손으로서 칙서를 받들어 역적을 정벌하고자 한다. 네놈이야말로 황후를 시해(弒害)하고 멋대로 왕이라 칭하며, 천자와 같은 수레를 몰고 다니는 반역자가 아니고 무엇이냐?"

이 말에 머리끝까지 화가 치민 조조가 유비를 생포하는 자는 서천의 영주로 삼겠다고 외치자, 전군이 일제히 덤벼들었다. 촉의 군사는 진지를 버리고 한수를 향해 도망쳐, 길가에는 말과 무기가 가득 널려 있었다. 조조의 군사가 앞을 다투어 이것을 주우려고 하자, 조조는 급히 징을 울려 철수시켰다. 조조는 촉의 군사가 한수를 등지고 진을 치고 있고, 말과 무기를 마구 버리고 도망치는 것을 보고 의심을 품었던 것이다.

제갈량은 조조의 군사가 철수한 것을 보고 신호의 깃발을 올렸다. 유비가 복판에서 군사를 이끌고 쳐들어가고 황충이 좌측에서, 조운이 우측에서 공격하자, 조조의 군사는 참패를 당하고 말았다. 제갈량은 밤중에도 추격을 늦추지 않았다.

조조는 남정으로 돌아가려고 했으나, 이미 다섯 군데에서 불길이 오르고 있었다. 위연과 장비가 먼저 진격하여 남정을 점령했던 것이다. 조조는 더욱 놀라 양평관으로 도망쳤다.

양평관까지 돌아온 조조의 군사가 한숨 돌리려 할 때, 촉의 군사가 성 밑까지 쳐들어와 동문에 불을 지르고 서문에서 함성을 지르더니, 곧 남문에도 불을 지르고 북문에서 북을 쳤다. 조조는 더욱 겁이 나 드디어 양평관을 버리고 패주했다. 촉의 군사는 계속 추격했다. 장비의 부대가 앞길을 가로막고 조운의 부대가 뒤에서 쳐들어왔으며, 황충은 보주(堡州) 쪽에서 공격해 왔다.

조조의 군사는 대패하여 장수들이 조조를 호위하고 혈로를 열어 도망쳤다. 사곡(斜谷)의 경계까지 왔을 때, 앞길에서 흙먼지를 일으키면서 한 부대가 진격해 오는 것이 보였다.

"저것이 복병이라면 나의 목숨도 오늘로 끝장이로구나."

조조가 말했다. 가까이 다가온 것은 조조의 차남인 조창이었다. 그는 어렸을 때부터 승마와 궁술에 능했다. 그리하여 건안 23년 대군(代郡)의 오환족이 반란을 일으키자 오만의 군사를 이끌고 토벌하여 평정한 후 부친을 도우러 왔던 것이다.

조조는 크게 기뻐하며 군사를 이끌고 사곡의 경계에 진을 쳤다. 그리하여 다시 한 번 결전이 벌어졌다.

유비 쪽에서는 유봉과 맹달이 출전하고 조조 쪽에서는 조창이 출전하여 서로 싸우는데, 갑자기 조조의 군사가 혼란에 빠지게 되었다. 그것은 마초와 오란(吳蘭)의 양군이 쳐들어왔기 때문이었다. 조창은 오란을 창으로 찔러 말에서 떨어뜨리고 일대 혼전을 벌였다. 조조는 간신히 군사를 이끌고 물러나 사곡의 경계에 다시 진을 쳤다.

조조는 출병한 지 오래되었지만 진격하자니 마초가 가로막고, 철수하자니 촉의 웃음거리가 되는 것이 창피하여 이러지도 저러지도 못하고 있었다.

어느 날 식사에 닭죽이 나왔다. 조조는 사발 속에 들어 있는 닭의 갈비뼈를 보자 떠오르는 것이 있었다. 그가 생각에 잠겨 있을 때, 하후돈이 막사 안으로 들어와 오늘 밤의 암호에 대해 문의했다. 조조는 무심코 말했다.

"계륵(鷄肋)!"

하후돈은 장병들에게 오늘 밤의 암호는 '계륵'이라고 전했다. 행군 주부인 양수(楊修)는 이 말을 듣더니 군사들에게 명하여 짐을 꾸려 가지고 돌아갈 준비를 하라고 했다.

이것을 곧 하후돈에게 알린 자가 있었다. 하후돈은 깜짝 놀라 양수를 진지의 막사에 불러 어째서 짐을 꾸리느냐고 물었다. 양수가 대답했다.

"오늘 밤의 암호로 위왕께서 곧 군사를 철수시킬 것이라는 사실을 알게 되었습니다. 계륵은 먹기에는 고기가 없고 버리기에는 맛이 있어 아깝습니다. 지금은 진격해도 승리할 수 없고 후퇴하면 남의 웃음거리가 됩니다. 그렇다고 이곳에 머물러 있는 것도 무익하므로 빨리 돌아가는 편이 유리합니다. 곧 위왕께서 진지로 돌아가실 것입니다. 그래서 지금부터 돌아갈 준비를 하는 것입니다."

"위왕의 마음속을 꿰뚫어 보고 있군."

하후돈은 이렇게 말하고는, 자기도 짐을 꾸리기 시작했다.

이날 밤에 조조는 마음이 산란하여 좀처럼 잠들 수가 없어 도끼를 들고 진지를 돌아보다가, 하후돈의 군사들이 짐을 꾸리고 있는 것을 보고 깜짝 놀라 하후돈을 불러 까닭을 물었다. 하후돈은 주부인 양수가 대왕의 마음을 꿰뚫어 보고 짐을 꾸리고 있어 자신도 따라 하는 것뿐이라고 대답했다. 그러자 조조는 양수를 불러 물었다. 양수는 '계륵'의 의미를 풀이하여 대답했다. 이에 조조는 격노했다.

"네놈은 유언을 퍼뜨려 병사의 마음을 미혹하느냐!"

조조는 회자수에게 명하여 그를 끌어내어 목을 베게 하고, 진지의 문 앞에 걸어 구경시켰다.

양수는 전부터 재주가 뛰어나 조조의 마음을 재빨리 알아차릴 뿐만 아니라 조조의 뜻에 거역하기도 하고 조조의 셋째 아들 조식에게 여러 가지 잔꾀를 일러 준 적도 있었기에, 조조는 그를 몹시 미워하고 있었다. 조조는 양수의 목을 베고 나서 다시 하후돈의 목도 베라고 명령했으나, 참모들의 만류로 책망하는 데 그쳤다.

이튿날 조조는 사곡의 경계까지 진격했다. 그때 앞에 한 부대가 나타나 응전했다. 앞장선 장수는 위연이었다. 조조는 방덕을 내세워 싸우게 했다. 두 사람이 싸우는 동안에 조조의 진중에서 불길이 치솟았다. 마초가 쳐들어온 것이었다. 조조는 칼을 빼들고 장수들에게 외쳤다.

"뒤로 물러서는 자는 목을 벨 테다."

조조의 성화에 장수들은 필사적으로 진격했다. 위연은 산기슭의 샛길로 접어들었다. 조조는 군사들에게 마초와 응전하라고 명령하고는, 자기는 높은 언덕에 올라가 전황을 살펴보았다. 그런데 갑자기 한 부대가 눈앞에 나타나, "위연이 여기 있다!" 하고 활을 쏘았다. 화살은 조조에게 명중되어 조조는 말에서 거꾸로 떨어졌다. 그러자 위연이 활을 던져 버리고 말을 몰아 칼을 휘두르면서 조조에게 덤벼들었다. 그때 뒤에서 나타난 방덕이 외쳤다.

"대왕에게 손을 대서는 안 된다!"

방덕은 분전하여 위연을 격퇴시키고 조조를 구출하여 진지로 돌아왔으나, 조조는 코 밑에 화살을 맞아 앞니 두 개가 부러져 있었다.

조조는 전군에게 수도인 허도로 철수하라고 명령했다. 후미(後尾)는 방덕이 맡았다. 조조는 담요를 깐 수레에 드러누워 친위대의 호위를 받았다. 사곡을 떠나려고 할 때 좌우에서 불길이 치솟더니 마초의 복병이 뛰쳐나왔다. 조조의 군사는 깜짝 놀라 응전할 엄두도 내지 못하고 도망치기에 바빴고, 겨우 경조(京兆)에 이르러서야 안도의 숨을 내쉬었다.

유비는 유봉·맹달·왕평 등에게 상용(上庸)의 공략을 명령했다. 성의 장수 신탐(申耽)은 조조가 한중을 버리고 도망쳤다는 소식을 듣고 휘하 장병들과 함께 항복했다. 유비는 매우 기뻐하며 동천의 백성과 전군을 위로했다.

장수들은 유비를 황제로 추대하기를 원하면서 군사인 제갈량에게 그 뜻을 전했다. 제갈량도 뜻이 같았으므로, 몇 사람의 장수를 데리고 유비를 찾아가 말했다. 그러자 장수들도 저마다 유비에게 한중왕으로 즉위하기를 간청했다. 유비가 여전히 망설이자, 장비가 큰 소리로 말했다.

"천자의 후손이 아닌 자까지도 천자가 되려고 나서는 세상입니다. 형님은 어엿한 한의 후손이 아닙니까? 한중왕이 아니라 황제가 된들, 어찌하여 부당하다는 것입니까?"

유비가 책망했으나 제갈량이 거듭 즉위를 권했다. 유비는 여러 차례 사양하다가 부하들이 변심할 것을 염려하여 할 수 없이 승낙했다.

그리하여 건안 24년 7월, 여러 신하들이 늘어선 가운데 유비는 단 위에 올라 한중왕이 되었다. 아들 유선을 태자로 책봉하고 허정을 태부로, 법정을 상서령(尙書令)으로 임명하고, 제갈양을 군사(軍師)로서 군사(軍事)를 통괄하게 하는 한편, 관우·장비·조운·마초·황충을 오호대장(五虎大將)으로 임명하고, 위연을 한중의 태수로 임명했다. 그리고 그 밖의 장수들에게도 각각 공로에 따라 관직을 주었다.

관우의 죽음

조조는 유비가 한중왕이 되었다는 소식을 전해 듣고 크게 화를 냈다.

조조가 즉시 군사를 이끌고 양천(兩川)에 진격하여 유비와 승부를 겨루려고 하자, 사마의가 앞에 나와 말했다.

"대왕께서는 한순간의 분노로 말미암아 수많은 군사들을 개죽음으로 몰아넣어서는 안 됩니다. 제게 활 한 번 쏘지 않고 유비를 꼼짝 못 하게 할 계략이 하나 있습니다. 촉의 군사들이 힘이 약해질 때까지 기다렸다가 한 명의 장수를 보내기만 하면 일이 쉽게 풀릴 것입니다."

"그래, 어떤 계략인가?"

"강동의 손권은 여동생을 유비와 결혼시켰지만, 유비가 형주를 반환하지 않았기 때문에 다시 여동생을 강동으로 불러들였습니다. 그래서 그들은 사이가 몹시 나쁩니다. 지금 언변이 뛰어난 사자를 손권에게 보내어 그를 설득시켜 형주를 공략하게 합시다. 그렇게 되면 유비는 반드시 양천의 군사를 이끌고 형주로 떠날 것입니다. 그때 대왕은 유비를 공략하시는 것입니다. 그렇게 하면 유비는 앞뒤로 공격을 받아 곤경에 빠지게 될 것입니다."

조조는 기꺼이 이에 동의하여 곧 편지를 써서 강동의 손권에게 사자를 보냈다. 사자로부터 조조의 뜻이 적힌 편지를 받은 손권은 참모들과 의논했다. 고옹이 말했다.

"일단 유비를 협공하기로 약속해 놓고, 따로 형주에 첩자를 보내 관우의 동태를 살피게 하는 것이 좋을 줄 압니다."

제갈근이 이어 말했다.

"관우에게는 딸이 하나 있습니다. 제가 그에게 가서 혼담을 꺼내 유군(幼君)과 그의 딸을 혼인시키자고 하겠습니다. 그가 허락하면 의논하여 함께 조조를 격파하고, 그가 허락하지 않으면 조조와 손을 잡고 형주를 공략하는 것이 좋겠습니다."

손권은 제갈근을 형주로 보냈다. 제갈근은 관우를 만나 자초지종을 말했으나 겨우 목숨만 보존하고 도망쳐 나와 그 사연을 손권에게 보고했다. 손권은 격노하여 참모들을 불러 형주를 공략하기 위한 방안을 의논했다. 보즐(步騭)이 말했다.

"조조가 지금 우리 오로 하여금 형주를 공략하게 하려는 것은, 실은 재앙을 우리에게 떠넘기려는 계략입니다. 조조의 사촌인 조인이 양양과 번성을 지키고 있는데, 그곳은 육로로 해서 얼마든지 형주를 공략할 수 있습니다. 그럼에도 불구하고 우리 오의 군사로 치게 하려는 것은 말도 안 됩니다. 이것만 보더라도 속이 뻔히 들여다보입니다. 군주께서는 허도의 조조에게 사신을 보내 조인을 형주로 출정시키도록 제의하십시오. 그렇게 되면 관우는 형주의 군사를 이끌고 번성으로 쳐들어갈 것입니다. 관우가 성을 비웠을 때 재빨리 군사를 이끌고 형주를 공격하면 쉽사리 함락시킬 수 있을 것입니다."

손권은 이 계략에 따라 곧 사신을 허도로 보냈다. 조조는 조인에게 출정 지시를 내리는 한편, 손권에게는 수로에서 힘을 합쳐 형주를 공략할 것을 제의했다.

이것을 첩자가 탐지하여 촉에 급히 알렸다. 한중왕 유비는 제갈량을 불러 의논한 후, 관우에게 사신을 보내 오호대장(五虎大將)의 사령장을 전하고 앞질러 번성을 공격하라고 했다. 관우는 곧 부사인(傅士仁)과 미방(麋芳) 두 장수를 선봉에 내세워 군사를 이끌고 형주성 밖에 진을 치도록 명령했다.

관우는 요화를 선봉에, 관평을 부장으로 세우고 마량과 이적을 참모로 하여 직접 중군(中軍)을 이끌고 출전했다. 양양의 조인은 관우가 쳐들어온다는 보고를 듣고 깜짝 놀라 맞서 싸웠지만, 병력의 태반을 잃은 채 번성까지 후퇴했다.

관우가 양양을 공략하자, 수군사마(隨軍司馬)인 왕보(王甫)가 말했다.

"동오의 여몽은 지금도 육구에 진을 치고 형주로 쳐들어오려고 노리고 있습니다. 만일 그놈이 군사를 이끌고 쳐들어오면 어떻게 하시겠습니까?"

"나도 그것이 마음에 걸린다. 그대는 양자강 연안의 높은 언덕마다 봉화대를 만든 다음, 각각의 봉화대마다 오십 명의 병력을 배치하여 지키게 하라. 그리고 만일 오의 군사가 양자강을 건너면 밤에는 불, 낮에는 연기를 올려 신호를 하게 하라."

왕보가 봉화대를 만들러 떠나자, 관우는 관평에게 명하여 배를 모으게 하고는 양자강을 건너 번성을 공격했다. 조인이 위왕 조조에게 급히 사자를 보내 구원을 요청하자, 조조는 우금을 불러 명했다.

"그대가 가서 번성의 포위망을 뚫고 적을 쳐라."

"앞장설 장수 한 사람만 있으면 함께 가서 무찌르고 오겠습니다."

우금의 말이 끝나기가 무섭게 방덕이 말했다.

"제가 관우를 생포하여 돌아오겠습니다."

조조는 방덕이야말로 관우의 좋은 상대라고 기뻐하며, 우금을 정남장군(征南將軍)으로, 방덕을 정남도선봉(征南都先鋒)으로 임명하고, 북방 출신의 사나운 7군(七軍)을 출전시켰다. 그런데 7군을 지휘하는 장수가 우금에게 인사를 와서 방덕을 선봉으로 내세우는 것은 잘못이 아니냐고 말했다.

"방덕은 본래 마초의 부하로 위에 항복한 자이며, 마초는 지금 촉의 오호대장으로 있고 방덕의 형 방유(龐柔)도 서천에 관원으로 있습니다. 그를 선봉으로 내세우는 것은 위험합니다."

우금은 이 말을 듣고 그날 밤으로 조조에게 보고했다. 조조는 곧 방덕을 불러 선봉의 사령장을 회수했다. 방덕이 그 이유를 묻자, 조조가 말했다.

"나는 그대를 조금도 의심하지 않소. 다만 지금 마초가 서천에 있고 형인 방유도 서천에서 유비를 돕고 있으니, 나는 의심하지 않지만 남들의 입은 막을 수 없소."

이 말을 듣고 방덕은 관모를 벗고 엎드려 말했다.

"저는 한중에서 대왕께 항복한 후로 언제나 베풀어 주신 두터운 은혜에 감격하여 백 번 죽어도 그 은혜를 갚을 길이 없다고 생각하고 있었는데, 대왕께선 저를 의심하고 계십니까?"

조조는 그의 손을 잡아 일으키며 말했다.

"그대의 충성심은 알고 있소. 다만 다른 사람들의 불안을 덜어 주려고 했을 뿐이니, 힘껏 싸우시오. 나는 그대가 절대로 배반하지 않으리라는 것을 믿고 있소."

집에 돌아온 방덕은 목수에게 관(棺)을 짜게 한 후, 그 관을 메고 출전했다. 이상하게 생각하는 사람들에게 그는 이렇게 말했다.

"이번엔 관우와 결판을 내겠다. 내 목이 달아나면 너희들은 내 시체를 이 관 속에 넣어 가지고 와라. 만일 내가 관우의 목을 베었을 경우에는, 그의 목을 이 관 속에 넣어서 위왕께 바치겠다."

이리하여 방덕은 용기백배하여 징과 북을 울리면서 번성을 향해 진격했다.

한편 관우는 척후병으로부터 조조가 우금을 총대장으로 내세워 거친 무사들을 이끌고 쳐들어오고 있으며, 선봉에 선 방덕이 관을 앞세우고 장군과 결전을 벌이겠다고 떠들어 댄다는 보고를 받았다. 관우는 수염을 부르르 떨면서 소리쳤다.

"천하의 영웅들도 내 이름 앞에선 사족을 못 쓰는데, 감히 방덕 따위가 나를 얕본단 말이냐?"

"제가 아버님을 대신하여 방덕과 싸우겠습니다."

관평이 군사를 거느리고 나섰다. 그리하여 두 사람이 말을 달려 여러 차례 싸웠으나 좀처럼 승부가 나지 않았다. 그러자 결국 관우가 칼을 휘두르면서 말을 달렸다. 방덕과 관우는 서로 욕설을 퍼부으면서 백여 합이나 싸웠으나, 그럴수록 더욱 기백이 넘쳐 쌍방의 장병들은 그저 놀랄 뿐이었다. 이윽고 두 사람의 신상을 염려하여 쌍방에서 각각 징을 울리고 나서야 두 사람은 자기의 진지로 돌아갔다. 방덕은 진지로 돌아와 말했다.

"사람들이 말하는 관우의 무용을 오늘에야 실감했다."

우금이 일단 물러서는 것이 좋겠다고 권했으나, 방덕은 물러서지 않았다. 관우 역시 방덕의 무예에 내심 놀라고 있었다. 관평이 대임(代任)을 생각하여 자중하도록 간청했으나, 관우는 큰 소리로 외쳤다.

"그놈을 죽이지 않으면 한이 풀리지 않는다. 내 마음은 이미 정해 졌으니, 두말하지 마라."

이튿날 양군이 대진하자 두 사람은 동시에 말을 몰아 겨루었다. 오십여 합을 어울린 끝에 방덕이 말 머리를 돌려 칼을 끌다시피 하며 도망쳤다. 그것을 관우가 뒤쫓으니, 관평도 부친의 신상을 염려해서 바로 뒤를 따랐다.

그런데 도망치는 줄로만 알았던 방덕이 갑자기 활을 꺼내 관우를 향해 힘껏 쏘았다. 화살은 관우의 왼쪽 팔꿈치에 명중했다. 뒤따라온 관평이 부친을 부축하여 진지로 돌아오는데, 방덕이 말 머리를 돌려 칼을 휘두르면서 쫓아왔다.

그때 갑자기 위의 본진에서 징 소리가 울려 퍼졌다. 방덕은 혹시 후방에 무슨 일이 일어났나 하고 급히 되돌아왔다. 그러나 사실은 방덕이 관우를 쏘아 맞힌 것을 본 우금이, 그가 공을 독차지할 것을 우려해 일부러 징을 울렸던 것이다.

상처는 다행히 깊지 않았지만, 자존심이 상한 관우는 이를 갈며 분함을 참지 못했다.

"이 원수는 반드시 갚고야 말 테다."

이튿날 관우는 우금이 진지를 옮겼다는 보고를 듣고는 높은 언덕으로 올라가 지세를 살펴보더니, 크게 기뻐했다. 옆에서 그 이유를 물으니, 관우가 대답했다.

"물고기가 증구에 들어가면 도망칠 곳이 없다."

'증(罾)'이란 그물이고, 우금의 '우(于)'는 물고기와 발음이 같아서 하는 말이었다. 가을비가 며칠 동안 계속 내리자, 관우는 배와 뗏목을 준비하게 했다.

"육지에서 싸우는데 어째서 수전을 준비하십니까?"

관평이 물으니, 관우가 대답했다.

"지금 우금의 7군은 평지를 택하지 않고 험하고 좁은 골짜기에 진을 치고 있다. 며칠째 계속된 비로 양강의 물이 많이 불어났으니 사람을 시켜 각처의 수문을 막아 놓았다가 일제히 수문을 열면, 번성과 증구천의 병사는 모두 물귀신이 될 것이다."

과연 이튿날 밤 비바람이 몹시 불었다. 방덕이 장막 안에 앉아 있을 때 갑자기 멀리에서 말발굽 소리와 북소리가 대지를 진동했다. 깜짝 놀란 방덕은 급히 장막에서 나와 말에 올라탔다. 그때 사방에서 한 길이 넘는 물이 밀어닥치는 바람에 군사들의 대부분이 물에 휩쓸리고 말았다.

우금과 방덕은 장수들과 함께 작은 산에 올라가 간신히 물을 피했다. 새벽녘이 되자, 깃발이 나부끼고 북소리가 울려 퍼지는 가운데 관우가 큰 배를 타고 쳐들어왔다. 우금은 좌우에 군사가 불과 오륙십 명밖에 남지 않았음을 깨닫고는 순순히 항복하고 말았다.

그러나 방덕은 새벽녘부터 정오까지 필사적으로 적의 공격을 막으면서 버텼다. 관우의 군사들은 숨 돌릴 새도 없이 사방에서 화살을 비 오듯 퍼부었다. 그때 형주의 병사 수십 명이 배를 둑에 댔다. 방덕은 훌쩍 그 배에 뛰어오르더니 그 자리에서 십여 명을 쓰러뜨리고는, 한 손에는 칼을 들고 다른 한 손으로 노를 저어 번성으로 도망가려고 했다. 그러자 상류에서 커다란 뗏목을 타고 온 장수 하나가 배를 부딪쳐 뒤집고 물속에 빠진 방덕을 사로잡았다. 그는 관우의 부하인 주창(周倉)으로, 본래 수전에 능했다.

관우 앞에 끌려온 방덕은 눈을 부라리면서 버티고 선 채 무릎을 꿇으려고 하지 않았다. 관우가 항복을 권하자, 방덕이 버럭 화를 내면서 외쳤다.

"네놈 따위에게 항복하느니, 차라리 목숨을 내놓겠다."

결국 방덕은 목을 내밀어 도부수의 칼을 맞았다. 관우는 방덕의 죽음을 안타깝게 여겨 장례를 성대히 치러 주었다. 관우는 번성의 공격을 서둘렀다. 조조의 원군이 도착하면 어려운 싸움이 될 것이라는 생각에서였다. 번성 북문 앞까지 이른 관우는 채찍을 치켜들고 말했다.

"이 좀도둑 같은 녀석아, 어서 항복하지 못하겠느냐!"

조인은 오백여 명의 사수(射手)에게 일제히 활을 쏘라고 명령했다. 관우는 급히 말 머리를 돌리려고 했으나, 오른쪽 팔꿈치에 화살을 맞고 말에서 떨어졌다.

관평은 급히 부친을 부축하여 진지로 돌아와 팔꿈치의 화살을 빼냈다. 그러나 화살에 바른 독약이 이미 뼛속까지 스며들어 오른쪽 팔꿈치가 시퍼렇게 부어올라 움직일 수 없게 되었다. 관평과 장수들은 상처가 악화될까 염려하여 형주에 가서 치료하도록 권유했으나, 관우는 번성의 공략을 눈앞에 둔 채 물러설 수 없다고 한마디로 거절했다. 관평은 할 수 없이 사방에 사람을 보내어 이름난 의원을 물색했다.

그러던 어느 날, 강동에서 명의 화타(華陀)가 배를 타고 찾아왔다. 관평은 매우 기뻐하며 화타를 본진으로 불러들였다.

관우는 팔꿈치가 몹시 쑤셨으나 병사들의 사기가 저하될까 두려워 꾹 참고 마량과 함께 바둑을 두고 있었다. 화타와 인사를 나눈 관우는 윗옷을 벗고 팔꿈치를 보여 주었다. 그것을 본 화타가 말했다.

"화살에 묻은 독이 뼛속까지 스며들었습니다. 빨리 치료하지 않으면 이 팔은 쓸 수 없게 됩니다. 살점을 도려내서 뼈에 묻은 독을 긁어내는 방법밖에 없습니다."

"아주 간단하군."

관우는 껄껄 웃더니 술을 대여섯 잔 마시고 난 후 다시 마량과 바둑을 두면서, 팔꿈치를 내밀어 화타에게 살점을 도려내게 했다.

"자, 도려내겠습니다. 너무 놀라지 마십시오."

"난 괜찮으니 마음 놓고 치료하시오."

화타가 뼈대까지 살점을 도려내니, 과연 뼈가 시퍼렇게 물들어 있었다. 칼로 뼈를 긁어내는 소리에 옆에 있던 사람들은 모두 얼굴이 하얗게 질렸다. 그러나 관우는 태연히 바둑을 둘 뿐 얼굴 한 번 찌푸리지 않았다.

금세 피가 주발에 넘쳤다. 화타는 독을 모두 긁어내고 약을 바른 다음, 상처를 실로 꿰맸다. 관우는 껄껄 웃고 나서 자리에서 일어나 말했다.

"전처럼 팔을 움직여도 조금도 아프지 않으니, 선생은 참으로 명의시오."

"오랫동안 의사 노릇을 해 왔습니다마는, 이런 일은 처음입니다. 장군은 참으로 천신(天神)이십니다."

관우는 사례로 금 백 냥을 주었으나, 화타는 상처에 바를 약 한 봉지만 남겨 놓고 어디론가 떠나 버렸다.

조조는 관우가 우금을 사로잡고 방덕의 목을 베었다는 소식을 전해 듣고는 하늘이 무너지는 것만 같았다. 그러자 사마의가 말했다.

"오의 손권에게 사자를 보내어 관우의 배후를 급습하면 번성의 위기는 모면할 수 있을 것입니다."

조조는 즉시 손권에게 사자를 보내는 한편, 서황에게 오만의 군사

를 이끌고 양릉파(陽陵坡)까지 진격하여 진을 치고 있다가 오의 군사
가 움직이면 출동하라고 명령했다.

조조의 서신을 받아 본 손권은, 관우가 번성을 포위하고 있을 때
형주를 공략하기로 결심하고 여몽에게 군사를 주어 관우를 공격하
게 했다. 그러나 여몽은 천하의 명장인 관우를 상대로 이길 자신이
없어 병을 핑계로 자리에 드러누웠다. 그런 여몽에게 육손이 찾아
와 말했다.

"관우가 꺼리는 상대는 장군 한 분뿐입니다. 따라서 장군이 육구
의 수비를 다른 사람에게 넘겨준다면, 안심한 관우는 형주의 병력
을 번성으로 돌릴 것입니다. 그때 형주를 기습하면 어렵지 않게 공
략할 수 있을 것입니다."

이튿날 여몽은 육구의 태수 자리를 사임하고 그 자리에 육손을 천
거했다. 육손은 육구에 도착하자마자 관우에게 많은 예물과 함께
가깝게 지내기를 청하는 서신을 보냈다. 관우는 육손의 서신과 예
물을 받아 보고, 속으로 크게 흡족해했다. 그는 곧 형주의 병력 절
반 이상을 번성으로 돌리고 화살에 맞은 상처가 낫는 대로 쳐들어
갈 준비를 했다.

육손은 관우의 동태를 탐지하여 손권에게 보고했다. 그러자 손권
은 여몽에게 형주의 공략을 명령했다. 여몽은 정병 삼만, 배 팔십여
척을 준비하여 수군에게 백의(白衣)를 입혀 상인으로 가장시킨 다음
출동했으며, 배의 밑바닥에는 정병을 숨겨 놓았다. 그리고 허도의
조조에게 사자를 보내어 군사를 출동시켜 관우의 배후를 칠 것을
요청했다.

백의의 병사들은 팔십여 척의 배에 올라타고 심양강(尋陽江)을 저
어 나갔다. 밤낮을 가리지 않고 배를 저어 북쪽 기슭에 이르렀을

때, 기슭에 있는 봉화대의 감시병에게 발각되었다.

"웬 놈들이냐? 어서 신분을 밝혀라."

"우리는 모두 상인인데 비바람을 만나 이곳으로 피해 왔습니다."

일행 중 한 사람이 대답하며 선물을 주자, 감시병은 조금도 의심하지 않고 강기슭에 정박하는 것을 허락해 주었다.

밤이 되어 두 번째 북이 울리자, 배의 밑바닥에 숨어 있던 정병이 나와서 봉화대의 감시병을 모두 붙잡았다. 그러자 신호에 따라 팔십여 척의 정병이 일제히 뛰쳐나와 요소마다 배치된 봉화대의 병사들을 모조리 붙잡아 배로 끌고 갔다. 그리고 난 후 형주를 향해 진격했으나, 아무도 알아차리지 못했다.

여몽은 사로잡혀 온 병사들을 부드러운 말로 위로하고 상까지 주었다. 그들은 목숨을 살려 준 것이 고마워 형주성까지 인도하고 성 밑에 오자 문을 열라고 외쳤다. 성문의 파수병은 아군인 줄 알고 성문을 열어 주었다. 병사들은 함성을 지르면서 성으로 쳐들어가 신호의 불길을 올렸다. 그러자 오의 군사가 일제히 달려들어 형주성을 점령해 버렸다. 여몽은 곧 전군에게 엄명을 내렸다.

"함부로 사람을 죽이거나 민가의 재물을 약탈하는 자는 군법에 따라 처벌한다."

그리고 관원들은 전과 같이 직무를 보게 하고, 관우의 가족들을 보호했다.

며칠 후에 손권이 형주에 도착하여 병사들의 노고를 위로했다. 그리고 우금을 감옥에서 꺼내 조조에게 돌려보냈다.

"이제 형주를 손에 넣었으니, 부사인이 지키는 공안과 미방이 지키는 남군만 빼앗으면 되겠군."

그러자 문가에 서 있던 사내가 나서며 말했다.

"그 일을 위해서는 무기가 필요 없습니다. 제가 세 치의 혀로 공안의 부사인에게 항복하도록 설득해 보겠습니다."

그는 우번(虞翻)으로, 부사인과는 어렸을 때부터 가까이 지낸 사람이었다. 우번은 곧 공안에 가서 항복을 권하는 편지를 화살에 달아매어 성안으로 쏘아 보냈다. 그 편지를 받아 본 부사인은 항복하는 것만이 사는 길이라고 생각해 즉시 성문을 열고 우번을 맞아들였다.

손권은 부사인의 항복을 무척 기뻐했다. 그리고 다시 여몽의 의견에 따라, 부사인을 남군에 보내어 미방에게 항복을 권하게 했다. 부사인이 미방을 만나 오에 항복할 것을 권유하고 있을 때, 관우가 보낸 사자가 도착했다. 군량이 부족하니 백미 십만 석을 급히 보내라는 것이었다.

"이미 오에게 형주를 빼앗겼는데, 이제 와서 이 군량을 어찌 운반한단 말인가?"

미방이 한탄하자, 부사인은 격한 목소리로 말했다.

"망설이고 있을 때가 아니오. 지금 오에 항복하지 않으면 반드시 관우에게 죽게 될 것이오."

그러고는 사자의 목을 베어 버렸다. 그때 여몽의 군사가 성 밑에 쳐들어왔다는 보고가 들어왔다. 할 수 없이 미방은 부사인과 함께 성에서 나와 항복했다.

그 무렵, 조조는 허도에서 참모들과 형주를 공략할 의논을 하고 있었다. 그런데 오에서 사자가 와서, 양쪽에서 관우를 협공하는 것이 어떻겠느냐는 편지를 내놓았다. 조조는 서황에게 사자를 보내 즉시 출격하도록 지시하는 한편, 번성에 있는 조인을 구출하기 위해 스스로 대군을 이끌고 낙양의 남쪽 양릉파에 진을 쳤다.

조조로부터 출격 명령을 받은 서황은 곧 부장인 서상과 여건에게 언성(偃城)에 가서 관평과 싸우라고 명령하고, 자신은 정병 오백 명을 거느리고 면수의 강기슭을 따라 언성의 배후를 기습했다.

관평도 정병을 이끌고 싸움에 나섰다. 서상과 여건이 곧 달아나자 이를 추격하니, 성안에서 불길이 치솟았다. 관평이 그제야 계략에 걸린 것을 알고 후퇴하자 서황이 길을 가로막고 큰 소리로 외쳤다.

"형주를 빼앗기고도 아직까지 여기서 어물거리느냐?"

격분한 관평은 말을 몰아 칼을 휘두르며 서황에게 덤벼들었다. 그때 일제히 함성이 일어나고 언성에 불길이 치솟았다. 관평은 혈로를 열어 사총(四塚)의 진지로 도망쳤다. 그곳에는 요화가 진을 치고 있었는데, 그는 관평을 맞아들여 형주가 공략되었다고 보고했다.

그때 북쪽으로 서황이 쳐들어왔다는 보고가 날아들었다. 관평과 요화는 사총의 진지를 부장에게 맡기고는, 정병을 이끌고 출격했다. 그러나 적은 한 사람도 보이지 않았다. 계략에 걸렸음을 깨닫고 급히 되돌아가려고 했을 때, 왼쪽에서 서상, 오른쪽에서 여건이 공격해 왔다. 관평과 요화가 사총의 진지로 돌아가려고 하자 진중에서 불길이 치솟았다. 진지로 돌아오니, 위군의 깃발이 성루에 세워져 있었다.

허둥지둥 군사를 되돌려 번성을 향해 달리는데, 한 떼의 병사가 앞길을 가로막았다. 서황이었다. 관평은 필사적으로 싸워 간신히 혈로를 열고 본진에 돌아와, 관우에게 언성과 그 밖의 진지를 빼앗기고 형주가 함락되었다고 보고했다.

그때 또 서황이 쳐들어왔다는 보고가 날아들었다. 관우는, 관평과 좌우의 참모들이 참으라고 권하는 말도 듣지 않고 칼을 들고 말을 몰아 출격했다.

이에 서황이 큰 도끼를 휘두르며 덤벼들었다. 무예가 남달리 뛰어난 관우였지만, 화살의 상처가 채 아물지 않은 터라 오른팔을 제대로 쓰지 못했다. 관평은 아버지에게 혹시 무슨 일이 일어날까 걱정되어 급히 징을 울렸다.

관우가 본진으로 돌아가려고 하는데, 본진에서 일제히 함성이 일어났다. 조조의 원군이 왔다는 말을 듣고 조인이 번성에서 쳐들어왔던 것이다. 관우가 여러 장수를 거느리고 양강의 상류로 말을 몰자, 강 위쪽에서도 적이 쳐들어왔다. 관우는 양강을 건너 양양을 향해 도망쳤다.

그때 형주는 이미 여몽의 손에 들어갔다는 보고가 들어왔다. 관우는 양양으로 가는 것을 단념하고 공안으로 향했다. 그러자 이번에는 공안의 부사인이 항복했다는 것이었다. 관우가 화가 머리끝까지 치밀어 있을 때, 군량을 독촉하러 간 자가 돌아와서 보고했다.

"공안의 부사인이 장군의 사자를 죽이고 미방을 길잡이로 하여 오에 항복했습니다."

이 말에 관우는 격노한 나머지 상처가 찢어져, 그 자리에서 정신을 잃고 쓰러졌다. 여러 장수가 부축해 일으키자, 관우는 탄식하며 말했다.

"이제 무슨 낯으로 형님을 뵌단 말인가!"

그러나 일이 이렇게 된 이상 달리 방법이 없었다. 마량(馬良)과 이적(伊籍)에게 급히 구원을 청하는 한편, 스스로 군사를 이끌고 형주를 탈환하러 나섰다.

한편 번성의 포위망이 흐트러지자, 조인은 여러 장수를 이끌고 조조에게 가서 울면서 사죄했다.

"그건 천운(天運)이지 너희들의 죄가 아니다."

조조는 오히려 전군에게 상을 내리고, 특히 서황의 공적을 칭찬하여 그를 평남장군(平南將軍)으로 삼고 하후상과 함께 양양을 지켜 관우의 군사를 견제하게 했다. 그리고 조조 자신은 마피(摩陂)에 진을 치고 동태를 살피기로 했다.

형주로 향하는 도중, 진퇴양난에 빠진 관우는 주위의 장수들에게 물었다.

"앞에는 오의 군사가 있고 뒤에는 위의 군사가 있다. 우리는 그 사이에 끼어 있고, 원군도 없다. 어찌하면 좋겠는가?"

"전에 여몽이 육구에 있을 때 자주 편지를 보내와, 동맹을 맺고 조조를 치자고 했습니다. 지금은 조조를 도와 우리를 공격하고 있는데, 이것은 신의를 저버린 처사입니다. 잠시 군사를 이곳에 머물게 하고 여몽에게 편지를 보내어 답장을 기다려 보는 것이 좋을 줄 압니다."

관우는 즉시 편지를 써서 사자에게 주어 형주로 보냈다. 여몽은 성 밖까지 마중을 나와 사자를 정중히 맞아들였지만, 관우의 부탁은 점잖게 거절했다.

"내가 전에 관우 장군과 친분을 맺은 것은 사사로운 일이오. 이번 일은 군주의 명령이므로 내 뜻대로 움직일 수 없으니, 장군에게 그렇게 전하오."

사자는 관우의 진지에 돌아와 여몽의 답변을 전했다. 관우는 형주를 탈환하기 위해 진군했으나, 장병들 중에 형주로 도망치는 자가 많이 생겨났다. 관우는 여몽을 더욱 괘씸해하면서도 군사를 격려하여 진격했다. 그때 갑자기 함성이 일어나더니 한 떼의 군사가 앞길을 가로막았다. 선두에 선 장수는 장흠이었다. 그는 말고삐를 잡아당기고 창을 휘두르면서 관우를 향해 외쳤다.

"운장, 어서 항복하라."

"나는 한나라의 장수다. 어찌 역적에게 항복한단 말이냐?"

관우가 칼을 휘두르면서 대적하자, 몇 차례도 싸우기 전에 장흠이 말을 돌려 달아났다. 관우가 이십 리쯤 뒤쫓아가자 갑자기 함성이 일어나더니 왼쪽 골짜기에서 한당의 군사가 쳐들어오고, 오른쪽 골짜기에서는 주태의 군사가 쳐들어왔다. 관우는 그제야 너무 깊숙이 쳐들어간 것을 깨닫고 급히 군사를 후퇴시켰다.

얼마 못 가서 남쪽 언덕에 사람들이 모여 '형주 백성'이라고 쓴 백기를 흔들면서 저마다 외쳤다.

"형주 출신은 모두 항복하라!"

관우가 격노하여 언덕 위로 올라가려고 했을 때, 산기슭의 좌우에서 군사가 쳐들어왔다. 왼쪽 장수는 정봉(丁奉), 오른쪽 장수는 서성(徐盛)이었다. 이들은 장흠의 군사와 합쳐 세 군데에서 관우를 포위하고 쳐들어왔다.

저녁때까지 싸운 후에 관우가 바라보니, 사방의 산에는 형주 출신의 군사들로 가득 찼다. '형이여, 동생아, 아버지여, 아들아' 하고 서로 부르는 소리가 그치지 않았으며, 군사들은 모두 마음이 변하여 부르는 대로 빠져나갔다. 관우는 더욱 화가 치밀어 큰 소리로 호통을 쳤으나 막을 수가 없었다. 그리하여 겨우 삼백여 명만 남게 되었다.

그날 밤, 세 번째 북소리가 날 무렵에 동쪽에서 함성을 지르며 나타난 관평과 요화가 포위를 뚫고 관우를 구출했다. 관평이 말했다.

"병사들의 마음이 떠났습니다. 성안에 들어가 원군이 오기를 기다리는 수밖에 없습니다. 맥성(麥城)은 작은 성이기는 하지만 충분히 발판이 될 수 있을 것입니다."

관우는 이에 동의하여 남은 군사를 이끌고 맥성에 들어가 사방의 성문을 분담해서 지키게 했다.

맥성에서 가까운 상용(上庸)은 유봉과 맹달이 지키고 있었다. 관우는 요화를 사자로 상용에 보내 구원을 청하게 했다. 요화가 적의 포위를 뚫고 상용에 도착하여 원군을 요청하자, 유봉은 맹달과 의논했다.

맹달은 산성에 남아 있는 얼마 안 되는 군사로 오 · 위 두 나라의 강적과 겨루는 것은 양을 몰아 호랑이 굴에 들여보내는 것과 같다고 말했다. 유봉은 이 말에 따라 요화에게 말했다.

"지금 우리가 나서 봐야 한 잔의 물로 수레의 장작불을 끄려는 것과 같으니, 빨리 돌아가 다른 데 가서 구원을 청하라 전해주게."

유봉과 맹달은 자리에서 일어나 안으로 들어가 버렸다. 요화는 유비에게 도움을 청하는 수밖에 없다고 생각하고는 성도로 향했다.

맥성의 관우는 상용에서 원군을 보내 주리라고 기다리고 있었으나, 아무 기별도 없었다. 몇 안 되는 군사들은 거의가 부상을 입었으며 성안에는 군량마저 떨어졌다. 관우가 이처럼 곤경에 놓여 있을 때, 갑자기 성 밖에서 '활을 쏘지 마라. 관 장군에게 할 이야기가 있다.'고 외치는 자가 있었다. 바로 제갈근이었다. 그는 손권의 명령을 받고 오에 항복하도록 권유하러 왔던 것이다. 관우는 얼굴을 찌푸리며 말했다.

"나는 시골 출신의 촌놈이다. 그런데도 주공은 나를 손발처럼 생각하고 있다. 의리를 버리고 적에게 항복한다는 건 생각할 수 없다. 성이 함락되면 죽음이 있을 뿐이다. 구슬은 부서져도 아름다움을 잃지 않고, 대는 꺾일지언정 굽히지 않는다. 내 몸은 사라져도 이름은 잃지 않을 것이다. 아무 말 말고 어서 물러가라."

제갈근의 보고를 들은 손권이 고개를 끄덕이며 말했다.

"과연 듣던 대로 충신이로다. 그럼 어떡하면 좋겠소?"

그때 참모 중에 점을 치는 자가 있어 점괘를 뽑아 보았더니, '적이 멀리 달아난다.' 는 것이었다. 여몽이 말했다.

"그 점괘는 저의 추측대로입니다. 관우에게 설사 하늘을 나는 날개가 있다고 하더라도, 제 그물에서 벗어날 수는 없을 것입니다."

손권은 여몽의 계략을 듣고 흡족해했다.

한편 맥성에 있는 관우가 기병과 보병을 점검해 보니 불과 삼백여 명밖에 되지 않고 군량도 떨어져 있었다. 일단 성을 버리고 서천으로 가서 군사를 재편성하여 이 지역을 되찾는 수밖에 없었다. 관우가 성에 올라가 바라보니, 북문 밖의 적은 몇 사람 되지 않았다. 성안의 백성들에게 북쪽 지리를 물어보니, 산에 샛길이 있어 서천까지 통한다는 것이었다.

"오늘 밤 이 길을 통해 빠져나가야겠다."

"샛길에는 으레 복병이 있게 마련입니다."

왕보가 충고했으나 관우가 말했다.

"복병이 있어도 두려워할 것은 없다."

관우는 곧 성을 빠져나갈 준비를 시켰다. 왕보는 눈물을 흘리며 작별을 고했다.

"도중에 부디 복병을 조심하십시오. 저는 백여 명의 군사와 함께 목숨을 걸고 이 성을 지키겠습니다."

관우는 주창으로 하여금 왕보와 함께 성에 남아서 맥성을 지키게 하고, 관평과 함께 이백여 명의 군사를 이끌고 북문을 나섰다. 관우는 칼을 들고 행군했다. 이십 리 남짓 갔을 때 산골짜기에서 일제히 징과 북 소리가 나더니, 함성이 울려 퍼지면서 한 떼의 군사가 나타났다. 앞장선 장수 주연이 외쳤다.

"운장, 어딜 도망치는 게냐! 일찌감치 항복해라."

관우가 격노하여 칼을 휘두르면서 덤벼들자, 그는 재빨리 도망쳤다. 관우가 한참 뒤쫓아 갔을 때 북소리가 울려 퍼지더니, 사방에서 복병이 일제히 쏟아졌다. 관우는 싸움을 포기하고 임저를 향해 샛길로 도망쳤다. 주연이 군사를 이끌고 추격하자, 관우의 군사는 점점 줄어들었다.

불과 사오 리도 가지 않아서 앞길에 또다시 함성과 함께 불길이 치솟더니, 반장이 말을 몰아 칼을 휘두르면서 덤벼들었다. 반장은 관우와 몇 번 대적하다 도망쳐 버렸다. 관우는 굳이 추격하여 싸우려 하지 않고 갈 길을 재촉했다. 관평이 따라왔지만 전사한 장병이 많아, 이제 관우를 따르는 아군은 십여 명밖에 남지 않았다.

이윽고 결구(決口)까지 왔다. 양쪽에 산이 둘러싸여 있고, 사방은 온통 갈대와 잡목이 무성했다. 시각은 오경(五更)도 지나 아침이 가까웠다. 그때 갑자기 함성이 들리더니, 양쪽에서 복병이 뛰쳐나와 일제히 밧줄을 던져 관우가 탄 말의 다리를 칭칭 휘감아 쓰러뜨렸다. 순간 관우가 말 위에서 땅바닥으로 곤두박질치자, 반장의 부장 마충(馬忠)이 달려들어 밧줄로 묶었다.

관평이 급히 구출하러 가려 했으나, 뒤에서 반장과 주연이 군사를 이끌고 관평을 에워쌌다. 관평은 한 번 싸운 후에 힘에 부쳐 사로잡히고 말았다.

날이 밝기 시작했다. 마충이 손권 앞에 관우를 끌고 오자, 손권이 말했다.

"나는 전부터 장군의 덕을 사모하여 친분을 맺으려고 했는데, 왜 거절했소? 천하무적인 장군이 사로잡히다니…… 오늘부터라도 이 손권의 편이 되어 주지 않겠소?"

그러자 관우가 큰 소리로 호통을 쳤다.

"눈알이 파란 애송이, 자색 수염을 늘어뜨린 쥐새끼야! 나는 유황숙과 복숭아밭에서 의형제를 맺고 한의 왕실을 다시 일으켜 세우겠다고 맹세한 사람이다. 네놈처럼 한나라에 반역한 무리에 끼란 말이냐? 이번에 뜻밖의 계략에 걸려들어 이렇게 된 이상, 오직 죽음이 있을 뿐이다. 허튼 수작하지 마라."

손권은 참모들을 돌아보며 말했다.

"운장은 천하의 호걸로 아까운 인물이다. 후히 대접하여 항복하도록 권하는 것이 어떻겠는가?"

그러자 주부(主簿)인 좌함(左咸)이 말했다.

"그것은 안 됩니다. 옛날 조조가 이 사람을 한수정후로 임명하고 사흘 동안 소연(小宴), 닷새 동안 대연(大宴)을 열어 주었습니다. 뿐만 아니라 말을 타면 금을, 말에서 내리면 은을 주고 미인 열 명을 안겨 주었지만, 그는 오관(五關)의 장수들의 목을 베고 도망쳤습니다. 결국 조조는 그에게 눌려 수도를 옮기고, 그의 창끝을 피하는 처지에 놓이게 되었습니다. 당장 목을 베지 않으면 훗날 큰 재앙이 될 것입니다."

손권은 잠시 생각하더니 말했다.

"옳은 말이오."

그러고는 그를 끌고 가게 하니, 관우 부자는 결국 목숨을 잃었다. 건안 24년 10월, 관우의 나이 쉰여덟이었다. 손권은 관우가 타던 적토마를 마충에게 주었는데, 적토마는 며칠 동안 먹이를 먹지 않더니 죽어 버렸다.

맥성에 남아 있던 왕보는 갑자기 심한 전율을 느끼며 주창에게 말했다.

"어젯밤 꿈에 우리 자사가 온몸이 피투성이가 되어 머리맡에 서 있었네. 깜짝 놀라 잠에서 깨어났는데, 무슨 일이 일어난 게 아닐까?"

바로 그때 오의 군사가 성 밑에서 관우 부자의 목을 내걸고 항복하라고 한다는 보고가 들어왔다. 두 사람이 깜짝 놀라 성루에 올라가 내려다보니, 과연 관우 부자의 목이 걸려 있었다. 왕보는 큰 소리로 통곡하면서 성에서 뛰어내려 죽고, 주창은 스스로 목을 찔러 자결했다. 이리하여 맥성은 동오의 차지가 되었다.

위왕 조조의 최후

　손권은 관우를 죽인 후, 전군에게 상을 내리고 여러 장수들을 불러 큰 잔치를 열었다. 그러고는 여몽을 상좌에 앉혔다.

　"나는 오랫동안 형주를 공략하려 했는데, 이제야 손에 넣었소. 이것은 오직 그대의 공로요."

　여몽은 자신의 공로가 아니라고 거듭 사양했으나, 손권은 손수 술을 따라 여몽에게 주었다. 여몽은 술잔을 받아 마시려고 하다가 갑자기 술잔을 땅바닥에 내동댕이치더니, 한 손으로 손권의 멱살을 잡고 거친 목소리로 호통을 쳤다.

　"눈알이 파란 애송이, 자색 수염을 늘어뜨린 쥐새끼야! 나를 알아보겠느냐?"

　여러 장수들이 깜짝 놀라 급히 몰려왔으나 여몽은 손권을 쓰러뜨리고 나서 뚜벅뚜벅 자리에 앉더니, 눈을 부릅뜬 채 호령했다.

　"황건적을 무찌른 후 천하를 누비기를 삼십여 년, 유감스럽게도 이번에 네놈의 계략에 걸려들었다. 살아서 네놈의 고기를 먹을 수는 없으나, 죽어서 여몽의 영혼을 사로잡고 말겠다. 나는 한수정후 관운장이니라."

혼비백산한 손권은 허겁지겁 땅바닥에 바싹 엎드렸다. 그러자 여몽은 땅바닥에 쓰러져 눈과 귀 등 일곱 구멍에서 피를 쏟으며 죽어 버렸다. 여러 장수들은 이것을 보고 저마다 벌벌 떨었다.

손권은 여몽의 시체를 관에 넣어 극진히 장례를 치르고 남군의 태수 잔릉후(潺陵侯)로 봉한 다음, 그 아들에게 아버지의 직위를 물려받게 했다. 이때부터 손권은 관우의 일이 신경에 거슬려 언제나 불안했다. 그 무렵에 장소(張昭)가 건업에서 돌아와 관우 부자를 죽인 재앙에 대해 설명하자 손권은 나무 상자에 관우의 목을 넣어 곧 조조에게 보냈다. 그때 조조는 마피에서 낙양으로 철수하고 있었는데, 관우의 목을 가져왔다는 말을 듣고 크게 기뻐했다.

"운장이 죽었으니, 나도 베개를 높이 베고 잠들 수 있게 되었다."

"이것은 우리에게 재앙을 돌리려는 동오의 책략입니다."

사마의는 주위에 경계를 하고, 관우의 목에 향목(香木)으로 만든 몸체를 연결시켜 극진히 장사 지내기로 하자며 오의 사자를 불러들였다. 사자가 건네주는 나무 상자를 열어보니, 관우의 얼굴은 살아 있을 때와 똑같았다. 조조는 무심코 빙긋이 웃으며 말했다.

"운장, 그동안 별고 없었는가?"

그러자 죽은 관우가 입을 딱 벌리고 눈을 부릅뜬 채 사방을 흘겨보는데, 머리카락과 수염이 빳빳이 곤두섰다. 그것을 본 조조는 소스라치게 놀라 기절해 버렸다. 여러 장수들이 부축하여 겨우 정신을 되찾은 조조는, 주위를 돌아보면서 말했다.

"관운장은 실로 천신이다."

오의 사자가, 관우의 혼이 여몽을 죽였다는 말을 하자, 조조는 더욱 두려워하여 낙양의 남문 밖에서 극진히 장사 지내고, 관우에게 형왕(荊王)의 지위를 내렸다.

한편 한중왕 유비는 동천에서 성도에 돌아오자 법정의 진언을 받아들여 오의(吳懿)의 여동생을 맞아 왕비로 삼았다. 왕비가 두 아들을 낳으니, 곧 유영(劉永)과 유리(劉理)다.

동천과 서천에서는 곡식이 잘 자라 백성들이 평안히 살 수 있었다. 형주에서 전해 오는 정보에 의하면, 동오가 관우에게 혼담을 꺼냈으나 관우가 거절했다고 했다. 제갈량이 형주가 위태로우니 누구를 보내 관우와 교체시키자고 제의했으나, 형주로부터는 승리의 소식이 잇달아 날아들었다. 그리고 강기슭에 봉화대를 많이 설치하여 잘 방비하고 있는 줄 알고 모두들 안심했다.

그런데 어느 날 밤, 유비는 갑자기 한기가 들어 좀처럼 잠을 이루지 못했다. 그래서 자리에서 일어나 촛불을 켜고 책을 읽다가, 머리가 어지러워 책상에 엎드려 잠깐 잠이 들었다. 그러자 방 안에 찬바람이 불어와 촛불이 꺼질 듯하더니, 다시 밝아졌다. 얼굴을 드니, 등불 앞에 사람이 서 있었다.

"웬 놈이냐, 밤중에 남의 침실에 숨어 들어오다니?"

유비가 물었으나 대답이 없자, 이상히 여겨 자리에서 일어났다. 자세히 보니, 관우가 촛불 그림자 위로 나타났다 사라졌다 하는 것이었다.

"동생, 그동안 별일 없었나? 이 밤중에 여길 다 오다니, 예삿일이 아니군. 여보게, 아우! 우리는 형제 사이가 아닌가. 왜 자꾸 숨는 겐가?"

그러자 관우가 울면서 말했다.

"형님, 군사를 출동시켜 저의 한을 풀어 주십시오."

그러고는 찬바람이 불어오더니, 관우의 모습이 사라져 버렸다. 유비가 깜짝 놀라 눈을 뜨니, 꿈이었다. 그때 세 번째 북소리가 울렸다. 유비는 이상하게 생각하여 제갈량을 불러 꿈 이야기를 상세히 들려주었다.

"운장의 생각을 많이 하시기 때문에 꿈을 꾼 것입니다. 이상할 것 없습니다."

유비가 거듭 이상하게 생각하자, 제갈량은 부드럽게 위로하였다. 그러고는 헤어져 중문(中門) 밖에 나오니, 전령이 관우가 죽었다는 소식을 전했다. 그러자 제갈량이 나직한 소리로 말했다.

"나도 지난밤에 천문(天文)을 보다가 장성(將星)이 형(荊)·촉(蜀)의 땅에 떨어지는 것을 보았네. 운장이 변을 당한 줄은 알았으나, 주공의 슬픔이 염려되어 아직 말씀 드리지 않았네."

두 사람이 이야기를 하고 있을 때, 유비가 불쑥 나오더니 꾸짖었다.

"왜 숨기고 있었소?"

"아까 한 말은 소문에 지나지 않습니다. 지나치게 걱정하실 것 없습니다."

"나와 운장은 생사를 같이하기로 맹세한 사이오. 그에게 불행한 일이 일어나면, 나 혼자 살아갈 수가 없소."

그때 마량과 이적이 와서 형주의 함락과 관우의 패전에 대해 상세히 보고했다. 이어서 요화가 도착했다. 그는 유봉과 맹달이 원군을 보내지 않은 사실을 보고했다. 유비가 깜짝 놀라 곧 원군을 보내려고 하는데, 관우가 죽었다는 소식이 전해졌다. 그 말을 듣자 유비는 외마디 소리를 지르더니 정신을 잃고 쓰러졌다. 대신들이 부축해 일으키자 얼마 후에야 정신을 되찾았다. 제갈량이 위로하며 말했다.

"사람의 생사에는 천명이 있다고 합니다. 운장은 평소 고집이 세고 자존심이 강해서 이런 변을 당한 것입니다. 주공께서는 몸을 소중히 하셔서 후일 복수를 도모하십시오."

"관우가 죽었는데, 어찌 나 혼자 부귀를 누리겠소."

그때 관흥(關興)이 소리 내어 울면서 들어왔다. 그것을 보자 유비는 더욱 서럽게 울다가 또다시 기절했다. 대신들이 부축하여 정신을 되찾았으나, 사흘 동안 물 한 모금 넘기지 않고 울기만 했다.

손권이 관우의 목을 조조에게 바치고 조조가 극진히 장례를 지냈다는 말을 들은 유비, 즉시 군사를 이끌고 오에 쳐들어가 한을 풀려고 했다. 그러나 제갈량이 말했다.

"지금 오는 우리로 하여금 위를 치게 하려고 하며, 위도 우리로 하여금 오를 치게 하려는 계략을 품고 서로 기회를 노리고 있습니다. 우선 운장의 장례부터 치른 다음, 오와 위의 사이가 벌어지는 것을 기다렸다가 공략하는 것이 상책입니다."

대신들도 한결같이 말리니, 유비는 겨우 진정하고 나서 전국의 장병으로 하여금 조의를 표하게 하고 스스로 남문을 나와 관우의 영혼을 불러 제사를 지내고 종일 소리 내어 울었다.

한편 낙양에 있던 조조는, 관우의 장례를 치른 후로는 밤마다 눈만 감으면 관우의 모습이 떠올랐다. 이것은 낡은 궁전에 마물(魔物)이 많기 때문이라는 대신들의 말에 따라, 건시전(健始殿)이라는 새로운 궁전을 짓기로 했는데, 대들보로 쓸 재목이 없는 것이 마음에 걸렸다. 그러자 목수가, 낙양에서 삼십 리나 떨어진 약룡담(躍龍潭)이라는 연못가의 높이 십 장 남짓한 커다란 배나무가 적합하다고 말했다.

조조가 곧 인부를 보내 베어 오게 했는데, 그 나무는 톱으로 켜도 잘 베어지지 않고, 도끼로 찍어도 날이 박히지 않는다는 것이었다. 조조는 그 말을 믿지 못해 스스로 수백 명의 기병을 거느리고 약룡담으로 갔다. 배나무를 쳐다보니, 과연 하늘 높이 곧게 치솟아 있었다. 조조가 베라고 명령하자 이곳 노인 몇 명이 앞으로 나와 만류했다.

"이 나무는 수백 년 묵은 노목으로, 그 위에 신이 살고 있습니다. 베면 재앙이 내립니다."

이에 조조는 화를 내며 말했다.

"나는 천하를 휘어잡은 지 사십여 년이 되며, 위로는 천자에서 아래로 서민에 이르기까지 나를 두려워하지 않는 자가 없다. 어떤 요물이 내 뜻을 거역하겠느냐?"

그러고는 허리에 찬 칼을 빼들고 나무를 후려쳤다. 그러자 컥 하는 소리와 함께 나무에서 피가 쏟아졌고, 조조는 온몸에 피를 뒤집어쓰고 말았다. 조조는 가슴이 철렁하여 칼을 내동댕이치고 말을 몰아 궁전으로 돌아왔다.

그날 밤, 조조는 좀처럼 잠들 수 없었다. 자리에서 일어나 책상에 기대어 있다가 잠이 드는 둥 마는 둥 할 때, 문득 머리를 흐트러뜨리고 칼로 지팡이를 삼고 검은 옷을 걸친 사내가 나타나 조조를 가리키면서 호령했다.

"나는 배나무의 신(神)이다. 네놈이 내 신목(神木)을 베려고 했으니, 네 목숨은 내가 거둬 가겠다."

검은 옷을 걸친 사내는 칼을 들어 조조의 머리를 내리쳤다. '앗!' 하고 비명을 지른 순간 잠에서 깨어났으나, 이후 견딜 수 없도록 머리가 쑤시고 아팠다. 급히 전국에 알려 명의를 불러 치료를 받았으나, 효험이 없었다.

모두들 걱정하고 있는데, 화타라는 명의가 있다고 화흠이 말했다. 모든 난치병을 그 자리에서 고친다는 말을 들은 조조는, 곧 화타를 불러들였다. 진찰을 마치고 화타가 말했다.

"대왕의 두통은 풍병(風病) 때문입니다. 병의 근원이 머리에 있으므로, 아무리 약을 많이 잡수셔도 고칠 수 없습니다. 방법은 한 가지뿐입니다. 먼저 마취약을 드시고 예리한 칼로 머리를 절개하여 병의 근원을 꺼내야 합니다."

"네놈이 나를 죽일 셈이냐?"

조조가 불호령을 내리자, 화타가 말했다.

"대왕께서는 듣지 못하였습니까? 관우 장군은 독화살을 맞아 오른쪽 팔꿈치에 부상을 입었을 때, 제가 뼈를 깎아 치료했으나 조금도 두려워하지 않았습니다. 그에 비하면 대왕의 병은 대단치 않습니다. 의심하지 마십시오."

"닥쳐라! 팔꿈치의 아픔은 나도 참을 수 있다. 그렇지만 어떻게 머리를 절개한다는 게냐? 네놈은 관우와 친하여 이 기회에 원수를 갚겠다는 것이 분명하다."

조조는 이렇게 말하며 좌우의 부하를 불러 화타를 감옥에 가두게 했다. 결국 화타는 옥중에서 고문을 당해 죽고 말았다. 조조는 화타를 죽인 후 병이 더욱 중해졌으며, 오와 촉의 문제로 마음까지 편하지 못했다.

그때 손권이 편지를 보내왔다. 손권은 본인을 신하라고 낮추고 조조에게 제위에 오를 것을 권하며, 유비를 멸하면 본인은 즉시 위로 가겠다고 했다. 조조의 부하들도 빨리 제위에 오르는 것이 좋겠다고 진언했다. 그러나 조조는 자신 대신 아들을 천자로 삼으려는 뜻을 비쳤다. 그리고 황제에게 상주하여 손권에게 표기장군(驃騎將軍) · 남창후(南昌侯) · 형주 자사라는 벼슬을 내렸다.

조조의 병은 더욱 심해져 갔다. 어느 날 밤, 조조는 눈앞이 어지러워 자리에서 일어나 탁자에 기댔는데, 얼핏 잠이 들었다. 그때 갑자기 비단을 찢는 듯한 소리가 나서 깜짝 놀라 살펴보니, 복 황후·동귀인·두 황자·복완·동승 등 이십여 명이 피투성이가 된 모습으로 나타나 목숨을 돌려 달라고 아우성을 쳤다. 그러자 요란한 소리가 들리면서 궁전 서남쪽 한 모퉁이가 무너졌다. 조조는 깜짝 놀라 땅바닥에 쓰러졌다. 이 꿈을 꾸고 난 조조는, 다른 궁전으로 옮겨 요양하기로 했다.

이튿날은 위가 굳어지면서 눈이 보이지 않았다. 조조는 급히 하후돈을 불러들였다. 하후돈이 궁전 대문 앞에 와서 문득 쳐다보니, 복 황후·동 귀인·두 황자·복완·동승 등이 먹구름 속에 나타났다. 하후돈은 깜짝 놀라 그 자리에 쓰러졌다. 좌우의 측근들이 부축하여 집으로 데려갔으나, 병상에 누워 일어나지 못했다.

조조는 조홍·진군·가후·사마의 등 네 사람을 침상 옆에 불러 '장남인 비가 중후하고 사려가 깊어 자신의 뒤를 잇게 해도 무방할 테니, 그대들이 잘 도와주도록 하라.'는 사후의 일을 부탁했다.

조조는 유언을 마치자 길게 한숨을 내쉬고 눈물을 비 오듯 흘리더니, 곧 숨을 거두었다. 그의 나이 예순여섯, 건안 25년 정월 하순의 일이다.

4장

천하 통일 (天下統一)

유비,
천자의 자리에……

유비는 관우의 원수를 갚기 위해 동오를 정벌하는 한편, 관우에게 원군을 보내지 않은 유봉과 맹달을 치려고 했다. 그러나 제갈량은 일을 서두르다 이변이 생기면 곤란하다고 말렸다. 유비는 제갈량의 의견에 따라 유봉에게 면죽(綿竹)을 지키게 했다. 맹달은 유비의 의도를 알아차리고는, 위왕 조비에게 항복했다. 이것을 알게 된 유비는 크게 화를 내며 유봉에게 맹달을 치라고 명했다.

한편 조비는 맹달이 항복했으나 계략이 아닌가 해서 좀처럼 믿으려 하지 않았다. 그때 유봉이 쳐들어왔으므로, 조비는 맹달에게 유봉의 목을 베어 오라고 명령했다.

이리하여 유봉과 맹달은 서로 싸우게 되었다. 맹달이 도망치는 것을 유봉이 뒤쫓는데, 갑자기 복병이 나타났다. 하후상과 서황의 군사였다. 유봉은 여지없이 패하여 상용성으로 도망쳤으나, 이미 위에 항복한 자가 성을 점령하고 있었다. 할 수 없이 방릉(房陵)을 향해 말을 달렸으나, 이 성에도 이미 위의 깃발이 펄럭이고 있었다. 결국 유봉은 겨우 백여 명의 기병을 이끌고 성도로 돌아왔다.

"무슨 낯으로 그 꼴을 하고 돌아왔느냐?"

유비는 크게 화를 내며 유봉의 목을 베어 버렸다.

조비는 왕위에 오르자 문무백관의 직위를 모두 올리고 은상을 베풀었으며, 하후돈이 병으로 죽자 극진히 장례를 치르게 했다. 이윽고 한(漢)의 천자에게, 위왕에게 천자의 자리를 위임해야 한다고 주장하는 자들이 나타났다.

화흠과 왕랑은 헌제를 만나, 제위를 조비에게 양보할 것을 강력히 주장했다. 헌제가 한의 사백 년 전통을 생각하여 망설이자, 조홍과 조휴가 칼을 허리에 차고 정전(正殿)에 들어가, 무장한 군사 수백 명을 거느린 가운데 천자를 협박했다.

천자는 할 수 없이 떨리는 목소리로 선양(禪讓)의 뜻을 밝혔다. 그러자 조비는 형식적으로 세 번 사양한 끝에 이를 받아들여 수선대(受禪臺)에 올라가 제위를 넘겨받았다. 그리하여 연강 원년을 황초(黃初) 원년으로 고치고 국호를 대위(大衛)라고 고쳤으며, 부친 조조에게는 태조(太祖) 무황제(武皇帝)라는 시호를 올렸다.

화흠은 천하에 두 개의 태양이 있을 수 없고 백성에게는 두 임금이 있을 수 없으니, 제위를 넘겨준 이상 헌제는 마땅히 제후의 자리로 내려오는 것이 도리라고 주장했다. 그러자 조비는 헌제를 산양공(山陽公)으로 강등시켜 그날 곧바로 임지로 떠나게 했다.

그런데 조비가 천신들에게 예(禮)를 올리려고 몸을 굽히는 순간, 갑자기 회오리바람이 몰아쳐 흙먼지를 일으키더니 수선대 위의 촛불을 모조리 꺼 버렸다. 깜짝 놀란 조비는 그 자리에서 까무러쳤다. 백관이 급히 부축해 일으켜 얼마 후에 정신을 되찾았으나, 그 후 며칠은 정무(政務)를 보지 못했다. 조비는 병세가 어느 정도 차도를 보이자 화흠을 사도(司徒)로, 왕랑을 사공(司空)으로 임명하고 정무를 보기 시작했다. 얼마 후 조비는 수도를 허도에서 낙양으로 옮기고, 웅장한 궁전을 새로 지었다.

조비가 대위의 황제가 되어 낙양에 궁전을 새로 지었다는 소식은 곧 성도에도 전해졌다. 뿐만 아니라 한의 천자는 이미 살해되었다는 소문까지 나돌았다.

유비는 이 소식을 듣자 대성통곡을 하고, 천자의 혼령을 제단에 모셨다. 그러나 그 통분이 원인이 되어 병으로 자리에 눕게 되어, 모든 정무의 처리를 제갈량에게 맡겼다.

그 무렵 제갈량은 성도의 서북쪽에 제성(帝星)이 달처럼 밝게 빛나는 것을 보았다. 그런가 하면 양강의 한 어부가 그물에 걸린 보옥(寶玉)의 인장(印章)을 유비에게 바쳤는데, 거기에는 '천명을 받아 길이 번영하리라.'는 뜻의 글이 새겨져 있었다. 모두가 길조였다. 제갈량은 측근들을 이끌고 상주문을 올려, 유비에게 제위에 오를 것을 진언했다. 유비는 깜짝 놀라며 호통을 쳤다.

"그대들은 나를 불충한 사람으로 만들려고 하는가?"

"아닙니다. 주공이야말로 한 황실의 후손이므로, 한의 전통을 계승하는 것이 당연한 일이옵니다."

제갈량이 이렇게 말했으나 유비는 얼굴빛을 바꾸고 자리에서 벌떡 일어나 안으로 들어가 버렸다. 사흘 후에 제갈량을 비롯한 모든 신하들이 다시 진언했으나, 유비는 완강히 거절했다. 그러자 제갈량은 병을 가장하고 문밖 왕래를 끊었다. 유비는 제갈량의 병이 중하다는 말에 몸소 문병을 갔다.

"군사, 어디가 아프시오?"

"걱정이 있어 가슴이 미어지는 것 같습니다. 이제 얼마 살 것 같지 않습니다."

"군사는 무엇을 그렇게 걱정하고 있소?"

제갈량은 눈을 감은 채 대답하지 않았다. 유비가 재삼 묻자, 제갈량은 크게 한숨을 내쉬며 말했다.

"신이 초막을 나온 이후로 대왕의 호의를 받아 오늘날까지 섬겨 오는 동안, 대왕께서는 제가 권유한 말은 모두 받아들이셨습니다. 그런데 조비가 제위를 빼앗아 한의 정통이 끊기려는 이때에, 문무백관이 모두 대왕을 황제로 추대하여 위를 멸하고 유씨를 재흥시켜 함께 공명(功名)을 세우려고 하는데, 대왕께서는 고집스럽게 받아들이지 않고 계십니다. 이런 때에 오나 위가 쳐들어오면 양천 땅은 도저히 보전할 수가 없습니다. 그러니 어찌 신이 걱정하지 않을 수 있겠습니까?"

"그 일이 싫다는 것이 아니오. 다만 세상 사람들의 눈과 귀가 두려운 것이오."

"성인은 명분이 서지 않으면 말이 따르지 않는다고 했습니다. 지금 대왕은 명분도 서고 말도 따르므로, 거론의 여지가 없습니다. 더구나 하늘이 주는 것을 받지 않으면 벌이 내린다는 말도 있지 않습니까?"

"군사의 병이 나은 후에 결정해도 늦지 않을 거요."

제갈량은 이 말을 듣자 병상에서 벌떡 일어나 옆에 둘러친 병풍을 두들겼다. 그러자 밖에서 문무백관이 들어와 말했다.

"윤허가 내린 이상, 곧 길일을 택하여 즉위의 대례를 치르겠습니다."

건안 26년 4월 12일, 유비는 천지의 신들에게 제사를 드리고 제위에 올랐다. 연호를 장무(章武)로 고친 다음, 왕비인 오씨를 황후로 세우고 장남 유선을 태자로 옹립하였으며, 차남 유영을 노왕(魯王)으로, 삼남 유리를 양왕(梁王)으로 책봉했다. 그리고 제갈량을 승상에 봉하고 허정을 사도로 임명하는 한편, 문무백관에게는 각각 은상을 내리고 전국에 대사령(大赦令)을 내렸다.

그리고 장무 원년 7월 상순, 유비는 드디어 제갈량에게 촉의 수비를 맡기고 칠십오만 대군을 이끌고 성도를 떠났다. 물론 관우의 원수를 갚고 동오를 정벌하기 위해서였다.

장비는 낭중으로 돌아가, 사흘 안에 출전 준비를 마치고 관우의 원수를 갚으러 출정한다고 전군에 통고했다. 이튿날 부하인 범강(范疆)과 장달(張達)이 본진에 와서 말했다.

"출전 준비를 그렇게 서둘러 할 수는 없습니다. 기한을 연장해 주십시오."

"더는 기다릴 수 없다. 내일이라도 당장 적진을 휘젓고 싶은데, 너희들이 내 명령을 어길 셈이냐?"

화가 난 장비는 무사에게 명하여 두 사람을 나무에 매달아 각각 오십 대씩 곤장을 치게 했다. 그리고 난 후 다시 엄명했다.

"내일까지 모든 준비를 마치도록 하라. 늦어지면 네놈들의 목을 베어 병사들에게 본을 보일 테다."

곤장을 맞고 입에서 피를 토한 범강과 장달은 진지로 돌아가서 상의했다.

"오늘은 이쯤에서 끝났지만, 어떻게 내일까지 준비를 마칠 수 있겠소? 장비는 화가 나면 물불을 가리지 않는 사람이오. 내일까지 준비를 마치지 못하면 틀림없이 우리의 목이 달아날 것이오."

범강이 먼저 말하자, 장달이 대꾸했다.

"그놈의 손에 죽느니, 차라리 그놈을 죽여 버립시다."

"곁에 가까이 갈 수 있어야 어떻게든 해 볼 게 아닌가?"

"요새 그놈은 밤마다 술에 취해 막사에서 곯아떨어져 있으니, 그 기회를 노려서 해치우면 됩니다."

그날 밤, 막사에 있던 장비는 걱정이 되어 일이 손에 잡히지 않았다. 결국 장수들과 술을 실컷 마시고 밤이 깊어서야 자리에 들었다. 범강과 장달은 한밤중이 되자, 각자 허리춤에 단도를 숨기고 막사로 숨어 들어갔다.

장비는 언제나 눈을 뜨고 잠을 잤다. 두 사람이 바라보니 장비는 턱수염이 곤두선 채 눈을 뜨고 있으므로 잠시 머뭇거렸다. 그러나 우레같이 코를 고는 소리를 듣자, 단도로 배를 푹 찔렀다. 장비는 억 하고 외마디 소리를 지르고는 그대로 숨을 거두었다. 그때 그의 나이 쉰다섯이었다.

두 사람은 장비의 목을 벤 후 곧장 동오로 도망쳤다. 이튿날에야 진중에서 이 사실을 알고 군사를 출동시켜 그들을 뒤쫓아갔으나, 이미 때를 놓치고 말았다.

그 무렵 유비는 이미 대군을 거느리고 성도를 출발했다. 그런데 그날 밤, 문득 하늘을 쳐다보니 서북쪽에 떠 있던 큰 별이 갑자기 땅에 떨어지는 것이 아닌가. 불길한 예감이 들어 웬일인가 생각하고 있는데, 낭중의 부장인 오반(吳班)이 장비의 죽음을 알려왔다. 유비는 대성통곡을 하다가 그 자리에 쓰러지고 말았다. 참모들이 부축해 일으키자, 유비는 얼마 후에 겨우 정신을 되찾았다.

이튿날 한 떼의 군사가 구름처럼 몰려왔다. 나가 보니, 은빛 갑옷을 걸친 젊은 장수가 말 위에서 뛰어내렸다. 그러고는 땅바닥에 엎드려 통곡을 했다. 장비의 장남 장포(張苞)였다. 유비는 그를 보자 새삼 장비의 얼굴이 떠올라 목 놓아 울고 나서 말했다.

"오반과 함께 선봉에 나서서 아버지의 원수를 갚겠느냐?"

"나라와 아버지를 위해서라면 죽음도 두렵지 않습니다."

그때 또 한 떼의 군사가 바람같이 몰아쳤다. 이번에도 은빛 갑옷을 걸친 젊은 장수가 본진으로 들어와, 땅에 엎드려 통곡했다. 관우의 차남 관흥이었다. 유비는 그를 보자 관우가 생각나 또 소리 내어 울었다.

"벼슬도 지위도 없던 옛날, 운장·익덕과 의형제를 맺고 생사를 함께하기로 맹세하였는데, 이제 천자가 되어 천하를 평정하려고 하니, 불행하게도 두 동생을 잃고 말았다. 두 조카를 보니 가슴이 미어지는 것 같구나."

이윽고 오반의 군사가 도착했다. 유비는 장포에게 선봉을 맡기려고 했다. 그러자 관흥이 자신이 선봉을 맡겠다고 나섰다. 두 사람이 서로 양보하지 않으므로, 유비는 두 사람의 무예에 따라 우열을 정하겠다고 말했다.

장포는 병사에게 명하여 이백 보 맞은편에 빨간 동그라미를 그린 기를 세우게 했다. 그리고 활을 세 번 쏘아 모두 빨간 동그라미에 명중시켰다. 모두들 환호성을 올렸다. 그러자 관흥이 활을 당기면서 말했다.

"빨간 동그라미를 쏘아 맞히는 것쯤은 아무것도 아니다."

마침 머리 위로 기러기 떼가 줄을 지어 날아가고 있었다.

"세 번째 기러기를 쏘아 맞히겠다."

관흥이 활을 쏘자, 여지없이 세 번째 기러기가 땅에 떨어졌다. 문무백관은 입을 모아 칭찬했다. 그 모습을 본 장포는 화가 나서 말에 올라타고 일 장 팔 척의 창을 휘두르면서 큰 소리로 외쳤다.

"나와 한판 겨룰 테냐?"

관흥도 말에 올라타 큰 칼을 손에 들고 맞섰다.

"네가 창을 휘두르면 나는 칼로 맞설 테다."

이리하여 두 사람이 싸우려고 할 때, 유비가 말렸다.

"무례한 놈들 같으니, 그만두지 못할까?"

두 사람은 허겁지겁 말에서 내려 무기를 버렸다.

"나는 오래전에 탁군에서 너희의 아버지와 의형제를 맺었으니, 너희들도 형제간이다. 서로 마음을 합쳐 부친의 원수를 갚아도 모자랄 판에, 이게 무슨 짓들이냐?"

두 사람은 땅바닥에 엎드려 사죄했다. 그러고는 장포가 한 살 위여서 그를 형으로 하고, 두 사람은 의형제를 맺었다. 유비는 오반을 선봉으로 세워 수륙 양면에서 대군을 이끌고 오나라를 향해 물밀듯이 쳐들어갔다.

유비의 동오 정벌

범강과 장달은 장비의 목을 베어 가지고 오에 항복하고, 그동안의 경위를 자세히 보고했다. 손권은 유비가 칠십만 명의 정병을 이끌고 쳐들어온다는 보고를 받고는 급히 문무백관을 소집해 대책을 물었다. 그러자 제갈근이 자진해서 화해의 사신으로 나설 것을 제의했다.

장무 원년 8월, 유비의 군사는 기관에 도착하여 백제성(白帝城)에 진을 쳤다. 선봉은 이미 사천(四川)의 경계를 벗어나 있었다.

제갈근은 백제성에서 유비를 만나, 관우를 죽인 것은 여몽의 죄이지 손권의 탓이 아니며, 그 여몽도 이미 죽고 없으니 원수를 갚은 것이나 다름없다는 뜻을 전하고 나서 말했다.

"저희 오후(吳侯)는, 폐하를 배반하고 오에 항복한 장수들과 손 부인을 돌려보내고 형주도 본래대로 반환하여 오래도록 화평을 맺는 한편, 함께 힘을 합쳐 조비를 멸하기를 바라고 있습니다."

유비는 성난 목소리로 말했다.

"내 동생을 죽이고도 뻔뻔스럽게 발뺌을 하겠다는 게냐?"

"제위를 빼앗은 조비를 치지 않고 의형제를 위해 오를 치려는 것은, 대의를 버리고 소의를 취하는 것입니다. 또한 한(漢)이 기반을 쌓은 장안과 낙양을 취하지 않고 형주를 위해 싸우는 것은, 중한 것을 버리고 사소한 것을 취하는 것입니다. 부디 다시 한 번 생각해 주십시오."

유비는 화가 머리끝까지 치밀어 큰 소리로 외쳤다.

"동생을 죽인 원수하고는 한 하늘 아래 살 수 없다. 내 눈에 흙이 들어가기 전에 기필코 원수를 갚고야 말겠다."

제갈근은 할 수 없이 오나라로 돌아가, 유비에게는 화해할 의향이 없다고 손권에게 말했다. 이때 앞에서 나와 말하는 자가 있었다.

"제가 이 위기에서 벗어날 계략을 갖고 있습니다."

그는 바로 중대부(中大夫) 조자(趙咨)였다.

"상주문(上奏文)을 써 주시면, 제가 허도의 조비를 만나 한중으로 쳐들어가게 하겠습니다. 그러면 촉의 군사는 자연히 돌아갈 것입니다."

손권은 즉시 상주문을 썼는데, 자신을 신(臣)이라고 칭하였다. 그러고는 조자를 사자로 보냈다. 조비는 동오의 사자가 상주문을 가지고 왔다는 말을 듣고 비웃으면서 말했다.

"촉의 군사를 되돌리려는 심사로군."

조비는 상주문을 다 읽고 나서 조자에게 물었다.

"손권은 어떤 군주인가?"

"총명하고 인자하며, 지혜롭고 뜻이 높은 군주입니다."

조비는 웃으면서 물었다.

"칭찬이 지나치지 않은가?"

"과찬이 아닙니다. 저희 군주께서 노숙과 여몽을 등용한 것은 그 총명을 나타내며, 우금을 생포하고도 죽이지 않은 것은 그 인자함을 나타내고, 칼에 피를 묻히지 않고 형주를 손에 넣은 것은 그 지혜로움을 나타내며, 삼강(三江)의 요해에서 천하를 노리는 것은 그 높은 뜻을 나타낸 것입니다."

조비가 또 물었다.

"내가 오를 치려고 하는데, 가능하겠소?"

"대국에 정복의 군사가 있다면, 소국에는 방비의 군사가 있습니다."

"오는 위를 두려워하는가?"

"오에는 백만의 정병이 있고, 장강(長江)과 한수(漢水)를 뜰의 연못처럼 생각하고 있습니다. 어찌 두려워하겠습니까?"

"동오에는 그대와 같은 사람이 몇 명이나 있소?"

"뛰어나게 총명한 자는 백여 명 정도이고, 저와 같은 사람은 이루 헤아릴 수 없습니다."

"타국에 사신을 보내 군주의 이름을 더럽히지 않는 자를 충신이라고 하는데, 이 말은 그대를 가리키는 것 같소."

조비는 손권이 신하로 자기를 낮추고 항복해 왔으므로, 손권을 오왕(吳王)으로 책봉했다. 대부(大夫)인 유엽(劉曄)이 '촉과 오가 싸울 경우에 오를 공격하면 오는 열흘도 버티지 못하고 멸망할 것인데, 지금 손권에게 왕위를 주는 것은 호랑이에게 날개를 달아 주는 것과 같다.'고 만류했다. 그러나 조비는 오와 촉이 싸워서 한쪽이 멸망하고 한쪽이 지쳐 있을 때 치는 것이 상책이라고 말했다. 그래서 형정(邢貞)을 사자로 동오에 보냈다.

손권은 문무백관을 거느리고 사자를 맞아들였다. 형정은 대국의 특사라며 교만을 부리며, 성문을 통과한 후에도 수레에서 내리지 않았다. 이에 장소가 화를 내며 호령했다.

"무례한 놈 같으니, 오나라에 칼이 없는 줄 아느냐?"

움찔 놀란 형정은 그제야 수레에서 내렸다. 형정이 손권과 대면하고 수레를 나란히 몰아 성안으로 들어오니, 갑자기 수레 뒤에서 소리 내어 우는 자가 있었다.

"내가 신명을 바쳐 위와 촉을 멸하지 못했기 때문에, 우리 군주가 다른 나라로부터 작위를 받게 되었다. 이 얼마나 부끄러운 일인가?"

그는 서성이었다. 형정은 '강동에도 이런 인물이 있구나.' 하고 탄복했다.

손권은 오왕의 직위를 받고 문무백관의 하례가 끝나자, 구슬·비취·물소의 뿔·공작·꿩 등을 조비에게 선물하며 은혜에 감사했다. 장소가 예물이 너무 많다고 말했으나, 손권은 웃으면서 말했다.

"이욕(利慾)은 사람의 마음을 결합시켜 주는 것이다. 이번의 선물은 모두 하찮은 것뿐이니, 아까울 것 없다."

조비는 손권을 오의 왕으로 책봉했지만, 오에 원군을 보내지는 않았다. 그래서 유비는 곧 진격을 명령했다. 남만(南蠻)의 군사 오만도 가세하여 수륙으로 진격하니, 천지를 진동시킬 기세였다.

손권이 참모들에게 그 대책을 물었으나, 모두 잠자코 있었다. 이때 젊은 장수가 앞에 나섰다. 그는 손환(孫桓)이었다. 부친은 유(俞)씨였으나, 손책의 사랑을 받아 손씨 성으로 개명하고 오왕의 일족이 된 자였다. 손환은 그때 나이 스물다섯이었으나, 몇 만의 군사를 주면 유비를 사로잡아 오겠다고 말했다. 손권은 주연을 부장으로 하여 수륙의 군사 오만을 주어 그날로 출전하게 했다.

이 무렵에 촉의 선봉 오반은 이미 의도(宜都)까지 진출했으며, 젊은 장수 손환이 진을 치고 있다는 보고를 유비에게 올렸다. 그러자 관흥과 장포가 곧 맞서 싸우러 나섰다.

이윽고 양군이 진을 치자 오의 진지에서는 손환이 나서고, 촉의 진지에서는 장포와 관흥 두 사람이 나서서 서로 상대방에게 욕설을 퍼부었다. 장포는 화가 치밀어 손환에게 도전했다. 그러자 뒤에서 말을 몰고 뛰어온 적의 장수가 맞섰다. 삼십여 차례 싸웠으나 당해 내지 못해 적의 장수가 도망쳤다. 뒤쫓아가자 다른 장수가 금도끼를 휘두르면서 덤벼들었다. 이십여 차례나 싸웠으나 승부가 나지 않았다.

이때 갑자기 날아온 화살이 장포가 탄 말의 가슴에 명중하니, 말 앞다리가 꺾이며 장포는 땅 위에 나가떨어졌다. 적의 장수가 금도끼를 휘두르면서 장포의 머리를 치려 할 때 한 줄기 붉은 피가 쏟아지더니, 적장의 머리가 땅바닥에 떨어졌다. 관흥이 먼저 그를 벤 것이었다. 그가 그 여세를 몰아 쏜살같이 진격하자, 손환의 군사는 여지없이 패했다.

이튿날 또다시 쳐들어온 손환의 군사를 장포와 관흥이 좌우로 나가 격퇴시키고, 어제 활을 쏜 적장의 목을 베었다. 손환은 주연에게 구원을 청했다. 장강에 진을 치고 수군을 이끌고 있던 주연은, 자기 부장에게 만의 군사를 주어 구원하라고 보냈다.

이날 밤 촉의 군사는 세 방면에 걸쳐서 손환의 진영을 공격하여 사방에 불을 질렀다. 오군은 큰 혼란에 빠졌으나, 구원 부대는 갑자기 불길이 오르는 것을 보고 급히 진격했다. 그러자 골짜기에서 관흥과 장포의 복병이 일제히 쳐들어와, 도망칠 겨를도 없이 부장은 장포에게 생포되었다.

이 말을 들은 주연은 배를 오륙십 리쯤 하류로 저어 가고, 손환은 패잔병을 이끌고 이릉성(夷陵城)으로 도망쳤다. 촉의 군사는 성의 사면을 에워싸고, 관흥과 장포는 유비의 본진으로 보고하러 돌아왔다.

손환은 손권에게 구원을 요청했다. 손권은 장소의 의견에 따라 한당을 대장, 주태를 부장, 반장을 선발대, 능통을 후군의 수비대, 감녕을 구원병으로 하여 십만의 군사를 동원했다.

이때 유비는 무협·건평에서 이릉에 이르는 칠십여 리 사이의 사십여 개 진지를 확보하고 있었는데, 관흥과 장포가 큰 공을 세우자 감탄하여 말했다.

"지금까지 나를 따르던 장수들은 어느새 나이가 들어 힘을 쓰지 못하게 되었는데, 이렇게 무예가 뛰어난 두 사람이 있으니 손권 따위는 문제가 없다."

그때 갑자기 한당·주태가 쳐들어왔다고 알려 왔다. 즉시 장수를 출동시키려고 하는데 장수 하나가 달려와 보고했다.

"노장군 황충이 대여섯 명의 기병을 이끌고 동오로 항복하러 갔습니다."

"황충이 배반할 리가 없다. 내가 무심코 늙은 장수라고 말한 것이 못마땅하여 출전했을 테지. 어서 가서 도와줘라. 그리고 조금이라도 공을 세우면 곧 돌아오게 하여, 다치는 일이 없도록 하라."

한편, 황충은 곧장 이릉으로 향했다. 오반이 물었다.

"노장군께서 웬일로 여기까지 오셨습니까?"

"나는 장사에서부터 천자를 따라 여러 가지 어려움을 겪어왔다. 비록 일흔이 넘었지만 고기 열 근을 먹어 치울 수 있고 무게가 두 섬이나 되는 활을 가지고도 말을 몰아 천 리를 달릴 수 있다. 나는 아직 늙지 않았다. 그런데 천자께서는 우리가 늙어서 쓸모가 없다고 하시니, 이제부터 동오와 승부를 겨루어 적장의 목을 베어 보이겠다."

황충은 말을 달려 적의 선봉인 반장에게 도전했다. 그러자 반장은 관우가 사용하던 청룡언월도를 휘두르면서 황충에게 덤벼들었다. 몇 차례 싸웠으나 승부가 나지 않았다. 황충이 힘껏 후려치자 반장은 말 머리를 돌려 도망쳐 버렸다. 관흥이 황충에게 이미 공로를 많이 세웠으니 곧 본진으로 돌아가도록 권했으나, 황충은 듣지 않았다.

이튿날 반장이 또 쳐들어왔다. 황충이 말을 몰아 나아갔다. 관흥과 장포가 가세하려고 했으나 거절하고 오반의 가세도 거절한 채, 오직 오천의 군사를 이끌고 맞서 싸웠다. 몇 차례 싸우지도 않아서 반장이 칼을 들고 도망쳤다.

"어딜 도망치느냐! 이제야말로 관운장의 원수를 갚아야겠다."

큰 소리로 외치면서 삼십여 리쯤 뒤쫓아가자 사방에서 복병이 함성을 지르면서 뛰쳐나왔다. 오른쪽에 주태, 왼쪽에 한당, 앞에서는 반장, 뒤에서는 능통이 황충을 에워쌌다.

황충이 급히 물러서려고 할 때, 산 위에서 마충이 이끄는 부대가 나타나더니 순식간에 화살이 날아와 황충의 어깨에 명중했다. 황충이 말에서 떨어지려는 순간, 관흥과 장포가 함성을 지르면서 달려와 오의 군사를 무찌르고 황충을 구출했다.

두 사람은 황충을 본진으로 데리고 왔으나, 황충은 늙어 기력도 쇠진하고 화살에 맞은 상처의 통증이 심하여 자리에 눕고 말았다. 황충의 병이 중하다는 소식을 들은 유비가 문병을 와서 그를 위로하며 말했다.

"내 부족함 때문에 장군이 이렇게 되었구려."

"일개 장수에 지나지 않은 신이 폐하를 섬기게 된 것은, 무엇보다도 황공한 일입니다. 이미 신의 나이 일흔다섯이니, 살 만큼 살았습니다. 폐하께서는 하루 속히 중원(中原)을 도모하시기 바랍니다."

황충은 말을 마친 뒤 의식을 잃고 그날 밤에 숨을 거두었다. 유비는 비통한 마음으로 그의 유해를 성도에 안장하게 했다.

"오호(五虎)의 장수 중에서 셋을 잃었는데 나는 아직 원수도 갚지 못하고 있으니, 이런 통분할 일이 어디 있겠는가?"

유비는 스스로 효정(猇亭)까지 가서 여러 장수들을 모아 전군을 여덟 부대로 나누고 수륙으로 진격했다. 수군은 황권에게 지휘를 맡기고, 보병과 기병은 몸소 이끌고 출전했다. 장무 2년 2월 중순의 일이었다.

한당과 주태는 유비가 스스로 군사를 이끌고 쳐들어왔다는 보고를 받고는 맞서 싸웠다. 그러나 장포와 관흥이 금세 적장의 목을 베고 한당과 주태에게 덤벼들자, 두 사람은 허겁지겁 진중으로 도망쳐 버렸다. 유비는 이것을 보고 감탄했다.

"호랑이에게서 강아지가 태어나는 법은 없지!"

유비가 기를 치켜들자, 촉의 군사가 일제히 쳐들어가 오의 군사는 크게 패하고 말았다.

오의 장수 감녕은 배에서 정양하고 있다가 촉의 군사가 쳐들어왔다는 보고를 듣고는 급히 말에 올랐다. 그때 한 떼의 만병(蠻兵)과 마주쳤다. 그들은 맨발에 산발을 하고 있었으며, 석궁(石弓)이나 긴 창, 방패, 도끼 등을 들고 있었다. 만왕(蠻王)인 사마가(沙摩柯)가 선두에 섰는데, 얼굴은 주사처럼 붉고 푸른 눈알을 굴리면서 끝에 쇠못이 숭숭 박힌 곤장을 손에 들고 허리에 두 개의 활을 차고 있었다.

감녕이 기가 죽어 말 머리를 돌려 도망치려고 하자, 사마가가 감녕의 목에 화살을 명중시켰다. 감녕은 화살이 꽂힌 채 부지구(富池口)까지 도망쳤으나, 나무 아래서 죽고 말았다. 그러자 나무 위에서 수백 마리의 까마귀 떼가 몰려왔다. 오왕은 슬픔에 잠겨 극진히 장례를 치르고 사당을 세워 혼령을 위로했다.

이윽고 유비가 군사를 철수시키려는데, 관흥이 보이지 않았다. 유비는 급히 장포에게 명해 관흥을 찾아오게 했다.

이때 관흥은 오의 진지에 쳐들어갔다가 원수인 반장을 보고는 말을 달려 추격했다. 반장은 깜짝 놀라 골짜기로 숨었다. 관흥은 반장을 찾아 산속을 뒤졌으나 발견하지 못하고, 날이 저물자 길을 잃게되었다. 달과 별빛에 의지하여 산기슭의 샛길을 더듬어, 자시가 넘어서야 한 초막에 이르렀다. 말에서 내려 문을 두드리니, 한 노인이 밖으로 나왔다. 노인의 안내를 받아 안으로 들어가니, 안방 정면에 등불이 켜져 있고 관우의 신상(神像)이 걸려 있었다. 관흥은 소리 내어 통곡하면서 그 앞에 무릎을 꿇었다.

"어찌하여 그렇게 비통해하오?"

"이분은 저의 아버지입니다."

"아, 그렇습니까! 이 일대는 관우 장군이 다스리던 땅입니다. 생전에도 집집마다 상을 모셨는데, 돌아가셔서 신이 된 지금이야 더말할 나위가 있겠습니까? 촉의 군사가 빨리 원수를 갚기를 바라고 있었는데, 이제 장군을 뵙게 되어 여한이 없습니다."

노인은 술과 음식을 내오고, 말에게 먹이를 먹였다.

새벽녘에 갑자기 밖에서 문을 두드리는 소리가 났다. 노인이 나가물으니 다름 아닌 반장으로, 하룻밤 묵게 해 달라는 것이었다. 그가방에 들어서자 관흥이 칼을 빼들고 호령했다.

"역적놈아, 꼼짝 마라."

반장이 깜짝 놀라 도망치려는데, 문 밖에서 얼굴은 익은 대추같이 검붉고 봉황의 눈에 누에와 같은 눈썹, 세 갈래의 근사한 수염을 기르고 푸른색 옷에 황금 갑옷을 걸치고 칼을 들고 들어오는 자가 있었다. 반장은 관우의 망령이 나타난 줄 알고 외마디 소리를 지르며 허둥댔다.

관흥은 도망가려는 반장의 목을 베고 그의 심장을 꺼내어 관우의 신상 앞에 제물로 바쳤다. 아버지의 청룡언월도를 되찾게 된 관흥은 반장의 목을 말의 목에 매달고 노인과 작별한 다음, 반장의 말을 타고 본진으로 돌아왔다.

관흥이 그곳에서 이삼십 리쯤 갔을 때 한 떼의 군사와 마주쳤다. 선두에 선 것은 반장의 부장 마충이었다. 마충은 자기 상관의 목이 잘린 것을 보자 관흥에게 덤벼들었다. 관흥도 아버지의 원수인 마충을 보자 청룡언월도로 힘껏 그를 후려쳤다. 마충은 기가 질려 도망쳤으나, 그의 부하 삼백여 명의 기병이 사방에서 관흥을 에워쌌다. 관흥이 홀로 위기에 놓인 순간, 때마침 장포가 한 떼의 군사를 이끌고 달려왔다.

한편 마충은 부사인·미방과 함께 강기슭의 진을 쳤다. 그런데 날이 저물어 밤이 되자, 군중에서 울음소리가 들려왔다. 미방이 귀를 기울여 병사들의 말을 엿들었다.

"우리는 본래 형주의 군사로, 여몽의 계략에 속아 할 수 없이 오에 항복했다. 그런데 촉의 천자가 관우의 원수를 갚으러 왔으니 오는 곧 멸망할 것이다. 얄미운 놈은 미방과 부사인이다. 이 두 사람을 죽이고 촉에 항복하면, 큰 공을 세우는 것이 된다."

깜짝 놀란 미방은 부사인과 의논하여 마충을 죽이고 촉에 항복하기로 했다. 두 사람은 곧 마충의 목을 베어 유비에게 바쳤다.

"저희가 오에 항복했던 것은 어쩔 수 없는 일이었습니다. 이번에 폐하께서 출전하셨다는 말을 듣고 이 역적을 죽여 한을 풀었으니, 부디 저희의 죄를 용서해 주십시오."

유비는 크게 노하여 말했다.

"내가 성도를 떠난 지 이미 오래다. 네놈들은 어찌하여 좀 더 일찍 사죄하러 오지 않았느냐? 처지가 다급해지자 목숨을 건지려는 수작이로구나. 네놈들의 소행을 용서한다면, 저 세상에 가서 운장의 얼굴을 대할 면목이 없게 된다."

유비는 미방과 부사인의 목을 베어 마충의 목과 함께 관우의 영전에 제물로 바쳤다. 관우를 죽인 사람들은 이제 모두 죽었다. 촉군의 위세에 겁을 먹은 손권은 장비를 죽인 범강과 장달의 목을 베어 장비의 목과 함께 유비에게 보냈다. 장포는 아버지의 원수인 두 사람의 목을 아버지의 영전에 제물로 바치고 통곡했다.

손권은 형주를 반환하고 손 부인을 돌려보내겠다면서 화해를 요청했으나, 유비는 이 기회에 오를 멸망시키기로 작정했다. 손권이 어떻게 해야 좋을지 몰라 망설이고 있었다. 이때 감택이 나서서 말했다.

"하늘을 받칠 수 있는 기둥이 눈앞에 있는데, 어찌하여 쓰지 않으십니까?"

누구냐고 물으니, 육손을 추천했다. 전에 관우를 격파한 것은 모두가 그의 계략이었다. 그런데 참모들은 모두 반대했다.

"육손은 나이가 어리고 덕망도 없어, 여러 장수들이 그의 지시를 받으려고 하지 않을 것입니다."

그러자 감택이 큰 소리로 말했다.

"육손을 등용하지 않으면 동오는 이제 끝장이 납니다. 저는 일족의 목숨을 걸고 그를 추천하는 것입니다."

그러자 손권은 단호히 말했다.

"나도 육손의 재능을 잘 알고 있다. 이미 육손을 기용하기로 결정했으니, 더 이상 여러 말할 것 없다."

제갈량과 육손의 지략

　손권은 육손을 등용하여 전군을 지휘하는 대도독(大都督)에 임명했다. 손권의 부친 손견, 형 손책부터 오나라를 섬겨 온 구신(舊臣)들은 젊은 서생 출신이 총사령관이 된 것을 보고 매우 놀라 불평하기 시작했다.

　육손이 효정의 진지에 도착하자, 주태가 이릉의 성에서 촉의 군사에게 포위된 손환을 구출할 계략을 물었다. 손환은 반드시 성을 지킬 것이니 구원하러 갈 필요가 없으며, 자신이 촉을 무찌르면 그 포위는 자연히 풀릴 것이라고 육손이 대답하자, 모두들 그를 비웃었다.

　이튿날 육손은 여러 장수에게 각각 요해를 굳게 지키고 함부로 나가 싸우지 말라고 명령했다. 그러자 한당이 말했다.

　"아니, 수비만 굳게 하고 있겠다면, 적이 스스로 물러날 때까지 기다린단 말이오?"

　장수들은 입을 모아 말했다.

"한 장군의 말이 맞습니다. 어서 나가 싸워야 합니다."

이 말을 듣자, 육손은 칼을 뽑아 들고 큰 소리로 외쳤다.

"내 비록 일개 서생 출신에 지나지 않지만, 주군께서 내게 중책을 맡기신 것은 그만한 기대가 계셨기 때문인 줄 알고 있소. 그대들은 각자 맡은 요해를 굳게 지키고 멋대로 행동해서는 안 되오. 명령을 어기는 자는 목을 베겠소."

장수들은 속으로 투덜대면서 물러갔다.

이때 유비는 효정에서 사천 입구까지 칠백 리에 걸쳐 사십 개의 진지를 구축하고 있어, 낮에는 깃발로 햇빛을 가리고 밤에는 횃불이 밤하늘을 밝혔다. 그때 첩자가 육손이 대도독이 되었다고 보고했다.

"육손은 어떤 사람인가?"

유비의 물음에 마량이 대답했다.

"나이는 어리지만 재능이 있고 모략이 뛰어납니다. 전에 우리 형주를 빼앗은 것도 모두 그의 작전이었다고 합니다."

"그 애송이가 동생의 목숨을 빼앗았다니, 반드시 사로잡아야겠군."

격분한 유비가 진군을 명하니, 촉의 군사는 산과 들을 가득 메우고 쳐들어갔다. 유비가 선발대에게 도전하게 했다. 그러나 육손은 맞서 싸우는 것은 피하라고 명령한 후, 몸소 요해를 돌면서 장병들을 격려하여 굳게 지키게 했다.

장무 2년, 봄이 가고 여름이 돌아왔다. 오의 군사가 끝까지 싸우려 하지 않으므로 유비는 마음속으로 초조해졌다. 그때까지 광야에 진을 치고 있었으나, 더위가 심하고 물 사정도 좋지 않아 진지를 산기슭의 골짜기로 이동시켰다.

유비는 다시 오반에게 노병 만 명을 내주어 오의 진지에 가까운 평지에 진을 치게 하고, 정병 팔천을 골짜기에 잠복시켰다. 육손이 아군의 이동을 알고 공격하면 오반에게 도망치게 하고 복병으로 퇴로를 막아 육손을 생포할 작정이었다.

촉이 진지를 옮기고 있다는 보고를 받은 육손이 동태를 살펴보니, '선봉 오반'이라는 깃발이 바람에 펄럭이고 있고 평지에 진을 치고 있는 만여 명의 군사는 거의가 노병이었다. 주태가 말했다.

"저 정도의 군사는 식은 죽 먹기입니다. 제가 한당과 양쪽에서 협공하여 무찌르겠습니다."

육손은 조용히 바라보다가 말했다.

"앞의 골짜기에 살기(殺氣)가 일고 있는 것을 보니, 복병이 있는 것이 분명하오. 평지에 약한 군사를 배치한 것은 우리를 유인하기 위한 것이니, 맞받아 싸워선 안 되오."

여러 장수들은 이 말을 듣고 그를 비겁하다고 생각했다. 이튿날 오반은 군사를 이끌고 진지 앞까지 몰려와서 욕설을 퍼부으며 도전했다. 그것을 지켜본 서성과 정봉이 참다못해 말했다.

"촉의 병사가 우리를 얕잡아 보고 있습니다. 출격을 허락해 주십시오."

육손이 웃으면서 말했다.

"저것은 우리를 유인하려는 술책이오. 사흘 안으로 적의 계략을 알 수 있을 것이오."

과연 사흘이 지나 장수들이 관문 위에서 바라보니 오반이 군사를 철수시켰다. 그때 육손이 손을 들어 가리키며 말했다.

"저쪽에서 살기가 일기 시작했소. 유비가 저 골짜기에서 나올 것이오."

육손의 말이 끝나기가 무섭게 팔천여 명의 기병대가 유비를 에워싸고 행군하는 것이 보였다.

"복병이 모습을 드러냈소. 적은 지쳐서 사기가 떨어지기 시작했으니, 열흘 이내에 쳐부숴야 하오."

육손의 말을 듣고 장수들은 비로소 탄복했다.

유비는 수군에게 장강의 하류에 진을 치고 오의 영내에 깊숙이 잠입하라고 명령했다. 황권(黃權)이 말했다.

"수군이 하류로 내려가기는 쉽지만 철수하기는 어렵습니다. 제가 앞장설 터이니, 폐하께서는 후진에 계십시오."

"오군은 이미 겁에 질려 있는데, 내가 쳐들어간다고 해서 가로막을 자가 있겠느냐?"

유비는 군사를 나누어, 황권으로 하여금 강북의 군사를 지휘하여 위군에 대비하게 하고 자신은 강남의 군사를 이끌고 장강을 따라 진격했다. 위의 첩자가 이것을 보고 허도에 보고했다. 위제 조비는 비웃으며 말했다.

"유비도 살 날이 얼마 남지 않았군. 칠백 리나 되는 긴 진을 치고 어떻게 적을 막겠다는 것이냐? 들과 습지와 산을 에워싸고 진을 치는 것은 병법에 어긋나는 일로, 육손에게 질 것이 뻔하다. 육손이 이기면 오군은 총공세를 취해 서천을 빼앗을 것이니, 오가 텅 비었을 때 세 방면에서 일제히 진격하면 동오를 쉬사리 무찌를 수 있다."

조비는 곧 조인·조휴·조진에게 군사를 주어 동오를 공략할 준비를 시켰다.

한편, 마량은 동천에 가서 제갈량에게 진지의 지도를 내놓았다. 지도를 보자 제갈량은 '앗!' 하고 외치며 책상을 쳤다.

"누가 이렇게 진을 치라고 했나?"

"폐하의 명입니다."

제갈량은 크게 한숨을 내쉬었다.

"들과 습지와 산을 에워싼 포진은 병가에서 최대의 금물이다. 만일 적이 불로 공격해 오면 꼼짝 없이 당하고 만다. 그리고 칠백 리나 되는 긴 진을 치고 어떻게 적을 막겠다는 것인지…… 급히 가서 폐하께 포진을 다시 하라고 말씀 드려라. 이대로 두면 큰일이다."

"만일 오가 공격해 온 후라면 어떻게 할까요?"

"육손은 추격하지 않을 테니, 성도는 걱정 없다."

"그건 어째서 그렇습니까?"

"위가 배후를 기습하는 것을 두려워할 것이다. 폐하께서 패하게 되면 백제성으로 철수하도록 말씀 드려라. 내가 이미 어복포(魚腹浦)에 십만의 군사를 숨겨 뒀다."

마량은 깜짝 놀라며 말했다.

"제가 어복포를 몇 번이나 지나갔지만, 한 사람의 병사도 보지 못했습니다."

"나중에 알게 될 것이다."

한편, 육손은 촉군의 사기가 떨어진 것을 보고는, 장수들을 소집해 작전을 지시했다.

이때 촉의 본진에서는 오를 격파할 계략을 세우고 있었다. 그때 갑자기 진중의 깃발이 바람도 불지 않았는데 쓰러졌다. 무슨 징조인가 하고 불안해하고 있는데, 적병이 산기슭을 따라 동쪽으로 이동하고 있다는 보고가 들어왔다.

"그건 우리를 현혹시키려는 위장 전술이다."

유비는 관흥과 장포에게 각각 오백의 기병을 이끌고 순시하게 했다. 저녁때가 되자 관흥이 돌아와서 보고했다.

"북쪽 기슭의 진지에 불길이 치솟고 있습니다."

유비는 급히 관흥을 북쪽 기슭으로 파견하고 장포를 남쪽 기슭으로 파견하여 적의 동태를 살피게 했다.

첫 번째 북이 울릴 무렵 동남풍이 갑자기 불어오더니, 본진의 왼쪽에서 불길이 일어났다. 불을 끄러 가려고 했을 때 진의 오른쪽에서도 불길이 일어났다. 바람이 강해 불길이 수풀로 크게 번지더니, 이윽고 함성이 울려 퍼졌다. 때맞춰 좌우의 진지에서 오의 군사가 벌 떼처럼 몰려왔다.

유비는 허둥지둥 말을 타고 선봉의 진지로 도망쳤으나, 그곳 역시 불바다였다. 말 머리를 돌려 서쪽으로 달리니 오의 장수 서성이 뒤쫓아왔고, 앞에는 오의 장수 정봉의 군사가 가로막았다. 유비는 앞뒤로 협공을 당해 도망칠 수도 없었다. 그때 함성을 지르면서 한 부대가 쳐들어왔다. 장포의 군사였다.

장포에게 구출된 유비는 오군의 추격을 피해 간신히 마안산(馬鞍山)에 올라갔다. 그러자 육손의 대군이 산기슭을 포위했다. 산 위에 진을 치고 내려다보니 불길이 끝없이 뻗어 있고, 시체가 무수히 널려 있었다.

오의 군사는 점점 수가 늘어갔다. 유비가 깜짝 놀라 허둥지둥할 때에 갑자기 불길을 헤치고 몇 명의 기병을 이끌고 올라오는 장수가 있었다. 관흥이었다. 관흥은 유비에게 백제성으로 향할 것을 권유했다. 그날 저녁 유비는 두 사람의 호위를 받으며 산에서 내려왔다. 오의 대군이 그를 추격하자 서쪽으로 부리나케 도망치는데, 주연의 군사가 기슭에서 몰려와 앞길을 가로막았다. 유비는 탄식을 터뜨렸다.

"나도 드디어 여기서 죽는구나."

관흥과 장포도 화살에 맞아 중상을 입었다. 뒤에서 또다시 함성이 일어나더니, 이번에는 육손이 골짜기에서 쳐들어왔다.

이때 앞길에서 하늘을 진동하는 듯한 함성이 일어나더니, 주연의 군사가 잇따라 골짜기 아래로 떨어졌다. 동천의 강주에 주둔해 있던 조운이 오와 촉의 싸움이 벌어졌다는 소식을 듣고 군사를 이끌고 달려왔던 것이다. 조운은 주연을 단칼에 쓰러뜨리고, 유비를 구출하여 백제성으로 도망쳤다. 육손은 조운의 이름을 듣고는 그대로 군사를 철수시켰다.

유비가 백제성에 도착했을 때, 그를 따르는 군사는 불과 백여 명뿐이었다. 이릉성에 포위되어 있던 오의 손환은 위기를 벗어났다. 촉의 선봉 오반은 다행히 조운의 도움으로 백제성에 도착했으나, 남만왕 사마가는 오의 주태와 맞서 이십여 차례 싸운 끝에 목숨을 잃었다.

이때 오에 있던 손 부인은 유비가 효정에서 패하여 전사했다는 소문을 듣자, 장강 기슭에 서서 멀리 서쪽을 바라보면서 통곡하다가 강물에 몸을 던져 죽었다.

한편 육손은 승리를 거듭한 군사를 이끌고 서쪽으로 추격했다. 가관 가까이 오자, 앞쪽 산으로 연결되는 강기슭에서 살기가 하늘까지 치솟고 있는 것이 보였다.

"앞길에 분명 복병이 있다. 경솔히 진군해서는 안 된다."

육손은 십여 리나 물러나 평지에 진을 치고 적의 공격에 대비했다. 척후병을 보내 탐지하게 했더니, 적의 진지는 보이지 않는다는 것이었다. 믿을 수 없어 산에 올라가 바라보니, 살기는 여전히 하늘로 치솟고 있었다. 육손은 이상하게 여겨 다시 척후병을 보내 탐색하게 했더니, 강기슭에 커다란 돌이 팔구십 개 흩어져 있을 뿐 적의 모습은 보이지 않는다는 것이었다. 하도 이상하여 그곳에 사는 사람을 불러 물어보았더니, 이렇게 대답했다.

"이곳은 어복포라고 합니다. 지난해에 제갈량이 촉에 돌아갈 때 이곳 모래땅에 돌을 놓아 진을 만들었는데, 그 후로는 언제나 구름 같은 연기가 솟아오르고 있습니다."

육손은 이 말을 듣고 수십 명의 기병을 데리고 그 석진(石陣)을 보러 갔다. 고개 위에서 말을 세우고 바라보니 사방팔방에 문이 있었다.

"아무것도 아니다. 다만 사람을 미혹시키려는 술책이다."

육손이 기병을 이끌고 고개에서 내려와 석진을 돌아보았다. 이윽고 날이 저물어 진지로 돌아가려고 하는데, 갑자기 회오리바람이 일더니 순식간에 모래를 날리고 돌을 굴려 천지를 뒤덮었다. 괴석(怪石)이 칼처럼 날카롭게 치솟기도 하고 모래땅에 뒹구는가 하면, 강기슭의 파도 소리는 칼을 휘두르고 북을 치는 소리와 같았다.

"제갈량의 계략에 걸려들었구나."

육손이 돌아가려고 했으나, 출구가 보이지 않았다. 깜짝 놀라 허둥지둥하는데, 불쑥 한 노인이 나타나 껄껄 웃으면서 말했다.

"장군, 이 진에서 나가고 싶습니까?"

"어르신, 부탁드리겠습니다."

노인은 지팡이를 짚으면서 천천히 육손과 그 일행을 인도하여 석진을 빠져나왔다.

"어르신은 누구신지요?"

"나는 제갈량의 장인 황승언입니다. 지난해에 사위가 촉에 돌아갈 때 이곳에 석진을 만들고 '팔진도'(八陣圖)라고 불렀는데, 그 변화무쌍함이 가히 십만의 정병(精兵)에 비견할 수 있습니다. 장군이 이곳에서 발이 묶여 있는 것을 보고만 있을 수가 없어 '삶의 문'을 지나가게 한 것입니다."

육손은 급히 말에서 내려 머리를 숙여 고맙다고 인사를 하고 본진으로 돌아왔다.

"제갈량은 참으로 와룡(臥龍)이다. 나 같은 건 도저히 따를 수 없다."

육손이 전군에게 철수 명령을 내리자, 참모들이 물었다.

"유비는 싸움에 패하여 백제성으로 도망쳤습니다. 이 여세를 몰아 단숨에 격파해야 합니다. 석진을 보았다고 해서 물러서다니, 웬일이십니까?"

"석진이 무서워 물러서는 게 아니다. 위제 조비의 지혜는 선제 못지않다. 이대로 계속 촉의 군사를 추격하다가는 위의 기습을 당할 게 뻔하다."

육손은 이렇게 말하고는 한 장수에게 후미(後尾)를 지키도록 명령하고, 스스로 대군을 철수시켜 돌아왔다.

이틀도 지나지 않아 위의 군사가 쳐들어온다는 보고가 날아들었다. 조인은 유수(濡須)에서, 조휴는 동구(洞口)에서, 조진은 남군(南郡)에서 기병 수십만을 이끌고 오의 국경까지 진격해 왔던 것이다. 육손은 웃으면서 말했다.

"내가 예상한 대로다. 대책은 이미 세워 놓았다."

이루지 못한 꿈

장무 2년 6월, 육손에게 대패한 유비는 백제성에 머물러 있었다. 이윽고 마량이 제갈량의 말을 전하자, 유비는 한숨을 내쉬며 말했다.

"진작 승상의 의견에 따랐어야 했는데…… 이제는 성도에 돌아가도 사람들 볼 면목이 없게 되었소."

유비는 백제성에 잠시 머물기로 하고, 숙소를 영안궁(永安宮)이라고 고쳐 불렀다. 그는 부하 장수들이 많이 전사했다는 소식을 전해 듣고 무척 슬퍼했으며, 특히 수군을 인솔한 황권이 위에 항복했다는 말을 듣고는 탄식했다.

한편, 위제 조비는 조인·조휴·조진에게 각각 군사를 주어 오를 공략하게 했다. 그러자 동오 쪽에서는 여범의 군사가 조휴를 막고, 제갈근의 군사가 남군에서 조진을 막고, 주환의 군사가 유수에서 조인을 막았다.

주환은 이때 나이 스물일곱, 담대하고 무용이 뛰어나 손권의 총애를 받고 있었다. 그는 유수의 군사를 이끌고 있었으나, 조인의 대군이 선계(羨溪)를 공격할 때 군사를 거의 다 선계의 수비에 돌리고 나머지 오천여 명의 기병을 손수 이끌고 유수성을 지키고 있었다.

그때 조인의 장수 상조(常雕)라는 자가 오만의 정병을 이끌고 쳐들어와 멀리서 바라보니, 성 위에 병사가 하나도 보이지 않았다. 성 아래까지 접근했을 때, 석화시 소리가 나더니 일제히 깃발을 날리면서 주환이 말을 몰아 상조에게 덤벼들어 두세 차례 싸운 끝에 상조의 목을 베어 말에서 떨어뜨렸다. 오의 군사는 이 기세를 몰아 맹렬한 공격을 퍼부어 위의 군사를 크게 무찔렀다. 조인이 그 후에 도착했으나, 오의 군사가 선계에서 쳐들어오는 바람에 대패하여 도망칠 수밖에 없었다.

조인의 패배에 조비가 크게 놀라고 있을 때, 이번에는 남군을 포위한 조진이 육손과 제갈근의 군사에게 성 안팎으로 협공을 받아 크게 패했다는 보고가 날아들고, 조휴도 여범에게 격파되었다는 보고가 들어왔다. 세 군데에서 모두 패했다는 소식을 듣고 조비는 길게 한숨을 내쉬었다. 게다가 여름이라 열병으로 죽는 병사가 태반을 넘자, 할 수 없이 조비는 군대를 이끌고 낙양으로 돌아왔다.

한편, 영안궁에 있던 유비는 병에 걸려 자리에 눕더니 병세가 점점 악화되었다. 장무 3년 4월에는 손발도 마음대로 움직이지 못했다. 더구나 관우와 장비의 죽음을 슬퍼하여 눈물로 지냈기 때문에, 병이 날로 심해 가고 눈도 잘 보이지 않았다.

어느 날 밤, 유비는 혼자 병상에 누워 있었다. 그때 갑자기 스산한 바람이 불어와 등불이 꺼질 듯하더니 다시 밝아졌다. 그 등불 그림자 아래에 두 사람이 서 있었다. 자세히 보니 관우와 장비였다. 유비는 깜짝 놀라 물었다.

"아니, 둘 다 살아 있었구나?"

"우리는 이 세상에 살고 있지 않습니다. 우리는 혼령입니다. 우리가 생전에 신의를 지켰기 때문에, 하늘의 옥황상제(玉皇上帝)의 칙명에 따라 신이 되었습니다. 형님도 머지않아 저희들과 다시 만나게 될 것입니다."

유비는 그들의 손을 잡고 소리 내어 울었다. 문득 눈을 뜨니, 두 사람은 어디론가 사라졌다. 사람을 불러 물어보았더니 바로 자시에 일어난 일이었다. 유비는 비탄에 빠져, 이제 얼마 더 살지 못하겠구나 생각하고 사자를 성도에 보내어 승상 제갈량, 상서령 이엄 등을 영안궁으로 불러들였다. 제갈량 일행은 유비의 차남 유영과 삼남 유리를 데리고 영안궁으로 왔으며, 태자 유선은 성도에 남게 했다.

유비는, 병상 아래서 고개를 숙이고 있는 제갈량을 옆에 앉히고 등을 어루만지며 말했다.

"나는 다행히 승상을 만나 나라를 세우는 대업을 성취할 수 있었소. 앞으로도 부디 공의 뛰어난 재주로 나라를 평안케 해 주시오. 그리고…… 태자 유선이 천하를 다스릴 만한 재목이 되거든 도와주되, 그렇지 못하다면 그대가 촉의 주인이 되어 대업을 이루도록 하시오."

제갈량은 이 말을 듣고 땀을 비 오듯 흘리며 울면서 말했다.

"신은 부족하나마 태자의 손발이 되어 힘껏 보필하고, 목숨을 잃는 한이 있더라도 절의(節義)를 지키겠습니다."

유비는 제갈량을 의자에 앉힌 후 유영과 유리를 불렀다.

"너희는 내 말을 잘 들어라. 내가 죽은 후에는 삼 형제가 모두 승상을 아버지로 생각하고 정성껏 받들어야 한다."

유비는 두 사람으로 하여금 제갈량에게 무릎을 꿇게 했다. 그러고는 이엄을 비롯한 문무백관들을 둘러보며 말했다.

"이제 일일이 부탁할 수가 없구려. 부디 몸을 소중히……."

이윽고 숨을 거두니, 그의 나이 예순셋, 장무 3년 4월 24일의 일이었다. 관우, 장비와 함께 천하를 주유하던 영웅의 마지막이었다.

제갈량은 유비의 유해를 호송하여 성도로 돌아왔다. 태자 유선은 유해를 정전(正殿)에 안치하고 흐느끼면서 장례를 마쳤다. 이리하여 유선이 제위에 오르고, 장무 3년을 원년으로 하여 연호를 건흥(建興)이라고 개칭했다. 이때 유선의 나이 열일곱이었다. 승상 제갈량에게는 무향후(武鄕侯)의 작위를 내리고, 익주의 자사로 임명했다.

위의 조비는 유비가 죽었다는 소식을 전해 듣고 기뻐하면서 곧 군사를 동원하여 촉을 치려고 했다. 그러자 가후가 제갈량이 그의 아들을 도울 터이니 섣불리 정벌에 나서는 것은 삼가야 한다고 말렸다. 그러자 좌중에서 언성을 높여 이의를 제기하는 자가 있었다.

"이때 진격하지 않으면 언제까지 기다려야 합니까?"

그는 사마의였다. 조비가 기뻐하면서 그에게 계략을 물으니, 위의 병력만으로는 승리하기 어려우므로 오로(五路)의 대군을 동원하여 사방에서 공략하는 것이 좋겠다고 했다.

이에 조비는 곧 언변이 좋은 네 사람을 사신으로 보내고 조진을 대도독으로 임명하여 양평관을 공략하게 했다.

한편 촉한의 후계자 유선은 열일곱 살인 장비의 딸과 혼인을 맺어 황후로 맞았다. 그리고 건흥 원년 8월, 위의 조비가 오로의 대군을 출동시켜 촉을 치려 한다는 보고가 날아들었다. 제갈량에게도 알렸으나 웬일인지 며칠째 등청하지 않는다는 것이었다. 유선이 깜짝 놀라 신하를 보내 알아보았더니, 병으로 누워 있다는 것이었다. 이튿날 다시 신하 둘을 보냈지만, 제갈량은 만나보지도 못한 채 병이 좀 나으면 내일 아침에 조정에서 의논하자는 전언만 듣고 돌아왔다.

이튿날 중신들이 저택 앞에서 아침부터 저녁때까지 기다렸으나, 제갈량은 끝내 모습을 나타내지 않았다. 결국 기다리다 못한 유선이 몸소 승상의 관저로 찾아갔다.

그때 제갈량은 홀로 대나무 지팡이를 짚고 연못의 물고기를 바라보고 있었다. 유선은 잠시 그 뒤에 멈춰 섰다가 조용히 말했다.

"승상께선 참 태평하시군요."

제갈량이 돌아서서 유선을 보고는 얼른 지팡이를 던지고 엎드렸다. 유선은 제갈량을 일으키고 말했다.

"위의 대군이 국경까지 진격하여 나라의 정세가 긴박한 이때, 승상은 어찌하여 등청하지 않소?"

제갈량은 껄껄 웃고 나서 유선을 안으로 안내한 후 오로 군사가 쳐들어올 경우 그 대비책을 말했다.

"승상의 말을 듣고 나니, 모든 걱정이 사라졌소."

유선은 제갈량과 술을 나누고 기쁜 마음으로 궁궐로 돌아갔다. 궁궐 대문 앞에서 기다리고 있던 문무백관들은 황제의 기뻐하는 얼굴을 보고 의아하게 생각했으나, 오직 한 사람만은 껄껄 웃으면서 기뻐했다. 그는 호부상서 등지(鄧芝)였다.

제갈량은 몰래 등지를 서원으로 불러들였다.

"지금 촉·위·오, 세 나라가 겨루고 있소. 우리나라는 양국을 정벌하여 천하를 통일하고 한의 왕실을 다시 일으켜야 하는데, 먼저 어느 나라부터 치는 것이 좋겠는가?"

등지가 대답했다.

"제 생각으로는, 위는 한의 대적이지만 세력이 강대하여 쉽게 쓰러뜨리기 어려우므로 시기를 기다리는 것이 좋겠습니다. 되도록이면 동오와 손을 잡고 긴밀히 결합하여 선제(先帝)의 한을 씻는 것이

긴 안목으로 보아 좋을 줄 압니다."

"나도 줄곧 그렇게 생각하고 있었소. 다만 아직 적합한 사람을 만나지 못했는데, 오늘에야 비로소 얻게 되는구려."

제갈량은 크게 기뻐하며 곧 천자에게 상주하여 그를 동오로 보냈다.

동오에서는 육손이 위의 군사를 격퇴한 공로로 보국장군(輔國將軍)·강릉후(江陵侯) 겸 형주의 자사로 임명되어 군사의 전권을 장악하고 있었다. 그리고 연호를 황무(黃武) 원년이라고 고쳤다. 이때 위가 오로의 군사로 촉을 공략하기 위해 오에게 협력을 요구해 왔다. 오왕 손권이 육손의 의견을 묻자, 육손은 출동할 준비를 갖추고 나서 사로 군의 동태를 살피는 것이 좋겠다고 말했다.

손권이 동태를 살피게 했더니, 선비의 군사는 서평관까지 진격했다가 마초의 모습을 보고는 그대로 도망쳤고, 남만의 군사는 위연의 의병의 계략에 의해 격퇴되었고, 상용의 맹달은 도중에 병이 나서 진격을 멈췄고, 조진은 양평관까지 쳐들어갔으나 조운이 성을 굳게 지키고 움직이지 않아 그대로 돌아갔다는 것이었다.

손권은 이 정보를 듣고 육손의 예리한 통찰력에 감탄했다. 그때 촉의 사자 등지가 도착했다. 장소가 말했다.

"이것은 제갈량의 계책으로, 우리의 출병을 막기 위한 세객일 것입니다."

그러고는 등지의 담력을 빼는 수단을 모색했다. 이윽고 등지가 궁궐에 들어서니, 좌우에 건장한 무사가 칼과 도끼, 창을 들고 전상(殿上)까지 죽 늘어서 있었다. 그러나 그는 조금도 두려워하는 기색이 없이 뚜벅뚜벅 걸어 들어갔다. 어전 가까이 가니, 그곳에는 커다란 가마솥에서 기름이 부글부글 끓고 있었다. 등지는 잠시 웃어 보일 뿐이었다. 신하가 등지를 안내해 손권 앞까지 데리고 갔으나, 그는 가볍게 경례를 할 뿐 엎드리려고도 하지 않았다.

"엎드려 절하지 않는 것은 어느 나라 예법이냐?"

손권이 큰 소리로 책망하자, 등지는 굴함이 없이 대답했다.

"대국의 사자는 소국의 군주 앞에 꿇어 엎드리지 않는 법입니다."

손권은 매우 화를 내면서 말했다.

"자기 신분도 헤아리지 못하고 세 치 혀를 놀리는 게냐? 저놈을 당장 가마솥에 던져 넣어라."

그러자 등지가 껄껄 웃으며 말했다.

"동오에는 현자(賢者)가 많다고 들었는데, 일개 서생을 두려워하다니 웬일입니까?"

그러면서 한 사람의 사자 때문에 무기를 든 무사를 서 있게 하고 가마솥을 마련한 것은 얼마나 도량이 좁은 처사냐고 말하자, 손권은 부끄럽게 생각하여 즉시 무사들을 물러가게 하고 등지를 가까이 불러 앞자리에 앉혔다.

등지는 오와 촉의 두 나라가 연합하면 천하를 병합할 수 있고, 설령 물러선다 해도 세 나라의 균형이 깨지는 일은 없을 것이라고 주장했다. 손권은 이 말을 받아들여 촉과 화해하도록 등지에게 중개를 부탁하고, 장온(張溫)을 사자로 임명하여 등지와 함께 촉에 보냈다.

조비는 오와 촉이 연합했다는 보고를 받고 크게 화를 냈다.

"두 나라의 연합은 중원을 노리려는 속셈이 분명하다. 먼저 선수를 쳐야겠다."

곧 사마의의 의견에 따라 길이 이십여 장에 이천여 명을 태울 수 있는 용주(龍舟)를 만들게 하고, 그 밖에 군선 삼천여 척을 준비했다.

이윽고 황초 5년 8월, 조진을 선봉으로 하여 여러 장수를 따르게 하고, 조비 자신은 용주에 탄 채 수륙 삼십여 만의 군사를 이끌고 싸우러 나갔다. 사마의에게는 수도 허도에 남아 국정을 맡게 했다.

　위의 대군이 남하했다는 소식을 들은 손권이 대책을 세우려 하는데, 고옹이 말했다.

　"제갈량에게 사신을 보내 위의 선봉을 협공하게 하는 한편, 뛰어난 장수를 남서(南徐)로 보내 방비를 맡겨야 합니다."

　손권은 서성을 안동장군(安東將軍)으로 봉하고, 건업·남서의 총진 도독으로 임명했다. 서성은 곧 건업을 지키고 있는 장수들을 불러 명령을 내렸다.

　"무기와 깃발을 충분히 준비하고 장강 연안을 지켜라."

　그러자 오왕의 조카인 손소(孫韶)가 '장강의 기슭까지 쳐들어오기를 기다렸다가는 때를 놓치게 된다.' 며 그날 밤 삼천의 정병을 이끌고 몰래 장강 북쪽으로 건너갔다. 서성은 이 소식을 듣자 즉시 정봉을 불러 삼천의 군사를 이끌고 나가 합세하게 했다.

　한편, 위의 조비는 용주를 타고 광릉까지 쳐들어가 멀리 남쪽 기슭을 살펴보았으나, 사람이라고는 그림자도 보이지 않았다. 그런데 밤이 지나가고 짙은 안개가 걷힌 후에 남쪽 기슭을 바라보니, 성벽 위에 군사들이 죽 늘어서고 망루에는 창과 칼이 번쩍이고 있으며, 성벽에는 깃발이 무수히 나부끼고 있는 것이었다. 하룻밤 사이에 성벽 위에 늘어선 수많은 군사들을 보고 조비는 깜짝 놀랐다. 그러나 이것은, 서성이 갈대로 만든 인형에 푸른 옷을 입혀 성과 망루에 세워 놓은 것이었다.

　조비가 깜짝 놀라 서 있을 때 갑자기 심한 바람과 함께 산더미 같은 파도가 일더니, 큰 배도 뒤집힐 지경이 되었다. 조진은 급히 문

빙에게 작은 배를 저어 구원에 나서게 했으나, 용주에 타고 있던 수
병들까지 온몸이 비틀거려 견딜 수 없을 지경이었다. 문빙은 용주
에 뛰어올라 조비를 작은 배에 옮기고 강구로 배를 저어 나갔다.

그때 전령이 달려와서 조운이 양평관을 떠나 장안으로 공격해 들
어오고 있다고 보고했다. 깜짝 놀란 조비는 얼굴빛이 달라지면서
즉시 군사를 되돌리라고 명령했다. 위의 군사가 앞을 다투어 도망
치는데, 오의 군사가 그 뒤를 쫓았다.

용주가 회하에 이르렀을 때 갑자기 피리와 북소리가 울리고 함성
이 일어나더니, 부근에서 한 떼의 군사가 쳐들어왔다. 손소의 군사
였다. 위의 군사는 거의 다 화살에 맞아 죽고, 물에 빠져 죽은 병사
의 수도 적지 않았다.

조비는 간신히 장수들의 도움으로 회하를 건넜으나 삼십 리도 채
가기 전에 갈대밭이 송두리째 불타올랐다. 미리 생선 기름을 부어
놓은 데다 때마침 강한 바람까지 불어오자, 불길은 세차게 번져 배
의 앞길을 가로막았다. 조비는 조각배를 기슭에 대고 저어 나가 말
에 올라탔다. 그때 강기슭에서 한 떼의 군사가 나타났다. 장수는 정
봉이었다. 장요가 맞서 싸웠으나, 정봉의 화살을 허리에 맞고는 쓰
러지고 말았다.

위의 군사는 거의가 전사하고, 조비는 간신히 허도로 도망쳤다.
장요도 간신히 허도로 돌아왔으나, 화살에 맞은 상처가 악화되어
죽고 말았다.

제갈량의 남만 정벌

건흥 3년, 촉은 풍년이 계속되어 백성들이 평화를 즐기면서 부지런히 일하니, 쌀이 창고에 넘치고 금과 은이 금고에 가득했다.

그런데 익주에서 성도로 전령이 달려와, 남만왕 맹획이 십만의 군사를 이끌고 국경에 쳐들어오자 건영의 태수 옹개가 배반하여 맹획과 손을 잡았고 장가군(牂牁郡)의 태수 주포(朱褒)와 월수군(越巂郡)의 태수 고정(高定)도 성을 내주었는데, 영창군의 태수 왕항(王伉)만은 배반하지 않았다고 전했다. 그 때문에 지금 옹개·주포·고정의 군사가 맹획을 안내해 영창군을 공격하고 있으며, 왕항은 부하인 여개(呂凱)와 함께 의병을 모아 성을 끝까지 지키고 있으나 위급하다는 것이었다.

제갈량은 급히 궁으로 들어가 유선에게, 자신이 대군을 이끌고 남만을 정벌하러 가고 싶다고 말했다. 유선은 남만을 정벌하러 나가면 오의 손권, 위의 조비가 쳐들어올까 봐 걱정이 되었으나, 제갈량은 오와는 화해를 맺은 지 얼마 되지 않았고 위는 오에게 패한 지 얼마 되지 않아 지쳐 있으며, 설사 쳐들어오려는 야심을 품는다 해도 이엄·마초·관흥·장포 등이 각처의 요해를 굳게 지키고 있으므로 걱정할 것이 없다고 말했다.

제갈량은 조운과 위연을 대장으로 세우고 왕평과 장익을 부장으로 세운 다음, 오십만의 군사를 이끌고 익주로 떠났다. 이때 관우의 셋째 아들 관색(關索)이 달려왔다. 그는 형주가 함락된 후에 행방을 알 수 없었는데, 부상을 당하여 겨우 치료를 끝내고 돌아왔던 것이다. 제갈량은 그도 선봉으로 세워 옹개 등의 반란은 싸우지도 않고 평정시켰고 영창군의 태수 왕항, 그리고 그와 함께 성을 지킨 여개를 불러 그 공을 치하한 후 남만으로 가는 길을 물었다. 여개는 전부터 남만이 반기를 들 것을 알고 남만에 이르는 길, 진을 쳐야 할 곳, 싸움터가 될 장소를 조사해 '평만지장도(平蠻指掌圖)'라는 도면을 만들었다. 이것을 제갈량에게 바치자, 제갈량은 크게 기뻐하며 여개를 안내자로 하여 남만으로 쳐들어갔다.

이 소식을 접한 남만왕 맹획은 삼동(三洞)의 원수(元帥)인 금환삼결(金環三結), 동도나(董茶那), 아회남(阿會喃)을 불러 대책을 의논했다. 세 원수가 모두 앞을 다투어 나가 싸우기를 원했으므로, 맹획은 세 방면으로 나누어 모두 나가 싸우게 했다.

제갈량은 장수들을 모아 놓고 왕평은 왼쪽의 적을, 마충은 오른쪽의 적을, 장의와 장익은 중앙의 적을 무찌르라고 명하고, 조운과 위연에게는 이 고장의 지리를 잘 모르므로 조심하라고 일렀다.

조운과 위연은 부하 장수들이 자기들을 앞질렀으므로 분하기 짝이 없었다. 두 사람은 말에 올라타고 형편을 살피러 갔다. 그때 야만족 척후병이 말을 몰고 뛰어왔다. 두 사람은 그를 사로잡아 진지로 돌아와 술을 먹이고 자세한 길을 물었다.

그날 밤 두 사람은 정병 오천 명을 이끌고 사로잡은 야만족을 안내자로 내세워 금환삼결의 본진으로 쳐들어가 원수의 목을 벴다. 이리하여 남만의 군사는 전멸되었으며, 위연은 즉시 군사 절반을 이끌고 동도나의 진지를 습격했다. 배후에서 공격하자 동도나는 군사를 이끌고 싸웠으나, 갑자기 진지 앞에서 함성이 일어나더니 이번에는 왕평의 군사가 앞에서 쳐들어왔다. 만병은 앞뒤에서 공격을 받아 크게 패하고 동도나는 혈로를 뚫어 도망쳤다.

  한편, 조운은 나머지 군사를 이끌고 아회남의 진지 뒤쪽에서 쳐들어갔다. 여기에 맞추어 마충이 진지의 정면을 공격하여 앞뒤에서 협공했으므로, 만병은 크게 패하고 아회남은 간신히 도망쳤다.

  조운이 제갈량에게 금환삼결의 목을 내놓으며, 다른 두 원수는 놓쳤다고 보고하자, 제갈량은 껄껄 웃으며 말했다.

  "그 두 사람은 내가 사로잡았소."

  잠시 후 장의가 동도나를, 장익이 아회남을 끌고 오자, 모두들 깜짝 놀랐다. 제갈량은 여개의 도면을 보고 적의 진지를 알아내고 조운과 위연을 일부러 분발하여 싸우게 했으며, 또한 장의와 장익으로 하여금 산길에서 기다리게 하여 관색을 도와 두 사람을 사로잡았던 것이다.

  제갈량은 동도나와 아회남의 밧줄을 풀어 주고 술과 음식과 옷을 주면서, 다시는 변방을 노략하지 말라고 타일러 보냈다. 그리고 내일은 맹획이 쳐들어올 것이라고 말하고 여러 장수들에게 계략을 알려 주고 출발하게 했다.

  과연 맹획이 만병을 이끌고 쳐들어왔다. 왕평은 몇 차례 싸우는 체하더니 금세 말 머리를 돌려 도망쳐 버렸다. 맹획이 이때다 싶어 군사를 이끌고 뒤쫓아가니, 관색이 가로막았다. 그런데 관색도 맞붙어 몇 차례 싸우다가 곧 도망쳤다. 맹획은 또 뒤쫓아갔다. 그러자 갑자기 함성이 일어나더니, 왼쪽에서 장의의 복병이, 오른쪽에서 장익의 복병이 튀어나와 길을 막고, 왕평과 관색도 되돌아와 앞뒤에서 공격했으므로 만병은 크게 패했다.

맹획은 군사를 이끌고 싸우다가 금대산(錦帶山)을 향해 도망쳤다. 그러자 앞길을 한 떼의 군사가 가로막았다. 앞장선 장수는 조운이었다. 맹획은 깜짝 놀라 금대산 샛길을 통해 도망쳤으나, 점점 길이 좁아져 할 수 없이 말에서 내려 산으로 도망쳤다. 그러자 갑자기 북소리가 울리더니, 기다리고 있던 위연의 오백 명의 복병이 사방에서 둘러싸고 맹획을 비롯한 남만의 장수들을 모조리 사로잡았다.

본진에서는 제갈량이 소와 돼지와 양을 잡고 술을 준비하여 기다리고 있었다. 막사 안에는 번뜩이는 칼과 창을 손에 든 무사가 일곱 겹으로 늘어서 있어 마치 얼음처럼 냉기가 돌았으며, 의장병(儀杖兵)과 근위병(近衛兵)들도 위엄 있게 늘어서 있었다. 제갈량은 끌려온 남만병의 밧줄을 풀어 주고, 술과 음식을 먹여 모두 집으로 돌려보냈다.

이어서 밧줄에 묶인 맹획이 끌려오자 제갈량은 어찌하여 반란을 일으켰느냐고 꾸짖었다. 맹획이 말했다.

"양천 땅은 모두 다른 사람의 영토였다. 네놈의 주인은 무력으로 그 영토를 가로채고 멋대로 천자 행세를 했다. 나는 조상 대대로 이 땅에 살고 있었다. 네놈들이야말로 무례하게도 남의 땅에 쳐들어왔다. 뭐가 반란이란 말이냐?"

"너는 내게 사로잡힌 몸이다. 진심으로 항복하지 않겠느냐?"

"산길이 비좁아 어쩔 수 없이 당했다. 항복할 생각은 티끌만큼도 없다."

"그럼…… 용서해 준다면 어찌하겠느냐?"

"다시 한 번 군사를 이끌고 승부를 내겠다. 만일 내가 또다시 포로가 되면, 그때 항복하겠다."

제갈량은 곧 그의 밧줄을 풀어 주더니, 옷과 술과 음식을 주어 남만의 동(洞)으로 돌려보냈다. 모처럼 사로잡은 남만왕을 어찌하여 용서해 주느냐는 장수들의 반문에, 제갈량은 웃으면서 대답했다.

"그를 사로잡는 것은 주머니 속에 들어 있는 물건을 꺼내는 것처럼 쉬운 일이다. 진심에서 항복해야 이 고장이 평정된다."

맹획이 노수를 건너 다시 군사를 모으니, 이윽고 십만여 명의 기병대가 이루어졌다. 동도나와 아회남도 동(洞)에 돌아와 있었다. 맹획은 두 사람을 불러서 '제갈량의 전술을 잘 알고 있으니 절대로 정면으로 맞서서는 안 된다.'며 강기슭에 토성을 쌓고 무기와 군량을 준비하여 장기전에 대비했다.

한편, 노수의 기슭에 닿은 제갈량은 건너편 기슭의 형세를 탐지했다. 때는 5월이라, 남방의 더위가 심하여 갑옷도 겉옷도 걸치고 있을 수 없었다. 그래서 제갈량은 여개에게 명하여 산기슭의 나무가 울창한 서늘한 곳에 네 개의 막사를 짓게 했다. 이 진지를 본 참모가 전에 선제(先帝)가 동오에게 패했을 때의 포진(布陣)과 똑같아서 만일 적이 불을 질러 공격해 오면 당할 길이 없다고 걱정했지만, 제갈량은 웃으면서 생각이 따로 있다고 말했다.

그때 촉의 수도에서 마대가 약품과 군량을 가지고 왔다. 제갈량은 마대에게 삼천의 군사를 이끌고 적의 군량을 운반하는 길을 막으라고 명령했다. 마대는 노수의 하류에서 물살이 느린 사구(沙口)로 군사를 이끌고 갔다. 물이 얕은 것을 본 병사들이 벌거벗고 건너다가 이상하게도 강 한복판에서 쓰러졌다. 그래서 급히 기슭으로 돌아왔으나 입과 코로 피를 쏟으며 죽어갔다. 마대는 오백여 명의 군사를 잃고 제갈량에게 이 사실을 보고했다. 제갈량이 그 고장 사람을 불러 자세히 물어보니, 노수는 더위가 심하면 독기를 내뿜는다는 것이었다. 그래서 밤중에 강물이 식어 독기가 가시기를 기다려 뗏목을 타고 무사히 건너갔다. 마대는 제갈량이 준 지도에 따라 정병 이천을 이끌고 적의 군량을 운반하는 길목인 협산곡을 점령했다.

맹획은 노수의 요해와 독기를 의지하고 방심하고 있었으나, 군량이 끊겼다는 보고를 받고 즉시 부장에게 삼천의 군사를 내주어 협산곡으로 쳐들어가게 했다. 그러나 곧 마대에게 패했으므로, 이번에는 동도나를 싸우러 나가게 하고 아회남은 사구를 굳게 지키게 했다.

마대는 동도나를 보자 호통을 쳤다.

"은혜도 모르는 놈, 승상이 목숨을 살려주었는데도 또 덤벼드는 게냐?"

동도나는 할 말이 없어 고개를 숙인 채 되돌아갔다.

"마대에게는 감히 도전할 수 없었습니다."

"네놈은 제갈량의 용서를 받아 일부러 싸우지도 않고 그냥 돌아왔구나."

맹획은 화를 내며 그를 끌어내어 목을 베라고 명했다. 그러나 장수들이 용서를 빌었으므로, 곤장 백 대를 때려 놓아주었다.

그날 밤, 전에 제갈량이 살려 준 장수들은 동도나의 진지로 찾아와, 차라리 맹획을 죽이고 제갈량에게 항복하면 남만의 백성들을 고통에서 구할 수 있다고 말했다. 그리하여 동도나는 칼을 들고 백여 명의 부하를 이끌고 본진으로 쳐들어가, 막사에서 술에 취한 맹획을 꽁꽁 묶어 끌고 와서 제갈량에게 바쳤다. 제갈량이 맹획에게 물었다.

"다시 붙잡히면 항복하겠다고 했는데, 어떻게 하겠느냐?"

"나는 네놈에게 붙잡힌 것이 아니라 부하들이 배반하여 이 꼴이 되었다. 그런데 무엇 때문에 항복하겠느냐?"

"그렇다면 다시 한 번 용서해 주겠다."

"나도 병법은 알고 있다. 동으로 돌려보내 준다면 다시 한 번 군사를 이끌고 승부를 내겠다. 그때 사로잡히면 진심으로 항복하겠다."

제갈량은 맹획의 밧줄을 풀어 주고 진귀한 술에 맛좋은 음식을 대접한 다음, 그의 진지로 돌려보냈다. 본진으로 돌아온 맹획은 제갈량에게서 사자가 왔다고 속여 동도나와 아희남을 본진으로 불러들여 목을 벤 후, 그 시체를 산골짜기에 버렸다. 그러고는 동생인 맹우(孟優)를 불러 말했다.

"제갈량의 전술을 완전히 알아냈다. 너는 내가 시키는 대로만 해라."

이튿날, 맹우는 만병 백여 명을 이끌고 황금 · 진주 · 상아 · 물소의 뿔 등을 수레에 싣고 노수를 건너 제갈량에게로 갔다. 맹우가 보물을 바치러 왔다는 연락을 받은 제갈량은, 옆에 있던 마속(馬謖)에게 물었다.

"무엇 때문인지 알겠나?"

마속이 이 자리에서 말로 대답할 수 없다면서 종이에 써 주자, 제갈량은 손뼉을 치면서 껄껄 웃으며 말했다.

"맹획을 사로잡을 계략은 이미 서 있네. 그대와 나의 생각이 똑같구나."

제갈량은 먼저 조운을 불러들여 은밀히 계략을 얘기하고 나서 위연을 불러 나직한 소리로 귀띔을 하더니, 다시 왕평·마충·관색을 불러 은밀히 지시를 내렸다.

그 후에 맹우를 막사에 불러들여 맹획이 지금 어디에 있느냐고 물으니, 은갱산(銀坑山)으로 보물을 가지러 갔다고 대답했다. 제갈량은 선물을 싣고 온 백여 명의 군사를 불러들여 바라보았다. 그들은 모두 눈이 파랗고 얼굴이 검었으며, 머리카락이 누런 데다 자색 수염과 금귀걸이를 했고, 헝클어진 머리에 맨발이었으며, 키가 크고 힘이 대단해 보였다. 제갈량은 그들에게 술을 권하고 극진히 대접했다.

한편 맹획이 기별을 기다리고 있을 때 보고가 들어왔다.

"제갈량은 선물을 받고 크게 기뻐하며, 따라간 군사들을 모두 막사로 불러들여 소와 돼지고기 요리로 잔치를 베풀어 주었습니다. 부대왕(副大王)께선 오늘밤 두 번째 북이 울릴 때 안팎으로 쳐들어가도록 전하라고 했습니다."

맹획은 곧 삼만의 군사를 셋으로 나누고, 병사들에게 화구(火具)를 준비하여 오늘 밤 촉의 진지로 들어가 불을 질러 신호를 보내도록 지시했다. 그리고 자신은 심복 장수들을 이끌고 곧장 제갈량의 진지로 향했는데, 도중에 가로막는 자가 하나도 없었다.

그리하여 적의 진지로 말을 몰아 쳐들어갔으나 사람이라고는 그림자도 보이지 않았다. 본진으로 쳐들어가니, 막사 안에는 등불이 환히 켜 있고 맹우와 만병들은 모두 죽은 듯이 술에 곯아 떨어져 있었다. 어떻게 되었느냐고 물으니, 정신을 차린 자가 손가락으로 입을 가리킬 뿐 말을 하지 못했다. 술과 함께 마취약을 먹게 했던 것이다.

계략에 걸린 것을 깨달은 맹획이 급히 맹우를 일으켜 본대로 돌아가려고 할 때, 갑자기 우레 같은 함성이 들려오고 불길이 치솟았다. 만병들이 사방으로 도망치는데, 그때 한 떼의 군사가 쳐들어왔다. 촉의 장수 왕평의 부대였다.

만병들이 깜짝 놀라 왼쪽으로 도망치려고 하자, 하늘 높이 불길이 치솟더니 또 한 떼의 군사가 쳐들어왔다. 장수는 위연이었다. 만병들이 허둥지둥 오른쪽으로 도망치려고 할 때, 또다시 불길이 솟아오르더니 또 한 떼의 군사가 쳐들어왔다. 장수는 조운이었다. 만병들은 삼면으로 포위를 당해 도망칠 길을 잃었으나, 맹획은 간신히 노수로 도망쳤다.

때마침 수십 명의 만병이 배를 저어 왔다. 맹획은 그 배에 올라타자마자 결박당했다. 제갈량의 계략에 따라 마대가 부하들을 만병으로 가장시켜 배를 젓게 했던 것이다. 이윽고 맹획은 제갈량 앞에 끌려왔다. 제갈량이 말했다.

"그대는 동생을 앞세워 항복하는 체했는데, 나를 속일 수 있다고 생각했나? 이번에도 사로잡혔군 그래. 어때, 이번에는 항복하겠지?"

"동생이 먹기를 좋아한 나머지 네놈이 넣은 약에 마비되어 모처럼 세운 계략이 물거품이 되고 말았다. 만일 내가 먼저 오고 동생이 뒤에서 공격했더라면, 일이 잘되었을 것이다. 운이 없었던 것이지 힘이 모자라 진 것은 절대 아니다. 항복하지 않겠다."

맹획이 고개를 숙인 채 대답했다.

"이번이 세 번째다. 어째서 항복하지 않겠다는 거냐?"

제갈량은 웃으며 말했다.

"다시 한 번 용서해 주지."

"우리 형제를 돌려보내면 부하들을 모아 힘껏 결판을 내겠다. 그때 붙잡히면 진심으로 항복하겠다."

제갈량은 아무 말 없이 다시 맹획 형제를 풀어 주었다. 맹획은 돌아오자마자 여러 만인 부락에 황금과 진주 등 보석을 뿌려 수십만의 만병을 고용하고 다시 구름 떼처럼 촉으로 쳐들어갔다.

척후병에게서 이 소식을 전해 들은 제갈량은 껄껄 웃으며 말했다.

"남만의 군사가 총동원되었으니, 이번에야말로 혼쭐을 내주겠다."

그는 곧 조그마한 수레를 타고 군사를 이끌고 출발했다. 그 앞으로 서이강이 나타났는데, 흐름은 느리지만 배나 뗏목은 전혀 보이지 않았다. 제갈량은 나무를 베어 뗏목을 만들게 했다. 그런데 뗏목을 띄우니 모두 가라앉아 버렸다. 그래서 제갈량은 삼만의 군사를 시켜 상류 근방의 산에서 커다란 대나무를 수십만 개 잘라오게 하여 폭이 십장 남짓 되는 부교(浮橋)를 놓게 했다. 그러고 나서 북쪽 기슭에 나란히 진을 치게 하고, 강을 도랑으로 하고 부교를 진문(陣門)으로 하여 토성을 쌓은 다음, 다리 건너 남쪽 기슭에 커다란 진지를 세 군데 구축하고 남만의 군사를 기다리고 있었다.

맹획은, 칼과 방패를 손에 든 요족(獠族)의 젊은이 만여 명을 이끌며 앞장서서 쳐들어왔다. 그는 물소 가죽의 갑옷을 걸치고 머리에는 주홍색 투구를 쓴 채, 왼손에 방패, 오른손에 칼을 들고 붉은 털의 황소를 타고 있었다.

제갈량은 윤건(輪巾)에 학창의를 입고, 손에는 깃털 부채를 든 차림으로 사두(四頭) 마차를 타고 있었다. 그는 즉시 본진으로 돌아와, 적이 진지의 문 앞까지 밀려와서 갖은 욕설을 퍼부어도 사방의 진지를 굳게 지키기만 할 뿐 맞서 싸우려고 하지 않았다.

오륙일이 지나니, 미치광이 같던 만병도 차츰 사기가 떨어졌다.

제갈량은 조운·위연·마대·장익 등에게 계략을 지시한 다음 세 군데의 진지를 버리고 북쪽 기슭으로 물러갔다. 그리고 부교를 풀어 하류로 옮기고, 진지에 무수히 많은 등불을 켜놓게 했다.

이튿날 새벽녘에 맹획이 대군을 이끌고 쳐들어왔을 때에는, 세 진지에 사람과 말은 보이지 않고 군량을 나르는 수레가 수백 대 놓여 있을 뿐이었다. 맹우가 여기에는 분명히 무슨 계략이 있을 것이라고 걱정했으나, 맹획은 무시하고 말했다.

"나라 안에 무슨 심상치 않은 일이 일어났을 것이다. 그래서 등불만 켜 놓고 마치 군사가 있는 듯이 보이게 한 것이다. 이 기회를 놓쳐서는 안 된다."

맹획이 스스로 선봉에 서서 서이강에 도착하여 북쪽 기슭을 바라보니, 진지에 깃발이 나란히 놓여 펄럭이는 것이 마치 비단 구름이 펼쳐진 것 같았다. 맹획은 남쪽 기슭에 진을 치게 하고 산에서 대나무를 베어 뗏목을 만들어 강을 건너갈 준비를 한 다음, 용감한 병사들을 진지의 선두 쪽으로 옮겼다.

이날은 바람이 심하게 불어왔다. 그런데 갑자기 사방에서 횃불이 타오르고 북소리가 울려 퍼지더니, 촉의 군사가 쳐들어왔다. 만병들은 당황한 나머지 저희들끼리 치고받는 난투전을 벌였다. 맹획은 깜짝 놀라 군사를 이끌고 혈로를 열어 본진으로 도망쳤다. 그러자 진중에서 한 떼의 군사가 뛰쳐나왔다. 조운이었다. 당황한 맹획이 허둥지둥 서이강 쪽으로 되돌아가 산기슭의 샛길로 도망치려고 하는데, 또다시 한 떼의 군사가 몰려왔다. 바로 마대였다.

맹획은 겨우 십여 명의 패잔병과 함께 골짜기로 도망치려고 했다. 남북서의 세 군데는 관솔불이 일었으므로 그곳으로는 도망갈 수 없어, 할 수 없이 동쪽으로 달렸다. 산기슭을 돌았을 때, 숲 속 길 옆에 수십 명의 부하에게 호위를 받으면서 나타난 제갈량이 수레에 단정히 앉아 있었다. 제갈량은 껄껄 웃고 나서 말했다.

"만왕 맹획이여, 천운(天運)이 다해 또 졌군. 오랫동안 이곳에서 기다리고 있었네."

맹획은 매우 화가 나서 외쳤다.

"나는 이미 네놈에게 세 번이나 모욕을 당했다. 이제 잘 만났다. 모두들 힘껏 싸워 저놈과 수레를 가루로 만들어라."

몇 명의 만병이 뛰쳐나오고 맹획이 앞장서서 쳐들어갔으나, 숲 앞에 미리 파 놓은 구덩이에 빠지고 말았다. 이와 때를 같이 하여 숲속에서 위연이 수백 명의 군사를 이끌고 뛰쳐나와 한 사람씩 꺼내는 대로 밧줄로 묶었다. 제갈량이 밧줄에 묶인 채 끌려온 맹획에게 물었다.

"이번이 네 번째인데, 아직도 항복하지 않겠나?"

"나는 미개한 나라를 다스리는 자로, 네놈처럼 남을 속이는 계략에 능하지 못할 뿐이다. 절대로 항복하지 않겠다."

"다시 놓아주면 또 싸울 생각이냐?"

"만일 또 잡힌다면 그때야말로 진심으로 항복하고 다시는 대항하지 않겠다."

제갈량은 그를 말에 태워 다시 돌려보냈다.

남방으로 돌아간 맹획은, 이번에는 촉의 군사가 더위를 못 이겨 철수하는 것을 기다렸다가 한꺼번에 쳐들어가기로 계획을 세우고는, 독룡동(禿龍洞)의 타사대왕(朵思大王)을 찾아가 도움을 청했다.

타사대왕은 맹획을 반갑게 맞아들였을 뿐만 아니라, 그동안의 일을 듣고는 기꺼이 도움이 되어 주겠다고 했다.

"이제 안심하시오. 이 독룡동에 오는 길은 두 갈래밖에 없는데,

평평한 동북의 길을 나무나 돌로 막아 버리면 서북의 길 하나만 남게 되오. 이 길은 험하고 좁은 고갯길로, 저녁때부터 이튿날 점심때까지 독기(毒氣)가 솟아오르지요. 그러므로 오후 한때만 이곳을 지날 수 있는데, 마실 물도 없는데다가 독이 퍼진 샘이 네 군데나 있소. 이곳에는 짐승도 새도 살지 않으며, 옛날 한(漢)의 복파장군(伏波將軍) 마원(馬援)이 다녀간 후로는 아무도 와 본 적이 없는 곳이오."

이 말을 듣고 크게 기뻐한 맹획은, 날마다 타사대왕과 술을 마시면서 보냈다.

제갈량은 한동안 맹획의 군사를 볼 수 없었으므로 서이강의 진지를 뒤에 남겨 두고 남쪽으로 행군했다. 6월 햇볕이 따갑게 내리쬐는 가운데, 맹획이 독룡동에 들어가 있다고 척후병이 보고했다. 제갈량은 왕평에게 수백 명의 기병을 이끌고 선봉에 서게 하고, 항복한 만병의 안내를 받으면서 서북의 산길을 따라 진군하게 했다.

행군 도중에 사람도 말도 모두 목이 말라 길가의 샘물을 마셨다. 왕평이 이 길을 제갈량에게 설명하기 위해 본진으로 돌아오니, 아무도 말을 못 하고 손가락으로 입을 가리킬 뿐이었다. 제갈량이 깜짝 놀라 수십 명을 데리고 가 보니, 맑은 샘물이 끊임없이 솟아나고 있었으나 주위에선 새소리 하나 들리지 않았다. 제갈량이 이상하게 생각하여 문득 쳐다보니 산 위에 낡은 사당(祠堂)이 보였다. 칡덩굴을 붙잡고 올라가 보니 사당 안에 복파장군 마원의 좌상(坐像)이 있었다. 제갈량은 그 앞에 엎드려 빌었다.

"지금 군사들이 그만 독(毒)이 든 물을 마셔 말을 하지 못합니다. 한 왕실의 평안을 위해 우리 군사를 도와주십시오."

그때 맞은편 산에서 한 노인이 내려와, 샘물의 독기를 제거하는 안락천(安樂泉)이라는 샘물과 독기의 침범을 막아 주는 해엽운향(薤

葉蕓香)이라는 풀이 있는 곳을 알려 주었다. 그 노인은 복파장군 마원의 명을 받고 내려온 산신(山神)이었다.

이튿날 제갈량은, 산신이 가르쳐 준 대로 벙어리가 된 군사들을 데리고 서쪽 골짜기에 들어갔다. 그곳에는 대숲과 아름다운 꽃으로 에워싸인 암자가 있었는데, 향기가 사방에 진동했다. 마중을 나온 소년에게 이름을 댔더니, 대나무 관(冠)에 짚신을 신고 흰옷에 검은 띠를 맨, 눈이 푸르고 머리가 흰 노인이 부드러운 얼굴로 마중을 나왔다. 암자의 주인인 만안은자(萬安隱者)였다.

"한의 승상이 아닌가?"

만안은자가 제갈량을 암자로 맞아들이고 군사들에게 안락천의 물을 마시게 하자, 군사들은 고약한 침을 뱉어 내고 나서 다시 말할 수 있게 되었다. 소년은 군사들에게 만안계에 데리고 가서 목욕을 시키고 해엽운향의 잎사귀를 하나씩 입에 물게 했다. 제갈량은 감사하다고 거듭 사례하며 그의 이름을 물었다.

"나는 맹획의 형 맹절(孟節)이오."

그는 삼 형제의 맏형으로, 동생 맹획·맹우가 천자의 다스림을 받지 않는 것을 몇 번이나 충고했으나 귀를 기울이지 않자 이름을 바꾼 채 이곳에 숨어 살고 있었다. 제갈량은 그의 도움으로 독이 없는 우물을 파게 하여 마실 물을 얻을 수 있었을 뿐만 아니라, 독룡동 아래에 진을 칠 수 있었다.

맹획과 타사대왕은, 촉의 군사가 독이 든 샘에도 해를 입지 않았다는 척후병의 보고를 듣고는 크게 놀랐다. 그러나 일이 이렇게 된 이상 촉의 진지로 쳐들어가는 수밖에 없는 일이었다. 그리하여 소와 양을 잡아 병사들에게 배불리 먹이고 쳐들어가려고 하는데, 때마침 은야동(銀冶洞)의 동주 양봉(楊鋒)이 부하 삼만을 이끌고 합세했다.

"나의 부하 삼만의 정병은 모두 철의 갑옷을 입은 채 산을 뛰어넘는 놈들뿐입니다. 백만의 적도 두려워하지 않습니다. 그리고 나의 다섯 아들이 모두 무예가 뛰어나, 대왕을 크게 도울 수 있을 것입니다."

그러고는 다섯 아들을 불러 맹획에게 인사를 시키는데, 모두 표범과 같은 몸집에 힘이 넘쳐 보였다. 맹획은 크게 기뻐하며 술자리를 마련하여 양봉 부자를 대접했다. 술이 거나하게 취했을 때, 양봉이 말했다.

"진지에는 오락이 적은 것 같습니다. 칼춤을 잘 추는 여자들을 데리고 왔으니, 안주 삼아 한 번 추게 하는 것이 어떻겠습니까?"

맹획은 기꺼이 찬성했다. 이윽고 맨발에 머리를 산발한 남만의 여자들 수십 명이 춤을 추면서 막사 안으로 들어왔다. 병사들은 손뼉을 치면서 노래를 불렀다.

양봉은 두 아들에게 명하여 술잔을 들고 맹획과 맹우 앞에 나서게 했다. 맹획과 맹우가 술잔을 받아 마실 때 양봉이 큰 소리로 외쳤다. 그러자 두 아들은 맹획과 맹우를 자리에서 끌어내어 밧줄로 꽁꽁 묶었다. 타사대왕은 허겁지겁 도망치다가 양봉에게 잡혔다. 일전에 제갈량의 은혜로 일족의 목숨을 건지게 되었던 양봉이, 그 은혜를 갚기 위해 맹획을 사로잡아 제갈량에게 바치려 했던 것이다.

"이번에는 진 것을 인정하고 항복하겠느냐?"

잡혀 온 맹획에게 제갈량이 웃으며 묻자, 맹획이 대답했다.

"일곱 번째 붙잡히면 진심으로 항복하겠다."

제갈량은 이번이 마지막임을 거듭 다짐하고는 맹획의 밧줄을 풀어주게 했으나 또 붙잡히고 말았다.

본진으로 돌아온 제갈량이 맹획의 밧줄을 풀어 준 다음 술을 내놓고 마음을 진정시키자, 맹획은 일족을 데리고 제갈량 앞에 무릎을 꿇고 사죄했다.

"승상님은 참으로 하늘이 내린 분입니다. 남만의 백성은 다시는 반란을 일으키지 않겠습니다."

"이번엔 항복하겠소?"

"손자에 이르기까지 승상의 은혜를 고마워하도록 하겠습니다. 어찌 다시 반란을 일으킬 수 있겠습니까?"

맹획은 이렇게 말하며 눈물을 뚝뚝 떨어뜨렸다. 제갈량은 맹획을 동주(洞主)로 삼아 남만을 다스리게 했다. 남만의 백성들은 저마다 제갈량의 은덕에 감사하고, 그 후로 해마다 촉의 천자에게 공물을 바치게 되었다. 제갈량은 남만을 평정한 후 군사를 이끌고 본국으로 돌아왔다. 건흥 3년 9월의 일이다.

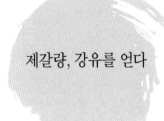

제갈량, 강유를 얻다

위왕 조비가 제위에 오른 지 7년 되던 해 5월이었다. 감기가 좀처럼 낫지 않더니 차차 병이 깊어진 조비는, 어느덧 임종을 맞게 되었다. 그는 중군대장군 조진, 진군대장군 진군(陳群), 무군대장군 사마의, 정동대장군 조휴 네 사람을 불러, 그해 열다섯 살이 되는 아들 조예(曹睿)를 부탁한다는 유언을 남기고 숨을 거두었다. 이때 그의 나이 마흔이었다.

네 사람은 비통한 가운데 조예를 황제로 추대하고 조비의 시호를 문황제(文皇帝)라고 했다. 그러고는 종요(鍾繇)를 태부, 조진을 대장군, 조휴를 대사마, 화흠을 태위, 왕랑을 사도, 진군을 사공(司空), 사마의를 표기대장군으로 임명하고, 그 밖의 문무백관의 품계를 모두 올렸다. 이때 옹주·양천의 자사 자리가 비어 있었으므로, 사마의가 서량의 주군(州郡)을 수호하기를 자원하여 윤허를 받았다.

제갈량은 첩자로부터 이 소식을 전해 듣고 말했다.

"조비가 죽고 조예가 즉위했다고 해서 달라진 것은 아무것도 없소. 염려가 되는 것은 사마의로, 그가 이제 옹주와 양주의 군사를 지휘하게 되었으니, 훈련을 마치면 반드시 우리 촉을 치려 할 것이오. 그러니 이쪽에서 먼저 선수를 쳐야 하오."

참모인 마속이 말했다.

"남만을 평정한 지 얼마 되지 않아 군사들이 모두 지쳐 있습니다. 원정에 나서는 것은 좋지 않을 줄 압니다. 사마의를 멸하는 일이라면 저에게 맡겨 주십시오."

얼마 후, 업(業)의 성문에 한 장의 포고문이 나붙었다. 수문장이 그것을 떼어서 조예에게 보였다. 그것은 조예를 폐위시키고 진사왕(陳思王) 조식을 황제로 추대하려는 사마의의 격문이었다. 조예가 깜짝 놀라 중신들에게 물으니, 태위 화흠이 말했다.

"옛날 무황제 조조께서 말씀하셨습니다. 사마의는 솔개의 눈을 하여 돌아서면 늑대와 같으니, 그에게 군사의 지휘권을 맡기면 안 된다고 말입니다. 반역할 기미가 보인 이상, 재빨리 처치하는 것이 좋을 줄 압니다."

옆에서 사도 왕랑도 거들었다.

"사마의에게 군사의 통수권을 맡겨서는 안 됩니다. 즉시 직위를 빼앗아야 합니다."

결국 조예는 사마의의 관직을 빼앗아 고향으로 돌려보내고, 옹주와 양주의 자사 후임에는 조휴를 임명했다.

이 소식을 전해 들은 제갈량은 크게 기뻐했다. 이튿날 유선이 어전에 행차하자, 제갈량이 앞에 나와 '출사표(出師表)'를 올렸다

신 제갈량이 아뢰옵니다. 선제께서는 시작하신 대업(大業)을 이루지 못하신 채 세상을 떠나시고, 이제 천하는 셋으로 갈라져 익

주(益州)는 존폐의 갈림길에 놓여 있습니다. 폐하께서는 선제의 유덕(遺德)을 빛내시고, 지사(志士)의 의기를 일으키시며, 충언을 막으셔서는 안 됩니다. 군(君)과 신(臣)은 일체가 되어 선악의 상벌(賞罰)을 분명히 하여 양자 사이에 틈이 생기지 않도록 해야 합니다. 폐하께서는 나쁜 짓을 하여 법을 어기는 자가 있으면 엄하게 다스리고, 선량하고 충성스러운 자가 있으면 은상(恩賞)을 베풀어 공정한 정치를 하셔야 합니다.

시중시랑(侍中侍郎) 곽유지(郭攸之), 비위(費褘), 동윤(董允) 등은 모두 성실하고 정직한 신하들입니다. 그래서 선제께서 등용하여 폐하를 보필하게 한 것입니다. 신은 궁중의 크고 작은 모든 일을 그들과 의논하여 시행하시면 빈틈없이 잘되리라고 생각합니다. 장군 상총은 선량하고 공평하며 군사(軍事)에 정통합니다. 군사에 대한 일은 그와 의논하시면 반드시 군대에 기강이 서고 적재(適材)가 적소(適所)에 배치될 것입니다.

현명한 신하를 가까이하고 소인을 멀리한 것이 전한(前漢)이 번영할 수 있었던 까닭이고, 소인을 가까이하고 현명한 신하를 멀리한 것은 후한(後漢)이 쇠망한 원인입니다. 시중상서(侍中尙書) 진진, 장사(長史) 장예, 참군(參軍) 장원은 모두 성실하고 충성스러운 신하입니다. 폐하께서는 그들을 가까이하시고 신뢰하시기 바랍니다. 그렇게 하시면 한실(漢室)의 중흥은 반드시 이루어질 것입니다.

신은 본래 평민으로, 스스로 남양에서 밭을 갈며 조용히 지내기를 원하고 출세를 위해 제후를 섬기려고 하지 않았습니다. 그러나 선제께서는 신의 천한 신분을 문제 삼지 않으시고 몸소 세 차례나 신의 초막으로 찾아오셔서 난세의 정견을 물으셨습니다. 이에 감격한 신은 드디어 선제를 위해 일하기로 했습니다. 그 후 임무를 받고 위험 속에서 동분서주한 지 어느새 이십일 년이 지났습니다.

선제께서는 신의 신중한 처신을 인정하시어, 운명하실 때 신에게 큰일을 맡기셨습니다. 명령을 받은 후로 맡은 일을 소홀히 하여 오히려 선제의 총명에 누를 입히지 않을까 밤낮으로 두려워하고 있습니다. 그리하여 올 여름에 노수를 건너 불모(不毛)의 땅으로 깊숙이 들어갔습니다. 이제 남방은 이미 평정되고, 군비도 충분히 갖추게 되었습니다. 이제야 삼 군을 이끌고 북방의 중원을 평정할 때입니다. 역적인 조씨를 무찔러 한의 왕실을 다시 일으켜, 옛 수도 낙양으로 돌아가기를 원합니다. 신이 선제의 은혜에 보답하고 폐하께 충성하는 것은 신의 임무입니다. 그리고 정치를 바로잡아 폐하께 충성하는 것은 곽유지, 비의, 동윤의 소망입니다.

원하옵건대 폐하, 나라의 역적을 무찔러 한의 왕실을 다시 일으키는 큰 임무를 신에게 맡겨 주십시오. 만일 뜻을 이루지 못하면, 신을 벌하여 선제의 혼령에게 고하시기 바랍니다. 만일 곽유지, 비의, 동윤 등이 폐하의 덕을 높이는 충언을 하지 않으면, 그 태만을 벌하십시오. 그리고 폐하께서도 스스로 도리를 헤아려 정당한 충언을 받아들이라는 선제의 유언을 자주 상기하시기 바랍니다. 신은 폐하로부터 큰 은혜를 받아 감격을 금할 수 없습니다. 이제 큰일을 위해 멀리 떠나려는 이 마당에, 이 출사표를 내놓으니 감개가 무량하여 여쭐 말씀이 없습니다.

제갈량은 곽유지에게 궁중의 일을 맡기고, 상총을 대장으로 임명하여 근위군을 지휘하게 하고, 진진 이하 문무백관에게 국정을 맡겼다. 제갈량 자신은 평북(平北) 대도독(大都督)으로 임명되어 승상부에 돌아와, 여러 장수들을 모아 북벌군을 편성하고 건흥 5년 3월 병인(丙寅)날을 택하여 출발했다.

이때 갑자기 한 노장이 큰 소리를 내지르며 앞으로 나섰다.

"저는 늙기는 했지만, 아직도 염파(廉頗)의 용기와 마원(馬援)의 기력을 갖고 있습니다. 이 두 사람은 늙은 몸으로도 잘 싸웠는데, 어찌하여 저는 싸움터에 내보내 주지 않습니까?"

그는 조운이었다. 오호 대장 중에서 관우·장비·황충은 이미 세상을 떠나고 마초도 남만 정벌 후에 병사했으므로, 남은 것은 조운뿐이었다.

"장군은 나이도 있고 하니, 만일 여의치 않은 일이라도 일어나면 세상에서 지금까지 떨친 명예를 더럽히고 아군의 사기를 떨어뜨리게 되오."

제갈량이 만류했으나, 조운은 격한 목소리로 말했다.

"나는 선제를 섬겨 온 후로 싸움터에 나가 물러선 적이 없고, 적을 만나면 언제나 앞장서서 쳐들어갔습니다. 대장부는 싸움터에서 죽는 것이 원입니다. 여기에 무슨 미련이 있겠습니까? 이번에도 선봉에 나서게 해 주십시오."

제갈량은 조운의 청을 받아들여 등지를 부장으로 세워 정병 오천과 장수 열 명을 거느리고 선봉에 나서게 하고, 자신은 삼십여 만의 대군을 이끌고 한주로 출발했다.

위의 하후무(夏侯楙)가 장안에서 사방으로부터 군사를 모집하고 있을 무렵, 서량의 대장 한덕(韓德)이 서강(西羌)의 군사 팔만을 이끌고 달려왔으므로 선봉에 내세우기로 했다. 한덕의 네 아들은 모두 무술이 뛰어났다. 그들은 잇따라 조운과 맞서 싸웠으나, 모두 조운의 창에 찔려 목숨을 잃었다. 조운은 창을 좌우로 휘두르면서 말을 달렸는데, 마치 무인지경을 가는 것 같았다. 한덕이 네 아들의 원수를 갚기 위해 커다란 도끼를 휘두르면서 덤벼들었으나, 그도 세 차례 싸운 끝에 조운의 창에 찔려 목숨을 잃었다.

하후무는 조운의 무용에 크게 놀랐으나, 다시 군사를 이끌고 쳐들어왔다가 도망치는 척하며 조운을 복병이 있는 곳까지 끌어들여 사방에서 에워싸고 사로잡으려고 했다. 조운은 이 계략에 걸려들었으나, 제갈량이 노장군에게 실수가 있을까 걱정하여 보낸 장포와 관흥이 그를 구출했다. 위의 군사는 반대로 크게 패하고, 하후무는 남안성(南安城)으로 도망쳤다.

조운·등지·관흥·장포 등은 그를 뒤쫓아 열흘 만에 남안성을 포위했으나, 성은 좀처럼 함락되지 않았다. 이윽고 남안성에 도착한 제갈량이 성의 주위를 살펴보고는, 부하 장수들에게 여러 가지 계략을 지시했다.

남안성의 서쪽은 천수군(天水郡), 북쪽은 안정군(安定郡)에 연결되며, 천수의 태수는 마준(馬遵), 안정의 태수는 최량(崔諒)이었다. 제갈량은 우선 심복 부하를 위의 장수로 가장시켜, 최량에게 남안에 원군을 보내라고 알리게 하여, 최량이 나타나자 즉시 사로잡았다. 다시 최량을 남안의 태수 양능에게 보내어, 성을 내주고 하후무를 사로잡도록 설득할 것을 부탁했다.

최량은 양능과 짜고 거짓으로 항복하여 관흥과 장포를 성안으로 들어오게 했다. 미리 제갈량의 지시를 받은 관흥과 장포 두 사람은 적의 계략을 알아차리고는 양능과 최량의 목을 베고, 촉의 군사가 남안성으로 쳐들어가 하후무를 사로잡았다. 제갈량은 여세를 몰아 마준이 지키는 천수군을 공략하려고 했다.

이때 천수군의 장수 강유(姜維)가 마준에게 촉군을 칠 계략을 말했다.

"제갈량은 이 성 뒤에 반드시 복병을 숨겨 두었을 것입니다. 우리 군사를 속여 성에서 나오게 한 다음, 성이 비어 있는 틈을 타서 쳐들어올 속셈으로 보입니다. 제가 삼천의 정병을 이끌고 요해에 숨어 기다리고 있겠습니다. 태수께서는 남안성에 가는 체하고 성에서 나가 삼십 리쯤 갔다가 되돌아오십시오. 불길을 신호로 저와 함께 앞뒤에서 협공하면, 반드시 큰 승리를 거둘 수 있을 것입니다. 만일 제갈량이 그 가운데에 와 있으면, 제가 틀림없이 사로잡겠습니다."

과연 제갈량은 조운의 군사를 산기슭에 숨겨두고 적이 성을 비우면 습격하려고 했다. 마준의 군사가 성에서 나왔다는 보고를 듣고, 조운이 군사를 이끌고 천수성으로 쳐들어갔다.

"나는 상산의 조자룡이다. 내 계략에 빠져든 줄 안다면 빨리 성을 내놓아라."

그러자 성안에서 일제히 웃음소리가 터졌다.

"네놈이야말로 강유의 계략에 넘어가고도 아직 모르느냐?"

조운이 쳐들어가려고 하자 함성이 일어나고 불길이 치솟더니, 젊은 장수가 앞장서서 말을 몰고 뛰어와 덤벼들었다.

"천수(天水)의 강유를 못 알아보느냐?"

조운은 창을 휘두르면서 맞서 싸웠다. 그러나 강유의 기세에 눌린 데다가 마준이 군사를 이끌고 되돌아왔으므로 할 수 없이 말 머리를 돌려 본진으로 돌아왔다. 보고를 들은 제갈량이 깜짝 놀라 물었다.

"나의 계략을 알아차린 놈이 도대체 누구냐?"

남안에 사는 자가 강유라고 말했다.

"어머니에게 효도가 극진하고 문무를 겸비했을 뿐만 아니라, 지혜와 용기도 뛰어난 영웅입니다."

제갈량은 대군을 이끌고 앞장서서 천수성으로 쳐들어갔다. 시간을 끌면 사기가 떨어진다고 생각한 나머지 단숨에 쳐들어갔으나, 강유가 지키고 있는 천수성을 공략하기란 여간 어려운 일이 아니었다.

강유의 전술에 깜짝 놀란 제갈량은, 천수성에서 삼십 리 떨어져서 진을 치고 촉의 군사를 세 부대로 나눠 한 부대를 진지에 남겨두고 한 부대는 천수군의 금은과 군량을 쌓아 둔 상규(上圭)를 치게 하고, 나머지 한 부대는 강유의 어머니가 살고 있는 기현(冀縣)으로 쳐들어 가게 했다. 그러자 어머니의 신변을 걱정한 강유는 급히 기현성으로 달려가 성안에 있는 어머니를 모시고 성을 굳게 지켰다.

제갈량은 남안성에서 하후무를 불러들여 강유에게 항복을 권하라고 지시했다. 하후무가 강유에게 가는 도중에 강유가 성을 비우고 항복했다는 소문이 들려왔다. 그래서 하후무는 천수성으로 가서 마준을 만나 강유가 항복했다고 말했다.

그런 후 제갈량은 기현성 아래로 군량을 실은 수레를 지나가게 했다. 마침 군량이 모자라 고민하던 강유는, 생각할 것도 없이 성문을 열고 나와 제갈량의 군량을 빼앗았다. 그러나 다시 성으로 돌아가려고 하니, 성은 이미 위연에게 점령된 후였다. 강유는 적의 포위망을 뚫고 천수성으로 도망쳤다. 하지만 강유가 이미 촉에 항복한 줄로 알고 있던 마준은 강유의 말도 들어 보지 않고 마구 화살을 쏘아 댔다. 할 수 없이 상규성으로 말을 몰았지만, 여기서도 화살이 비오듯 날아왔다.

강유는 말 머리를 돌려 장안을 향해 도망쳤다. 얼마 안 가서 촉의 장수 관흥이 앞길을 가로막았다. 강유가 오던 길로 되돌아 도망치는데, 조그마한 수레가 고갯길에 나타났다. 수레에 앉은 사람은 윤건을 쓰고 학창의를 입고 깃털 부채를 부치고 있었다. 제갈량이었다.

"아직도 항복하지 않겠느냐?"

강유는 잠시 생각에 잠겼으나, 앞에는 제갈량, 뒤에는 관흥이 버티고 있어 할 수 없이 말에서 내려 항복했다. 제갈량이 말했다.

"나는 초막을 나선 후로 널리 현자를 찾아 병법을 전하려고 했으나, 아직 사람을 만나지 못해 유감스럽게 생각해 왔네. 이제 그대를 만나 소원을 풀게 되었군."

제갈량은 강유를 데리고 진지로 돌아와 천수성과 상규성의 공략을 의논했다. 우선 강유와 친한 천수성의 두 장수에게 편지를 화살에 쏘아 보내 내통하게 했다. 두 장수는 성문을 열고 촉에 항복했다.

하후무와 마준은 깜짝 놀라 당황한 나머지 성을 버리고 부하 수백 명과 함께 강족(羌族) 땅으로 도망쳤다. 제갈량이 사자를 상규에 보내 항복을 권유하자, 태수는 드디어 무릎을 꿇었다.

촉의 건흥 5년 겨울, 천수·남안·안정의 세 고을과 기현·상규 등을 손에 넣어 명성을 천하에 떨친 제갈량은, 다시 한중의 군사를 이끌고 기산(祁山)에 진출하여 위수의 서쪽 기슭에 선봉의 진을 쳤다.

조예는 촉의 군사가 쳐들어왔다는 보고를 받고 대장군 조진을 대도독으로 임명하고, 곽회를 부도독, 왕랑을 군사(軍師)로 임명하여 이십만의 군사를 이끌고 출발하게 했다.

그러나 조진은 제갈량의 적수가 되지 못했다. 먼저 기산 앞에서 서로의 진영을 뒤로한 채 제갈량과 왕랑의 설전이 벌어졌는데, 왕랑은 제갈량의 물 흐르는 듯한 답변에 가슴이 꽉 막혀 외마디 비명과 함께 말 위에서 떨어져 죽었다. 그리고 뒤이어 조진과 곽회 역시 제갈량의 매복 작전에 걸려들어 자기편끼리 서로 싸우다가, 위연, 관흥, 장포가 세 방면으로 쳐들어오자 뿔뿔이 흩어져 달아나기에 바빴다.

크게 패한 조진은 곽회의 의견에 따라 서강국(西羌國)의 왕에게 구원을 청했다. 서강의 왕은 조조 때부터 해마다 공물을 바쳐 위와 가까이 지내온 사이였던 터라, 흔쾌히 승상 아단과 대장군 월길에게 강병(羌兵) 이십오만 명을 주어 조진을 돕도록 했다. 이때 강병에는, 철로 만든 전차(戰車)를 갖고 있어 '철거병(鐵車兵)'이라 불리는 선봉대가 있었다. 서강의 장수 월길은 강병을 이끌고 곧 서평관(西平關)을 공격했다.

제갈량은 관흥과 장포, 마대에게 정병 오만을 주어 그들과 싸우게 했다. 며칠 후, 양군이 마주쳤으나 서강의 철거병에 눌려 촉의 군사는 크게 패했다. 그러자 제갈량이 강유를 불러 물었다.

"자네는 철거병을 무찌를 수 있는가?"

"강왕은 힘만 믿을 뿐, 병법엔 무지합니다."

강유의 대답에 제갈량은 빙그레 웃었다.

강유는 날마다 군사를 이끌고 싸움을 걸었다가 철거병이 나타나면 도망쳤다. 그러나 강병은 의심스러워 뒤쫓아가지 않았다. 어느새 12월 그믐이 되어 갑자기 눈이 펑펑 쏟아졌다. 강유가 공격하자 이번에도 서강 군은 철거병을 이끌고 나왔다. 적이 진지 앞까지 쫓아왔을 때 강유는 이미 막사 뒤로 도망치고 있었다.

강병이 진지 앞에서 멈추니, 안에서 제금 소리가 났다. 수상히 여겨 살펴보았더니, 제갈량이 수레에 탄 채 제금을 켜고 있었다. 이를 본 월길이 진지로 곧장 쳐들어갔지만, 제갈량의 수레는 이미 숲 속으로 사라져 버린 후였다. 월길은 대군을 이끌고 추격했다.

산길은 눈이 온통 하얗게 뒤덮여 평탄하기만 했다. 강병은 철거병을 앞장세운 채 단숨에 돌진했다. 그러자 갑자기 산이 무너지는 듯한 큰 소리와 함께 강병은 모조리 함정에 빠지고 말았다. 그 위로 철거가 잇따라 떨어지니, 병사들은 깔려 죽기도 하고 밟혀 죽기도 했다.

후미의 강병이 뒤돌아서려고 하자, 좌우에서 관흥·장포, 배후에서 강유·마대·장익의 군사가 쳐들어왔다. 월길은 관흥의 창에 찔려 죽고, 승상 아단은 마대에게 사로잡혔다. 제갈량은 아단과 사로잡은 강병을 용서하여 모두 자기 땅으로 돌려보냈다.

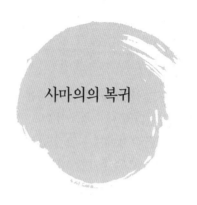

사마의의 복귀

조진의 군사는 도망치는 촉의 군사를 뒤쫓다가 복병을 만나, 선봉인 조준과 주찬 두 장수를 잃고 위수의 진지까지 빼앗기는 큰 패배를 당했다. 그러자 조진은 조정에 원군을 청했다.

잇따른 패전 소식에 크게 놀란 조예가 중신들에게 대책을 묻자, 태부 종요가 대답했다.

"제갈량을 상대하여 싸울 수 있는 장수는 사마의 한 사람뿐입니다."

조예도 그를 추방한 것을 후회하고 있던 터라, 곧 칙사를 보내 그에게 다시 평서도독(平西都督)으로 임명하여 남양의 군사를 이끌고 장안으로 출동할 것을 명령했다.

완성에서 한가로이 세월을 보내고 있던 사마의는, 위의 군사가 촉에게 잇따라 패했다는 말을 듣고 하늘을 향해 깊은 탄식을 하고 있었다. 그런데 어느 날 갑자기 칙사가 와서 천자의 어명을 전했다. 그래서 장남 사마사(司馬師), 차남 사마소(司馬昭)와 함께 완성의 군사를 이끌고 장안으로 떠나려고 하는데, 신성(新城)의 태수 맹달이 반란을 일으키려고 한다는 소식이 날아들었다.

맹달은 본래 촉의 장수로, 전에 유봉과 함께 위에 항복했을 때 조비가 크게 등용하여 신성의 태수가 되었다. 그러나 조비가 죽고 조예의 시대가 되자 타국인이란 이유로 멸시를 당했으며, 위의 장수와도 사이가 좋지 않았다. 그리하여 불평을 품고 있다가 제갈량이 위의 군사를 무찌르는 것을 보자, 신성·금성(金城)·상용의 군사를 동원하여 낙양을 공략하고 촉에 되돌아가겠다고 제갈량에게 미리 제의했던 것이다.

제갈량은 맹달의 사자를 만난 직후에 사마의가 복직했다는 소식을 들었으므로, 맹달에게 답장을 보내 사마의를 경계하라고 일렀다. 그러나 맹달은 성을 굳게 지키고 있으면 두려울 것이 없다고 생각하고는 제갈량의 충고를 귀담아듣지 않았다. 결국 맹달은 사마의와 함께 온 서황을 활로 쏘아 죽이긴 했으나 사마의의 계책에 빠져, 연합하기로 했던 신탐의 창에 죽고 말았다. 맹달의 목은 낙양에 보내져 구경거리가 되었다.

사마의는 장안에 도착하여 조예에게 전공을 보고했다. 조예는 맹달의 모반을 진압한 것을 기뻐하며 그에게 황금 도끼 한 쌍을 상으로 주고는, 즉시 촉을 쳐부수라고 명령했다. 사마의는 이십만 대군을 이끌고 장합을 선봉으로 세워 장안을 떠났다. 한편 조예는 신비(辛毗)와 손예(孫禮)에게 오만의 군사를 내주어 조진을 도우러 보냈다.

사마의는 제갈량이 반드시 사곡(斜谷)에서 출전하여 미성(郿城)을 쳐부술 것이라고 생각했다. 그리고 만일 미성을 손에 넣으면, 군사를 둘로 나누어 한 부대는 기곡(二谷)을 공략할 것으로 내다보았다. 그리하여 사마의는 조진에게 미성을 굳게 지켜 적이 쳐들어와도 상대하지 말라고 지시하고, 손예와 신비에게는 기곡의 입구를 막고 적이 쳐들어오면 기습 부대를 보내서 싸우라고 명령했다.

진령(秦嶺)의 서쪽에 길이 하나 통해 있고, 가정(街亭)이라는 곳이 있었는데, 그 옆에 열류성(列柳城)이 있었다. 이 두 곳은 한중으로 통하는 제일 관문이었다. 사마의는 먼저 그곳을 공격하려고, 장합을 선봉으로 보냈다.

제갈량이 기산의 진지에 있을 때, 신성에서 정탐꾼이 돌아와 보고하기를, 맹달은 죽고 사마의가 군사를 이끌고 장안을 떠났다고 했다.

"사마의가 장안을 떠났다면, 반드시 가정을 빼앗아 우리의 숨통을 조이려고 할 것이다. 누구 나서서 가정을 지키겠는가?"

"제가 가겠습니다."

참군 마속이었다.

"가정은 작은 곳이지만 대단히 중요한 곳이다. 만일 가정이 함락되면 우리 대군도 다 무너지고 만다. 그대가 병법에 밝다고는 하나, 그곳에는 성도 없고 요해도 없어 지키기가 여간 어렵지 않을 것이네."

"어려서부터 병서를 읽어 병법을 조금은 알고 있습니다. 가정 하나쯤 지키지 못한대서야 말이 됩니까?"

"사마의는 보통 장수가 아니요 선봉인 장합 또한 위의 명장이네. 그대가 상대하기엔 너무 벅찰 걸세."

"사마의와 장합은 물론이고, 조예 자신이 쳐들어와도 두려울 것이 없습니다. 만일 제가 실패하면, 제 일족의 목을 모조리 베십시오."

"군율에는 농담이 있을 수 없다."

마속이 군령장까지 써서 바치며 거듭 출전을 주장하자, 제갈량은 이만오천의 정병을 내주며 모든 일에 신중한 왕평을 부장으로 딸려 보냈다.

두 사람이 떠난 후에도 불안함을 떨치지 못한 제갈량은 고상을 불러 열류성에 주둔했다가 가정이 위태로우면 구원하러 가라고 명령하고는, 다시 위연을 불러 가정의 후방에 주둔했다가 적이 쳐들어오면 맞서 싸우라고 명령했다. 그리고 조운과 등지에게는 기곡으로 가서 의병의 작전을 쓰라고 명령한 후에, 제갈량 자신은 강유를 선봉으로 내세워 미성을 함락시키기 위해 사곡으로 쳐들어갔다.

한편 마속과 왕평은 가정에 도착하자 지세를 살폈다. 그러더니 마속이 웃으며 말했다.

"승상의 세심함이 지나치지 않은가? 이런 산골짜기로 어떻게 위의 대군이 쳐들어온다는 건지……."

왕평이 말했다.

"설사 위의 군사가 오지 못하더라도 이 길가에 진을 치고, 군사들에게 나무를 잘라 울타리를 만들게 하고 지구전의 준비를 합시다."

"길가에 진을 쳐서는 안 되네. 이 근처의 산은 사방이 모두 낭떠러지인데다가 나무가 울창해, 그야말로 하늘이 준 요해일세. 저 산 위에 진을 쳐야 하네."

마속이 끝내 산 위에 진을 치려고 하자 왕평은 오천의 군사를 나누어 거느리고 산에서 십 리 서쪽으로 떨어져서 진을 친 뒤, 도면을 그려 제갈량에게 보냈다.

한편, 사마의는 촉의 동정을 탐지하게 했는데, 정찰을 하고 돌아온 사마소로부터 적이 산꼭대기에 진을 치고 있다는 보고를 받고 기뻐했다.

"하늘이 나를 돕는구나."

이튿날 새벽녘에 장합이 먼저 촉의 배후에서 왕평의 군사와 겨루다가 병사들로 하여금 도망치게 했다. 그리고 사마의 자신은 대군을 이끌고 진격하여 마속이 있는 산을 에워쌌다.

촉의 군사는 이것을 보고 겁에 질려 감히 싸울 생각을 못 했다. 화가 난 마속이 두 부장의 목을 베며 독려하자, 군사들은 마지못해 산에서 내려와 위의 진지로 쳐들어갔으나 곧 도망쳐 왔다. 산 위에는 먹을 물이 없어 군사들은 식사도 하지 못하게 되었다. 진지는 혼란에 빠졌고, 병사들은 산에서 내려와 위의 군사에게 항복하기 시작했다. 사마의는 산기슭에다 불을 질렀다. 그러자 산 위의 촉의 군사들은 더욱 혼란에 빠졌다.

마속은 도저히 견딜 수 없어 남은 군사를 이끌고 산에서 내려왔다. 위의 군사가 뒤쫓아 왔으나, 도우러 온 위연과 왕평의 도움으로 간신히 도망칠 수 있었다.

한중에 돌아온 제갈량은 한 발 늦게 돌아온 왕평으로부터 가정을 빼앗긴 경위에 대해 자세히 듣고는, 마속을 막사로 불러들였다. 마속은 스스로 자신을 밧줄로 묶고 제갈량 앞에 무릎을 꿇었다. 제갈량은 얼굴빛을 바꾸고 말했다.

"네게 가정이 얼마나 중요한 곳인지 거듭 당부해 두지 않았더냐. 네가 만일 왕평의 말만 들었더라도 이런 꼴은 당하지 않았을 것이다. 싸움에 지고 땅도 잃고 성을 빼앗긴 것은 모두가 너의 잘못으로, 군율에 따라 처벌하지 않는다면 기강이 잡히지 않는다. 군율에 따라 참할 테니 나를 원망하지 마라. 네 가족들은 내가 보살펴 줄 테니 걱정할 것 없다."

제갈량이 마속의 목을 베라고 명령하자, 마속은 눈물을 흘리며 말했다.

"승상께서는 저를 자식처럼 여기시고, 저도 승상을 아버지처럼 받들었습니다. 죽을죄를 지었으니 풀려날 길이 없지만, 제 자식 놈만은 잘 부탁드립니다."

제갈량은 눈물을 감추며 말했다.

"나와 너는 형제나 마찬가지니, 너의 자식은 내 자식과 다를 것이 없다. 더 이상 여러 말 마라."

좌우의 무사가 마속을 진지 밖으로 끌어내어 목을 베려고 하는데, 참군(參軍)인 장완이 성도에서 도착하여 깜짝 놀라 말했다.

"천하가 아직 평정되지 않았는데 지모가 뛰어난 장수를 죽이는 것은 아까운 일이 아닙니까?"

그러자 제갈량이 울먹이면서 대답했다.

"옛날 손무(孫武)가 승리를 거두게 된 것은, 군율을 엄중히 지켰기 때문이다. 사방에서 나라와 나라가 싸우고 있는 이때 만일 법을 소홀히 한다면, 어찌 역적을 무찌를 수 있겠는가?"

이윽고 마속의 목을 베어 머리를 가져왔다. 제갈량은 울고 또 울었다. 옆에 있는 사람들도 모두 울었다. 마속의 나이 서른아홉, 건흥 6년 5월의 일이었다.

제갈량은 마속의 장례를 지내고 유족을 잘 보살폈다. 그리고 황제에게 상주문을 올려, 패전의 책임을 지고 스스로 승상의 자리에서 물러났다. 이후 그는 한중에서 병사들을 훈련하고 군량을 비축하는 등, 다음 싸움을 대비하며 하루하루를 보냈다.

위와 촉의 대결

한편, 위제 조예는 양주의 대도독 조휴에게 명하여 오를 치라고 했다. 그런데 그때 오의 파양 태수 주방(周邦)이 거짓으로 위에 항복하여, 오를 무찌를 방법이 있으니 빨리 군사를 이끌고 쳐들어오라고 했다. 이 소식이 조예에게 알려지자, 가규(賈逵)가 말했다.

"우리를 꾀어내려는 적의 계략이 아닐까요?"

그러나 사마의는 그것도 조심해야 하지만 이 기회를 놓쳐서는 안 된다고 하면서, 조휴를 돕기 위해 가규와 함께 군사를 몰고 쳐들어갔다.

위의 군사가 삼면으로 쳐들어온다는 보고를 받은 오의 손권은, 육손을 대장군으로 임명하고는 주환(朱桓)과 전종(全琮) 두 장군과 함께 위의 군사를 막으라고 명령했다.

조휴가 환성(皖城)에 도착하자, 주방이 마중을 나왔다. 조휴가 거짓으로 항복하는 것이 아닌가 하고 묻자, 주방은 자기의 머리카락을 칼로 베어 그 증거로 내보였다. 조휴는 완전히 믿었으나 가규가 여전히 주방을 의심하자, 조휴는 화를 내며 가규의 군사 지휘권을 빼앗아 버렸다.

주방이 보낸 밀사에게서 이 말을 전해 들은 육손은, 석정에 진을 치고 복병을 숨겨 위의 군사가 나타나기를 기다렸다. 주방이 조휴의 군사를 안내했다. 석정까지 유인한 후 뒤늦게 조휴가 낌새를 알아차렸을 땐, 주방은 이미 자취를 감춘 후였다.

육손은 주환과 전종에게 서성을 선봉으로 삼아 조휴의 진지 후방을 공격하게 했다. 조휴의 군사는 큰 혼란에 빠져 자기들끼리 난투전을 시작하여 어떤 자는 항복하고, 어떤 자는 무기를 버리고 도망쳤다. 조휴도 말을 몰아 도망치다가, 도중에 가규의 도움으로 간신히 목숨을 건지게 되었다.

사마의도 조휴가 패했다는 소식을 전해 듣고 군사를 일단 후퇴시켰다. 조휴는 기가 꺾인 채 낙양으로 돌아왔으나, 등에 난 종기가 원인이 되어 결국 숨을 거두고 말았다.

손권은 수도에 개선한 육손과 주방 등을 맞아들여 큰 잔치를 베풀어 승리를 축하하고, 촉에 사신을 보내 위가 패한 이때에 쳐들어가도록 재촉했다.

한중에 있던 제갈량은 이미 준비를 갖추고 있었으므로, 이 소식을 성도로부터 받자 곧 장수들을 모아 출전을 의논했다. 이때 조운의 두 아들이 와서 아버지가 병으로 세상을 떠났다고 알렸다. 제갈량은 몹시 슬퍼했다.

"자룡이 세상을 떠났으니, 나라의 기둥 하나를 잃었음이요 나의 한쪽 팔이 떨어져 나간 셈이다."

조운이 죽었다는 소식이 성도에 알려지자, 유선도 소리 내어 울었다.

"만일 자룡이 없었더라면, 짐은 어렸을 때 전란 속에서 죽었을 것이다."

제갈량은 그의 장례를 극진히 지내게 했다.

위나라로 출전하는 것은 신중해야 한다고 주장하는 장수들이 많았으나, 제갈량은 유선에게 출전의 상주문를 올리고는, 다시 삼십만의 정병을 이끌고 위연을 선봉으로 내세워 진창으로 떠났다.

진창에는 위의 장군 학소가 성을 쌓아 굳게 지키고 있어, 위연이 성을 포위하고 공격했으나 좀처럼 함락되지 않았다. 학소와 동향인 촉의 신하를 시켜 두 차례나 가서 항복을 권했으나, 학소는 받아들이지 않고 그들을 쫓아 버렸다.

화가 난 제갈량은 긴 사다리 백 대를 조립하여 사방에서 쳐들어가게 했다. 망루 위에서 이것을 본 학소는 삼천 명의 군사를 동원하여 사방에서 일제히 불화살을 쏘아 댔다. 그러자 사다리는 금세 불이 붙어 올라탄 군사들이 많이 타 죽었다.

제갈량은 다시 '충차(衝車)'를 밀고 나갔다. 이것은 전차(戰車)의 일종으로, 수레의 끌채 끝에 커다란 쇠붙이를 달고 성이나 보루를 파괴하는 데 쓰였다. 학소는 급히 큰 돌덩이를 던지게 하여 충차를 모두 파괴했다.

그러자 제갈량은 삼천의 군사를 동원하여 흙을 운반해서 성의 도랑을 메우고, 그날 밤으로 땅굴을 파서 성 밑으로 뚫고 들어가게 했다. 학소는 성안에서 도랑을 파 적의 땅굴을 도중에 차단했다.

이윽고 위의 선봉장 왕쌍(王雙)이 원군(援軍)을 이끌고 성에 도착했다. 제갈량은 두 부장(副將)에게 각각 삼천의 군사를 내주고 맞서 싸우게 했으나, 부장들은 금세 왕쌍의 칼을 맞고 쓰러졌다. 그러자 이번에는 오화·왕평·장의에게 나가 맞서 싸울 것을 명령했다. 장의가 출전하자 왕쌍은 패한 체하고 도망쳤다. 장의가 뒤쫓아가자, 왕평이 말렸다.

"추격을 멈춰라!"

장의가 말 머리를 돌리려고 하자, 왕쌍의 유성추(流星鎚)가 날아와 등에 꽂혔다. 제갈량이 강유를 불러 물었다.

"진창의 길은 지나가기 어려우니, 달리 방법이 없을까?"

강유가 대답했다.

"진창성은 견고한데다가 학소가 굳게 지키고 있고, 또한 왕쌍의 원군까지 왔으니 쉽사리 쳐부수기 어렵습니다. 산골짜기와 가정의 요로(要路)를 지키는 한편, 샛길로 나와 대군으로 기산을 습격하는 것이 좋을 줄 압니다."

제갈량이 이에 동의하여 왕평과 이회(李恢)에게 가정의 길목을 지키게 하고 위연에게 진창의 입구를 지키도록 지시한 다음, 마대를 선봉장으로 내세우고 관흥과 장포에게 그 앞뒤를 살피게 하면서 기산으로 떠났다.

한편, 조진은 왕쌍이 적의 장수를 무찌른 소식을 듣고 기뻐했으나, 그때 심복 부하가 밀서를 가지고 왔다. 그것은 강유의 밀서로 전에는 실수하여 제갈량의 계략에 빠져 할 수 없이 항복했으나, 나라에 사죄하고 죗값을 갚기 위해 제갈량을 사로잡으려고 한다는 내용이 씌어 있었다.

비요(費耀)가 그것은 제갈량의 지시일지도 모른다고 의심하자, 조진은 그의 의견을 받아들여 비요에게 오만의 군사를 이끌고 야곡으로 떠나게 했다. 이윽고 비요의 군사와 촉의 군사가 마주쳤으나, 비요가 전진하면 촉의 군사는 퇴각했다. 그리고 군사를 물리면 다시 몰려왔고, 맞서 싸우려 하면 또다시 도망쳤다. 이런 상황이 밤낮없이 되풀이되니, 위의 군사는 쉴 새가 없었다.

겨우 진지를 정돈하고 식사 준비를 하고 있을 때, 갑자기 함성이 일어나고 뿔피리와 북이 울리더니 촉의 군사가 산과 들에 까맣게 퍼져 쳐들어왔다. 바라보니, 사륜거(四輪車) 위에 제갈량이 앉아 있었다. 그런데 그가 가볍게 깃털 부채를 부치자, 마대와 장의의 군사가 좌우에서 뛰쳐나왔다.

위의 군사가 약간 후퇴하자, 곧 촉의 군사 후방에서 불길이 치솟았다. 비요는 신호의 불길이라고 생각하고 곧 되돌아와 쳐들어가니, 촉의 군사는 일제히 도망쳤다. 비요가 앞장서서 뒤쫓아가니, 뿔피리 소리와 북소리와 함께 함성이 들리고 관흥과 장포가 좌우에서 덤벼들었다.

계략에 걸렸다는 것을 알아차린 비요는 급히 산골짜기로 도망쳤다. 그런데 겨우 고개까지 도망쳤을 때 강유의 군사가 불쑥 나타났다. 비요는 앞뒤에서 협공을 당하자 자기 스스로 목숨을 끊었다. 제갈량은 그 사이 밤새 길을 재촉하여 기산 기슭까지 가서 진을 쳤다.

조예는 사마의를 불러 촉의 군사를 물리칠 방책을 물었다. 사마의는 촉의 군량이 겨우 한 달 치밖에 없으므로 반드시 얼마 못 가서 물러갈 터이니, 진지를 굳게 지켜 오래 버티는 것이 상책이라고 말했다.

제갈량은 적이 진지를 굳게 지키고 도전에 응하지 않는 것을 보고는, 적의 작전을 거꾸로 이용했다. 즉 적의 군량을 빼앗으려 하는 듯이 가장하고 본진에 쳐들어온 위의 군사를 안팎에서 협공하여, 적의 진지가 비었을 때 점령해 버렸다. 위의 군사가 크게 패하자, 조진은 더욱 수비를 견고히 했다.

군량이 모자랐던 제갈량은 그 사이 한중으로 군사를 철수시켰다.

이때 진창에 있던 위의 왕쌍이 추격하려고 했으나, 제갈량으로부터 작전 지휘를 받은 위연이 왕쌍의 목을 단칼에 베어 버렸다. 조진은 왕쌍이 죽었다는 소식을 듣고 비통한 나머지 병이 들어 낙양으로 돌아갔다.

이 무렵, 오에서는 손권이 장소를 비롯하여 문무백관의 추대로 제위에 올랐다. 4월 병인(丙寅)날을 택하여 무창의 남쪽 교외에 단을 쌓고 손권이 이 단에 올라가 제위에 오르고 오의 전국에 대사령(大赦令)을 내린 다음, 황무 8년(229년)을 황룡(黃龍) 원년으로 고쳤다.

그는 아버지 손견에게 무열황제(武烈皇帝), 어머니 오 씨에게는 무열황후, 형 손책에게 장사 환왕(長沙桓王)이라는 시호를 올리고 아들 손등(孫登)을 황태자로 세우는 한편, 제갈근의 장남 제갈각(諸葛恪)을 태자좌보(太子左輔), 장소의 차남 장휴를 태자우필(太子右弼)에 임명했다. 그리고 고옹을 승상, 육손을 상장군(上將軍)으로 임명하여 함께 태좌를 보좌하여 무창을 지키게 하고, 손권 자신은 건업으로 돌아왔다. 그는 촉과 화해를 맺고 기회를 보아 위를 치기로 했다.

제갈량은 오와 동맹을 맺고 위의 동태를 탐지하고 있다가 진창성의 학소가 중병으로 누워 있다는 말을 듣고는 급히 쳐들어가서, 적에게 방비를 튼튼히 할 기회를 주지 않고 성을 빼앗아 버렸다. 학소는 그 소란통에 혼비백산하여 죽어 버렸다. 제갈량은 그 길로 산관을 습격하여 점령하고는, 대군을 이끌고 기산으로 돌아왔다.

제갈량은 위의 군사력을 분산시키기 위해 한수 지역과 경계가 잇닿은 음평과 무도를 공격했다.

위의 황제 조예는, 오와 촉이 동맹을 맺어 동서로 위기가 닥치게 되자 불안하기 이를 데 없었다. 게다가 조진은 아직 병이 낫지 않았으므로 사마의를 불러 의논하니, 사마의가 말했다.

"오의 군사는 훈련을 하고 있지만 우리와 촉과의 승부를 지켜볼 뿐, 실제로 군사를 움직이지는 않을 것입니다. 촉은 출전하여 중원을 손에 넣으려고 합니다. 그러므로 오보다는 촉에 대한 대비가 있어야 합니다."

조예는 사마의의 침착한 판단을 믿음직스럽게 여겨 그를 대도독으로 임명하고, 조진에게 맡긴 총대장의 인장을 그에게 넘겨주게 했다.

건흥 7년(229년) 4월, 제갈량은 기산에서 위의 군사를 기다리고 있었다.

사마의는 장합을 선봉으로, 대릉(戴凌)을 부장으로 임명하여 십만의 군사를 이끌고 기산 아래 위수의 남쪽에 진을 쳤다. 그리고 곽회와 손례에게 명하여 무도, 음평 두 고을로 구원병을 보냈으나, 그곳은 이미 촉의 손에 들어가 있었고 곽회, 손례 두 장수는 산을 넘어 간신히 도망쳤다.

제갈량이 크게 승리를 거두어 수많은 무기와 군마를 얻어 가지고 군사를 이끌고 진지로 돌아오니, 비위가 칙사로 와서 제갈량이 다시 승상으로 복직되었다는 칙서를 전했다. 건흥 7년 6월의 일이었다.

제갈량은 사마의가 나와 싸우지 않자 작전을 다시 세우고, 여러 장수들을 모아 각자의 진지에서 후퇴하도록 명령했다. 첩자로부터 이 소식을 전해 들은 사마의는 말했다.

"제갈량에게는 필시 계략이 있을 것이다. 섣불리 쫓아가서 공격해서는 안 된다."

그러나 장합은 다른 주장을 했다.

"그들은 군량이 부족해 한중으로 물러가는 것이 분명합니다. 어찌하여 이럴 때 추격하지 않습니까?"

사마의가 첩자를 보낸 형편을 탐지하니, 제갈량이 삼십 리를 후퇴하여 진을 쳤다는 것이었다. 사마의는 그래도 진지를 굳게 지키고 함부로 나가 싸워서는 안 된다고 당부했다. 열흘이 지나도 촉에서 쳐들어오지 않고 별 소식이 없으므로 다시 형편을 살피게 하니, 촉의 군사는 다시 삼십 리를 후퇴하여 진을 치고 있다는 것이었다. 사마의는 장합에게 말했다.

"저건 제갈량의 계략이 분명하오. 함부로 쫓아가 공격해서는 안 되오."

다시 열흘이 지나자 촉의 군사는 또 삼십 리를 후퇴하여 진을 쳤다. 장합이 말했다.

"지금 만일 쫓아가 공격하지 않는다면, 우리는 천하의 웃음거리가 될 것입니다."

사마의는 그래도 의심했다. 그러나 장합이 강력히 추격을 주장하므로 군사를 양분하여 장합에게 삼만을 이끌고 앞서게 하고, 자신은 뒤에서 군사 오천을 거느리고 따라 나섰다. 제갈량은 산기슭과 산 위에 복병을 배치하고 장수들에게 각각 임무를 맡겨 힘껏 싸우도록 지시했다.

이윽고 장합이 이끄는 위의 선봉이 쳐들어오자, 촉의 군사는 맞서 싸우다가 도망쳤다. 때마침 6월의 뜨거운 햇볕이 쨍쨍 내리쬐었기 때문에 추격하던 위의 병사들이 땀을 뻘뻘 흘리며 헐떡거리고 있을 때에 촉의 복병이 뛰쳐나왔다. 그러나 사마의도 복병에 대비하고 있었으므로, 거꾸로 복병을 앞뒤에서 에워쌌다. 그러자 촉의 복병은 미리 제갈량이 지시한 대로 두 갈래로 갈라져서 앞뒤의 적과 맞서 싸웠다.

이처럼 양군이 필사적으로 싸우는 동안, 산 위에 있던 촉의 또 다른 복병이 사마의의 본진으로 쳐들어갔다. 그러자 사마의는 당황하여 곧 대군을 후퇴시켰다. 위의 군사들은 혼란에 빠져 대열이 흐트러졌다. 그때 촉의 군사가 일제히 공격해 왔으므로, 위의 군사는 크게 패했다.

제갈량이 승리를 거두고 진지에 돌아왔다가 다시 진격하려고 하는데, 성도에서 사자가 와서 장포가 파상풍(破傷風)으로 죽었다고 알려왔다. 제갈량은 이 말을 듣고 통곡하다가 피를 토하고 그 자리에 쓰러졌다. 제갈량은 장수들의 부축을 받아 정신을 되찾았으나, 병상에 누워 일어나지 못했다. 십여 일이 지나도 군무(軍務)를 볼 수 없었으므로, 한동안 성도에 돌아가 휴양하기로 하고 대군을 한중으로 철수시켰다.

건흥 8년(230년) 7월, 위의 도독 조진은 병이 완쾌되자 지금이야말로 촉을 정벌할 때라고 황제 조예에게 상주문을 올렸다. 조예는 조진을 대사마 정서대도독(征西大都督)으로, 형주에서 불러들인 사마의를 대장군 정서부도독으로, 생각이 깊은 시중 유엽을 군사로 임명하고 사십만의 대군을 맡겼다. 세 장군은 한중을 빼앗기 위해 검각(劍閣)을 향해 진군했다.

그때 제갈량은 이미 병이 완쾌되어, 날마다 병마를 훈련하여 팔진법(八陣法)을 가르쳐 충분히 몸에 배게 했다. 그는 왕평과 장의에게 천의 군사를 이끌고 진창으로 먼저 떠나게 하고, 자신은 대군을 이끌고 한중으로 떠나면서, '이 달에는 비가 많이 올 터이니 장마에 대비하라.'고 일렀다.

조진과 사마의는 대군을 이끌고 진창성으로 들어갔는데, 이윽고 장대 같은 비가 쏟아지기 시작했다. 성안의 평지 대부분이 물에 잠기고 군사들은 잠도 제대로 자지 못했다. 비는 한 달을 줄곧 퍼부었다. 말은 먹이가 없어 굶어 죽고, 군사들도 먹을 것이 모자라 원망의 소리가 그치지 않았다. 군사들이 사기를 잃었으므로, 위의 군사는 철수하지 않을 수 없었다.

그 모습을 본 제갈량이 장수들에게 말했다.

"저들을 쫓아가 공격해서는 안 되오. 뒤쫓아 갔다간 사마의의 함정에 빠지게 될 것이오. 그보다는 사곡에서 나와 기산을 점령하여, 적에게 방비할 틈을 주지 말아야 하오. 기산이야말로 장안의 목으로, 동서의 여러 고을에서 위의 군사가 수도에 모이려면 반드시 이곳을 지나야 하오. 게다가 앞에는 위수, 뒤에는 사곡이 있어 군사를 숨기기에 편하고, 적을 제압하는 데 가장 좋은 지형을 갖고 있소. 먼저 이곳을 점령하여 지세의 이득을 보려는 게요."

제갈량은 대군을 이끌고 출발하며 위연·진식 등은 기곡에서 출발하고, 마대·왕평 등은 사곡에서 출발하여 기산에서 합세하도록 지시했다.

한편, 위에서는 조진은 적이 뒤쫓아 오지 않을 것이라고 말하고, 사마의는 뒤쫓아 올 것이라고 주장하더니, 드디어 내기를 하기로 하고 군사를 두 갈래로 나눠 조진은 기산의 서쪽 사곡의 입구에 진을 치고, 사마의는 기산의 동쪽 기곡의 입구에 진을 쳤다.

기곡에서 진군한 진식과 위연은 적의 복병을 조심하라는 제갈량의 지시를 듣지 않고 진군했기 때문에 사마의의 복병에게 포위되었다. 위연이 진식을 구출하여 간신히 도망쳤으나, 사천여 명의 기병을 잃고 말았다.

제갈량은 사마의가 기곡의 입구를 지키고 조진이 사곡의 입구를 지키고 있는 것을 간파하고, 군사를 둘로 나누어 각각 산을 넘어 적의 진지의 배후를 습격하게 했다. 그러자 위의 군사는 뜻밖의 기습을 받고 크게 패하여 도망쳤다. 조진은 사마의에 의해 위기에서 구출되었으나, 창피한 나머지 병들어 자리에 눕게 되었다.

제갈량은 일제히 군사를 몰아 네 차례나 기산으로 쳐들어갔다. 제갈량은 군사들을 위로하는 한편, 군령을 어긴 진식을 끌어내어 목을 베게 했다. 제갈량은 조진이 병상에 누워 진중에서 치료를 받고 있다는 말을 듣고는 말했다.

"만일 병이 가벼우면 장안으로 돌아갈 터인데, 위의 군사가 물러가지 않는 것을 보니 병이 중한 모양이다."

그는 항복한 군사 천여 명을 돌려보내며, 그중의 한 사람에게 편지를 주어 조진에게 전하게 했다.

조진이 그 편지를 펴 보니, 자신을 조롱하는 말로 가득했다. 조진은 편지를 다 읽고 나서 분통이 터져 그날 저녁에 진중에서 죽고 말았다. 사마의는 원수를 갚기 위해 제갈량에게 싸움을 걸어 왔다.

이튿날 위수의 기슭에서 사마의와 제갈량은 마주 서서 서로 상대방을 비난하고는 싸움을 시작했다. 사마의가 누런 깃발을 한 번 흔들자 좌우의 양군이 이동하여 진지를 정돈했다. '혼원일기(混元一氣)의 진(陳)'이었다. 이번에는 제갈량이 깃털 부채를 한 번 부치자 병사들이 다시 진지를 정돈했다. '팔괘(八卦)의 진'이었다. 사마의는 부장에게 팔문 중에서 세 생문(生門)으로 쳐들어가라고 지시하고 일제히 덤벼들었으나, 진지는 견고한 성벽처럼 끄덕도 없었다. 위의 군사는 방향을 알 수 없어 닥치는 대로 돌진하다가 촉의 군사에게 사로잡히고 말았다.

제갈량이 그 포로를 석방하자 사마의는 모욕을 당한 것이 분해 다시 대군을 이끌고 맹렬한 기세로 쳐들어왔다. 그러나 촉의 복병이 여기저기서 뛰쳐나와 삼면에서 공격했으므로, 사마의는 허겁지겁 군사를 이끌고 도망쳐서 위수의 남쪽 기슭에 진을 치고 굳게 지켰다. 제갈량은 승리한 군사를 거느리고 기산의 진지로 돌아왔다.

이때 영안성(永安城)의 이엄이 군량을 보내왔다. 그런데 군량을 운반하는 구안(苟安)이 임무를 게을리 한 나머지 기일보다 열흘이나 늦었다.

"승상께서 위의 군사와 싸우는 중이었으므로, 혹시 군량을 적에게 빼앗길까 봐 기일을 늦추었습니다."

이에 제갈량은 크게 화를 냈다.

"진중에서 군량은 무엇보다도 중요한 것이다. 그리고 사흘도 늦으면 도형(徒刑), 닷새가 늦으면 극형에 처하거늘, 열흘이나 늦고서도 무슨 잔말이냐?"

즉시 구안의 목을 베게 했으나 장사(長史)인 양의(楊儀)가 말했다.

"구안은 이엄이 가장 신임하는 부하로, 이자를 죽이면 서천에서 군량을 운반할 자가 없게 됩니다."

결국 제갈량은 곤장 팔십 대를 때린 후 풀어 주었다. 구안은 이것이 한이 되어 위의 진지로 도망쳐서 항복했다. 사마의는 구안에게 도성에 돌아가 유언을 퍼뜨리도록 했다.

이윽고 성도 중신들의 귀에 '제갈량이 자기 공로를 내세워 때가 되면 제위에 오르려 한다.'는 말이 들려왔다. 황제도 그 소문을 듣고 '승상과 의논해야 할 비밀 이야기가 있다.'는 이유로 제갈량에게 수도로 군사를 철수시키라고 명령했다.

진중에서 위의 군사를 무찌를 작전을 세우고 있던 제갈량은 생각했다.

'폐하는 춘추가 너무 어리다. 위를 무찌를 절호의 기회가 눈앞에 다가왔는데 수도에 돌아오라니, 무슨 까닭일까?'

하지만 천자의 명령이라 따르지 않을 수 없었다.

"그러나 만일 대군이 갑자기 철수하면 사마의는 반드시 뒤쫓아 쳐들어올 것입니다. 어떻게 하면 좋을까요?"

강유가 묻자, 제갈량이 대답했다.

"오늘 이 진지에서 차례로 철수하는데, 진중에 군사가 천 명 있으면 아궁이를 이천 개 만들고 내일은 삼천 개를, 모레는 사천 개를 만들어, 날마다 군사가 줄어갈수록 아궁이의 수를 늘려가시오."

옛날에 손빈(孫臏)이라는 병법가가 첫날에는 아궁이를 십만 명분을 만들게 하고, 다음 날에는 오만 명분을 만들게 하고 그 다음 날에는 삼만 명분을 만들게 하여 그 수를 점점 줄여 도망자가 많이 생긴 것처럼 적의 눈을 속여, 적을 계략에 걸려들게 했다는 이야기가 있었다. 제갈량은 '아궁이 수를 줄이는 병법'을 거꾸로 이용한 것이다.

과연 사마의는 날마다 진지의 아궁이 수가 늘어나는 것을 보고 의심을 품고 추격을 중지했다. 그리하여 제갈량은 군사를 무사히 성도에 철수시켰다. 속아 넘어간 사마의는 하늘을 우러러 탄식했다.

"공명의 지혜는 당할 수가 없군."

성도에 돌아온 제갈량은 유언을 퍼뜨린 신하들을 죽이거나 추방했으나, 구안은 이미 위로 도망친 뒤였다.

제갈량은 다시 한중으로 돌아왔다. 자주 출전하여 군사들이 지쳐 있고 군량도 부족했으므로, 군사를 양분하여 백 일마다 교대시켜 지구책(持久策)을 강구하기로 했다.

이윽고 건흥 9년(231년) 2월 상순, 제갈량은 총병력의 절반을 이끌고 위의 정복에 나섰다. 위의 태화 5년의 일이었다.

이때 사마의는 곽회에게 농서의 여러 고을을 지키게 하는 한편,

장합을 선봉으로 하여 몸소 대군을 이끌고 위수의 기슭에 진군했으나, 이때 제갈량이 이끄는 촉의 군사는 벌써 기산에 진출에 있었다. 기산은 다섯 번째의 진출이었다.

제갈량의 진중에는 군량이 모자랐다. 그리하여 이엄에게 군량을 보내라고 독촉했으나, 어찌 된 일인지 소식이 없었다. 제갈량은 농서에 보리가 익을 무렵인 것을 알고, 몰래 군사를 보내 베어 오게 하려고 했다. 그런데 이것을 미리 예측한 사마의가 보리를 베어 가지 못하도록 지키고 있었다.

제갈량은 하나의 계략을 생각해 냈다. 그는 평소에 타고 다니던 사륜거(四輪車)와 똑같은 수레를 세 대 꺼내 오게 한 후, 강유·마대·위연에게 각각 군사를 맡기고 계략을 지시했다. 제갈량은 커다란 관을 쓰고 흰 도포를 입고 깃털 부채를 손에 든 채 사륜거에 단정히 앉아서, 건장한 이십사 명의 군사에게는 머리를 산발하게 하고 검은 옷을 걸치게 했으며 한 손에 칼을 들게 하여 좌우에 거느리고, 앞에는 검은 깃발을 든 천신과 같은 모습을 한 사람을 앞세우고 위의 군사를 향해 나아갔다.

이것을 본 사마의가 이천의 군사에게 명령했다.

"수레째 사로잡아라!"

제갈량은 그것을 보자 수레를 돌려 유유히 나아갔다. 위의 군사는 말을 몰아 뒤쫓아 갔다. 그러나 갑자기 이상한 바람이 불어 닥치고 짙은 안개가 끼어 오십 리가량 쫓아갔으나 따라잡을 수가 없었다. 위의 군사가 멈춰 서서 망설이자, 제갈량은 수레를 되돌려 위의 군사를 향해 멈춰 섰다. 다시 말을 몰아 쫓아가려고 하면 제갈량은 수레를 돌려 천천히 사라졌다. 사마의는 뒤쫓아 가려는 부하를 말렸다.

"제갈량은 이상한 술법을 쓰고 있다. 그거야말로 축지법(縮地法)이다. 뒤쫓아 가서는 안 된다."

사마의가 군사를 정지시키고 철수하려고 할 때, 왼쪽에서 북소리가 들리면서 한 떼의 군사가 뛰쳐나왔다. 자세히 보니 이십사 명이 한 손에 칼을 들고 머리를 산발한 채 검은 옷과 맨발 차림으로 사륜거를 밀고 나타났다. 수레에는 관을 쓰고 학창의를 입은 제갈량이 부채를 손에 든 채 단정히 앉아 있었다.

'방금 쫓아간 수레에도 제갈량이 앉아 있었는데, 여기에도 제갈량이 있나?' 하고 이상하게 생각하고 있는데, 오른쪽에서도 북소리가 울리며 한 떼의 군사가 뛰쳐나왔다. 그 가운데의 사륜거에 제갈량이 앉고, 좌우에 이십사 명의 군사가 검은 옷과 맨발에 머리를 산발하고 제갈량을 에워싸고 있었다.

"이것은 신병(神兵)이 틀림없다."

사마의가 이렇게 말하자, 군사들은 겁이 나서 뿔뿔이 흩어져 도망쳤다. 도망치는 도중에 또 갑자기 북소리가 울리며 또다시 사륜거에 제갈량이 단정히 앉아 검은 옷과 맨발에 머리를 산발한 병사들의 호위를 받으며 나타났다.

위의 병사들은 모두 혼비백산하고, 사마의도 인간인지 도깨비인지 알 수 없어 무서워 벌벌 떨면서 상규성으로 도망쳤다. 제갈량은 그 사이에 삼만의 정병에게 보리를 베게 하고 곳간에 운반하여 햇볕에 말렸다.

사마의는 곽회와 함께 밤에 곳간을 습격했다. 제갈량이 이것을 예상하고 성 밖의 보리밭에 복병을 숨겨두었으므로, 위의 군사는 크게 패했다. 그러나 곽회는 다시 서량의 군사를 이끌고 검각을 습격하려고 했다.

촉에서는 백 일 교대의 기한이 다가와 군사들은 귀향을 고대하고 있었다. 나라의 정세가 긴박하니 교대를 잠시 연기하는 것이 어떻겠느냐는 의견도 있었으나, 제갈량이 말했다.

"그건 안 된다. 나는 군사를 움직일 때 신의를 가장 중히 여긴다."

이 말을 듣고 감탄한 군사들은 저마다 귀향을 원치 않고 싸움터에 나서겠다고 했다. 이윽고 서량의 군사가 오랜 행군에 피로하여 잠시 쉬려고 할 때, 촉의 군사가 일제히 공격을 가하자 서량의 군사는 견디지 못하고 도망쳐 버렸다.

승리한 제갈량이 성안에서 군사들의 노고를 위로하고 있을 때, 영안성의 이엄이 보낸 사자가 말을 몰아 달려왔다. 오와 위가 화해하여 손을 잡았으며, 오가 아직 군사를 일으키지는 않았지만 방심하지 말고 대비하라는 내용을 알려온 것이다. 제갈량은 깜짝 놀라 즉시 기산의 본진에 있는 군사를 서천으로 옮기기로 했다.

이것을 본 위의 장합이 추격할 것을 제의했다. 사마의가 이를 거듭 말렸으나, 장합은 끝까지 추격을 주장했다.

제갈량은 양의와 마추에게 명하여 검각의 목문도(木門道)에 복병을 숨겨 두었다. 그리고 위연·관흥에게 후미를 지키게 하고, 대군을 목문도 쪽으로 철수시켰다. 장합이 되쫓아가니 숲속에서 위연의 군사가 나타나 십여 차례도 싸우지 않아서 패한 체하면서 도망쳤다. 장합이 뒤쫓아가서 산모퉁이를 돌아서자 관흥의 군사가 뛰쳐나왔는데, 역시 십여 차례도 싸우지 않고 말 머리를 돌려 도망쳤다.

장합은 복병을 경계하면서 뒤쫓아갔으나 위연이 앞을 가로질러 십여 차례 싸우다가 또 도망쳤다. 장합이 화가 나서 뒤쫓아가니, 이번에는 또 관흥이 앞을 가로질러 길을 막아섰다. 장합은 본래 성급한 성미라 화가 머리끝까지 치밀어 뒤쫓아 가서 드디어 목문도까지 쳐들어갔다.

어느새 날이 저물었는데, 갑자기 함성 소리가 들리더니 산꼭대기에서 불길이 높이 치솟고 큰 돌멩이와 장대가 마구 굴러 떨어졌다. 장합이 당황하여 되돌아가려고 하자, 뒤에도 나무와 돌이 길을 가로막았고 좌우는 절벽이었다. 진퇴양난에 빠져 버둥대고 있을 때, 박자목(拍子木) 소리를 신호로 석궁이 일제히 날아들었다. 장합과 백여 명의 부하들은 목문도의 골짜기에서 떼죽음을 당했다. 장합은 위의 큰 기둥 역할을 해 왔으므로, 조예와 사마의는 그의 죽음을 매우 슬퍼했다.

제갈량이 한중으로 철수했을 때, 이엄은 황제에게 거짓말을 했다. 즉 자기는 군량을 마련하여 승상의 진지로 보내려고 했는데, 웬일인지 승상이 갑자기 군사를 철수하겠다고 했다는 것이었다.

황제의 사신으로부터 이 말을 전해 들은 제갈량은 깜짝 놀랐다. 오의 군사를 동원하여 촉을 치려 한다고 제갈량을 수도에 불러들이게 한 것은 바로 이엄이었다. 제갈량이 사람을 시켜 내용을 알아 오게 하니, 군량을 제때에 마련하지 못해 승상에게 꾸중을 들을 것이 두려워 이엄이 황제에게 도리어 거짓말을 하여 자기의 잘못을 감추려 했다는 것이었다.

제갈량은 화가 나서 이엄의 목을 베려고 했다. 그러나 그는 선제께서 유선을 돌보라고 부탁한 신하였으므로 목을 베는 대신 관직을 빼앗아 평민으로 돌아가게 하는데 그쳤다. 제갈량은 성도에 돌아와 군사의 훈련과 무기의 정비에 힘썼다.

어느새 3년의 세월이 지났다. 그동안 오와 위는 촉을 침범하지 않았다. 건흥 12년(234년) 2월, 위를 칠 때가 왔다고 판단한 제갈량은 여섯 번째로 기산에 출전하려고 했다. 그런데 마침 출전을 의논을 하고 있는데 갑자기 관흥이 병으로 죽었다는 소식이 날아들었다. 제갈량은 심한 충격으로 깊은 비탄에 빠졌다.

이윽고 제갈량은 촉의 군사 삼십사만을 거느리고 다섯 군데로 갈라져서 출전했다. 강유와 위연을 선봉으로 내세워 기산에서 합류하기로 하고, 이회는 군량을 운송하여 사곡의 입구에서 기다리게 했다.

위는 이때가 청룡(靑龍) 2년 2월에 해당한다. 조예로부터 대도독에 임명된 사마의는, 하후연의 아들 사형제를 등용하여 장남 하후패(夏候覇)와 차남 하후위(夏候威)를 좌우의 선봉으로 내세우고, 삼남 하우혜(夏候惠)와 사남 하후화(夏候和)를 참모로 삼았다.

장안에서 각처의 군사를 모아들이니 모두 사십만에 이르렀다. 사마의는 위수의 기슭에 진을 치고 오만의 군사를 동원하여 위수에 아홉 개의 부교(浮橋)를 만들게 했다. 그리고 선봉인 하후패와 하후위에게는 강을 건너 진을 치게 하고, 또한 본진의 후면 동쪽 언덕에 하나의 성을 쌓게 하여 만일의 경우에 대비하게 했다. 곽회와 손례에게는, 농서의 군사를 이끌고 북원에 요새를 구축하고 적의 군량이 떨어졌을 때 쳐들어가라고 지시했다.

제갈량은 기산에서 각처의 진을 치고 군사를 배치하여 장기전에 대비하고 있었으나, 적이 북원에 요새를 구축했다는 소식을 전해 듣고는 북원을 습격하는 체하고 몰래 위수의 기슭을 치려고 했다. 그는 뗏목을 백여 척 만들게 하여 강을 따라 내려와 부교에 불을 지르고 적의 후방을 공격하는 한편, 다른 한 부대를 이끌고 전방의 진지를 공격하려고 했다.

사마의는 이 계략을 알아차리고 촉의 군사를 기다리고 있다가 기습하여 크게 무찔렀다. 이 싸움에서 촉의 군사 만여 명이 전사했다.

제갈량은 오의 손권에게 비위를 보내어 위를 정벌할 것을 요청했다. 손권 역시 전부터 위를 칠 생각을 하고 있었으므로 거소문(居巢門)에서 위의 합비·신성·강하와 면구에서 양양, 광릉에서 회양, 이렇게 세 방면에서 삼십만의 대군이 일제히 진격했다.

기산에 있던 제갈량에게 위의 부장(副將)이 항복했다. 제갈량은 그것이 거짓 항복이라는 것을 간파했다.

"목숨을 건지고 싶으면 편지를 보내 사마의 자신이 밤에 쳐들어오게 하라. 그러면 목숨을 살려 줄 테다."

이리하여 부장은 할 수 없이 편지를 썼다. 이 편지를 본 사마의는 부장의 필적이 틀림없었으므로 밤에 습격하기로 하고, 두 번째 북이 울리는 것을 신호로 촉의 진지에 쳐들어갔다. 사마의가 제갈량의 계략에 걸려 든 줄 알게 되었을 때는 이미 늦어, 위의 군사는 크게 패하여 많은 사상자를 내고 뿔뿔이 흩어져 도망쳐 버렸다.

제갈량은 승리하여 진지에 돌아와서 위수의 남쪽 기슭을 공략할 작전을 세웠다. 그는 날마다 군사를 보내 도전하게 했으나, 위의 군사는 싸우려고 하지 않았다.

제갈량은 혼자 조그마한 수레를 타고 기산 앞쪽 위수의 동서에 걸친 지형을 살펴보았다. 어느 골짜기 입구에 다다라 보니 그 형태가 표주박 같아서 골짜기 속에 1천여 명이 들어갈 수 있을 것 같았다. 그리고 양쪽 산이 또 하나의 골짜기를 이루어 그곳에서 사오십 명은 들어갈 수 있었다. 그 뒤는 길이 좁아 사람 하나와 말 한 필이 겨우 지나갈 수 있을 정도였다.

"여기는 뭐라고 하는 곳인가?"

제갈량이 길 안내자에게 물었다.

"예, 이곳은 상방곡(上方谷)이라고 부르는데, 흔히들 표주박 골짜기라고 합니다."

제갈량은 마음속으로 크게 기뻐하며, 촉에서 데리고 온 목수 천여 명을 불러 표주박 골짜기 속에 들여보내 '목우유마(木牛流馬)'라는 것을 만들게 했다. 목우유마란 군량을 가볍게 운반할 수 있는 편리한 도구였다. 제갈량은 마대에게 명하여 오백 명의 군사로 하여금 골짜기의 출입구를 지키게 하고, 밖에서 알아차리지 못하도록 몰래 만들게 했다.

며칠 후 목우유마가 모두 완성되었다. 마치 살아 있는 생물처럼 산을 오르고 봉우리를 내려오니, 편리하기 짝이 없었다. 제갈량은 고상에게 명하여 천 명의 군사에게 이것을 사용하게 하여 촉의 검각에서 기산의 본진까지 군량을 운반시켰다.

사마의가 진지를 굳게 지키고 촉의 도전에 응하지 않은 것은 적의 군량이 떨어져 자연히 쓰러질 때를 기다리고 있었기 때문이다. 목우유마로 군량을 운반하고 있다는 말을 들은 사마의는 즉시 몇 대만 빼앗아 오라고 명령했다.

오백 명의 군사가 촉의 군사로 변장하고 골짜기에 숨어 있다가 고상(高翔) 일행에게 덤벼들어 목우유마 여러 대를 빼앗아 도망쳤다. 빼앗아 온 목우유마는 살아 있는 것과 마찬가지로 앞으로 나아갔다 뒤로 물러섰다 했다.

사마의는 크게 기뻐하며 곧 목수 백여 명에게 명하여 그것을 조사하여 똑같이 만들게 했다. 그리하여 보름도 못 되어 이천 개 남짓 만들어졌다. 사마의는 천 명의 군사에게 그것을 사용하여 농서에서 군량과 말먹이를 운반하게 했다. 고상으로부터 목우유마가 적의 손에 들어갔다는 보고를 받은 제갈량이 말했다.

"나는 적이 빼앗아 가기를 바라고 있었다. 우리 쪽의 손실은 목우유마 몇 대에 불과하지만, 곧 많은 자재(資材)가 우리 손으로 들어올 것이다."

그 후 며칠이 지나 위의 군사가 농서에서 군량을 운반한다는 소식을 듣고 제갈량은 왕평에게 지시했다.

"자네는 천의 군사를 이끌고 위의 군사로 변장하여 밤중에 몰래 북원을 빠져나가게. 군량을 순시하는 군사라고 속이고 적의 군사 틈에 끼어들었다가 목우유마를 빼앗아 북원까지 오면 적이 뒤쫓아 올 걸세. 그때 목우유마의 혓바닥을 비틀면 움직이지 못하게 될 것이니, 그것을 내팽개치고 도망치게."

그러고는 왕평이 떠난 후에 장의에게 지시했다.

"자네는 오백 명의 군사를 이끌고 모두 신병(神兵)으로 가장하여 귀신의 머리에 짐승의 몸체, 그리고 얼굴에는 오색 물감을 칠한 괴상한 모습으로 변장시키게. 한 손에는 깃발, 또 한 손에는 보검(寶劍)을 들고, 허리에는 표주박을 차고 그 속에 염초(焰硝)를 넣고는, 산기슭에 숨어 있다가 목우유마가 오면 불연기를 내면서 뛰쳐나가게."

장의가 떠나자 제갈량은 위연과 강유, 요화와 장익, 마충과 마대를 각각 불러 작전을 지시했다.

한편 위의 장수 잠위(岑威)는 목우유마에 군량을 싣고 운반하다가, '순시병이 왔다.'고 하여 살펴보니 위의 군사였으므로 안심하고 순시병과 합류했다. 그러자 갑자기 함성이 일어나며 큰 소리가 들렸다.

"촉의 장수 왕평이 여기 있다."

눈 깜짝할 사이에 일어난 일이라 위의 군사는 모두 놀라 뿔뿔이 흩어지고 잠위는 왕평의 단칼에 쓰러졌다. 도망친 자가 이 소식을 북원의 진지에 알렸으므로, 곽회가 급히 구원하러 나섰다. 왕평은 병사들에게 목우유마의 혓바닥을 비틀게 하고 길바닥에 내동댕이

친 채 도망쳐 버렸다. 곽회는 멀리 쫓아가지 않고 목우유마만 되찾아가려고 했다. 그런데 웬일인지 전혀 움직이지 않았다.

어쩔 줄을 몰라 허둥대고 있는데, 함성을 지르면서 촉의 군사가 쳐들어왔다. 위연과 강유의 군사였다. 왕평도 되돌아왔다. 그리하여 곽회는 삼면에서 공격을 받아 크게 패하여 도망쳤다.

왕평은 병사들에게 명하여 목우유마의 혓바닥을 본래대로 비틀어 돌린 다음 진지로 몰고 갔다. 곽회는 그것을 보고 다시 한 번 싸우려고 했으나, 그때 산마루 저쪽에서 갑자기 연기가 치솟더니 한 떼의 신병들이 뛰쳐나왔다. 그들은 깃발과 칼을 들고 괴상한 모습으로 목우유마를 보호하면서 바람처럼 사라졌다.

"이것은 분명 천신이 돕는 것이다."

곽회는 어처구니없이 바라볼 뿐이었다. 사마의는 북원의 군사가 패했다는 소식을 듣고 구원하러 달려왔다. 그런데 도중에 험한 산골짜기에서 두 무리의 군사가 뛰쳐나왔다. 장익과 요화였다.

위의 군사는 기습을 당하자 뿔뿔이 흩어져 도망치고, 사마의는 혼자 숲속으로 달아났다. 그러자 요화가 뒤쫓았다. 사마의는 당황하여 나무 사이를 빙빙 돌았다. 요화가 칼을 휘둘렀으나 사마의 대신 나무만 몇 그루를 벴다. 요화가 칼을 다시 쳐들었을 땐, 사마의는 이미 숲 밖으로 도망치고 없었다. 장의는 그동안에 목우유마를 운반하여 진지에 도착했다. 군량은 모두 만 섬 남짓 되었다.

본진으로 도망쳐 온 사마의는 간신히 목숨은 건졌으나, 고민스럽기 짝이 없었다. 그때 사자가 칙서를 가지고 도착했다. 오의 군사가 세 갈래로 침입했기 때문에 조정에서 장수를 택하여 응전하는 방법에 대해 의논 중이니, 사마의는 진지를 굳게 지키고 적과는 싸우지 말라는 것이었다. 사마의는 그 명령에 따라 도랑을 깊이 파고 벽을 높게 쌓아 진지를 지키며 싸우러 나가지 않았다.

조예는 유소(劉劭)의 부대를 강하의 구원군으로, 전예(田豫)의 부대를 양양의 구원군으로 파견하고 자신은 만총(滿寵)과 함께 합비를 구원하러 떠났다. 오의 군사가 충분히 정비되어 있지 않았으므로, 그날 밤 적의 본진을 습격한 위의 군사는 크게 승리했다.

오의 육손은 패전의 소식을 듣고 일단 신성의 포위군으로 위 군사의 퇴로를 막으려고 생각했으나, 이 작전이 적에게 알려졌으므로 제갈근과 함께 일부러 적에게 대항하는 체하면서 서서히 물러갔다. 위는 육손의 지모를 알고 있었으므로, 그를 경계하여 추격하지 않았다.

한편 사마의는 여전히 위수의 진지에서 울적한 나날을 보내고 있었다. 장남 사마사가 말했다.

"촉의 병사는 위의 농부들과 함께 논을 경작하여 그 수확을 군이 삼 분의 일, 농부가 삼 분의 이로 분배하면서 장기 계획을 세우고 있습니다. 백성들은 제갈량의 은덕을 고맙게 여겨 일을 열심히 하고 있으니, 나중에 우리나라에 큰 두통거리가 될 것입니다. 아버님, 빨리 승부를 결정지어야 하지 않겠습니까?"

결전을 권했으나, 사마의는 굳게 진지를 지키며 싸우지 않는 것이 상책이라고 했다. 촉의 장수 위연이 황금 투구를 치켜들고 욕설을 퍼부었으나, 사마의는 전혀 움직이려고 하지 않았다.

제갈량은 이것을 보고 몰래 마대에게 명하여 표주박 골짜기에 지뢰와 장작을 준비하게 했다. 그리고 낮에는 일곱 개의 별을 그린 깃발을 골짜기 어귀에 세우고, 밤에는 등불 일곱 개를 산꼭대기에 달아 암호로 삼게 했다. 그런 다음에 위연을 불러 사마의를 꾀어내도록 일렀다.

"적에게 이기려고 하지 말고 일부러 패하여 위수로 도망쳐라. 사마의는 반드시 뒤쫓을 것이다. 낮에는 일곱 개의 별을 보고 도망치고, 밤에는 일곱 개의 등불을 암호로 하여 도망치는 거다. 그리하여 표주박 골짜기까지 꾀어내면 성공하는 것이다."

다음에는 고상을 불러 지시했다.

"자네는 목우유마 삼십여 대를 한 조로 하여 군량을 싣고 산길을 왕래하게. 만일 위의 군사에게 빼앗기면 그것을 너의 공으로 생각하겠다."

지시를 마친 제갈량은 몸소 한 부대를 이끌고 표주박 골짜기 근처에 진을 쳤다.

위의 장수 하후혜와 하후화는 촉의 장기 작전을 보고 사마의에게 서둘러 승부를 가릴 것을 주장했다. 사마의도 승부욕을 억제하지 못해 두 장수에게 각각 오천의 군사를 주어 출전시켰다. 두 사람은 진군 도중에 촉의 군사가 목우유마를 몰고 오는 것을 보고 일제히 덤벼들어 목우유마 육십 대를 손에 넣었다. 촉의 군사는 대패하여 달아났다.

그리고 이튿날에도 기병 백 명을 사로잡았다. 이렇게 촉의 수송 부대를 자주 습격하여 보름 동안에 여러 번 승리를 거두었으므로, 사마의는 무척 흐뭇해했다.

어느 날, 다시 수십 명의 촉의 군사가 사로잡혀 왔다. 사마의는 본진의 막사에서 포로에게 물었다.

"제갈량은 어디 있느냐?"

"승상은 기산에 계시지 않습니다. 표주박 골짜기에서 서쪽으로 십 리 떨어진 곳에 진을 치고는, 날마다 표주박 골짜기로 군량을 보내고 있습니다."

사마의는 자세히 묻고 나서 모두 석방해 주고 즉시 장수들을 불러 모았다.

"제갈량은 지금 기산에 있지 않고 표주박 골짜기의 서쪽에 진을 치고 있다. 내일 모두 힘을 합쳐 기산의 본진을 공략하라. 나도 군 사를 이끌고 뒤따라가겠다."

사마사가 물었다.

"아버님, 적의 후방을 공격하는 것은 무슨 까닭입니까?"

"기산은 촉군의 본거지다. 우리 군사가 쳐들어가면 모든 진지에 서 구원하러 올 것이다. 그 기회에 나는 표주박 골짜기를 습격하여 군량을 불살라 버릴 생각이다."

사마의는 즉시 출전을 명령했다.

제갈량은 산 위에서 위의 군사가 오천, 혹은 이천씩 따로 대열을 짓고 연락을 취하면서 전진하는 것을 보았다. 그는 이것은 틀림없 이 기산의 본진을 공격하러 가는 것이라 판단하여, 은밀히 장수들 에게 명령했다.

"사마의가 직접 오면 즉시 위의 본진을 습격하여 위수의 남쪽 기 슭을 점령하도록 하라."

이윽고 위의 군사가 기산의 본진으로 쳐들어오자, 촉의 군사는 사 방에서 함성을 지르면서 기산으로 몰려드는 기세를 보였다. 그것을 본 사마의는 두 아들과 중군(中軍)의 호위병을 이끌고 표주박 골짜기 를 습격했다.

위연은 골짜기의 어귀에서 기다리고 있다가 사마의가 쳐들어오 는 것을 보자 큰 소리로 외쳤다.

"사마의, 꼼짝 마라."

위연은 칼을 휘두르며 덤비더니, 서너 차례 싸우다가 말 머리를 돌려 일곱 개의 별을 그린 깃발을 향해 도망쳤다. 사마의는 상대가 위연의 군사뿐인 것을 보자 방심하여, 사마사를 왼쪽, 사마소를 오른쪽, 자기는 한복판, 이렇게 셋으로 갈라져서 일제히 쳐들어갔다. 위연은 오백 명의 군사를 이끌고 골짜기 안으로 도망쳤다. 사마의가 골짜기의 입구까지 와서 안의 형편을 탐지하였다. 그 결과, 안에는 복병이 없고 산에는 오두막뿐이라는 것을 알아냈다.

"이것이 바로 군량을 저장한 곳이다."

사마의는 군사를 모두 이끌고 골짜기로 들어갔다. 주위를 살펴보니, 오두막에는 마른 장작이 잔뜩 쌓여 있고 위연의 모습은 보이지 않았다. 사마의는 이상하게 생각하여 두 아들에게 말했다.

"골짜기의 어귀가 막히면 어떡하지?"

말을 채 끝내기도 전에 갑자기 함성이 일어나더니, 산 위에서 일제히 관솔불을 던져 골짜기의 어귀를 횃불로 메워 버렸다. 위의 군사는 도망치려고 허둥댔으나 출구가 없었다. 산 위에서는 계속해서 횃불을 던졌다. 그때 지뢰가 한꺼번에 폭발했다. 불은 오두막의 장작에 옮겨 붙어 활활 타오르고, 불길은 하늘로 치솟았다.

사마의는 허둥대며 말에서 내려 두 아들을 부둥켜안고 큰 소리로 울었다.

"우리 세 부자는 모두 여기서 죽게 되었구나."

이때 갑자기 회오리바람이 불고 검은 구름이 덮이면서 천둥이 치더니, 장대 같은 소나기가 쏟아져 내렸다. 골짜기의 불바다는 금세 사라지고 지뢰는 더 이상 터지지 않아, 화공의 도구는 쓸모없게 되었다.

사마의는 기뻐하면서 군사를 이끌고 그곳을 빠져나왔다. 위수의 남쪽 기슭에 있던 본진은 이미 촉의 군사에게 빼앗겨 버렸고, 부교

근처에서 곽회와 손례가 촉의 군사와 싸우고 있었다. 사마의는 여기에 합세하여 촉의 군사를 물리치고 부교를 불사른 다음 북쪽 기슭에 진을 쳤다.

제갈량은 산 위에서, 표주박 골짜기에서 불길이 치솟은 것을 보고 이번에야말로 사마의를 사로잡은 줄 알았으나, 뜻밖에 큰 비가 내려 사마의 부자를 놓쳤다는 보고를 받고 하늘을 우러러 탄식했다.

"일을 계획하는 것은 사람에게 달려 있고 일을 성취하는 것은 하늘에 달려 있다더니, 바로 이것을 두고 하는 말이로구나."

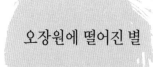

오장원에 떨어진 별

제갈량은 기산에서 내려와 위수의 남쪽 기슭을 거쳐 서쪽으로 가서 오장원(五丈原)에 진을 쳤다. 사마의는 이 소식을 전해 듣고, 제갈량이 만일 무공현에서 산기슭을 따라 동쪽으로 진군한다면 우리가 위태롭게 되지만 오장원에 머물러 있으면 안심이라고 말하고, 장수들에게는 여전히 출전하지 말라고 명령했다.

제갈량은 꾸준히 도전해 왔으나, 위의 군사는 싸우려 하지 않았다. 그래서 제갈량은 사자를 보내 커다란 상자와 한 통의 편지를 위의 진지에 전하게 했다.

사마의가 상자를 열어 보니, 여자의 두건과 흰 상복(喪服)이 들어 있었다. 편지를 읽어 보니 다음과 같았다.

"중달은 대장군으로서 대군을 거느리고 갑옷을 걸쳤으면서도 무기를 들고 승부를 겨루려 하지 않고 몸을 숨긴 채 칼을 두려워하고 화살을 피하니, 아녀자와 다를 것이 무엇인가! 지금 두건과 여자 소복을 보내니, 싸울 생각이 없으면 절하고 이것을 받아라. 만일 이 수치를 안다면, 빨리 승부를 판가름할 날짜를 대답해 달라."

사마의는 속으로 화가 치밀었으나 웃는 얼굴로 말했다.

"공명이 나를 아녀자로 보는구나."

그리고는 사자를 극진히 대접하며 물었다.

"공명은 침식(寢食)을 어떻게 하고, 일은 얼마나 분주한가?"

사자가 대답했다.

"승상은 아침에 일찍 일어나고 밤에는 늦게 잠드십니다. 그리고 곤장 이십 대 이상의 형벌은 반드시 자신이 판단을 내리십니다. 그러나 식사는 하루에 얼마 드시지 않습니다."

사마의는 장수들을 돌아보고 말했다.

"공명은 식사는 적게 하고 일은 많이 한다. 반드시 오래 살지 못할 것이다."

사자는 오장원에 돌아와 제갈량에게 보고했다.

"사마의는 두건과 여자 소복을 받고 편지도 읽었으나 별로 화를 내지 않고 다만 승상의 침식과 일에 대해 물을 뿐, 승부를 가릴 싸움에 대해서는 한 마디도 하지 않았습니다. 제가 승상께서 식사는 적게 하고 일을 많이 하신다고 대답하자, 그렇다면 오래 살지 못할 것이라고 말했습니다."

"그는 나에 대해 잘 알고 있군."

제갈량이 한숨을 쉬면서 말하자, 부하 장수가 제갈량에게 충고했다.

"집안일을 예로 들더라도, 하인은 농사일을 하고 하녀는 취사(炊事)를 하여 각각 소임을 다하면, 주인은 베개를 높이 베고 편안히 살아갑니다. 주인에게는 주인으로서의 할 일이 따로 있습니다. 지금 승상께서는 사소한 일도 몸소 처리하시면서 종일 땀을 흘리시니,

수고가 지나치신 것 아닙니까?"

"그것을 모르는 게 아니오. 다만 선제로부터 의지할 데 없는 어린 군주를 잘 돌보라는 무거운 책임을 받고 있기 때문에 남에게 일을 맡길 수 없어서 그럴 뿐이오."

제갈량이 눈물을 흘리자, 주위 사람들도 눈물을 흘렸다. 그 후부터 제갈량은 어쩐지 기분이 밝지 못해 장수들의 출전을 삼가게 했다.

어느 날, 비위가 성도에서 와서 오의 북벌군(北伐軍)이 패하여 도망쳤다고 보고했다. 제갈량은 그 말을 듣고 외마디 비명을 지르더니 정신을 잃고 쓰러졌다. 옆에 있던 사람들이 부축해 일으키자, 얼마 후에 겨우 정신을 차린 제갈량이 말했다.

"가슴이 울렁거리는구나. 지병이 재발한 것 같다."

그날 밤 제갈량은 병을 무릅쓰고 밖에 나가 천문을 바라보더니, 새파랗게 질린 얼굴로 강유에게 말했다.

"내 목숨은 이제 얼마 남지 않았소."

"어찌하여 그런 말씀을 하십니까?"

"세 성좌(星座) 중에서 객성(客星)의 빛이 강하고, 주성(主星)은 희미할 뿐만 아니라 그 보좌하는 별들도 빛을 잃고 있었소."

"천상(天象)이 그렇다면, 승상께서는 어찌하여 기도로 회복시켜 놓지 않습니까?"

"나는 물론 기도하는 법을 알고 있지만, 하늘의 뜻은 알 수 없네. 자네는 사십구 명의 군사에게 각각 검은 깃발을 들게 하고 검은 옷을 입혀 막사 밖을 에워싸도록 하게. 나는 막사 안에서 북두칠성께 기도하겠네. 만일 이레 동안 주등이 꺼지지 않으면 내 수명은 십이 년 연장되겠지만, 주등이 꺼지면 나는 곧 죽게 되네."

때는 바로 8월 한가위였다. 이날 밤은 은하수가 밝게 빛나고 이슬

마저 방울졌으며, 깃발조차 움직이지 아니하고 주위에는 아무 소리
도 들리지 아니했다.

강유는 사십구 명의 군사로 막사를 호위하여 사방을 지키게 하
고, 제갈량은 막사 안에서 향을 피우고 꽃과 공물(供物)을 바쳤다.
땅에 커다란 등을 일곱 개 벌여 놓고 주위에 작은 등불 사십구 개를
나란히 놓은 후에 한복판에 본명(本命)의 등불 하나를 안치했다. 제
갈량은 배례하고 기도를 올린 다음 막사 안에 엎드린 채 날이 밝기
를 기다렸다. 다음 날에도 병을 무릅쓰고 군무(軍務)를 처리하고, 피
를 토하면서 낮에는 위를 무찌를 작전을 짜고 밤에는 북두칠성에
기도했다.

그 무렵 사마의는 위의 진지에서 밤하늘을 바라보다가 장성(將星)
이 빛을 잃은 것을 보고 하후패를 불러 말했다.

"공명은 곧 죽을 것이다. 자네는 군사 천 명을 이끌고 오장원에
가서 형편을 살피고 오게."

제갈량은 엿새 동안 밤마다 기도를 계속하여 한복판의 주등(主燈)
이 계속 빛나는 것을 보고 마음속으로 기뻐했다. 강유가 막사에 들
어와 보니 제갈량은 머리를 산발한 채, 칼자루를 짚고 북두칠성 형
태로 걸어다니며 장성에 생기를 불어넣고 있었다. 그때 갑자기 진
지 밖에서 함성이 들려왔다. 강유가 부하를 시켜 알아보게 하려는
데, 위연이 들어왔다.

"위의 군사가 쳐들어 왔습니다."

그가 급히 달려 들어오는 바람에 주등을 밟아 불을 꺼 버렸다. 제
갈량은 칼을 집어 던지면서 한숨을 내쉬고 말했다.

"생사는 천명이다. 이제는 기도를 해도 소용이 없구나."

강유가 화가 나서 칼을 빼들고 위연의 목을 치려고 하자, 제갈량

이 이를 말리면서 말했다.

"나의 천명이 다한 것일 뿐, 위연의 실수가 아니라네."

제갈량은 피를 토하더니, 자리에 누워 위연에게 말했다.

"사마의가 내 병을 알아차리고 형편을 살피러 군사를 보냈을 테니, 빨리 나가 싸우게."

위연은 즉시 응전하여 하후패의 군사를 무찌르고 돌아왔다. 제갈량은 위연에게 자기 진지로 돌아가 굳게 지키라고 지시했다. 위연이 나간 후에 제갈량은 강유에게 말했다.

"나는 힘이 미치는 데까지 중원(中原)을 되찾아 한의 황실을 다시 일으키려고 노력했으나, 하늘의 뜻은 어쩔 도리가 없네. 나는 얼마 안 가서 죽을 걸세. 지금까지 내가 배운 것을 책으로 남겨 뒀는데, 모두 이십사 편, 십만 사천십이 자라네. 자네가 맡아주게."

제갈량은 다시 하나의 석궁으로 열 개의 화살을 쏠 수 있는 '연노(連弩)의 법' 설계도를 맡기고, 음평 땅으로 진군할 때 조심하라고 일렀다. 강유가 눈물을 흘리면서 그것을 받았다. 제갈량은 또 마대를 불러 귓속말로 밀계(密計)를 전하고, 양의에게는 비단 보자기와 비단 주머니를 주면서 말했다.

"내가 죽으면 위연이 반드시 배반할 테니, 그때 이것을 펴 보게."

제갈량은 지시를 마친 후 정신을 잃고 쓰러졌다가 저녁때 다시 정신을 찾게 되어, 급히 사신을 보내 천자 유선에게 자기가 병으로 누워 있다는 소식을 전했다. 유선은 깜짝 놀라 상서(尚書) 이복을 곧 오장원에 보내 문병하게 했다.

제갈량의 병은 점점 더해 가기만 했다. 그는 양의를 머리맡에 불러, 침상에서 유선에게 올리는 유서를 썼다. 제갈량은 다 쓰고 나서 양의에게 말했다.

"내가 죽으면 장례를 지내지 마라. 대신 커다란 궤를 만들어 내 시체를 그 속에 넣고, 내 입 속에 쌀 일곱 개를 넣은 다음 발치에 등불을 켜놓고, 군사들은 평소와 같이 조용히 보내고 절대로 곡(哭)을 하지 못하게 하라. 그러면 장성은 떨어지지 않을 것이다. 사마의는 장성이 떨어지지 않는 것을 이상하게 생각할 테지. 우리 군사는 후진(後陣)이 먼저 출발하고 나서 서서히 후퇴하도록 하라. 만일 사마의가 뒤쫓아 오면, 자네는 진지를 정비한 다음 깃발을 올리고 북을 치도록 하라. 그가 계속 쫓아오면 전에 만들어 둔 나의 목상(木像)을 수레에 안치시켜 진지 앞에 내놓고 장병들은 그 좌우를 호위해 나가라. 사마의가 그것을 보면 반드시 깜짝 놀라 도망칠 것이다."

그날 밤에 제갈량은 장수들의 부축을 받아 밖에 나가 북두칠성을 바라보더니, 멀리 한 별을 가리키면서 말했다.

"저것이 나의 장성이다."

장수들이 자세히 보니, 그 별은 빛이 희미하고 금세 떨어질 것만 같았다. 제갈량은 칼을 들어 그 별을 가리키며 입 속으로 주문을 외기 시작했다. 다 외고 나서 막사로 돌아온 제갈량은, 곧 정신을 잃었다. 장수들이 당황하여 어찌할 바를 모르고 있을 때, 상서 이복이 되돌아와서 제갈량을 향해 엎드려 말했다.

"저는 나라의 큰일을 그르쳤습니다."

얼마 후 제갈량이 눈을 뜨고 옆에 서 있는 이복에게 말했다.

"나는 알고 있었소. 그대가 돌아오리라는 것을."

"저는 천자로부터 승상께서 돌아가시면 누구를 후임으로 정해야 하는지 물어보고 오라는 어명을 받고도 경황이 없어 묻는 것을 잊었습니다."

"내가 죽은 후에 나라의 큰일을 맡길 사람은 장공염(蔣公琰)이 좋겠소."

"공염 다음에는 누가 좋겠습니까?"

"비문위(費文偉)가 좋겠소."

"그럼 문위 다음에는 누가 좋겠습니까?"

제갈량은 대답하지 않았다. 장수들이 가까이 다가가 보니, 이미 숨이 끊겨 있었다. 건흥 12년 8월 스무 사흗날, 제갈량의 나이 쉰넷이었다.

사마의는 그날 밤 하늘을 바라보다가, 커다란 붉은 별 하나가 빛이 스러지면서 동북쪽에서 서남쪽으로 흘러 촉의 진지에 떨어지더니 두 번이나 튀어 오르다가 세 번 만에 작은 소리를 내며 아주 떨어져 버리는 것을 보았다.

"공명이 드디어 죽었구나!"

곧 대군을 이끌고 진지를 나서려다가 문득 '혹시 공명이 내 눈을 속여 나를 꾀어내려는 것이 아닐까? 만일 쫓아가면 계략에 걸릴지도 모른다.'고 생각하고, 다시 진지로 돌아와 하후패에게 명령하여 오장원의 산기슭으로 동태를 살피러 보냈다. 하후패가 오장원에 가 보니 적은 한 사람도 없었다. 보고를 받은 사마의는 발을 구르면서 분해해했다.

"공명이 정말로 죽었다. 즉시 쳐들어갔어야 하는 건데."

그리고 함부로 쳐들어가서는 안 된다고 하후패가 말리는 것도 듣지 않고 두 아들을 데리고 오장원으로 급히 쳐들어갔다.

촉의 진지는 텅 비어 있었다. 그래서 더욱 기세를 몰아 산기슭까지 가니, 촉의 군사가 보였다. 사마의는 더욱 힘차게 달려 들어갔다. 그러자 산 저쪽에서 석화시 소리가 나더니 이것을 신호로 일제히 함성이 들려왔다. 살펴보니, 촉의 깃발이 이쪽을 향해 세워져 있고 숲 속에 커다란 깃발이 나부끼고 있는데, 거기에는 큰 글자로 '한의 승상 무향후(武鄕侯) 제갈량'이라고 씌어 있었다.

사마의는 깜짝 놀라 얼굴이 새파랗게 질렸다. 다시 자세히 보니, 가운데는 수십 명의 장병이 에워싸고 한 대의 수레를 밀고 있으며, 수레에는 제갈량이 단정히 앉아 관을 쓰고 깃털 부채를 손에 들었으며 학창의 옷에 검은 띠를 두르고 있었다. 사마의는 눈이 휘둥그레져서 말했다.

"공명은 아직 살아 있다. 함부로 뛰어들어 계략에 걸렸구나!"

허겁지겁 말 머리를 돌려 도망치는데, 뒤에서 강유가 큰 소리로 외쳤다.

"이 역적놈아! 꼼짝 마라. 네놈은 우리 승상의 계략에 걸려들었다."

위의 군사들은 혼비백산하여 투구와 갑옷까지 벗어 팽개치고 창도 던져 버린 채 도망치느라고 서로 밟고 밟히는 바람에 많은 사상자를 냈다. 사마의는 오십 리 남짓 말을 달렸으나, 두 사람의 장수가 쫓아와서 말의 재갈을 잡아당겨 멈추게 하고 말했다.

"도독, 진정하십시오."

사마의는 자기 목을 만지면서 말했다.

"내 목이 아직 붙어 있느냐?"

"걱정 마십시오. 촉의 군사를 멀리 쫓아 버렸습니다."

두 장수는 하후패와 하후혜였다. 사마의는 한동안 얼떨떨했으나, 곧 정신을 차려 패잔병을 이끌고 본진으로 돌아왔다.

사마의가 장수들에게 촉의 형편을 다시 탐지하게 하니, 제갈량은 분명히 죽고 촉의 후방은 강유가 이끄는 천여 명의 기병뿐이었으며 수레에 있던 제갈량도 목상(木像)이었다는 사실이 밝혀졌다. 사마의는 탄식할 수밖에 없었다. 이리하여 촉나라 사람들 사이에 '죽은 공명이 산 중달을 쫓아냈다.'는 말이 퍼지게 되었다.

강유와 양의는 제갈량의 유언대로 그의 시체를 궤 속에 넣은 채 곡도 하지 않고 대열을 정비하여 조용히 촉의 잔도(棧道)까지 철수했다. 그리고 나서 상복으로 바꿔 입고 조기(弔旗)를 들고 군사들과 함께 흐느껴 울었다.

그런데 이때 갑자기 앞에서 불길이 일어나고 함성이 들리더니, 한 떼의 군사가 길을 막았다. 양의가 척후병에게 알아오게 했더니, 위연이 잔도를 불사르고 길을 막고 있다는 것이었다. 제갈량이 전에 위연은 언젠가는 모반할 것이라고 말했는데, 과연 그대로였다.

강유는 험한 샛길을 빠져 나와 잔도의 뒤에서 선봉인 왕평의 군사와 합세하여 배후에서 위연을 공격했다. 위연은 칼을 휘두르면서 말을 몰아 왕평에게 덤벼들었다. 왕평은 패한 체하고 도망쳤다. 위연은 뒤쫓다가 촉의 군사가 일제히 화살을 쏘자 바람에 말 머리를 돌렸다. 그러자 위연의 군사들은 뿔뿔이 흩어져서 도망쳐 버렸다. 다만 마대의 기병 삼백 명만이 버티고 있었다. 위연이 마대에게 말했다.

"평소에 나를 따르던 장수들은 모두 나를 버리고 도망쳤네. 그러나 자네가 있는 한 서천을 빼앗는 것은 손바닥을 뒤집는 것처럼 쉬운 일일세. 일이 잘되면 톡톡히 사례하겠네."

마대는 큰 소리로 대답했다.

"나는 평소에 공명이 높이 써 주지 않는 것을 원망했습니다. 이제 다행히 장군을 따르게 된 이상, 내 목숨을 걸고 싸우겠습니다."

그러자 위연이 말했다.

"지금은 세력도 적고 군량도 부족하니, 위에 항복하는 것이 어떻겠소?"

"그건 안 됩니다. 대장부가 어찌 남에게 굴복할 수 있습니까? 나는 장군과 함께 한중으로 쳐들어가고, 이어서 서천을 공략하고 합니다."

위연은 대단히 기뻐하며 마대와 함께 남정(南鄭)으로 진격했다.

강유와 양의는 남정성에서 제갈량의 유해를 지키고 있다가 위연과 마대가 쳐들어왔다는 소식을 들었다. 양의가 전에 제갈량에게서 받은 비단 보자기를 기억하고 꺼내 펼쳐 보니, 보자기 위에 '위연과 맞서 싸울 때는 기병을 사용하라.'고 씌어 있었다. 강유가 먼저 성문을 열고 삼천의 기병을 이끌고 뛰쳐나가 진을 치고서 외쳤다.

"위연, 이 역적놈아! 무엇 때문에 반기를 드는 게냐?"

"네놈과는 관계가 없으니, 양의를 내보내라!"

양의가 깃발 밑에서 비단 주머니를 열어 보니, 전법이 씌어 있었다. 그는 말을 몰아 앞으로 나가 말했다.

"승상께서 생전에 네놈이 언젠가는 반기를 들 것이라고 말씀하셨는데, 과연 그렇구나. 네놈이 세 번 잇따라 '감히 나를 죽일 자가 있느냐?' 하고 외칠 수 있다면, 그땐 이 한중의 성을 네놈에게 내주겠다."

위연이 껄껄 웃으며 말했다.

"이놈아, 잘 들어라. 공명이 살아 있다면 모르겠지만, 이제 그가 없는 천하에 나를 당할 자가 있겠느냐? 세 번은 물론이고 삼만 번이라도 외치겠다. 감히 나를 죽일 자가 있느냐?"

그 소리가 채 끝나기도 전에 갑자기 뒤에서 한 사람이 외쳤다.

"내가 죽일 테다!"

그리고 순식간에 위연의 목을 베어 말에서 떨어뜨렸다. 위연의 목을 벤 사람은 바로 마대였다. 전에 제갈량이 임종 때 마대에게 밀계(密計)로 위연을 따르게 하고, 양의에게 준 비단 보자기에 그 내막을 적어 놓았던 것이다.

강유와 양의는 제갈량의 유해를 운구하여 성도에 도착했다. 천자는 문무백관을 거느리고 성 밖에 나와 맞아들이며 소리 내어 울었다. 백성들도 모두 흐느껴 울었다.

그해 10월, 천자는 승상을 정군산에 안장하고 충무후(忠武侯)라는 시호를 내린 뒤, 면양에 사당을 세워 제사를 올리게 했다.

폐위된 위의 천자

천자는 제갈량의 유언에 따라 장완을 승상으로 하고 비위와 협력하여 나라 안의 정치를 보살피라고 일렀다. 그리고 장군 오의(吳懿)에게 한중을 지키게 하고, 강유에게 각처의 군사를 이끌고 오의와 함께 한중으로 가서 위의 침입에 대비하라고 지시했다.

촉한(蜀漢)의 건흥 13년(235년)은 위의 천자 조예의 청룡 3년, 오의 천자 손권의 가화 4년에 해당된다. 그 해에는 세 나라가 모두 싸움을 일으키지 않고 화평하게 지냈다.

위의 천자 조예는 허도에 큰 궁전을 짓고 낙양에도 높이가 십 장에 달하는 궁전을 여러 채 지었다. 건축은 화려하기 그지없어, 조각이 새겨진 대들보, 아름답게 채색한 서까래, 청기와, 황금 층계 등이 햇빛을 받아 찬란하게 빛났다. 천하의 유명한 목수 삼만여 명, 인부 삼십만여 명을 동원하여 밤낮으로 공사를 강행하였으므로, 백성은 지칠 대로 지쳐 원망의 소리가 그치지 않았다.

그런데도 조예는 다시 조서를 내려 방림원(芳林園)에 별궁을 짓고,

관원들에게도 흙과 나무를 운반하게 했다. 중신들이 보다 못해 이 무익한 공사를 중지할 것을 간했지만, 조예는 들은 척도 하지 않았다. 뿐만 아니라 구리로 된 그 선인과 황금의 승로반을 장안으로부터 운반해 오게 하여 방림원으로 옮겼다. 그리고 방림원에는, 아름다운 화초와 나무를 심고, 진기한 새와 짐승을 길렀다. 또한 널리 천하의 미녀를 골라 궁녀로 삼았으므로, 신하들은 더 간곡히 간하였지만 조예는 전혀 받아들이지 않고 오히려 간하는 자가 있으면 삶아 죽이겠다고 위협했다.

조예는 청룡 5년(237년)을 경초(景初) 원년으로 고쳤다. 이 무렵에 조예는 곽 부인을 사랑하여, 봄이 돌아와 꽃이 만발한 방림원에서 꽃잔치를 열어 즐겼다. 모 황후가 이를 질투하자, 화가 난 천자는 황후를 죽이고 곽 부인을 황후로 봉했다. 신하들 중에 이를 간하려는 사람은 하나도 없었다.

경초 2년, 요동(遼東)의 공손연(公孫淵)이 반란을 일으켰다. 그는 스스로 연왕(燕王)이라고 부르며, 십오만 군사를 이끌고 중원으로 쳐들어왔다. 그러나 사마의가 나가 싸워 제수의 기슭에서 무찔렀다. 공손연은 양평성으로 도망쳐 성을 굳게 지켰으나, 사마의는 사방을 에워싸고 성에 군량이 떨어지기를 기다렸다가 공손연이 성에서 도망치는 것을 붙잡아 목을 뺐다.

경초 3년 1월, 사마의가 요동에서 수도 허도로 돌아오니, 조예는 병이 중하여 임종이 가까워져 있었다. 조예는 머리맡에 곽 황후, 태자 조방(曹芳), 대장군 조상(曹爽) 등을 불러놓은 뒤, 사마의의 손을 잡고 뒷일을 부탁했다. 그러고는 겨우 여덟 살이 된 태자 조방을 가까이 불러 말했다.

"중달을 친부로 생각하고 앞으로 그를 공경하라."

조방은 사마의의 목에 매달렸다.

"중달, 경을 사모하는 어린 자식의 마음을 잊지 마오."

조예는 더 이상 말을 하지 못하고 태자를 가리키면서 숨을 거두었다. 그의 나이 서른여섯, 경초 3년 1월 하순의 일이었다.

사마의와 조상은 즉시 태자인 조방을 제위에 오르게 했다. 조방은 조예가 얻어 온 아이로, 궁주에서 몰래 키워졌으므로 그의 출생은 아무도 알지 못했다. 조방은 조예의 시호를 명제(明帝)라 하고, 연호를 정시(正始) 원년으로 고쳤다.

조상은 사마의를 어린 천자의 보좌역으로 앉히고, 자기는 군사의 통수권을 스스로 차지했다. 그는 옷과 식기류를 천자와 똑같이 호화롭게 하고, 그 밖에 진귀한 물품을 소유하고 저택에 많은 미녀들을 거느렸다.

조방이 즉위한 지 십 년이 지나자, 정시 10년을 가평(嘉平) 원년으로 고쳤다. 조상은 날마다 술에 취해 살며 기분이 우울하면 사냥을 나갔다. 그리고 정치를 마음대로 하였으며, 오랫동안 사마의를 만나지 않았다. 사마의가 병을 핑계로 집에 틀어박혀 있자, 조상은 사자를 보내 그의 동태를 살피게 했다.

사마의는 머리를 산발한 채 이불을 쓰고 침대에 앉아 있다가 사자가 인사를 하자 동문서답을 했다. 이때 시녀가 약을 달여 왔는데, 사마의는 잠깐 입에 대었다가 옷깃에 몽땅 흘려 버렸다.

"나는 늙고 중병에 걸려 오늘내일하고 있소. 두 아들을 부탁하오."

그러고는 이내 자리에 쓰러져 숨을 헐떡였다. 사자가 돌아와 그대로 상세히 보고하자 조상은 기뻐했다.

"그 늙은이가 쓰러지다니, 이제 내 걱정거리가 없어졌소."

이삼 일 후에 조상은 천자 조방을 모시고 세 동생을 비롯하여 심복들과 근위병을 이끌고 교외로 나와 선제의 산소에 참배를 한 다음 사냥에 나섰다. 꾀병을 앓고 있던 사마의는 즉시 군사를 이끌고, 먼저 성안의 조상과 그 동생의 본진을 습격하여 무찌른 다음, 성에서 나와 낙수(洛水)의 부교에 진을 쳤다.

조상이 매를 날리고 사냥개를 풀어 사냥을 하고 있는데, 사자가 성안에서 일어난 사건을 알리며 사마의가 올린 상주문을 가져왔다. 거기에는 조상 형제의 군사 통수권이 너무 강대하므로, 이것을 줄이라고 씌어 있었다.

조방이 이 일을 어떻게 처리하는 것이 좋으냐고 묻자, 조상은 당황하여 대답을 하지 못했다. 조상의 부하들 중에는 군사의 통수권을 천자에게 돌려주라고 주장하는 자와 사마의를 무찔러야 한다고 주장하는 자가 있었으나, 조상은 어느 쪽으로도 결단을 내리지 못하고 한숨을 쉬며 생각에 잠겨 있을 뿐이었다. 그는 그날 밤 날이 밝을 때까지 눈물을 흘리며 결단을 내리지 못하고 있다가, 부하들이 결단을 재촉하자 비로소 항복하기로 했다.

사마의는 대장군의 직위를 받은 다음, 한동안 조상 형제를 그 저택에 연금해 놓았다. 조상은 날마다 뒤꼍 밭에 나가 활로 참새를 잡으면서 울적함을 달래고 있었다. 하지만 사마의는, 조상의 부하를 심문하여 모반을 계획했다는 자백을 받고 나서 조상 형제와 그 일족을 모두 붙잡아 거리에서 목을 베고 재산을 몰수해 버렸다. 조방은 사마의를 승상으로 임명하고, 그 부자(父子) 세 사람에게 나랏일을 맡겼다.

그 무렵에 조상의 친척인 하후패는 옹주 땅을 지키고 있었다. 사마의는 그 역시 처치하려고 생각했다. 이것을 알아차린 하후패는 군사 삼천을 이끌고 반란을 일으켰다. 그러자 옹주 자사 곽회가 즉시 토벌에 나서서 진태의 군사와 함께 앞뒤에서 협공했으므로, 하후패는 크게 패하고 부하의 태반을 잃어 결국 한중으로 가서 촉에 투항했다.

강유는 하후패를 안내하여 천자를 뵙게 하고, 지금이야말로 위를 쳐서 중원을 손에 넣을 좋은 기회라고 진언했다. 비위가 좀 더 시기를 기다려야 한다고 주장했으나, 강유의 의견대로 출전하기로 했다.

그해 8월, 강유는 두 장수에게 각각 만오천의 군사를 이끌고 먼저 떠나게 하여, 국산 기슭에 두 성을 쌓아 지키게 했다. 그러자 위의 곽회는 부장인 진태를 보내 오만의 군사로 성을 포위하게 했다.

촉의 군사가 지키는 성은 높은 지대에 있었으므로, 곧 물이 부족하게 되었다. 구원하러 오기로 되어 있는 강족의 군사가 좀처럼 도착하지 않았으므로, 강유는 우두산(牛頭山)으로 향하여 옹주의 배후를 치려고 했다.

이것을 알아차린 진태는 우두산에서 강유를 맞아 날마다 싸웠고, 그동안에 곽회의 군사가 군량을 운반하는 촉군의 길을 막아 버렸다. 강유는 후퇴할 수밖에 없었다. 진태의 군사가 쫓아오는 것을 저지하면서 조수(洮水)에 다다르니, 곽회의 군사가 퇴로를 가로막았다. 강유가 결사적으로 이를 돌파하여 양평관을 향해 말을 달리자, 또다시 한 떼의 군사가 쳐들어왔다.

앞장선 장수는 둥근 얼굴에 큰 귀, 네모난 입에 두터운 입술, 왼쪽 눈 아래 검은 혹이 달렸는데, 혹에는 수십 가닥의 검은 털이 나 있었다. 그는 사마의의 장남인 표기장군 사마사였다.

강유는 말을 몰아 창을 들고 쏜살같이 사마사에게 덤벼들어, 그의 기가 꺾이자 곧 양평관으로 줄달음쳤다. 강유가 관문에 도착했을 때 사마사가 뒤쫓아 왔다. 그때 촉의 복병들이 양쪽에서 나와 석궁을 일제히 발사했다. 활 하나에서 열 개의 쇠붙이 화살이 날아가고, 그 끝에는 독약이 묻어 있었다. 제갈량이 급할 때 사용하라고 가르친 '연노법(連弩法)'이었다. 사마사는 그 혼란 속을 겨우 빠져나가 도망쳤다. 강유도 군사를 이끌고 한중으로 돌아갔다.

가평 3년 가을, 사마의는 병에 걸려 점점 위독해 갔다. 그는 두 아들을 머리맡에 불러 말했다.

"내가 죽은 후에 너희들은 힘을 모아 나랏일을 신중히 처리해야 한다."

이윽고 숨을 거두니, 위의 천자 조방은 극진히 장례를 지내게 하고 사마사를 대장군, 사마소를 표기장군으로 임명했다.

그 무렵, 오에서는 손권의 아들 태자 손등(孫登)과 손화(孫和)가 잇따라 죽고, 셋째 아들 손량(孫亮)이 태자가 되었다. 육손과 제갈근은 이미 세상을 떠났고, 제갈근의 아들 제갈각(諸葛恪)이 정무를 담당하고 있었다.

태화 원년(251년) 8월 초하룻날, 갑자기 폭풍이 불어와서 바다와 장강의 파도가 높이 일어 평지에 넘친 물의 깊이가 팔 척이나 되었다. 대대로 천자의 능에 심은 소나무와 떡갈나무도 바람에 모조리 부러져서 건업의 남문 밖까지 날아왔다.

이때 놀라 병을 얻은 손권은 병세가 점점 심해지더니, 이듬해 4월 제갈각과 여대를 머리맡에 불러 뒷일을 부탁하고 숨을 거두었다. 재위한 지 이십사 년, 그의 나이 일흔하나였다. 이어서 손량이 즉위하고 대흥(大興) 원년으로 고쳤다.

손권이 죽었다는 소식을 전해 들은 낙양의 사마사는 오나라를 정벌하기 위해 군사를 동원했다. 세 장군에게 각각 십만의 군사를 이끌고 세 방면으로 떠나게 하고, 동생 사마소를 대도독으로 하여 전군을 지휘하게 했다. 사마소는 먼저 오의 요해인 동흥(東興)을 공격하려고 했다.

오의 제갈각은 정봉에게 삼천의 수군을 이끌고 장강의 수로를 통해 동흥으로 가게 하고, 자신은 대군을 이끌고 뒤를 따랐다. 정봉이 삼십 척의 군선에 각각 병사 백 명씩 태우고 수로를 거쳐 전진해 올 때, 위나라 군사는 마침 동흥성을 공략하기 위해 부교를 놓고 진을 치고 대비하고 있었다. 그러나 정봉의 군사가 삼천밖에 되지 않는 것을 알고는 방심하여 준비를 게을리 했다.

정봉은 전군에게 칼을 들게 하고, 자신이 앞장서서 배에서 강기슭으로 뛰어내려 위의 진지로 쳐들어갔다. 갑자기 습격을 당한 위의 진지가 흩어지자, 정봉의 군사는 칼을 휘둘러 때마침 펑펑 쏟아지는 눈발 속에서 적을 닥치는 대로 베어 쓰러뜨렸다.

사마소는 패하여 북쪽으로 도망쳤다. 이에 제갈각은 지금이야말로 중원에 진출할 가장 좋은 기회라고 생각하고는, 촉의 강유에게 사신을 보냈다.

"군사를 일으켜 위를 치기 바랍니다. 일이 성공을 거두면 천하를 분배합시다."

이윽고 이십만의 대군을 동원한 제갈각은 곧장 위의 요새인 신성까지 쳐들어가 사방에서 성을 포위했다. 이 성을 지키는 장수 장특(張特)은 성문을 굳게 닫고 싸우려 하지 않았다. 그래서 제갈각이 삼 개월 이상이나 공격했으나 성은 좀처럼 함락되지 않았다.

제갈각이 겨우 성의 동북쪽 한 귀퉁이를 무너뜨렸을 때 성안의 장특은 하나의 계략을 세워, 앞으로 며칠만 여유를 준다면 항복하겠다고 제의했다. 제갈각이 그 말을 곧이듣고 공격을 늦추는 동안에,

장특은 무너진 성벽을 다시 쌓았다. 완병계(緩兵計)였다.

제갈각이 화가 나서 성을 공격하자, 성에서 화살이 날아와 제갈각의 이마에 꽂혔다. 말에서 곤두박질하여 땅바닥에 굴러 떨어진 그를 장수들이 부축하여 진지로 돌아왔으나 상처가 심했고, 병사들은 싸울 의욕을 잃었다. 게다가 더위가 심해 많은 군사들이 병으로 죽어 갔다. 상처가 약간 나은 제갈각이 진지를 돌아보니, 군사들의 얼굴이 누렇게 떠 있었다. 그리고 위에 항복하는 자들도 적지 않았으므로, 제갈각은 할 수 없이 군사를 이끌고 오나라로 돌아왔다.

제갈각은 패전의 책임을 지는 것이 두려워, 선수를 써서 관원이나 장수들을 심문하여 죄가 있는 자는 변두리로 쫓아내고 죄가 무거운 자는 목을 벴다. 그러고는 근위병의 장수도 쫓아내고 자기의 심복을 앉히려고 했다.

근위병의 장수 손준(孫峻)은 손견의 동생 손정(孫靜)의 증손이었다. 손권이 살아 있을 때 사랑을 받았는데, 제갈각이 그의 권력을 빼앗으려고 한다는 것을 알고 매우 화가 나서 천자 손양을 만나 제갈각을 제거하도록 건의했다. 손양은 이에 동의했다.

손양은 궁중에서 잔치를 베풀어 제갈각을 불렀다. 제갈각은 불길한 예감이 들었으나, 거절할 수 없어 잔치에 참석했다. 술잔을 몇 번 돌리고 나서 손준이 갑자기 칼을 빼들고 큰 소리로 외쳤다.

"천자의 뜻에 따라 역신(逆臣)의 목을 벤다."

제갈각이 깜짝 놀라 칼을 뽑으려고 했으나, 이미 그의 목이 날아간 뒤였다. 이윽고 그의 가족도 모두 거리에 끌어내어 목을 벴다. 오의 대흥 2년(253년) 10월의 일이었다.

오의 태자 손양은 손준을 승상 대장군 부춘후(富春侯)로 봉하고, 모든 군사를 통솔하게 했다. 그 후로 권력은 모두 손준의 손으로 넘어갔다.

촉의 연희(延熙) 16년(253년) 가을, 장군 강유는 성도의 제갈각이 보낸, 함께 위를 치자는 편지를 받고 다시 이십만의 대군을 동원했다.

한편 위의 사마사는 서질(徐質)을 선봉으로 내세우고 사마소를 대도독으로 임명하여, 이를 맞아 싸우게 했다. 서질은 무용이 뛰어나서 촉의 장수들은 그를 당해 내지 못했다. 그러자 강유는 하나의 계략을 생각해 내어, 철롱산(鐵籠山) 기슭에서 목우유마를 사용하여 군량을 운반하게 했다.

사마소의 명령을 받은 서질은, 오천의 기병을 이끌고 이를 습격하여 촉의 군사를 몰아내고 군량을 빼앗았다. 그런데 수레가 쌓여 앞길이 가로막혀 있었다. 그래서 병사를 시켜 이것을 치우게 하는데, 갑자기 좌우에서 불길이 치솟았다. 급히 뒤로 물러가려고 하니, 산골짜기에 쌓아 올린 수레가 불이 붙어 활활 타올랐다.

불길을 헤치고 빠져나가려고 했을 때, 석화시가 울리더니 좌우에서 군사가 쳐들어왔다. 서질은 혼자 결사적으로 빠져 나왔으나 지칠 대로 지쳐 있었다. 그때 앞에서 한 떼의 군사가 쳐들어왔다. 강유였다. 서질이 놀랄 틈도 없이 강유가 단칼에 말을 찔러 서질이 말과 함께 쓰러지자, 이번에는 군사들이 달려들어 그를 찔러 죽였다.

서질의 부하는 모두 하후패에게 사로잡히고 말았다. 하후패는 위의 군사에게서 투구와 갑옷을 빼앗아 자기편 군사에게 입히고는, 위의 깃발을 들고 샛길로 적의 본진으로 향하게 했다. 이것을 본 위의 군사들이 서질이 돌아오는 줄 알고 성문을 열어 주니, 촉의 군사들은 거침없이 쳐들어갔다. 사마소는 당황하여 말을 몰아 도망치려고 했으나, 사방이 포위되어 있었다. 사마소는 할 수 없이 군사를 이끌고 철롱산으로 도망쳤다.

이 산에는 좁은 길 하나밖에 없고, 사방이 낭떠러지로 되어 있었다. 또한 산꼭대기에 샘이 하나 있을 뿐이어서, 육천 명의 군사가 마시기에는 물이 절대 부족했다. 그래서 사람도 말도 곧 목이 말라 쩔쩔맸다. 그런데 이상하게도 사마소가 하늘을 우러러 기도하니, 샘물이 줄기차게 솟아올라 사람과 말 모두 죽음을 면할 수 있었다.

한편, 진태는 군사 오천을 이끌고 강왕의 진지에 가서 항복하겠다고 말했다. 곽회가 교만하여 자기를 죽이려고 하기 때문이라고 하면서, 곽회의 진중 형편을 구석구석까지 잘 알고 있는 자기 말에 따라 오늘 밤에 즉시 쳐들어가면 반드시 승리한다는 것이었다. 강왕이 이 말을 곧이듣고 부하 장수에게 진태와 함께 밤에 쳐들어가게 하였지만, 곽회의 진지에 마련한 함정에 빠져 수많은 군사가 죽고 살아남은 자는 모두 항복했다.

곽회는 항복한 강군을 앞세우고 위의 장병을 그 속에 섞어 철롱산으로 향했다. 사마소를 산꼭대기로 쫓아 버리고 산기슭을 포위한 강유는, 강군이 도착하자 기꺼이 진중에 맞아들였다. 그러자 강군 속에 섞여 있던 위의 장병들이 일제히 덤벼들었다. 강유는 깜짝 놀라 말을 타고 도망치다, 당황하여 허리에 차고 있던 화살을 모두 땅바닥에 떨어뜨리고 말았다. 곽회가 말을 몰아 활을 들고 뒤쫓았다. 강유는 활을 쏘는 소리만 냈다. 그럴 때마다 곽회는 몸을 움츠렸으나 화살이 날아오지 않으므로 곧 눈치를 채고, 이번에는 자기가 활을 쏘았다.

강유는 몸을 피해 날아온 화살을 주워 다가오는 곽회를 겨냥하여 힘껏 쏘았다. 그러자 그 화살이 곽회의 미간에 명중했다. 강유가 말에서 굴러 떨어지자 곽회의 목을 베려는데 위의 군사가 뒤쫓아 왔으므로, 그는 손쓸 여유도 없이 곽회의 창만 빼앗아 도망쳤다.

위의 군사들은 곽회를 도와 본진으로 돌아가 급히 화살을 빼고 약을 발랐다. 그러나 상처가 깊고 출혈이 많아, 곽회는 그대로 숨을 거두었다. 사마소는 철롱산에서 내려와 적을 뒤쫓다가, 도중에 낙양으로 돌아왔다.

이 싸움에서 많은 군사를 잃은 강유는 살아남은 군사를 모아 한중까지 후퇴했다. 그러나 서질을 사로잡고 곽회를 쏘아 죽여 위의 군사를 크게 무찔렀으므로, 손해를 본 승부는 아니었다.

사마소는 낙양으로 돌아오자 형 사마사와 함께 조정의 전권을 완전히 장악했다. 신하들은 아무도 입을 열지 못했고, 천자 조방조차 벌벌 떨었다.

어느 날, 사마사가 칼을 찬 채 어전(御前)에 나타나자, 조방은 얼른 옥좌에서 일어나 그를 맞아들였다. 사마사가 웃으면서 말했다.

"천자가 신하를 마중하는 예의가 어디 있습니까? 폐하, 침착하십시오."

이때 신하들이 정무를 보고하러 왔는데, 사마사 자신이 모든 일을 도맡아 처리하고 천자에게는 한마디 보고도 하지 않았다. 이윽고 모든 정무를 마친 사마사는 천자를 무시하고 정원 앞에서 수레에 올라 수천 명의 기병을 거느리고 나갔다.

조방이 어전에 들어가 돌아보니, 따르는 자는 불과 세 명뿐이었다. 그들은 하후현(夏候玄)과 이풍(李豊), 그리고 장 황후의 아버지인 장즙(張緝)이었다. 조방은 측근을 물러가게 하고 세 사람을 밀실에 불러 눈물을 흘리면서 말했다.

"사마사는 짐을 완전 무시하고 있소. 조만간 그에게 이 나라를 빼앗기고 말 것 같구려."

그 말을 들은 세 사람이 울면서 말했다.

"신들은 마음과 힘을 합쳐 역적을 무찌르겠습니다."

조방은 손가락을 깨물어 선혈로 밀서(密書)를 옷소매에 써서 비밀을 누설하지 말라고 당부하고 장즙에게 주었다. 세 사람이 어전에서 물러나 동화문(東華門)까지 갔을 때, 사마사가 무장한 수백 명의 군사를 이끌고 다가왔다. 사마사가 물었다.

"천자와 밀실에 모여 울면서 무엇을 했나?"

"우리는 아무것도 하지 않았소."

"세 사람 모두 눈두덩이 빨갛지 않나. 감히 나를 속일 수 있다고 생각했는가?"

사마사가 세 사람의 몸을 뒤지니, 장즙의 호주머니에서 혈서를 쓴 어의(御衣)가 나왔다. 거기에는 '사마 형제는 권력을 잡고 나라를 빼앗으려고 한다. 관원과 군사들은 충성을 다하여 역적을 무찌르라.'라고 씌어 있었다.

사마사는 화가 치밀어 세 사람을 사형에 처하라 명하고는, 거리로 끌고 가게 했다. 세 사람은 끌려가면서도 큰 소리로 사마 형제에게 욕설을 퍼부었지만, 곤장에 맞아 이가 모조리 부러져 알아들을 수도 없었다.

세 중신들을 죽인 사마사는 곧장 궁으로 가서 조방에게 그 혈서를 내보이면서 물었다.

"이걸 누가 썼습니까?"

조방은 벌벌 떨면서 말했다.

"억지로 강요해서 쓴 것이오. 짐의 본심이 아니오."

"죄를 남에게 뒤집어씌우는 자에게 어떤 형벌을 내리는 것이 좋겠습니까?"

조방은 무릎을 꿇고 빌었다.

"짐이 잘못했소. 용서하오!"

"폐하, 어서 일어나시오. 조정의 거론이 있기 전에 당신을 폐위할 수는 없습니다."

사마사는 이렇게 말하고 장 황후를 가리키면서 말했다.

"이 여자는 장즙의 딸이니 살려둘 수 없소."

조방이 소리 내어 울면서 사마사에게 매달려 황후를 살려 달라고 애원했으나, 사마사는 장 황후를 동화문 밖에 끌어내어 명주 끈으로 목을 졸라 죽여 버렸다.

이튿날 사마사는 조정의 백관을 모아 놓고, 천자는 색(色)에 빠져 소인의 고자질에 귀를 기울이고 정치에 무능하므로 새로운 천자를 세워 천하를 안정시켜야 한다고 말했다. 백관 중에는 이의를 제기하는 사람이 하나도 없었다. 그리하여 사마사가 황태후에게 가서 후계자를 의논하니, 황태후가 말했다.

"고귀향공(高貴鄕公) 조모(曹髦)는 문제(文帝)의 손자로, 덕이 있는 분입니다."

사마사는 조모를 궁중에 맞아들여 새로운 천자로 추대하고, 가평 6년(254년)을 정원(正元) 원년으로 고쳤다. 천자는 대장군 사마사에게 황금 도끼를 하사하고, 어전에서 천자를 뵐 때 이름을 대지 않아도 되며, 칼을 찬 채 전상(殿上)에 오르는 것도 허용했다.

이듬해 정원 2년 1월, 회남의 군사를 통솔하는 진동장군 관구검(毌丘儉)과 양주 자사 문흠(文欽)이 사마사의 횡포에 격분하여 군사를 이끌고 의거(義擧)를 일으켰다.

이때 사마사는 왼쪽 눈에 혹이 생겨 치료하고 있었으나, 회남에서 기병(起兵)을 일으켰다는 소식을 전해 듣고는 병을 무릅쓰고 몸소 나서 이를 평정했다.

사마사는 제갈탄을 정동대장군에 임명하여 회남의 군사를 지휘하게 하고, 대군을 이끌고 허도로 돌아왔다.

사마사는 눈의 통증이 점점 심해 갔다. 매일 밤 이풍·장즙·하후현이 사마사의 머리맡을 떠나지 않았다. 사마사는 얼마 살지 못할 것을 깨닫고, 낙양에서 동생 사마소를 불러들였다. 사마소가 머리맡에서 눈물을 흘리자, 사마사는 말했다.

"내 어깨에 짊어진 무거운 책임을 이제 네게 넘겨줘야겠다. 네가 내 뒤를 이으면 중대한 일은 남에게 맡기지 마라. 자칫하면 일족을 망치게 된다."

사마사는 사마소에게 인장(印章)을 넘겨주며 조용히 눈물을 흘렸다. 사마소가 뭔가 물어보려고 했을 때, 사마사는 외마디 소리를 지르며 눈알이 불쑥 튀어나오더니 숨이 끊겼다. 그리하여 사마소가 대장군·녹상서사(錄尙書事)에 임명되어 그 후로 나라 안팎의 모든 일이 그의 손에 의해 좌우되었다.

사마사가 죽었다는 소식을 전해 들은 강유는, 오만의 군사를 이끌고 출발하여 조수의 서쪽 기슭에 배수진을 쳤다. 위에서는 왕경(王經)과 진태가 맞서 싸웠다. 그들이 강기슭까지 적을 쫓아가자, 배수진을 치고 있던 강유의 군사가 필사적으로 반격하여 위의 군사들은 수없이 조수에 빠져 익사하고 말았다.

위의 왕경은 불과 백여 명의 기병을 이끌고 간신히 빠져나와 적도성(狄道城)으로 도망쳤다. 강유는 적도성으로 뒤쫓아가서 그들을 공략했다. 그러나 성벽이 대단히 견고하여 사방에서 공격해 들어가도 좀처럼 함락시킬 수가 없었다.

며칠이 지난 저녁때, 강유가 골똘히 작전을 생각하고 있는데 양쪽에서 적이 쳐들어왔다. 하나는 정서장군 진태의 군사이고, 하나는 연주 자사 등애였다.

강유는 장익에게 성을 공격하게 하고 하후패에게는 진태와 맞서 싸우게 한 다음, 자기는 등애와 싸우기 위해 군사를 이끌고 떠났다. 오 리쯤 가니, 갑자기 동남쪽에서 뿔피리 소리와 북소리가 일제히 울려 퍼져 천지를 뒤흔들고 하늘 높이 봉화가 치솟았다.

"등애의 계략에 걸렸구나!"

강유는 깜짝 놀라 하후패와 장익에게 적도성을 버리고 후퇴하라고 명령하고, 자기는 대열의 끝을 지키면서 철수했다. 그런데 뒤에서는 여전히 북과 뿔피리 소리가 들려왔다. 검각까지 후퇴했을 때 비로소 이십 개 남짓한 봉화와 북, 뿔피리 소리가 적의 계략이었음을 알게 되었으나, 이미 때는 늦었다. 그리하여 강유는 군사를 이끌고 종제(鍾騠)에 진을 쳤다.

적도성에서는 왕경이 진태와 등애를 성으로 맞아들여, 포위를 뚫은 것에 감사하여 잔치를 베풀었다. 등애는 공로에 의해 안서장군(安西將軍)이 되어 진태와 함께 옹주·양주를 지키게 되었다. 진태는 등애에게 술을 권하면서 말했다.

"강유는 밤새 도망쳐 갔으니, 다시는 나타나지 않을 거요."

그러자 등애가 고개를 저으며 말했다.

"그렇지 않소. 강유는 반드시 다시 쳐들어올 것이오. 촉의 군사는 물러갔지만 원기는 왕성하고, 우리 군사는 조수에서 패하여 기력이 빠져 있소. 게다가 적도·농서·남안·기산 네 곳은 모두 수비하기에 유리하지만, 촉의 군사가 동쪽으로 가는 체하다가 서쪽을 치고, 남쪽으로 향하는 체하다가 북쪽을 공격하면 우리 군사는 사방으로 군사를 나눠서 지켜야 하니, 한 덩어리가 된 촉의 군사를 우리 군사는 사 분의 일의 힘으로 막아야 하오. 또한 촉의 군사가 남안·농서로 진출하면 강인(羌人)의 곡식을 취하여 군량으로 쓸 수 있고, 기산으로 진출하면 보리를 얻을 수 있는데, 강유가 이러한 것을 모를 리 없소."

"그만큼 내다볼 수 있다면, 촉의 군사는 걱정할 것 없네."

진태는 감탄하여 그 후부터 등애를 존경하여 친구로 지내게 되었다.

한편 강유는 종제에서 술자리를 베풀고 여러 장수들과 위를 공략할 의논을 했다. 그때 하후패가 말했다.

"조수의 싸움에서 위를 무찔렀으니, 여기서 자중하는 것이 어떨까요?"

"그렇지 않소. 지금 위를 치지 않으면 이런 기회는 다시 오지 않을 거요."

"그렇지만 등애는 나이가 어려도 계략이 뛰어납니다."

하후패의 말에 강유가 큰 소리로 말했다.

"내가 어찌 등애 따위를 두려워하겠는가! 내 마음은 이미 정해졌소. 먼저 농서를 빼앗도록 합시다."

이리하여 촉의 군사는 종제에서 기산으로 쳐들어갔다. 그러나 위의 군사는 이미 아홉 군데에 진을 치고 있었다. 강유는 소문대로 뛰어난 등애의 전법에 감탄했다. 그리고 기산 앞쪽 골짜기에 군사의 일부를 포진하여 날마다 척후병을 보내어 적을 감시하게 하고, 자신은 대군을 이끌고 몰래 동정으로 빠져 남안을 공격하려고 했다.

등애는 이러한 움직임을 재빨리 알아차리고는, 남안 근처의 무성산으로 앞질러 가서 다시 상규로 통하는 길목인 단곡(段谷)이라는 골짜기에 복병을 숨겨 놓았다.

강유가 무성산에 접어들자, 갑자기 산 위에서 일제히 함성이 일어나고 뿔피리와 북소리에 따라 깃발이 죽 늘어섰다. 한복판에 펄럭이는 노란 깃발에는 '등애' 라고 큰 글자가 씌어 있었다.

촉의 군사들이 놀라 갈팡질팡하는데, 산 위에서 정병이 쳐 내려와 칼과 창을 휘둘렀다. 강유가 중군을 이끌고 달려왔을 때에는 촉의 선봉이 크게 패한 후였고, 위의 정병은 이미 산으로 물러가 있었다. 화가 난 강유가 산기슭에서 등애에게 도전했으나, 산 위에서는 아무도 나타나지 않았다.

날이 저물었으므로 돌아가려고 하는데, 산 위에서 뿔피리와 북소리가 일제히 울려 퍼졌다. 그러나 쳐내려올 기미는 보이지 않았다. 산으로 쳐 올라가려고 하자 커다란 돌멩이와 장대가 마구 굴러 떨어졌다.

밤중까지 버티다가 촉의 군사들이 돌아가려고 할 때, 산 위에서 또다시 뿔피리와 북소리가 들렸다. 강유는 산기슭에 진을 치기로 하고 병사들에게 돌멩이와 나무를 치우게 했다. 그런데 그때 갑자기 위의 군사가 일제히 쳐내려왔다. 촉의 군사들은 기습을 당해 허둥지둥 도망쳤다.

강유는 할 수 없이 남안으로 향하는 것을 보류하고 무성산에서 상규로 가기로 했다. 그런데 산의 경사가 심하여 길이 험했다. 길 안내자에게 물으니, '단곡(段谷)' 이라는 골짜기라고 했다.

"기분 나쁜 이름이군. 단곡(段谷)이라면 단곡(斷谷)이란 뜻으로 골짜기가 막힌다는 것을 의미하는데, 어찌하면 좋은가?"

이렇게 말하고 있을 때 적의 복병이 불쑥 나타났다. 위의 장수 사찬(師纂)과 등충이 양쪽에서 군사를 이끌고 쳐들어왔다. 당황하여 도망치니 등애의 군사가 덤벼들었다. 촉의 군사는 크게 패했으나 다행히 하후패가 달려와 위의 군사를 쫓아냈으므로, 강유는 간신히 목숨을 건지게 되었다.

기산의 진지도 이미 진태에게 점령되었다. 강유는 산속의 샛길을 따라 도망쳤다. 등애가 뒤쫓아 오고 진태가 길을 가로 막아 강유는 앞뒤로 포위되었으나, 부하 장수의 도움으로 겨우 빠져나와 한중까지 돌아갈 수 있었다.

강유는 패전의 책임을 지기로 했다. 그는 제갈량이 가정(街亭)의 패전에 책임을 진 전례에 따라 자기의 직위를 후장군으로 낮추고, 대장군의 직무를 대행하기로 했다.

한편, 위의 등애는 이 싸움의 공로로 직위가 주어지고, 아들 등충(鄧忠)도 정후(亭侯)로 봉해졌다.

야욕과 모반

위의 천자 조모는 정원 3년(256년)을 감로(甘露) 원년으로 고쳤다.

사마소는 군사를 통솔하는 대도독이 된 후로 언제나 투구와 갑옷으로 무장한 맹장 삼천 명을 거느린 채 모든 국정을 재상부(宰相府)에서 결재하면서, 제위를 빼앗을 야심을 품고 있었다.

이때, 죽은 건위장군(建威將軍) 가규(賈逵)의 아들로 문관의 최고 자리에 있던 심복 가충(賈充)이 사마소에게 진언했다.

"지금 장군께서는 천하의 대권을 손에 넣고 계시지만, 아직도 불평하는 사람이 많을 것입니다. 은밀히 조사해 보는 것이 어떻겠습니까?"

사마소도 같은 생각을 하고 있었으므로, 가충을 회남으로 보내 진동장군 제갈탄을 만나게 했다. 제갈량의 일족인 제갈탄은 제갈량이 촉의 재상이었기 때문에 높이 등용되지 못했으나, 제갈량이 죽은 후에는 중요한 직책을 두루 거치며 고평후(高平侯)로 책봉되어 회남·회북의 군사를 통솔하고 있었다.

가충은 그의 속을 떠보았다.

"요사이 낙양의 현자들은 모두, '천자는 연약하여 군주의 그릇이 못 되고 사마 대장군은 삼대에 걸쳐 나랏일을 맡아 그 공덕이 하늘을 찌르니, 위의 천자는 그 자리를 넘겨줘야 마땅하다.'고 말하는데, 장군은 어떻게 생각하십니까?"

제갈탄은 버럭 화를 내며 반문했다.

"그대는 대대로 위의 녹(祿)을 먹고 있으면서, 지금 무슨 말을 하고 있는 게요?"

"나는 다만 사람들의 소문을 말했을 뿐입니다."

"만일 조정에 무슨 일이 일어나게 되면, 나는 목숨을 걸고 나라의 은혜를 갚을 생각이오."

가충은 이것을 사마소에게 자세히 보고했다. 화가 난 사마소는 양주의 자사 악침(樂綝)에게 밀서를 보내는 한편, 제갈탄에게는 사공(司空)으로 임명하겠으니 즉시 상경하라는 기별을 했다.

제갈탄은 사마소의 계략을 눈치 채고 즉시 양주에 달려가서 악침을 찔러 죽이고, 양회(兩淮)의 군사 십만과 양주에서 항복한 병사 사만을 이끌고 사마소를 타도하기 위해 궐기하는 한편, 오에 도움을 요청했다.

이 무렵, 오에서는 승상 손준이 이미 병으로 죽고 사촌동생인 손침(孫綝)이 정권을 장악하고 있었다. 그런데 그는 성격이 난폭해 잇따라 실권자를 죽이고 정권을 한 손에 잡고 있어, 총명한 오의 천자 손양도 애를 먹고 있었다. 그러나 손침은 제갈탄의 요구에 응하여 위를 토벌하기 위해 군사 칠만을 동원했다.

사마소는 제갈탄이 모반했다는 소식을 듣고 매우 화가 나서 손수 토벌하러 나서려고 했으나, 가충의 의견에 따라 태후와 천자에게 친히 토벌에 나설 것을 요청했다.

조모는 마음이 내키지 않았으나, 사마소의 위세가 두려워 거절하지 못했다. 사마소는 조서를 발표하고 낙양·장안의 군사 이십육만을 동원하여 회남으로 쳐들어갔다.

위의 선봉은 오의 선봉과 싸워, 우선 이를 무찔렀다. 제갈탄은 오의 군사를 좌우로 거느리고 위의 병사를 맞아 싸웠다. 그런데 도우러 온 오의 군사들이 욕심에 눈이 어두운 나머지 위의 군사들이 내팽개치고 도망친 우마(牛馬)나 노획품을 손에 넣기에 정신이 없었고, 이 사이 위의 군사들이 이들을 포위했다. 제갈탄은 패잔병을 이끌고 간신히 수춘성으로 도망쳤다.

사마소는 사방에서 이를 포위하고 맹렬히 공격하다가 조회의 의견에 따라 한쪽 포위를 풀었다. 그 틈에 오의 장수 우전(于詮)이 만 명의 군사를 이끌고 제갈탄을 돕기 위해 성으로 들어왔다.

한편, 오의 손침은 성 밖에서 위의 군사를 무찌르기 위해 오천의 군사를 파견했으나, 사마소에게 크게 패했다. 화가 난 손침은 도망쳐 온 장수의 목을 베고 자기는 건업으로 철수했다. 이것을 본 오의 장수들은 손침에게 죽음을 당하기보다는 위에 항복하는 것이 낫다고 생각하여, 잇따라 항복하기 시작했다.

제갈탄은 성안에서 몹시 초조해했다. 군량도 점점 떨어져갔다. 두 사람의 참모가 차라리 성안의 오와 회남의 군사를 이끌고 나가 싸워 판가름을 내는 것이 어떻겠느냐고 진언하자, 제갈탄은 화를 내며 호통을 쳤다.

"나는 성을 굳게 지키려고 하는데 너희들은 나가 싸워 결판을 내자고 하다니, 나에게 거역할 셈인가? 또다시 그 따위 소리를 하면 목을 벨 테다."

두 참모는 제갈탄에게 겁을 먹고 그날 밤에 성벽을 넘어 위에 항복했다.

회하(淮河)는 해마다 강물이 넘쳤다. 제갈탄은 강물이 넘쳐서 위의 군사가 쌓은 흙벽이 무너져 내릴 무렵에 일제히 공격하려고 했다. 그런데 그해에는 가을과 겨울 내내 비가 별로 오지 않아, 회하의 물이 조금도 불지 않았다.

그러는 사이 성안의 군량이 떨어져, 군사들이 굶어서 쓰러지기 시작했다. 오의 장수 문흠은 그것을 보고 군사들이 적은 식량으로 연명할 수 있도록 북국(北國)의 군사를 성 밖으로 내보내라고 제갈탄에게 건의했다. 그 말을 들은 제갈탄은, 자기 군사를 성 밖으로 내보내라고 말하는 것은 자기를 죽이기 위해서라고 화를 내며 문흠을 죽여 버렸다.

문흠의 아들 문앙과 문호(文虎)는 아버지가 죽음을 당하자 칼을 빼들고 그 자리에서 수십 명을 죽인 후, 성벽을 뛰어넘어 위에 항복해 버렸다.

문앙은 전에 위의 군사를 크게 무찌른 장수였으므로, 사마소는 이 기회에 두 형제를 죽이려 했다. 그러나 종회의 간곡한 요청을 받아들여 두 사람을 용서하고 벼슬까지 주었다. 그러자 이 말을 전해 들은 성안의 군사들은 모두 항복할 생각을 하게 되었다.

사마소가 전군에 명령을 내려 사방에서 쳐들어가자, 북문의 장수가 성문을 열고 위의 군사를 맞아들였다. 제갈탄은 군사 수백 명을 이끌고 성에서 나왔으나 위의 장수에게 찔려 죽고 부하들은 모두 사로잡혔다. 하지만 장수 우전만은 혼자 남아서 분전했다.

"빨리 항복해라!"

위의 장수가 외치자, 우전은 몹시 화가 나서 말했다.

"제갈탄을 도와주라는 명령을 받고 달려왔는데 구출해 내지도 못하고 항복하다니, 안 될 일이다. 대장부가 이 세상에 태어나 싸움터에서 죽게 되는 것은 행복한 일이다."

우전은 큰 소리로 외치고 나서 창을 휘두르면서 삼십여 차례 싸운 끝에 사람과 말이 모두 지쳐 죽고 말았다.

사마소는 수춘성으로 들어가 제갈탄의 일족과 부하를 모두 잡아 죽였다. 오의 군사는 거의 다 항복했으므로, 종회의 의견에 따라 모두 본군으로 돌려보내어 너그러운 면을 보였다. 이리하여 회남은 어렵지 않게 평정되었다.

촉의 연희 20년(257년), 강유는, 회남의 제갈탄이 오의 도움을 받아 사마소를 토벌하기 위해 군사를 일으키고 사마소는 이십만의 군사를 이끌고 회남으로 갔다는 소식을 전해 듣고 크게 기뻐하며, 천자에게 상주하여 위를 토벌하려고 했다.

그런데 이 무렵에 천자 유선은 주색(酒色)에 빠지고 내시 황호(黃皓)를 신임한 나머지 나랏일을 돌보지 않았으며, 문관 중에는 전쟁을 일으키는 것을 싫어하는 자가 적지 않았다. 그러나 강유는 그것을 유생(儒生)의 안이한 생각이라고 귀담아듣지 않고 즉시 출전하여, 낙곡(駱谷)에서 심령을 넘어 장성(長城)을 향해 진격했다.

그러나 사마소가 제갈탄을 죽였고 오의 군사는 모두 항복했다는 보고가 날아들자, 강유는 깜짝 놀라 말했다.

"위의 토벌은 이번에도 그림의 떡이 되고 말았구나. 일단 군사를 철수시켜야겠다."

한편, 오의 장수 손침은 위에 항복한 병사들의 가족을 붙잡아 모두 죽여 버렸다. 손양은 총명하기는 했지만 정치에는 힘이 모자랐다. 때문에 손침이 손양의 명령을 무시하는 일이 빈번하게 일어났다. 마침

내 이를 참지 못한 손양이 측근들과 공모하여 몰래 손침을 제거할 방법을 의논했다. 그런데 이것이 새어 손침의 귀에 들어갔다.

손침은 즉시 군사를 이끌고 궁전을 에워쌌다. 그러고는 문무백관들을 모아 놓고 천자를 폐위시킬 것을 선언한 뒤, 어전에 가서 손양의 옥새를 빼앗고 말했다.

"내 그대를 당장 죽이고 싶지만, 선제의 얼굴을 보아 회계왕(會稽王)으로 삼는다."

손침은 손권의 여섯째 아들 낭야왕 손휴(孫休)를 새로 천자로 맞아, 연호를 영안(永安) 원년(258년)으로 고쳤다. 손침 일가의 권세는 더욱 강대해졌다.

그러나 얼마 지나지 않아 궁중에서 열리는 큰 잔치에 손침이 초대되었고 그 자리에서 좌장군 장포는 그를 뜰로 끌고 나가 목을 베어 버리고 그 일족까지 모조리 죽여 버렸다. 또한 그의 사촌 형이며 전에 재상을 지냈던 손준의 무덤까지 없애 버렸다.

손휴는 촉의 성도에 사신을 보내, 사마소가 만일 위의 제위를 빼앗게 되면 오와 촉이 연합하여 쳐들어가자고 전했다. 강유는 이 소식을 듣고 기뻐하면서 다시 위를 토벌하러 나서려고 했다.

촉의 경요(景耀) 원년(258년) 겨울, 대장군 강유는 이십만 대군을 이끌고 위를 치기 위해 나섰다. 그는 하후패의 작전에 따라 전에 제갈량이 여섯 번 진을 쳤던 기산으로 가서 골짜기 어귀에 진을 쳤다.

이때 위의 등애도 농우의 군사를 모아 기산에 진을 쳤다. 그는 촉의 군사가 쳐들어왔다는 정보를 듣고 언덕 위에 올라가 바라보면서 기뻐하며 말했다.

"내가 예상했던 대로군."

양군은 곧 대열을 정돈하고 전진했다. 등애는 중군(中軍)에서 지휘했다. 그러나 양군이 충돌해도 진지는 조금도 흩어지지 않았다. 이때 강유가 중군에서 깃발을 흔들었다. 그러자 즉시 등애를 에워싸고 사방에서 함성이 일어났다.

등애는 이 포진을 알지 못했으므로 매우 놀랐다. 촉의 군사는 점점 가까이 다가왔다. 등애는 장수들과 함께 벗어나려고 했지만, 어쩔 도리가 없었다.

이처럼 등애가 강유의 계략에 걸려 위기에 처해 있을 때, 서북쪽에서 한 떼의 군사가 나타나 등애를 구출했다. 사마망이었다. 그는 젊었을 때 제갈량의 친구인 최주평(崔州平)·석광원(石廣元)과 사귀어 이 진법을 알고 있었던 것이다. 등애는 하나의 계략을 생각해 내고는, 이튿날 다시 진법을 겨루기 위해 강유에게 도전장을 보냈다.

이튿날, 강유와 사마망이 각각 군사를 이끌고 기산 앞으로 나갔다. 먼저 사마망이 팔진을 포위하자, 강유가 그것을 변화시켜 보라고 했다. 사마망이 여든한 가지 변화가 있다고 말하고 몇 가지를 변화시켜 보았다. 그러자 강유는 웃으면서 말했다.

"나의 진법은 주천(周天)의 수에 맞춰서 삼백예순다섯 가지의 변화가 있다. 네놈은 우물 안의 개구리나 마찬가지다."

사마망은 화가 나서 크게 외쳤다.

"내 눈으로 보기 전에는 믿을 수 없다."

"등애를 내보내라. 그의 눈앞에서 본을 보이겠다."

"등 장군은 생각이 따로 있다. 너 같은 놈과 진법을 다투기를 원치 않는다."

강유는 껄껄 웃고 나서 말했다.

"어떤 생각이 있다는 게냐? 네놈과 내가 이곳에서 포진을 겨루는 사이에 기산의 뒤통수를 치는 것이 고작 아니냐?"

강유가 속을 빤히 들여다보고 있었으므로, 사마망은 깜짝 놀라 한꺼번에 쳐들어가려고 했다. 그런데 강유가 깃발을 흔들었다. 그러자 좌우의 군사가 일제히 공격하여 위의 군사를 닥치는 대로 무찔렀다. 이때 등애는 몰래 기산의 뒤쪽으로 돌아가다 촉의 복병에게 기습을 당해 크게 패하여, 간신히 위수의 남쪽 진지까지 도망쳐 갔다. 그때 마침 사마망도 돌아왔으므로, 대책을 의논했다.

그 무렵 촉의 천자 유선이 내시 황호를 총애하고 있는 것을 기회로, 등애는 성도에 사자를 보내 황호에게 금은보화를 선물하는 한편, 강유가 천자를 원망하여 곧 위에 항복할 것이라는 유언을 퍼뜨렸다. 이윽고 성도 사람들 사이에 이 소문이 퍼지자, 황호는 유선에게 즉시 강유를 불러들이라고 상주했다.

강유는 날마다 등애에게 도전했지만, 등애는 굳게 진지를 지키고 꼼짝도 하지 않았다. 이상하게 생각하고 있는데 군사를 철수하고 돌아오라는 칙명이 도착했다.

"장군이 밖에 나와 있을 때에는 비록 천자의 명이라도 받들 수 없는 경우가 있습니다. 지금은 움직일 때가 아닙니다."

"촉의 백성들은 해마다 싸우러 나가야 하는 것을 원망하고 있습니다. 승리를 거듭한 이때에, 일단 군사를 철수하여 민심을 안정시킨 후에 다시 출전하는 것이 좋을 줄 압니다."

부하들 사이에 의견이 나뉘었으나, 강유는 할 수 없이 군사를 철수하기로 했다. 그 질서 정연하게 철수하는 모습을 본 등애가 말했다.

"그는 제갈량의 병법을 잘 알고 있군."

등애는 뒤쫓는 것을 그만두었다.

강유는 성도에 돌아와 유선을 뵙고 등애의 이간책에 걸렸다고 말했으나, 유선은 시무룩한 얼굴을 하고 아무 대답도 하지 않았다.

이 소식을 들은 낙양의 사마소는 기뻐하며 가충을 불러 말했다.

"촉을 치려고 하는데, 어떻게 생각하는가?"

"아직은 때가 이릅니다. 지금 천자는 장군을 의심하고 있습니다. 만일 성도를 비우고 떠나시면, 반드시 난동이 일어날 것입니다."

이어서 가충은 사마소에게 다음과 같은 말을 들려주었다.

지난해에 두 마리의 누런 용(龍)이 영릉(寧陵)의 우물에서 발견되었다. 여러 신하들은 길한 징조라고 기뻐했으나, 천자는 기뻐하지 않았다는 것이었다.

"용은 군주의 상징이오. 그것이 위로 하늘에 있지 않고 우물 속에 있으니, 이것은 필시 옥에 갇힐 징조요."

그러고는 '잠룡(潛龍)의 시'를 지었는데, 그중에 '용은 우물 밑에 웅크리고 미꾸라지가 그 앞에서 춤추나니'라는 구절이 있었다. 이 것은 분명히 사마소를 가리킨 것이었다. 사마소는 이 말을 듣고 크게 화를 냈다.

"그도 조방의 꼴이 되고 싶은가 보구나! 빨리 처지하지 않으면 이쪽이 당할 것이다."

"저도 빠를수록 좋다고 생각합니다."

위의 감로 5년(260년) 4월의 일이었다. 사마소가 칼을 차고 어전에 올라가니, 조모는 옥좌에서 일어나 그를 맞았다. 신하들은 대장군의 공로나 인덕으로 보아 마땅히 진공(晉公)의 자리에 올라야 한다고 말했다. 조모가 머리를 숙인 채 가만 있자, 사마소는 큰 소리로 말했다.

"우리 부자와 형제들은 위를 위해 큰 공을 세웠소. 진공이 되는 것이 어찌하여 마땅치 않다는 것입니까?"

"마땅치 않다고는 하지 않았소."

"그렇다면 '잠룡의 시'에서 나를 미꾸라지에 비유한 것은 무엇 때문입니까?"

조모가 아무 말도 못 하자, 사마소는 쓴웃음을 지으며 어전에서 물러났다. 조모는 침전으로 돌아와 왕침(王沈)과 왕경(王經), 왕업(王業) 세 신하를 불러 눈물을 흘리면서 말했다.

"짐에 대한 사마소의 모독은 경들이 다 아는 바요. 가만히 앉아 폐위의 수치를 당할 수는 없소. 나를 도와 그를 처단해 주지 않겠소?"

이윽고 조모는 호위병에게 명하여 군사 백여 명을 모아 이끌고 북을 치면서 궁전 문을 나섰다. 왕경이 수레 앞에 엎드려 소수의 군사로 사마소를 치려고 하면 개죽음을 면할 수 없다고 말렸으나, 조모는 듣지 않았다.

"일이 이렇게 된 이상 말리지 마오."

조모가 용문(龍門)을 향해 쳐들어가자, 저쪽에서 가충이 부장 성제(成濟)와 함께 투구와 갑옷을 걸친 수천 명의 군사를 이끌고 함성을 지르면서 뛰어왔다. 조모는 칼을 빼들고 외쳤다.

"나는 천자다. 너희들은 궁중에 난입하여 군주를 죽이려는 게냐?"

그 서슬에 병사들이 멈춰 서자, 가충이 성제를 돌아보며 말했다.

"사마공의 명령이다. 죽여라!"

부장 성제가 창을 휘두르면서 수레 앞에 버티고 서자, 조모가 호통을 쳤다.

"이 무례한 놈아!"

말을 채 끝내기도 전에 조모는 성제의 창에 가슴을 찔려 수레에서 굴러 떨어졌다. 성제가 다시 창으로 등을 찌르니, 마침내 조모는 숨을 거두었다. 호위병들이 창을 휘두르면서 덤벼들었으나, 그들 역시 성제에게 찔려 죽었다. 왕경은 조금 늦게 달려와 호통을 쳤다.

"이 역적놈아, 천자를 죽이다니, 하늘이 무섭지 않느냐!"

가충은 그를 사로잡아 사마소에게 바쳤다. 사마소는 궁전으로 달려와서 조모가 죽은 것을 보고는 일부러 놀란 체했다. 그러고는 머리를 천자의 수레에 부딪히며 울었다.

이윽고 사마소는 천자의 시체를 관에 넣고 군신들을 불러 모았다. 그리고 진태를 불러 뒤처리에 대해 물었더니, 진태는 가충의 목을 베어 천하에 사죄해야 할 것이라고 대답했다. 그러나 사마소는 성제야말로 대역무도한 놈이라 하여 그 일족을 모조리 죽이라고 명령했다. 그 말을 들은 성제는 큰 소리로 사마소를 원망했다.

"나는 죄가 없다. 가충이 네놈의 명령이라고 말했다."

성제가 아우성을 치자, 사마소는 먼저 그의 혀를 뽑아 버리게 했다. 성제는 죽을 때까지 계속해서 외쳐 대다 거리로 끌려가 목이 달아났으며, 일족이 모두 죽음을 당했다. 그리고 왕경 일족도 역시 죽음을 당했다.

가충 등은 사마소에게 위의 제위를 물려받아 천자가 되기를 권했다. 그러나 사마소는 주(周)의 문왕이나 위의 조조의 예를 들며, 자기는 즉위할 마음이 없다고 말했다. 가충은 사마소가 아들 사마염(司馬炎)을 염두에 두고 하는 말임을 알아차리고는, 그 이상 권유하지 않았다.

그해 6월, 사마소는 상도향공(常道鄉公) 조황(曹璜)을 천자로 추대하고, 경원(景元)으로 연호를 고쳤다. 조황은 즉위하여 이름을 조환(曹奐)으로 고쳤다. 그리고 조환은 사마소를 승상 진공(晉公)으로 봉했다.

촉의 강유는 사마소가 조모를 죽이고 조환을 천자로 세운 것을 알자 위를 정벌할 명분이 생겼다며 기뻐했다. 그는 곧 오에 사자를 보내 위를 칠 것을 촉구하는 동시에, 십오만의 대군을 이끌고 세 방면으로 갈라서서 기산으로 떠났다.

이때 위의 등애는 기산의 진지에서 병마를 훈련시키고 있었는데, 부하인 왕관(王瓘)이 하나의 계략을 꾸며 내어, 오천의 기병을 이끌고 사곡으로 달려가 강유에게 항복한다고 말했다. 왕관은, 자신이 사마소에게 죽임을 당한 왕경의 조카라고 속이며 숙부의 원수를 갚고 싶다고 말했다.

강유는 기꺼이 받아들여 그에게 군량의 운반을 부탁했다. 물론 그는 왕관의 간계를 알고 있었다. 사마소가 왕경의 일족을 몰살하지 않았을 리가 없는데 조카가 살아 있다는 것은 수상한 일이라고 생각되었기 때문이다. 왕관이 샛길로 군량을 운반하면 등애가 가세하러 올 것을 알아차린 강유는, 선수를 쳐서 등애를 산기슭으로 유인했다.

등애가 정병 오만을 이끌고 산기슭에 와서 멀리 바라보니, 군량을 실은 수레 수백 대가 다가왔다. 그러나 앞쪽 산골짜기에 복병이 숨어 있을 우려가 있으므로 등애는 신중히 기다리고 있었다. 이윽고 왕관이 군량을 운반해 와서 적의 군사가 추격해 온다고 알려왔다. 그래서 급히 군사를 이끌고 달려가는데, 산기슭에서 돌연 함성이 일어났다.

등애가 왕관이 그곳에서 적과 싸우는 것으로 알고 산을 돌아서려고 했을 때, 갑자기 숲 속에서 복병이 나타나더니 불길이 치솟았다. 그것을 신호로 촉의 군사가 좌우에서 일제히 쳐들어와 위의 군사를 닥치는 대로 찔렀다.

"등애를 사로잡는 자에게는 천금을 상으로 주고, 만호(萬戶)를 다스리는 현령으로 삼을 것이다."

등애는 당황하여 말을 버리고 군사들 속에 끼어들어 산을 넘어 도망쳤다. 강유는 말을 탄 장수들만 사로잡았지, 등애가 걸어서 도망치리라고는 미처 생각지 못했다.

왕관은 계략이 탄로 난 것을 알고 허둥대고 있는데, 벌써 촉의 군사가 사방으로 포위하고 들어왔다. 그는 부하에게 명하여 군량 수레에 불을 지르게 하고 필사적으로 도망쳤으나, 본국으로 향하지 않고 오히려 한중으로 가면서, 추격을 막기 위해 절벽과 절벽 사이에 걸쳐 놓은 다리를 불살라 버렸다. 강유가 샛길로 그를 추격하자, 왕관은 흑룡강에 몸을 던져 자살하고 말았다. 강유는 적을 무찌르기는 했으나, 수많은 군량을 잃고 한중으로 철수했다.

촉의 경요 5년(262년) 10월, 강유는 불탄 다리를 다시 복구하고 군량과 무기를 정비하는 한편, 한중의 강기슭에 배를 준비하고는 천자에게 출전을 아뢰었다. 이에 반대하는 신하들이 많았다.

"옛날 승상께서 여섯 차례나 기산에 진을 친 것은, 나라를 위해서였소. 내가 여덟 번째로 위를 치러 나서는 것은 나 개인을 위해서가 아니오. 이번에는 먼저 조양을 공략할 생각이오. 거역하는 자는 목을 벨 것이오."

강유는 스스로 삼십만 대군을 이끌고 조양으로 향했다. 이것을 알게 된 등애는 사마망과 의논하여 계략을 세웠다.

강유는 하후패를 선봉으로 내세워 조양을 공격했다. 하후패가 조양에 접근해 보니, 성벽에는 깃발 하나 없고 사방에 문이 열려 있었다. 하후패는 계략이 아닌가 하고 의심하며 성을 돌아보았다. 그런데 뒤편에서 백성들이 늙은이나 어린애를 데리고 도망치고 있었다.

"역시 성은 비어 있군."

군사를 이끌고 쳐들어가려고 했을 때, 갑자기 뿔피리와 북소리가 일제히 울려 퍼지고 깃발이 나부끼더니, 성 위에서 줄사다리가 내려왔다.

"계략에 넘어갔군."

당황한 하후패가 돌아서려고 했을 때 성 위에서 커다란 돌멩이가 무수히 굴러 떨어져, 하후패는 백 명의 부하와 함께 성 밑에서 죽고 말았다. 이윽고 원군을 이끌고 달려온 강유는 하후패의 죽음을 슬퍼했다.

그날 밤, 부근의 작은 성에 숨어 있던 등애가 강유의 진지로 쳐들어오고 사마망도 성에서 나와 합세했으므로, 강유의 군사는 크게 패하여 이십 리 남짓 물러섰다. 강유는 그래도 끝까지 버티며 날마다 등애와 싸움을 계속하는 한편, 군사를 나누어 기산을 습격하게 했다.

등애 쪽에서도 야습을 하는 체하고 기산의 진지로 가세하러 갔으나, 이것을 알아차린 강유는 스스로 기산에 군사를 몰고 가서 등애의 진지를 사방에서 포위했다.

그 무렵, 유선은 성도에서 내시 황호의 감언에 현혹되고 주색에 빠져 정치를 게을리 했기 때문에 어진 신하는 점점 조정에서 멀어지고 소인배가 세도를 부리게 되었다.

이때 우장군 염우(閻宇)라는 자가 황호에게 아부하며, 강유는 여러 차례의 싸움에서 별다른 공로도 세우지 못하고 있으니 자기와 교체시켜 주도록 유선에게 말해 달라고 부탁했다. 유선은 이 말을 듣고 강유를 불러들였다.

강유는 기산에서 등애의 진지를 공격하고 있었는데 뜻밖에도 후주로부터 삼도(三道)로 나와 철수하라는 명령을 받고, 어명을 어길 수 없어 대군을 이끌고 돌아왔다. 등애는 하룻밤 사이에 촉의 진지가 텅 비었다는 보고를 받고는, 계략이 있는 줄 알고 뒤쫓아 오지 않았다.

촉의 멸망

강유는 한중까지 철수하자, 군사를 일단 그곳에 머물게 하고 자기는 성도로 갔다. 자기를 불러들인 이유를 비서랑(秘書郞)인 극정(郤正)에게서 들은 강유는, 화가 머리끝까지 치밀어 내시놈을 죽여 버리겠다고 별렀으나 극정이 겨우 말렸다.

이튿날, 강유는 유선을 만나 황호를 제거하도록 진언했다. 그러나 유선이 내시 하나쯤 용서해 주라고 말하고 황호도 나타나 눈물을 흘리면서 사죄했으므로, 강유는 간신히 참고 물러났다. 그러자 극정이 말했다.

"이 일로 장군에게 반드시 화가 미칠 것입니다. 장군에게 화가 미치는 날이면, 이 나라는 망합니다."

강유가 극정에게 물었다

"선생, 이 나라를 보존하여 백성을 잘살게 하는 방법을 가르쳐 주시오."

"농서의 답중(沓中)이라는 곳에 주둔하는 것이 좋을 줄 압니다. 답중은 땅이 기름진 곳으로, 보리가 익으면 군량이 됩니다. 또한 이곳에서는 농서의 여러 고을을 손에 넣을 수 있으므로, 위에서도 한중을 넘볼 수 없게 됩니다. 장군이 밖에서 군사의 지휘권을 행사하고 있으면 함부로 간섭을 못 하니, 이것이야말로 나라를 보전하여 백성을 잘살게 하는 길입니다."

강유는 매우 기뻐하며, 이튿날 천자 유선에게 상주하여 답중에 주둔하라는 허락을 받았다. 그러고는 한중에 돌아와 장수들을 모아 놓고 말했다.

"나는 지금까지 여덟 번 출전했으나 언제나 군량이 부족하여 성공을 거두지 못했소. 그래서 이번에는 팔만의 군사를 답중에 주둔시키고, 보리농사를 지으면서 천천히 위를 치려고 하오. 여러분도 오랫동안 싸움터에서 고생했으니, 일단 군량을 모아 가지고 철수하여 한중을 지켜야겠소. 위의 군사가 쳐들어온다고 하더라도, 그들은 산을 넘어 먼 길을 와서 이미 지쳐 있으므로 싸움이 벌어지면 일단 뒤로 물러설 거요. 그때 출격하면 반드시 이길 수 있소."

그리하여 호제(胡濟)에게 한수성을, 왕함(王含)에게 악성을, 장빈(蔣斌)에게 한성을, 장서(蔣舒)와 부첨(傅僉)에게 양안관을 지키게 한 다음, 자신은 군사 팔만을 이끌고 답중에 진을 치고 보리를 심어 장기전에 대비했다.

한편, 위에서는 진공 사마소가 촉을 공략할 작전을 세우고 있었다. 지금까지 몇 번이나 강유에게 공격을 받아 왔으나 위에서 먼저 공격하는 것은 회남을 평정한 후로 육 년 만에 처음 있는 일이었다. 사마소는 등애와 종회 두 사람을 등용하여, 등애를 정서장군으로, 종회를 진서장군으로 임명했다.

등애에게는 농우의 군사 십만여 명을 이끌게 하여 강유를 답중에 묶어 두도록 하는 한편, 종회에게는 관중의 정병 이십만을 이끌게 하여 낙곡의 샛길에서 한중을 습격하라고 명령했다. 종회는 진서장군으로 임명되자, 각처에 커다란 배를 만들게 하고 장수를 해안 지방에 파견하여 배를 모으게 했다. 사마소가 이상하게 여겨 종회를 불러들였다.

"장군은 육로로 서촉을 칠 계획인데, 무엇 때문에 배를 만드는가?"

종회가 대답했다.

"촉은 우리 대군이 출전한다는 것을 알게 되면 반드시 오에게 도움을 청할 것입니다. 그러므로 먼저 오를 칠 준비를 하고 있는 것을 보이면 오가 함부로 움직이지 못할 것입니다. 일 년 이내에 촉을 치고, 그때쯤이면 배가 다 완성됩니다. 그때 오를 치면 모든 일이 순조롭게 될 것입니다."

위의 경원 4년(263년) 7월 초사흗날, 종회가 출전했다. 그는 호장군(虎將軍) 허저의 아들 허의(許儀)를 선봉으로 내세우고 삼천 명의 군사를 세 방면으로 나눠서 중군은 사곡, 좌군은 낙곡, 우군은 자오곡을 지나서 진격하게 했다. 허의가 명령을 받고 먼저 떠난 후, 종회는 십만 대군을 이끌고 밤낮을 가리지 않고 한중으로 향했다.

한편, 농서에 있던 등애는 촉을 치라는 어명을 받고 농우의 군사를 모아 각각 만오천의 군사로 하여금 답중에 있는 강유를 전후좌우에서 공격하도록 명령하고, 자신은 삼만의 군사를 이끌고 뒤쪽에서 출발했다.

위의 군사가 출전했다는 소식을 들은 강유는, 급히 천자 유선에게 상주문을 올리고 양안관과 음평교에 군사를 보내 지키게 했다. 이 두 곳은 가장 중요한 장소로 이곳을 잃으면 한중은 지킬 수 없게 된다며, 오에 도움을 청할 것과 자기는 적을 막기 위해 답중에서 출전한다는 것을 알렸다.

그때 유선은 경원 5년(263년)을 염흥(炎興) 원년으로 고치고, 날마다 내시 황호와 함께 궁중에서 술과 노래와 춤으로 소일하고 있다가 강유의 상주문을 보고 황호와 의논했다. 황호는 강유가 공을 세우려는 욕심에서 상주문을 보낸 것이니 걱정할 것 없으며, 무당을 불러 길흉을 점쳐 보는 것이 좋겠다고 말했다.

그리하여 무당을 궁중에 불러 제단(齋壇)을 준비한 후, 유선은 스스로 향을 피우고 기도했다. 그러자 무당은 갑자기 머리를 풀어헤치고 수십 번 제단 주위를 빙빙 돌더니 말했다.

"폐하는 태평세월을 즐기십시오. 몇 해 후엔 위나라도 폐하의 소유가 됩니다. 걱정하실 일은 하나도 없습니다."

그러더니 까무러쳐 땅바닥에 쓰려졌다가 한참 후에야 겨우 정신을 되찾았다. 유선은 이 말을 믿고 그 후에도 날마다 술에 취해 살았다. 강유가 몇 번이나 정세가 위급하다고 보고했으나, 황호가 그 상주문을 가로채 버렸다.

한편, 종회의 대군은 한중을 향해 떠났다.

"이 관문을 지나면 한중 땅에 들어서게 된다. 관문을 지키는 군사가 얼마 안 되니 단숨에 쳐부숴야 한다."

종회가 군사를 이끌고 쳐들어가자 남정관은 곧 점령되고 말았다. 그때 촉의 장수 왕함은 낙성을, 장빈은 한성을 지키고 있었는데, 그들은 위의 군사가 강한 것을 보자 성문을 닫아걸고 굳게 지켰다. 이것을 본 종회가 말했다.

"군사는 신속하게 움직여야 한다. 조금이라도 지체하면 안 된다."

종회는 낙성과 한성의 포위는 부하 장수에게 맡기고, 자신은 대군을 이끌고 곧 양안관을 점령했으나 그날 밤 서남쪽에서 갑자기 함성이 일어났다. 당황하여 살펴보았으나, 아무런 움직임도 눈에 띄지 않았다. 위의 군사는 하룻밤을 뜬 눈으로 보냈다.

이튿날, 밤이 깊어지자 서남쪽에서 또다시 함성이 일어났다. 종회는 이상하게 생각하여 날이 밝은 후에 정찰병을 보냈다. 그랬더니 십 리 근방에 사람이라고는 그림자도 보이지 않았다고 했다. 종회는 더욱 이상하여 스스로 수백 명의 무장 기병을 이끌고 서남쪽을 돌아보러 나섰다. 무심히 어느 산에 이르니 산에는 짙은 안개가 자욱했다. 산 이름을 안내인에게 물으니, 옛날 하후연이 전사한 정군산(定軍山)이라고 말했다.

기분이 언짢아진 종회는 말 머리를 돌렸다. 그때 갑자기 광풍이 불어닥치더니, 뒤에서 수천 명의 기병이 바람을 타고 쳐들어왔다. 종회는 깜짝 놀라 군사를 이끌고 말을 몰아 도망쳤으나, 장수들 중 여러 명이 말에서 굴러 떨어졌다.

그러나 양안관까지 도망쳐서 점검해 보니 한 사람도 죽지 않았고, 다만 가벼운 상처를 입고 투구를 잃었을 뿐이었다. 검은 구름 속에서 기병대가 쳐들어온 것처럼 보였으나, 접근해도 사람을 해치지 않은 것으로 보아 그것은 회오리바람에 지나지 않는다는 것을 알게 되었다.

항복한 촉의 장서에게 물어보니, 정군산에는 제갈량의 무덤이 있다고 했다. 종회는 그 때문이라고 생각하여 이튿날 제물을 가지고 제갈량의 무덤에 가서 제사를 지냈다. 제사를 마치자 이상한 바람이 물러가고 검은 구름이 흩어지더니, 얼마 후에 맑게 개었다.

이날 밤에 종회가 진중에서 꾸벅꾸벅 졸고 있는데, 윤건을 쓰고 깃털 부채를 들고 학창의를 입은 제갈량이 나타나 오늘 아침 제사를 지내줘서 고맙다고 말하고는, 서측의 백성은 죄가 없으니 함부로 죽이지 말라고 하고 사라졌다.

퍼뜩 눈을 뜨니 꿈이었다. 이후 종회가 '보국안민(輔國安民)'이라고 쓴 흰 기를 만들게 하여 함부로 백성을 죽이지 말라고 공표했으므로, 한중의 백성들은 모두 성에서 나와 그를 환영했다.

강유는 답중에서 위의 대군을 기다리고 있었으나, 잇따라 쳐들어오는 위의 장수들과 싸우다가 도망치고 또 싸우다가 도망치는 동안에 등애의 군사와 부딪치게 되었다. 양군이 서로 난투전을 벌이고, 강유는 등애와 십여 차례 남짓 싸웠으나 승부가 나지 않았다. 이때 철수하라는 징과 북소리가 울려 물러나자, 감송(甘松)의 진지가 불타 버렸다는 보고가 날아들었다.

강유는 군사를 이끌고 감송으로 달려가다가 적의 장수와 정면으로 마주쳤다. 산길로 도망치는 적장을 뒤쫓는데, 낭떠러지 위에서 커다란 돌멩이와 나무가 마구 떨어졌다. 할 수 없이 되돌아오니, 촉의 군사는 등애에게 크게 패하고 포위되어 있었다. 간신히 포위를 뚫고 원군을 기다리고 있는데, 양안관과 낙성, 한성까지 모두 위에 점령되었다는 보고가 날아들었다. 그러나 강유는 전후좌우에서 쳐들어오는 위의 군사를 맞서 싸웠다. 그런데 또다시 보고가 들어왔다.

"옹주의 자사 제갈서(諸葛緖)가 귀로를 막고 있습니다."

제갈서가 음평의 다리 아래 진을 치고 있었던 것이다. 강유는 공함곡에서 옹주로 쳐들어가는 체하여, 제갈서가 허겁지겁 옹주로 향하는 동안에 음평의 다리를 지나갔다. 이곳에서 도우러 달려온 촉의 군사와 합세하여, 일단 검각으로 물러난 후 한중을 되찾을 작전을 세우기로 했다.

등애는 음평의 샛길을 지나 검각에서 칠백 리 떨어진 곳에 진을 치고 장수들을 모아 놓고 말했다.

"나는 적의 포위를 뚫고 성도를 점령하여 그대들과 함께 큰 공로를 세우고 싶다. 그대들은 나를 따라 싸우겠는가?"

장수들은 한결같이 대답했다.

"장군의 명령이라면 목숨을 걸고 싸우겠습니다."

등애는 먼저 아들 등충에게 오천의 정병을 내주며, 갑옷을 걸치지 말고 각자 도끼만 갖게 하여 험한 곳이 있거든 산을 뚫고 깎아서 길을 내고 다리를 만들어 대열이 지나가는데, 불편이 없게 하라고 했다.

10월, 음평을 떠난 후 험한 골짜기와 절벽 사이를 이십 일 남짓 동안 칠백여 리를 진군했으나, 사람이라고는 그림자도 볼 수 없었다. 도중에 수십 개의 진지를 만들었으므로, 이제 남은 기병은 이천 명밖에 되지 않았다.

앞길에 또 하나의 산봉우리가 나타났다. 마천령(馬天嶺)이라고 했다. 말이 더 이상 나아가지 못했으므로 등애는 걸어서 봉우리를 향해 올라갔다.

그때 등충을 따라온 젊은 군사들이 모두 울상이 되었다. 까닭을 물으니, 이 산봉우리의 서쪽은 낭떠러지가 하늘을 찌를 듯이 솟아 있어 도저히 길을 뚫을 수 없다는 것이었다. 지금까지의 고생이 헛수고가 된 것이다. 그러자 등애가 말했다.

"우리 군사가 이곳까지 벌써 칠백여 리나 왔다. 여기를 지나면 강유(江油)에 도착한다. 이제 와서 되돌아갈 수는 없다."

그는 이렇게 말하고 나서 군사들을 격려했다.

"호랑이 굴에 들어가지 않으면 호랑이를 잡을 수 없다. 나는 여러

분과 함께 이곳까지 왔다. 만일 이 싸움에서 승리하면, 부귀를 함께 누릴 수 있을 것이다."

등애는 담요를 몸에 칭칭 감고 제일 먼저 아래로 굴러 떨어졌다. 이어서 장수들도 털옷을 갖고 있는 자는 그것을 몸에 걸치고 굴러 떨어지고, 털옷을 갖고 있지 않는 자는 밧줄을 허리에 칭칭 감아 그 밧줄을 타고 잇따라 내려왔다. 이리하여 이천의 병사들은 모두 마천령을 넘었다.

강유성은 이제 눈앞에 있었다. 등애는 이천 명을 앞세우고 걸어서 단숨에 성으로 쳐들어갔다. 성을 지키고 있던 장수들은 곧 항복했다. 강유성을 점령한 다음에는 부성을 공략할 차례였다. 산을 넘어서 피로하기는 했지만, 군사는 신속히 움직여야 했으므로 단숨에 쳐들어가 부성도 금세 함락시켰다.

이 소식이 성도에 전해지자, 천자 유선은 황호를 불러 의논했다. 황호는 그것이 헛소문일 것이라고 말했다. 무당을 부르려고 했으나, 어디론가 가 버려 찾을 수도 없었다.

유선은 끊임없이 위급한 소식이 전해지자 제갈량의 아들 제갈첨(諸葛瞻)을 내세워 칠만의 군사로 위의 병사를 물리치기로 했다. 선봉에 나서겠다고 자청한 것은 제갈첨의 장남 제갈상(諸葛尙)으로, 그의 나이 열아홉이었다.

부성을 공략한 등애는 한 권의 지도를 손에 넣었다. 거기에는 부성에서 성도에 이르는 백육십 리의 산천과 도로가 자세히 그려져 있었다. 그것을 보고 부성 앞에 있는 산을 촉의 군사에게 빼앗기면 성도에 쳐들어갈 수 없다는 것을 깨닫고는, 부성에서 더 이상 지체하지 않고 급히 사찬과 등충을 불러 곧 면죽을 공격하라고 명령했다.

사찬과 등충이 군사를 이끌고 면죽까지 와서 곧 촉의 군사와 맞서게 되었다. 잘 살펴보니, 촉의 군사는 팔진형(八鎭形)을 취하고 북을 세 번 울리더니 수십 명의 장수가 한 대의 사륜차를 에워싸고 나타났다. 수레 위에 단정히 앉아 있는 사람은 관을 쓰고 깃털 부채를 손에 들고 학창의를 입고 있었으며, 수레 옆에 노란 깃발에는 '한의 승상 제갈무후(諸葛武侯)'라고 씌어 있었다. 사찬과 등충은 깜짝 놀라 땀을 쭉 흘리며 말했다.

"제갈량이 아직도 살아 있는가? 이제 끝장이다."

허겁지겁 군사를 철수시키려고 하자, 촉의 군사가 몰려와 닥치는 대로 무찔렀다.

등애의 원군이 도착하여 적의 형편을 살피게 했더니, 제갈량의 아들 제갈첨이 대장이고, 첨의 아들 제갈상이 선봉이며, 수레에 타고 있었던 것은 제갈량의 목각(木刻)이라는 것이었다. 등애는 사찬과 등충에게 단호히 말했다.

"승패의 갈림길은 이 싸움에 달려 있다. 패하여 돌아가면 목을 벨 테다."

두 장수가 만의 군사를 이끌고 나섰지만, 제갈상은 혼자서 말을 타고 창을 휘둘러 두 장수를 쫓아 버렸다. 그러자 제갈첨이 군사를 지휘하여 위의 진지로 곧장 쳐들어가, 닥치는 대로 찔렀다. 사찬과 등충이 또다시 도망쳐 왔으나 두 사람은 부상을 입고 있었으므로, 등애는 책임을 추궁하지 않았다.

등애는 제갈첨에게 편지를 보내 항복을 권했다. 그러나 제갈첨은 편지를 읽지도 않은 채 찢어 버리고는 승패를 가리기 위해 도전했지만 촉의 군사는 점점 곤경에 빠졌다. 제갈첨과 제갈상 부자는 난투전을 벌이다가 함께 전사했다.

면죽이 점령되자 위의 군사는 성도로 쳐들어갔다. 성 밖의 백성들은 늙은이를 부축하고 아이들의 손을 이끌면서 도망쳤다. 유선은 안절부절못하며 신하와 장수들을 모아 놓고 의논했다. 성도를 버리고 남쪽으로 피해야 한다고 주장하는 의견과 오에 의지하는 것이 좋겠다는 의견이 팽팽하여 마음을 결정하지 못하다가, 광록대부(光祿大夫) 초주가 위에 항복할 것을 거듭 권하자 드디어 항복을 결심했다.

그때 병풍 뒤에서 갑자기 한 사람이 뛰쳐나오더니, 큰 소리로 초주를 꾸짖었다.

"썩어 빠진 유자(儒者) 따위는 나라의 큰일에 입을 다물어라! 성도에는 아직 몇 만의 군사가 있고, 강유의 군사도 검각에 건재하니 반드시 구원하러 달려올 것이다. 성 안팎으로 공격하면 이기지 못할 리가 없다."

유선의 다섯째 아들 북지왕(北地王) 유심(劉諶)이었다. 유심은 천자의 아들 중에서 가장 총명하고 용기가 있었다.

"너 같은 아이가 하늘의 정한 이치를 어떻게 알겠느냐?"

유선이 책망하자 유심은 땅바닥에 엎드려 흐느껴 울면서 말했다.

"만일 기세가 꺾이고 힘이 부족하여 화가 곧 미친다면 부자군신(父子君臣)이 성을 등지고 싸우다가 나라를 위해 죽어야만 선제의 얼굴을 뵐 수 있을 것입니다. 어찌 이 마당에 항복할 수 있겠습니까?"

그러나 유선은 그 말을 듣지 않았다. 유심이 큰 소리로 다시 울었다.

"선제께서 피땀으로 나라의 기틀을 세우셨는데, 이제 그것을 무참히 버려야 한다면, 나는 차라리 죽음으로 수치를 면하고 싶습니다."

유선은 신하에게 명하여 유심을 궁전문 밖으로 쫓아내고, 초주에게 명하여 항복문을 작성하게 한 다음 옥새를 내주어 낙성에 있는 등애에게 항복하러 보냈다.

북지왕 유심은 이 말을 듣자 화가 머리끝까지 치밀어, 칼을 차고 궁전으로 들어가 아내 최 부인에게 나라가 망하기 전에 죽어 지하에 가서 선제를 뵙고 싶다고 말했다. 아내는 남편의 의(義)에 감동되어 자기부터 먼저 죽겠다고 말하고 기둥에 머리를 부딪쳐 죽었다. 유심은 세 자식을 죽이고는, 아내의 목을 들고 소열제(昭烈帝)의 사당에 가서 스스로 목숨을 끊었다.

이튿날 위의 군사는 성도에 입성했다. 유선은 태자와 여러 왕들과 신하 육십여 명을 거느리고 스스로 양손을 묶고 영구차를 준비한 다음, 북문 밖으로 십 리를 걸어 나와 항복했다.

등애는 유선을 부축하여 일으켜 세우고 그 밧줄을 풀고 영구차를 불태운 후 나란히 수레에 올라 입성했다. 성도의 백성들은 이들을 기꺼이 맞아들였다. 등애는 유선을 표기장군으로 임명하고 문무백관에게는 각각 관직을 주고, 검각의 강유에게는 사자를 보내 항복을 권했다.

등애는 황호가 나라를 망쳤다는 말을 듣고는 그의 목을 베려고 했으나, 황호는 그의 측근에게 뇌물을 보내 간신히 죽음을 면하게 되었다.

이리하여 촉은 드디어 멸망했다. 염흥 원년(263년) 12월 초하룻날의 일이었다.

사마염의 천하 통일

검각에 있던 강유는 종회와 일전을 앞두고 있었다. 이때 성도에서 사자가 와서 유선의 칙명을 전하고 항복한 것을 알려왔다. 강유는 깜짝 놀라 말이 나오지 않았다. 장수들은 저마다 분통이 터져 이를 갈며 머리카락을 칼로 후려쳤다.

"우리는 결사적으로 싸웠는데, 왜 그냥 항복했단 말인가!"

장수들의 울부짖는 소리가 수십 리 밖까지 들릴 정도였다. 강유는 그들을 달래며 말했다.

"걱정하지 마라. 나에게 하나의 계략이 있다. 한의 왕실은 다시 일어설 수 있다."

강유는 장수들 하나하나에게 은밀히 계략을 일러 주었다. 그러고는 곧 검각에 항복의 기를 내걸고 종회에게 항복하며 말했다.

"장군은 회남의 전쟁 이후로 계략에 실패한 적이 없고, 사마 씨의 흥성은 모두 장군의 힘입니다. 이 강유는 기꺼이 머리를 숙입니다. 만일 장군이 등애라면, 나는 한판 승부를 낼지언정 항복은 하지 않앉을 것입니다."

이 말을 들은 종회는 기뻐하며 강유와 의형제를 맺고 전과 같이 군사를 지휘하게 했다.

등애는 사마소에게 편지를 보내, 유선을 후히 대접하면 오의 손휴도 결국 그 인덕에 감동을 받을 것이라고 했다. 이 편지를 읽은 사마소는 등애가 촉을 자기 손에 넣으려고 하는 것이 아닐까 하고 의심하기 시작했다. 그는 위관을 보내 등애를 태위(太尉)로 봉했다. 그리고 모든 일에 조정의 지시를 받고, 마음대로 행동해서는 안 된다고 전했다. 등애는 다음과 같은취지를 적어 답장을 보냈다.

"대장이 밖에 있을 때는 군주의 명령이라도 따르지 않는 경우가 있다. 내가 칙명을 받고 출전한 이상 일일이 귀찮은 절차를 밟을 필요는 없다."

그 무렵 조정에는 등애가 반란을 일으킬지 모른다는 소문이 자자했으므로, 사마소는 더욱 의혹을 품고 있었다. 이때 도착한 등애의 답장을 보고는 깜짝 놀라 가충을 불러 의논하니, 가충이 말했다.

"종회에게 높은 지위를 주어 등애를 누르게 하는 것이 어떨까요?"

사마소는 이 의견에 따라 종회를 사도로 봉하고, 그에게 등애의 모반을 막으라고 지시했다. 그리고 몰래 위관에게 명하여 등애와 종회의 양군을 감시하게 했다.

종회는 등애를 누르기 위해 강유와 의논했고, 강유는 한 장의 지도를 꺼내 촉나라 산천의 지세를 일일이 설명했다. 강유의 얘기를 들은 종회는 낙양에 사람을 보내 등애가 반역을 꾀하고 있다고 보고했다. 사마소는 매우 화가 나서 종회에게 등애를 체포하도록 명령하는 동시에, 자신도 대군을 이끌고 촉으로 향했다. 등애를 사로

잡는 데는 종회의 병력으로도 충분했으나 사마소가 직접 나선 것은, 종회의 반역에 대비하기 위해서였다.

종회는 강유를 불러 등애를 사로잡을 의논을 한 끝에, 감군인 위관에게 명하여 성도에 가서 등애 부자를 체포하라고 명령했다. 만일 등애가 위관을 죽이려고 하면 모반이 분명히 드러나므로, 그때 군사를 이끌고 가 무찌를 심산이었다.

위관은 수십 명의 부하를 거느리고 성도로 향했는데, 출발에 앞서 이삼십 통의 격문을 공표했다. 거기에는, 등애는 체포하지만 다른 자는 항복하면 본래의 지위를 주겠으며, 항복하지 않는 자는 삼족을 모두 죽이겠다고 씌어 있었다.

새벽닭이 울기 시작할 무렵, 격문을 본 등애의 장수들이 잇따라 항복해 왔다. 등애는 잠자리에서 사로잡혀 죄인 호송 수레에 태워졌다. 아들 등충도 체포되어 아버지와 함께 낙양으로 끌려갔다. 종회는 성도에 입성하여 등애의 군사를 부하로 받아들였으므로, 그 위세가 대단히 커졌다.

"나는 오늘 비로소 평생의 소원을 이루었다."

종회가 기뻐하자 강유는, 성공을 거두고 이름을 날리게 된 이상 배를 타고 행방을 감추거나 아미산의 신선처럼 숨어 사는 것이 좋겠다고 말했다. 그러자 종회가 대답했다.

"나는 아직 마흔도 되지 않았소. 이제부터라고 생각하는데 은퇴하다니, 말도 안 되오."

"그럼 빨리 좋은 방책을 강구해야 할 것입니다."

강유가 말하자 종회는 손뼉을 쳤다.

"내 마음을 꿰뚫어 보는군."

두 사람이 날마다 모반을 의논하고 있는데, 갑자기 사마소가 편지를 보내왔다. 혹시 등애를 놓치는 일이 있을까 봐 장안까지 군사를 이끌고 왔다는 것이었다. 그 보고를 듣고 종회가 말했다.

"내가 등애쯤은 충분히 사로잡을 수 있다는 것은 잘 알고 있을 터인데, 스스로 군사를 이끌고 온 것은 나를 의심하기 때문이오."

강유가 말했다.

"군주가 신하를 의심하면, 신하는 으레 죽게 마련입니다. 등애의 경우를 보십시오."

"내 마음은 이미 정해졌소. 일이 성공을 거두면 천하를 내 손에 넣게 되고, 만일 일을 그르쳐 서촉(西蜀)으로 물러가더라도 유비 정도는 되지 않겠소?"

이튿날은 정월 대보름날이었다. 종회와 강유 두 사람은 궁중에서 베푼 잔치에 장수들을 초대했다. 그들이 술이 거나하게 취했을 때, 종회가 갑자기 술잔을 손에 든 채 울기 시작했다. 장수들이 놀라서 까닭을 물었다.

"곽 태후께서 임종하실 때 나에게 말씀하셨소. 언젠가는 사마소가 군주를 죽이고 위의 천자의 자리를 빼앗을 것이니 나에게 토벌하라는 말씀이었소. 여러분은 연판장(連判狀)에 이름을 적어, 이 일을 함께 이루지 않겠소?"

모두들 깜짝 놀라 서로 얼굴만 쳐다보자, 종회가 칼을 빼어 들고 말했다.

"나를 따르지 않는 자는 목을 벨 테다."

장수들은 두려워 벌벌 떨면서 할 수 없이 그를 따르기로 했다. 연판장에 이름을 올리자, 종회는 부하를 시켜 장수들을 궁중에 가두고 엄중히 감시하게 했다. 강유가 말했다.

"장수들이 못마땅한 얼굴입니다. 한 구덩이에 쓸어 넣어 생매장을 하는 것이 좋겠습니다."

"나는 이미 궁중에 커다란 구덩이를 파 놓고 곤장 수천 개도 장만해 뒀소. 나를 따르지 않는 놈은 모두 때려 죽여 한 구덩이에 쓸어넣고 묻어 버릴 거요."

이 말을 옆에서 듣고 있던 궁중에 갇혀 있는 장수의 심복 하나가, 자신의 이전 상관에게 몰래 이 말을 전했다. 장수는 깜짝 놀라 밖에서 경비하고 있는 자기 아들에게 연락해 줄 것을 부탁했다.

이리하여 종회의 흉계가 궁중의 장수들과 밖의 진지에 있는 부장들에게 알려지자, 그들은 정월 열여드렛날 일제히 궁중으로 쳐들어가기로 약속했다. 감군인 위관이 이 계획을 듣더니 기꺼이 호응하여 군사를 동원하기로 했다.

종회는 그 전날 밤에 수천 마리의 뱀에게 물리는 꿈을 꾸었다. 강유에게 이 꿈 이야기를 했더니, 강유는 길조라고 위로했다. 종회는 기뻐하며, 자기를 따르지 않는 장수들을 모조리 죽이라고 강유에게 일렀다.

강유는 밖으로 나가려다가 갑자기 가슴에 통증이 심해 정신을 잃고 땅바닥에 쓰러졌다. 좌우의 부하들이 부축해 일으켰을 때, 궁전 밖에서 와자지껄한 소리가 들려왔다.

종회가 사람을 시켜 살펴보려고 하는데, 갑자기 함성을 지르면서 군사가 쳐들어왔다. 종회는 궁전 문을 굳게 닫고 맞서 싸웠으나, 밖에서 불길이 치솟더니 궁전 문이 부서졌다. 종회는 스스로 칼을 휘둘러 수십 명을 죽였다. 그러나 곧 화살에 맞아 쓰러졌고, 장수들이 일제히 덤벼들어 그의 목을 베었다.

강유는 칼을 뽑아 들고 궁전을 좌우로 뛰어다녔으나, 다시 가슴이 아파 오기 시작했다. 그는 하늘을 우러러 말했다.

"나의 계략이 실패했으니 이것도 천명이구나."

강유는 스스로 목숨을 끊었다. 그의 나이 쉰아홉이었다.

등애의 부하는 종회와 강유가 죽은 것을 보고 등애를 감옥에서 빼내기 위해 달려갔다. 위관은 이 말을 듣고 거느리고 있던 군사 오백 명을 시켜 그 뒤를 쫓게 했다.

"등애는 내가 사로잡았다. 지금 만일 그를 살려둔다면 내가 죽게 될 것이다."

등애 부자는 수레에서 구출되어 성도로 돌아오려고 했으나, 뒤쫓아 온 장수에 의해 단칼에 쓰러졌다.

촉의 백성들은 한동안 크게 동요했지만, 열흘 후 가충이 오자 평온을 되찾았다. 가충은 위관에게 성도를 지키게 하고 유선을 낙양으로 옮겼으나, 그의 신하는 불과 몇 사람밖에 되지 않았다. 위의 천자 조환은 경원 5년(264년)을 함희(咸熙) 원년이라고 고쳤다.

낙양에 내려온 유선은 안락공(安樂公)으로 봉해져 저택이 제공되었으나, 전보다는 변변치 못했다. 사마소가 잔치를 베풀어 그를 초대했을 때, 먼저 위의 음악이 연주되고 춤이 시작되었다. 촉의 옛 신하들은 모두 슬픔에 잠겨 있었지만, 유선만은 기쁜 듯했다. 그리고 사마소가 촉나라 사람들에게 명하여 그들의 음악을 연주하게 하자 촉의 옛 신하들은 모두 눈물을 흘렸는데도, 유선만은 싱글벙글 웃고 있었다.

사마소가 가충에게 말했다.

"저 모양이니 제갈량이 살아 있었다고 해도 보필할 수 없었겠군. 그러니 강유는 더욱 그렇지."

그리고는 유선에게 물었다.

"촉이 그립지 않습니까?"

"이곳에서도 얼마든지 즐거운데, 어찌 촉을 그리워하겠습니까?"

이윽고 유선이 소변을 보러 갈 때 극정이 은밀히 따라와서 말했다.

"폐하, 어찌하여 촉이 그립지 않다고 말씀하셨습니까? 다시 물으면 눈물을 흘리면서 대답하십시오. 조상의 산소가 멀리 촉나라에 있으니 서쪽 하늘을 바라보면서 그립지 않은 날이 없다고 말입니다. 진공은 반드시 폐하를 촉으로 돌려보내 줄 것입니다."

유선은 이 말을 명심하고 자리로 돌아왔다. 술잔이 몇 번 돌았을 때, 사마소는 또 물었다.

"촉이 그립지 않습니까?"

유선은 극정이 시킨 대로 대답하고는 눈물을 흘리려고 했으나, 눈물이 나오지 않았다. 그 모습을 본 사마소가 말했다.

"어쩌면 이리도 극정의 말과 똑같소."

유선은 눈을 크게 뜨고 놀란 듯이 말했다.

"예, 말씀대로 했습니다."

사마소와 주위 사람들은 일제히 웃음을 터뜨렸다. 사마소는 유선의 고지식한 태도가 마음에 들어 그 후부터는 마음을 놓았다.

조정의 대신들은 사마소를 진왕(晉王)으로 봉해야 한다고 천자 조환에게 상주했다. 조환은 천자라는 명색만 갖고 있을 뿐 아무것도 주장하지 못하고, 정치는 사마소에게 맡기고 있었다. 그러므로 시키는 대로 사마소를 진왕으로 봉하고 그의 아버지 사마의는 선왕(宣王), 형 사마사에게는 경왕(景王)이라는 시호를 내렸다.

사마소에게는 두 아들이 있었다. 형인 사마염(司馬炎)은 체격이 튼튼하고 머리도 좋았으며, 무용도 뛰어나고 배짱이 두둑했다. 동생인 사마유(司馬攸)는 성격이 온순하고 겸손하며, 효성이 지극했다. 사마소는 둘째를 더 총애했으나, 참모들의 진언에 따라 장남인 사마염을 후계자로 정했다.

그 무렵, 양무현(襄武縣)이라는 곳에 하늘로부터 괴상한 인간이 내려왔다는 소문이 퍼졌다. 그는 키가 이 장이 넘고 발 길이가 석 자두 치에다가 백발에 누런 두건을 쓰고, 누런 옷을 입고 명아주 지팡이를 짚고는 말했다.

"너희들에게 알리러 왔다. 왕을 바꾸어라. 그러면 곧 세상이 태평해질 것이다."

그렇게 사흘 동안 거리를 돌아다니다가 사라졌다고 했다.

"이것이야말로 전하께 길조입니다."

대신들의 말에 사마소는 마음속으로 기뻐서 견딜 수가 없었다. 그런데 궁중에서 돌아와 식사를 하려다가 갑자기 중풍에 걸려 말을 못하게 되었다. 이튿날에는 병세가 더 위독해졌다. 대신들이 잇따라 문병을 왔으나, 사마소는 말을 하지 못했다. 그는 태자 사마염을 가리키면서 죽었다. 함희 원년 8월 신묘일의 일이었다.

이튿날, 사마염은 진왕으로 즉위하여 새로 대신과 장군을 임명하고, 아버지에게는 문왕(文王)이라는 시호를 올렸다. 장례가 끝나자 사마염은 가충을 불러, 위의 조비가 한의 천하를 계승한 절차를 물었다. 가충이 대답했다.

"전하는 조비가 한의 제위를 이어받은 전례에 따라, 수선대(受禪臺)를 쌓고 제위에 오르시어 이를 천하에 공표하는 것이 좋을 줄 압니다."

사마염은 기뻐하며 이튿날 칼을 차고 궁중에 들어가서 위의 천자 조환을 만나 자기에게 제위를 넘기라고 강요했다. 조환은 깜짝 놀라 말을 제대로 하지 못했다. 옆에 있던 황문시랑(黃門侍郎) 장절(張節)이 화를 내면서 말했다.

"옛날 무제께서는 동분서주하며 정벌하여 고생 끝에 천하를 손에 넣었습니다. 지금 천자께는 아무 죄도 없는데, 어찌하여 제위를 물려줘야 합니까?"

사마염은 화가 머리끝까지 치밀어 호통을 쳤다.

"이 천하는 본래 한(漢)의 것이오. 조조는 천하를 손에 넣고 제후에게 호령하여 스스로 위왕이 되고, 한의 황실을 빼앗았소. 우리 조상은 삼대에 걸쳐 위를 도왔소. 천하를 얻게 된 것은, 조씨의 힘이 아니라 실로 사마 씨의 힘이었소. 이것을 모르는 자가 하나도 없을 것이오. 내가 오늘 위의 천하를 이어받는 것이 뭐가 문제란 말이오?"

사마염은 몹시 화가 나서, 무사에게 명하여 장절을 어전 아래로 끌어내어 때려죽이게 했다. 그러자 조환이 눈물을 흘리면서 무릎을 꿇었으나, 사마염은 밖으로 나가 버렸다.

그리하여 수선대를 쌓게 하고, 그해 12월 갑자(甲子)일에 조환 자신이 옥새를 든 채 대 위에 서고, 문무백관이 대 아래 나란히 늘어섰다. 사마염이 대 위에 오르자, 조환은 옥새를 넘겨주고는 대에서 내려와 관복을 입고 신하의 대열에 섰다.

이리하여 사마염은 위의 제위를 이어받아 황제가 되었다. 그러고는 조환을 진류왕으로 봉하여 금용성(金墉城)으로 보내, 어명이 없는 한 상경해서는 안 된다고 명했다.

문부백관은 대 아래서 재배하고 만세를 불렀다. 사마염은 국호를 대진(大晉)이라고 고치고, 연호를 태시(太始)로 고쳤다. 이어서 대사령을 내리고 사마의는 선제(先帝), 사마사는 경제(景帝), 사마소에게는 문제(文帝)라는 시호를 올렸다.

이리하여 위는 건안 25년(220년)에 야심가들의 정략 속에서 멸망

되었다. 모든 의식이 끝나자 사마염은, 날마다 오를 칠 계략을 꾸미기에 바빴다.

오의 황제 손휴는 사마염이 위를 빼앗았다는 소식을 듣고는 이제 곧 오로 쳐들어올 것이라고 걱정한 나머지, 병에 걸려 죽게 되었다.

태자인 손만이 나이가 너무 어렸으므로, 대신들은 오정후인 손호(孫皓)를 영접하여 천자로 추대했다. 손호는 손권의 태자인 손화(孫和)의 아들이었다.

손호는 영안 7년(264년) 7월에 즉위하여 연호를 원흥(元興)으로 고치고, 이듬해에는 연호를 다시 감로(甘露)로 고쳤다. 그런데 손호는 제위에 오른 이후 날로 포악해지더니, 감히 간언하는 자가 있으면 목을 베어 버렸다. 그러자 조정의 신하들이 입을 봉하여, 간언하는 자가 하나도 없었다. 손호는 이듬해 또다시 연호를 보정(寶鼎)으로 고쳤다.

백성이 곤궁함에도 불구하고, 손호는 사치를 좋아하여 궁전을 새로 짓기도 했다. 그리고 점쟁이를 불러 나랏일에 대해 점을 치게 했다.

'경자년(庚子年)에 천자는 낙양으로 입성하게 된다.'는 점괘가 나왔으므로, 진(晉)을 치려고 생각하여 부하의 반대를 무릅쓰고 진동장군 육항(陸抗)에게 명령하여 양강의 입구에 진을 치게 했다.

한편, 낙양에서는 진의 천자 사마염이 참모들과 대책을 논의하는 자리에서 가충이 말했다.

"오의 손호는 정치를 돌보지 않고 잔악무도한 일을 많이 한다고 합니다. 양양의 도독 양호(羊祜)에게 육항의 침입을 막게 하고, 오나라 안에서 이변이 일어나는 것을 기다렸다가 쳐들어가는 것이 좋을 줄 압니다."

양호는 군사와 백성의 마음을 잘 파악하고 있었다. 그는 순시병을 줄이고 논밭을 경작하게 했으므로, 처음 주둔했을 때에는 백 일분의 군량도 없었는데 그해 말에는 십 년분의 군량을 저축할 수 있었다. 양호는 언제나 가벼운 가죽 옷에 폭이 넓은 띠를 띠고 갑옷을 걸치지도 않은 채 호위병은 십여 명만 두고 있었다.

어느 날, 부하 장수가 오의 군사가 방심하고 있으니 한꺼번에 쳐들어가면 크게 이길 수 있다고 말하자, 양호는 웃으면서 말했다.

"오의 육항은 지모가 뛰어난 사람일세. 그가 장수로 버티고 있는 이상, 이쪽에서 쳐들어가는 것은 삼가야 하지. 오에 변화가 일어날 때까지 기다리는 게 상책일세."

장수들은 이에 따라 오직 국경을 굳게 지키는 데 힘썼다.

어느 날, 양호는 장수들을 데리고 사냥에 나섰다. 마침 육항도 사냥을 나와 있었다. 양호는 장수들에게 명령했다.

"경계를 넘어서면 안 된다."

장수들은 명령을 지키고 진의 영토 안에서만 사냥을 했다. 육항은 그것을 보고 한숨을 쉬며 말했다.

"양호의 군사들에게는 군율이 살아 있소. 함부로 쳐들어가면 안 되오."

양호는 날이 저물자 본진에 돌아와 사냥한 짐승들을 점검해 보고는, 오군의 화살에 먼저 맞은 것을 골라내게 하여 모두 오에 돌려보냈다. 육항은 그 사자에게 물었다.

"장군은 술을 마시는가?"

"좋은 술은 마다하지 않으십니다."

그러자 손수 만든 술을 양호에게 보냈다. 좌우의 부하들이 그 이유를 묻자, 육항은 웃으며 대답했다.

"그가 나에게 덕을 끼쳤으므로, 나도 그에 보답하려 하오."

양호가 그 술을 마시려고 하자, 부장이 독이 들어 있지 않을까 하고 걱정했다. 양호는 웃으면서 말했다.

"육항은 그런 짓을 할 사람이 아니오. 의심할 것 없소."

그러고는 술독을 기울여 마셔 버렸다. 그 후 서로 사자를 내왕하게 했는데, 어느 날 양호가 육항의 사자에게 물었다.

"장군은 잘 계신가?"

사자는 장군이 병으로 며칠째 자리에 누워 있다고 대답했다. 그러자 양호는 아마도 자기와 비슷한 병일 것이라고 생각하고는, 손수 지은 약을 육항에게 보냈다. 사자가 약을 가지고 돌아오자 장수들은 독약이 아닌가 하여 걱정했다. 육항이 말했다.

"내게 독을 권할 사람이 아니오. 의심하지 마시오."

그 약을 먹은 이튿날 육항의 병은 거뜬히 나았다. 장수들이 기뻐하자, 그는 이렇게 말했다.

"그는 덕을 세워서 싸우지 않고 우리를 복종시키려는 것이오. 지금은 경계를 지키는 것이 중요하오. 사소한 이익을 구하면 안 되오."

그런데 오의 천자 손호가 보낸 사자가 와서 즉시 쳐들어가라고 독촉했다. 육항은 우선 사자를 돌려보낸 후, 지금은 진을 칠 때가 아니고 나라를 잘 다스리는 것이 중요하며, 무리하게 싸움을 시작해서는 안 된다고 상주했다. 손호는 몹시 화를 내면서 말했다.

"짐은 이미 육항이 적과 내통하고 있다는 말을 듣고 있었는데, 과연 그렇구나."

즉시 육항의 군사 통수권을 빼앗아 사마(司馬)로 좌천시키고, 좌장군 손기(孫冀)를 후임으로 임명하여 군사를 지휘하게 했다. 신하들은 아무도 손호에게 간언하지 못했다.

손호는 이후로도 폭정을 일삼고 백성의 고통은 거들떠보지 않았으므로 그를 원망하지 않는 자가 없었다. 승상이나 장군 중에서 정직하게 충고한 자는 모두 목이 날아가, 즉위 10년 동안에 죽음을 당한 신하가 사십여 명에 이르렀다. 또한 손호가 언제나 무장한 기병오만을 호위병으로 거느리고 있었으므로, 신하들은 두려워 감히 입을 열지 못했다.

한편, 양호는 육항이 자리에서 물러나고 손호가 부덕하다는 말을 듣고는 오에 쳐들어갈 때가 되었다고 생각하여, 낙양에 사자를 보내 오를 칠 것을 상주했다.

사마염은 상주문을 읽고 기뻐하며 즉시 군사를 동원하려고 했으나, 가충이 한사코 반대하여 중단되었다. 양호는 '천하의 일은 뜻대로 되지 않는 것이 예사'라며 안타까워했다.

그 후 함녕 4년(278년), 양호는 나이를 핑계로 고향에 돌아가 은거하겠다고 사마염에게 간청했다. 그러자 사마염은 나라를 잘 다스리는 방법에 대해 물었다.

"손호의 폭정이 날로 심하니, 지금이라면 싸우지 않고도 이길 것입니다. 만일 손호가 죽고 현군(賢君)이 등장하면, 오는 손에 넣을 수 없게 될 것입니다."

사마염은 비로소 깨달았다.

"장군이 군사를 이끌고 쳐들어가 주지 않겠소?"

"신은 이미 나이를 먹어 자주 병들어 자리에 눕게 되므로, 이 임무를 감당할 수 없습니다. 폐하, 지용(智勇)이 뛰어난 자를 골라 임명하십시오."

이리하여 양호는 사마염과 작별하고 돌아갔는데, 그해 11월에 양호는 병이 위독해졌다. 사마염은 친히 그의 집까지 문병을 가 울면서 물었다.

"짐은 오를 정벌하려던 장군의 계획을 가로막았던 것을 후회하고 있소. 장군의 뜻을 이을 자는 누구요?"

양호는 눈물을 흘리면서 우장군 두예(杜預)를 추천하고는, 숨을 거두었다.

형주의 백성들은 그가 죽었다는 소식을 듣고 모두 소리 내어 울었으며, 강남의 국경을 지키던 장병들도 모두 소리 내어 울었다. 양양 사람들은 양호가 생전에 현산(峴山)에 자주 올라간 것을 회상하며, 산꼭대기에 사당과 비석을 세우고 절기마다 제사를 지냈다. 그리고 그 비문을 읽으면 눈물을 흘리지 않는 자가 없어, 그 비석을 '타루비(墮淚碑)'라고 불렀다.

양호의 유언에 따라 진의 천자는 두예를 진남대장군 형주 자사로 임명했다. 두예는 노련한 장군이었으며 학문을 좋아했다. 특히 『춘추좌씨전(春秋左氏傳)』을 애독하여 언제나 이 책을 손에서 놓지 않았으므로, 당시의 사람들은 그를 '좌전벽(左傳癖)'이라고 불렀다.

두예는 천자의 명령을 받아 양양에서 백성을 잘 다스리면서 군사를 훈련하여 오나라 정벌에 대비했다.

이 무렵, 정봉과 육항이 죽자 오의 천자 손호는 더욱 포악해졌다. 그리하여 진에서는 익주 자사 왕준(王濬)이 오를 칠 것을 상주했다. 그 이유는, 첫째로 포악한 손호가 죽고 만일 현명한 군주가 등장하게 되면 오가 강해진다는 것과, 둘째로 배를 만든 지 칠 년이 되어 날이 갈수록 낡아 간다는 것과, 셋째로는 자신의 나이가 일흔이라 죽을 날이 가까웠다는 것이었다. 왕준은 세 가지 중에서 하나라도 결함이 있으면 오를 치기가 어렵게 되므로, 시기를 놓쳐서는 안 된다고 말했다.

왕준의 주장이 양호의 말과 같았으므로, 사마염은 마침내 출전을 결심했다. 그는 두예를 대도독으로 임명하는 한편, 다른 장수들에게도 각각 임무를 맡겨 수륙 양면에서 오를 공략하게 했다.

오의 손호는 깜짝 놀라 대책을 세워, 승상 장제(張悌)에게 출전을 명했다. 손호가 걱정스러운 얼굴을 하고 있자, 그의 총애를 받고 있는 내시 잠혼(岑昏)이 어찌 된 일이냐고 물었다.

"진의 대군이 쳐들어와 육로는 맞서 싸우게 했지만, 왕준이 수만의 수병을 이끌고 장강에서 쳐내려오니 걱정이오."

"제가 계략으로 왕준의 배를 가루로 만들겠습니다. 강남에는 철이 많이 나니, 그것으로 쇠사슬을 만들게 하십시오. 길이가 수백 장인 쇠사슬을 백여 개 만들어 장강의 요소마다 쳐두고, 길이 일 장 남짓한 말뚝을 수만 개 만들어 물속에 세워 둡니다. 진의 배가 바람을 타고 밀려오면 말뚝에 부딪혀 파손될 터이니, 장강을 건널 수 없게 될 것입니다."

손호는 크게 기뻐하며, 전국의 대장장이를 모두 장강 기슭에 불러 쇠사슬과 말뚝을 만들게 했다.

이윽고 진의 두예는 군사를 이끌고 강릉으로 출병한 후에, 부하 장수에게 명하여 팔백 명의 수군(水軍)을 이끌고 작은 배를 타고 밤에 몰래 장강을 건너가 기슭에 숨어 있게 했다.

이튿날 두예가 대군을 이끌고 수륙으로 쳐들어오자, 오의 대군도 수륙으로 맞서 싸웠다. 두예가 오의 수군과 잠시 싸우다가 후퇴하자, 오의 군사는 상륙하여 추격했다. 석화시를 신호로 두예가 반격하니, 오의 군사는 크게 패하여 강을 건너 성까지 도망쳤다. 이때 어제 저녁때부터 숨겨둔 진의 수병 팔백 명이 오의 군사를 뒤쫓아

성에 쳐들어가 불을 질렀다.

"적의 군사들은 장강을 날아서 왔단 말인가!"

두예는 이렇게 해서 강릉을 공략했으며, 원주(沅州)·상주(湘州) 일대에서 황주(黃州)에 걸친 각 군의 태수들은 싸우지도 않고 항복했다. 두예는 다시 군사를 몰고 무창으로 쳐들어가, 그곳 역시 점령해 버렸다. 사기가 크게 오른 두예의 군사들은 파죽지세로 건업을 향해 군사를 몰았다.

한편, 왕준이 수군을 이끌고 장강을 내려오는데, 척후병이 알려 왔다.

"오의 놈들이 장강에 쇠사슬을 치고, 물속에는 말뚝을 박아 놓았습니다."

왕준은 크게 웃고 나서, 커다란 뗏목 수십만 개를 만들어 그 위에 짚으로 된 인형에 갑옷을 입혀 세우고 활을 들게 한 다음, 상류에서 떠내려가게 했다.

오의 군사는 이것을 보자 살아 있는 병사들인 줄 알고 모두 도망쳤으며, 물속의 말뚝은 뗏목의 무게에 밀려 하류로 흘러갔다.

왕준은 다시 뗏목 위에 길이 십 장 남짓, 굵기 여남은 아름이나 되는 커다란 관솔을 올려 기름을 부어 쇠사슬에 부딪칠 적마다 불태우니, 쇠사슬이 모두 끊겨 버렸다. 왕준의 수군은 양쪽으로 갈라져서 진격하여 승리를 거듭했다.

오의 승상 장제가 우저(牛渚)에서 진의 군사를 기다리면서 '이곳에서 버티지 못하면 이제 끝장이다.'라고 말하는데, 벌써 진의 군사가 쳐내려왔다. 꺾을 수 없는 기세였다.

장제는 진의 대군과 홀로 싸우다가 전사했다.

왕준과 두예의 군사가 승세를 타고 수륙 양면에서 맹렬한 기세로 진격하자, 오의 군사는 멀리서 그들의 깃발만 보고도 항복하는 형편이었다.

손호는 진의 군사가 성안에 쳐들어왔다는 말을 듣고 스스로 목숨을 끊으려 했으나 좌우의 신하가 말렸다.

"폐하, 어찌하여 안락공 유선을 본받지 않으십니까?"

이에 따라 영구차를 준비하고 스스로 몸을 묶은 채 문무백관을 이끌고 항복했다.

왕준은 그 밧줄을 풀어 주고 영구차를 불살라 버린 다음, 왕에 대한 예를 지켜 그를 맞아들였다. 이튿날 두예가 군사를 이끌고 도착하니, 오나라의 군사는 모두 진에 무릎을 꿇었다.

승리의 소식이 낙양에 전해지자 조정에서는 잔치를 베풀고, 진의 천자는 술잔을 들고 눈물을 흘렸다.

"이 모든 것이 양호의 공로요. 그가 이것을 보지 못하고 죽은 것이 안타깝구려."

왕준은 손호를 낙양으로 데리고 와서 천자를 만나게 했다. 사마염이 자리를 내주면서 말했다.

"짐은 이 자리를 마련하고 그대를 오랫동안 기다려 왔소."

"신도 남녘땅에 이 자리를 마련하고 폐하를 기다리고 있었습니다."

손호의 대답에 천자는 크게 웃었으며, 그를 귀명후(歸命侯)로 봉했다.

이리하여 위·촉·오 세 나라는 진의 천자 사마염에게로 돌아갔고, 천하는 다시 하나로 통일되었다. 천하 삼 분의 정족지세(鼎足之勢)가 한바탕 꿈으로 돌아간 것이다.

편역 차평일

와세다대학 이학부를 졸업하고 교편 생활을 하였다.
역서와 저서로는 《청소년이 단숨에 읽는 삼국유사》외에도 《알기쉬운 사자소학》,
《생생 청소년 고사성어, 명심보감》 등이 있다. 현재, 후학들을 위해 집필 활동을 하고 있다.

소설 삼국지

2021년 12월 5일 1판 1쇄 인쇄
2021년 12월 10일 1판 1쇄 발행

펴낸곳 | 파주 북스
펴낸이 | 하명호
지은이 | 나관중
편　역 | 차평일
주　소 | 경기도 고양시 일산서구 대화동 2058-9호
전화 | (031)906-3426
팩스 | (031)906-3427
e-Mail | dhbooks96@hanmail.net
출판등록 제2013-000177호
ISBN 979-11-86558-25-6 (03820)
값 14,000원